마지막 여행이 끝나면

5

마지막 여행이 끝나면 5 (완결)

초판 1쇄 인쇄 2021년 9월 17일
초판 1쇄 발행 2021년 10월 29일

지은이 하늘가리기
발행인 오영배
편집 편집부
표지·내지디자인 Another
내지편집 오정인
제작 조하늬

펴낸곳 (주)삼양출판사 · 피오렛
주소 서울시 강북구 도봉로 173
대표 전화 02-980-2112 / 팩스 02-983-0660
편집부 전화 02-987-9393 / 팩스 02-980-2115
블로그 blog.naver.com/dan_gul
출판등록 1999년 3월 11일 제9-00046호

ISBN 979-11-283-7101-1 (04810) / 979-11-283-7096-0 (세트)

fio ret은 (주)삼양출판사의 로맨스 판타지 문학 브랜드입니다.

하늘가리기 장편 소설

마지막 여행이 끝나면

5

When the last journey ends,

∞

∞

왕이 성도로 들어가면 가장 먼저 방어벽 주술을 파훼해야 한다. 성도 바깥에 모인 군사들이 들어와 라크를 처치해야 인명 피해를 줄일 수 있기 때문이다. 라크가 방어벽을 통과하여 주술이 불안정해진다고 해서 주술이 바로 깨진다는 의미는 아니었다. 언젠가는 깨질 수도 있지만, 그게 언제일지는 방랑족 노인들도 모른다고 했다.

명왕을 제외한 다섯의 왕은 누가 성도로 먼저 들어가든지 주술 파괴를 우선으로 하자고 약속했다. 그래서 카세르는 성도로 들어가자마자 무엔 가문으로 달려갔다. 술식의 위치를 알아내기 위해서였다.

무엔 가문은 특별한 능력을 타고난 덕분에 부를 축적했다고, 대부분 사람처럼 카세르도 예전에는 그런 줄 알았다. 그런데 그동안 경험으로 무엔의 숨겨진 힘이 상당하며 정보에도 밝다는 사실을 알게 되었다. 그러니 술식의 위치를 무엔 가문에서 모른다면 그 누구도 모를 거라고 확신했다.

카세르는 전에 무엔의 저택을 방문한 적 없으나 대충 위치는 알고 있었다. 아마 성도에서 무엔 가문의 존재를 아는 사람치고 무엔가가 어디에 있는지 모르는 자는 없을 것이다.

무엔의 저택은 성도의 내로라하는 거부들의 저택들과 다르게 중심지에서 멀리 떨어져 있었다. 그래서 아직 라크가 이쪽까지 들어오지 않아 주변이 조용했다.

지금은 방문 예절을 따질 상황이 아니므로 카세르는 곧바로 저택의 담을 뛰어넘었다. 경비는 꽤 삼엄했다. 대충 눈으로만 훑은 경비의 숫자가 수십 명이었다. 보이지 않는 곳에 있는 자의 기척은 더 많았다.

그들은 낯선 자의 침입에 바로 무기를 꺼내 들었다가 카세르를 보고 그대로 굳어 버렸다. 카세르가 가장 먼저 눈이 마주친 자에게 말했다.

"가주께서는 어디 계시나? 지금 뵈어야겠다."

"예? 아, 예, 전하."

대답한 사내가 상황을 파악하지 못한 표정으로 서 있는 다른 자에게 이를 악물고 재촉했다.

"뭐하나? 얼른 들어가서 말씀 올리지 않고."

남자가 흠칫 놀라더니 고개를 끄덕이며 안으로 달려 들어갔다. 정중히 허리를 숙이며 안으로 모시겠다는 남자를 따라 걸음을 내딛다가 카세르는 누군가가 움직이는 기척을 느꼈다. 살그머니 빠져나가려는 듯한 그 모습이 눈에 거슬려 그자에게 손을 뻗었다. 프라즈가 담긴 무형의 기운이 남자에게 날아갔다.

"컥."

급소를 얻어맞은 남자는 짧은 신음만 남기고 기절했다.

"저자는 뭐지?"

입을 떡 벌리며 보고 있던 남자가 서둘러 대답했다.

"성도궁 소속입니다."

"성도궁."

중얼거린 카세르가 피식 웃고는 주변을 돌아보며 말했다.

"성도궁에서 나온 자들은 모조리 잡아 가두어라. 오늘 이후로 성도궁은 없다. 성도궁을 등에 업고 전횡을 일삼은 자들의 잘잘못을 남김없이 밝혀내 처벌할 것이다."

얼떨떨해하며 서로와 눈을 마주치던 자들의 눈빛이 돌변했다. 저택 사람들은 성도궁에서 보낸 감시자들한테 쌓인 울분이 많았다. 가주의 식솔들에게조차 안하무인이었으니 고용인들을 대하는 태도는 더 말할 것도 없었다.

한 남자가 들고 있던 창대로 당장 눈에 띄는 감시자를 후려치며 소리쳤다.

"살다 보니 이런 날도 오는구나!"

봇물 터지듯 곳곳에서 성도의 감시자들을 두들겨 패기 시작했다. 처음엔 저항하던 자들은 수적 열세에 밀리자 소리쳤다.

"이놈들! 성하께서 이 일을 그냥 넘어가실 것 같으냐!"

그런데 이미 눈이 돌아간 사람들 귀에는 들리지 않았다. 여기저기에서 여럿이 한 명을 둘러싸고 매타작을 시작했다. 급히 소식을 듣고 뛰어나온 타스가 황당해하며 난장판이 된 뜰을 둘러보았다. 그는 다가오는 카세르를 보고 표정을 굳히며 고개를 숙였다.

"사왕 전하. 가주님께서 지금 사람을 만날 상태가 아니십니다. 한데 지금 성도는 누구도 들어올 수 없다고 하던데 전하께서는 어떻게……."

"아주 급한 일입니다. 가주님을 뵐 수 없겠습니까?"

타스가 침통한 표정으로 대답했다.

"아버지께서…… 며칠째 의식이 없으십니다."

"이런…… 그렇다면 혹시, 어디로 가야 문을 열 수 있는지 아십니까?"

"예? ……아!"

빠르게 모든 정황을 파악한 타스의 눈빛이 달라졌다.

"아니카들의 별채. 그곳입니다."

짧게 고개를 끄덕인 카세르는 돌아서려다가 멈칫했다. 그리고 타스에게 말했다.

"아내가 무척 궁금해하고 뵙고 싶어 했습니다. 조만간 찾아뵙도록 하지요."

타스는 사왕이 담벼락을 홀쩍 뛰어넘어 사라진 후에도 마치 잔상이라도 남은 것처럼 한참을 서서 보고 있었다. 등 뒤에서 벌어지는 소란이 왠지 변화의 시작을 알려 주는 신호음 같았다. 갑자기 울컥 감정이 치밀어 그는 눈을 깜빡이며 허공으로 시선을 올렸다.

카세르는 무엔의 저택에서 나오자마자 곧바로 신호탄을 터뜨렸다. 요란한 소리와 함께 푸른색 연기가 하늘에 퍼졌다. 잇달아 성도 진입에 성공한 왕들이 달리다가 멈추어 서서 하늘을 쳐다보았다.

'사왕이군.'

왕 중에서 누구든 방어벽 주술의 술식 장소를 알아내면 즉시 신호를 올려 알리기로 했다. 그리고 신호탄은 각 왕의 프라즈 색과 같게 맞추어서 누군지 알 수 있었다. 주술 파괴는 사왕이 맡을 테니까 무엔의 저택으로 가려던 왕들은 곧장 방향을 바꾸었다.

페레드는 온갖 중요한 서류들을 모아 둔 안가로 향했다. 아킬은 주변에 눈에 띄는 전사들을 불러 모아 ─ 자국의 전사는 아니고 누군지도 모르지만 ─ 성도궁으로 향했다.

리차드는 질서 없이 움직이는 군사들을 지휘하여 라크를 사냥하기 시작했다. 곧 방어벽 주술이 깨질 테니까 더는 라크가 필요하지 않기 때문이다.

그런데 사왕의 신호탄을 성도 바깥에서 본 왕이 한 명 있었다. 그는 번번이 들어가는 데 실패하면서 분에 겨워 씩씩댔다.

"사왕은 들어갔네! 제길, 이러다가 내가 가장 늦게 들어가는 거 아냐?"

평소보다 작은 몸집이 되어 그의 어깨에 올라탄 크라크가 잘 좀 해 보라는 듯이 날개를 퍼덕거렸다.

"가만있어 봐. 정신 사납게 하지 말고."

라이너가 성도 진입을 위해 이번이 몇 번째인지 횟수조차 까먹은 시도를 하는 동안, 카세르는 아부를 타고 달려서 성도궁의 별채에 도착했다. 이 근처에서는 라크가 보이지는 않고 공포에 사로잡힌 비명만 멀찍이 들렸다.

'아니카 플로라가 주술을 어디에서 발동한 건지 모르겠군.'

아무래도 성도궁 안이 아닌 것 같았다. 그는 아부의 등에서 뛰어내린 후 흑마를 보며 말했다.

"가서 라크를 잡아. 오늘만큼은 마음껏 날뛰어도 괜찮다."

카세르는 활동기에도 아부가 라크를 사냥하는 것을 좀처럼 허락하지 않았다. 워낙 성격이 강한 아부가 라크 사냥으로 본성이 거칠어질까 봐 걱정스러웠기 때문이었다.

그런데 다른 왕들의 환수를 본 후 생각이 바뀌었다. 아부는 그냥 타고 나기를 저런 녀석이라고 받아들이게 되었다.

아부가 푸르릉 소리를 내며 투레질하더니 단번에 흑표범으로 변화했다. 그리고 고삐 풀린 망아지처럼 뒤로 안 돌아보고 소음이 들려오는 쪽으로 달려갔다.

카세르가 자신의 어깨를 내려다보며 말했다.

"꼬마, 너도."

다람쥐가 그의 어깨에서 바닥으로 폴짝 뛰어내렸다. 꼬마는 카세르와 아부가 사라진 방향을 번갈아 보더니, 변태를 시작했다. 카세르에게 잡힌 이후 처음으로 거대 도마뱀이 되었다. 도마뱀이 두툼하고 긴 꼬리를 휘두르며 놀라운 속도로 달려갔다.

＊   ＊   ＊

방랑족의 노인들은 말했다.

「이 주술은 시작도 끝도 모두 주술사의 의지에 달렸어. 주술사가 주술을 끝내겠다고 마음먹으면 되는 거지.」
「그냥 그게 전부인가요? 간단하네요.」
「간단하지. 하지만 가장 어렵기도 해. 우습게 생각해서는 안 된다. 이 주술이 왜 금기의 술로 봉인되었는지를 잊으면 안 돼.」

플로라는 주술이 발동된 후 눈을 감고 앉은 채 자신의 변화를 음미했다. 방랑족 노인들은 기록에 따르면 단 한 번도 주술사 스스로 이 주술을 그만둔 적이 없었다고 경고했다.
'왜 그랬는지 알겠어.'
그녀는 그들의 심정을 이해했다. 이 해방감을 어떻게 저버릴 수 있겠는가.
영혼이 가벼워졌다. 이 느낌을 묘사할 더 적절한 표현이 없어서 안타까웠다. 알게 모르게 자신을 옥죄던 사슬이 모두 사라지고 온전한 자유인이 된 느낌이었다. 규범, 도덕, 그 외에 인간을 구속하는 모든 규칙이 더는 의미가 없었다.
원래 계획대로라면 플로라는 밀실에서 주술을 발동한 후 왕들이 방어벽 주술을 깨뜨리거나 더는 라크를 조종할 필요가 없다고 판단했을 때 주술을 중지하려고 했다.

왕들을 돕기 위해 주술사를 자처했다지만, 그녀가 라크를 몰고 다니는 모습을 성도민들이 봤다가는 불리한 소문이 퍼질 것이기 때문이다. 누군가는 플로라를 악마라고 할 것이며 되레 성도의 혼란을 그녀 탓으로 돌릴지도 모른다.

하지만 이제는 그런 것도 상관없었다. 왜 그런 쓸데없는 걱정을 했는지 모르겠다. 누군가가 자신에게 손가락질한다면?

'다 죽이면 그만이지.'

플로라는 일어나서 문을 열고 나갔다. 문 앞에 서 있던 피데스가 자신을 낯선 사람 보듯 하는데도 신경 쓰이지 않았다.

"아니카 플로라!"

"신의 사랑을 받는 아니카시여. 저희를 지켜 주십시오!"

심판관을 제외한 대부분 기사는 라크를 본 적조차 없었다. 기사 역시 전사처럼 타고난 무력이 일반인과 다르다고 해도 꾸준히 훈련하고 라크를 사냥하는 전사와 격이 달랐다. 신에게만 의존하는 마음이 그들의 몸과 마음을 더욱 약하게 만들었다. 공포로 정신이 나가 버린 기사들이 플로라를 보자마자 달려왔다.

하지만 그들은 플로라의 몸에 손이 닿기도 전에 튕겨 나갔다. 강한 반발력으로 날아간 자가 벽에 세게 부딪혔다가 바닥에 떨어졌다. 미동조차 없는 것을 봐서는 기절한 것 같았다.

완성된 주술은 스스로를 지킨다. 주술의 방어력이 주술과 동화한 플로라를 보호했다.

플로라는 표정 없이 그 모습을 보다가 고개를 돌렸다. 마치 아무 일도 없었던 것처럼 계단을 내려갔다.

"아니카 플로라."

피데스가 뒤를 따라가며 플로라를 향해 손을 뻗었다가 조금 전 일을 떠올리며 손을 내렸다.

어두컴컴한 1층에서 플로라의 가족들이 한데 모여 벌벌 떨고 있었다. 창밖으로 보이는 괴물들 모습에 기겁하여 창의 커튼을 다 내린 상태였다.

"플로라?"

"손대지 마세요!"

피데스가 소리쳤으나 이미 늦었다. 플로라에게 다가온 중년 부인의 손이 플로라에게 닿기 직전, 강한 힘에 밀쳐져 비틀거렸다. 아까 기사들처럼 달려들지 않아서인지 밀려나는 힘이 약했다. 다른 가족이 넘어질 뻔한 그녀를 무사히 부축하자 피데스는 안도의 숨을 내쉬었다.

플로라는 가족들한테 눈도 돌리지 않았다. 그녀는 곧장 출입문으로 걸어갔다. 문을 활짝 열자 바깥의 환한 빛이 집 안으로 밀려 들어왔다.

"흐읍."

"으어엉."

수십, 아니 수백 개의 붉은 눈이 모여 있었다. 플로라의 가족들은 그대로 주저앉아 비명을 지르거나 울음을 터뜨렸다. 피데스는 아까 기사들이 뭘 보고 놀랐는지 이제 알았다. 순식간에 등이 식은땀으로 젖었다.

'아니카 플로라가 어딘가 이상해.'

아까 눈이 마주쳤을 때 그녀의 검은 눈동자가 지나치게 까맣다고 생각했다. 마치 주변의 빛을 다 빨아들이는 어둠 같았다.

플로라는 거침없이 문 바깥으로 나갔다. 다닥다닥 집 앞에 모여 있던 라크들이 물러나면서 그녀에게 길을 열어 주었다. 난생처음 보는 라크들 앞에서 그녀의 마음은 평온했다. 괴물들이 두렵지도, 혐오스럽지도 않았다. 오히려 세상을 마음껏 주무를 수 있다는 강한 힘에 도취했다.

펑!

그녀는 반사적으로 소리가 들리는 하늘로 고개를 들었다. 하늘에 번지는 푸른 연기를 보며 생각했다.

'저 신호를 들으면……'

곧 방어벽 주술이 깨진다는 의미다. 주술을 발동하기 전에는 저 신호음이 들릴 때까지만 견디자고 생각했다.

'아직은 아니야.'

할 일이 있다.

'성도궁으로 가자.'

흔적을 없애야 한다. 자신이 성소에서 무엇을 했는지 누구도 몰라야 한다. 성소를 파괴하고 사제들을 모조리 죽일 것이다.

라크가 성도에 들어오고 있다고 외치며 허옇게 질린 기사와 사제가 잇달아 달려왔다. 겨우 진정된 자들이 다시 동요하기 시작하고 알현실은 몰리는 사람으로 발 디딜 틈이 없었다. 중구난방으로 떠드는 말소리가 뒤섞여 알현실 내부가 웅웅 울렸다. 축제가 열린 시장통도 이보다는 소란스럽지 않을 것이다.

'지긋지긋한 것들.'

상제는 신탁을 받겠다는 핑계를 대고 나서야 간신히 모두 쫓아내고 혼자가 되었다. 이토록 시달림을 받아 본 적이 없었던 터라 처음으로 인간이 말하는 '피곤하다'라는 의미를 실감했다. 매달리는 그들에게 '난 네놈들의 구원자가 아니야!'라고 소리칠 뻔했다.

'라크가 들어와? 방어벽 주술이 발동 중인데 어떻게 들어왔지?'

과장하여 부풀려 말했다고 해도 저 난리를 보아하니 라크의 숫자가 몇십 마리 수준은 아닌 것 같았다. 더구나 지금은 건기 아닌가. 어디서 나타난 라크일까. 이해할 수 없는 일이 연속으로 벌어져 혼란스러웠다.

'주술을 발동할 때 실수가 있었나?'

어디가 어떻게 잘못된 것인지 알아볼 방법이 없었다. 유일한 해결 방법은 지금까지 알아낸 주술 해석을 모두 폐기하고 아예 원점으로 돌아가 다시 시작하는 것뿐이다.

엘버에게는 조언을 구할 수 없다. 이 주술은 엘버의 눈을 속여 가며 그 오랜 세월에 걸쳐 공들인 비장의 한 수였다. 그런데 이런 식으로 결정적인 허점이 드러나자 속이 쓰렸다. 엘버를 버리고 홀로서기 하기엔 아직 부족하다는 뜻이니까.

'술식을 누가 건드리지는 않았는지 확인해 보고……'

사제를 부르려다가 상제는 방어벽 주술에 정신이 팔려서 가장 중요한 모순점을 뒤늦게 알아차렸다.

'……어떻게 들어왔지?'

성도는 자신의 영역이다. 꼬리를 말고 도망쳐야 마땅한 라크들이 영역을 무시하고 들어온다는 게 말이 안 된다.

'나는 왜 느낄 수 없지?'

봉인되어 있다지만, 영역의 침범은 라크의 가장 중요한 본능, 생존 능력을 자극한다. 허약한 라크 한두 마리 정도야 모를 수도 있다. 맹수가 제 영역에 쥐 한 마리가 들어와도 개의치 않는 것처럼. 하지만 인간들 말대로 라크가 떼로 몰려오는 수준이라면 진즉 느꼈어야 했다.

'엘버!'

상제의 붉은 눈에 사나운 기운이 맴돌았다. 주술에 뭔가 수작을 부려서 자신의 감각을 완전히 가린 것이 틀림없다.

상제의 몸이 그 자리에서 사라졌다. 원래 기도실이 아니면 절대 성도 궁을 떠나지 않는다는 자신의 원칙도 잊었다. 상제는 반쯤 흐릿한 형태로 지하 감옥에 모습을 드러냈다.

"엘버!"

상제는 고개를 숙인 채 앉아 있는 그녀를 보자마자 버럭 소리를 질렀다.

"무슨 짓을 한 거냐!"

탁한 음성이 지하 감옥 안에서 쩌렁쩌렁 울렸다. 엘버가 천천히 고개를 들었다. 자신은 조바심이 나는데 엘버는 느긋해 보였다. 바짝 약이 오른 상제가 위협적으로 윽박질렀다.

"무슨 수작이야."

"뭘 말이냐."

"시치미 떼지 말고!"

엘버가 픽 웃더니 말했다.

"네놈이 이렇게 펄펄 뛸 일로 짚이는 게 한두 개가 아니라서 말이야."

"……뭐?"

"방어벽 주술을 뚫고 라크가 몰려 들어와서? 그걸 네가 감지하지 못해서?"

엘버는 모든 일을 자신이 주도한 것처럼 상제에게 거짓 정보를 흘렸다.

"이, 이……."

상제가 경악하여 말을 잇지 못하고 헐떡거렸다. 엘버가 방어벽에 관해 알고 있었다니! 그녀가 자신의 눈을 피해 일을 벌일 저력이 아직 남았다는 게 의심스러운 한편, 엘버라면 충분히 숨겨 놓은 능력이 있을 거라는 믿음도 있었다.

상제는 인간을 경멸하면서도 한편으로는 인간에 대한 경외심을 놓지 못했다. 고작 인간이라고 치부하기에는 엘버는 넘을 수 없는 벽이었다. 손발을 꽁꽁 묶어 지하 감옥에 가두었으면서도 마음을 놓은 적이 없었다. 어쩌면 상제는 왕보다 그녀를 더 두려워했다.

"무슨 짓이냐! 무슨 짓을 한 거냐고! 네가 이런다고 뭐가 달라질 것 같아? 네 혈족들의 씨를 말려 버리겠다! 무엔의 혈족은 기르던 개 한 마리까지 가장 고통스러운 죽음을 맞이하게 될 거다!"

상제가 원독이 가득한 음성으로 버럭버럭 소리쳤다. 그때 서늘한 음성이 끼어들었다.

"도저히 더는 들어 줄 수가 없군."

감옥 구석 어두운 그림자 속에 앉아 있던 사내가 몸을 일으켰다. 그가 한 걸음 앞으로 나서자 술식의 빛에 윤곽이 드러났다.

"내가 참 운이 좋은 건가, 이런 구경을 다 하다니. 가증스러운 위선으로 모두를 속이며 추악한 본모습을 잘도 감추고 살았구나."

어두운 감옥에 빛이라고는 바닥의 술식에서 흘러나오는 것뿐이라 상제는 한눈에 사내를 알아보지 못했다. 사내의 눈에서 은은하게 흘러나오는 빛을 보고 나서야 상제는 뒤로 주춤 물러났다.

"······명왕?"

"괴물 따위에게 농락당한 세월을 생각하면 네놈을 갈가리 찢어 죽여도 분이 풀리지 않을 거다."

상제의 몸이 본신이었다면 아마 그 자리에서 다리가 후들거려 주저앉았을 것이다. 전혀 상상도 하지 못한 인물을 맞닥뜨리고 머릿속이 하얗게 비었다.

"와, 왕이 어떻게······."

니콜라스가 차갑게 웃었다.

"네놈이 영원히 세상을 속일 수 있을 줄 알았나?"

상제는 성도 바깥에 사왕이 있다는 사실이 떠올랐다. 그렇다면 아마 사왕은 혼자가 아닐 것이다. 다른 왕들이 철수한 게 아니었다. 이미 성도에 들어왔을지도 모른다.

가장 안전한 요새에서 안도하고 있던 상제는 자신이 알던 것과 완전히 어긋난 현실을 깨달았다. 아득한 공포가 밀려왔다. 상제의 모습이 더 흐려지더니 그대로 사라졌다.

니콜라스는 주변을 둘러보며 아무 기척도 없음을 확인한 후 말했다.

"성도궁으로 간 것일까요?"

"그럴 겁니다."

"그럼 어르신께서 말씀하신 대로 놈이 봉인을 깨고 도망치려 하겠군요."

엘버가 고개를 끄덕였다.

"나는 놈의 뜻대로 되지 않도록 모든 힘을 다하여 저지하려 합니다. 왕들이 도착할 때까지요."

엘버가 말을 끝내고 니콜라스 쪽으로 고개를 돌려 그를 물끄러미 바라보았다. 그러자 니콜라스가 고집스럽게 말했다.

"말씀드렸다시피 전 이곳을 떠나지 않을 겁니다. 어르신께서 안전해지실 때까지 곁을 지키겠습니다."

"이 세상에서 가장 강력한 라크를 사냥할 기회입니다. 평생의 명예가 될 텐데요."

"제가 그렇게 명예를 좇는 사람은 아니라서요. 다른 왕들이 알아서 잘할 겁니다."

엘버가 작은 웃음을 터뜨렸다. 명왕이 자신을 은인으로 대우하는 정확한 이유는 모르지만, 대충 진과 관련이 있을 거라고 짐작했다. 씻을 수 없는 죄를 지은 주제에 과분하게도 은인 대접을 받다니. 그런데 굳이 부정하지 않는 자신이 약삭빠르다는 생각이 들었다. 그러나 지금은 그저 누군가가 곁에 있다는 사실이 위안이 되었다.

"그러면…… 나를 도와주시겠습니까?"

니콜라스가 반색하며 대답했다.

"뭐든 말씀만 하십시오."

"오늘 안으로 모든 게 끝나면 나를 이 감옥 바깥으로 데려가 주세요."

엘버는 어두운 허공으로 시선을 올리며 쓴웃음을 지었다.

"해가 진 후에요. 햇빛은 너무 밝아서 내가 견디지 못할 것 같군요."

그 모습이 너무 처연해서 니콜라스는 코끝이 시큰했다. 그는 헛기침으로 잠긴 목소리를 가다듬은 후 말했다.

"……예. 제가 모시고 올라가겠습니다."

*　　*　　*

기도실로 돌아온 상제는 모든 정신을 집중하여 봉인을 깨뜨리려 했다. 하지만 자신의 본체는 반응하지 않았다. 아무리 애를 써도 단단히 묶인 것처럼 옴짝달싹할 수가 없었다.

"왜! 왜 안 되는 거야!"

이럴 리가 없다. 이 주술 자체가 자신을 잡아 가두기 위한 것이 아니었다. 그저 몸만 잠들게 하고 의식은 끌어내어 인간 흉내를 내기 위한 환상을 만들도록 돕는 주술이었다.

분에 겨워 고래고래 소리를 지르다가 상제는 거친 호흡 소리를 듣고 고개를 휙 돌렸다. 기도실을 정돈하러 들어온 사제가 벌벌 떨고 있었다. 상제의 붉은 눈동자와 눈이 마주치자 히익, 비명을 지르더니 엉덩방아를 찧었다. 그리고 바닥을 기어 기도실 밖으로 도망쳤다.

상제는 짜증스레 혀를 찼다. 가면이 벗겨진 모습을 보이고 말았다. 그런데 지금 그게 중요하지 않았다. 자신이 죽고 사는 문제가 달렸다.

'어쩌지?'

상제는 필사적으로 머리를 굴렸다. 곧 왕들이 들이닥칠 것이다. 분명히 조사하다 보면 지하 기도실을 발견할 테고 드러난 자신의 신체 일부를 보게 될 것이다.

왕들은 그것을 공격하는 순간, 그때가 도망칠 마지막 기회다. 핵만 파괴되지 않으면 왕이 자신의 몸뚱이에 아무리 칼질해 봤자 소멸하지 않는다. 그런데 위기를 느낀 본체는 틀림없이 깨어날 것이다.

'그럼 그때 땅속으로 들어가자.'

아주 깊이 들어가 땅속에 숨어 있는 거다. 그곳까지 왕이 쫓지는 못할 테니까. 하지만 완벽한 방법은 아니었다. 골치 아픈 변수가 있었다.

'마라…… 그놈이 어떻게 나올지 모르겠지만, 그건 나중에 생각하고.'

갑자기 요란한 소리를 듣고 상제가 흠칫 놀랐다. 아무래도 성도궁 일부가 무너진 것 같았다. 어떤 상황인지 전혀 궁금하지 않았다. 곧 달려와서 징징거릴 인간들을 생각하니까 징글징글했다.

'내 알 바 아니야.'

생명력을 소모하여 더는 가짜 모습을 만들 이유가 없었다. 상제의 모습이 사라졌다.

잠시 후 바깥에서 요란하게 문을 두드렸다. 하지만 텅 빈 기도실에서는 응답이 없었다. 기다리다 못해 문을 열고 들어온 사제들은 애타게 상제를 부르다가 망연자실한 표정으로 넋을 놓았다.

'설마…… 성하께서 우리를 버린 건가?'

아킬이 전사들과 성도궁 정문에 거의 이르렀을 때 건물이 무너지는 소리를 들었다. 혹시 벌써 괴물이 난동을 부리는가 싶어서 가슴이 덜컹했다.

아직은 안 된다. 거대한 괴물이 날뛰면 성도궁이 모조리 무너질 것이다. 기사와 사제가 깔려 죽는 건 어쩔 수 없다 쳐도 성도궁에는 아니카들이 있었다.

"무슨 일인지 알아봐라."

"예, 전하."

지시받은 전사가 소리가 들린 쪽으로 달려갔다. 아킬은 다른 전사들을 돌아보며 말했다.

"지금 성도의 모든 아니카가 안에 있다고 한다. 어딘가에 모여 있는지, 흩어져 있는지는 모른다. 아니카들을 찾아서 무사히 성도궁 바깥으로 데리고 나와라. 모든 일의 우선이고 최대한 서둘러야 한다. 알겠나?"

"예, 전하!"

전사들이 입을 모아 우렁차게 대답했다.

아킬이 검에 프라즈를 실어 휘둘렀다. 녹색의 기운이 넘실거리는 검날은 두꺼운 철문을 나무처럼 썰었다. 반 동강이 된 철문이 양쪽으로 갈라지며 쓰러졌다.

안쪽에서 지키고 있던 기사들은 침입자에 맞서 싸우려 했다. 하지만 역부족이었다. 전사와 무기를 부딪치고 몇 합 견디지도 못했다. 전사들은 기사의 방어벽을 손쉽게 허물어뜨리고 성도궁 안으로 흩어져 들어갔다.

점심 식사가 끝난 후 오후의 몇 시간은 아니카들의 자유 시간이었다. 자유롭게 살았던 아니카들을 한군데 모아 행동반경을 제한하려니까 워낙 말이 많았다. 신경이 잔뜩 곤두선 아니카를 상대하면서 사제들은 점점 지쳤다.

그래서 얼마 전부터는 성도궁 밖으로 나가지만 않는다면 오후에는 아니카들이 어디를 가든, 뭘 하든 내버려 두었다.

"아까부터 분위기가 어수선하지 않아요?"

"그러게요."

사제들이 다급하게 뛰어다니는 모습이 심상치 않았다. 그런데 아니카들은 말로만 걱정하는 척하며 대수롭지 않게 생각했다. 원래 그들은 자기 일 외에는 관심이 없었다.

뭔가 무너지는 소리를 들은 후에야 술렁거리기 시작했다.

"이게 무슨 소리죠?"

"뭐가 부서지는 소리 같은데. 여기서 들릴 정도면 성도궁 안이에요."

겁을 먹은 아니카들이 별관으로 모였다. 당장 달려와서 설명해 줘야 하는 사제들이 나타나지 않자 다들 표정이 점점 굳었다. 그때 문이 벌컥 열렸다. 모두의 시선이 문으로 향했다.

"어머?"

누군가 중얼거렸다. 사제가 아니었다. 기사도 아닌 것 같았다.

사내는 꽤 많은 숫자의 아니카를 보고 환해진 표정으로 뒤를 돌아보며 소리쳤다.

"여기입니다!"

잠시 후 안으로 들어서는 녹색 머리카락의 남자를 보며 아니카들이 연달아 어머, 어머 탄성을 내질렀다.

갑작스러운 편왕의 등장에 아니카들이 동시에 누군가를 흘끔거렸다.

델러노 왕국의 왕비, 사비나는 생각지 못한 남편의 등장에 얼어붙었다가 주변의 시선을 느끼고 표정이 더 딱딱해졌다.

그녀는 왕과 결혼했던 다른 아니카들처럼 아이를 낳은 후, 왕국을 떠나 성도로 왔다. 성도에서 지낸 지 몇 년 되었다.

아니카 중에는 유난히 왕을 두려워하고 왕과의 결혼을 몹시 꺼리는 이들이 있는가 하면 그 정도가 비교적 무난한 이들도 있었다. 사비나는 후자에 속했다.

사비나는 어릴 때부터 다정다감한 남편과 소박하면서도 행복한 결혼을 꿈꾸었다. 그러나 왕과 결혼하면서 그녀의 꿈은 깨졌다. 남편이 된 편왕은 어려웠고 때때로 벽을 느꼈으며 게다가 그는 그녀가 바라던 다정한 사람이 아니었다.

그녀가 성도로 간다고 했을 때도 편왕은 두말없이 그러라고 했다. 이후 성도에 머무는 동안 남편이 걸기마다 성도에 왔다는 소식을 들었지만, 마주친 적은 없었다. 역시 자신은 왕의 아이를 낳는 도구에 불과했다고 생각했다.

'나는 실패자야.'

변변치 않은 출신, 그저 그런 라미타, 결혼마저도 실패했으니 자신의 인생은 엉망진창이었다.

왕과 아니카 부부 사이가 좋지 않다는 건 상식처럼 받아들여지는 사실이라지만, 이 많은 아니카들이 지켜보는 가운데 남편과 남남처럼 구는 모습을 드러내야 한다는 게 비참했다.

사비나는 두리번거리던 아킬의 시선이 정확히 자신에게 멈추자 당황했다. 혹시 옆에 누가 있나, 자신도 모르게 돌아보았다.

"여기 있었군. 다행이오, 왕비."

사비나는 놀라 커진 눈을 깜빡거렸다.

아킬이 얼떨떨한 아니카들에게 말했다.

"지금 당장 성도궁에서 나가야 합니다. 곧 성도궁이 무너질지도 모릅니다. 전사를 따라 곧장 이동하십시오."

아킬의 말이 끝나자마자 여기저기에서 아니카들이 비명을 지르며 그 자리에 주저앉았다.

"아니, 지금 당장은 아니니 진정하시고…… 뭐하나. 가서 부축해 드려."

아킬이 당황해하며 전사에게 지시했다. 그 모습을 보던 사비나가 실소를 흘렸다. 더 온건한 표현도 있을 텐데 다짜고짜 건물이 무너진다고 하니까 당연히 놀라지. 그리고 다시 아킬과 눈이 마주쳤다. 그녀는 가만히 서서 자신에게 다가오는 아킬을 바라보았다. 아킬이 그녀에게 손을 내밀었다.

"갑시다. 왕비께서 일단 성도궁에서 무사히 나간 후에야 다음 일을 할 수 있을 것 같으니."

다음 일이 뭘까. 사비나는 속으로만 중얼거리고 그의 손에 자신의 손을 얹었다.

"……네."

앞뒤 사정을 전혀 알려 주지 않는 남편의 불친절함이 오늘은 왠지 서운하지 않았다.

나란히 걸어가는 두 사람의 뒷모습을 텅 빈 눈빛으로 바라는 사람이 있었다. 디쿠스 왕국의 왕비 코넬리는 쓴웃음을 지으며 시선을 떨어뜨렸다.

아니카들이 전사들을 따라서 질서정연하게 한 줄로 성도궁 바깥으로 나가는 복도를 걸었다. 아마 전사들만 나타나서 나가야 한다고 했다면 아니카들은 말을 듣지 않았을 것이다. 그런데 왕이 등장하여 직접 말한 효과가 컸다. 다들 순순히 움직였다.

전사 대부분은 다른 곳에 있는 아니카를 찾으러 가고 현재 이동하는 아니카들은 전사 두 명이 앞장서서 이끌고 갔다. 그래서 맨 뒤에 있던 한 명의 아니카가 슬쩍 다른 길로 빠지는 것을 눈치채지 못했다.

몰래 행렬에서 이탈한 코넬리는 자신의 침실로 달려갔다.

'그건 두고 갈 수 없어.'

그녀는 다양한 꽃을 수집하는 취미가 있었다. 시중에 판매하는 꽃만이 아니라 이름조차 없는 들꽃도 그녀의 수집품이 되었다.

생화는 오래가지 못하므로 바짝 말린 압화로 만들어 노트에 끼워 넣었다. 매일 잠들기 전에 자신의 수집품을 감상하는 것은 큰 즐거움이었다. 그래서 성도궁에 들어올 때도 수집 노트를 가져왔다. 남들이 보기에는 가치 없겠지만, 그녀에게는 무엇보다 소중한 보물이었다.

*　　*　　*

아니카들의 별채에서 주술을 발동하다니. 이보다 최적의 장소는 없을 것이다. 원래 아니카 외에는 출입을 통제하던 곳이었고 현재는 모든 아니카가 성도궁으로 불려 들어갔으니 불쑥 방문할 자가 없었다.

그리고 별채 역시 성도궁의 일부분이었다. 다만 담장으로 분리하여 출입문이 따로 있어서 별채로 불렸다. 그러니 사제나 기사가 오가기 편하고 그들이 드나들어도 수상하게 생각할 사람이 없다. 카세르는 새삼 괴물의 영악스러움에 감탄했다.

그가 안으로 들어가자마자 기사들이 침입자에게 반사적으로 달려들었다. 카세르가 들고 있던 검집째 크게 원을 그리듯 휘둘렀다. 검을 뽑을 필요조차 없었다. 프라즈가 실린 힘이 검날이 되어 기사들을 후려쳤다.

어떤 기사는 양쪽 팔을 자신의 앞쪽으로 교차하여 방어하고 어떤 기사는 그대로 얻어맞고 뒤로 몇 걸음 물러났다. 그들의 대응을 보고 카세르는 눈을 가늘게 좁혔다.

'심판관인가.'

여느 기사였다면 아마 바닥에 나동그라져 고통스러워했을 것이다. 그런데 아무리 심판관이라도 이렇게 거뜬히 버틸 수가 없다. 카세르는 방금 제법 강한 힘을 실었다. 이 정도면 전사도 받아치기 어려웠다.

심판관이 기사 중에서 가장 무력이 출중하다지만 전사에 비할 정도는 아니었다. 그들이 어디를 가도 거들먹거릴 수 있었던 이유는 그들 뒤에 존재하는 성도궁의 위세 덕분이지 그들이 강해서가 아니다.

비정상적으로 강한 심판관. 짐작 가는 데가 있었다.

'그놈이 수작을 부린 심판관이로군.'

얼마 전 왕국에 침입했다가 폭사한 기사들을 떠올렸다. 그들처럼 괴물이 준 특이한 씨앗을 받아먹은 것 같았다.

"사왕 전하. 이곳도 엄밀히 성도궁입니다. 성하의 허락 없이 누구도 들어올 수 없습니다."

기사가 무기를 고쳐 잡으며 말했다. 다른 기사는 휘파람을 불어 어디론가 신호를 보냈다. 곧 달려온 자들이 합류했다.

순식간에 모인 숫자가 대충 열대여섯 정도. 99명의 기사 중에서 심판관의 수는 열다섯 명에서 스무 명 정도로 알려져 있다. 기사 중 가장 강한 심판관 대부분을 씨앗까지 먹여서 모아 두었으니 무척 삼엄한 경비였다.

자신을 포위한 기사들을 보며 카세르는 잠깐 딴생각을 했다.

'편왕께서 안타까워하겠군.'

아킬은 심판관은 모조리 자신의 몫이라고 여러 번 말했다. 아마 편왕이 이 자리에 있었으면 흥겹게 칼춤을 추었을 것이다.

"사왕 전하. 물러설 기회를 드리겠습니다. 이대로 돌아가신다면 없던 일로 하겠습니다."

카세르가 픽 웃었다. 자신만만하게 겁박하는 태도가 가소롭기만 했다. 괴물의 씨앗으로 얻은 힘을 믿는 듯했다. 믿는 구석이 있으니 주제를 모르고 만용을 부릴 것이다.

'주술을 파괴할 때 방해가 될지 모르니 미리 치워야겠다.'

본의 아니지만 편왕의 즐거움을 가로채야 할 것 같다. 그는 첫 번째 목표를 정한 후 뛰어올랐다.

사왕에게 물러서라는 말을 호기롭게 할 때만 해도 기사는 두렵지 않았다. 막상 눈앞에 왕이 있으니 살짝 주눅 들기는 해도 자신의 몸속에 잠재된 신의 힘을 느끼면 용기가 샘솟았다.

「그대들은 신의 검을 얻었습니다. 신력을 품은 그대들을 누구도 당해 내지 못할 겁니다.」

상제께서 장담하셨다. 그러니 왕이 대수인가. 위대한 신의 앞에서는 왕도 한낱 인간 아니겠는가.

'헉. 사왕이 움직였다.'

이제 시작이라고 각오하며 더욱 단단히 무기를 쥐는데 그저 걸음만 뗀 사왕이 그대로 사라졌다. 그리고 옆에서 무언가가 잘리는 탁, 소리가 들렸다.

그는 눈앞으로 날아가는 것을 시선으로 좇았다. 바닥에 떨어져 데굴데굴 구르다가 멈추는 그것이 동료의 머리라는 사실을 알아채기까지는 얼마간 시간이 걸렸다.

"으아아아!"

주변에서 누군가 비명을 지르다가 뚝 끊겼다. 코끝으로 훅 비릿한 냄새가 풍겼다. 방랑족이나 사교도들을 추적하여 사냥할 때 수시로 맡아서 익숙했다. 단 한 번도 역하다고 느낀 적 없었던 피 냄새에 헛구역질이 났다. '이대로는 죽는다'라는 생각이 들자마자 기사는 숨겨진 힘을 끌어올렸다.

「그대들은 위기에 처했을 때 잠재된 신의 힘을 끌어 올려 더욱 강해질 수 있습니다. 하지만 사람의 육체는 신의 힘을 담기에는 너무 약합니다. 결정적인 순간에만 쓰도록 하세요.」

기사는 상제가 했던 경고를 떠올렸다. 지금이야말로 결정적인 순간이었다.

"흐아아아!"

기사는 온몸이 끓어오르는 것처럼 몰아치는 힘을 느끼고 소리를 질렀다. 이 엄청난 힘이라니! 두려움이 사라졌다. 이 힘으로 못할 것이 없을 것 같았다.

"사왕!!"

기사의 눈동자가 핏빛으로 물들었다. 온몸에 우락부락한 근육과 힘줄이 불거졌다. 조금 전까지는 눈으로도 좇지 못했던 사왕의 움직임이 보였다. 사왕에게 달려든다는 생각으로 땅을 박차는데 몸이 깃털이라도 된 것처럼 가볍게 날아갔다. 희열에 찬 웃음이 저절로 터졌다.

눈이 붉어진 기사들이 사방에서 카세르에게 달려들었다. 한눈에 봐도 정상이 아니었다. 아마 저들이 자신의 모습을 볼 수 있었다면 기겁했을 것이다. 온몸이 부풀어 오르고 근육이 기괴하게 비틀어졌다. 카세르는 저들 역시 왕국에 침입한 기사들처럼 결국은 폭사해 죽을 거라고 생각했다.

저들의 어리석음이 딱하기만 했다. 인간을 뛰어넘는 힘을 얻었다고 해도 그 힘으로 왕을 상대할 수 있을 거라고 믿다니.

왕이 라크를 사냥하는 장면을 직접 봤다면 모닥불을 발견한 부나방처럼 달려들지는 않을 것이다. 왕은 인외의 존재다. 이들은 그 말의 의미를 모르는 것 같았다.

괴물을 처리할 때를 대비해 가능한 한 프라즈를 아끼려 했는데 빨리 이놈들을 처리하는 편이 낫겠다.

카세르의 온몸을 푸른 기운이 감쌌다. 처음에는 옅은 안개 같은 프라즈가 선명해지면서 도도록 비늘이 돋아났다. 온전한 뱀의 모습을 갖추는 데에는 숨 한 번 내쉴 시간도 걸리지 않았다.

카세르가 자신을 포위하며 달려드는 기사들에게 팔을 휘둘렀다. 푸른 뱀이 궤적을 쫓아 기사들 전부를 꿰는 것처럼 관통하고 지나갔다. 프라즈가 통과한 기사는 그 즉시 몸을 경련하며 바닥으로 허물어졌다.

"커헉!"

널브러진 자들이 시커먼 핏물을 토해냈다. 겉보기에는 멀쩡해 보여도 배 속은 곤죽이 되었을 것이다. 곧 죽을 자들을 뒤로하고 카세르는 안쪽으로 달렸다. 아까 휘파람 신호를 듣고 기사들이 나타난 방향을 기억했다. 틀림없이 그쪽에 술식이 있을 것이다.

술식을 지키고 있던 사제들은 거대한 푸른 뱀을 온몸에 감고 있는 사왕을 보고 도망치거나 주저앉았다. 신을 맹신하는 자들이기에 왕의 프라즈 또한 신의 힘이라고 믿으니 감히 대항할 생각을 하지 못했다.

「어르신께서 강한 주술이니 사람의 힘으로는 절대 파괴할 수 없다고 하셨어요. 그리고 공격을 받을수록 주술의 자기 방어력이 더 강력해진대요. 그러니까 술식을 파괴할 때는 섣부르게 건드리면 안 돼요.」

카세르는 유진의 말을 떠올리며 중얼거렸다.

'단번에 모든 힘을 실어 파괴한다.'

카세르는 술식을 향해 달려가며 뛰어올랐다. 검 끝을 아래로 향하게 두 손으로 쥐고 검에 모든 프라즈를 담겠다는 의지로 집중했다. 푸른 뱀이 공중에 떠오른 카세르를 따라 하늘로 승천할 것처럼 몸을 나선형으로 돌리며 치솟았다가 새파란 기운으로 흩어지더니 검에 모였다.

술식의 정중앙에 검이 꽂혔다. 요란한 파열음 소리가 났다. 그리고 술식에서 흘러나오던 빛이 사라졌다.

'끝난 건가?'

그는 검을 꽂은 채 주변을 둘러보다가 심상치 않은 공기의 흐름을 느끼고 자세를 낮추었다. 보이지 않는 폭발이 일어났다. 검이 꽂힌 자리를 중심으로 충격파가 강한 돌풍이 되어 성도 전체를 파도처럼 휩쓸고 지나갔다.

페레드가 성도궁 정문 앞으로 갔을 때 아니카들이 잔뜩 모여 있었다. 그는 눈에 띄는 전사를 붙들고 물었다.

"자네들뿐인가?"

"편왕 전하께서는 좀 전에 성도궁 북쪽으로 가셨습니다. 그곳에 있는 성소가 라크들의 공격으로 무너졌다고 합니다."

페레드는 재빠르게 아니카들을 눈으로 훑었다. 자신의 왕비가 보이지 않았다.

"아니카들은 여기 모인 사람이 전부인가? 전부 나온 게 확실해?"

"지금 확인하고 있습니다."

"아니카 코델리가 나오지 않았어요!"

페레드는 목소리가 들리는 방향으로 즉시 고개를 돌렸다. 케이티가 페레드를 빤히 바라보면서 말했다.

"아니카 코델리는 암왕 전하의 아내이지요. 아닌가요?"

페레드는 마치 야단을 맞는 기분이 들었다. 그는 전사에게 지시했다.

"아니카들을 모두 가능한 한 성도궁에서 멀리 떨어진 곳으로 모시고 가라."

그는 즉시 성도궁 안으로 달려 들어갔다.

엘버는 흠칫 놀랐다.

'방어벽 주술이 깨졌다.'

그녀는 강력한 주술이 반응한다고 느꼈다. 주술이 발동되는 순간의 파동과 달랐다. 자꾸 버둥거리는 괴물을 묶어 두느라 지친 상태였는데 바깥에서 일이 착착 진행되고 있다는 생각이 들자 기운이 솟았다.

'내가 본 기록에 따르면 그만한 주술은 절대 사람의 힘으로는 파괴할 수 없다고 했지.'

고대 일족이 상급의 주술을 발동한 후 파훼하는 방법은 술식을 해체하는 것뿐이었다. 혹은 술식을 파괴하기 위한 다른 주술을 발동하거나. 두 방법 모두 시간이 오래 걸렸다.

'역시 왕의 힘은 대단하구나.'

왕이 술식을 파괴하는 순간은 어떤 광경일까. 구경할 수 있었다면 참 좋았을 텐데. 보는 것만으로도 배울 게 있을 것이다.

'아! 파괴되었어도 술식의 잔해에는 상당한 생명력이 남아 있을 터.'

그것을 이용할 기발한 방법이 깨달음처럼 떠올랐다. 눈앞이 밝아지는 듯하고 온몸에 소름이 돋았다.

'이것이구나. 내가 해야 할 마지막 일. 내 죄를 조금이라도 씻을 수 있는 내 소임이다.'

"방어벽 주술이 깨졌습니다."

"아, 그렇습니까?"

니콜라스는 이 어두운 감옥에서 그것을 알 수 있는 엘버의 능력에 감탄했다. 아마 그가 주술에 관한 지식이 조금만 있었더라도 놀라는 정도를 넘어 경악했을 것이다.

"그 주술이 발동된 장소를 가능한 한 보존했으면 합니다. 내가 반드시 직접 가서 살펴봐야 합니다."

니콜라스가 잠시 생각하더니 품 안에서 가죽 주머니를 꺼냈다.

"제가 지금 움직이는 것보다는 여기 적는 편이 더 빠르고 확실하게 전달할 수 있을 겁니다. 그 장소를 파괴하지 말라고 하면 될까요?"

"괴물이 그 방향으로 가면 지반이 무너질 겁니다. 놈을 처리할 때 다른 쪽으로 유도했으면 합니다. ……무리한 요구 같군요."

"무리라니요. 왕이 되어서 그쯤은 할 수 있어야지요. 문제없습니다."

니콜라스는 자신만만하게 대답했다. 그리고 노트에 흑연 조각으로 적기 시작했다. 다들 경황이 없겠지만, 다섯 명의 왕 중에서 누군가는 볼 거라고 믿었다.

엘버는 뿌옇게 형태만 보이는 니콜라스를 바라보았다. 그와 이런저런 이야기를 나누다가 저 노트에 대해서 들었다.

'저 주술로 왕들을 연결할 생각을 하다니. 진이 다른 세상에서 성장기를 보내서 그런가, 재치 있는 생각을 잘하는군.'

"드디어 들어왔다!"

라이너는 성도의 성벽을 넘자마자 소리치며 웃음을 터뜨렸다. 그는 곧바로 성도궁을 향해 달려가려고 자세를 잡다가 뒤를 돌아보았다.

성벽을 넘어 군사들이 넘어오고 있으나 그 수는 많지 않았다. 바깥에서 내내 지켜보았으니 대충 짐작하기로는 지금까지 성도로 들어간 숫자는 모든 왕의 군대를 다 합해도 기껏해야 수천 명일 것 같았다.

그에 반해 라크는 지금도 끊이지 않고 들어왔다. 왕들이 깨뜨린 씨앗의 라크는 다 들어간 지 한참이고 저놈들은 저절로 깨진 씨앗의 라크들이었다.

'수가 너무 많아질 것 같은데. 골치 아프군.'

그나마 다행스럽게도 주술에 홀린 라크는 그저 달려가기만 했다. 먼저 건드리지만 않으면 사람을 공격하지는 않는 것 같았다. 라크를 보니까 당장 모조리 사냥하고 싶은 충동으로 손끝이 근질거렸다. 하지만 그는 꾹 참고 성도궁 쪽으로 달리기 시작했다.

헤더는 외출증을 받아 성도궁을 나와서 집에 들러 모처럼 가족들과 만났다. 그녀가 성도궁으로 다시 돌아가기 전에 다른 곳에 들렀다 가겠다고 하니까 기사의 표정이 좋지 않았다.

"어디를 가시려는 겁니까?"

"아니카 케이티의 댁이요. 그분 가족들께 아니카 케이티의 안부 인사를 전해 드리려고요."

케이티의 집은 헤더의 집에서 성도로 가는 방향이 아니라 훨씬 돌아가는 곳에 있었다. 기사는 대놓고 그냥 갔으면 하는 눈치를 보였으나 헤더는 모른 척 꿋꿋이 고집을 부렸다.

"아니카 케이티가 도와주셨는데 나도 답례 인사를 해야 하지 않겠어요? 가요, 얼른."

헤더는 기사의 대답을 듣지 않고 마차에 올라탔다. 잠시 후 마차가 출발했다. 기사의 태도 때문에 제대로 가는 것인지 의심스러워 창밖을 보니까 성도궁으로 가는 방향이 아니었다. 그녀는 안심하며 창의 커튼을 치고 마차 벽에 기대앉았다.

달리던 중에 갑자기 마차가 멈추었다. 요즘은 거리가 텅텅 비어 정체가 없을 텐데 의아했다. 한편으론 채찍 소리와 함께 말발굽 소리가 요란하게 들렸다. 헤더는 기분이 이상해서 마차 벽을 두드렸다.

"경. 무슨 일이에요?"

대답이 없었다. 그녀는 즉시 문을 열고 내렸다.

"……경?"

마차만 혼자 덩그러니 서 있고 말과 기사가 보이지 않았다. 그녀는 주변을 돌아보다가 소리를 지를 뻔했다. 얼른 두 손으로 입을 막고 마차 안으로 들어갔다. 그녀는 커튼을 조금 열고 창 틈새로 바깥을 보았다.

"저게 뭐야……."

그녀가 탄 마차에서 고작 수십 걸음 떨어진 곳에서 괴물들이 떼를 지어 달리고 있었다. 겉모습은 짐승인데 크기는 사람의 두 배가 넘었다. 짐승은 그렇다 쳐도 사람보다 큰 전갈이라니. 괴물의 눈이 모두 붉은 것도 특징이었다.

실물은 처음 보지만, 한눈에 정체를 알 수 있었다.

'라크……'

그녀는 얼른 커튼을 닫고 몸을 잔뜩 수그려 마차 바닥에 주저앉았다. 두 손으로 감싸 안은 온몸이 덜덜 떨렸다.

'기사가 날 두고 혼자 도망갔어?'

기가 막히고 배신감으로 눈물이 났다. 이 작은 마차는 저 괴물 한 마리만 달려들어도 뒤집힐 것이다. 그녀는 괴물한테 잡아먹히는 자신의 끔찍한 최후를 상상하며 공포에 질려 울음을 터뜨렸다.

그런데 꽤 한참 시간이 지났는데 아무 일도 벌어지지 않았다. 그녀는 다시 조심스럽게 커튼을 조금 열었다. 여전히 괴물들은 어디론가 달려가고 있었다. 눈에 안 띄도록 마차 안에 조용히 있으면 괜찮을까 고민하다가 그녀는 문득 깨달았다.

'난 아니카잖아.'

라크는 아니카를 공격하지 않는다. 경험한 적 없고 누군가의 경험담을 들은 적도 없지만, 다들 그렇다고 했다.

그녀는 이곳이 어디인지 살펴보았다. 케이티의 집까지 그리 멀지 않았다.

'가자.'

결심을 굳히고 마차에서 내렸다. 그녀는 달리기 시작했다. 사람이 없이 텅 빈 거리가 조용해서 더 무서웠다.

뒤에서 뭔가가 쫓아올 것만 같았다. 쉬지 않고 달렸더니 숨이 차다 못해 심장이 아팠다. 그녀는 멈추어 서서 몸을 숙이고 숨을 헐떡였다.

"아아악!"

비명을 듣고 그녀는 소스라치게 놀라 상체를 들었다. 멀지 않은 곳에 거대 사마귀의 뒷모습이 보였다. 얼핏 수레 밑에 숨어 있는 사람도 보였다.

'으으…… 버, 벌레.'

그녀는 이 세상에서 벌레가 가장 끔찍했다. 자신보다 큰 사마귀의 생김새는 지나치게 생생해서 보는 것만으로도 기절할 것 같았다. 사마귀는 거침없이 궁지에 몰린 사람에게 다가갔다.

'나, 난 아니카야. 아니카.'

헤더는 눈을 질끈 감았다가 눈에 띄는 돌을 집어 사마귀를 향해 던졌다. 라크의 몸에 맞지는 않았으나 관심을 끄는 데에는 성공했다. 그녀는 붉은 눈의 거대 사마귀가 자신을 보면서 다가오자 뒷걸음질 쳤다.

굳은 다리가 뜻대로 움직여 주지 않았다. 툭 튀어나온 돌 틈에 다리가 걸려 주저앉았다. 그녀는 거대한 벌레가 자신에게 다가오는 모습을 덜덜 떨면서 바라보았다.

갑자기 사마귀가 움직임을 멈추었다. 거대한 몸통에 사선의 붉고 긴 줄이 생겼다. 라크가 둘로 갈라지는가 싶더니 그대로 터져 버렸다.

"괜찮소, 아니카?"

헤더는 먼지처럼 흩어지며 사라지는 라크 대신 등장한 붉은 머리 남자를 멍하게 올려다보았다.

대부분 라크는 주술에 홀려 플로라에게 달려갔지만, 이탈하여 사람을 공격하는 놈이 종종 있었다. 라이너는 성도궁으로 가는 도중에 그런 라크가 보이면 즉시 없애 버렸다. 이번에는 비명을 들리길래 달려왔다가 라크를 발견하고 핵을 터뜨렸다. 그런데 쓰러져 있는 사람을 보자 흠칫했다. 검은 머리카락의 여자였다.

'아니카는 지금 다 성도궁 안에 있다고 하지 않았나?'

라이너는 넘어진 채 움직일 생각을 하지 않는 아니카에게 다가갔다. 자신을 응시하는 표정이 넋 나간 듯 보였다.

"다쳤소?"

"아…… 아니, 아니요."

헤더가 고개를 열심히 흔들었다.

'왕이구나. 붉은 머리니까 염왕…….'

헤더는 아르스 저택의 연회에 갔을 때 왕들이 여럿 왔다는 말만 들었고 그 근처로는 가지 못했다. 실제로 왕을 이렇게 가까이에서는 처음 보았다. 막연히 상상한 모습과 다르고, 생각보다 무섭지 않았다.

"라크는 아니카를 해치지 않으니 너무 겁먹을 건 없고, 성도궁으로는 가지 마시오. 난 지금 급히 갈 데가 있어서 이만."

라이너는 헤더를 지나쳐 가다 말고 멈추어 섰다. 그는 문득 공기가 떨리는 듯한 기이한 파동을 느꼈다. 본능적인 위험을 감지하고 서둘러 헤더의 곁에 다가갔다. 그가 그녀를 감싸며 자세를 낮추어 앉자마자 거센 돌풍이 불었다.

마치 주변을 휩쓸고 지나가는 것 같은 바람이 잦아든 후 라이너는 시선을 들었다.

'평범한 바람 같지가 않은데.'

이어서 신호탄 터지는 소리와 함께 하늘에 푸른 연기가 번졌다.

'방어벽이 깨졌구나. 좋았어. 그놈을 사냥할 차례군!'

라이너는 벌떡 일어나 성도궁으로 달렸다. 속도를 높이기 위해 프라즈를 끌어내자 붉은 기운이 그를 에워쌌다. 헤더는 멀어지는 라이너를 멍하게 바라보았다. 그녀는 자신도 모르게 두 손을 모아 쥐었다. 심장이 두근거렸다.

*　　*　　*

'이 주술의 능력은 제대로 알려지지 않았어.'

플로라는 주술사가 되고 나서야 알았다. 고서의 기록만 읽은 방랑족 노인들의 지식은 겉핥기에 불과했다. 주술로 라크를 유혹해 불러낸다고 만 했는데 사실은 그보다 훨씬 섬세한 조종이 가능했다.

주술사의 근처에 라크가 있어야 주술이 영향을 미친다는 사실은 맞지 만, 주술사와 일정 거리 안에 있는 라크에게는 명령이 가능했다. 어디로 가라, 공격하라, 죽여라, 같은.

그리고 플로라는 라크에게 어떤 명령이 가능하고, 어떤 일은 할 수 없 는지 그냥 느낄 수 있었다. 마치 라크와 보이지 않는 끈으로 연결된 것 같았다.

그녀는 '나를 따라서 성소로 오라.'라고 라크들에게 첫 번째 명령을 내 리고 성소에 도착한 후에는 '파괴하라.'라고 두 번째 명령을 내렸다. 구 체적으로 목소리를 낼 필요도 없이 강하게 생각만 하면 되었다.

거대한 괴물들은 벽에 무작정 온몸을 부딪쳤다. 제법 단단히 지어진 건물이어도 수백 마리 괴물이 여기저기에서 충격을 가하니까 버티지 못 했다. 그녀는 요란한 소리를 내며 성소가 무너지는 광경을 흐뭇하게 바 라보았다.

'안에 사제들이 많이 있었으면 좋았을 텐데.'

그럼 깔끔하게 마무리가 될 테니까. 어쨌든 성소만 없어져도 증거 인 멸에 성공이다. 아마 성소의 사제들은 자신의 안위를 위해서라도 저 안 에서 무슨 일이 있었는지 입을 다물 것이다.

'안으로 들어가서 모두……'

"아니카 플로라!"

라크에게 '죽이라'라고 명령하기 직전, 그녀는 자신을 부르는 소리를 듣고 흠칫 놀랐다. 발 디딜 틈 없이 모여 있는 라크를 디딤돌 삼아 껑충 껑충 뛰면서 녹색 머리카락의 남자가 다가오고 있었다.

아킬은 라크가 성도궁 북쪽에 모여 벽을 허물고 있다는 전사의 보고를 받고 급히 달려왔다. 아까부터 라크의 움직임이 이상하다고 생각했다. 그리고 그는 플로라를 발견했다. 그녀를 찾기는 쉬웠다. 충실한 종처럼 라크들이 일정한 거리를 유지하며 그녀 주변을 에워싸고 있었다.

"편왕 전하."

아킬은 내심 경계했다가 플로라가 살짝 미소를 지으며 인사를 건네자 긴장을 풀었다.

"신호탄을 듣지 못했소? 곧 방어벽이 깨질 거요."

"들었습니다."

"이제 조종 주술을 중지하시오."

"한데 아직 방어벽이 깨진 것은 아니지 않습니까. 제가 주술을 그만두면 라크들이 사람들을 공격하기 시작할 텐데요. 방어벽이 완전히 깨지고 군사들이 전부 들어올 때까지는 제가 붙들고 있는 편이 낫지 않을까요?"

"그 주술이 우리 예상보다 강력하오. 씨앗을 깨뜨려 준비한 라크뿐만이 아니라 씨앗이 저절로 깨지며 라크가 성도로 몰려들고 있소. 지금도 여전히 라크가 계속 들어오고 있으니 조종 주술을 그만두는 편이 더 낫소. 그리고 성도는 괴물의 영역이니 조종 주술이 깨지면 대부분이 바깥으로 도망 나갈 거요."

플로라의 눈이 커졌다.

'저절로 씨앗이 깨진다고?'

아킬은 주변을 둘러보며 쯧, 혀를 찼다. 원래 계획대로라면 왕들이 준비한 씨앗은 등급이 낮아서 깨어날 라크도 강력하지 않았다. 잘 훈련받은 병사 두세 명이 거뜬하게 사냥할 수 있을 정도의 수준이었다.

그런데 지금은 대충 훑어만 봐도 군데군데 꽤 강한 놈이 눈에 띄었다. 병사가 상대하기는 어렵고 전사들이 처리해야 할 것 같았다. 준비된 씨앗이 아닌, 저절로 깨진 씨앗의 라크가 틀림없다.

플로라의 말대로 그녀 덕분에 이 어마어마한 숫자의 라크가 성도로 몰려왔는데도 아직 거의 피해가 없었다. 지금도 괴물들은 눈앞에 아킬을 두고서 별 반응을 하지 않았다. 주술의 힘에 묶여 있으니 망정이지 이 라크들이 한꺼번에 날뛰기 시작한다면 끔찍한 상황이 벌어질 것이다.

저절로 씨앗이 깨지지만 않았어도 왕들이 성도 괴물을 처리한 후 플로라가 조종하는 라크들을 사냥하면 수습이 비교적 쉬웠을 것이다. 하지만 성도로 계속 라크를 불러 모은다면 그 끝을 장담할 수 없었다.

그리고 아킬은 라크 조종 주술의 위험성을 잊지 않았다. 이 주술이 주술사의 욕망을 자극한다는 사실을 들었을 때 '주술사를 믿으면 안 되겠군.' 하고 생각했다.

그는 무너진 성도궁의 벽과 건물을 바라보았다.

'뭘 하려던 걸까. 여기는 왜 공격했지?'

그는 굳이 묻지 않았다. 플로라에게 특별한 목적이 있었다면 질문에 제대로 대답할 리가 없으니까. 그녀를 붙들고 진실을 말하는지, 속내가 뭔지 추궁할 시간이 없었다.

"당장 주술을 중지하시오, 아니카 플로라."

'싫어!'

플로라는 강한 반발심이 들었다. 그녀는 난생처음 느끼는 이 해방감, 자유로움, 강력한 힘을 놓고 싶지 않았다.

항상 진과 비교되어 자기 자신이 부족하다는 박탈감을 안고 살았다. 이제 비로소 자신의 존재 가치를 알 것 같은데 그만두라니.

하지만 플로라는 자신의 속마음을 표정에 드러내지 않았다. 그녀는 방랑족 노인들의 경고를 기억했다.

「잊지 마라. 주술사의 최후는 항상 비극으로 끝났단다.」

자신이 거부하면 편왕이 어떻게 반응할지 뻔했다.

'난 쓸모를 다 했으니 이제 필요 없겠지. 죽이려 할지도 몰라. 그 옛날의 주술사들이 왜 살해당했는지 알겠어. 그들이 가진 강한 힘을 주변에서 시기한 거야.'

플로라는 자신이 주술의 영향을 받고 있다고는 생각하지 않았다. 그녀의 머릿속은 명료했고 스스로 의지를 갖고 움직이고 있었다. 이 주술을 발동하기 전에는 자신을 흔들려는 음산한 목소리가 환청처럼 들려올 줄 알았는데 그런 현상은 전혀 없었다.

아킬이 시선을 돌려 아까부터 눈에 거슬린 사내에게 아는 척을 했다.

"피데스 경."

피데스가 고개를 숙였다.

"내가 괴물을 처단하기 전에 방해물부터 치워야 할까?"

'적이냐, 아군이냐. 적이면 죽는다.'라는 의미를 알아듣고 피데스는 식은땀이 났다.

피데스는 아까 플로라가 그녀의 집에서 나갈 때부터 바로 뒤에 따라붙었다. 그녀를 건드리지 않고 한 걸음 정도의 간격만 유지했다. 그 주변을 라크들이 둘러싸고 있으니 도망칠 틈도 없었다. 그리고 왠지 플로라의 곁에서 멀어지면 라크가 공격할 것만 같았다.

그는 자신의 공을 내세우는 성격이 아니지만, 이번만큼은 겸양을 부릴 때가 아니라고 판단했다.

"방어벽 신술에 관한 정보 제공자가 저입니다. 전하."

"흐음."

아킬이 눈빛이 다소 부드러워지며 고개를 끄덕였다.

"많은 이야깃거리가 있는 듯하군. 아쉽지만 나중에 듣지. 아니카 플로라. 대답이 늦소만."

플로라가 미소를 지으며 말했다.

"그렇다면 전하. 제가 라크들을 데리고 성도 바깥으로 나가면 어떨까요? 그 후에 주술을 중단하는 편이 훨씬 혼란이 덜할 겁니다."

아킬이 탄성을 지르며 고개를 끄덕였다.

"좋은 생각이오. 하지만 그대 걸음으로는 이동 시간이 꽤 걸릴 텐데…… 말을 끌고 와 봤자 난동을 부려 탈 수도 없을 테고."

아킬은 잠시 생각하더니 시선을 돌렸다. 그가 어딘가를 응시한 잠시 후, 아킬이 등장한 방식처럼 라크의 위를 밟아 달리며 은색과 흑색의 털이 섞인 늑대가 나타났다.

"팽. 네가 이 사람을 태우고 성도 밖으로 데려다 다오."

늑대는 그다지 내키지 않는다고 말하는 것처럼 아킬의 주변을 빙그르 돌았다. 아킬이 환수의 머리를 쓰다듬으며 달랬다.

"이번만이야. 부탁한다, 팽."

늑대가 푹 소리가 나도록 콧바람을 내뿜더니 두 앞다리를 쭉 뻗으며 기지개를 켰다. 그 자세에서 점점 늑대가 덩치를 키웠다. 순식간에 사람을 거뜬히 태울 수 있을 만큼 거대한 늑대가 되었다.

플로라는 선선히 늑대의 등에 타겠다고 했다. 그런데 아킬은 그녀가 환수 위에 올라탄 어설픈 자세를 보고 수심에 찬 표정을 지었다. 아무래도 달리던 도중에 떨어질 것 같았다.

그래서 피데스도 태운 후 버티는 것은 그에게 맡기고 플로라는 피데스 뒤에서 그를 꽉 붙잡아 이동하는 방법으로 결정했다.

'음?'

흠칫 놀란 아킬이 반사적으로 한쪽 팔을 들어 눈앞을 가리자마자 강한 바람이 그를 휩쓸고 지나갔다. 그리고 곧 신호탄이 터지는 소리를 들었다.

피데스와 플로라는 강풍을 정통으로 맞아 늑대 위에서 굴러떨어졌다. 재빠르게 늑대가 받쳐 준 꼬리로 떨어진 덕분에 다행히 다치지 않았다. 정신을 차린 두 사람은 다시 늑대 위로 올라탔다.

"방어벽 주술이 깨졌군. 준비됐소?"

늑대 위에서 피데스와 플로라가 동시에 고개를 끄덕였다.

"가라, 팽."

거대 늑대는 라크를 밟고 도약했다. 곧 빠르게 멀어져 아킬의 눈앞에서 사라졌다. 그 뒤를 라크들이 우르르 따라갔다.

'이건 알려 줘야겠지.'

아킬이 노트를 꺼내 펼쳤다. 그는 명왕이 적은 내용을 발견하고 흥미로운 표정으로 읽었다. 그리고 그 밑에 방금 있었던 일을 간략히 적었다.

주변 풍경이 빠르게 휙휙 지나갔다. 플로라는 늑대 위에서 떨어지지 않기 위해 피데스를 꽉 잡은 채 머릿속으로는 열심히 궁리했다.

'어떡하지?'

간신히 시간을 벌었으나 편왕이 환수에 태우는 바람에 그 시간조차 대부분 빼앗겼다. 이제 곧 성도를 벗어날 것이다.

분통이 터져서 눈물이 날 것만 같았다. 편할 대로 이용만 해 먹고 자신의 것을 빼앗아 가려 하다니.

영원히 이 주술을 유지하겠다는 건 아니다. 자신에게 주어진 이 모든 것을 조금만 더 누리고 싶었다. 이 세상의 라크를 마음대로 부릴 수 있는 가장 강력한 아니카로서 자신의 존재감을 확실히 남기고 싶었다.

어느새 성벽이 가까워졌다. 저 성벽은 성도의 경계선. 저 바깥으로 나가면 모든 게 끝이다. 저 벽을 통과하는 순간 왕이 쫓아오지 못하는 어디론가 가 버리면 얼마나 좋을까. 그 생각을 하는 순간, 번뜩 떠올랐다.

'가면 되잖아. 갈 수 있잖아.'

그녀의 입술 끝이 한껏 위로 휘어 올라갔다.

늑대는 성벽 밖으로 나가자마자 멈추어 섰다. 내리라는 신호를 알아듣고 피데스가 먼저 내린 후 플로라도 내려오도록 도와주었다. 두 사람이 땅에 발을 디딘 후 늑대는 즉시 다시 성도로 달려 들어갔다.

플로라는 성도를 등지고 걷기 시작했다. 그리고 멈추더니 피데스를 보며 말했다.

"더는 따라오지 마요. 주술을 중지하려면 준비가 필요한데 방해받으면 안 되거든요."

"방해하지 않겠습니다."

피데스는 아까의 편왕과 플로라의 대화를 듣고 대강의 사정을 유추했다.

"어떤 돌발 상황이 발생할지 모릅니다. 제가 호위하겠습니다."

플로라가 삐딱하게 웃었다.

"말귀를 못 알아듣네요. 경이 방해되니까 따라오지 말라는 뜻이에요."

피데스는 지금 플로라의 모습에서 아까 그녀가 방문을 열고 나올 때 느꼈던 섬뜩한 위화감을 느꼈다.

"경은 날 죽일 마음을 먹었지만, 난 경에게 살 기회를 주겠어요. 당장 내 눈앞에서 꺼져요."

플로라가 다시 돌아섰다. 피데스는 그 자리에서 멀어지는 그녀의 뒷모습을 바라보았다. 그는 천천히 뒷걸음질 쳤다. 뭔가 이상하다. 그는 플로라의 마음이 바뀌어 자신을 죽이려 하기 전에 어서 이곳을 벗어나야 한다고 판단했다. 왕에게 알려야 한다. 틀림없이 뭔가 어긋났다.

얼마간 걸어가던 플로라는 멈추어 서서 가만히 있다가 뒤를 돌아보았다. 그녀의 새카만 눈동자가 번들거렸다.

'죽일까?'

자신의 주변을 에워싼 라크들 외에는 아무것도 보이지 않았다. 하지만 성도 쪽으로 다시 가고 싶지 않아서 그녀는 다시 돌아섰다.

'멀리 가자. 그러면 왕이라고 해도 당장 쫓아오지 못할 테니까.'

플로라는 방랑족의 은신처에서 하시 왕국까지 이동했던 이동 주술의 출발 술식을 어떻게 그리는지 똑똑히 기억했다. 출발할 때는 따로 매개가 필요하지도 않았다. 술식만 그리면 된다. 그러면 하시 왕국에 도착할 것이다.

'도착 술식은 그대로 있을 거야. 그거 만드는 게 공이 많이 들어가니까 당장 없애지는 않았을걸.'

그 이동 주술의 가장 어려운 부분은 도착 술식을 제대로 완성하는 것이었다. 그 부분은 진이 전담했다는 말을 들었을 때 내심 놀랐고 분했다. 자신은 주술을 배우기 위해 얼마나 고생을 했는데. 왜 그 애는 뭐든 그렇게 쉽게 손에 넣는 거지?

*　　*　　*

"왕비님. 명하신 대로 수도에 통금령을 내렸습니다."

"수고가 많았어요."

갑자기 수도를 통제한다는 것은 여간 복잡한 일이 아닌데 대장군이 직접 뛰어다닌 덕분에 유진의 예상보다 빠르게 경과보고를 받았다. 활동기에 강력한 라크가 자주 등장하다 보니까 백성들이 통제에 따라 일사불란하게 움직이는 것이 익숙한 덕도 있었다.

레스터가 물러간 후, 그의 앞에서는 여유로운 척했던 유진의 표정이 초조해졌다. 그녀는 레스터가 찾아오기 직전에도 확인했던 노트를 다시 펼쳤다. 여전히 새로 올라온 내용이 없었다.

'이상해. 왜 이렇게 불안하지.'

시간이 갈수록 심장이 뛰고 숨이 막혔다. 마치 공황증에 걸린 사람처럼 안절부절못했다. 혹시 카세르에게 안 좋은 일이라도 생겼을까 봐 걱정되어 바짝 마른 입 안이 깔깔했다.

'이러면 안 돼. 마음을 편하게 갖자. 아이한테도 안 좋아. 그 사람은 괜찮을 거야.'

그녀는 수시로 시간을 확인했다. 방어벽 주술은 깨뜨렸을까, 괴물 사냥은 시작한 걸까. 모든 일의 결과는 최소한 오후가 다 지나간 후에 알 수 있을 텐데 대체 오늘따라 왜 이렇게 시간은 더디 가는지 모르겠다.

펑!

유진은 흠칫 놀라 창가로 고개를 돌렸다.

'신호탄?'

그녀는 벌떡 일어나 창문 앞으로 다가갔다. 하늘에서 노란색 연기가 번지고 있었다.

'신호탄이라니. 건기인데 왜? 설마 플로라의 주술이 여기까지 영향을 미친다는 거야?'

펑, 펑. 연달아 두 번의 신호탄이 터졌다. 비상이라고 외치는 소리가 들리는 것 같았다. 라크가 성벽을 넘었다는 뜻, 초록색 연기가 하늘을 물들였다.

"왕비님."

유진이 하늘을 바라보며 대답했다.

"들어오게."

문이 열리는 소리가 들려 돌아보니 전사가 눈이 마주치자 바로 보고했다.

"무슨 일인지 확인하러 성벽으로 사람을 보냈습니다. 왕비님."

유진은 저 신호탄이 사소한 해프닝이 아니라고 확신했다. 그 증거로 아까부터 불안하게 뛰던 심장이 오히려 지금은 안정을 찾았다. 마치 어떤 일이 일어나기 전에 그녀에게 경고한 것처럼.

"지금 즉시 비상 경계령을 발동하시오."

펑. 또다시 신호탄이 터졌다. 유진은 하늘을 올려다봤다가 전사에게 고개를 돌리며 언성을 높였다.

"당장!"

"예, 왕비님."

전사가 다급히 뛰어나갔다.

플로라가 방랑족의 은신처에서 하시 왕국으로 이동했던 거점형 이동 주술은 몇 가지 단점이 있었다. 한 번에 한 사람만 이용할 수 있다는 것, 출발지 술식은 사용 후 망가진다는 것, 도착지 술식을 완성하기 위해서는 많은 시간과 비용이 든다는 것, 설치하면 영구 사용이 가능한 일반적인 이동 주술과 다르게 정기적으로 매개를 보충하며 관리해야 한다는 것.

그런데 장점도 있었다. 출발할 때 매개가 필요 없고 환각을 일으키는 약물을 먹지 않아도 되었다.

플로라는 막힘없이 술식을 그렸다. 그녀는 자신의 주술 능력이 비약적인 성취를 이루었다는 생각이 들어 뿌듯했다. 불과 몇 개월 전, 하시 왕국의 호텔 객실에 성도로 돌아가는 이동 술식을 그릴 때만 해도 쩔쩔맸다.

그녀는 완성한 술식 위로 올라섰다. 바닥의 문양에서 빛이 흘러나오는 것을 보며 눈을 감았다가 뜨니까 풍경이 바뀌었다. 끝이 보이지 않을 만큼 자신의 주변을 에워쌌던 라크 무리는 사라지고 사방은 어두웠다.

'왔구나.'

플로라는 만족스럽게 웃었다. 몇 시간 전, 똑같은 상황을 겪었다. 그때는 주변이 어두워서 두리번거리고 있으니 곧 문이 활짝 열리고 전사가 들어왔다. 하지만 이번에는 누구도 들어오지 않았다. 굳게 닫힌 문틈 사이로 희미한 빛만 새어 들어왔다.

그녀는 문 앞으로 다가가 두 손으로 힘껏 밀었다. 모래가 섞인 바람이 훅 밀려 들어왔다. 한낮의 햇볕이 내리쬐는 사막과 그리 멀지 않은 곳에 굳건히 서 있는 성벽이 보였다. 불과 몇 시간 전에 봤던 풍경이었다. 사람이라고는 그림자조차 보이지 않는다는 점만 달랐다.

평소라면 돌문은 활짝 열려 있고 사람들이 활발하게 드나들었을 것이다. 이때쯤은 건기가 얼마 남지 않은 시점이니 씨앗 채취꾼들이 더더욱 박차를 가하여 분주하게 일했다.

왕국의 백성이 아닌 플로라는 그런 사정을 몰랐다. 하지만 알았어도 개의치 않았을 것이다. 그녀는 두려울 게 없었다. 자신의 앞을 가로막는 것들을 모두 치울 자신이 있었다.

'씨앗이 저절로 깨진다고 했지.'

성도와 다르게 지금 그녀 앞에는 라크가 한 마리도 없지만, 그녀는 여전히 주술이 유효하다고 느낄 수 있었다. 당장 눈에 보이지 않을 뿐이다.

'일어나라!'

그녀는 강한 의지를 품고 명령했다. 잠시 후, 여기저기에서 모래가 들썩이더니 붉은 눈의 괴수들이 모습을 드러냈다. 대개 라크는 발생하는 지역에 자생하는 생물들의 모습을 본떴다. 그래서 성도에서 봤던 라크와 종류가 상당히 달랐다.

뱀과 전갈, 거미와 도마뱀, 지네와 독개미, 혹은 벌레인지 짐승인지도 확실하지 않은 기이한 형태까지. 척박한 환경에서 살아가는 사막의 동물들은 생김새도 거칠었다. 거미조차 평범하게 생기지 않았다. 그런데 크기마저 거대하니 존재만으로도 공포를 불러일으켰다.

하지만 플로라는 그 모습조차 든든하게만 느껴졌다. 자신의 주변으로 모여드는 라크들을 보며 웃음을 터뜨렸다. 그녀는 광기 어린 눈빛으로 성벽 너머 높이 솟은 왕성의 첨탑을 보며 중얼거렸다.

"진. 다시는 날 함부로 대하지 못하게 해 주겠어."

진은 자신의 앞에서 무릎 꿇고 지난 잘못의 용서를 구하며 진심으로 사죄해야 할 것이다. 그동안 자신이 받았던 굴욕을 진도 느껴야 한다. 플로라는 통쾌한 장면을 상상하다가 피식 웃었다.

'나도 참. 고작 사과를 받겠다니. 진이라면 내가 상상도 못 하는 방식으로 훨씬 악랄하게 굴었을 텐데. 그런데 똑같은 사람이 되어 봤자 뭐 하겠어.'

그녀는 붉은 눈의 라크들을 쭉 둘러보다가 귀가 크고 고양이처럼 생긴 짐승을 보고 시선이 멈추었다. 전갈이나 뱀보다는 네발짐승이 거부감이 없다.

'이리 와.'

스라소니가 앞으로 걸어 나오더니 플로라의 앞에서 등을 보이고 엎드렸다. 플로라가 라크의 등에 올라탔다. 이 라크는 자신을 태우고 성벽을 넘을 것이다.

'가자.'

지금 이 순간에도 여기저기에서 라크가 깨어났다. 그녀 주변으로 모여드는 괴물의 숫자는 빠르게 늘었다.

"셀 수 없는 라크들이 성벽을 넘어 들어오고 있습니다."

전사는 딱딱하게 굳은 표정으로 보고했다. 그는 십 년이 넘도록 활동기마다 성벽을 사수하는 임무를 수행하며 여러 번의 죽을 고비를 넘겼는데도 그 장면을 보는 순간 눈앞이 아득했다.

"그리고……."

전사는 망설였다. 아주 잠깐 스치듯 보았고 라크들에 가려져 재차 확인하지는 못했다.

"라크 위에 사람이 타고 있었습니다."

집무실에는 유진을 비롯하여 재상 베루스와 관료들이 모여 있었다. 유진이 즉시 비상 경계령을 공표하면서 급히 관료들을 불러 모았다. 그래서 헐레벌떡 달려온 그들과 보고하러 온 전사가 거의 동시에 도착했다.

"사람이 라크를 타? 병사를 보고 착각한 것 아닌가?"

베루스가 묻자 전사는 긴가민가한 표정으로 '잘못 봤을지도 모릅니다.'라고 대답했다.

하지만 유진은 전사의 말을 듣고 생각에 잠겼다.

'혹시 플로라가? 하지만 플로라는 성도로 갔잖아. 분명히 딸려 보낸 전사가 이동 주술로 가는 모습을 봤다고 했고. 그 객실의 이동 주술은 더는 쓸 수도 없어.'

"아."

그녀가 탄식하자 모두의 시선이 그녀에게 향했다.

'사막에 만든 술식. 그게 있었지.'

플로라는 방랑족의 은신처에서 지내면서 주술을 배웠다. 출발지의 술식을 그릴 만큼의 실력은 충분히 갖추었을 것이다.

욕망을 자극하여 악의를 증폭시킨다는 그 조종 주술의 작용으로 플로라가 자신에게 원한을 품고 왕국으로 왔다는 가정은 현실 가능성이 있었다.

'내가 아니라 가짜에게 품은 원한이지만, 어쨌든 플로라는 나를 가짜로 알고 있으니까. 그렇다면 플로라의 목적은 나겠구나.'

유진은 사막의 그 술식이 아까워서 보존한 자신의 결정을 후회했다. 즉시 파괴해 버렸어야 했는데.

그녀는 전사에게 지시했다.

"대장군께 가서 전하게. 군사를 물리고 라크를 공격하지 말라고. 덤비는 라크는 방어해야겠지만, 먼저 건드려서는 안 된다고 전하게."

전사는 이해하지 못하는 표정을 지었지만, 순순히 대답하고 물러갔다.

"다들 전하께서 떠나시기 전에 들었을 겁니다. 라크를 조종하는 주술. 지금 그 주술이 작용한 것 같군요."

관료들이 서로를 마주 보며 어리둥절한 표정을 지었다. 그때는 속으로 '정말 그런 일이 가능한가?'라고 생각했으면서도 왕께서 거짓말하실 리는 없으니 겉으로만 이해하는 척했다. 지금도 실감이 나지 않았다. 상황 판단이 빠른 베루스의 안색만 변했다.

"왕비님. 비상 경계령을 위태 등급으로 올리겠습니다."

"그리하세요."

유진과 베루스가 주고받는 대화를 듣고 나서야 다른 관료들 표정도 심각해졌다. 비상 경계령이 최고 단계인 위태 등급까지 올라간 적은 선대 사왕의 생전에도 없었다. 더구나 지금은 활동기도 아니니 더 심각했다.

수도의 모든 집에는 만약을 대비한 지하 대피소가 존재했다. 위태 등급은 수도의 안전을 장담하지 못하므로 모두 대피소로 들어가라는 뜻이었다. 활동기에는 경계령이 발동해도 해가 지면 자유롭게 활동하지만, 위태 등급의 경계령이 발동하면 해제 신호를 받기 전까지는 대피소에서 나오면 안 된다.

경계령을 알리는 신호탄을 터뜨리기 위해 관리가 집무실을 나갔다. 베루스는 문득 생각났다는 듯 유진을 보며 감탄했다.

"왕비님께서 이미 통제령을 지시하셨으니 다들 집 안에 머물고 있습니다. 모두 신속하게 대피할 테지요."

다른 관리들도 탄성을 질렀다.

"혜안이 대단하십니다. 왕비님."

"왕비님께서 미리 단속하지 않으셨다면 지금쯤 큰 혼란이 벌어졌을 겁니다."

유진은 억지웃음으로 대답을 대신했다. 자신을 우러르는 시선을 받아도 마음만 무거웠다. 모든 게 다 자신의 탓 같았다. 사막의 술식을 그대로 둔 것도, 플로라와 제대로 화해하지 않고 나중으로 미룬 것도.

"왕비님!"

전사가 다급히 들어왔다. 대장군에게 심부름을 보낸 자와는 다른 사람이었다. 시시각각 변하는 바깥의 상황을 빠르게 확인하기 위해 짧은 간격을 두고 전사들이 정찰하러 나갔다.

"성벽을 넘은 라크들의 움직임이 이상합니다. 보조를 맞추어 느릿하게 이동하고 있습니다. 마치 병사들이 행군하는 것 같습니다."

유진과 관리들이 서로를 마주 보며 고개를 끄덕였다. 주술의 작용으로만 저런 기이한 현상을 설명할 수 있다.

"왕비님. 지하 방공호로 피하십시오."

베루스는 수성전을 머릿속으로 그렸다. 왕께서 귀환하실 때까지 버틸 수 있을까. 최악의 경우라도 견고한 방공호라면 왕비님을 안전하게 보호할 것이다. 왕비님과 왕자님, 두 분만 무사하시다면…….

"아니요. 난 가지 않겠어요. 전하께서 안 계시는 동안은 내가 지휘권자예요. 전쟁 중에 수장이 숨는 법은 없어요."

베루스가 자신도 모르게 입을 떡 벌렸다. 관리들 반응도 다르지 않았다.

"라크들이 천천히 움직인다고 했지요. 당장 공격성을 드러내지 않는 것은 주술사의 의지예요. 즉, 주술사는 지금 자신의 힘을 과시하고 있어요. 요구 조건이 있다는 뜻이지요."

유진의 말을 증명하듯 추가 보고를 하러 들어온 전사가 고했다.

"라크 위에 사람이 타고 있습니다."

유진이 알만 하다는 표정으로 물었다.

"아니카인가?"

"……예, 왕비님."

"내게 전하라는 말이 있겠군."

전사는 어떻게 말해야 할지 모르겠다는 표정으로 말을 잇지 못했다.

"나보고 나오라고 하던가?"

전사가 당혹감과 분노가 뒤섞인 감정을 억누르는 눈빛으로 대답처럼 고개를 숙였다.

"안 됩니다, 왕비님!"

베루스와 관리들이 거의 동시에 목소리를 냈다.

"저 많은 라크가, 심지어 조종당하는 상태로 공격을 시작하면 수도는 순식간에 쑥대밭이 될 거예요. 전하께서 안 계시고 전사들도 상당수 자리를 비웠어요. 무슨 재주로 막을 건가요? 모두 죽고 나 혼자 살아남아서 무슨 의미가 있어요. 그리고 사람끼리의 전쟁이라면 내가 물러서 있는 것이 오히려 돕는 방법이겠지요. 하지만 라크들이 몰려온 이 상황에서 가장 안전한 사람은 나예요."

말발로는 누구에게도 지지 않을 자신이 있던 베루스는 유진의 말에 말문이 막혔다. 자신이 어떤 말을 해도 왕비님을 설득할 수 없다고 깨달았기 때문이었다. 그래서 그는 구원군을 불렀다.

그 즉시 달려온 마리안이 눈물 바람으로 유진을 설득했다.

"왕비님. 지금 홑몸이 아니십니다. 몸도 무거우신데 어쩌시려고요. 라크가 왕비님을 해치지 않는다고 해도 놀라시는 것만으로도 큰일이 날 수 있습니다."

유진이 미소 지으며 자신의 배를 감싸 안았다.

"왕의 아이예요. 그렇게 약할 리가 없어요. 이 아이는 장차 평생 라크와 싸워야 하는 운명을 타고났어요. 이런 일 정도는 견뎌야지요."

"왕비님."

마리안이 속이 터진다는 표정으로 다나를 응시했다. 제발 따님을 말려 달라고, 눈빛으로 애원했다.

다나가 복잡한 표정으로 유진을 바라보더니 작게 한숨을 내쉬었다. 단단히 결심한 듯한 딸의 표정을 봐서는 어떤 설득도 소용없을 것 같았다.

어머니의 마음으로는 딸을 꽁꽁 감싸 보호하고 싶었다. 하지만 다나 역시 가문을 이끈 장으로서 등 뒤에 지켜야 할 사람이 있는 수장의 책임감을 이해했다. 자신의 딸이지만, 이 나라의 왕비이기도 하니까.

"너는 도망치면 안 되는 자리에 있는 사람이다. 다녀오렴."

마리안은 한술 더 뜨는 다나를 기절할 것 같은 표정으로 바라보았다.

"네, 어머니. 너무 걱정하지 마세요."

유진은 주변을 돌아보며 지시했다.

"어머니를 방공호로 모셔라."

남들이 냉정하다고 평할 정도로 태연한 표정으로 멀어지는 딸의 뒷모습을 보면서 다나의 손은 힘줄이 불거지도록 주먹을 쥐었다. 방공호로 모시겠다는 전사에게 다나는 고개를 저었다.

"혼자 살겠다고 도망가는 어미는 없지요. 난 여기서 기다리겠습니다."

방어벽의 진입은 그 틈을 비집고 성도에 들어가느냐는 확률에 달렸다. 왕은 예민한 감각으로 보이지 않는 벽이 어디쯤 있는지 금세 파악했고 체력이 남다르니 짧은 시간에 여러 번 진입을 시도할 수 있었다. 그래서 대부분 왕이 빠르게 성도로 진입했다.

리차드가 성도로 들어온 후 얼마 안 되어 첫 번째 푸른 신호탄이 터졌다. 그 즉시 그는 우왕좌왕하는 군사들을 통솔했다.

"놈들의 뒤를 쫓되 먼저 공격하지 말라! 성도민은 모두 집으로 들여보내라! 사람을 공격하는 라크를 우선 사냥하라!"

상제의 명으로 성도가 엄격한 통제 상태인 것이 공교롭게도 도움이 되었다. 한낮인데도 거리에 사람이 거의 없었다.

'주술이란 참으로 신묘한 기술이다.'

리차드는 감탄했다. 그는 사실 주술의 힘이 잘 와닿지 않았다. 인간에 대한 공격성은 라크의 본능이었다. 과연 주술이 본능을 제어할 수 있을까. 게다가 성도는 인구 밀도가 높았다. 라크 입장에서는 사방에 먹이가 널린 꼴이었다.

그런데 일사불란하게 달려가는 라크의 움직임은 놀라웠다. 눈에 보이는 인간을 공격하는 놈이 간간이 있기는 해도 그 수는 많지 않았다. 심지어 건물을 거의 건드리지도 않았다. 성도에 워낙 넓게 잘 닦인 길이 여러 갈래로 쭉쭉 뻗어 있는 덕분일 것이다. 라크들은 그 길을 따라 달리기만 했다.

'가능한 한 피해자를 줄여야 한다.'

성도의 상징인 성도 광장은 성도를 원으로 가정했을 때 조금 북쪽으로 치우친 곳에 있었다. 그리고 광장을 중심으로 다양한 계층의 사람들이 살아가는 거리가 여러 갈래로 나뉘었다.

리차드는 중산 계층 이하 사람들의 가옥이 모여 있는 거리로 이동했다. 성도에서 가장 많은 사람이 거주하는 곳이며 다닥다닥 건물들이 붙어 있고 허름한 집도 많아서 무너지면 피해가 클 것이다.

"병사는 세 명씩 조를 만들어라! 전사는 라크를 사냥하면서 병사들을 보조하라!"

이삼십 대 나이의 팔팔한 다른 왕들에 비하면 리차드는 한창때보다 기력이 줄었다. 그래도 역시 왕은 왕이었다. 라크의 핵이 보이는 왕의 능력 덕분에 그가 검을 한 번 휘두를 때마다 라크가 소멸했다.

"와아!"

그는 여럿이 탄성을 지르는 소리를 듣고 고개를 돌렸다. 거대한 흑표범이 라크들을 짓밟으며 뛰어다니다가 한 마리를 물더니 냅다 바닥에 메다꽂았다. 더 멀찍이에선 도마뱀 환수가 자신보다 작은 도마뱀 라크를 입 안 가득히 물고 공중에서 뒤흔들고 있었다.

'사왕의 환수들인가?'

잠시 멈추어 서서 그 모습을 보던 리차드는 자신의 옆으로 뭔가가 휙 지나가자 움찔했다.

붉은 여우 환수는 달려가면서 점점 덩치를 키웠다. 리차드는 놀란 눈으로 어느새 훌쩍 커진 자신의 환수를 보았다. 저 정도로 커진 모습을 언제 봤는지도 기억나지 않았다.

'푸푸, 저 녀석이.'

평소 얌전한 녀석답지 않았다. 다른 환수들이 날뛰는 모습을 보니 호승심이 일어난 모양이었다. 그는 픽 웃으며 다시 검을 휘두르기 시작했다.

처음엔 집 안에서 덜덜 떨던 사람들은 한두 명씩 조심스럽게 창 바깥을 내다보았다. 호기심이 공포를 밀어낸 사람들은 어느새 창가에 옹기종기 모여 바깥에서 벌어지는 광경을 넋 놓고 구경했다.

'저게 말로만 듣던 라크구나.'

'상상한 것만큼 무시무시하지는 않은데.'

'덩치가 커서 그렇지, 생긴 모습은 흔히 보는 짐승과 다르지 않잖아.'

라크가 어떻게 생겼는지조차 제대로 아는 성도민이 거의 없었다. 성도에서는 라크를 언급하는 일이 은근히 금기시되어 있었다. 공포심을 부추겨 성도궁에 의존하게 하려는 은밀한 공작이 오랫동안 진행되었다는 사실을 사람들은 당연히 몰랐다.

왕의 단칼에 라크가 퍽퍽 터지며 먼지가 되는 광경에는 저절로 탄성이 나왔고, 라크를 사냥하는 병사들을 보면서는 손에 땀을 쥐고 응원했다. 특히 거대한 환수들이 현장을 누비며 라크를 물어뜯는 모습은 사람들의 머릿속에 '환수는 라크와 다르다'라는 인식을 심어 주었다.

"라크가 움직이는 방향이 바뀌었습니다!"

전사의 외침이 들리기 조금 전부터 리차드도 느끼고 있었다. 그는 방어벽이 깨졌다는 두 번째 신호탄을 들은 후 변동 사항이 있나 해서 노트를 꺼냈다. 그리고 명왕과 편왕이 적은 내용을 발견했다.

"모두 무기를 거둬라! 라크를 쫓지 마라!"

잠시 후 요란한 함성이 들렸다. 방어벽이 사라지자 군사들이 밀려들어 오는 소리였다.

*　　　*　　　*

대장군 레스터가 신호탄 소리를 듣자마자 달려갔을 때는 이미 라크가 성벽을 넘어오고 있었다. 멀리서 봐도 성벽에 붙어 내려오는 전갈 무리의 수가 어찌나 많은지 개미 떼 같았다. 그는 평소 신앙이 두텁지 않았는데도 자신도 모르게 중얼거렸다.

'아, 신이시여.'

무슨 일이 있어도 왕성만큼은 사수해야 한다. 그는 결연히 다짐했다. 그리고 뒤쪽의 전사에게 지시했다.

"성벽에서 전부 철수하라고 신호를 보내라. 지금 성벽을 지키는 건 의미가 없다."

"예, 대장군."

"모든 전사는 여기서 저지선을 구축한다. 왕성에서 수성 준비를 할 동안, 우리가 최대한 시간을 벌어야 한다."

"예, 대장군."

모두 죽음을 각오한 표정으로 대답했다.

'이상하군.'

레스터는 라크들의 움직임이 특이하다는 점을 알아차렸다. 지나치게 느린 속도로 마치 군대처럼 대열을 유지하고 있었다.

얼마 후, 왕성에서 달려온 전사가 고했다.

"절대 먼저 라크를 공격하지 말라고 하셨습니다."

잇달아 달려온 또 다른 전사가 새로운 정보를 전했다.

"주술의 작용이라고 하셨습니다. 그렇게 말씀을 전하면 대장군께서 아실 거라고 하셨습니다."

'주술? 저런 것이…… 주술로 가능하다고?'

레스터는 그냥 라크들이 몰려오는 것보다 인위적인 힘이 작용했다는 것이 더 소름이 돋았다. 저 힘을 이용하는 자가 나쁜 마음을 먹으면 순식간에 이 세상을 초토화할 수 있을 것이다. 그리고 그는 점점 가까이 다가오는 라크 무리 속에서 사람을 발견했다.

"대, 대장군. 저기 사람이!"

"……그래. 나도 봤다."

시간이 지날수록 서로의 거리는 좁혀졌다. 뭉뚱그린 형태로만 보였던 사람의 모습을 레스터와 전사들이 대충 알아볼 수 있을 정도로 가까워졌다. 라크의 등에 올라탄 여인이 검은 머리카락이라는 특징까지 보일 정도의 거리에서 모든 라크들이 그 자리에 멈추어 섰다.

라크 위에 타고 있던 여인이 땅으로 내려왔다. 그리고 레스터와 전사들을 향해 천천히 걸어왔다. 스무 걸음 정도를 걸어왔을까. 그리고 여인은 걸음을 멈추었다.

레스터는 눈을 가늘게 좁혔다. '할 말이 있으니 대표가 나와라.'라는 상대방의 의도를 알 수 있었다. 그는 전사를 불러 지시를 내렸다. 잠시 후, 지시받은 전사를 포함한 여럿이 슬그머니 뒤로 물러나 무리 속에 섞이는 척하면서 사라졌다.

레스터가 홀로 플로라를 향해 걸어갔다. 그는 전사들에게 저격을 준비하라고 지시했다. 백발백중의 명궁들이니 실수는 없을 것이다. 준비할 시간을 벌려고 일부러 느릿한 속도로 걸어서 서로의 목소리가 들릴 만한 거리를 두고 멈추었다.

플로라는 생긋 웃으며 마치 레스터의 속내가 빤히 보인다는 듯이 말했다.

"날 해치면 라크들의 제어가 풀리고 동시다발로 공격을 시작할 거예요. 그전에 시도 자체가 실패하겠지만요. 어떤 무기도 날 해칠 수 없어요. 시험해 보고 싶다면 말리지는 않겠지만, 뒷감당은 각오하세요."

레스터는 플로라가 허세를 부리는 게 아니라고 판단했다. 저 뒤에서 라크가 달려오는 속도보다 자신이 달려들어 그녀를 죽이는 쪽이 더 빠를 것이다. 하지만 무방비 상태로 보여도 믿는 구석이 있는 거다. 그는 이를 악물었다가 말했다.

"아니카께서 무슨 이유로 이런 짓을 하는 겁니까?"

"진을 만나러 왔어요. 진과 나 사이에, 그쪽은 모르는 꼭 풀어야 하는 문제가 있거든요. 아, 내가 왕성으로 들어가지는 않을 거예요. 진에게 전해요. 왕국을 지키고 싶으면 그쪽이 지금 서 있는 그 자리로 오라고."

"왕비님께서 왕성에서 나오신답니다."
전사의 보고를 듣고 레스터는 '뭐?'라고 버럭 소리쳤다.
'베루스, 이놈이 미쳤나.'
레스터가 저 미친 여자의 요구 조건을 왕성으로 전달한 것은 윗전께 전하라는 말을 중간에서 가로챌 수 없어서였다. 절대 그 요구를 왕비님께서 받으라는 의도가 아니었다.
재상을 비롯한 관료들이 알아서 왕비님을 방공호로 모시고 수성 준비를 시작하겠거니, 생각하며 왕비님의 마지막 지시를 기다리던 중이었다.
잠시 후 마차들이 달려왔다. 멈춘 마차에서 재상을 포함한 관료들과 궁인들이 우르르 내렸다. 설마설마했다가 마지막에 내리는 유진을 보면서 레스터는 기절할 것 같았다.
주군의 싸늘한 표정이 그의 눈앞에 스쳐 지나갔다. 왕비님께 무슨 일이 생기면, 아니, 아무 일이 없어도 이 상황을 사왕 전하께서 아시는 즉시.
'전하께 죽는다.'
차라리 라크한테 죽으면 명예라도 남을 것이다. 그는 반드시 왕비님을 다시 왕성으로 돌려보내겠다는 필사의 의지를 다졌다. 그러나 베루스와 마리안도 실패한 설득을 그가 해낼 리가 없었다.
유진이 단호하게 레스터의 만류를 물리쳤다.
"이 자리에 있는 사람이 전하이시라면 대장군께서 길을 막으셨겠습니까?"
"왕비님. 충정으로 올리는 말씀입니다. 부디 가납하여 주시옵소서."

"대장군 마음을 몰라서가 아니에요. 나만이 해결할 수 있으니까 나선 겁니다. 길을 여세요, 대장군. 대장군께서 나를 이 나라의 왕비로 인정한 다면 말입니다."

레스터는 패잔병의 표정으로 물러났다.

유진은 플로라에게 다가갔다. 그녀의 뒤에서 세상의 모든 시름을 짊어진 표정의 스벤이 바짝 따라갔다. 유진은 플로라와 독대하려 했는데 스벤은 차라리 자신을 죽여 달라며 무릎을 꿇어서 간신히 따라올 수 있었다.

아까 레스터가 서 있던 자리에 유진이 섰다. 두 사람은 잠시 서로를 바라보았다. 플로라가 스벤에게 흘끔 시선을 주었다가 삐딱하게 말했다.

"나와 단둘이 만나는 것이 그렇게 겁이 났니? 너도 아니카니까 저 라크들을 겁낼 필요는 없을 텐데."

"나는 왕비야, 플로라."

"아하. 귀한 몸이시다?"

"내 거취를 항상 내가 원하는 대로 할 수 없다는 뜻이야."

유진은 코웃음 치는 플로라를 유심히 보았다. 눈빛이나 표정이 불과 몇 시간에 봤던 사람과 완전히 딴판이었다. 그 주술이 사람을 변하게 하는 걸까, 아니면 숨겨진 본성을 드러나게 하는 걸까. 어느 쪽이든 안타까웠다.

"플로라. 그 주술에 굴복하지 마. 네가 마음만 먹으면 언제든 그 주술에서 벗어날 수 있어. 그 주술의 위험성에 관해서 방랑족의 어르신들께서 여러 번 말씀하셨잖아. 아직 늦지 않았어."

플로라가 웃음을 터뜨렸다.

"위험성? 걱정해 주는 척 가증스럽기는. 말은 똑바로 해야지. 이만한 힘을 내가 갖게 된 것을 위험하다고 생각하는 거잖아."

플로라는 두 손을 활짝 펼치며 희열에 찬 표정으로 외쳤다.

"난 지금 어느 때보다 자유로워! 이렇게 내 마음이 해방된 적이 없었어."

그녀는 자신의 힘을 과시하듯 한 손을 들어 주먹을 움켜쥐었다. 그러자 그 신호에 맞추어 모든 라크가 앞으로 나왔다가 다시 뒤로 물러섰다. 초조한 표정으로 유진의 뒷모습을 바라보며 서 있던 전사들이 일제히 자세를 잡았다. 그들은 저도 모르게 침음을 삼키며 긴장했다. 헤아릴 수 없이 많은 라크들이 움직이는 광경은 저절로 공포를 불러일으켰다.

"누구도 내게서 이 자유를 빼앗아 갈 수 없어. 이 힘은 내 것이야."

유진은 플로라의 검은 눈동자 안쪽에서 마치 뭔가가 이글거리는 것 같다고 생각했다.

"자유라……."

유진이 중얼거리며 시선을 아래로 내렸다. 그리고 잠시 눈을 감았다가 떴을 때 유진의 얼굴에서 감정이 사라졌다.

"그래, 그게 너의 진심이라면 어쩔 수 없지."

　　　　*　　　*　　　*

라이너가 성도궁 정문 앞에 도착했을 때 다른 왕은 아무도 없었다. 그는 눈이 마주친 전사에게 손짓했다. 염왕 성격이 괴팍하다는 소문은 널리 퍼져 있었다. 전사가 움찔 놀라더니 단숨에 달려와 고개를 숙였다.

"예, 전하."

"상황 설명."

전사가 첫 훈련을 받는 신병처럼 차렷 자세로 읊었다.

"예, 전하. 편왕 전하께서는 아니카들이 성도궁 밖으로 대피하도록 지휘하신 후 성도궁의 북쪽에 라크들의 움직임이 심상치 않다는 보고를 받으시더니 살펴보러 가셨습니다. 암왕 전하께서는 아직 대피하지 못한 아니카가 있다는 말씀을 듣고 성도궁에 들어가신 후 나오지 않……."

보고를 듣던 라이너가 다른 왕의 기척을 느끼고 시선을 돌렸다. 저 멀리 푸른 머리카락의 남자가 빠르게 다가오는 모습을 보고 전사에게 손을 내저었다. 보고 중에 끊긴 전사는 딱 입을 다물고 바로 물러갔다.

카세르 역시 아까의 라이너처럼 주변을 둘러보았다.

"염왕. 혼자인가?"

"나도 방금 와서. 여긴 왜 이렇게 조용해? 괴물이 지금쯤 난리를 치고 있어야 하는 거 아닌가?"

카세르가 혹시나 해서 노트를 꺼냈다. 그가 노트를 펼쳐 계속 읽고 있으니 라이너도 노트를 꺼냈다.

니콜라스가 노트에 적은 내용은 상당히 길었다. 엘버가 부탁한 주술 장소의 보존 요청 외에 감옥에 나타나 한바탕 난리를 친 상제와 마주친 일, 괴물이 도망치지 못하도록 엘버가 현재 주술로 붙들고 있다는 사실 등, 왕들과 공유가 필요한 정보를 모두 적었다.

"라크들을 성도 바깥으로 빼내고 있다고? 그럼 군사들을 그쪽으로 보내서 사냥해야겠군."

라이너의 말을 듣고 카세르는 생각에 잠겼다. 아킬은 아니카 플로라가 성도궁을 부수고 있었다고 적었다. 그 점이 마음에 걸렸다. 오히려 라크를 이끌고 성도 바깥으로 나간 플로라의 의도가 의심스러웠다.

"그건 더 생각해 보지. 자칫 군사들이 위험해질 수도 있으니까."

"위험? ……아니카 플로라가 라크들을 조종해 군사를 공격할 것 같은가?"

"그럴 수도 있다."

라이너는 '그녀가 그런 짓을 할 이유가 있나?'라는 생각이 들었으나 자신보다는 카세르가 플로라라는 사람을 더 잘 파악하고 있을 테니까 아무 말도 하지 않았다.

카세르와 라이너가 동시에 고개를 돌렸다. 아킬의 칼에 두 동강 난 철문의 잔해를 밟으며 페레드가 막 나오다가 두 왕과 눈이 마주쳤다. 그는 아니카를 품에 안고 있었다.

코넬리는 양쪽 팔 가득히 압화 노트를 끌어안은 채 페레드의 가슴에 얼굴을 기대고 있었다. 페레드의 걷는 속도가 갑자기 느려지자 그녀는 고개를 돌렸다.

불그스름한 그녀의 두 눈은 부어 있고 코끝도 붉었다. 누가 봐도 한바탕 엉엉 울고 난 사람의 얼굴이었다.

코넬리는 두 명의 왕을 발견하고 깜짝 놀라며 다시 남편의 가슴으로 더 깊이 고개를 묻었다.

"이 사람을 안전한 곳에 데려다주고 오겠습니다."

빠르게 멀어지는 페레드의 뒷모습을 보면서 라이너가 중얼거렸다.

"암왕과 서로 잘 아는 아니카인가……."

"아니카 코넬리겠지."

카세르가 대답했다.

"그게 누군데?"

카세르가 어이없다는 표정으로 말했다.

"디쿠스 왕국의 왕비."

"아……."

라이너가 머쓱해 하며 고개를 돌렸다. 라크 사냥 외에는 관심사가 없는 그가 다른 왕이 누구와 결혼했는지 기억할 리가 없었다.

'근데 디쿠스 왕국의 왕비라도 이상한 거 아닌가? 꽤 사이좋아 보이던데 보통은…….'

문득 라이너는 '보통'이라는 일반화가 과연 적절한지 의문이 들었다. 하시 왕국에서 봤던 사왕 부부의 사이도 흔히 말하는 '왕과 아니카 왕비'

같지 않았다. 얼마 전에는 도왕이 죽은 아내를 잊지 못하고 산다는 이야기도 얼핏 들었다.

'흐음.'

그는 결혼, 후계자와 같은 화제는 아예 멀리 미뤄 두고 살았다. 아니카 진을 슬쩍슬쩍 찔러 볼 때는 '아니면 말고'라는 마음이었고 발끈하는 사왕을 놀리는 재미가 사실은 더 컸다. 그는 처음으로 '슬슬 나도 이제 결혼해야 하나.'라고 진심으로 생각하기 시작했다.

잠시 후 아킬이 돌아왔고 페레드도 합류했다. 그때쯤 노트에 리차드가 적은 문장이 올라왔다.

> ─한꺼번에 많은 군사가 성도로 들어왔으니 그들을 통솔할 지휘자가 필요합니다. 내가 그 역할을 맡고 뒷정리를 담당하겠습니다. 리차드.

자연스레 괴물 처치는 네 명의 왕이 맡게 되었다.

"현재 괴물은 주술에 묶여서 움직이지 못하는 상태라고 했지요. 그렇다면 우리가 준비되었다는 신호를 보내면 그분이 주술을 깨는 겁니까?"

아킬의 말에 카세르가 고개를 끄덕였다.

"그렇습니다. 일단 성도궁 주변에서 일정 반경으로 사람이 없도록 해야 합니다."

괴물이 움직이기 시작하면 성도궁 대부분이 무너질 뿐만 아니라 지진처럼 근처가 흔들리거나 땅이 갈라질 수 있다. 근방에 사람이 있다면 휘말릴 것이다.

페레드가 말했다.

"그분이 방어벽 주술이 발동된 장소의 보존을 부탁했는데…… 이게 문제입니다. 우리가 원하는 곳으로 끌고 가려면 그놈이 정확히 성도궁 땅 밑 어디에 있는지 알아야 합니다."

아킬이 말을 받았다.

"하긴…… 성도궁은 넓지요. 그놈에게 도망칠 틈을 주지 않고 빠르게 쳐야 할 텐데 우리 네 명만으로는 담당할 구역이 지나치게 넓군요."

라이너가 말했다.

"기사건, 사제건 한 놈씩 잡아다 족치다 보면 뭔가 알지 않겠소?"

단순 무식한 방법이긴 한데 다른 수가 떠오르지 않았다. 머리를 맞대고 논의하는 왕들 곁으로 조심스레 전사가 다가갔다.

"보고드립니다."

일시에 각각 다른 눈동자 색을 지닌 네 명의 왕 시선이 모이자 전사가 바짝 긴장했다.

"아니카께서 중요한 정보이니 꼭 말씀드려야 한다고 해서 모셔 왔습니다."

고개를 돌린 카세르의 눈빛이 흔들렸다. 아니카 케이티. 멀찍이 서 있는 중년의 아니카는 자신의 생모였다.

＊　　＊　　＊

"플로라. 네가 원하는 걸 말해. 저 라크들은 네 등 뒤에 세워 두고 뭘 하고 싶은 거야?"

"난……."

플로라는 말을 하다 말고 입을 다물었다. 담담한 표정의 진이 눈에 거슬렸다. 자신이 아는 진이라면 더 악다구니를 쓰거나 경멸하는 말을 던지는 편이 어울렸다.

어릴 때부터 곁에서 관찰하는 동안 진을 그저 '못된 심보'라는 묘사만으로는 부족하다고 생각했다. 진은 마치 궁지에 몰려 바짝 독이 오른 뱀 같았다. 그래서 언제든 이빨을 드러내고 사방을 물어뜯을 준비 상태에 있었다.

그 점을 이해할 수 없었다. 모든 것을 가진 진이 왜? 진이 저러는 건 진짜로 궁지에 몰린다는 게 뭔지 몰라서 그런 거다. 정말 절박한 상황에 부닥쳤을 때 완전히 무너져 비굴하게 바닥을 기는 진의 모습을, 플로라는 가끔 상상했다.

결혼 후, 진은 성도에서 지낼 때보다 훨씬 만족스럽게 사는 듯했다. 정확한 내막은 모르지만, 진의 결핍을 채워 줄 뭔가를 얻은 게 틀림없다. 그러니 마음에 여유가 생기고 변한 것처럼 보이는 거다.

그리고 지금 진은 현재 누리는 것들을 잃을 위험에 처했다. 믿고 기댈 사왕은 당장 이곳으로 올 수 없다. 그렇다면 두려워하며 약한 모습을 드러내는 것이 사람의 본성일 텐데 왜 흔들리지 않는 걸까.

'저들 때문인가?'

플로라는 유진의 등 뒤 먼 쪽으로 시선을 던졌다. 자신을 향한 적대감을 드러내는 동시에, 진이 걱정되는지 안절부절못하는 사람들.

「나는 왕비야, 플로라.」

조금 전, 진이 했던 말이 떠오르자 플로라가 조소했다.

'저들이 네 본성을 알고서도 마음이 변하지 않을까?'

"내가 원하는 건 보상이야."

"……보상?"

"난 네가 솔직하게 나한테 저지른 모든 잘못을 시인하고 내게 용서를 구하기를 바라."

유진은 순간 맥이 풀렸다. 고작 그런 걸 원해서?

"어떤 방식으로?"

"무릎을 꿇고 사죄하는 성의 정도는 보여야 하지 않겠어?"

유진이 미간을 찌푸리자 플로라는 더 짙은 미소를 지었다.

"그리고 네가 얼마나 비열하고 잔인한 방식으로 나를 괴롭혔는지 온 세상 사람이 알도록 네 입으로 고백해."

'날 망신 주고 싶은 거군.'

그리고 유진이 '유치하다.'라고 생각했다.

무릎을 꿇어서 모든 게 해결된다면 못 할 것도 없다. 게다가 과거의 잘못을 고백한다고 해도 사람들은 대부분 믿지 않을 거다. 이 상황에서는 누구나 유진이 협박받았다고 생각할 테니까.

'정말 그게 플로라가 원하는 전부일까?'

하나를 얻으면 하나를 더 갖고 싶은 게 사람의 욕망이다. 유진은 플로라를 믿을 수가 없었다.

"내가 네 말대로 하면 저 라크들을 데리고 물러가겠다는 거니?"

"네가 얼마나 진심인지에 달렸지."

플로라는 지금 눈앞에 서 있는 진을 철저하게 망가뜨리고 싶다는 욕구가 들끓었다. 자존심을 뭉갠 후 이 왕국을 라크들을 동원해 싹 밀어 버리면 진은 어떤 반응을 보일까. 상상했던, 완전히 무너진 진의 바닥을 볼 수 있을까.

플로라를 물끄러미 보던 유진이 말했다.

"나는 할 수 없어."

플로라의 표정이 일그러졌다.

"여러 이유가 있지만, 가장 큰 이유는 내가 너에게 사과할 만한 일을 한 적 없기 때문이야."

플로라가 사납게 유진을 노려보더니 웃음을 터트렸다.

"그래. 그래야 너답지. 후회할 거야. 진."

플로라는 숭고한 희생자인 척하는 진의 목을 조르고 싶었다. 역시 진은 변하지 않았다. 더 교활해졌을 뿐이다. 잘못은 진이 했는데, 마치 자신이 악당 같아서 기분이 더러웠다.

"마지막 기회를 주지."

플로라는 몸을 옆으로 틀어 자신의 뒤쪽에 있는 스라소니 라크를 가리켰다.

"내가 저 위에 다시 올라타기 전에 무릎을 꿇고 나를 부르면 네 사과를 받아 주겠어."

플로라가 휙 몸을 돌려 라크들을 향해 걸어갔다. 그 모습을 바라보는 유진의 눈동자는 잔잔하게 가라앉아 있었다.

'주술을 깰 수 없다면…… 저 라크들을 없애야 해.'

유진은 왕성에서 나오면서 해결책을 고민했다. 플로라가 뭘 원하든, 순조롭게 협상이 이루어질 거라고 기대하지 않았다. 그렇다면 싸워서 이기는 방법뿐.

하지만 카세르가 이 자리에 있어도 어려운 싸움이었다. 그가 플로라를 죽여 주술을 깨뜨려도 남은 라크가 저절로 소멸하지는 않을 테니까.

라크의 수가 너무 많다. 그것이 가장 큰 문제점이었다. 유진이 라크를 만져서 나무로 만들어 봤자 끝이 없을 것이다. 차라리 아주 강력한 한 마리 라크가 나았다.

그녀는 아까 마차에서 내리며 저 멀리 새카맣게 보이는 라크 떼를 보면서 생각했다. 저것들이 작은 개미 떼라면 물을 끼얹어 흘려보내면 그만일 텐데. 그 순간 불현듯 자신의 자각몽이 떠올랐다.

카세르는 유진이 자각몽을 꾸는 동안 침실이 물로 가득 찬 환상을 여러 번 봤다고 말했다. 유진이 완전히 자기 자신을 자각한 후 더는 그런 현상이 없었다. 그런데 지금, 그런 물의 형태로 라미타를 쓰는 게 가능할 것 같았다.

'나는 바다니까.'

바다는 무한한 물. 이 세상 전부를 덮어도 마르지 않는다. 땅속으로 스며드는 물은 지하수가 되어 다시 바다로 흘러가는, 무한한 순환이 계속될 것이다.

'해 보자.'

유진이 한 손으로 배를 감쌌다.

'엄마가 할 수 있을까?'

오늘은 내내 조용했던 아이가 배 속에서 통, 작은 발길질을 했다.

유진은 웃으면서 눈을 감았다. 그녀는 집중해서 머릿속으로 자각몽의 풍경을 그리기 시작했다. 끝이 보이지 않는 수평선을.

'소멸은 안 돼.'

저 많은 라크를 모두 나무로 만들 정도의 강력한 소멸의 힘은 환수에 게도 영향을 미칠 것이다. 자신이 만든 바다가 어디까지 흘러갈지 가늠이 안 되었다.

'생명력도 안 돼.'

저 라크들에게 오히려 힘을 보태 주어서는 안 된다.

'씨앗으로 돌아가라. 너희 원래 모습으로.'

유진을 중심으로 거대한 파도가 사방으로 밀물처럼 쏟아졌다. 라미타의 바다에 세상이 잠기기 시작했다.

2. 마지막 여행이 끝나면 1

모든 것을 삼켜 버릴 기세로 시퍼런 해일이 빠르게 주변을 덮쳤다. 자신을 덮치는 큰 파도를 보는 순간, 사람들은 겁을 집어먹었다. 굉음이 들릴 것 같고 강한 물살에 휩쓸려 순식간에 떠내려갈 것 같았다.

사람들은 눈으로 보이는 광경에 본능적으로 반응했다. 도망쳐 달려가는 자, 온몸을 허우적거리며 헤엄치려는 자, 크게 숨을 들이켜 숨을 참는 자, 눈을 질끈 감고 비명을 지르는 자. 하지만 그들은 곧 아무 일도 일어나지 않는다는 사실을 깨닫고 어리둥절한 표정이 되었다.

시퍼런 물이 눈앞에서 일렁거렸다. 그런데 숨 쉬는 데에는 아무런 문제가 없었다. 물의 저항력도 전혀 느껴지지 않았다. 팔을 휘둘러도 물살을 가르는 느낌이 없었다. 사람들은 그저 허공을 쳐다보았다. 이젠 수평선조차 보이지 않는, 아득히 깊은 물이었다.

"앗! 라크가!"

누군가의 외침을 듣고 모두 시선을 돌렸다. 라크들이 물에 닿자마자 파도에 허물어지는 모래성처럼 사라지고 있었다. 저 라크들에게 물은 허상이 아니었다.

"소멸하는 건가?"

"아아…… 씨앗으로……."

사라지는 듯 보이는 이유는 라크가 순식간에 작은 씨앗으로 쪼그라들기 때문이었다. 다리에 힘이 풀린 사람들이 잇달아 털썩털썩 무릎을 꿇었다. 해일이 쓸고 지나간 자리에 아무것도 남지 않는 것처럼 라크가 차지하던 자리가 텅 비고 씨앗만이 남았다.

어느새 서 있는 사람은 오롯이 유진 혼자뿐이었다. 그녀를 향하는 사람들의 눈빛에 경외가 담겼다. 두 손을 모아 쥐고 기도를 올리는 자도 있었다.

그녀의 라미타는 순식간에 성벽을 통과하여 사막으로 내달렸다. 반대 방향도 마찬가지였다. 거침없이 왕성을 덮치고 수도를 삼켰다. 실체가 존재하지 않는 물이므로 그 무엇도 속도를 늦추는 장해물이 될 수 없었다.

응접실에서 초조하게 딸을 기다리던 다나는 갑자기 바닥에 차오르는 물을 보며 헉, 놀란 숨을 삼켰다. 반사적으로 발을 들어 올렸다가 미간을 찌푸리며 다시 조심스럽게 발을 내렸다. 차갑지 않았고 물소리가 나지도 않았다.

놀란 시녀들이 여기저기에서 비명을 질렀다.

"경망스럽게 굴지 말고 조용히 못 할까!"

마리안이 호통치는 소리를 듣고 다나가 시선을 돌렸다. 마리안이 다나의 곁으로 재빨리 다가가 말했다.

"가주님. 이건 왕비님의 힘입니다."

마리안은 전에 왕비님의 침실을 열었다가 이런 광경을 본 적이 있었다.

"……라미타?"

라미타가 어떤 능력인지는 장막에 가려진 비밀이다. 그런데 다나는 진을 낳은 이후에 아니카인 딸을 이해하고 싶어서 아니카에 대한 정보를 모았다. 그래서 아니카의 자각몽이나 라미타에 관해 잘 아는 편이었다.

다나는 얼른 발코니로 달려가 창을 열었다. 눈에 보이는 풍경 전부가 찰랑거리는 수면이었다. 그리고 수면은 점점 높아지는 것 같았다. 아래를 내려다보았더니 조금 전까지만 해도 발목만 잠겼던 물이 어느새 무릎까지 차올랐다.

'이것이 진의 라미타라고……?'

역사상 가장 강력한 라미타를 지녔다던 아니카의 자각몽은 호수였다고 들었다. 하지만 호수의 수량으로는 이런 현상이 불가능할 것이다. 그리고 무엇보다 라미타가 눈으로 보인다는 말은 들어 보지 못했다.

수도 곳곳에서도 소란이 일어났다. 여러 번 신호탄이 터진 데다가 경계령을 알리는 신호까지 들었으니 백성들은 모두 하던 일을 그만두고 대피소로 몸을 피했다.

대부분 지하실을 파서 대피소를 만들었기에 지하에 물이 차오르자 다들 기겁했다. 허겁지겁 대피소에서 나왔다가 물이 머리 높이까지 차오른 풍경을 보았다.

"이게…… 뭐지?"

"물이잖아. 내가 헛것을 보나?"

멍하게 주변을 둘러보던 사람들이 거리에 하나둘 모였다. 텅 비었던 거리가 어느새 사람들로 북적거렸다.

해일은 멈추지 않았다. 수도를 지나 하시 왕국 전체를 덮었다. 사막의 나라가 바다에 잠겼다. 그 바다는 산맥도 넘으며 흐르고 또 흘렀다.

스벤은 왕성에서 나오기 전에 절대 플로라를 공격하면 안 된다고 유진에게 주의를 들었다.

「경이 반드시 알아야 하는 사실이 있어요. 주술의 힘이 플로라를 보호해요. 플로라를 공격하면 오히려 반발력으로 경이 다쳐요.」
「주술의 보호가 무적이라는 말씀이십니까?」
「아마…… 전하께서는 파괴하실 수 있을 거예요.」

그 말을 듣고 나니까 스벤은 납득했다. 왕의 힘으로만 가능한 일을 자신이 할 수 있을 리가 없었다. 보이지 않는 단단한 방패가 플로라를 감싸고 있다고 상상하면 이해가 되었다.

그렇다면 라크를 끌고 온 아니카가 왕비님을 공격한다면 자신이 뭘 할 수 있을까. 그는 자신이 너무 무력해서 괴로웠다. 왕비님이 위험에 처하는데도 손도 못 대는 상황을 떠올리면 눈앞이 깜깜했다.

다른 사람들처럼 기적에 정신을 빼앗겨 넋 놓은 와중에도 스벤은 플로라한테서 눈을 떼지 않았다. 아니카를 몸 위에 태우고 있어서 주술의 영향을 가장 크게 받아서일까. 물의 환상이 닿자마자 씨앗으로 변하는 라크들과 다르게 플로라가 탄 라크는 그대로였다.

하지만 그저 시간문제일 뿐이었다. 플로라를 태운 라크마저 씨앗으로 변하자 그녀는 갑자기 공중에 붕 떠버린 셈이 되어 바다로 나동그라졌다.

그녀는 몹시 당황하며 주변을 두리번거리더니 헤엄치듯 두 손을 허우적거리다가 동작을 멈추었다. 그리고 눈에 보이는 물을 만지려는 것처럼 손을 움직였다. 잠시 후에는 그마저도 하지 않고 멍하게 허공을 올려다보았다.

'지금이다.'

머릿속으로 생각하기도 전에 본능적으로 스벤의 몸이 먼저 움직였다. 그는 주술에 관해 잘 모르지만, 무인의 감으로 적의 빈틈을 알아차렸다. 단단한 껍데기를 갑옷처럼 두른 짐승의 무방비한 약점을 발견한 느낌이랄까. 지금이라면 뭔가 할 수 있을 것 같았다.

그는 단숨에 플로라의 앞으로 달려가 망설임 없이 그녀를 겨냥하여 검을 휘둘렀다.

유리 같은 것이 요란하게 깨지는 소리와 함께 스벤은 뭔가에 얻어맞는 듯한 충격을 느꼈다. 공중에 붕 떠서 날아간 그의 몸이 바닥에 처박혔다.

"스벤 경!"

유진이 놀라서 그에게 달려갔다.

"괜찮아요? 경. 내 말이 들려요?"

현기증이 돌았지만, 스벤은 유진의 목소리가 똑똑히 들렸다. 그는 빠르게 고개를 흔들어 정신을 차리려고 노력했다.

"저는 괜찮습니다. 왕비님."

그는 제 몸을 점검했다. 호되게 두들겨 맞은 것처럼 온몸이 욱신거릴 뿐, 속은 울렁거리지 않으니 내상을 입은 것 같지는 않았다. 눈을 뜨고 몇 번 눈을 깜빡이자 주변이 제대로 보였다. 그가 쓰러져 있는 플로라를 보면서 중얼거렸다.

"뭔가 깨지는 소리를 들었습니다."

스벤은 자신의 공격이 성공했는지 긴가민가했다. 검이 사람의 몸에 닿았다는 느낌이 전혀 없었다.

"주술이 파괴된 것 같군요."

유진이 쓰러진 채 미동이 없는 플로라를 보며 말했다. 이 주술은 주술사의 정신력과 의지에 달려 있다. 플로라는 라크들이 씨앗으로 변하는 모습을 보면서 자신의 힘이 사라진다는 무력감을 느꼈을 것이다. 충격받은 상태에서 주술의 견고함이 흔들렸고 외부에서 가한 공격에 주술이 깨진 것 같았다.

"왕비님! 괜찮으십니까?"

정신을 차린 레스터와 전사들이 우르르 달려왔다. 유진이 플로라를 가리키며 말했다.

"잡아 가두세요. 손발을 단단히 구속하고 여러 명이 돌아가며 감시해야 합니다. 잠시도 눈을 떼지 말라고 하세요."

"예, 왕비님."

기절한 여자 한 명을 잡으러 가는데 열 명이 넘는 전사들이 달려갔다. 하지만 레스터는 그 모습을 보면서도 과하다고 생각하지 않았다. 아마 기절하지 않은 상태였으면 더 많은 군사를 동원했을 것이다. 아까 저 여자의 손짓만으로 동시에 움직이던 라크들을 떠올리면 지금도 오싹했다.

레스터는 라크들로 뒤덮여 있던 성벽 멀리까지 응시했다. 지금은 라크가 흔적도 없었다. 아까와는 완전히 다른 의미로 '신이시여.'라고 중얼거렸다. 한바탕 악몽을 꾸고 깨어난 기분이었다.

그는 목이 꺾이도록 고개를 들었다. 사람도 성벽도, 물속에 모든 것이 잠겨 있었다. 촉감은 없으나 숨을 내쉬면 뽀그르르 방울이 위로 올라갔다. 이토록 생생한 물이 그저 환상이라니.

'아니지. 이 위대한 기적을 감히 그렇게 말할 수 없어.'

사람에게 영향이 없을 뿐이다. 라크들이 씨앗으로 변하는 걸 눈으로 똑똑히 보지 않았나.

수면은 계속 높아져서 이제는 어디까지가 물의 환상인지, 어디부터가 하늘인지 구별되지 않았다. 심해의 바닥에서 위를 올려다보면 이런 장면일 것이다.

그는 자신이 느끼는 경이로움을 도저히 뭐라고 표현할 수가 없었다. 시선을 돌렸다가 자신도 모르게 눈살을 찌푸렸다. 왕비님 주변으로부터 후광이 뿜어져 나오는 것 같아서 눈이 부셨다.

"……왕비님. 이제…… 이 물을 거두셔도 될 것 같습니다."

유진이 멋쩍게 웃으며 말했다.

"미안해요. 그건 어떻게 하는지 모르겠어요. 내가 아직 서툴러서요."

레스터는 무슨 말을 해야 할지 몰라 입을 다물었다. 대수롭지 않은 일을 한 것처럼 말하는 왕비님의 모습에서 위화감을 느꼈다.

"시간이 지나면 저절로 사라질 거예요. 물이란 원래 그렇잖아요."

레스터는 얼떨떨한 표정으로 열심히 고개만 끄덕였다.

*　　*　　*

전사의 손에 잡혀 끌려온 사제가 성도궁의 지도를 그렸다. 사방위를 구분하여 주요 건물만 큼직하게 그린 조악한 지도였지만, 성도궁을 여러 번 방문한 적 있는 왕들은 대충 알아보았다.

"여기, 이곳입니다. 제가 내려갔던 지하 기도실이 이쯤에 있어요."

케이티가 지도 위를 손가락으로 가리키며 말했다. 그녀가 기도실에서 봤다는 벽의 뱀의 비늘 부조와 아니카들에게 나타난 이상한 현상에 관해 말했을 때 왕들은 '그놈이구나.'라고 동시에 생각했다.

"이곳은……."

아킬이 말을 하다가 말고 케이티에게 말했다.

"감사합니다. 아니카 케이티. 큰 도움이 되었습니다."

자리를 피해 달라는 뜻을 눈치껏 알아들은 케이티가 고개를 숙였다.

"그럼 제가 아는 것을 전부 말씀드렸으니 이만 가 보겠습니다."

그녀가 안전한 곳으로 이동할 때까지 호위를 맡은 전사들이 곁에 따라붙었다. 점점 멀어지는 케이티의 뒷모습을 보면서 카세르의 눈빛이 흔들렸다. 그는 왕들에게 잠시 양해를 구하고 빠르게 걸음을 옮겼다.

하지만 부르면 들릴 만한 거리까지 따라잡은 후 멈추어 섰다. 뭐라고 불러야 하나. '어머니'라는 호칭으로 그녀를 불러 본 적이 없었다. 그 낯선 단어가 턱 밑까지 올라왔다가 다시 목 안에 잠겼다.

그는 다시 멀어지는 케이티를 바라보기만 했다. 그런데 갑자기 케이티가 흘끔 뒤를 돌아보았다. 미련이 남은 두 눈은 카세르를 발견하고 아예 돌아섰다.

모자가 잠시 말없이 서로를 응시했다.

"에이든은……."

카세르가 먼저 입을 열었다.

"괜찮을 겁니다. 사람을 보내 두었습니다."

"아……."

케이티가 커진 눈으로 고개를 끄덕였다. 카세르는 잠시 머뭇거리다가 묵례만 하고 돌아섰다. 그의 뒷모습을 보며 서 있던 케이티도 천천히 돌아섰다. 걸음을 옮기는 그녀의 눈에서 눈물이 주르륵 흘러내렸다.

그녀는 성도궁에서 빠져나온 후 라크들이 성도로 몰려온다는 말을 들었다. 그 말을 듣자마자 집에 있을 아이들이 떠올랐다.

그녀는 곧장 집으로 달려가려다가 멈칫했다. 자신이 지하 기도실에서 봤던 장면을 반드시 왕에게 전해야 할 것 같았다. 그런데 편왕은 그새 어디론가 가 버리고 없었다.

그녀는 둘 중 하나를 선택해야 했다. 집으로 갈 것인가, 왕을 만나서 말을 전할 것인가.

아이들이 눈에 밟히는데도 그녀는 갈 수 없었다.

'다행이다.'

케이티는 아까 자신의 말을 들으며 표정이 변하는 왕들을 보면서 자신이 무척 중요한 정보를 주었다는 사실을 알아차렸다.

'이번에는 올바른 선택을 해서…… 다행이다.'

쏟아지는 눈물이 도통 멈추지 않았다. 모르는 척해 주던 전사가 흐느낌이 심해지자, 걱정스레 '괜찮으십니까?'라고 물었다.

케이티는 눈물 젖은 얼굴로 고개만 끄덕였다.

'동생을…… 받아들여 줬구나.'

에이든. 그 아이 이름을, 아들이라고 부르기도 미안한 자신의 큰아들한테서 들을 줄은 몰랐다. 벅차오르는 기쁨을 느끼면서도 미안함으로 가슴이 저렸다. 어리석고 부족한 어머니라서, 그저 눈물만 나왔다.

카세르가 돌아오자 아킬이 아까 하려던 말을 이어서 했다.

"아니카 케이티께서 알려 주신 그곳은."

아킬이 성도궁의 북쪽을 가리키며 말했다.

"이곳과 가깝습니다. 아니카 플로라가 라크를 동원하여 무너뜨린 건물이 여기 있습니다."

라이너가 중얼거렸다.

"우연이라기엔 상당히 찜찜한데……."

아까 지도를 그렸던 사제가 다시 끌려왔다. 겁먹은 표정을 숨기지도 못한 사제는 왕들의 시선을 받았다.

"거긴 성소입니다."

"성소?"

"저도 잘은 모릅니다."

"똑바로 말 안 해?"

라이너가 쓰읍, 소리를 내며 위협하자 사제가 덜덜 떨면서 말했다.

"저, 정말입니다. 성소는 특별한 자격을 갖춘 사제들만 들어갈 수 있고 저는 근처에도 가 보지 못했습니다. 얼핏 듣기로는 성소에서는 신의 말씀을 해석하는, 시, 신술을 연구한다고……."

왕들의 눈동자에 이채가 스쳤다. 더는 뽑아낼 정보가 없는 사제는 다시 전사들 손에 잡혀 어디론가 끌려갔다.

"그 무너진 건물의 상태가 어땠습니까?"

페레드가 묻자 아킬이 말했다.

"그야말로 폭삭 무너졌습니다. 그 안에서 뭔가를 건지기는 어려울 것 같더군요."

페레드가 아쉬운 표정으로 혀를 찼다.

"다행히 아니카들의 별채에서는 거리가 꽤 있습니다. 그 장소를 보존하려면 놈의 봉인이 풀린 후 서쪽 아래로는 내려가지 못하도록 유도해야겠습니다."

카세르의 말에 왕들은 고개를 끄덕였다. 각자 생각에 잠시 잠겼다.

아킬이 노트를 꺼내 넘기더니 말했다.

"도왕과 명왕께서 답을 올렸습니다."

다른 왕들도 일제히 노트를 꺼냈다. 아니카 플로라가 아무래도 믿음이 가지 않는다는 점에서 왕들의 의견이 같았다. 변수를 등 뒤에 남긴 채 본격적인 괴물 사냥을 하러 가기가 껄끄러웠다.

그래서 도왕에게는 현재 군사들의 집결 장소로 택한 광장 주변의 상황을 묻고 명왕에게는 괴물의 봉인을 언제든 마음만 먹으면 깰 수 있는 것인지 물었다.

　　—만약 아니카 플로라가 조종 주술을 중지하지 않는다면 내가 직접 주술을 깨러 가겠습니다. 방어벽이 뚫렸으니 우리의 전력이 불리하지는 않습니다. 충분히 라크를 방어할 수 있을 겁니다. 뒤는 염려하지 마세요. 리차드.
　　—이쪽은 준비되었습니다. 사냥을 시작하기 직전에 알려 주십시오. 어르신께서 그때 봉인을 풀겠다고 하십니다. 니콜라스.

　네 명의 왕이 서로 시선을 교환하며 고개를 끄덕였다. 성도 정리는 도왕에게 맡기자. 드디어 사냥을 시작할 때가 왔다.
　카세르가 전사들을 불러 지시를 내렸다.
　"성도궁 근방에 누구도 접근하지 않도록 단속해라. 너희도 멀리 떨어져 있어야 한다. 성도궁 지반이 무너지면 근방에 있던 사람까지 다 땅속으로 끌려 들어갈 거다."
　"예, 전하. 명심하겠습니다."
　네 명의 왕이 성도궁 안으로 들어간 후 지휘권을 일임받은 전사들이 분주하게 주변 정리를 시작했다.
　"너희는 후문으로 가라. 거기 너희도 같이 움직여! 다들 여기서 멀리 떨어져야 한다. 누구도 성도궁으로 접근하지 못하도록 경계선을 만들어라!"
　목소리를 높여 지시를 내리던 전사는 말을 몰고 빠르게 달려오는 사람을 발견하고 인상을 찌푸렸다. 유심히 보고 있으니 점점 성도궁으로 향하고 있었다. 전사가 뛰어나가며 검을 들고 크게 팔을 흔들었다. 만약 멈추지 않으면 말 위에 올라탄 자를 강제로 낙마시킬 생각이었다.

말을 탄 자는 전사의 신호를 무시하지 않고 서서히 속도를 늦추었다. 전사의 표정은 잠시 누그러졌다가 다시 인상을 썼다. 말 위의 사내가 입은 은색의 갑주는 누구나 알고 있는 기사의 상징이었다.

피데스가 말 위에서 뛰어내리며 다급히 물었다.

"편왕 전하께서는 어디 계십니까? 꼭 뵈어야 합니다."

"무슨 일인데 그러시오?"

피데스는 전사의 경계심을 눈치채고 재빠르게 반쯤 거짓을 섞은 이야기를 꾸며냈다.

"아까부터 라크들이 성도 바깥으로 이동 중입니다. 알고 계십니까?"

"그렇소만."

"편왕 전하께서 그 라크들의 움직임을 살피라는 지시를 내리셨습니다. 그런데 이상한 현상이 발생하여 전하께 보고드려야 합니다."

이제 전사의 표정에도 다급함이 떠올랐다. 그는 성도궁과 피데스를 번갈아 보며 망설였다. 절대 성도궁 안으로 누구도 들어오면 안 된다는 엄명을 받았다.

"꼭 편왕 전하께만 말씀드려야 하는 거요? 광장에 도왕 전하께서 계신다고 들었소."

"아, 그럼 그리로 가 보겠습니다. 감사합니다."

피데스가 다시 말에 오르더니 광장으로 달려갔다. 전사는 다시 하던 일을 계속하다가 못내 찜찜한 표정으로 수하를 불러 말했다.

"성도 외곽 쪽, 성벽으로 가서 뭔가 이상한 일이 있는지 살펴보고 와라."

수하를 보낸 후 그리 오래 지나지 않았다. 멀리서 누군가 달려오며 소리를 지르고 있었다. 전사는 혹시 심부름 보낸 수하인가 싶어서 유심히 보았다. 생김새를 알아볼 수 있을 만큼 가까이 다가온 낯선 자는 같은 말을 반복해서 소리치며 지나갔다.

"라크가 공격을 시작했소! 라크가 공격을 시작했소!"

그 말을 들은 모든 이들이 당황했다.

라크 조종 주술은 범위 주술이다. 주술사인 플로라가 주술을 깨지 않고 지나치게 먼 곳으로 간 바람에 라크의 통제 과정에서 교란이 발생했다.

남아 있던 라크들의 반응은 크게 둘로 나뉘었다. 스스로 주술의 영향에서 벗어난 라크는 강력한 포식자의 영역에 위협을 느끼고 성도로부터 멀리 달아났다.

그런데 주술에 아직 매여 있으나 주술사의 통제를 잃은 라크들은 다시 성도로 들어갔다. 인간 냄새를 감지하고 공격 본능이 되살아나자 사냥감을 찾아 나서기 시작한 것이다.

*   *   *

지하 동굴에서는 여느 때와 마찬가지로 두런두런 나누는 대화 소리가 끊어지지 않았다. 주술을 지키느라 꼼짝할 수 없는 노인들의 유일한 낙이었다. 그들은 성도에 있다는 단 한 명의 주술사에 관해 들은 후 가끔 이야기하며 감탄하곤 했다. 어떻게 그 오랜 세월을 말동무도 없이 혼자서 견뎠는지 존경스러웠다.

"플로라가 잘하고 있을지 모르겠구먼."

다들 그 화제를 교묘하게 피하고 있었는데 누군가 불쑥 말을 꺼내자 기다렸다는 듯이 여기저기서 입을 열었다.

"덜 익힌 건 없었지?"

"없었지. 더 배우면 배웠을까."

"주술 자체는 실패하지 않을 거야. 그 뒤가 문제지."

노인들이 착잡한 표정으로 입을 다물었다. 대놓고 말하지는 않았으나 다들 플로라가 주술사가 된 후 문제를 일으킬 가능성이 크다고 생각했다.

— 아무리 말해도 들어먹질 않는데 어쩌겠어?

한쪽 팔로 머리를 괴고 비스듬히 누워 있던 마라가 코웃음 치며 말했다. 노인들이 한숨을 내쉬었다. 마라의 말대로 노인들은 수시로 플로라에게 경고했다.

그들은 플로라에게 주술을 가르치는 동안 대충 그녀가 어떤 사람인지 파악했다. 욕심이 많아서 배움이 빠른 만큼 마음이 조급했다. 자기 자신에 대한 연민이 크며 뭔가를 해내야 한다는 강박증도 갖고 있었다. 즉, 마음의 수양이 많이 부족한 아이였다.

노인들은 플로라를 진심으로 걱정했다. 그래서 돌려 말하기도 하고 대놓고 만류하기도 했다. 처음에는 네, 네 듣기만 하더니 주술을 배우는 기간 막바지에 이르러서는 플로라가 눈물을 글썽이며 말했다.

「왜 저를 믿지 못하시는 거예요? 제가 그렇게 부족한 사람인가요?」

몹시 상처받은 눈빛을 하는 플로라를 더는 말릴 수 없었다. 그리고 노인들도 주술의 결과는 장담하지 못했다. 우려와 다르게 플로라는 훌륭하게 제 역할을 해낼지도 모른다.

"이놈아! 네가 갔으면 될 일 아니냐!"

노인이 마라를 향해 소리쳤다. 마라가 벌떡 일어나 앉으며 대꾸했다.

─이미 다 끝난 일을 왜 다시 꺼내? 그게 머리가 굳은 늙은이라는 증거야. 알아?

노인이 발끈하는 표정을 지었다가 허탈하게 말했다.
"넌 어째 갈수록 입만 사냐?"

─그걸 누구한테 배웠겠냐고.

"우리라고?"

─아니면?

"됐다, 됐어. 말을 말아야지."
노인이 끙, 언짢은 소리를 내며 돌아누웠다. 다른 노인이 진지한 어조로 마라에게 말했다.
"너는 네 철천지원수가 오늘 안으로 사라질지 모르는데 남 일처럼 태평하구나."

─왕들이 그놈 잡으러 다 몰려갔는데 내가 신경 쓸 일이 뭐야.

노인이 미심쩍어하며 말했다.
"나는 아직도 우리가 처음 만난 날이 눈앞에 아른거린다. 그때 너는 성도의 그놈을 죽이기 위해 못 할 일이 없을 것처럼 보였지. 그동안 네가 부지런히 사기꾼 짓을 하며 돌아다닌 것도 그놈을 죽일 방법을 찾기 위해서라고 하지 않았냐?"

─그놈은 언젠가 반드시 날 찾아내 잡아먹으려 했을 거야. 그러니 내가 그놈을 잡기 위해 먼저 움직일 수밖에.

"그럼 네 말은, 성도의 그놈과 서로 불가침의 협정이 가능했다면 그럴 뜻이 있었다는 거냐?"
마라는 즉시 대답을 하지 못하고 잠시 후 투덜거렸다.

─그럴 일은 절대 불가능해. 그놈이라면 협정 따위는 언제든 배신할 테니까. 누구도 나만큼 그놈을 잘 알지는 못해.

"이놈아. 교묘하게 말 돌리지 말고! 내 말은 협정이 가능하다고 전제했을 때!"

─왜 자꾸…….

버럭 짜증을 내려던 마라가 말을 제대로 끝마치지 않고 사라졌다. 노인들이 '저놈, 저거 말발 딸리니까 도망갔네.' 하면서 혀를 끌끌 찼다.
무심코 바닥의 술식을 보던 노인이 고개를 갸웃했다.
'내가 눈이 시원치 않으니 헛것을 보나.'
술식의 빛 위로 뭔가가 흔들거렸다. 노인은 눈을 가늘게 좁히고 애썼으나 거의 퇴화한 시각으로는 제대로 보이지 않았다. 그는 물에서의 굴절 현상을 보는 것 같다고 생각하며, 참 희한하다고 중얼거렸다.

지하 동굴을 구성하는 바위산과 이어지는 호수 깊은 바닥 아래에 웅크리고 있던 시커먼 것이 꿈틀거렸다. 마치 거대한 덮개가 열리는 것처럼 아래위로 벌어지더니 붉은 눈이 드러나면서 눈동자가 세로로 수축했다.

'라미타?'

이루 말할 수 없이 향기로웠다. 후각은 아니지만, 그보다 더 적절한 표현이 없었다.

마라는 무척 오랜 세월 동안 자신을 봉인했다. 마하의 추적을 피하고자 자신의 존재감을 숨겼다. 주술의 힘으로 육체를 가두고 정신만 깨어있는 불균형 상태를 유지하려면 모든 감각을 차단해야 했다.

마라의 신체는 오랜 가뭄을 겪어 바짝 마른 고목처럼 허기진 상태였다. 그런데 갑자기 라미타라는 극상의 달콤한 향기가 신체를 감싸자 허겁지겁 들이마시려 했다.

'안 돼!'

마라의 정신력이 아무리 버티려 해도 신체의 본능은 라미타를 거부하기는커녕 더 감각의 문을 활짝 열었다. 단단한 바윗돌 같았던 신체의 경직이 풀리기 시작했다.

'이대로는 주술이 깨진다.'

마라는 억지로 정신력을 신체와 분리하려 했다. 그런데 도무지 허상의 모습이 만들어지지 않았다. 툭, 뭔가 끊어지는 소리를 머릿속으로 들었다. 툭, 툭, 끊어지는 소리가 계속될수록 잠들어 있던 감각이 하나씩 돌아왔다. 마라는 이제 돌이킬 수 없다고 직감했다.

눈을 뜨니까 시커멓게 어두운 호수 밑바닥이었다. 고개를 좌우로 돌리자 시선을 따라 천천히 배경이 돌아갔다. 허상으로 있을 때는 생각만으로 움직이던 것이라서 몸을 움직인다는 감각을 오랜만에 느꼈더니 무거웠다.

'안 돼!'

주술이 깨졌다. 완전한 자유의 몸이 되었다. 마라가 절망하여 포효했다. 호수의 물은 소리를 흡수하여 파동을 만들었다. 잠시 후, 바위산을 뒤흔드는 굉음이 울렸다.

아드리트는 플로라가 주술을 통해 떠난 후부터 주술 노트를 펼쳐 놓고 잠시도 눈을 떼지 않았다. 플로라가 성도로 갔다는 내용이 마지막이었다. 변화 없는 페이지를 보기만 하는데도 지루하기는커녕 빠르게 뛰는 심장이 좀처럼 진정되지 않았다.

지금쯤 성도에서는 무슨 일이 벌어지고 있을까, 왕들이 그 괴물을 사냥하고 있을까, 아득한 세월을 살아온 괴물은 과연 어떤 모습일까. 온갖 상상이 그의 머릿속을 꽉 채웠다.

테이블에 앉아 멍하게 노트를 내려다보며 딴생각에 빠져 있다가 노트를 덮는 물을 보며 흠칫 놀랐다.

"으앗!"

그는 소리 지르며 허둥지둥 노트를 집어 들었다. 가죽으로 만들어진 것이라 물에 젖는다고 해서 쉽게 상하지는 않을 텐데 반사적인 행동이었다. 그에게 주술 노트는 기물 이상의 의미가 있었다. 이 노트를 통해 왕비님과 소통하고 그분께 도움을 드린다는 사실이 삶의 기쁨이며 영광이었다.

뒤늦게 그는 자신의 침실 풍경을 보고 아연한 표정을 지었다. 허리께까지 차오른 물이 침실 안을 가득 채우고 있었다. 그가 조심스레 한쪽 손을 내려 물속으로 집어넣었다. 전혀 촉감이 없었다.

'환상인가?'

찰랑거리는 수면은 완벽하게 생생한 물이었다.

'주술일까?'

아드리트는 마라가 만든 가짜 사람의 모습을 떠올렸다. 마라는 대부분 유령처럼 흐릿한 상태로 지내지만, 선명한 모습도 봤다. 그때의 마라는 한 치의 의심 없이 사람 같았다.

방금까지 허리께였던 수면 높이가 순식간에 그의 가슴까지 올라왔다. 아무래도 심상치 않은 현상 같아서 그는 노트를 챙긴 후 서둘러 집에서 나왔다. 밖으로 나오자마자 막 그의 집 앞으로 우르르 몰려온 청년들과 마주쳤다. 그새 빠르게 높아지는 수심이 그의 키를 넘었다.

"이게 무슨 일이야?"

"오늘 굉장히 중요한 주술을 한다더니, 이거야?"

"아드리트. 뭐 아는 거 있냐?"

공식적으로 아직 무르가 족장의 자리를 지키고 있으나 일족들은 실질적인 우두머리를 아드리트라고 생각했다. 아드리트가 앞장섰던 그 날의 반란 이후 일족의 마을은 많은 것이 바뀌었다.

일족의 비밀과 역사를 알게 되고 주술을 배우는 등 여러 변화가 있었는데 특히 희망이 있는 내일을 그리게 된 것이 가장 큰 변화였다. 일족들은 아드리트가 그 변화를 구체적으로 실현해 줄 거라고 기대했다.

"오늘 계획한 주술은 이게 아니야. 무슨 일인지 내가 알아볼 테니까 너희는……."

우우우우웅!

기괴한 소리를 듣고 모두의 시선이 바위산 쪽으로 돌아갔다.

크우우우웅!

땅속에서 내지르는 것 같은 괴성이었다. 핼쑥해진 낯으로 몇몇이 중얼거렸다.

"저 소리는 뭐야."

"지진의 전조인가? 지진이 나기 전에 땅이 울린다는 말이 있잖아."

지진. 아드리트는 지진의 가능성도 있다고 생각했다. 그런데 왠지 물의 환상으로 세상이 잠기는 이 기이한 현상과 저 소리가 무관하지 않은 것 같았다.

"너희는 각자 집으로 가서 가족들, 아니 모두 다 집 밖으로 나오게 해. 지진이라면 집이 무너질지도 몰라. 난 바위산의 어르신들께 가 볼 테니까."

아드리트는 바위산의 지하 동굴로 내려가는 입구를 향해 달려갔다. 돌탑 앞에 도착하여 돌탑을 돌을 움직여 비밀 문을 열었다. 어두운 계단의 끝에서 아드리트는 당황하여 주변을 두리번거렸다. 분명히 이쯤 어딘가 바닥에서 빛을 뿜어내고 있어야 하는 술식이 보이지 않았다. 심장이 덜컹 내려앉았다.

'무슨 일이 생겼구나. 그럼 어르신들은?'

"어르신! 마라!"

목이 터지도록 외쳐도 소리가 벽에 반사되어 울릴 뿐, 원하는 대답은 들려오지 않았다.

그는 다시 왔던 길을 돌아 나갔다. 마음이 급하니 어두워도 익숙하기 그지없는 계단을 뛰어 올라가다가 몇 번이나 넘어질 뻔했다.

'호수로 가자.'

그 지하 동굴까지 가는 길은 이동 술식을 이용하는 지름길 외에 호수를 통해 들어가는 먼 길이 있었다. 지하 동굴은 무척 넓어서 한참 들어가면 끝이 호수로 이어졌다.

호수로 내려가는 바위산 모퉁이를 돌아서자마자 그는 멈추어 섰다. 분명히 맞게 왔는데 시커먼 돌기둥이 길을 완전히 가로막고 있었다.

'왜…… 기둥이 움직이지?'

인지하는 순간, 한기가 느껴지면서 물비린내가 났다. 본능적인 공포가 엄습했다. 그는 뻣뻣하게 굳은 목을 천천히 위로 올렸다. 그리고 자신을 내려다보는 붉은 눈과 마주쳤다. '너를 확실히 봤다'라고 말하는 것처럼 붉은 동공이 세로로 길게 수축했다.

"아……."

꽉 막힌 목에서 이상한 신음만 흘러나왔다. 여러 번 죽을 고비를 넘겼고 여섯 명의 왕이 보내는 시선을 동시에 받아 보기도 했다. 그래서 아드리트는 자신의 심장이 꽤 단련된 편이라고 생각했다. 그런데도 저절로 온몸이 떨렸다.

기둥이라고 생각한 것은 꼿꼿이 선 새카만 뱀의 몸통이었다. 그를 내려다보는 붉은 눈동자 하나가 그의 몸보다 컸다. 괴물의 압도적인 크기 앞에서 그의 몸은 뱀과 마주친 개구리처럼 경직했다.

― 흐음. 그래. 너도 가야겠다.

익숙한 목소리가 머릿속에서 울린다 싶더니 뱀이 크게 아가리를 벌려 그의 머리 위에서 덮쳤다. 양팔을 들어 방어적인 자세를 취한 그대로 아드리트는 괴물에게 삼켜졌다.

그는 안쪽으로 빨려 들어갔다. 이 모든 게 악몽이라면 얼마나 좋을까. 하지만 괴물이 자신을 삼키기 직전 기억이 워낙 생생했다. 지금 자신은 괴물이 위장으로 들어가고 있었다. 차라리 기절이라도 하고 싶었다. 오히려 더 명료한 정신이 원망스러웠다.

어느 순간 그는 내리막길을 구르기 시작했다. 사방으로 온몸이 부딪치는데 그다지 아프지는 않았다. 조금 단단하면서도 부드러운 탄성이 있는 고무 위에 던져진 것 같았다. 마침내 구르기를 멈추고 아드리트는 눈을 떴다. 아무것도 보이지 않는 암흑이었다.

"누구고?"

엎드린 채 바닥을 더듬던 아드리트가 놀라서 고개를 들었다. 익숙한 목소리였다.

"……어르신?"

"아드리트?"

"너냐?"

"쯧쯧, 그놈이 너까지 배 속에 넣었구먼."

동시에 여러 사람의 목소리가 들렸다. 아드리트는 도저히 믿기지 않아서 소리가 나는 쪽으로 향해 기어갔다. 누군가의 손을 잡고 나서야 안도의 숨을 내쉬었다.

"어르신! 전부 다 계신 겁니까?"

"그래. 우린 다 여기 있다."

"그럼…… 그 괴물이 마라……?"

"그놈한테 아무 이야기도 못 들었냐?"

"그냥 다짜고짜 절 삼켜서…… 전 잡아먹히는 줄 알았습니다."

"뭐? 아니, 그 빌어먹을 뱀 새끼가!"

"우리 일족의 귀중한 동량이 잘못되면 어쩌려고!"

노인들이 역정을 내며 씩씩거렸다.

"어르신. 대체 이게 무슨 일입니까? 혹시 마라가 주술을 깬 겁니까?"

여기저기서 튀어나오던 욕설이 멈추고 한숨이 흘러나왔다.

"그놈이 깬 게 아니라 깨진 거다. 라미타 때문에."

"라미타요?"

"그놈이 그랬다. 라미타로 자극받은 몸을 주술이 억제하지 못했다고.

세상이 라미타의 향기로 가득하다고 하더구나. 인간은 맡을 수 없으니 우리는 모르겠다만."

'그건가?'

아드리트는 물의 환상을 떠올렸다. 돌탑까지 달려가는 중에 숨을 내쉴 때마다 눈앞으로 공기 방울이 올라갔다. 마치 물속을 달리는 것 같아서 기분이 이상했다.

"그럼 주술이 깨진 후 마라가 왜 어르신들을⋯⋯."

"그놈이 주술을 다시 발동하라고 억지를 부리는데 우리 능력으로는 불가능한 일이거든. 준비하는 데에만 몇 개월은 걸릴걸."

"근데 우리가 몇 개월이 뭐냐. 며칠이나 살 수 있을지도 모르는 것을."

"아⋯⋯."

아드리트는 주술이 깨졌다는 의미를 뒤늦게 깨닫고 탄식했다.

'어르신들이 곧 돌아가신다고⋯⋯?'

아드리트는 갑자기 망망대해에 혼자 버려진 기분이 들었다. 그는 큰 기대가 담긴 일족들의 시선이 자신을 향한다고 항상 느꼈다. 막중한 책임감이 그를 짓눌렀다. 지혜로운 어르신들께 조언을 구할 수 있다는 것이 얼마나 큰 의지가 되었는지 모른다.

"그러니까 이놈이 주술에 통달한 자의 도움을 받으러 가겠다고 하더구나. 순순히 제 목구멍 안으로 들어오지 않으면 마을을 쑥대밭으로 만든다는데 어쩌겠냐. 어디로 튈지 알 수 없는 놈이라 수틀리면 뭔 짓을 할지 모르니."

"그게 누구⋯⋯ 혹시 성도 괴물의 주술사 말씀입니까?"

"그래."

"그럼 지금 마라는 성도로 가는 중인가요?"

"글쎄다. 이놈이 무슨 생각인지 우리도 모르겠구나. 시작이 있으면 끝도 있는 법이라고 그토록 말했건만. 이 아둔한 놈을 어찌하면 좋을꼬."

혀를 끌끌 차면서 중얼거리는 소리가 왠지 조부가 철없는 어린 손자를 걱정하는 듯 들린다고, 아드리트는 생각했다.

＊　　＊　　＊

성도궁으로 들어간 네 명의 왕은 괴물의 몸이 묻힌 부근을 중심으로 네 방향에서 포위하기로 했다. 거대한 괴물의 크기를 감안하여 봉인이 풀어진 후 놈이 날뛰기 시작할 때 무너지는 지반의 영향권 내에서 멀어질 필요가 있었다. 그러니 왕들 간의 거리는 서로의 모습이 보이지 않을 정도로 멀었다.

왕들은 성도궁으로 들어오면서 각자 손에 신호탄을 하나씩 쥐었다. 적당한 곳에 자리를 잡고 준비가 되었으면 그 신호탄을 터뜨려 알리기로 했다. 그리고 카세르가 마지막으로 신호탄을 터뜨린 후 노트에 봉인을 깨라고 적을 테고 그 내용을 명왕이 읽을 것이다.

펑. 첫 번째 신호탄이 남쪽에서 터졌다. 남쪽으로는 염왕이 갔다. 카세르는 픽 웃었다. 얼른 괴물을 사냥하고 싶어서 잔뜩 흥분해 있을 라이너의 표정이 보이는 듯했다.

펑. 두 번째 신호탄이 터졌다. 이번에는 서쪽. 암왕의 신호였다.

북쪽을 맡은 카세르는 주변을 둘러보다가 건물과 건물을 연결하는 긴 회랑을 발견했다. 저 회랑의 지붕 위가 괜찮아 보였다. 그는 가볍게 몸을 날려 회랑 위로 올라갔다. 그리고 들고 있던 검을 옆에 꽂았다. 프라즈가 실린 검은 단단한 돌을 가르며 쑥 파고들었다.

조금 높은 곳에 올라온 것뿐인데 완벽하게 정돈된 성도궁 내부의 풍경이 아래로 내려다보이자 묘한 감상이 들었다.

성도궁에 머물 수 있는 자는 오직 기사와 사제뿐이었다. 그리고 기사와 사제는 처우가 퍽 달랐다. 성도의 귀부인들과 온갖 염문을 뿌리고 다니며 노는 기사들과 다르게 사제들은 그야말로 잡일꾼들이었다. 그러니 이 성도궁 곳곳에 사제들의 노동이 스며 있었다.

그들은 성스러운 장소를 보살핀다는 마음으로 고된 노동을 기꺼이 감내했을 것이다. 하지만 사실 그들은 괴물의 보금자리를 쓸고 닦았을 뿐이다.

'괴물 처리보다는 그 후가 더 문제야.'

성도궁에 대한 믿음이 견고한 자일수록 받는 충격도 클 터. 진실이 밝혀진 후 적지 않은 자들이 미치거나 과격한 수단으로 자신의 고통을 드러내려 할 것이다.

'군대 일부는 한동안 성도에 주둔하도록 해야겠어.'

잠시 딴생각에 빠져 있다가 카세르는 아직 신호탄이 울리지 않은, 편왕이 담당한 동쪽을 바라보았다.

'좀 늦는군.'

무심히 주변으로 고개를 돌려 뒤를 돌아보았다가 그는 자신도 모르게 뒷걸음질 쳤다. 도시를 전부 삼켜 버릴 것처럼 거대한 해일이 하늘을 덮고 있었다. 순식간에 밀려온 파도가 미처 피할 틈을 주지 않고 그의 머리 위에서 쏟아져 내려왔다. 떠내려가지 않기 위해 반사적으로 그는 자세를 낮추고 두 손으로 검의 손잡이를 잡았다.

하지만 어떤 물리적인 힘도 그의 몸과 충돌하지 않았다. 카세르는 마치 공기 같이 지나가는 물을 바라보다가 일어났다. 그는 갑자기 자신의 몸 안에서 프라즈가 요동친다고 느꼈다. 그의 제어를 벗어나려고 날뛰는 움직임이 아니라 마치 즐거워하는 것 같았다. 이런 감각이 처음은 아니었다.

"……유진?"

그가 서둘러 허리춤 주머니를 열고 노트를 꺼냈다. 그는 작은 흑연 조각으로 그녀를 불렀다.

─유진. 당신, 괜찮아? 지금 여기…….

갑자기 땅이 뒤흔들렸다. 그의 몸이 잠시 균형을 잃었고 노트를 손에서 놓쳤다. 그는 바닥으로 떨어지는 노트가 갈라지는 땅의 틈으로 들어가기 직전, 재빠르게 노트를 낚아채고 안도의 숨을 내쉬었다.

땅의 흔들림이 더 심해지고 굉음이 울렸다. 그는 오싹한 감각을 느끼며 얼른 노트를 주머니에 넣어 단단히 묶었다. 라크의 기운이다. 지금껏 그가 한 번도 느껴 본 적 없는 어마어마한 기운이었다.

'봉인이 깨진 건가? 아직 명왕에게 말을 전하지 않았는데?'

그는 재빠르게 지붕 위에 박힌 검을 뽑아냈다.

＊　　＊　　＊

마하. 괴물의 이름이었다.

하지만 누가 붙여 준 이름은 아니다. 본래 괴물에게는 이름이 없었다.

괴물이 자신을 봉인한 후 주술의 힘을 빌려 신의 대리인 노릇을 하기 위해서는 거부감이 없는, 그럴듯한 신을 만들어야 했다. 당시 마하는 이 세상 자체를 의미하는 단어였고 사람들에게 무척 익숙했다. 그래서 그 이름을 따 위대하고 유일한 신을 만들었고 그 존재는 순조롭게 받아들여졌다.

그래서 괴물은 마하를 자신의 이름으로 삼았다. 하지만 그 이름으로 불리는 일은 없었다. 그리고 신의 대리인, 상제로 살았다.

　마하는 상제 노릇을 하던 가상의 모습을 완전히 거둔 후 땅속에서 봉인을 풀기 위해 안간힘을 썼다. 그런데 아무리 애를 써도 꽁꽁 묶인 몸이 꼼짝하지 않았다.

　'엘버. 반드시 이 빚은 갚아 주겠다.'

　이를 부득부득 갈면서 마하는 계속 주술을 깨려고 시도했다. 그러던 중 기사들 수십 명이 한꺼번에 죽었다. 왕에게 살해당한 것이 틀림없었다. 씨앗을 먹어서 기운이 연동된 상태라 직격으로 충격을 받았는데도 주술은 깨지지 않았다.

　더구나 지상에서 무슨 일이 벌어지고 있는지 모르겠으니 미칠 노릇이었다. 자신의 영역에 라크들이 돌아다니고 있는지, 왕이 근처에 있는지도 전혀 느껴지지 않았다. 시시각각 사방에서 목을 조여 온다는 공포에 사로잡혔다.

　'이 향기는…… 라미타?'

　갑자기 밀려드는 라미타에 취해 정신을 차릴 수가 없었다. 돌처럼 굳어 있는 몸이 꿈틀거리기 시작했다.

　그러나 자신을 옭아맨 주술의 힘이 약해지는데도 기쁘지 않았다. 스스로 의지가 아닌, 외부의 힘에 주술이 깨지면 즉시 원하는 대로 변태 능력을 발휘할 수 없다. 신체의 능력을 최고로 발휘할 수 없다는 의미였다. 그렇다면 즉시 땅속으로 파고들어 숨는다는 계획을 진행하기 전에 왕의 공격을 받을지도 모른다.

　라미타의 향에 자극받아 깨어난 신체가 멋대로 날뛰어서 제어되지 않았다. 땅이 흔들리고 요란한 소리를 내며 건물들이 무너지는 소리가 들렸다.

라이너는 촉감이 없는 물의 환상에 잠긴 주변을 신기해하며 둘러보다가 라크의 기운을 느끼고 정신이 번쩍 들었다.

'이거, 엄청난 놈이잖아.'

라크 냄새가 코를 찔러서 후각이 마비될 것 같았다. 이 정도로 지독하고 짙은 냄새를 맡아 본 적이 없었다. 땅이 미친 듯이 흔들렸다. 이런 어마어마한 놈이 성도의 땅 밑에 숨어 있었단 말인가. 과연 그 오랜 세월 인간들을 농락할 만했다.

'과연. 이 세상에서 가장 강한 라크라더니.'

그의 눈동자에 붉은 기운이 맴돌며 번들거렸다. 그가 이를 드러내며 히죽 웃었다. 그의 온몸에 붉은 프라즈가 아지랑이처럼 피어올랐다. 그는 지반이 갈라지며 무너질 때마다 뛰어올라 조금씩 자리를 바꾸어 착지했다. 땅이 무너질수록 라크 냄새가 진동했다.

'자, 어서 네놈 몸뚱이를 드러내라.'

점점 더 요란한 소리를 내면서 주변의 땅이 전부 흔들렸다. 진동을 견디지 못한 성도궁의 건물들은 금세 금이 가고 무너졌다.

강한 떨림이 느껴졌다. 지반 일부가 완전히 무너지면서 푹 밑으로 꺼졌다. 시커먼 그림자가 드리운 땅 밑에서 뭔가가 움직였다.

'핵이다!'

반짝거리는 라크의 핵을 발견한 라이너의 눈에서도 빛이 번뜩였다. 그는 주저 없이 주저앉는 시커먼 땅속 어둠으로 몸을 날렸다. 얼마나 깊이 땅이 가라앉았는지 전혀 가늠할 수 없는데도 그는 개의치 않았다. 프라즈를 최대한 끌어내 검에 모은 후 오로지 핵을 향해 날아갔다.

용광로에서 막 꺼낸 쇠붙이처럼 검날에 시뻘건 기운이 맺혔다. 검의 끝은 정확히 핵을 겨냥해 괴물의 비늘을 꿰뚫고 쑥 들어갔다.

'됐어!'

라크 사냥을 한두 번 해 본 게 아니다. 공격이 성공했다고 감이 왔다. 생각보다는 참으로 시시한 괴물의 최후라고 생각한 순간, 괴물 뱀이 꼬리를 휘둘러 라이너를 후려쳤다.

"으앗!"

제대로 얻어맞은 라이너의 몸이 빠르게 날아가 반쯤 무너진 건물에 처박혔다.

*　　　*　　　*

"어르신들. 꼭 여쭙고 싶었으나 그동안 기회가 없었습니다. 마라와 어떤 계기로 만나서 거래를 하신 겁니까?"

처음 아드리트는 진실을 알았을 때, 하늘이 무너지는 기분이었다. 비록 조상들이 먼 옛날 무거운 죄를 지었으나 후손들은 그 죄를 사죄하며 부끄러움 없이 살아왔다고 자신했다. 그는 가혹한 운명을 짊어진 방랑족의 삶을 원망하면서도 한편으로는 떳떳했다.

그 후 마라가 저지른 짓들, 사교의 교주 노릇을 하면서 수많은 사람을 현혹해 이용했으며 사람을 도구처럼 쓰고 버리는 등, 비인간적 행태를 알게 되면서는 화가 나다가도 슬펐다. 그 모든 일을 후손을 지킨다는 명목으로 어르신들이 돕거나 방조했으니까. 일족은 선조들의 죄에 또 다른 죄를 저지르고 말았다. 과연 용서받을 수 있을까.

그런데 시간이 지나면서 조금 생각이 바뀌었다. 어르신들과 마라의 관계는 볼수록 알쏭달쏭했다. 서로에게 거친 말을 툭툭 내뱉으면서도 그 안에 따스함이 있었다. 단지 서로를 이용하는 관계로 보이지 않았다. 그러니 마라가 하는 짓을 어르신들이 방조했다면 이유가 있을 것 같았다.

"사실, 처음에 저는 어르신들을 원망했습니다. 하지만 제가 참 염치 없다는 생각이 들었습니다. 어르신들께서 마련해 주신 안전한 은신처의 혜택을 받으며 어린 시절을 평온하게 보냈으니까요. 그리고 시작은 어르신들의 뜻이었으나 주술 유지는 결국 저희의 선택이었습니다."

조용한 어둠 속에서 나직한 웃음이 흘렀다.

"아드리트."

"예."

"너처럼 올곧은 아이가 후손이라는 사실만으로 우리는 후회하지 않는다. 부디 그 마음 변치 말고 일족의 번영을 이끌어다오."

과분한 칭찬에 몸 둘 바를 모르며 아드리트가 얼굴을 붉혔다.

다른 노인이 말했다.

"번영이 무에야. 그런 건 바라지도 않아. 난 그저 너희들이 행복했으면 좋겠다. 그거면 충분해."

"그렇지. 그래서 너희가 언젠가 마지막 여행을 끝내고 영혼의 완성을 이루어 이 세상의 손님이 아닌, 진정한 하나가 되었으면 좋겠구나."

"……예?"

아드리트는 자신이 아는 마지막 여행과 의미가 달라서 고개를 갸웃했다. 그가 자신이 어릴 때부터 듣고 배운 마지막 여행 ─ 고된 삶을 드디어 끝내고 안식을 얻는다 ─ 에 대해 말하자 노인들이 혀를 찼다.

"왜 그게 그런 뜻이 되었누? 그게 아니다. 잘 들어라."

노인이 마지막 여행의 의미를 설명했다. 그건 유진이 엘버를 만났을 때 들은 내용과 같았다. 손님으로 와서 여러 번의 여행을 거치고 영혼의 성숙한 완성을 이루어 결국은 이 세상과 하나가 되는 그 이야기.

"아……."

아드리트는 탄식했다. 뭉클한 기분에 눈이 시큰했다. 자신이 알던 마지막 여행이 절망 끝의 포기라면 어르신들이 전하는 진짜 마지막 여행은 행복한 완성이었다.

"네가 올바른 뜻을 모두에게 전해 주렴."

"……예. 어르신."

아드리트가 격동하는 감정이 가라앉은 후 아까의 질문을 다시 했다.

"어르신, 마라와 왜 그런 거래를……."

— 그걸 네가 알아서 뭐 하려고.

아드리트는 화들짝 놀라며 주변을 돌아보았다.

"다 듣고 있었던 거야?"

— 멍청한 녀석. 네가 지금 어디 있는지 그새 잊었냐? 내 몸속에서 떠드는 소리를 내가 왜 못 들어.

"하여튼, 저 의뭉스러운 놈."

노인들이 혀를 찼다.

"아드리트가 궁금하다니 말해 줘야지."

노인이 허공에 대고 목소리를 높였다.

"우리 거래에 관해 말하면 안 된다는 약속은 없었다. 그러니 딴지 걸지 마라."

대꾸할 법도 한데, 아무런 소리도 들려오지 않았다. 아드리트는 인간 모습의 마라가 할 말이 없을 때 코웃음 치던 표정이 눈앞에 보이는 것 같았다.

'그건 환상으로 만든 가짜일 뿐인데.'

여러 번 깨달았지만 어느새 또다시 마라를 인간처럼 생각했던 걸 깨닫고 아드리트는 쓴웃음을 지었다.

"우리 일족은 그 당시 멸족의 위기를 맞이하고 있었단다. 척박한 생활을 견디지 못해서 태어난 아이 중 반 이상이 첫 생일을 넘기지 못하고 떠났다. 점점 아이들의 수가 줄었지. 이대로는 일족의 끝이 보이는 상황이었다. 워낙에 영아 사망률이 높다 보니까 아이가 태어난 즉시 주술을 걸 수가 없었어."

아드리트는 고개를 끄덕였다. 한 명에게 주술을 발동하려면 한 명을 희생해야 하니까. 아이가 죽으면 한 명의 죽음이 아니라 그 아이를 위해 희생한 사람까지 두 명의 죽음이 된다.

"그러니 우리는 아직 주술이 없는 아이를 지키기 위해 활동기가 되면 반드시 환수의 영역에 피난처를 마련해야 했다. 그러던 어느 날, 사막 한복판에서 거대한 환수를 발견했다."

"정말 컸지."

"그렇게 큰 놈은 처음 봤어."

"맞아."

그때의 기억을 되살리며 노인들이 맞장구쳤다.

"근데 오늘 보니까 그때보다 더 커졌던데?"

"하긴, 그때는 저놈 목구멍으로 사람이 걸어 들어갈 정도는 아니었거든."

―어딜 지금 나를 그때와 비교 해.

마라가 으스대자 아드리트가 실소를 흘렸다. 붉은 눈의 뱀과 마주쳤던 순간을 생각하자 몸서리가 쳐졌다. 하지만 익숙한 어감을 들으니까 자신이 알던 마라가 맞는 것 같아서 안도감이 들었다.

노인들은 잘난 척하는 마라의 말을 무시하며 계속 이야기했다.

라크와 다르게 환수는 무조건 인간을 공격하지 않았다. 확률은 반반이었다. 일족들은 경험의 지식으로 활동기 동안 눈에 안 띄는 영역의 끄트머리에서 조용히 지내면 대부분 환수는 내버려 둔다는 사실을 알고있었다.

그런데 당시 방랑족이 발견한 환수는 전에 본 적 없이 지나치게 컸고상태도 이상했다. 흑색의 물뱀은 똬리를 틀고 눈을 감은 채 꼼짝하지 않고 있었다. 어쩐지 꺼림칙했지만, 활동기가 임박하여 다른 피난처를 찾을 시간이 없으니 그 근처에 자리를 잡았다.

활동기가 시작되자 환수의 영역인 줄 알고 안심했던 일족들은 라크의공격을 받았다. 예상치 못한 일이었다.

대개 환수의 영역은 강할수록 넓고 강함은 덩치와 비례했다. 일족들은 물뱀의 크기로 대충 영역의 넓이를 계산해서 영역의 가장자리에 쉴곳을 마련했다. 지금껏 한 번도 계산이 틀렸던 적이 없었다.

일족들은 라크를 피해 환수 쪽으로 도망쳤다. 사실 이 선택도 위험했다. 라크를 피하다가 환수의 공격을 받을 수도 있었다.

일족들이 물뱀 환수가 가까이 보이는 거리까지 도망치고서야 라크가다가오지 못했다. 일족은 선택의 여지가 없었다. 서로가 보이는 근거리에서 환수와 일족의 공존이 시작되었다.

사람들은 처음엔 불안한 표정으로 환수의 동태를 살피다가 하루하루날이 지나도 전혀 움직임이 없으니 점점 긴장을 놓았다.

"우리끼리 참 이상하다고 말했다."

"그랬지. 마치 죽은 것 같았거든. 그런데 환수는 짐승이 아니니 그럴리가 없지 않냐."

아드리트는 노인들의 이야기에 완전히 빠져든 표정으로 물었다.

"왜 그랬던 건가요?"

"나중에 듣기로는 뭐랄까…… 사람으로 치면 완전히 실의에 빠져서 자신의 모든 것을 놓아 버린 상태 같은 거?"

"……예?"

마라가 다 듣고 있을 테니 말로는 내뱉지 못하고 아드리트는 속으로 '그런 섬세한 감정을 느낀다고? 저 괴물이?'라고 생각했다.

"환수의 영역이란 자신을 지키는 방패이자 일종의 과시이기도 하거든. 그런데 자포자기로 널브러진 상태였으니 영역도 확 줄어든 거지. 당시 그 녀석 상태라면 다른 환수가 덤벼도 무력하게 잡아먹혔을 거다."

— 뭔 헛소리야. 아무리 그때라고 해도 날 먹을 수 있는 놈이 존재했을 것 같아?

"성도의 그놈은?"

마라의 대답은 돌아오지 않았다. 노인이 '본전도 못 건질 것을 왜 끼어들어.'라는 눈빛으로 허공을 흘겨보고 다시 말을 이었다.

"그러다가 일족 중에서 활동기 초기에 라크의 공격을 받아 다친 후 회복이 더디더니 죽어 가는 사람이 있었지. 그 사람이 죽기 전에 아이에게 주술을 걸기로 했다. 주술을 완성한 후, 참, 그때 일은 지금 생각해도 섬뜩하구먼."

"그러게 말이야. 시커먼 물뱀의 뻘건 두 눈이 우리를 쳐다보는데 오금이 저리더라니까."

"난 그거보다도 우리에게 말을 걸 때 기절하는 줄 알았다."

"맞아, 맞아."

"환수가 말을 하다니. 상상도 못 한 일이었어."

노인들이 껄껄 웃었다.

"마라가 뭐라고 했습니까?"

웃음이 그치고 노인 한 명이 헛기침하더니 낮게 목소리를 깔고 말했다.

"너희는 주술을 아는구나."

아드리트는 그 당시 현장에 자신이 있었던 것처럼 오싹 소름이 돋았다.

*　　*　　*

"사람을 동원하여 라크 씨앗을 모두 채취하도록 하세요. 씨앗으로 변한 것은 지금이 건기이기 때문이에요. 활동기가 되면 다시 깨어날 거예요."

"예, 왕비님."

다행히 라크들은 도심지에 들어가지 않았다. 플로라가 한 주술의 조종을 받아 한군데에 몰려 있던 상태에서 씨앗이 되었으므로 채취 작업이 그리 어렵지 않을 것이다.

유진은 라미타의 바다에 잠긴 사막의 풍경을 바라봤다. 색다른 풍경이었다. 그녀는 찬찬히 자신의 몸 상태를 점검해 보았다. 자신이 아무리 강력한 라미타를 지녔다 해도 능력을 과다하게 사용하면 위험하다는 이야기를 들은 터라 신경이 쓰였다.

다행히 안 좋은 변화는 느껴지지 않았다. 그래도 혹시나 해서 배 속 아이에게 말을 걸어 보았다.

'아가. 괜찮니?'

대답하듯 배 속에서 아이가 뭉글하게 움직였다. 유진이 미소 지으며 아이 궁둥이를 두드리듯 배를 가볍게 두드렸다.

'이 능력은 뭐라고 해야 할까.'

물의 형태로 구체화 된 라미타를 어떤 능력으로 정의해야 할까. 이것은 죽음 혹은 부활. 둘 중 어디에도 해당하지 않았다. 그리고 지금이 활동기였다면 과연 저 라크들이 씨앗이 되었을지도 확실하지 않았다.

'라크를 씨앗으로 봉인시키는 능력은 이 세계 자체의 힘이야.'

건기와 활동기를 기점으로 기후가 바뀐다. 그뿐만 아니라 왕이나 아니카처럼 특별한 능력을 지닌 사람들은 건기와 활동기의 공기 밀도가 다르다고 느꼈다.

이 세상에 라크가 처음 나타났을 때부터 건기와 활동기라는 특수한 절기가 존재하지 않았을 것 같다. 왕과 아니카가 등장한 것처럼, 이 세상에서 살아가는 생명을 라크로부터 지키고자 세계 스스로 만든 규칙이 아닐까. 숨을 고를 수 있는 건기가 없었다면 인간은 지금처럼 번성하지 못했을 거다.

'주술 때문에 그 규칙이 어긋났고 난 제자리를 잡도록 도와준 것뿐이지.'

지금 눈에 보이는 물의 환영이 전부 순수한 라미타라면 그건 절대 인간의 몸으로 감당할 수 있는 능력이 아닐 것이다. 그 증거로 예전에 유진이 시험 삼아 아부에게 라미타를 쓸 때는 몸 안에서 기운이 빠져나가는 느낌이 들었는데 이번에는 그렇지 않았다.

다만, 이 환상의 바다가 어디까지 흘러갈지 모르겠다.

'별다른 일은 없었으면 좋겠는데…….'

유진은 수심이 서서히 낮아지는 현상을 확인한 후에야 왕성으로 돌아갔다. 경계령 해제를 지시하고 어수선한 분위기가 어느 정도 가라앉고 나서 그녀는 노트에서 카세르가 적은 문장을 발견했다. 쓰다가 끊긴 느낌이었다. 무슨 말을 하려고 했는지도 알 수 없었다.

'그냥 내 안부를 물은 거라고 하기엔 좀 이상하네.'

─카세르. 무슨 일 있어요? 난 괜찮아요.

문장을 쓰고 한참 기다렸는데 답은 없었다.

'혹시 성도에서 플로라가 사라진 사실을 알았나?'

유진은 한바탕 난리가 났었던 상황을 담담하게 적어 내려갔다.

─아무 일이 없었던 건 아니고요. 플로라가 이동 주술로 이곳에 왔어요. 다행히 다 해결되었고 크게 다친 사람도 없어요. 자세한 이야기는 당신 얼굴 보면서 하고 싶어요. 그런데 플로라가 여기 왔으니 성도의 라크들은 어떻게 되었는지 모르겠네요.

유진이 펜을 내려놓았을 때 바깥에서 문을 두드렸다.

"들어오게."

유진은 시녀가 아니라 스벤이 들어오자 의아해하며 물었다.

"무슨 일이에요?"

"왕비님. 감금 중인 죄인이 의식을 차렸다고 합니다."

"······반응이 어떤가요?"

"조용합니다."

"나를 만나고 싶다거나, 요구하는 게 있나요?"

"없습니다."

유진은 잠시 생각에 잠겼다가 말했다.

"내가 지금 만나겠어요. 독대할 거예요."

"왕비님."

"누구도 들어서는 안 되는 이야기가 있어요. 그러니 플로라와 조용히 대화할 수 있는 자리를 마련하고…… 플로라가 여기서 더 어리석은 짓은 하지 않을 것 같지만 그래도 혹시 모르니 안전장치만 준비해 줘요."

"……예, 왕비님."

스벤은 몹시 걱정스러운 낯으로, 하지만 순순히 대답했다. 왕비님의 결정은 누구도 막지 못한다는 사실을 오늘 충분히 보고 들었다. 일개 호위인 자신의 능력 밖이었다.

얼마 후, 유진은 준비된 장소로 갔다. 본래 회의실로 쓰는 곳이라 잡다한 가구가 없었다. 그래서 딱 한 개의 원탁과 두 개의 의자 외에 빠르게 모두 치울 수 있었다.

꽤 널찍한 방 한가운데에 원탁이 놓이고 서로를 마주 보도록 두 개의 의자를 놓았다. 유진이 들어갔을 때 플로라는 의자에 앉아 고개를 숙인 채 반응하지 않았다. 플로라가 유진을 공격하는 상황을 대비하여 다리와 두 손은 의자에 묶어 두었다.

유진이 맞은편 의자에 앉은 후 사람들을 내보냈다. 그렇다고 이 방 안에 있는 사람이 유진과 플로라, 단둘은 아니었다. 플로라의 뒤와 유진의 뒤에 두 명씩, 듣지도 말하지도 못하는 시녀 네 명이 섰다.

유진은 계속 고개만 숙이고 있는 플로라를 바라보았다. 아까 플로라의 행동은 그녀의 의지였다. 그 주술이 주술사의 없는 욕망을 만들지는 않으니까.

하지만 대부분 사람은 자신의 삿된 욕망을 누르고 살아간다. 상식과 도덕을 갖춘 사람이면 옳지 않은 욕망을 평생 드러내지 않을 것이다. 그러니 지금 플로라가 느낄 자괴감과 수치심을 알 것도 같았다.

"벌써 일 년이 다 되어 가네."

유진은 자신이 사막에서 눈을 뜬 첫날의 기억을 떠올리며 말했다.

"내 이름은 유진. 평범한 회사원, 아니, 일하고 급여를 받는 일꾼이었다고 말하는 편이 이해가 쉽겠네. 그런데 어느 날, 내가 사막에 누워 있더라. 그리고 다들 나를 왕비님이라 부르는 거야."

유진은 다짜고짜 자신의 이야기를 시작했다. 플로라가 '무슨 헛소리지?'라고 생각할 걸 알면서도 그냥 시작하는 외에 다른 방식은 떠오르지 않았다.

플로라는 여전히 고개를 숙인 채 미동조차 없었지만, 유진은 계속 이야기했다. 말하다 보니까 이 세상에 온 이후 겪었던 일의 장면이 파노라마처럼 머릿속을 스쳐 지나갔다. 불과 1년 전의 자신은 인생이 이렇게 바뀌리라고 상상이나 했을까.

플로라는 정신이 들었을 때부터 죽고 싶을 만큼 수치스러웠다. 대로에서 발가벗고 뛰어도 이보다는 나을 것 같았다.

주술을 발동하는 동안의 모든 기억이 또렷했고 틀림없이 자신이 원해서 저지른 짓이었다. 그러니 원망할 대상은 자기 자신뿐이었다.

그런데도 더 끔찍한 것은 마음 한편에 또다시 그 주술을 펼쳐서 그때의 자유로움을 다시 느끼고 싶다는 점이었다. 마약중독자의 금단 현상이 이와 비슷할 것 같았다.

그래서 플로라는 깨달았다. 왜 그 주술의 주술사 최후가 모두 참혹했는지.

과거의 주술사들은 그 주술에서 벗어나지 못했을 것이다. 같은 잘못을 여러 번 했을지도 모른다. 그들을 멈출 방법은 죽음밖에 없었을 것이다.

사람들이 자신을 어디론가 데려가는데 이 길이 사형장으로 이어져도 상관없었다. 어느 방으로 들어가서 자신을 의자에 앉힌 후 손과 발을 묶었다. 그녀는 '묶지 않아도 아무것도 안 해.'라고 생각했다. 숨 쉬는 것조차 버거운 무력감에 빠져 있었다.

익숙한 진의 목소리가 들려왔을 때는 순간 정신이 번쩍 들었다. 하지만 고개를 드는 것도 하기 싫었다. 머릿속은 텅 빈 것처럼 아무 생각이 들지 않는데도 진의 말소리가 한 귀로 들어와 한 귀로 빠져나갔다.

그런데 어느 순간부터 이야기가 들리기 시작했다. 너무나 이상했고 이해할 수 없었으며 한편으로는 무척 흥미로웠다. 그래서 플로라는 어느새 고개를 들고 유진을 쳐다보며 잠자코 귀를 기울였다.

유진의 긴 이야기가 끝났을 때 플로라는 몹시 복잡한 눈빛으로 그녀를 보고 있었다.

"⋯⋯거짓말 같아."

"⋯⋯."

"하지만 거짓말이 아니구나."

플로라는 유진을 관찰하듯 뜯어보며 말했다.

"그래. 이상하다고 생각했어. 넌⋯⋯ 너무 달라."

플로라는 유년 시절에 가족보다 더 많은 시간을 진과 보냈고 온종일 진의 눈치만 살피며 전전긍긍했다. 그래서 진의 눈빛이나 표정만 봐도 기분이 어떤지, 무슨 말을 할지도 예측이 갔다. 그런데 결혼 후 성도를 떠났다가 다시 만난 진은 번번이 예상을 빗나갔다.

그리고 플로라는 영혼이 바뀌었다는 황당한 일을 믿을 수 있었다. 주술의 힘이 얼마나 대단한지 몸소 겪었으니까.

"넌 진이 아니, 내가 아는 진이 아니라는 거지?"

유진이 고개를 끄덕였다.

"어디로 갔어?"

"나도 몰라. 죽었을 수도 있고, 아니면 진짜 자신의 몸으로 돌아갔을 수도 있고."

"너한테서 라미타를 빼앗기 위해 주술을…… 그래. 그 애가 충분히 하고도 남을 짓이지."

플로라가 말하다가 헛웃음을 지었다. 라미타가 없는 진이 가졌던 박탈감과 자격지심이 어땠을지 짐작이 갔다.

그 애가 갖지 못한 건 라미타뿐인 줄 알았더니, 사실은 아무것도 자기 것이 아니었던 거다.

"그럼 그 애는 지금 이 세상에 없다는 거지? 만약 그 사막에서 실종된 시녀의 몸에 영혼이 들어갔고 그래서 아직 살아 있다고 해도 다시는 아니카 진이 될 수 없다는 거네?"

"그렇겠지."

플로라는 자신의 속에서 악에 받친 뭔가가 끊어진 기분이 들었다. 통쾌하면서도 허무했다.

눈앞에 앉아 있는, 진과 똑같긴 생긴 여자가 사실은 진이 아니라고 하니까 진의 얼굴만 봐도 응어리지던 감정의 찌꺼기가 사라졌다.

진이 가진 것들이 부러워서 질시하고 증오한 줄 알았다. 그래서 더 비참했는데 그냥 진이 미웠던 것뿐일까. 그런 어리석은 감정에 매달리느라 스스로 지옥에 빠져서 얼마나 많은 소중한 것들을 낭비한 것일까.

"더 빨리 말해 주지 못해서 미안해."

"날 믿지 못했겠지. 내가 일을 그르칠 수도 있으니까."

중얼거리던 플로라가 웃음을 터뜨렸다. 붉어진 눈시울에 눈물이 맺힌 채 웃는 플로라의 표정에 다양한 감정이 떠올랐다.

유진은 말없이 그 모습을 바라보다가 일어났다. 지금은 플로라에게 혼자 있을 시간이 필요할 것 같았다.

　　　　*　　　*　　　*

　왕들은 당황했다. 그들은 발 디딘 땅이 무너질 때마다 뛰어올라 다른 디딜 곳을 찾아 바삐 움직였다. 땅은 계속 흔들리며 푹푹 꺼졌다.

　왕들의 계산이 틀렸다. 그들은 이만하면 충분히 괴물을 포위할 만하다고 생각하며 자리를 잡았다. 하지만 괴물은 그들의 예상보다 훨씬 거대했다.

　아킬은 압박감처럼 다가오는 라크의 기운을 느끼며 마른침을 삼켰다. 그리고 어이가 없어서 헛웃음이 나왔다. 라크 따위에게 긴장하다니. 자존심이 상했다.

　'이런 놈이라면 인간 흉내를 낸다 해도 그럴 만하군.'

　그는 어두운 땅속에서 반짝이는 빛을 언뜻 보았다. 틀림없이 라크의 핵이었다. 그가 프라즈를 끌어내어 손에 쥔 검에 집중했다. 짙은 녹색의 기운이 검날에 맺히는 순간, 갑자기 땅속에서 뭔가가 튀어나오더니 아킬을 겨냥하며 달려들었다.

　그는 가까스로 상체를 틀어 공격을 피할 수 있었다. 그의 몸을 아슬아슬하게 스치고 지나간 것이 반쯤 무너진 건물에 박혔다. 요란한 소리를 내며 건물이 산산이 부서졌다.

　빠르게 다시 물러가는 그것은 끝이 맹수의 송곳니처럼 날카로웠다. 마치 전갈의 꼬리 끝에 달린 가시 같았다. 그는 거대한 가시가 꿰뚫고 간 자리가 거무스름하게 변한 것을 보고 미간을 찌푸렸다. 독이다.

　'뱀이 아니었나?'

　아니카 케이티가 비늘을 봤다고 하길래 막연히 괴물의 본체가 뱀이나 도마뱀 같은 것인 줄 알았다.

라크는 흉내 낸 생물의 특성도 복사했다. 뱀 라크는 이빨에 독이 있고 거북이 라크는 무는 힘이 굉장했다. 그래서 왕과 전사는 다양한 생물의 종류와 특성을 일부러 공부했다.

그런데 꼬리 끝에 저런 독침을 달고 다니는 뱀은 들어 본 적이 없었다.

엘버가 인상을 잔뜩 찌푸리며 한숨을 쉬었다. 이마에 맺힌 굵은 땀방울이 뚝뚝 떨어졌다.

"이런."

즉시 니콜라스가 물었다.

"뭐가 잘못되었습니까?"

"주술이 곧 깨지겠습니다. 어찌 된 일인지 내 통제를 완전히 벗어났군요. 외부의 힘이 작용한 것 같은데……."

왕들이 괴물의 본체를 공격한 것일까. 신호를 받을 때까지 기다리겠다고 미리 말을 맞추어 두었는데 이상했다. 하지만 세상일은 계획대로 되지 않는 경우가 더 많다.

니콜라스는 얼른 노트를 펼쳤다. 아무것도 적히지 않았으나 그는 대수롭지 않게 말했다.

"왕들이 대처할 수 있는 변수일 겁니다."

물의 환영이 성도를 전부 덮고 지하 감옥도 꽉 채운 상태였다. 그런데 지하의 어둠에 갇힌 두 사람은 볼 수 없었다. 니콜라스는 술식의 빛 위로 아른거리는 굴절 현상을 발견했지만, 그냥 주술의 작용인 줄로만 알았다.

"그놈의 본체는 무엇입니까?"

환수는 원하는 대로 다양한 모습으로 변할 수 있다. 그런데 왕의 환수가 아니고서는 각성했을 때의 첫 모습을 버리고 다른 생물로 변하는 경우가 거의 없었다. 첫 모습이 된 생물의 특성을 가장 강력하게 끌어낼 수 있기 때문이다.

"뱀입니다."

엘버는 대답하다가 갑자기 이야깃거리가 떠오르자 피식 웃으며 말했다.

"최초에 등장한 라크들이 전부 뱀이었다는 사실을 아시나요?"

"전부가 뱀이었다고요?"

니콜라스는 흥미진진한 표정으로 집중했다.

"라크를 불러낸 고대 일족은 그 주술이 잘못되더라도 피해가 적은 장소를 신중하게 골랐습니다. 그래서 호수로 둘러싸인 돌산을 선택했지요. 그 돌산은 뱀산이라고도 불리는 곳이었습니다. 뱀 이외의 생물이 없었다고 해요. 주술을 통해 다른 세상의 무언가를 불러냈을 때 그것들이 이 세상에 와서 최초로 마주친 인간 외의 생명체가 뱀이었던 겁니다."

"오……."

니콜라스는 곰곰이 생각하다가 말했다.

"호수로 둘러싸인 돌산이라니. 그런 지형을 갖춘 곳이 어딘지 모르겠습니다. 들어 본 적이 없어서요."

"지금은 다른 형태로 변했을지도 모릅니다. 아득한 옛날 일이니까요. 그리고 성도의 괴물은 지금 어디서도 찾을 수 없는 종의 뱀일 겁니다."

"예?"

"그 뱀은 오래전 멸종한 고대 생물입니다."

"아아. 멸종…… 그렇다면 현존하는 뱀과 어딘가 다르게 생겼습니까?"

"다르지요. 그 뱀은 꼬리가 셋으로 갈라져 있으며 그중 하나에 전갈처럼 독가시가 박혀 있습니다. 그뿐만 아니라 입으로는 독액을 분사할 수 있습니다. 비늘은 철갑을 두른 것처럼 단단하고 눈동자를 보호하기 위해 눈꺼풀도 있습니다."

"……말씀만 들으면 고대에 그 뱀의 적수가 없었을 것 같습니다."

"그렇지는 않았을 거예요. 그 뱀은 무척 작았다고 하더군요. 다 자라 봤자 두 뼘 정도?"

"덩치가 약점이라…… 그렇다면 그 유일한 약점이 저 괴물에게는 해당하지 않겠군요."

엘버가 고개를 끄덕이다가 탄식했다.

"이런. 이 중요한 이야기를 다른 왕들께 전하지 않았습니다."

"본체가 무엇이든 라크입니다. 라크 사냥이라면 왕의 특기이니 염려하지 않으셔도 됩니다."

엘버를 위로하면서 니콜라스는 속으로 사냥 과정이 만만치는 않겠다고 생각했다. 하지만 걱정은 되지 않았다. 왕이 넷씩이나 달려들어서 라크 한 마리를 잡지 못할 리가 없으니까.

'다들 무운을 빕니다.'

두 사람이 대화를 나누는 도중에 술식의 빛이 점점 흐려졌다. 그리고 그 빛이 완전히 사라졌을 때 니콜라스가 흠칫 몸을 떨었다. 그는 주술이 깨진 순간을 온몸으로 느꼈다.

'이 기운이…… 라크라고?'

성도궁에서 이곳까지는 꽤 거리가 있었다. 그런데도 선명하게 느껴질 정도라니, 대체 어떤 놈인지 궁금했다.

주술이 깨졌다.

마하는 자신을 옭아매던 사슬이 완전히 사라진 것을 느꼈다. 하지만 원하는 대로 자신의 몸을 통제할 수 없으니 그저 있는 힘껏 몸부림만 쳤다.

주술이 풀리며 돌아온 감각으로 맛본 라미타의 향기는 황홀했다. 동시에 위협적인 왕들의 기운이 자신을 포위했다고 느끼자 오싹했다.

'이 라미타는 플로라? 아니야. 플로라는 아닌데.'

마하는 그동안 자신이 만든 씨앗을 통해 아니카들의 라미타를 파악했다. 주술이 깨질까 봐 그 씨앗을 통해 느끼는 라미타는 아주 미약한 수준으로 조절했지만, 누가 어떤 라미타를 지녔는지 파악하기에는 충분했다.

아마 마하처럼 수많은 아니카의 라미타를 경험한 라크는 없을 것이다. 라미타가 지닌 고유한 기운은 아니카마다 달랐다. 그 독특한 기운은 후각과 미각, 그 경계 어딘가에 있었다.

마하는 이 라미타의 향기가 누구의 것인지 기억을 짚어 찾아내기까지 시간이 걸렸다. 기억해 둔 라미타와 격차가 하늘과 땅처럼 크기 때문이었다.

'진. 너구나.'

진은 마하가 라미타를 파악하지 못한 유일한 아니카였다. 진은 별채에서 한 번도 씨앗을 만진 적이 없었다. 몇 개월 전, 진의 손에 강제로 씨앗을 쥐어 주고서야 비로소 라미타를 읽을 수 있었다. 하지만 그때는 이정도로 강력한 향기가 아니었다.

'무슨 수작을 부린 거지? 내 눈을 속이다니.'

자신의 염원을 이루어 줄 아니카는 두 명이 아니라 한 명이었다.

'진이었구나. 진이었어!'

그 사실을 안 괴물은 분노에 휩싸였다. 탄식이 절로 나왔다. 얼마나 많은 기회를 놓친 것인가!

아니카의 라미타는 양날의 검이다. 그래서 아니카의 호의를 얻기 위해 자애로운 양부 노릇을 자처했다. 하지만 인간의 감정은 참 변덕스러워서 믿을 수 없으니 마하가 준비한 것은 최면술이었다.

지하 기도실 바닥에는 최면의 술식이 깔려 있다. 그 최면술은 부작용 때문에 폐기된 고대 주술이었다. 강력한 효과 대신 대상자를 백치로 만들었다.

천신제에 진과 플로라를 참석시키고 두 사람을 지하 기도실로 데려온 후 최면술을 발동하려 했다. 최면술에 빠진 아니카는 선선히 라미타를 생명력으로 내어 줄 테니까. 그 계획이 어긋난 게 실패의 징조였던가.

'성도궁이 완전히 무너졌으니 이제 주술을 쓸 수가 없어.'

하지만 포기할 수가 없다. 얼마나 오랜 기다림이었나.

진의 라미타를 모조리 흡수할 수만 있다면 지금까지와 비교할 수 없는 강대한 힘을 얻을 것이다. 그리고 마라까지 잡아먹으면 틀림없이 귀환의 문이 열리리라.

'틀림없이 진은 성도 어딘가에 있다.'

아까 사색이 되어 달려온 자들이 성도로 셀 수 없이 많은 라크가 침입했다고 했다. 그런데 지금 마하는 영역을 침범한 라크의 기운을 전혀 느낄 수 없었다.

'진이 그 라크들을 나무로 만든 거지. 그래서 라미타의 향이 여기까지 풍긴 거야.'

마하는 열심히 머리를 굴렸다.

'일단 진을 데리고 도망치자. 임신 중이니까 아이가 다칠까 봐 제대로 저항하지 못하겠지.'

그 계획을 실행하려면 왕들을 떨쳐 내야 한다. 느껴지는 왕의 기운은 총 넷.

'사왕, 편왕, 염왕, 암왕인가.'

마하는 아득히 오래전에 먼발치에서 모든 왕을 보며 특유의 기운을 기억해 두었다. 가장 위협적인 적을 파악하기 위해서였다. 프라즈는 대대손손 물려받으므로 기억해 둔 기운과 거의 비슷하여 왕을 구분할 수 있었다.

'사왕은 안 돼. 편왕은 심판관들한테 불만이 많았지. 염왕은 미친놈이고. 그래, 암왕이라면.'

그때 염왕의 프라즈가 자신에게 달려들었다. 꼬리에 검이 박혔지만, 핵이 파괴되지만 않으면 그다지 타격이 없었다. 마하는 힘껏 꼬리를 휘둘러 염왕을 후려쳤다. 이어서 편왕이 프라즈를 모아 공격 준비를 한다고 느꼈다. 마하는 그 방향을 독침 꼬리로 공격하여 무산시켰다.

'왕의 프라즈는 위험해. 하지만 프라즈가 불사의 능력은 아니지.'

프라즈만 아니면 왕도 보통 인간과 다르지 않았다. 팔다리가 잘리면 재생되지 않으며 중독되면 죽는다. 프라즈는 방패이자 검일 뿐이다.

— 나와 거래하지 않겠나?

공격할 틈을 노리며 괴물이 모습을 드러내기만을 기다리고 있던 페레드의 미간이 꿈틀했다. 그는 작게 입을 달싹이며 중얼거렸다.

"무슨 거래?"

— 내가 그쪽으로 움직일 테니 길을 열어다오. 그럼 그동안 성도를 지배했던 모든 지식을 넘겨주겠다. 비밀 보물고에 숨겨 둔 재물도 주지. 그 재물이면 왕국의 백성 모두가 백 년은 놀고먹어도 될 거다.

"그거참 흥미롭군."

이를 드러내며 미소 짓는 페레드의 눈동자에 금방이라도 터질 것 같은 감정이 일렁거렸다. 그는 크게 웃음을 터뜨리고 싶기도, 격렬한 분노를 토해 내고 싶기도 했다. 교활한 괴물의 간사한 수작이 같잖았다.

'단단히 잘못 짚었구나, 이놈.'

그 오랜 연극이 바로 이 순간을 위한 것이었던가. 제대로 속은 저놈은 자신의 증오심을 모른다.

"재미있는 제안이지만, 그 약속을 믿을 수가 없다."

페레드는 관심 있는 척 적당히 운을 뗐다.

─내가 원하는 건 원래의 내 세상으로 돌아가는 것뿐이고 그 방법을 찾았다. 그러니 이곳에서 얻은 지식과 재물은 내게 더는 의미가 없지.

"……."

페레드의 눈빛이 흔들렸다. 방법을 찾아? 도망가겠다고?

'그렇게 둘 수는 없지.'

그는 이를 악물며 검을 쥔 손에 힘을 주었다. 하지만 괴물의 경계를 사지 않으려고 프라즈를 꾹 내리눌렀다.

마하는 페레드의 침묵을 갈등상태라고 판단했다.

─절벽산으로 올라가는 길에 동굴이 있다. 그 안에 보물이 묻혀 있지. 노골적으로 날 도와줄 필요도 없다.

"……좋다."

페레드는 '내가 네놈의 핵을 파괴하겠다.'라고 속으로 중얼거리며 대답했다.

마하는 물론 페레드를 믿지 않았다. 그저 잠깐의 빈틈이라도 만들면 족했다. 도박에 푹 빠진 암왕이라면 엄청난 재물 앞에 잠시나마 마음이 흔들릴 것이다.

'생각할 틈을 주지 말고 움직이자.'

마하는 땅속을 다 뒤집을 것처럼 온몸을 뒤틀었다. 그러는 동안 어느 정도 몸의 통제력이 돌아왔다.

'이대로 가장 인구 밀도가 높은 중심지로 가면 희생자가 늘까 봐 조심하느라 왕들이 날 쉽게 공격하지 못하겠지. 그 사이에 진을 찾는 거야.'

이 짙은 향기의 라미타를 풍기는 아니카를 금방 찾을 수 있을 거라고 자신했다.

마하는 파묻혀 있던 자신의 몸을 꺼내기 위해 끊임없이 꿈틀거렸다. 촘촘한 비늘로 뒤덮인 원통의 기다란 몸뚱이가 땅 밑의 어둠 속에서 서서히 모습을 드러냈다. 색색의 화려한 비늘이 빛을 받으며 스르르 움직였다.

괴물이 묻힌 넓이만큼 땅이 완전히 내려앉은 상태였다. 이제 더는 땅이 흔들리거나 갈라지지 않았다. 왕들은 가라앉은 지반의 가장자리에서서 거대 뱀의 움직임에 따라 시선을 올리며 점점 눈이 커졌다.

"뭐야, 저 새끼."

라이너가 중얼거렸다. 다른 왕들의 심정도 라이너와 비슷했다.

괴물의 온몸에 빛이 다닥다닥 박혀 있었다. 오직 왕들에게만 보이는 빛이었다.

"저게 다 핵일 리는 없을 텐데."

라이너는 자신의 아까 공격이 왜 실패했는지 깨달았다. 핵인 줄 알고 검을 꽂았는데 핵이 아니었다. 저 수많은 빛 중에서 오직 단 한 개만이 진짜일 것이다.

아킬 역시 아까 자신이 본 것은 핵이 아니었다고 짐작했다.

'핵을 숨길 수 있는 능력이라니. 이놈의 고유 능력인가? 아니면 환수가 이놈처럼 강해지면 능력이 생기나?'

왕들은 이 괴물의 사냥이 녹록지 않겠다고 생각했다. 라크의 약점은 핵. 그런데 그 약점이 아니면 무적이다. 목을 치고 심장을 갈라도 죽지 않으니까.

카세르는 예측보다 훨씬 거대한 괴물 뱀을 노려보다가 문득 떠올랐다.

'약점을 알게 된다……'

그의 손이 가슴께를 더듬었다. 안쪽 주머니에 넣어 둔 작은 통이 만져졌다.

느릿하게 움직이던 뱀의 몸뚱이가 갑자기 좌우로 빠르게 흔들렸다. 공중으로 꽉 솟아오른 꼿꼿한 꼬리 끝이 휘어지더니 구덩이 바깥쪽을 빠르게 훑으며 지나갔다. 지나간 자리에는 건물의 잔해들이 모래처럼 부서져 흔적만 남았다.

꼬리가 쓸고 가는 방향에 라이너와 아킬이 있었다. 아킬은 뛰어올라 피하면서 미간을 찌푸렸다. 분명히 아까 봤던 꼬리 끝에 독침이 달렸는데 방금 스쳐 지나간 꼬리에는 보이지 않았다.

'독침을 넣었다가 뺄 수 있는 구조인가? 아니면……'

아킬이 흠칫 놀라 고개를 돌렸을 때 그를 겨냥하여 휘두르는 또 다른 꼬리가 이미 그의 눈앞에 바짝 다가와 있었다. 프라즈가 그의 몸을 감싸며 방패가 되었으나 피하기에는 늦었다. 요란한 타격 소리와 함께 얻어맞은 그의 몸이 빠른 속도로 날아가 건물 잔해의 먼지 더미로 떨어졌다.

라이너는 꼬리를 피해 뛰어오르면서 긴장을 풀지 않았다. 아까 괴물 꼬리에 얻어맞은 게 아직도 얼얼한 느낌이 남아 있어서 기분이 매우 더러웠다.

그는 괴물의 움직임을 전체적으로 보기 위해 아주 높이 뛰어올랐다. 덕분에 저 멀리 아킬이 꼬리에 맞아 날아가는 광경을 보면서 혀를 찼다.

'저런. 좀 아프던데.'

방금 바닥을 쓸고 지나간 꼬리, 아킬을 공격한 꼬리, 그리고 세 번째 꼬리가 라이너를 겨냥해 날아왔다.

'꼬리가 셋? 생긴 꼬락서니도 딱 괴물이군.'

라이너가 바닥으로 착지하면서 프라즈를 끌어냈다. 그의 몸을 붉은 기운이 감쌌다. 그는 자신을 찍어 내리는 꼬리 끝에서 시선을 떼지 않고 있다가 재빠르게 몸을 피하며 바닥에 박히는 독침의 뿌리 부분으로 힘껏 검을 휘둘렀다.

두 동강 낼 작정이었다. 검에 날을 세운다는 느낌으로 프라즈를 실었다. 하지만 스윽 잘리는 게 아니라, 단단한 바윗돌을 내리친 것 같았다. 그의 의도와는 다르게 검은 꼬리를 끝까지 가르지 못하고 점차 속도가 줄었다.

다 잘라 내지 못했지만, 라이너는 힘을 주어 재빠르게 검을 뽑았다. 검이 박힌 채 꼬리가 도망치면 무기가 사라지니 무척 곤란해질 것이다. 그의 판단이 옳았다. 검을 뽑자마자 반쯤 잘린 꼬리 끝이 박힌 땅에서 쑥 빠지더니 빠르게 도망쳤다.

라이너는 눈을 가늘게 뜨고 꼬리의 궤적을 눈으로 좇았다.

'꼬리가 셋. 하나엔 독침이 있고, 껍데기가 아주 단단하다 이거지.'

라이너는 저런 형태의 뱀은 본 적도 들어 본 적도 없었다. 하지만 그는 워낙 많은 라크들을 사냥한 경험 덕분에 난생처음 보는 생물이라도 빠르게 특징을 파악할 수 있었다.

현존하는 생물을 복사하는 것은 라크의 능력이자 한계였다. 이 세상에 존재하는 어떤 생물도 완벽하지 않다. 다른 생물을 압도하는 최강의 생물이란 존재하지 않았다. 강점이 있으면 반드시 약점도 있다.

'꼬리에 독이 있다면 저것이 저놈의 주요 무기일 테고. 껍데기가 단단하면 그 안쪽은 오히려 무르다. 비늘 틈 사이로 파고들어야겠군.'

문제는 괴물이 너무 컸다. 저렇게 큰 놈은 상대해 본 적이 없다. 뱀 라크를 사냥할 때는 일단 몸통부터 두 동강 내고 시작하는데 저놈 몸통 굵기는 어지간한 건물을 삼킬 정도이니 그 방식은 어려울 것이다.

그리고 괴물의 온몸에 박힌 핵의 빛도 눈에 거슬렸다. 차라리 안 보이는 게 낫겠다. 라크를 사냥할 때 핵을 발견하면 생각도 하기 전에 몸부터 움직였다. 그러니 수많은 저 빛이 오히려 방해가 되었다.

그런데 머릿속으로는 어렵겠다고 생각하면서도 그의 기분은 한껏 고양되어 웃음이 실실 나왔다. 저런 놈을 처치하고 나서는 다른 라크는 시시해서 어쩌지, 벌써 걱정이 되었다.

'핵을 찾아야 하는데……'

그러는 한편, 그는 왠지 몹시 중요한 일을 잊은 것 같아서 답답했다. 라크에게 얻어맞은 것에 대한 복수보다 더 중요한 것이 있었다. 그는 곧 버럭 소리쳤다.

"아! 그거!"

사왕이 보여 준 기름통. 자신이 성도에서 빼내어 하시 왕국까지 배달한 그 기름통이 정답이었나!

'그걸 잊고 있었다니.'

성도의 방어막을 깨뜨리는 일에 집중하느라 까맣게 잊었다. 분명히 사왕이 그것을 가지고 있을 것이다. 그걸 무슨 수를 써서든 손에 넣었어야 했다. 아까워서 배가 아팠다.

카세르는 주머니에 손을 넣으려다가 즉시 손을 떼고 물러났다. 전에는 한 번도 느껴 본 적 없는 불쾌한 감각이 밀려왔다. 그 정체가 무엇인지 생각할 겨를 없이 몸이 반응했다. 자세를 낮추고 두 팔을 교차해 방어했다.

푸른 뱀이 그의 몸 밖으로 튀어나오더니 그의 몸을 꽁꽁 감쌌다. 그의 의지가 아닌데도 프라즈가 스스로 방어벽을 만들었다.

프라즈는 왕이 위험에 처했을 때 스스로 방어한다. 그런데 그런 경우는 아주 드물었다. 왕의 의지 없이 프라즈가 움직이면 몸에 부담이 간다. 자칫 잘못하면 폭주로 이어져 큰 내상을 입을 수도 있었다. 그러니 목숨의 위협할 정도의 위기에만 작동했다.

카세르는 뜨거운 액체가 자신을 덮친다고 느꼈다. 프라즈의 벽을 통과하지 못한 액체가 바닥에 떨어지자 녹는 소리가 나면서 자욱한 연기가 올라왔다.

'독인가?'

프라즈의 방어벽 덕분에 그의 몸은 어떤 영향도 받지 않았지만, 자칫 큰일 날뻔했다.

마하는 최소한 한 명 이상의 왕에게는 치명상을 입혀야 추적이 느려질 거라고 계산했고 그 대상은 사왕으로 정했다. 사왕은 자신의 씨앗을 갖고 있으니 가장 위협적이었다.

그래서 꼬리 공격으로 다른 왕들을 공격하는 척하며 독액을 모았다. 그 오랜 세월 잠들어 있는 동안 축적된 독은 모든 것을 녹일 정도로 지독할 것이다. 왕을 죽이지는 못해도 심각한 화상 정도는 입힐 수 있을 줄 알았다.

하지만 결과는 실패. 마하는 독액이 쏟아진 자리에 푸른 뱀 형상의 프라즈를 수호신처럼 두른 채 멀쩡히 서 있는 사왕을 보고 당혹스러웠다.

'왕의 프라즈가 그 정도로 대단하다고?'

마하는 조금 남은 독액을 전부 끌어모아 다시 사왕을 향해 분사했다.

카세르는 재빠르게 뛰어올라 피했다. 프라즈가 멋대로 움직인 데다가 강하게 힘을 끌어냈는데도 몸의 움직임이 아주 가벼웠다. 전혀 후유증이 느껴지지 않았다.

그는 자신이 서 있던 자리가 독액으로 녹아 바닥이 내려앉는 광경을 보며 생각했다.

'나를 노리는군. 아니, 이걸 노리는 거겠지.'

마라가 말한 먹으면 '약점을 알게 된다'라는 정확한 의미를 알 수 없는 데다가 괴물이 교활한 목적으로 만든 씨앗을 먹는 건 아무래도 찜찜했다. 그래서 계속 갖고만 있었다.

그런데 지금은 이 씨앗이 답이라고 직감했다. 그는 주머니 속 통을 꺼내서 손끝으로 뚜껑을 날렸다. 그리고 즉시 입 안에 씨앗을 털어 넣고 삼켰다.

배 속에 홧홧한 기운이 도는 느낌이 들었다. 그가 눈을 감았다가 뜨자 괴물의 온몸에 박혀 있던 빛이 전부 사라졌다.

*　　*　　*

"마라는 주술을 아는 우리가 필요했고 우리는 아이들이 자랄 때까지 안전하게 지낼 곳이 필요했다. 서로의 이해가 일치하니 주고받기로 한 것이지."

"그럼 그때 만들어진 은신처가 지금껏 이어진 겁니까? 왜 그곳으로 정하셨나요?"

아드리트는 그 은신처가 눈에 띄지 않는 장소로는 최적이지만, 그 외에는 이점이 없다고 생각했다. 척박한 토지와 건조한 날씨 때문에 농사로는 충분한 식량을 확보할 수 없었다. 일족은 늘 배가 곯는 생활을 해야 했다. 일정 나이가 되면 은신처를 떠나는 이유는 식량 문제가 가장 컸다.

물론, 외진 곳인 덕분에 지금껏 성도의 괴물한테 들키지 않았다. 그런데 아드리트는 일족이 방랑족으로 불리며 추적받기 시작한 시기가 비교적 최근이라는 사실을 알게 되었다. 즉, 옛날에는 스스로 은둔한 자들이지 쫓기던 신세가 아니었다.

"아무리 우리가 살기 위해서라지만, 라크를 불러낸 죄를 지은 조상을 둔 후손인 우리가 라크와 동맹한다는 것을 누가 알게 될까 봐 두려웠다. 그러니 가능한 한 누구도 찾지 못할 곳으로 가고 싶었지. 그리고 물뱀이 본체인 저놈이 물이 풍부할수록 좋다고 하니까 딱 맞는 장소가 떠오르더구나."

"원래 아시던 곳이었나요?"

"그래."

노인이 작은 한숨을 내쉬더니 말했다.

"우리의 죄가 시작된 곳이다. 최초의 라크를 불러낸 곳이 바로 그곳이란다."

아드리트는 기분이 이상했다. 모든 게 그저 우연이라고 하기에는 절묘했다. 선조께서 주술로 불러낸 그때부터 일족은 라크한테서 벗어나지 못하는 굴레에 갇힌 것만 같았다.

"네가 진짜 묻고 싶은 건 그러겠지. 마라가 바깥에서 무슨 짓을 하고 다니는지 우리가 알았는지, 얼마나 도왔는지, 그리고 왜 그랬는지."

아드리트는 잠시 생각하더니 말했다.

"전 그거보다도 처음부터 마라와 거래하신 이유가 궁금합니다. 라크와 동맹을 맺고 선조들의 원죄를 상징하는 곳으로 가겠다는 결정이 쉽지 않으셨을 것 같습니다. 마라가 오히려 더 위험할지 모른다고 생각하지 않으셨습니까?"

노인들이 껄껄 웃었다.

"슬쩍 넘어가려 했더니만."

"이 녀석이 제법 날카롭단 말이야."

"우리도 처음엔 가당치 않은 일이라고 생각했지. 무슨 수작일까, 우릴 전부 다 잡아먹을 작정인가. 다른 꿍꿍이를 숨겼겠지. 저놈이 우릴 협박했으면 아마 일족 전부가 그 자리에서 다 죽는 한이 있어도 굴복하지 않았을 거다. 우리야 더 잃을 것도 없으니까. 그런데 말이야."

노인이 말을 하다 말고 공연한 헛기침을 몇 번 했다.

"우리가 설득당했다."

"……예?"

"저놈이 구구절절한 제 이야기를 털어놓으며 원한을 갚도록 도와 달라는데, 허 참. 마누라가 내 등짝을 때리면서 저런 사정을 듣고도 도와주지 않으면 피도 눈물도 없는 거라고 뭐라고 하더라."

"……예?"

"저놈이 그때는 좀 순진한 면이 있었는데 말이야."

"맞아. 밖으로 나돌아다니며 온갖 못 볼 꼴 다 보더니 변했어."

"아드리트. 저놈이 근래 바깥사람들 등쳐 먹고 다닌 모양인데, 더 예전에는 제가 당하고 다녔단다."

"언제부턴가 인간이라면 징글징글하다고 성질을 부리더니, 저 모양이 되었지."

"……예?"

아드리트는 멍청하게 되묻기만 했다. 들으면서도 이해가 잘 가지 않았다. 어르신들이 말하는 마라는 자신이 아는 마라가 아닌 것 같았다.

'말 많은 늙은이들 같으니.'

마라는 몸속에서 들려오는 노인들의 말소리를 듣다가 코웃음 쳤다.

'변한 게 아니라 똑똑해진 거야. 늙은이들이 주술만 지키느라 험악한 세상을 몰라도 한참 몰라. 인간이 얼마나 교활한데. 배신이 일상이라고.'

대화에 끼어들고 싶어 입이 근질거렸다. 하지만 괜히 노인들 기억만 자극해서 쓸데없는 온갖 옛이야기가 다 튀어나올 것 같아 꾹 참았다.

'나보고 변했다고 하지 말고 자기들부터 돌아볼 것이지. 옛날에는 저렇게 수다스럽지 않았는데.'

투덜거리다가 무척 오랜만에 옛일을 떠올렸다.

마라는 각성했던 날을 기억했다. 어두운 밤이었고 비가 내리고 있었다. 각성하기 전, 자신이 무엇이었는지는 전혀 알 수 없었다. 그냥 눈을 뜨니까 자신이 존재했다.

처음에는 본능이 시키는 대로 생존을 위해 살았다. 시간이 흐르고 흘러 제법 몸뚱이가 커졌을 때 마라는 문득 의문이 떠올랐다. 왜 나는 혼자일까.

호기심은 갈수록 늘었다. 수많은 물음표가 온종일 머릿속에서 떠나지 않았다. 누군가와 대화하여 그 호기심을 풀고 싶었다. 그래서 다른 환수를 찾아다녔다. 하지만 환수는 마라를 공격하거나 마라를 피해 도망치거나, 둘 중 하나였다.

그러던 어느 날, 공격하지도 도망치지도 않는 환수를 만났다. 자신을 마하라고 했고 저를 두고 말하길, 제 몸을 떼어 내서 너를 만든 부모라고 했다.

'얼간이처럼 그 말을 믿었지.'

믿었다기보다는 믿고 싶었던 게 아닐까. 지나고 보니까 그런 생각이 들었다.

마라는 더는 자신이 혼자가 아니라서 좋았다. 그리고 마하는 마라에게 많은 것을 가르쳐 주었다. 자신의 이야기도 해 주었다. 다른 존재와 공유하는 기억을 갖는다는 사실이 그때는 그저 좋았다.

마하는 마라의 영역에 수시로 찾아오고 때로는 꽤 오래 머물기도 했다.

환수가 영역을 만드는 것은 타고난 본능이다. 특별한 목적이 있어서 이동할 때가 아니면 거의 영역을 벗어나지 않았다.

영역은 환수가 자신을 지키는 방패이며 '내 힘이 이만큼이다'라는 과시이자 경고였다. 환수가 다른 환수의 영역에 침입하는 것은 승패를 가르자는 도전을 의미했다. 패자는 승자의 먹이가 된다.

그런데 마하는 마라보다 훨씬 강한 환수였는데도 기세를 완전히 죽이고 작은 몸집으로 변해서 마라의 영역에 들어왔다. 인간과 비교하면 무장 해제 상태로 적진에 들어가는 것과 비슷했다. 그러니 마라는 마하가 자신에게 적의가 없다고 믿게 되었다.

마라는 마하를 만난 후, 혼자 있는 시간을 더 견디기 힘들었다. 외출한 주인님을 기다리는 애완동물처럼 마하를 기다렸다. 그리고 마하가 찾아와서 해 주는 이야기를 진리처럼 받아들였다.

마하는 항상 다른 라크와 우리를 구별해야 한다고 했다.

「우리는 생존에만 집착하는 저 열등한 것들과 다르다.」

이 세상에 서로를 이해할 존재는 서로밖에 없다고도 했다.

「각성했다고 해서 우리처럼 특별하지 않다. 오직 너와 나, 우리뿐이란다.」

마라는 마하를 만나기 전, 자신의 호기심을 해결하기 위해 다른 환수를 찾아다니는 와중에도 절대 인간에게는 접근하지 않았다. 이유는 모르지만, 가까이 가서는 안 될 것 같았다.

그런데 마하는 오히려 인간과 섞여 지냈다고 하니까 대단하다고 생각했다. 경험이 많아서인지 마하는 신기한 지식이 풍부했다. 어떤 질문을 해도 막히는 법이 없었다.

왕이 얼마나 무서운 존재인지, 전사는 어떻게 상대해야 하는지, 아니카에 관한 지식도 모두 마하한테 들어서 배웠다. 마라는 가르침을 주는 마하를 믿었고 자연히 우러러보았다.

어느 날부터 마하는 찾아오는 횟수가 줄었다. 할 일이 많다고 했다.

「인간은 이 세상을 지배하고 있지. 하지만 인간은 터무니없이 약해. 아주 어리석기도 하지. 그러면서도 우리를 위협한다. 이건 올바른 질서가 아니야.」

마하가 정말 세상을 지배하려는 야욕을 품었는지, 다른 목적을 숨기기 위해 꾸민 말인지, 마라는 그때도 지금도 알 수 없었다. 하지만 상관없었다. 그때는 마하의 목적이 뭐든 그냥 무조건 옳다고 생각했고 지금은 그놈 목적이 뭐든 알 바 아니었다.

마하는 점점 더 드문드문 찾아왔다. 그래도 마라는 기다렸다. 가끔 오는 마하는 새로운 이야깃거리를 잔뜩 가져왔고 기다릴 가치가 충분히 있었다.

마라는 마하가 주술사를 만나고 드디어 주술을 얻었다고 기뻐하는 모습을 보았다. 그 자신이 위대한 인간인 척 속이며 다른 인간들 우위에 서겠다는 계획을 세우고 실현하는 과정을 들었다. 전부 말해 주지는 않았겠지만, 어떻게 일이 진행되는지 파악하기에는 충분했다.

마라는 마하가 자신을 신뢰하니까 정보를 나눈다고 생각했다. 하지만 지나고 보니까 쓸 만한 꼭두각시를 만들려는 과정이었다.

「이제는 내가 올 수 없다. 주술로 날 봉인할 계획이거든. 내가 움직일 수 없으니 네가 찾아오너라.」

마라는 오랫동안 지켰던 자신의 영역을 정리하고 마하가 알려 준, 현재 성도라고 불리는 곳으로 갔다. 어두운 시간을 틈타 누구의 눈에도 띄지 않도록 조심스레 숨어들었다. 그리고 주술로 인간의 모습을 한 마하를 만났다.

그전에 인간이라고는 아주 멀리서 얼핏 형태만 봤다. 마라는 그날 처음 인간의 생김새를 가까이에서 보았다. 진짜 인간이 아니었는데도 무척 인상적이었다. 그리고 기분이 이상했다. 마하는 항상 인간이 어리석고 교활하며 위험한 존재라고 했는데 그렇게 보이지 않았다.

「아이야, 내 곁에 머무르며 보고 배우거라. 그리고 장차 나의 것은 모두 네가 물려받을 것이다. 이러한 대물림은 인간의 방식이지.」

부모의 유산을 자식이 물려받는 것. 그 지극히 인간적인 유대감이 마라는 무척 마음에 들었다. 그래서 영역 없이 기꺼이 마하 곁에 숨어 지냈다.

때때로 마하의 영역 안을 돌아다니며 변화하는 모습을 구경하는 재미가 쏠쏠했다.

본체를 봉인한 장소는 성도궁이 되어 소수의 인간만 드나들었다. 성도궁 바깥 지역은 성벽으로 둘러싸인 도시가 되었고 모여드는 인간이 점점 늘었다.

구경이 시들해질 무렵, 마라는 마하가 부러웠다. 자신도 마하처럼 인간과 교류하고 싶었다. 말로만 들은 적 있는, 마하의 주술사 같은 특별한 존재를, 그 관계를 자신도 갖고 싶었다.

마하는 평소 인간들을 박하게 평가했으며 마라에게 절대 인간을 가까이하지 말라고 수시로 경고했다. 그때는 마하가 자신을 염려해서 그런 줄 알았는데도 본능적인 경계심이었을까. 마라는 인간이 궁금한 자신의 속내를 드러내지 않고 마하의 영역 밖으로 외출하기 시작했다.

마하는 처음에는 신경 쓰는가 싶더니 마라가 나갔다가 돌아오기를 반복하자 내버려 두었다.

'그날.'

마라는 가끔 궁금했다. 그날이 아니었으면 자신은 어찌 되었을까. 진즉 마하에게 잡아 먹혀 그놈의 뼈와 살이 되었을까.

아마 그곳은 지금 어느 왕국의 영토일 것이다. 하지만 그때만 해도 아직 국경이 확고하지 않았다.

그날도 언제나처럼 목적지 없이 돌아다니던 중이었다. 환수가 눈에 띄면 잡아먹으려 했는데 강한 포식자를 피해 전부 멀리 가 버렸는지 보이지 않았다. 짐승이나 라크는 알아서 전부 마라를 피해 도망쳤다.

그래서 오히려 늑대무리를 발견했을 때 반가웠다. 늑대무리한테 포위당하여 잡아먹히기 직전의 소녀를 구해 준 것은 그냥 변덕이었다. 그런데 천진한 소녀는 자신을 도와준 마라에게 감사를 표하며 두려워하지 않았다. 마라가 말을 걸자 손뼉을 치며 좋아했다.

「너는 이름이 뭐야?」

「……이름?」

그때까지도 마라에게는 이름이 없었다. 마하는 마라를 부를 때 '아이
야.' 혹은 '너' 등으로 칭했다. 그것이 이름이 아니라는 것쯤은 알았다.

「이름이 없어? 부모님이 안 지어 줬어? 혹시 부모님이 안 계셔?」

「부모는 있다.」

「그럼 부모님도 이름이 없어?」

「마하.」

「내가 이름 지어 줄까?」

「좋아.」

「우리 엄마 이름이 제시고 내 이름은 제라거든. 그러니까 네 이름은 마
라로 하자.」

「마라…… 내 이름…….」

전혀 앞뒤가 맞지 않는 작명법으로 만들어진 그 이름을 받는 순간, 마
라는 가슴속에서 뭔가가 바뀐 기분이 들었다.

마하는 부모라면서 왜 이름을 지어 주지 않았을까. 굳건하던 믿음에
균열이 가기 시작했다.

마라는 소녀를 만나러 소녀가 사는 작고 외진 마을을 드나들기 시작
했다. 활동기에 라크의 공격을 받는 마을 사람을 구한 후부터 마라는 그
마을의 수호신 같은 존재가 되었다. 식량난으로 고생하는 그들을 위해
종종 짐승을 사냥하여 마을에 던져두고 오기도 했다.

그들과 알고 지낼수록 마라는 더욱 마하를 불신하게 되었다. 마하의

말과 다르게 인간은 교활하지도 위협적이지도 않았다. 순수하고 약했다. 약육강식의 차가운 세계에서는 불가능한, 감정을 교류하는 친구를 얻은 후 마라는 산다는 기쁨을 알게 되었다.

하지만 마하를 의심했으면 더 조심했어야 했다. 마하는 마라의 잦은 외출과 장시간의 외유를 수상하게 여기기 시작했다. 그리고 어느 날 척살령을 받은 심판관들이 마라가 수시로 찾아가는 마을을 방문했다.

마라가 옛 생각에 잠긴 동안 노인들의 이야기도 거의 막바지에 이르렀다.

"원한…… 거짓말이 아니었구나."

아드리트가 중얼거렸다. 예전에 마라가 왕비님을 만났을 때 성도의 괴물한테 원한이 있다고 했다. 그때는 그 말을 온전히 믿지 않았다.

마라에게 소중한 친구들이 있었고 그 친구들을 전부 성도의 괴물한테 잃었다는 과거사를 듣고 나니까 숙연한 기분이 들었다. 그리고 인간과 라크가 친구가 될 수 있다는 사실이 충격으로 다가왔다. 라크는 사람에게 해로운 존재라는 뿌리 깊은 편견에 사로잡혔던 자신을 되돌아보게 되었다.

"우리는 은신처를 얻는 대신 복수를 도와주기로 했단다. 세상을 농락하는 괴물을 끌어내리자는 정의감도 있었다. 그때만 해도……."

노인은 말하다 말고 피식 웃었다.

"우리는 젊었으니까. 하지만 힘의 차이가 워낙 커서 정면으로는 도저히 승산이 없었지."

"그래서 마라가 주술을 이용하도록 도와주셨습니까?"

"그 괴물이 인간의 방식을 쓰고 있으니 맞서는 방법도 인간의 방식뿐이라고 생각했다."

"……하지만 마라가 만든 사교에 빠진 애꿎은 희생자들이 있습니다."

노인들이 푹 한숨을 내쉬었다.

"그건 우리도 변명할 말이 없구나. 그 사교는 성도 괴물의 눈을 우리한테서 돌리기 위해 만든 거니까."

뜻밖의 이야기를 듣자 아드리트의 눈빛이 흔들렸다.

"마라가 사교를 만들어 속이지 않았다면 성도의 괴물은 마라의 조력자가 우리라는 사실을 훨씬 오래전에 알아챘을 거다."

"끝까지 속이는 건 실패했지. 우리 일족은 추적당하기 시작했으니까."

"우리가 도중에 그만둔다고 해서 그 잔악한 놈이 물러날 리가 없지. 아마 우리 씨를 말리려 했을 게야."

"왜 이런 이야기를 처음부터 해 주지 않으셨습니까? 그냥 은신처를 얻기 위해서였다고만 하셔서 저는……."

"너희가 주술을 유지할지 말지 결정하기 위한 이유는 그거면 된다고 생각했지. 우리가 시작한 이 무서운 싸움을 물려받아야 한다는 부담을 느끼지 않기를 바랐다. 하지만…… 인제 와서는 모르겠구나. 전부 말했어야 했던 건지……."

"……."

아드리트가 눈을 감았다. 시작은 어르신들이었으나 지금껏 이어진 것은 후손들의 뜻이었다. 그는 어르신들을 원망했던 자신의 편협함이 부끄러웠다.

한편으로는 뿌듯한 자부심이 들었다. 성도의 저 괴물이 세상을 속이며 활개를 치고 다닐 때부터 일족은 용감히 맞서 싸웠다. 누구도 도와주지 않는 외로운 싸움을 묵묵히.

― 다 왔다.

아드리트가 놀라서 고개를 들어 어두운 허공을 응시했다.

"성도에 왔다고?"

긴 이야기에 푹 빠져 듣느라 시간을 가늠할 수 없지만, 길어 봤자 몇 시간 정도 지났을 것이다.

—성도 아니야.

"그러면?"

—아드리트. 네가 나가서 왕국의 아니카를 데려와.

"……설마 하시 왕국?"

하시 왕국이라고 해도 은신처와 왕국까지의 거리를 따지면 믿기지 않는 속도였다. 그런데 지금 그게 중요하지 않았다.

"무슨 속셈이야? 성도의 주술사한테 도움을 받으려는 것 아니었어?"

—성도로 그냥 가면 왕들이 다 날 잡겠다고 달려들 텐데?

"대화를 시도해 보지도 않고……."

—못 믿어. 그러니 안전장치가 있어야지.

아드리트가 인상을 찌푸렸다.

"……그 안전장치가 왕비님이라는 거냐? 너, 왕비님을 성도까지 모셔 가겠다는 거야? 말이 되는 소리를 해!"

—말이 안 되면? 저 늙은이들이 이대로 모조리 죽는 걸 지켜보겠다는 거냐? 후손을 위해 모든 걸 희생한 네 조상님들인데? 미적거리지 말고 얼른 나가. 시간 없어.

말문이 막혔다. 그때 아무것도 보이지 않던 암흑 속 저 멀리에서 새어 들어오는 빛을 발견했다. 아드리트의 눈빛이 흔들렸다.

*　　*　　*

키이이이익!

거대 뱀이 갑자기 괴성을 지르면서 몸을 뒤틀었다. 카세르는 미간을 찡그리며 두 손으로 귀를 막았다. 소리가 크다기보다는 몹시 거칠게 귓속으로 파고들었다.

'씨앗을 먹다니!'

카세르가 씨앗을 삼킨 순간, 왕의 프라즈가 마라의 기운이 담긴 씨앗과 동화했다.

마하는 날카로운 가시가 온몸 구석구석을 찌르는 고통으로 몸부림쳤다. 치명상은 아니지만, 만약 마하가 봉인 상태였다면 단번에 주술이 깨질 만큼 고통스러웠다.

마하가 사라진 씨앗을 되찾는 일에 집요하게 매달리지 않은 이유는 씨앗의 분실이 생각보다 위험하지 않다고 판단했기 때문이었다.

마하가 만든 씨앗 중에서 라미타 측정 씨앗은 기운이 가장 미미했다. 오직 라미타를 측정할 뿐이다. 기사에게 먹이는 씨앗과 달리 먹어도 아무 효과가 없었다. 게다가 만든 후 1년 정도만 지나면 저절로 바스러져서 소멸했다.

하지만 왕이 먹으면 이야기가 다르다. 프라즈라는 왕의 독니에 물린 것과 비슷했다. 씨앗을 매개로 라크의 몸에 침투한 프라즈는 정보를 훔쳐 왕에게 전달할 것이다. 그 정보를 바탕으로 왕은 핵의 위치를 알아낼 것이다.

마하가 파악한 인간, 특히 상위 계층의 인간은 절대 자신의 몸을 갖고 모험하지 않는다. 그러니 사왕은 알고 먹은 것이 틀림없다. 의심이 가는 정보 제공자는 마라뿐이었다.

'마라. 네놈이 정말 미쳤구나!'

마라가 한 짓은 적을 치기 위해 자신의 목을 내준 꼴이었다.

마하는 마라가 자신을 적대해도 ─ 그래서 인간과 손을 잡든지, 그 외에 무슨 짓을 하더라도 ─ 최후의 선은 지킬 줄 알았다. 마라를 믿어서가 아니다.

마하는 마라의 목적이 자신의 자리를 빼앗는 거라고 생각했다. 주술사의 도움을 받는다거나, 사교를 만들어 인간을 현혹하는 등, 마라가 쓰는 수법 모두를 자신이 가르쳤기 때문이다.

그래서 마라를 경계하면서도 한편으로는 같잖게 여겼다. 네놈 수법은 내가 다 아는 것이니 날뛰어 봤자 내 손바닥 안이지, 조소했다.

마하는 마라가 원한 때문에 움직이고 있다고는 짐작도 하지 못했다. 라크는 약육강식의 질서가 본능처럼 체화되어 있었다. 감정에 매달리는 건 라크의 방식이 아니었다.

'저놈 꼴을 보니 효과가 있긴 하군.'

카세르는 의심 반, 기대 반의 심정으로 괴물의 모습을 빠르게 눈으로 훑었다. 꿈틀거리는 꼴이 소금밭에 던져진 지렁이 같다고 생각하자 픽 웃음이 나왔다.

눈에 거슬리던 수많은 빛이 사라지고 나니 다양한 색을 띤 비늘이 눈에 들어왔다. 색이 여러 가지일 뿐만 아니라 빛의 반사각에 따라 다른 색으로 보이기도 했다. 그 화려함은 마치 온몸으로 '나는 맹독을 지닌 독사다!'라고 외치는 것 같았다.

'안 보여.'

카세르는 눈살을 찌푸렸다. 저놈은 너무 거대했다. 당장 눈에 보이지 않는 사각지대에 핵이 있는 모양이다. 아직 구덩이 속에서 드러나지 않은 몸통 어딘가, 혹은 바닥에 깔린 배라든가. 내장 안쪽에 있다면 몸속으로 헤집고 들어가야 할 것이다.

'도망쳐야 해.'

마하는 식은땀이 쭉 흐른다는 표현을 실감했다. 조금 전까지만 해도 이런저런 계획을 꾸미던 여유가 사라졌다. 뒤늦게 땅을 치며 후회했다.

'방어벽을 만들자마자 봉인 주술을 깨고 땅속으로 파고 들어가 숨었어야 했어.'

이 거대한 몸뚱이 전부를 숨길 만큼 빠르게 땅을 파 내려가려면 땅이 훨씬 물러야 한다. 그런데 성도궁 주변의 지층은 몹시 단단한 편이었다.

환수는 나이를 먹을수록 강해지고 커진다. 즉, 성도궁 밑에 묻힌 마하의 본체가 점점 커지는 것은 기정사실이었다. 그런 조건에서 성도궁을 안정적으로 떠받치려면 땅이 단단해야 하므로 고르고 고른 자리였다. 그때의 신중한 결정이 지금 발목을 잡을 줄이야.

그렇다고 몸의 크기를 줄일 수는 없었다. 그러면 땅을 파기도 전에 핵을 들킬 것이다. 결국, 남는 방법은 도주뿐.

'어디냐. 어디 있어!'

다른 수가 없다는 걸 알면서도 마지막 미련을 버리기가 힘들었다. 마하는 진이 있는 방향을 찾으려 했다.

성도를 덮친 물의 환영은 다 흘러가서 더는 보이지 않았으나 아직 라미타의 잔향이 잔뜩 남아 있었다. 인간은 맡을 수 없는 그 향은 마하의 코를 찌를 정도로 짙었다. 사방에서 향기가 나니 어디인지 알 수가 없었다. 초조하고 짜증이 났다.

'여길 빠져나가서 광장으로 가 보자.'

마하는 크게 입을 벌리고 사왕을 향해 달려들었다. 카세르가 눈을 가늘게 좁히며 검을 고쳐 잡았다. 그의 검에서 푸른 기운이 넘실거리자마자 마하가 순식간에 방향을 틀었다.

뱀의 몸통에 그려진 무늬는 착시 현상을 일으켰다. 유려하게 움직이는 비늘의 움직임은 마치 공격의 준비 자세처럼 보였다. 왕들이 방어하기 위해 주춤할 때 마하는 그 틈을 놓치지 않고 재빠르게 암왕의 기운이 느껴지는 곳으로 직진했다.

— 암왕. 보물은 다 네 것이다.

마하는 조금 전 암왕과 나눈 거래를 상기시켰다. 잠시 암왕이 망설일 때, 그 순간을 노릴 것이다.

'오냐. 오너라.'

페레드가 살기 어린 미소를 지었다.

"어쭈. 저놈 보게."

라이너는 괴물이 도망치려 한다고 판단하자마자 곧바로 몸을 날렸다. 높이 뛰어오른 그는 시커멓게 푹 꺼진 땅속으로 망설임 없이 뛰어내렸다.

잠시 후 구덩이에서 빠져나오는 뱀의 몸뚱이 위에 라이너가 매달려서 딸려 나왔다. 일어서려는 그의 몸이 흔들리는 뱀의 몸 위에서 균형을 잡느라 이리저리 휘청거렸다.

"급하기는."

그 모습을 보던 아킬이 온몸의 먼지를 털어 내면서 중얼거렸다. 그의 판단으로는 괴물이 바깥으로 완전히 나올 때까지 기다리는 편이 나았다. 자칫 실수해서 땅속으로 떨어졌다가는 빠져나오려면 애를 먹을 것이다.

중심을 잡기가 어렵다고 판단했는지 라이너가 뱀의 몸통에 검을 꽂는 모습이 보였다. 지탱하기 위한 손잡이로 쓰려는 것 같았다.

아킬은 흠칫했다. 독침이 달린 뱀의 꼬리가 움직인다고 느꼈다. 라이너에게 경고하기에는 거리가 너무 멀었다.

'위험해!'

아킬이 검을 비스듬히 눕혀 쥐고 검을 날렸다. 편왕이 대대로 물려받는 왕가의 검은 형태가 독특했다.

델러노 왕국에는 울창한 숲 지대가 많았다. 라크를 사냥할 때 빽빽한 수풀들이 방해되었다. 그럴 때는 재빠른 주변 정리가 필요했다. 그래서 편왕은 둥글게 휜 검을 던져서 부메랑처럼 사용하는 검법을 익혔다.

휘리릭, 바람 소리를 내면서 녹색으로 빛나는 만곡도가 빠르게 회전하며 날아갔다. 부메랑이 된 검은 마치 라이너를 겨냥하는 것 같았다.

원래 아킬이 의도한 대로라면 라이너의 머리 위를 넘어가야 했다. 하지만 뱀의 움직임이 변수가 되었다.

뱀의 몸통이 둥글게 휘어 올라가자 자연스레 라이너도 더 위로 올라갔다. 부메랑 검이 라이너의 목을 칠 뻔한 아슬아슬한 순간, 라이너가 자세를 확 낮추었다.

아킬의 검은 라이너의 머리 위에서 찍어 내려오던 꼬리의 독침을 서걱, 자르고 지나갔다.

크게 원의 궤적을 그리며 날아가던 검이 출발한 곳으로 돌아와 주인의 손에 안착했다. 아킬은 멀리서 손을 흔드는 라이너를 보며 픽 웃었다.

'뭔가 편하군.'

전사들과 라크 사냥을 할 때와 전혀 달랐다. 미리 손발을 맞추지 않아도 완벽한 임기응변을 보여 줄 거라고 믿게 된다. 갑자기 변수가 생겨도 다칠까 봐 걱정되지 않는다.

보호해야 하는 수하가 아니다. 내 등을 맡길 수 있는 동료와 함께 싸우는 전투는 처음이었다. 저 괴수를 눈앞에 두고서도 그다지 긴장되지 않는 건 그래서일 것이다. 자신이 하는 몫 이상을 다른 세 명의 왕이 할 거라고 믿으니까.

'나는 저 성가신 꼬리를 정리할까.'

아킬의 눈동자가 선명한 녹색을 띠었다. 녹색의 프라즈가 짙은 안개처럼 그를 감쌌다. 그는 괴물의 후미를 향해 달려갔다.

라이너는 스산한 미소를 지으며 뱀의 몸뚱이에 박힌 검의 손잡이를 두 손으로 단단히 쥐었다.

'너 이 새끼, 제대로 쓴맛을 보여 주마.'

핵을 당장 파괴하지 못한다면 온몸을 난도질해 주겠다.

핵이 온전하면 라크는 무한하게 상처를 재생한다. 그렇다고 아무런 타격이 없지는 않았다. 큰 상처일수록 재생하는 시간이 오래 걸리며 생물의 주요 장기 ― 심장이나 뇌 ― 에 치명상을 입으면 항거불능 상태가 되기도 했다.

라이너의 온몸에 불이 붙은 것처럼 불꽃 형태의 프라즈가 활활 타올랐다. 그는 비늘 틈새로 밀어 넣은 검이 손잡이만 남도록 깊이 찔렀다. 역시 예상한 대로 비늘은 두꺼운 철판처럼 단단하지만, 그 안쪽은 상당히 부드러웠다.

그가 두 손으로 손잡이를 쥔 채 두 발을 공중으로 띄우고 온몸의 무게를 싣는다는 느낌으로 검을 아래로 죽 잡아당겼다. 검이 뱀의 몸통을 가르며 미끄러져 내려갔다. 그의 온몸을 감싼 불꽃의 더 새빨갛게 짙어질수록 가속이 붙었다. 검이 지나간 자리가 쩍 벌어지며 속살이 드러났다.

페레드는 뱀의 얼굴이 정면으로 보이자마자 억눌러 두었던 프라즈를 분노처럼 터뜨렸다. 높이 뛰어오른 그가 프라즈로 날을 세운 검 끝으로 괴물의 붉은 눈을 겨냥했다.

─암왕!

생각지 못한 페레드의 기습에 놀라 마하는 꽥 소리쳤다. 검 끝이 눈알에 닿기 직전에 마하는 눈을 감았으나 더 상황이 나빠졌다. 페레드의 검은 뱀의 눈꺼풀을 꿰뚫고 눈에 박혔다. 두꺼운 눈꺼풀 가죽에 검날이 단단히 걸렸다.

키이이익!

마하가 비명을 질렀다. 본래 라크는 신체 일부가 잘려도 고통을 느끼지 않았다. 손실된 부분을 회복하기 위해 생명력을 소모할 뿐이다. 하지만 왕의 프라즈는 단지 라크의 신체를 상처 입히는 게 아니라 신체를 구성하는 기운을 어그러뜨려 고통스럽게 했다.

마하가 머리를 마구 흔들자 페레드는 괴물의 눈에 검을 꽂아 둔 채 손을 놓았다. 날아가던 그의 몸이 공중에서 회전하면서 균형을 잡더니 바닥에 착지했다.

'핵이다!'

마하가 움직이는 방향으로 쫓아 달려온 카세르는 뱀이 고개를 쳐든 순간, 발견했다. 뱀의 턱에서 목으로 이어지는 경계에서 빛이 나오고 있었다. 잠깐 드러났던 빛은 접히는 주름 사이로 사라졌다.

'건드리기 편한 위치는 아니군.'

작은 뱀이었으면 가장 쉬운 자리였다. 목만 날리면 되니까.

'성도를 다 뭉개 버리겠다!'

하나 남은 마하의 붉은 눈이 번뜩였다. 꼬리가 잘리고 등이 갈리고 있으며 눈에는 검이 박혔다. 고통이 극심하자 잔뜩 독이 올랐다. 인명 피해가 발생하면 왕들이 조심할 거라는 계산속도 있었다.

마하가 거대한 몸통을 이리저리 뒤집으며 굴렀다. 괴물 등줄기의 쭉 갈라진 옆에 나란히 하나 더 만들려고 자리를 잡던 라이너, 꼬리를 잘라내느라 꼬리 끝에 대롱대롱 매달려 있던 아킬, 두 왕은 뱀의 몸통에 깔리기 전에 얼른 뛰어내려서 피했다. 건물의 잔해가 뱀의 몸통에 산산이 부서지며 먼지 모래가 뭉게뭉게 피어올랐다. 쿵쿵 부딪힐 때마다 땅이 흔들렸다.

왕들을 다 떨어뜨렸다고 느끼자 마하가 도주를 시작했다. 덩치가 무색한 날쌘 움직임이었다. 얼른 마하의 꼬리 부분에 올라타려 했던 라이너는 마하가 있는 힘껏 꼬리를 휘둘러 내리치는 바람에 물러섰다.

푸른 뱀이 온몸을 칭칭 감은 카세르가 뛰어올랐다. 마하의 머리가 옆으로 휙 돌아가면서 크게 입을 벌렸다. 독액은 다 써 버렸으나 독니에 맺힌 독은 남았다.

'팔다리 중 하나만 제대로 물어도!'

탁, 탁, 턱이 맞물릴 때마다 나는 요란한 소리가 살벌했다. 마하는 번번이 카세르를 놓치며 허공에만 입질했다.

라이너가 그 모습을 보다가 눈이 반짝였다. 카세르가 자꾸 마하의 머리 쪽으로 접근하는 모습이 심상치 않았다.

'머리 쪽에 핵이 있구나!'

꼬리에서 미적거릴 때가 아니다. 라이너가 휘파람을 불며 달려갔다.

마하는 왕들이 자신의 몸에 올라타지 못하도록 방해하려고 모든 신경을 곤두세웠다. 아킬이 다시 한 번 꼬리로 접근했다가 괴물이 두 개 남은 꼬리로 요란하게 바닥을 내리치는 바람에 이번에도 물러섰다.

아킬이 마하와 적당한 거리를 유지한 채 쫓아가면서 혀를 찼다.

"아주 발광을 하는군. 혹시 꼬리에 핵이 있나?"

괴물의 온몸에 빛이 점처럼 박혀 있으니 도통 알 수가 없다. 그런데 핵이 있건 없건 저 꼬리는 몹시 유연하고 자유롭게 움직이므로 제거하는 편이 낫겠다. 괴물의 덩치가 크니까 장점도 있었다. 회복 속도가 더뎠다.

'꼬리를 다 잘라 버리자.'

아킬이 기회를 엿보는 동안 페레드는 허리춤의 단검을 뽑아 들고 뛰어올랐다. 암왕이 대대로 물려받는 왕가의 무기는 두 개의 검이었다. 장검 하나와 조금 긴 단검 하나.

두 개로 나뉜 무기는 다른 왕들의 무기만큼 폭발적인 힘을 담을 수 없었다. 대신 섬세한 날카로움이 압도적이며 주인의 손을 떠난 후에도 무기가 상당히 오랫동안 프라즈를 머금었다.

페레드는 조금 전 무기를 놓친 것이 아니라 애초에 의도한 것이었다. 눈은 모든 생물의 치명적인 약점인 뇌에서 가깝다. 검에 담긴 프라즈는 괴물의 눈 안쪽으로 계속 파고들 것이다.

그는 뱀의 몸통에서 가장 변칙적인 움직임이 덜한 등 쪽에 착지했다. 보라색으로 빛나는 검을 비늘의 틈새에 찔러 넣었다. 날카로운 검날이 빠르게 비늘과 살점 사이를 갈랐다. 그가 손으로 비늘을 잡아 힘을 주니 뜯어져 나가며 속살이 드러났다.

마하가 온몸을 뒤집어 뒹굴었다. 등이 바닥을 향하여 깔리기 전에 페레드가 서둘러 뛰어내렸다.

카세르는 마하가 다시 도주를 시작하려고 몸을 뒤집은 잠시의 틈을 놓치지 않았다. 뛰어오른 그가 마하의 목 부근에 착지했다. 사람으로 비유하자면 목덜미 부근이라 방어하기가 까다로울 것이다.

'이놈이 움직이지 못하게 해야 해.'

카세르는 괴물의 뇌에 손상을 입힐 작정이었다. 뇌가 다치면 훨씬 굼뜨게 움직일 테니까 목 밑의 잘 보이지 않는 핵을 파괴하기가 수월하리라.

마하가 머리를 좌우로 아래위로 크게 흔들어 카세르를 떨어뜨리려 했다. 카세르가 비늘의 틈새에 검을 욱여넣어 검을 꼭 쥐고 버텼다. 원심력으로 그의 몸이 공중에 붕 떴다.

괴물이 카세르에게 정신 팔린 사이에 다른 왕들이 공격을 시도했다. 지금 마하가 상대해야 하는 적은 한 명이 아니라 넷이었다. 그리고 그 넷은 서로 맞춘 전략이고 뭐고 없으니까 움직임을 예측할 수 없었다.

아킬이 다시 꼬리로 뛰어올랐다. 그의 끈질긴 시도가 이번에는 어느 정도 성공했다. 그가 검으로 내리친 꼬리가 반쯤 잘려 덜렁거렸다.

키이이익! 마하가 비명을 지르며 꼬리 쪽으로 고개를 휙 돌렸다. 입을 벌리고 덤비는 뱀의 독니를 피해 아킬이 멀찍이 뒤로 뛰어올랐다.

이번에는 페레드가 아까 비늘을 떼어 내고 살점이 드러난 곳에 착지했다. 페레드는 단검으로 물렁물렁한 속살을 베어 내며 살 속으로 파고들어갔다.

그 광경을 보며 아킬이 미간을 찌푸렸다. 괴물의 몸속으로 들어가서 안쪽을 헤집으려는 페레드의 의도를 알아차렸다.

라크는 핵을 파괴하면 사체를 남기지 않고 부서져 사라지지만, 그전에는 체액에서 몹시 역한 냄새가 났다. 아킬은 비위가 약한 편이었다. 그는 끔찍한 냄새를 떠올리며 진저리쳤다. 자신은 절대 저건 못 할 것 같았다. 심지어 핵이 어디에 있는지도 확실하지 않은 상황 아닌가.

'암왕과는 가능한 한 부딪힐 일은 만들지 말아야겠군.'

암왕이 참 지독한 사람이라고 생각하면서 아킬은 속으로 중얼거렸다.

집요하게 덤비는 왕들을 경계하느라 마하는 아직 성도궁 밖으로 나가지도 못했다. 이대로 계속 발이 묶여서는 안 된다는 위기감이 들었다.

마하는 목덜미에 카세르를 매단 채 속도를 높였다. 거대한 뱀의 몸통이 나선형을 그릴 때마다 가속이 붙었다.

괴물의 하나 남은 붉은 눈동자가 형형한 빛으로 번들거렸다. 온몸이 만신창이였다. 극심한 고통이 인간에 대한 증오로 변했다. 눈에 보이는 인간을 닥치는 대로 학살하려 했다.

하지만 광장은 텅 비어 있었다. 이미 리차드가 군사를 동원하여 모두 피신시켰다. 그뿐만 아니라 근처에 아예 인간의 기척이 느껴지지 않았다.

마하가 분노에 찬 괴성을 지르며 제 머리를 있는 힘껏 바닥에 내리쳤다. 그 바람에 마하의 목덜미에서 뱀의 정수리 부근까지 거의 기어 올라갔던 카세르가 튕겨 나갔다.

라이너가 카세르를 보면서 소리쳤다.

"어디야!"

공중회전을 하면서 바닥으로 착지하던 카세르가 라이너와 눈이 마주쳤다. 목소리가 들리지 않는 거리였는데도 왠지 라이너가 뭘 묻는지 알 것 같았다. 그래서 그는 한 손으로 자신의 목을 만졌다.

"목?"

라이너는 광장을 다 때려 부술 것처럼 난동을 부리고 있는 거대 뱀을 보며 혀를 찼다. 정확히 목 어디인지 알 수가 있나. 그의 눈에는 목 부근에만 빛나는 점이 수십 개가 보였다.

"쳇."

핵의 파괴는 자신이 할 수 없겠다. 보이는 빛 전부를 다 검으로 찔러 확인할 여유가 없다. 저런 놈을 사냥할 기회는 이제 두 번 다시 오지 않을 텐데, 놈의 핵을 파괴하는 순간의 쾌감을 사왕에게 넘겨야 한다니.

억울하긴 하지만, 억지를 부릴 만큼 어리석지는 않았다. 그는 괴물을 목부터 머리까지 눈으로 훑다가 카세르가 뭘 노렸는지 알아차렸다. 수많은 라크를 사냥한 덕으로 얻은 감이었다.

'뇌?'

자신이 뇌를 파괴하고, 사왕은 핵을 파괴하고. 합동 작전이면 가능할 것 같다.

라이너가 괴물을 향해 달렸다. 붉은 불꽃이 그의 온몸을 감쌌다. 그가 뱀의 머리로 곧장 뛰어오르자 카세르도 라이너의 의도를 눈치챘다.

카세르는 마하의 주의를 돌리기 위해 프라즈를 한껏 끌어내 마하의 정면으로 접근했다. 마하는 씨앗을 삼킨 카세르를 가장 위험한 적으로 판단했다. 그래서 다른 왕보다도 사왕의 움직임을 특히 경계했다.

마하가 입을 벌려 독니를 드러냈다. 조금만 더 사왕이 가까이 다가오면 물어뜯을 준비를 했다. 마하가 카세르에게 집중하는 사이에 라이너는 괴물의 목덜미에 착지했다. 자신의 프라즈를 억눌러 기척을 죽인 후 재빠르게 뱀의 머리 위로 올라갔다.

라이너가 일시에 프라즈를 폭발적으로 끌어내자 카세르도 때를 맞추어 그의 몸을 휘감는 프라즈가 뚜렷한 뱀의 형상을 갖추었다. 마하는 순간적으로 어느 쪽을 먼저 공격해야 할지 갈피를 잡지 못했다.

라이너의 무기는 대도였다. 속도는 떨어지나 파괴적이었다. 그가 라크를 사냥하는 방식은 검으로 벤다기보다는 때려잡는 방식에 가까웠다.

라이너가 검을 두 손으로 쥐고 뱀의 정수리를 향해 수직으로 내리꽂았다. 붉은 프라즈가 불꽃처럼 화르륵 올라갔다. 그의 무기는 괴물의 두꺼운 머리뼈를 단번에 꿰뚫었다.

마하의 눈에 박혀 있던 페레드의 검에 미미한 프라즈가 남아 있었다. 그 기운이 라이너의 프라즈와 동조하면서 마하의 뇌를 파고들었다.

마하가 울부짖으며 고개를 든 채 경직했다. 그때 목 안쪽의 핵이 드러났다. 카세르는 주저하지 않았다. 그는 방어벽 주술을 파괴할 때처럼 검 끝에 모든 프라즈를 끌어모아 집중했다. 핵을 겨냥하며 그가 몸을 날렸다.

'이럴 수는……!'

그 생각을 끝으로 마하의 의식은 사라졌다. 존재가 소멸하는 고통은 통각보다는 절망에 가까웠다.

핵이 깨진 부근에서 빛이 번지더니 거대한 괴물 뱀의 몸이 터졌다.

*　　*　　*

갑자기 해일이 밀어닥치더니 순식간에 성도가 잠겼다. 공황 상태에 빠진 사람들이 앞다투어 달려가느라 서로 부딪쳐 엉키고 넘어졌다.

물이 완전히 모두를 집어삼킨 후에는 오히려 조용해졌다. 사람들은 넋 나간 표정으로 허공을 돌아보았다. 일부러 크게 호흡하여 숨이 쉬어지는지 확인하거나 헤엄치려고 허우적거리는 자도 있었다.

리차드 역시 기현상 때문에 당황하다가 미간이 움찔했다. 병사들한테 둘러싸여 있던 라크가 갑자기 눈앞에서 사라졌다. 그는 그 자리에서 씨앗을 발견하고 집어 들었다.

'설마 씨앗으로 변한 건가……?'

그는 흠칫 놀라며 고개를 돌렸다. 소름 돋는 라크의 기운을 느낀 잠시 후, 건물이 요란하게 무너지는 소리가 들렸다.

'보통 놈이 아니구나.'

왕들이 저놈을 처리하기까지 시간이 꽤 걸릴 것 같았다. 괴물이 성도 궁을 빠져나와 난동을 부릴 가능성도 있었다. 그래서 그는 새로운 지시를 내렸다.

"성도민들을 성도궁에서 멀리, 되도록 성도 밖으로 대피시켜라! 노인과 병자만 마차에 태워라!"

명을 받은 전사들이 달려갔다. 그들은 병사로 구성된 사단의 지휘관에게 전달했고 또 그 지시는 아래 서열의 지휘관에게 전달되었다. 군사들이 일제히 흩어져 성도 곳곳의 집 앞에서 문을 두드리기 시작했다.

대피 과정은 대체로 순조로웠다. 병사가 문을 두드리자마자 헐레벌떡 뛰어나오는 사람도 있었고 병사가 '왕명', '대피'를 언급하면 대부분 순순히 따랐다. 성도로 침입한 라크들을 왕과 왕국의 군사들이 앞장서서 사냥하는 장면을 목격한 터라 성도민들은 그들을 아군이라고 받아들였다.

성도민들은 병사들과 뒤섞여 성벽을 향해 발걸음을 재촉했다. 거리는 순식간에 사람으로 꽉 찼다. 급한 대로 챙긴 작은 보따리를 든 자들보다는 대부분 빈손이었다.

상류층들이 모여 사는 거리의 대피가 오히려 더뎠다. 대저택은 대부분 튼튼하게 지어진 지하 창고를 갖추었다. 그래서 거주자들은 밖으로 나가기보다는 문을 꽁꽁 걸어 잠그고 숨는 편이 더 안전하다고 생각했다. 그리고 병자나 노인이 아니면 누구든 두 발로 뛰어야 한다니까 난색을 보였다.

대저택을 방문한 병사들은 강권하지 않았다. 위험성을 경고하되 거부하면 강제하지 말라는 명을 받았다.

키이이이익! 절로 공포를 불러일으키는 괴성이 울리자 아주 잠시 모든 것이 멈추고 소음도 사라졌다.

"맙소사……."

"저게 뭐야!"

먼 거리인데도 거대한 뱀이 몸 트림하는 형태가 똑똑히 보였다. 누군가의 비명을 시작으로 아비규환의 소란이 벌어졌다. 사람들이 혼이 나간 표정으로 달려갔다. 울음을 터뜨리거나 다리가 떨어지지 않아서 그 자리에 주저앉는 사람도 있었다. 대피를 거부하던 자들도 이제는 피난민 대열에 합류했다.

개중에는 거대 뱀이 날뛰는 비현실적인 장면에서 눈을 떼지 못하는 사람도 있었다. 그들은 도망가는 것조차 잊고 다른 사람들이 자신의 옆을 스쳐 달려가든 말든 굳은 듯 서 있었다. 처음엔 한두 명이었으나 그 수는 점점 늘었다.

"아……. 싸우고 있구나."

누군가 중얼거렸다. 거대한 뱀의 몸 위로 작은 점이 뛰어올랐다. 먼 거리에서는 그 점의 정체를 알 수 없었으나 간헐적으로 빛을 뿜어냈다. 붉은색이거나 초록색, 혹은 보라색이나 푸른색, 빛의 색은 가지각색이었다.

괴물 뱀과 작은 빛의 크기 차이가 어마어마해서 상대조차 되지 않을 것 같았다. 그런데 빛이 반짝일 때마다 거대한 뱀이 몸을 뒤틀었다.

"왕……."

누가 알려 주지 않아도 사람들은 그 빛의 정체를 눈치챘다. 저 거대한 괴물은 라크일까. 왕이 라크를 사냥하는 중인가. 그런 결론에 다다르자 어느새 두려움이 사라졌다.

혼란스럽던 거리는 점점 안정을 되찾았다. 성도를 빠져나가려고 부지런히 움직이는 사람들만큼이나 제자리에서 꼼짝하지 않고 괴물과 왕의 싸움을 지켜보는 자들도 많았다.

괴물이 광장으로 도망가자 성도궁의 남아 있는 건물 등에 가려져 보이지 않았던 뱀의 모습이 온전히 드러났다. 광장에서 사방으로 쭉 뻗은 거리에 서 있던 사람들은 거칠 것 없이 정면으로 보이는 생생한 현장 앞에서 손에 땀을 쥐었다.

"아아⋯⋯."

"와아!"

사람들은 왕의 공격이 제대로 먹히지 않을 때는 탄식했다가 괴물이 몰린다는 느낌이 들면 함성을 질렀다.

괴물의 머리 위에서 폭발처럼 붉은빛이 터졌다. 몸부림치던 괴물이 순간 경직했다. 그리고 푸른빛이 날카로운 창이 되어 괴물의 턱 아래를 꿰뚫었다.

무언가 터지는 소리가 났다. 실제로 소리가 난 것인지, 구경에 심취한 나머지 환청을 들은 것인지는 알 수 없었다. 괴물의 몸이 산산이 부서지면서 가루가 되어 공기 중으로 흩어졌다. 거대한 괴물 뱀은 흔적도 남지 않고 사라졌다.

잠시의 적막, 그리고 엄청난 함성이 성도를 뒤흔들었다.

"와아아아아!!"

　네 명의 왕은 최후를 맞이한 마하의 흔적이 바람으로 흩어지는 광경을 바라보았다. 통쾌하기도 하고 허무하기도 했다. 사체조차 남기지 못하는 괴물 한 마리 때문에 얼마나 많은 사람이 오랜 세월 고통받은 것인가.

　카세르는 지축을 울리는 함성을 듣고 흠칫했다. 모든 게 끝났다고 인지한 순간, 떠오르는 얼굴이 있었다.

　'유진.'

　그는 얼른 주머니에서 노트를 꺼냈다. 노트를 펼치기 전까지 입 안이 마르는 기분이었다. 괴물과 싸우는 중에도 이처럼 긴장하지는 않았다. 자신이 쓰다가 만 문장 밑에서 그녀의 필체를 발견하자 막혔던 숨이 트이는 것 같았다.

그녀가 적은 내용만으로는 왕국에서 무슨 일이 벌어졌는지 짐작이 가지 않았다. 하지만 유진이 무사하다니까 되었다. 얼굴 보면서 이야기하고 싶다는 문장이 바로 그의 심정이었다. 어서 돌아가서 아내와 아이를 보고 싶었다.

그는 시선을 들어 주변을 돌아보며 눈살을 찌푸렸다. 그새 괴물이 난장판을 만들어 놓았다. 성도의 상징인 광장 나무는 뿌리가 다 뽑힌 채 쓰러졌다. 예술품이라고 불렸던 광장 바닥의 돌바닥은 갈라지고 파이고 엉망이었다. 광장 근처의 건물들도 꽤 무너졌다.

이런저런 뒷정리를 하려면 최소한 며칠은 더 성도에 머물러야 할 것이다.

그는 흑연 조각으로 짧게 적었다.

—신 노릇을 하던 괴물은 이제 이 세상에 없어. 자세한 이야기는 주변 정리를 좀 하고 나서 이따가 할게. 유진. 당신이 보고 싶다.

유진은 펼쳐 둔 노트를 내려다보며 앉아 있었다. 플로라와 긴 이야기를 나눈 후 기분이 심란했다.

플로라가 안타깝고 이해가 되면서도 그럼 이제 플로라를 믿을 수 있겠냐고 누가 묻는다면 선뜻 대답할 수가 없었다. 그래서 플로라한테서 잠시도 눈을 떼지 말라는 지시를 철회하지 않았다.

노트에 떠오르는 글자를 보고 그녀는 놀라 커진 눈으로 노트를 덥석 쥐었다. 그녀는 곧 환하게 미소 지었다.

"끝났구나."

유진이 노트를 꽉 끌어안고 중얼거렸다.

"고생했어요. 나도 당신 보고 싶어."

다행히 건기가 아직 여유롭게 남았다. 활동기가 오기 전에 그가 돌아올 시간은 충분했다. 이렇게 오래 떨어져 있었던 적이 없었다. 그가 떠날 때보다 훨씬 배가 더 나온 지금 자신의 모습을 보면 놀랄 것이다. 그 표정을 상상만 해도 웃음이 나왔다.

그녀는 시간을 확인했다. 이제 겨우 오후의 반이 지나갔다. 정말 긴 하루다. 아침부터 잠시도 긴장을 풀지 못했다가 안심해서 그런가. 갑자기 노곤해지면서 잠이 밀려왔다.

'잠깐 잘까? 이따가 그 사람과 잔뜩 수다를 떨지도 모르니까 미리 자 둬야겠다.'

유진은 해가 지면 자신을 깨우라고 말한 후 낮잠이 들었다.

펑!

깊이 잠들어 있었는데도 유진은 눈을 번쩍 떴다. 잠들었을 때보다 침실이 조금 어두웠다. 일어나려고 마음먹은 시간에 가까운 것 같았다.

'꿈을 꿨나?'

신호탄이라니. 절대 꿈에서도 듣고 싶지 않은 소리였다.

펑!

유진의 눈빛이 흔들렸다. 이번에는 틀림없이 들었다. 그녀는 일어나서 창가로 다가갔다. 하늘에서 노란색 연기가 번지고 있었다. 도무지 저 신호탄의 의미가 이해가 가지 않았다. 혹시 플로라와 관련이 있을까 해서 그녀는 시녀를 불러 지시했다.

"죄인의 신변에 변화가 있는지 확인해라. 다들 소란 떨지 말고 대기하라고 해."

"예, 왕비님."

얼마 후, 성벽을 정찰하는 임무를 수행 중이던 전사가 왕성으로 달려왔다. 유진은 그를 곧바로 만났다.

"거대한 검은 뱀이었습니다. 소인 평생, 그처럼 큰 라크는 처음 보았습니다. 왕비님."

"그 라크가 성벽을 넘어오려 했나?"

"소인은 라크가 움직이는 것만 보았고 그 즉시 왕비님께 보고드리러 왔습니다."

나이가 지긋한 전사였다. 기력은 젊은이들에 미치지 못할지 몰라도 경험이 풍부하여 어지간한 일에는 동요하지 않을 것이다. 그런데 길지 않은 말을 하면서도 그는 중간중간 숨을 몰아쉬었고 안색은 창백했다. 전사가 지레 겁을 집어먹었을 리는 없을 테니 심각한 상황일 것이다.

'이상하네. 일이 벌어졌으면 지금쯤이면 신호탄이 더 터져야 할 텐데.'

하지만 노란색 신호탄만 두 번 터진 후 계속 잠잠했다. 그만큼 거대한 라크를 성벽의 병사들이 막기 어려울 것이다. 라크가 성벽으로 접근하지 않았거나 신호탄을 터뜨릴 겨를도 없이 모두 죽었거나, 둘 중 하나다.

플로라를 감시하던 자로부터 전혀 수상한 낌새가 없었다는 보고를 받은 터라 그녀는 사막 쪽 근황의 추가 보고를 기다렸다. 이어서 놀라운 소식이 들어왔다.

"라크가 살아 있는 사람을 뱉어 냈습니다. 그자가 성벽까지 다가와 감히 왕비님을 뵙겠다고 하길래 포박하여 가두어 두었습니다."

전사는 보고하면서도 자신이 보고 들은 일이 믿기지 않는다는 표정이었다.

"라크가 성벽을 공격하지는 않았나?"

"예. 일정 거리를 두고 그 이상은 다가오지 않은 채 자리만 지키고 있습니다."

유진은 어째서인지 아드리트가 떠올랐다. 그래서 스벤을 보내 그자의 정체를 알아보라고 지시하고 주술 노트를 펼쳤다. 은신처에 변고가 생겠다면 짧은 신호라도 남겼을 것이다. 하지만 플로라가 성도로 갔다고 아드리트에게 알려 준 이후 새로 적힌 내용은 없었다.

잠시 후 스벤이 돌아왔다.

"아드리트입니다. 왕비님."

"정말로 아드리트가 왔다고?"

그녀는 불과 몇 시간 전까지 아드리트와 노트로 필담을 나누었다. 방랑족의 은신처에서 왕국까지는 몇 시간으로 주파할 수 있는 거리가 아니다.

'주술을 이용했나? 뱀 라크는 또 뭐지? 조종 주술? 하지만 자격이 안 될 텐데.'

유진은 스벤만 동석하여 아드리트를 만났다. 스벤한테 들었는데도 실제로 아드리트의 얼굴을 확인하니까 놀라웠다. 아드리트가 유진을 보자마자 바닥에 넙죽 엎드리며 말했다.

"놀라게 해 드려서 송구합니다. 왕비님."

"내가 너를 모르겠니. 그럴 만한 사정이 있었겠지."

손등에 이마를 댄 아드리트의 눈동자가 흔들렸다. 그는 갈등하는 표정을 한 채, 가까스로 입을 열었다.

"마라의 주술이 깨졌습니다. 왕비님."

"뭐?"

아드리트는 자신이 왕국까지 오게 된 과정을 설명했다. 듣는 내내 유진이 표정이 무겁게 가라앉았다. 아드리트가 이야기를 끝낸 후에도 한동안 침묵하던 그녀는 한숨을 내쉬었다.

'별일이 없기를 바랐건만 라미타의 바다가 거기까지 갈 줄이야.'

"그래서 마라는 너를 내게 보내서 전하려는 말이 뭐야?"

유진은 대답하지 못하는 아드리트를 바라보았다. 계속 시선을 들지 못하는 그를 보며 아무래도 이상하다고 생각했다.

"괜찮아. 아드리트. 말해 봐."

"……성도의 주술사한테 도움을 받기 위해 왕비님을 성도로 모셔 가 겠다고 합니다."

몹시 힘겹게 말을 끝낸 아드리트는 곧바로 테이블에 고개를 박았다.

"이런 말씀을 올려서…… 송구합니다. 왕비님."

마라의 몸속에서 걸어 나오는 동안, 떨어지지 않는 발걸음으로 성벽 앞까지 가는 동안, 포박되어 잡혀가는 동안, 아드리트는 고민하고 또 고민했다. 이렇게 어려운 문제 앞에 던져진 적이 없었다.

어르신들을 살리고 싶다. 가능성이 있는데 포기할 수는 없었다. 수시로 지하를 드나들며 그분들을 알게 되었고 정이 쌓였다. 막연히 존재만 알던 조상님이 아니라 진심 어린 조언을 전해 주는 자애로운 조부모님이었다.

하지만 왕비님께 받은 은혜를 헤아릴 수가 없다. 감히 왕비님께 저 괴물의 배 속에 들어가라고 말조차 꺼내서는 안 되는 거다.

아드리트는 자신의 배은망덕함이 너무나 참담하여 고개를 들 수가 없었다.

"네 잘못이 아닌데 왜 그렇게 풀이 죽었어. 내가 마라를 만나 봐야겠다. 너를 중간에 두고 할 수 있는 이야기가 아니야."

오히려 자신을 위로하는 왕비님 목소리를 들으니 아드리트는 더더욱 면목이 없었다.

"왕비님. 반드시 저도 데려가셔야 합니다."

언제부턴가 스벤은 생각 따위는 하지 말고 무조건 왕비님 곁에서 왕비님을 지키는 일에만 집중하자고 마음먹었다. 오늘부터 그 결심은 더욱 확고해졌다.

"절 두고 가신다면 차라리 이 자리에서 죽겠습니다."

그리고 스벤은 자신의 진심이지만, 유치하면서도 무례한 이 협박이 왕비님께 제법 먹힌다는 사실도 알게 되었다.

"스벤 경. 사람이 참, 그런 말을 쉽게 해요."

유진은 심각한 표정의 스벤을 보며 혀를 찼다. 저 고지식한 호위는 스스로 한 말을 실행하고도 남았다.

"스벤 경하고 아드리트, 너도 같이 가자."

외출 준비를 하고 있으니 날벼락 소식을 듣고 마리안과 다나가 달려왔다.

아까는 필사적으로 막으려 했던 마리안이 이번에는 조용했다. 그저 심란한 표정으로 유진을 바라보며 '조심하고 또 조심하셔야 합니다.'라는 당부의 말을 남겼다. 자신이 아무리 만류해 봤자 막을 수 없을 일이면 괜히 왕비님의 심기를 어지럽히지 말자고 생각했다.

오히려 이번에는 다나가 붉어진 눈시울로 유진의 손을 잡고 볼을 쓰다듬으며 말했다.

"무거운 몸으로 어찌 너는 쉬지도 못하니."

다나는 아이를 가진 버거운 몸을 이끌고 이리 뛰고 저리 뛰는 딸이 그저 안쓰럽기만 했다. 왕국의 왕비라는 영광된 자리에 앉아 헤아릴 수 없는 라미타를 지닌 아니카라는 위대함을 세상 사람 모두가 우러러본다 해도 다나에게 진은 여전히 품 안에서 보호하고 싶은 자신의 아이였다.

유진은 눈이 시큰하여 다나를 끌어안았다. 자신을 믿지 못해서가 아니라 걱정해 주는 사랑을 느꼈다. 저쪽 세상에서 그토록 간절히 바랐던 어머니의 사랑이 이제는 자신의 것이었다.

"걱정하지 마세요. 아무 일도 없을 거예요. 엄마한테만 살짝 알려드릴게요."

유진이 다나의 귓가에 작게 말했다.

"성도의 일이 다 해결되었대요. 곧 그 사람이 아버지와 가족 소식을 알려 줄 거예요."

다나의 눈이 살짝 커졌다. 그녀는 한결 편안해진 미소를 지으며 고개를 끄덕였다.

유진을 태운 마차가 돌문 가까이에 이르렀을 때 대장군의 지휘 아래 군사들이 열을 맞추어 기다리고 있었다. 시간에 쫓겨 급조하느라 제대로 통일된 의복을 갖추어 입지는 못했지만, 규모만으로는 연중행사인 사열식에 버금갔다.

군사들의 표정이나 눈빛에 기합이 잔뜩 들어갔다. 그 누구도 대장군이 왕비님 비위를 맞추려고 이런 일을 시킨다고 생각하지 않았다.

아까의 기적에 관한 소문이 순식간에 번져서 벌써 수도 바깥으로 넘어가고 있었다. 그 현장에 있었던 병사들의 충성심은 하늘을 찔렀다. 지척에 괴물 라크가 도사리고 있었지만, 동요조차 없었다.

유진이 마차에서 내리자 신호에 따라 군사들이 일제히 한쪽 무릎을 굽혔다. 그녀가 임신 중만 아니었어도 함성을 지르거나 거창한 무언가를 더 했을 것이다.

유진은 왠지 민망하여 얼른 대장군에게 시선을 돌렸다.

"라크는 별다른 움직임이 없나요?"

"예, 왕비님. 잠시도 눈을 떼지 않고 있습니다."

"내가 직접 보겠어요."

유진은 대장군과 스벤, 아드리트만 동행하여 성벽으로 올라갔다. 그녀는 저 멀리 똬리를 틀고 앉아 있는 거대한 뱀을 보고 탄성을 질렀다. 곧 뱀이 머리를 들더니 유진을 보았다. 그러고는 똬리를 풀고 유진을 향해 스르르 움직이기 시작했다. 뱀의 눈은 성벽의 유진에게 고정한 채였다.

"모두 아무것도 하지 말고 조용히 있어요."

다른 이들에게 주의를 시킨 후, 유진은 자신에게 다가오는 검은 뱀한 테서 눈을 떼지 않았다. 가까워질수록 어마어마한 크기 때문에 저절로 긴장되었다.

빠르게 다가온 뱀과 성벽 위에 서 있는 유진과의 거리는 고작 수십여 걸음 정도로 좁혀졌다. 흑뱀의 붉은 눈이 유진을 물끄러미 보더니 말했 다.

─너구나.

유진의 눈썹이 움찔했다. 아는 목소리인데도 눈에 보이는 모습과 선 뜻 연결되지 않았다.

─냄새가 진동을 하네. 이 향기가 맞아. 너 때문에 주술이 깨졌다고. 어쩔 거야? 엉?

유진은 자신도 모르게 마라에게 미안하다고 사과할 뻔했다. 자신의 라미타 때문에 주술이 깨진 것은 사실이다. 마라가 주술 유지를 바라고 있었다면 마라가 피해 본 것은 맞다.

하지만 다짜고짜 나타나서 사람들을 놀라게 하고 아드리트를 통해 무 리한 요구 사항을 전달한 마라가 한발 물러선 자세를 취하는 것이 도리 에 맞을 것이다.

빌미를 잡은 김에 기세를 잡으려 하는 꼼수가 느껴진다고나 할까. 이 얄미우면서도 헛웃음이 나오게 하는 마라의 태도가 유진은 익숙했다.

'그래. 넌 마라가 맞긴 하구나.'

유진은 자신을 내려다보는 거대한 흑뱀을 올려다보았다. 저만치 떨어져 있는데도 상체만 꼿꼿하게 세운 뱀의 키는 성벽을 훌쩍 넘었다. 성도의 괴물은 이보다 더 컸을 것이다. 이런 괴물을 처치한 왕들이 더욱더 대단하게 느껴졌다.

'진짜 크다……'

파충류와 양서류 같은 생물은 보기만 해도 꺼림칙했다. 유진은 극단적으로 뱀을 혐오하는 정도는 아니어도 불호의 감정에 치우친 편이었다. 그런데 상상 속에나 나올 법한 크기 때문일까. 무섭다기보다는 신기했다.

'저 정도 크기면 뱀이 아니라 용으로 승천하기 직전의 이무기급 아닌가.'

그런데 생김새는 전형적인 뱀과 달랐다. 머리가 전체적으로 둥글고 귀 부분에는 아가미같이 생긴 주름이 달렸다. 도마뱀의 특징인 눈꺼풀도 있었다. 새카만 몸의 색이 짙어서 비늘이 두드러지게 보이지 않았다. 뱀과 도롱뇽, 그 사이의 어중간한 형태였다.

―대답이 없어. 아니카. 입이 붙었냐?

"마라!"

아드리트가 언짢은 표정으로 나무랐다.

"마…… 말을 하다니."

유진이 중얼거리는 소리를 듣고 고개를 돌렸다. 대장군 레스터는 반쯤 혼이 나간 표정으로 입을 벌리고 있었다. 희한한 일을 여러 번 보고 들은 스벤은 비교적 침착한 편이었다.

유진이 헛기침으로 목을 가다듬은 후 말했다.

"마라. 음, 이 정도 크기로 말해도 들려?"

―더 작게 말해도 들려.

"일단, 너와 내가 나누는 대화는 이 자리에 있는 우리 네 사람에게만 들리게 해 줘."

―그렇지 하지.

"본론으로 들어가기 전에 하나만 확실히 하자. 넌 나한테 도움을 청하러 온 거야. 맞지?"

―…….

"도와 달라는 처지에서 어떤 예의를 보여야 하는지 잘 알고 있겠지. 내가 묻는 말에 솔직히 대답하고 말꼬리 잡으려 하지 마. 난 내가 할 수 있는 노력을 다해서 널 돕고 싶어. 그 어르신들이 돌아가시는 건 나도 바라지 않거든."

―……알았다.

대답하면서 큰 뱀의 머리가 살짝 아래위로 흔들렸다. 조금 전보다 목소리는 한결 누그러졌다. 아드리트가 눈에 경탄의 감정을 담아 유진을 바라보았다. 저 제멋대로인 놈을 몇 마디 말로 얌전하게 만들다니.
"성도의 괴물이 소멸했어. 그 사실을 알고 여기로 온 거니?"
곁에 있던 세 사람이 일제히 놀란 눈으로 유진을 바라보았다. 듣던 중

반가운 소식이라 레스터는 안도의 숨을 내쉬었다. 드디어 주군께서 귀환하시겠구나. 오늘 밤은 푹 잘 수 있을 것 같았다.

마라는 붉은 눈을 느릿하게 끔벅이더니 말했다.

─소멸…… 그렇군. 몰랐다. 내가 그걸 알 재주는 없지.

"별로 기쁘지 않은가 봐?"

─내가 그놈을 잡아먹은 게 아니니 내가 득 본 것도 없잖아. 왕들이 다 그쪽으로 몰려간 상황에서 어차피 예상한 결과 아닌가?

유진은 심드렁한 마라의 반응이 의아했다.
'원한이 있다면서.'
지난번에 괴물을 치러 가자고 했더니 안 가겠다고 했을 때도 이상하다고 생각했다.
"내가 아드리트를 통해 들은 내용에 따르면 주술이 깨지면 어르신들의 생명도 끝나. 그래서 넌 그 주술을 다시 유지할 방법을 찾으러 성도로 가려고 해. 그래야 어르신들이 살 수 있으니까."
유진은 사막에 술식을 설치하는 동안 배움이 깊어질수록 주술과 연결된다는 의미를 조금 알게 되었다. 성도의 괴물이 소멸하여 주술이 깨지면 이미 인간의 한계 수명을 훌쩍 넘은 엘버가 오래 버티지 못할 것 같아서 마음이 아팠다.
하지만 짧으면 하루에서 기껏해야 며칠 정도 더 살 뿐이라니.
유진은 최소한 자신이 아이를 낳은 후 성도에 가서 엘버를 만날 수 있을 정도의 시간은 있을 줄 알았다. 그래서 아까 아드리트한테 들었을 때 충격받았다.

"내가 정리한 내용이 맞아?"

— 맞아.

"봉인 주술을 다시 발동하면 앞으로 아주 오래, 어쩌면 영원히 네 자유를 저당 잡힐지도 몰라. 그래도 상관없어?"

— **난 자유롭지 않았던 적이 없어.**

유진은 마라가 대답하기 전에 어느 정도는 망설일 줄 알았다. 그런데 즉시 돌아온 답변은 '상관없다'라는 대답보다 훨씬 감동적이었다.

본모습을 숨기고 주술을 통해 가상의 모습으로, 혹은 동물을 이용해 활동했다는 의미일 수도 있다. 그런데 봉인된 상태로 어르신들과 묶여 지낸 오랜 세월을 전혀 후회하지 않는다는 뜻으로도 들렸다.

왕성에서 나올 때는 마라를 경계하는 마음이 컸다. 라미타를 써야 하는 순간이 올지도 모른다고 생각했다.

그런데 이 한마디로 유진은 한 겹 안쪽의 마라를 조금 엿본 기분이 들었다. 악당처럼 굴던 겉모습은 마라가 자기 자신을 보호하는 방법일지도 모른다.

"성도에 계신 그분이 널 도와줄 수 있을 거라고 믿어?"

— **마하 그놈이 제가 잘나서 지금껏 세상을 속일 수 있었던 거라고 생각해? 그 주술사의 주술은 차원이 달라. 난 절대 그놈처럼 생생한 사람의 형상을 오랫동안 유지할 수 없어. 생명력 문제도 있지만, 주술의**

견고함이 다르기 때문이야.

유진 역시 마라의 말에 이견이 없었다. 엘버만큼 대단한 주술사는 이전에도 없었고 앞으로도 없을 것이다.
"그런데 내가 왜 필요해? 내가 뭘 할 수 있는데?"

─그 주술사와 친하니까.

"그래 봤자 내가 그분의 생각을 좌우할 수는 없어. 네가 성도에 간다고 해도 왕들이 다짜고짜 널 공격하지는 않을 거야. 주술 노트를 통해서 카세르에게 내가 말을 전해 줄 수 있어."

─못 믿어, 못 믿는다고. 왕을 어떻게 믿어! 날 소멸시킬 수 있는 유일한 존재가 여섯씩이나 거기 있다고!

진정했던 마라가 다시 흥분했다. 유진은 마라의 불신이 이해 가기도 해서 쓴웃음을 지었다. 툭툭 말을 내뱉는 마라와 라크를 냉담한 눈으로 보는 왕들 사이에 순조로운 의사소통은 어려울 것 같기는 하다.
"그럼 난 믿어?"
마라는 마치 사람처럼 '흥' 콧방귀를 뀌더니 이어 말했다.

─약속은 지키더군.

유진이 작은 웃음을 터뜨렸다. 마라의 신뢰를 받다니, 기분이 오묘했다. 그녀의 마음이 마라를 도와주고 싶다는 쪽으로 기울었다. 하지만 현실적인 문제가 있었다.

"마라. 알다시피 난 임신 중이야. 지금 난 몸에 무리가 가는 여행은 할 수가 없어."

─자정이 넘을 무렵에는 도착할 텐데. 한숨 자고 일어나면 될걸. 그 정도는 버틸 수 있지 않나?

"자정? 성도에 자정이면 도착한다고? 지금 여기서 출발해서?"

아까보다 사위가 어두워졌다. 곧 해가 질 것이다. 이곳에서 성도까지의 거리가 얼마인데, 그런 속도로 성도까지 갈 수 있다는 게 믿기지 않았다. 문득 그녀는 방랑족의 은신처에서 이곳까지 고작 몇 시간 만에 마라가 왔다는 사실이 뒤늦게 생각났다.

"넌 무슨 방법으로 은신처에서 여기까지 온 거야? 굉장히 멀잖아."

─헤엄쳤지. 땅 밑으로 깊이 들어가면 물길이 있다. 온 세상은 다 연결되어 있어.

"아……."

그녀의 지하수가 지표를 받치고 있다는 과학 상식이 떠올랐다. 그래서 지하수를 과도하게 빼내면 지반이 가라앉는다는 말을 들은 적이 있었다.

─그 물길도 흐름이 있다. 은신처에서 여기까지는 거슬러 오느라 거리에 비해 오래 걸렸지. 성도까지는 순방향이라서 더 빨리 갈 수 있어.

지하의 물속이라면 아무런 장해물 없이 일직선으로 이동할 수 있겠지만, 아무리 그래도 절대 가까운 거리는 아니었다. 마라의 헤엄치는 속도가 엄청나게 빠르다는 계산이 나왔다.

"와…… 거의 눈으로도 따라가지 못할 만큼 빠른 거 아니니? 너 정말 대단하구나."

ー수영이 내 특기이긴 하지.

마라가 의기양양한 어투로 말했다. 유진은 존재하지도 않는 마라의 콧대가 높아지는 환상을 보았다.

"그런데 몇 시간만 가면 된다고 해도 막 흔들리고 내 몸이 이리저리 굴러다니면 내가 버틸 수가 없어."

ー전혀 안 흔들려. 마차보다 편한걸. 저 녀석에게 물어봐.

유진이 쳐다보자 아드리트가 얼떨떨한 표정으로 대답했다.

"저는 마라가 움직인다고 전혀 느끼지 못했습니다. 그래서 갑자기 왕국에 다 왔다고 하길래 놀랐습니다."

그 역시 이제야 깨닫고 새삼 감탄했다. 여기까지 오는 내내 어르신들과 대화를 나누는 동안 동굴 속에 앉아 있는 것 같았다.

가장 큰 문제가 해결되자 유진의 마음은 완전히 기울었다. 카세르가 보고 싶다. 이번 기회가 아니면 엘버를 만날 수 없을 거다. 아버지와 오빠들 소식도 궁금했다.

"대장군."

유진과 눈이 마주친 레스터는 마구 고개를 흔들었다. '제발, 왕비님.

그러지 마십시오.' 하고 그는 눈빛으로 애원했다. 그 옆에서 스벤은 무념무상의 표정으로 '난 왕비님 곁에만 붙어 있겠다.'라고 되뇌었다.

"우리, 이렇게 해요."

유진이 미소를 지었다. 레스터의 눈에는 그 모습이 죽음의 선고를 내리는 사신의 미소 같았다. 그는 직감했다. 오늘 밤도 단잠을 자기는 틀렸다.

*　　*　　*

—해가 진 후에 어르신을 모시고 나갈 겁니다. 어르신께서 방어벽 주술이 발동했던 자리를 살펴보고자 하십니다. 그 주술의 흔적을 이용할 방법이 있을 것 같다고 하시는데 구체적인 내용은 직접 보신 후에 말씀한다고 하셨습니다. 주변 정리를 부탁합니다. 니콜라스.

엉망이 된 광장 바닥에 아무렇게나 주저앉아 라이너는 주술 노트를 뒤적거렸다. 그는 니콜라스가 적은 내용을 확인하고 노트를 덮었다.

'정리는 뭐.'

라이너는 시선을 돌려서 도왕과 이야기를 나누고 있는 사왕을 보며 중얼거렸다.

'알아서 할 사람이 알아서 하겠지.'

그는 벌렁 그 자리에 드러누웠다. 맑은 하늘을 보며 쩝, 입맛을 다셨다.

'손맛이 참 끝내줬는데.'

그놈이 조금만 덜 날뛰었어도 실컷 괴롭히며 재미를 보다가 죽였을 것이다. 그는 눈을 감았다. 한바탕 몸을 움직이고 났더니 모든 게 귀찮았다. 피해 상황을 파악하러 돌아다니는 병사들은 라이너의 주변을 멀리 빙 둘러 돌아갔다.

"염왕."

자신을 부르는 소리에 눈을 뜨니까 어느새 편왕과 암왕이 곁에 다가와 있었다.

아킬이 말했다.

"암왕이 그 괴물한테 재미있는 이야기를 들었다고 하더군. 절벽산에 보물 창고가 있다던데."

라이너가 벌떡 일어나 앉아 말했다.

"그놈이 그런 말을 왜 암왕한테 했소?"

페레드가 잠시 머뭇거리자 라이너가 손가락질하며 버럭 소리쳤다.

"암왕한테 뇌물 먹이려 했군! 솔직히 말해 보시오. 흔들렸소? 지난번엔 나보고 실망이니, 뭐니 하더니만!"

라이너의 목소리는 몹시 컸다. 내용도 내용인지라, 주변에서 흘끔거리자 페레드가 인상을 썼다.

"흔들리다니, 그런 막말은 너무하지 않나?"

"말해 보시오. 그놈이 뭐라고 하며 꼬드기더이까?"

라이너가 흥미진진한 눈빛으로 재촉했다. 어느새 카세르와 리차드도 다가왔다. 모두의 시선이 자신에게 향하자 페레드가 부담스러운 표정으로 헛기침했다.

"……왕국 백성 전부가 백 년은 놀고먹어도 된다고."

라이너가 캬아, 하고 추임새를 넣었다.

"일생일대의 기회를 놓치셨소."

라이너는 한 건 잡았다는 눈빛으로 히죽거렸다. 페레드가 언짢아하며 라이너를 노려보았다. 그의 주먹에 슬쩍 힘이 들어갔다. 지난번처럼 저 눈에 멍 자국을 한 번 더 남기고 싶었다.

두 사람을 번갈아 보며 아킬은 생각했다.

'염왕이 단순해 보이는데 은근히 뒤끝이 있군.'

분위기가 더 험악해지기 전에 리차드가 끼어들었다.

"어떤 보물인지 구경하러 갑시다. 괴물의 안목이 궁금하군요."

"찬성!"

라이너가 신이 나서 벌떡 일어났다. 지루해지던 찰나에 다시 재미있는 일이 생겼다.

탐색에 능한 전사들이 절벽산을 수색하여 어렵지 않게 동굴 하나를 찾아냈다. 감쪽같이 숨겨져 있지는 않았다. 의심만 한다면, 누구나 손쉽게 발견했을 것이다.

하지만 절벽산은 근처에 인가가 없고 길이 험한 데다가 바위산이라 쓸 만한 목재 등을 구할 수도 없으니 오르는 사람이 거의 없었다. 게다가 절벽이 성벽을 마주하고 있어서 괜히 오르락내리락하면 수상하게 보일까 봐 성도민들은 알아서 몸을 사렸다.

사람 한 명이 허리를 굽혀서 들어갈 수 있는 좁은 입구로 왕 다섯 명만 들어갔다. 내부에 함정 따위를 설치했다면 왕이 아닌 사람은 미처 피하지 못하고 다칠 위험이 있었다.

어두운 안쪽으로 어느 정도 걸어 들어간 후 카세르와 아킬이 횃불에 불을 붙였다.

"허어……."

"이런……."

"어마어마하군."

모두가 불빛으로 비추어지는 광경을 보고 탄성을 질렀다. 천장이 높은 널찍한 원형의 동굴 한가운데에 보물이 산을 이루고 있었다. 라이너가 보물산으로 다가가 한 줌을 쥐었다가 폈다. 그의 손가락 사이로 금화와 보석들이 흘러내렸다.

"하긴, 이상하다고 생각했습니다."

페레드가 말했다.

"내가 조사한 바로는 성도궁으로 들어가는 기부금은 엄청난 규모였습니다. 그런데 성도궁 살림을 유지하고 가끔 생색처럼 빈민 구제에 쓰는 자금으로 그 기부금을 다 쓴다고 하기에는 계산이 맞지 않았지요. 하지만 그 부분을 파고들어도 딴 데 새어 나가는 돈은 없었습니다. 이렇게 쌓아 두고 있었다니."

카세르가 말을 받았다.

"수십 년으로 이만큼 모인 것이 아닐 겁니다. 이 보물산의 역사는 아마 성도의 역사와 비슷하지 않을까요."

모두 고개를 끄덕였다. 다섯 명의 왕은 지금껏 재물이 아쉬운 적이 없었는데도 휘황찬란하게 빛나는 보물 더미에서 눈을 뗄 수가 없었다.

"그 괴물의 목적이 무엇이었을까요."

아킬이 의문을 제기했다.

"그놈은 자신의 원래 세상으로 돌아가고자 한다고 들었습니다. 그렇다면 이런 보물이 왜 필요하지요?"

페레드가 대답했다.

"재물을 모으는 이유는 대개 비슷합니다. 훗날을 도모하기 위해서입니다."

보물산을 물끄러미 보던 리차드가 말했다.

"그놈은…… 무척 오랜 시간을 인간과 살았습니다. 거의 인간화가 된 것 같습니다. 타고난 본능과 인간적 욕망 사이에서 갈등했을 겁니다. 인간의 가장 세속적인 욕망이란 무엇입니까? 불로불사입니다."

왕들 사이에서 어이없다는 웃음이 흘러나왔다.

"신의 대리인 노릇에 아주 심취했나 봅니다."

"그놈이 자신의 세계로 돌아갈 방법을 찾았다고 해도 돌아가지 않았을 것 같군요."

생각에 잠겨 있던 카세르가 말했다.

"그놈에게 이 보물은 뒷일을 대비하기 위한 담보였을 겁니다. 그런데 아무리 막다른 길에 몰렸다고 하지만, 이곳의 위치를 쉽게 암왕께 알려준 것이 이상합니다."

페레드가 '아…….' 하고 중얼거리더니 말했다.

"그러고 보니…… 그놈은 내게 성도를 지배했던 지식과 재물을 주겠다고 했습니다."

왕들은 보물 더미 주변을 돌아보고 동굴 내부도 샅샅이 뒤졌다. 하지만 이 동굴 안에는 현금화할 수 있는 금붙이나 보석 외에 다른 것은 없었다.

"이 보물 더미는 겉으로만 화려해 보일 뿐입니다. 금화나 보석은 당장 현물로 쓰기는 편할 겁니다. 하지만 여기에 진짜 귀물은 없습니다."

카세르의 말에 모두가 동의하는 표정으로 고개를 끄덕였다.

라이너가 헛웃음을 흘리며 말했다.

"그 교활한 새끼가 굴 하나를 더 파 놨다는 거네. 여기 말고 진짜 보물 창고가 더 있을 거라는 거지?"

"아마도. 그놈이 모은 주술에 관한 지식을 사본으로 만들어서 성도궁 외에 다른 곳에도 보관했을 것 같다."

"그럼 그곳을 찾으려면 시간이 더 걸리겠군요. 우선 이 보물의 처분에 관해 이야기해 봅시다. 이 보물은 성도의 것이라고 생각합니다. 여러분들의 의견은 어떻습니까?"

리차드가 왕들의 생각을 물었다.

"성도의 혼란을 수습하기 위해 이 보물은 요긴하게 쓰일 겁니다."

"비록 괴물의 유산이지만 써먹을 수 있으면 써먹어야지요."

"이번 싸움에 휘말린 피해자에게 보상해 주고 성도 보수를 위해 쓰면 되겠습니다. 그 외에는 알게 모르게 괴물의 수작으로 억울하게 죽거나 다친 자들이 있을 테니 찾아봐야겠습니다."

"하지만 이만한 재물이 한 번에 풀리면 혼란이 더 커집니다. 그 문제를 제대로 논의해서 신중하게 처리해야 합니다."

왕들은 누구도 이 재물에 사심을 드러내지 않았다. 리차드는 흐뭇한 기분으로 고개를 끄덕였다. 괴물을 처치하기 위해 여섯 왕이 힘을 합친 것만으로도 때와 운이 맞았다고 생각했다. 그런데 왕들의 마음가짐도 서로 크게 어긋나지 않으니 이야말로 하늘이 돕는 거 같았다. 그 괴물의 최후는 예정된 순서였을 것이다.

절벽산에서 내려오는 길에 왕들은 각자 할 일을 찾아 흩어졌다. 카세르는 방어벽 술식이 있었던 별채로 갔다. 해가 지면 니콜라스가 그분을 모시고 올 테니까 험악할 꼴을 보여 드리지 않도록 기사들의 시신을 수습했다.

일꾼들이 핏자국까지 깨끗이 지우는 모습을 보다가 하늘을 보니까 슬슬 날이 어두워지고 있었다. 그는 습관처럼 주술 노트를 꺼내 펼쳤다.

—카세르. 내가 성도로 갈 거예요. 정확한 시간은 모르겠지만, 오늘 자정 넘어서 새벽이 되기 전에는 도착할 것 같아요. 지금부터 도착할 때까지 이 노트로 당신과 연락하기는 어렵고요. 도착하면 당신이 금방 알게 될 거예요. 아무 걱정하지 말고 그냥 기다려요. 이따가 봐요.

그는 유진이 쓴 문장을 몇 번이나 다시 읽었다.

'이게 무슨 소리야.'

유진이 성도로 온다니.

'이동 주술을 쓴다는 건가?'

그는 주술에 관해 잘 몰라도 이동 주술이 그렇게 간단하지 않다는 것쯤은 알았다. 플로라가 설치해 두었던 주술은 한 번 쓰면 끝이라고 들었다. 그 외에 왕국에서 성도까지 이동할 수 있는 또 다른 주술이 있었다면 자신이 왕성을 떠나기 전에 그녀가 말해 주었을 것이다.

카세르는 종종 유진이 쓴 문장에서 그녀의 목소리를 들었다. 그녀만큼 부드러운 목소리를 떠올리면, 절로 안심이 되었다. 하지만 이번에는 이유를 알 수 없이 불안했다. 유진이 평소에 대책 없는 돌출 행동을 한 적이 없는데도 그녀가 왠지 예상도 하지 못한 무슨 일을 저지를 것만 같았다.

해가 진 후, 니콜라스는 엘버를 업고 감옥에서 나왔다. 그는 나는 듯이 빠른 발걸음으로 긴 계단을 단숨에 올라갔다. 그의 등에 업혀 이동하는 동안 엘버는 만감이 교차했다. 다시는 바깥으로 나가지 못할 줄 알았다. 이런 코앞의 미래도 보지 못한 자신이 우습기도 했다.

마침내 모든 계단을 오르고 니콜라스가 건물 바깥으로 나가는 순간, 엘버는 벅찬 숨을 들이켰다. 눅눅한 공기가 아닌, 상쾌한 바람이 호흡기로 밀려 들어왔다. 오랫동안 잊고 있었던 기억이 되살아났다. 그래, 이런 냄새였다.

"잠시만 나를 내려 주세요."

니콜라스가 그녀를 바닥에 내려 주었다. 엘버는 두 손으로 땅을 더듬더니 어두컴컴한 하늘로 시선을 들었다. 해가 졌다고는 해도 지하 감옥보다는 밝았다. 그녀는 눈을 감고 크게 숨소리를 내며 몇 번 호흡했다.

니콜라스는 혹시 그녀가 울지도 모른다고 생각했다. 하지만 엘버는 잔잔한 미소를 지을 뿐이었다. 그는 엘버를 보면서 모든 것을 깨달은 현자의 모습 같다고 생각했다.

"염치없는 부탁 하나만 드리겠습니다."

"그런 말씀 마시고 뭐든 말씀하십시오."

"술식이 있던 곳으로 가기 전에, 들르고 싶은 곳이 있습니다."

니콜라스는 엘버의 부탁을 받아 무엔 가문으로 갔다. 저택의 안팎을 지키고 있던 경비들은 또다시 등장한 왕을 보자마자 얼른 안쪽으로 보고하러 갔다. 금방 타스가 달려 나왔다.

"명왕 전하. 이렇게 뵙고 인사드리게 되어 영광입니다. 무엔의 후계자, 타스입니다. 안으로 드시지요."

"갑작스러운 방문을 환대해 주시어 감사합니다. 아쉽게도 오늘은 내가 손님이 아닙니다."

니콜라스의 등에 업혀 있던 엘버가 타스에게 손을 내밀었다.

"타스로구나. 참으로 오랜만이다."

타스는 자신을 아는 척하는 낯선 노부인을 멀뚱히 보았다.

"라한을 보러 왔단다."

타스의 눈빛이 점점 흔들렸다. 그는 경악하는 표정으로 어, 어, 목으로 이상한 소리만 내다가 결국 울음을 터뜨렸다.

"아버지께서…… 아버지가…….."

"그래. 알고 있다. 그 아이가 떠나기 전에 날 부르더구나."

타스가 아이처럼 흐느끼면서 소매로 눈물을 닦으며 두 사람을 부친의 침실로 안내했다.

무엔의 가주가 의식 없이 누워만 있는지 며칠 되었다. 의사들은 가주께서 눈을 뜬다면 기적일 거라고 말하며 고개를 내저었다. 무엔의 식솔들은 모두 마음의 준비를 하고 있었다. 오늘 낮의 소란 속에서도 무엔의 사람들은 누구도 저택을 떠나지 않았다.

라한이 누워 있는 침대 곁에 엘버가 다가갔다. 그녀의 주름진 손이 라한의 얼굴을 다정하게 쓰다듬었다.

"라한. 네가 결국 나를 그곳에서 꺼내 주었구나. 고맙다. 나는 이제 괜찮으니 아무 걱정하지 말고 편히 가렴."

미동 없이 누워 있던 라한이 갑자기 크게 숨을 들이쉬면서 몸이 경련했다. 타스가 흠칫 놀라며 '아버지?'라고 불렀다. 경직된 라한의 입술이 미소 짓는 것처럼 위로 올라가면서 경련이 멈추었다.

"아버지!"

타스의 울음소리를 들으며 엘버의 눈에서도 눈물이 흘러내렸다. 자신보다 후손들이 먼저 떠나는 모습을 그토록 지켜보았음에도 여전히 가슴이 저미는 것처럼 아팠다. 그녀는 라한의 손을 잡아 손등에 입을 맞추었다.

'사랑스러운 나의 아이야. 이번 생이 너의 마지막 여행이었기를.'

*　　*　　*

괴물 라크는 순순히 물러갔다. 사람들은 거대한 흑뱀이 사막 저편으로 유유히 사라지는 모습을 목격했다. 유진이 왕성에서 나올 때 타고 나온 마차가 다시 왕성으로 이동하는 동안 길가로 쏟아져 나온 사람들이 함성을 질렀다.

하지만 사실 그 마차 안에는 세상의 시름을 모두 짊어진 표정을 짓고 있는 레스터와 잔뜩 긴장한 아드리트가 앉아 있었다.

「아드리트. 네가 대장군과 같이 왕성으로 가. 너는 나와 연락할 수 있는 노트를 가지고 있잖니. 내가 성도에 도착하면 노트에 적어서 알려 줄게. 내 소식을 알면 다들 걱정을 덜 하겠지. 잘 부탁해.」

유진은 자신이 왕성에 없다는 사실이 밖으로 새어 나오지 않도록 조심하라고 레스터에게 신신당부했다.

「전하도 안 계시고 나도 없으면 다들 불안해할 거예요. 대장군께서 알아서 잘 입단속할 거라고 믿어요. 그리고 사막에 있는 술식 주변을 지키도록 사람을 배치하세요. 돌아올 때는 아마 그걸 이용할 것 같으니까요.」

'내가 미쳤지.'

레스터는 울적한 마음으로 계속 생각했다. 절대 안 된다고 매달렸어야 했는데 왜 그러지 못했을까.

'그런데 내가 무슨 수로.'

그 많은 라크 떼를 단번에 씨앗으로 만들어 버리고 괴물 뱀 라크와 대화를 나누는 왕비님의 결정을 자신이 어떻게 막는단 말인가.

'전하께서도 못하실 거라고.'

전혀 도움이 되지 않는 자기 위안이었다. 그러나 주군을 떠올리자 그저 눈앞만 깜깜했다.

레스터가 자신의 남을 수명을 세고 있을 때 유진은 스벤과 함께 성벽 밑 사각지대에서 날이 어두워지기를 기다렸다.

빛이 사라지자, 두 사람은 검은색 로브를 뒤집어쓰고 사막으로 걸어갔다. 오늘은 해가 져도 성벽 근처에 불을 밝히지 말고 성벽 위에도 정찰병을 세우지 말라고 했으니 사막으로 나가는 두 사람을 누구도 보지 못할 것이다.

두 사람이 성벽에서 어느 정도 멀어졌을 때 목소리가 들렸다.

— 그대로 직진하면 돼.

작은 모래 언덕을 넘고 나자 몸을 길게 늘어뜨리고 모래 속에 반쯤 파묻혀 있는 마라가 보였다. 이미 날이 어두워졌는데도 누런 사막 모래 위의 새카만 뱀의 윤곽이 뚜렷했다.

유진은 손을 내밀면 닿을 정도로 바짝 마라의 앞으로 다가갔다. 성벽 위에서 봤을 때와 또 달랐다. 마라의 머리는 한눈에 다 들어오지 않을 정도로 컸다.

마라가 쩍억 크게 입을 벌렸다. 유진은 고개를 들어 하얗게 반짝이는 거대한 송곳니를 응시했다. 자신의 몸보다 큰 먹이를 삼키는 뱀답게 한껏 입을 벌린 크기는 사람 키의 서너 배는 되었다.

저 입 안으로 걸어 들어가야 한다. 그런데 뜻밖에도 그녀의 심정은 담담했다. 상상했을 때가 오히려 더 무서웠다.

'진짜 뱀이 아니라 라크라서 그런가.'

유진은 막연히 짐작만 했던 자신의 라미타를 오늘 대충 가늠했다. 마라가 허튼짓해도 절대 당하지 않는다는 자신감이 있었다. 그녀의 라미타가 범상치 않다는 것을 마라 역시 알고 있을 것이다. 따라서 마라는 제 목숨을 건 각오로 유진을 배 속에 넣는 것이다. 그렇게 생각하니까 거리낄 것이 없었다.

"가요, 스벤 경."

괴물 뱀의 시커먼 목구멍 안쪽을 아연한 표정으로 바라보던 스벤이 흠칫 놀라 대답했다.

"예, 왕비님. 안이 어두우니 제 팔을 잡으십시오."

두 사람이 천천히 안으로 걸어 들어갔다. 갈수록 점점 어두워지다가 마라가 입을 닫았는지 갑자기 암흑이 되었다. 두 사람이 걸음을 멈추니까 목소리가 들렸다.

─계속 가. 쭉.

유진은 넘어지지 않도록 발밑을 조심하며 스벤의 팔을 꽉 붙들었다. 바닥은 단단하면서도 탄성이 있었다. 아무리 마라의 몸이 길다지만, 쭉 뻗은 길이 계속 이어지는 것이 신기했다.

"마라. 네 몸속의 구조는 대체 어떻게 되어 있는 거니? 여긴 어디야? 식도? 위장?"

─몸속 구조? 그거야 내 맘이지.

"라크는 내장 구성도 마음대로 조정할 수 있는 거야?"

─내가 마음먹은 대로 뭐든 변할 수 있는데 겉모습이든 속모양이든 형태가 무슨 의미가 있냐.

유진은 고개를 끄덕였다.

'맞는 말이네.'

아무것도 보이지 않아서 그런지 꽤 오래 걸은 기분이 들었다.

"아드리트냐?"

갑자기 목소리가 들려왔다. 놀란 두 사람이 멈추어 서서 가만히 있으니 더 여러 사람의 목소리가 들렸다.

"잘못 들은 거 아니야?"

"내가 이제 가는 귀도 먹었나."

"그럴 때가 되긴 했지."

"아드리트 이 녀석은 왜 이렇게 늦어? 나갔다가 온다더니."

"저……."

유진이 입을 열자 갑자기 조용해졌다.

"뉘시오?"

"뵙고 인사드리는 건 처음이지요. 말씀은 많이 들었습니다. 그간 아드리트를 통해서 어르신들께서 주술을 가르쳐 주신 덕분에 많이 배웠어요. 유진입니다."

"오오……."

"왕비님이라는 아니카이십니까?"

"네. 더 가까이 가도 될까요?"

"그럼요, 그럼요. 주변이 보이지 않으니 조심하시구려."

유진은 노인들과 '어디 계세요?', '이쪽이라오.'라는 짧은 문답을 주고받으며 소리가 크게 들리는 쪽으로 천천히 걸어갔다. 그녀는 서로의 거리가 꽤 좁혀졌다고 짐작할 때쯤에 바닥에 앉았다. 손바닥으로 바닥을 눌러 보니 질긴 고무판을 누르는 것 같았다. 도통 어둠이 눈에 익지 않았다.

"아드리트 대신에 제가 왔습니다. 마라가 성도의 주술사께 도움을 받으려면 제 협조가 필요하다고 해서요."

유진은 아드리트가 왕성에 남은 것, 이제부터 성도로 갈 거라는 것, 새벽이 되기 전에는 성도에 도착할 거라는 등의 상황을 설명했다.

"마라가 어르신들을 각별하게 생각하나 봐요."

여기저기에서 낮은 한숨 소리만 들렸다. 마라에 대한 그들의 감정은 복잡 미묘했다.

말로는 선을 그어도 노인들 역시 자신과 마라의 관계를 그저 거래 당사자로 정의하기 어렵다고 생각했다. 정확히 언제부터인지도 모른다. 가끔은 마라가 라크라는 사실도 잊었다. 마라는 오랜 세월을 함께 보낸 친구였고 같은 목적을 가진 동료였다.

동시에 마라는 조상의 원죄를 상기시켰다. 그리고 다시 죄를 지어 굴레에서 벗어나지 못하는 일족의 처지를 떠올리게 했다. 아픈 가시 같은 존재였다.

"괜찮으시다면 일족과 마라의 인연이 시작된 이야기를 들을 수 있을까요?"

"되고 말고요."

"할 이야기는 차고도 넘치지."

"우리야 할 줄 아는 게 온종일 떠드는 것뿐이라오."

땅 아래로 깊이 파고들던 마라가 속으로 투덜거렸다.

'지겨워. 또 들어야 해? 늙은이들이 왜 이렇게 말이 많아?'

왕국까지 오는 몇 시간 내내 노인들이 아드리트에게 했던 똑같은 이야기를 앞으로 몇 시간에 걸쳐 다시 들을 생각을 하니까 귀가 마비될 것 같았다.

예전에 아드리트가 마라와 사막을 건너는 동안 마라의 수다스러움 때문에 얼마나 괴로워했는지, 마라는 제 허물은 전혀 깨닫지 못했다.

*　　*　　*

니콜라스가 엘버를 별채로 데려왔을 때 이미 다섯 명의 왕이 기다리고 있었다. 왕들은 모두 조심스러운 태도로 엘버와 인사를 나누었다. 엘버가 살아온 세월의 무게 앞에서 왕들은 저절로 겸손해지게 되었다.

엘버가 파괴된 방어벽 주술의 술식 위에 앉아 바닥에 두 손을 대고 눈을 감았다. 잠시 후 술식에서 은은한 빛이 흘러나왔다.

왕들은 그저 신기하다는 눈빛으로 구경했다. 하지만 그들이 주술에 대한 조예가 깊었다면 이건 불가능한 일이라고 소리쳤을 것이다. 강제로 파괴된 술식이 다시 작동한다는 것은 사람의 끊어진 팔다리를 잇는 것이나 다름없었다.

잠시 후 엘버가 손을 뗐다. 그러자 술식의 빛도 사라졌다.

"아직 이 술식에는 흩어지지 않은 기운이 많이 남아 있습니다."

그녀는 씁쓸한 표정으로 말했다. 이 주술의 특수성 때문에 가능한 현상이었다. 주술의 매개로 사람의 생명을 소모했기에 그 강력한 기운이 아직 술식에 묶여 있었다.

"남은 기운을 활용하여 이 주술을 개조할 생각입니다. 본래 이 주술은 이 세상에 존재하는 모든 것을 막아 내는 벽을 만들어 냅니다. 나는 이 주술을 뒤집어서 이 세상에 존재하지 않는 모든 것을 막아 내는 주술로 바꿀 겁니다."

그녀의 말뜻을 해석한 왕들이 탄성을 질렀다. 니콜라스가 물었다.

"그럼 라크가 성도 안으로 들어오지 못하는 방어벽을 만들겠다는 말씀입니까?"

"그렇습니다."

왕들이 경탄의 눈빛으로 엘버를 바라보았다. 그들은 주술을 잘 몰라도 주술을 바꾸겠다는 그녀의 능력이 범상치 않다고 직감했다.

마하에 관해서 유진이 엘버한테 얻은 정보 대부분을 왕들도 전해 들었다. 성도의 괴물은 방어벽 주술을 발동하기 위해 오랫동안 철저하게 준비했으며 그 방어벽을 완전히 믿으며 방심했다. 그만큼 대단한 주술이었을 것이다.

"그렇다면 가장 큰 문제는 해결된 것이나 다름없군요."

리차드가 왕들을 돌아보며 말했다. 괴물은 처단했으나 영역도 사라졌다. 건기가 끝나면 성도가 무방비 상태에 놓이게 된다.

활동기에 왕들은 자신의 왕국을 지키러 갈 것이다. 성도는 왕국보다 우선순위가 될 수 없었다.

페레드가 맞장구쳤다.

"성도가 안전하다면 왕국의 군사들을 모두 철수시켜도 되겠습니다."

"아니요. 이 주술은 완전한 대비책이 아닙니다."

엘버가 말했다.

"술식에 남은 기운의 상당 부분은 주술을 바꾸기 위해 소모합니다. 그 나머지 기운으로는 주술을 오랫동안 유지할 수가 없습니다."

카세르가 물었다.

"그럼 주술을 발동한 후 얼마나 유지할 수 있습니까?"

엘버가 잠시 생각하더니 말했다.

"길어 봤자 석 달입니다."

왕들은 무거운 표정으로 으음, 소리 내어 중얼거렸다. 석 달이면 다가올 한 번의 활동기만 버틸 수 있다.

아킬이 조심스레 말했다.

"주술을 유지하기 위한 기운을 더 보충할 방법은 없습니까?"

"아주 강력한 생명력을 지닌 매개가 필요합니다. 구하려고만 하면 얼마든지 구할 수는 있습니다. 사람의 목숨이니까요."

아킬이 미간을 굳히며 입을 다물었다.

"나는 죄인입니다. 내가 지은 죄의 깊이를 가늠할 수가 없습니다. 하지만 지금껏 사람을 주술의 매개로 써서는 안 된다는 금기만큼은 어긴

적이 없습니다. 그래서 나는 새로운 주술을 완성한 후 주술의 효력이 다하면 흔적도 남기지 않고 소멸하는 장치를 넣으려 합니다. 훗날, 이 주술을 쓰고자 애꿎은 목숨이 희생되는 비극을 막기 위해서입니다. 이 주술로 많은 사람의 목숨을 구할 수 있다고 해도 타당한 명분이 될 수 없습니다. 다수를 위한 소수의 희생은 어떤 이유에서도 용납해서는 안 됩니다."

엘버는 단호한 어조로 말했다. 그녀의 굳건한 소신은 절대 흔들리지 않을 것 같았다.

"어르신의 말씀이 옳습니다."

리차드가 깊이 동감하는 표정으로 입을 열었다.

"그나마 한 번의 활동기라도 대비할 수 있는 게 어디입니까. 우리는 그 이후를 대비할 방법을 논의해 봅시다."

엘버는 오늘 밤새도록 주술을 개조하는 작업에 매달려 아침 해가 뜨기 전까지는 마무리할 거라고 했다. 그러자 왕들이 그러면 우리도 밤새 회의나 하자고 의견을 모았다.

"조용한 쪽이 편하시겠습니까? 집중에 방해되신다면 자리를 피해 드리겠습니다."

니콜라스가 묻자 엘버가 웃으며 고개를 저었다.

"아닙니다. 근처에서 말소리가 들리면 내 마음이 더 편할 것 같습니다."

주술의 술식이 그려진 곳에서 십여 걸음 정도만 떨어진 곳에 테이블을 가져다 두고 왕들이 둘러앉았다. 엘버의 눈이 빛에 약하므로 테이블 위에는 초 몇 개만 켜 두었다.

밤이 깊어갔다. 엘버는 주술을 개조하고 왕들은 회의를 계속했다. 어느덧 자정이 넘었다. 유진이 온다는 시간이 점점 가까워질수록 카세르는 자꾸 집중력이 흐트러졌다. 아무리 고민해도 그녀가 어떻게 성도로 온다는지 알 수 없었다.

"어떻게 생각합니까? 사왕."

흠칫 놀라 고개를 들자 왕들이 모두 자신을 보고 있었다.

"아……."

카세르가 대답하지 못하고 머뭇거리자 리차드가 나서서 분위기를 환기했다.

"잠시 차 한 잔 마시면서 쉬었다 가지요."

휴식 시간이 생기자 카세르는 엘버에게 다가갔다. 집중하는 그녀를 방해할까 봐 쳐다보고만 있으니 엘버가 고개를 들었다.

"하실 말씀이 있습니까, 사왕."

"방해해서 송구합니다. 주술에 관해 여쭐 것이 있습니다."

엘버가 미소를 지었다.

"괜찮습니다. 무엇이 궁금하세요?"

엘버는 사왕이 진의 남편이라서 그런지, 손녀사위를 보는 것처럼 왠지 모를 친밀감이 들었다.

"이동 주술에 관한 것입니다. 주술을 발동한 후 술식이 소멸하는 이동 주술을 다시 재활용할 수 있습니까?"

"소멸한 술식은 다시 쓸 수 없습니다. 특히 이동 주술은 사용자를 추적하지 못하도록 흔적도 남지 않습니다."

"그렇다면 도착지에 미리 술식을 설치하지 않았는데 이동이 가능한 주술이 있습니까?"

엘버가 곰곰이 생각하더니 말했다.

"이동 주술은 반드시 출발지와 도착지에 술식이 있어야 합니다. 그 원칙을 깬 주술은 만들어진 적이 없습니다. 이상한 주술이라도 보셨습니까?"

카세르는 유진이 성도로 온다고 말할까 말까 망설이다가 흠칫 놀라

고개를 돌렸다. 카세르뿐만이 아니라 근처에 있던 모든 왕이 강력한 라크의 기운을 느끼고 반응했다. 특히 라이너가 잔뜩 흥분했다.

"그놈과 맞먹는 기운이야! 너는 또 뭐 하는 놈이냐!"

붉은 불꽃을 온몸에 두른 라이너가 그 자리에서 발을 굴러 별채의 담을 껑충 뛰어넘었다. 어둠 속에서 눈에 띄는 붉은 불꽃이 순식간에 멀어지면서 작아졌다. 뒤따라 다른 왕들도 성벽의 서쪽 문을 향해 달려갔다. 엘버와 술식을 지킬 사람이 있어야 하므로 리차드만 별채에 남았다.

라크의 위협을 남 일로만 알고 살던 성도민들에게 오늘 하루는 악몽이었을 것이다. 더구나 이십만 명에 가까운 왕국 군사들은 아직 철수하지 않았다. 누군가는 점령군처럼 느꼈을지도 모른다.

그래서 그런지 오늘 밤 성도는 유난히 조용했다. 딱히 통제하지 않았는데도 거리에는 사람이 없고 불이 켜져 있는 집이 거의 눈에 띄지 않았다.

카세르는 별채에서 나오면서 전사들을 불렀다. 갑자기 등장한 라크가 성도를 난장판으로 만들지 못하도록 왕들이 최선을 다해 막겠지만, 혹시 모르는 일이었다. 그는 잠든 병사들을 깨워서 만일을 대비하라고 지시했다.

대부분 사람은 깊은 단잠에 빠져 있을 자정이 훌쩍 넘은 시각에 성도는 부산스럽게 깨어나기 시작했다. 군사들이 횃불을 들고 일제히 움직이자 하나둘 불이 켜지는 집이 늘었다.

카세르가 아부를 타고 서쪽 성문 가까이 도착했을 때 조용해서 의아했다. 지금쯤 신이 나서 달려간 라이너가 라크 사냥에 한창일 줄 알았다.

성벽으로 더 가까이 가니까 각기 다른 네 가지 색상의 프라즈를 몸에 두른 왕들이 보였다.

잠시 속도를 늦추었던 카세르가 아부를 재촉했다.

"가자."

아부가 껑충 뛰어서 성벽을 타고 올라갔다. 카세르는 성벽 너머 바깥으로 시선을 돌린 채 미간을 찌푸렸다.

한밤중이니 성벽 밖의 허허벌판은 어둠에 묻혀 있었다. 하지만 거대한 뱀의 모습은 왕들의 눈에는 뚜렷이 보였다. 성도의 괴물처럼 저 라크의 온몸에도 핵의 빛이 다닥다닥 박혀 있었다.

"대체 저런 괴물들이 그동안 어디 숨어 있었던 거지. 온 세상이 괴물밭이네."

라이너가 중얼거렸다.

"성도의 괴물도 저렇게 컸습니까?"

니콜라스가 묻자 아킬이 대답했다.

"저놈보다 더 컸습니다. 그런데 저놈도 만만치 않군요."

"더 컸다고요?"

니콜라스가 놀라 되물었다. 지금 와서 그놈의 사냥에 참여하지 않은 것을 후회하는 건 아니었지만, 성도의 괴물을 직접 보지 못한 것이 조금 아쉬웠다.

"다들 여기서 왜 이러고 있는 겁니까?"

마치 강 건너 불구경하는 듯한 왕들의 태도가 이상해서 카세르가 물었다.

"저놈이 이상한 협박을 했다."

라이너가 대답했다.

"협박? 저놈이 협박을 해?"

"아니카를 데려왔으니 성벽을 넘어오지 말라네."

니콜라스가 앞뒤 다 자른 라이너의 말을 보충 설명했다.

"협상하러 왔다고 합니다. 자신이 데려온 아니카가 중재자가 될 거니까 우리는 성벽 밖으로 나오지 말고 거리를 유지해 달라더군요."

"살다 보니, 별꼴을 다. 라크가 협상?"

라이너가 못마땅한 어투로 구시렁거렸다. 마음 같아서는 당장 달려들고 싶어서 온몸이 근질거렸다.

아킬이 이어서 말했다.

"딱히 공격성을 드러내지 않고 우리를 경계하고 있습니다. 일단은 무슨 꿍꿍이인지 지켜보는 중입니다."

아킬의 말대로 거대 뱀은 상체를 세운 채 꼼짝하지 않고 왕들이 모여 있는 성벽 부근만 보고 있었다. 어둠 속에서 빛나는 붉은 안광은 마치 공중에 둥둥 떠 타오르는 불덩이 같았다.

니콜라스가 의견을 냈다.

"저놈이 데려왔다는 아니카가 혹시 아니카 플로라 아닐까요?"

"그럼 조종 주술인가?"

"주술은 아닐 겁니다. 높은 등급의 라크는 조종 주술에 걸리지 않는다고 했습니다. 저놈은 환수, 게다가 성도의 괴물급입니다."

왕들이 나누는 대화를 들으며 카세르는 생각에 잠겼다.

'아니카를 데려와?'

유진이 노트에 남긴 문장이 그의 머릿속에 떠올랐다.

「도착하면 당신이 금방 알게 될 거예요.」

'설마?'

카세르가 고개를 흔들었다.

'아니야. 말도 안 돼.'

"움직인다."

라이너의 중얼거림을 듣고 카세르가 시선을 돌렸다. 거대 뱀이 서서히 머리를 아래로 낮추었다. 그 와중에도 붉은 눈은 성벽을 계속 주시했다. 주변을 바짝 경계하는 태도가 덩치에 걸맞지 않게 겁많은 작은 동물 같았다. 카세르는 처음 보는 환수가 하는 행동이 낯설지 않아서 기분이 묘했다.

"저 환수가 자신의 이름도 말했나?"

"괴물 이름 따위 알 게 뭐냐."

라이너가 툴툴거리는 말투로 대꾸했다. 그는 눈앞에 사냥감을 두고도 손댈 수 없어서 심기가 불편했다.

뱀이 완전히 땅에 턱을 대고 엎드리더니 입을 크게 벌렸다. 왕들은 희한한 짓을 하는 라크를 주시했다. 그리고 잠시 후 믿을 수 없는 일이 벌어지자 다들 성벽에 바짝 붙어 고개를 내밀었다. 절로 헛웃음이 흘러나왔다.

"사람인가?"

"사람이군."

뱀의 입 안에서 빠져나오는 두 사람의 윤곽이 달빛 아래에 드러났다. 옷차림으로 남자와 여자라는 것을 알 수 있었다.

카세르가 크게 부릅뜬 눈으로 두 사람을 보았다. 얼굴이 안 보인다고 해서 모를 수가 없다. 직감 같은 깨달음이 오는 순간, 생각할 겨를도 없이 성벽 바깥으로 몸을 날렸다. 바닥을 차고 뛰어오른 그의 몸이 크게 포물선을 그리며 두 사람의 앞에 착지했다.

유진은 반투명한 푸른 뱀을 온몸에 두른 그가 눈앞에 나타나자 활짝 웃으며 그를 와락 끌어안았다.

"카세르!"

카세르는 반사적으로 그녀를 안으며 고개를 숙이는 사내를 보면서 인상을 찌푸렸다.

"스벤?"

"인사 올립니다. 전하."

그는 도저히 믿기지 않아서 그녀를 품에서 떼어 내 눈으로 다시 확인했다.

"유진?"

"놀랐죠? 자세한 이야기를 미리 하지 않아도 당신이라면 마중 나와 줄 줄 알았어요."

"도대체 이게……."

─성벽 밖으로 나오지 말라니까!

빼액 질러대는 소리를 듣고 카세르가 시선을 들었다. 조금 전까지 유진과 스벤의 바로 뒤에 있었던 거대 뱀은 그새 재빠르게 저 멀리 도망갔다.

─왜 약속을 안 지켜! 이래서 어떻게 왕을 믿냐고!

핵의 빛으로 반짝거리는 거대 뱀이 머리를 마구 흔들어대며 신경질을 냈다.

"진정해, 마라. 널 해치려는 게 아니야. 이 사람은 날 마중하러 온 거라고."

유진은 마라를 달래며 카세르에게 이해를 구했다.

"마라가 왕들을 두려워해요. 은근히 겁이 많거든요."

─날 겁쟁이 취급하지 마. 천적과 마주친 모든 생물은 예민할 수밖에 없다. 예민하지 않으면 죽으니까!

"그래, 그래."

유진은 건성으로 대답하며 목소리를 낮추어 카세르에게 속삭였다.

"그런데 자존심은 세더라고요. 떼쟁이 아이 같아요."

"유진."

유진은 그가 확 낮아진 목소리로 자신을 부르자 카세르의 눈치를 살폈다. 그녀는 온몸으로 매달리듯 그를 안았다.

"당신이 화가 나는 상황이라는 거 충분히 이해하는데 시간이 많지 않아요. 지금 마라 몸속에 방랑족의 어르신들이 타고 계세요. 마라의 주술이 깨지는 바람에 그분들이 며칠밖에 살지 못하신대요. 그래서 마라가 엘버 어르신을 뵙고 도움을 받기를 원해요. 그러니 우리 이야기는 나중에 하고 어르신들을 태울 마차를 준비해 줘요. 부탁해요, 카세르."

굳어 있던 카세르의 미간이 풀렸다. 그의 손이 유진의 볼을 부드럽게 쓸었다.

"왜 이렇게 무모해."

만 마디 말을 꾹 눌러 담았다고 느껴지는 한마디였다. 유진의 눈빛이 흔들렸다. 그녀는 죄책감이 들었다. 그가 화를 냈다면 오히려 이렇게까지 미안하지는 않았을 것이다.

걱정시키고 싶지 않아서 그에게 미리 말하지 않았다. 하지만 그 이유가 전부는 아니었다. 오랜만에 갑자기 나타난 자신을 보고 깜짝 놀라는 그의 반응을 기대하며 들떴다. 유진은 자신이 철없는 아이처럼 느껴졌다.

"미안해요. 당신하고 의논했어야 하는데 내가 잘못 생각했어요."

─열 명 이상 탈 수 있는 큰 마차가 필요해. 마차에는 나도 탈 거고 아니카도 타야 한다.

가라앉은 분위기는 아랑곳하지 않고 불쑥 마라의 목소리가 끼어들었다.

— 하지만 왕은 마차 주변으로 접근 금지야. 절대!

카세르는 마라를 노려보았다. 맡겨 놓은 짐을 내어놓으라는 것처럼 당당히 요구하는 태도가 몹시 거슬렸다. 유진이 그의 옷깃을 잡아당기며 '카세르. 부탁해요.' 하고 간절하게 말했다. 그가 작은 한숨을 내쉬더니 말했다.

"……마차를 내보낼게. 시간이 조금 걸릴 거야."

스벤은 주군의 시선을 받자마자 곧바로 고개를 숙이며 말했다.

"제 목숨을 바쳐 왕비님을 지키겠습니다."

카세르는 좀처럼 떨어지지 않는 발걸음을 돌렸다.

성도의 혼잡을 방지하기 위해 성도 안을 오가는 승객용 마차는 정해진 규격이 있으며 최대 여섯 명만 탈 수 있었다. 그래서 급한 대로 가장 큰 짐마차를 재빠르게 개조했다. 먼 거리를 이동할 것이 아니니 사람이 앉아서 갈 수 있을 정도로만 손을 봤다.

단 한 마리의 말, 아부가 끄는 한 대의 마차가 성도 밖으로 나왔다. 보통의 말은 아마 마라의 곁에 접근하기도 전에 거품을 물고 기절할 것이다.

"아부. 잘 지냈어?"

아부는 오랜만에 유진을 보고 좋아서 어쩔 줄 몰라 했다. 마구에 묶인 상태만 아니었어도 유진의 발치에서 발랑 몸을 뒤집었을 것이다. 아부가 커다란 머리통을 유진의 온몸이 비비며 흥분한 듯 거친 숨소리를 냈다. 유진이 웃으며 아부의 콧잔등과 목을 쓰다듬어 주었다.

마라의 몸 바깥으로 나온 일곱 명의 노인이 마차에 올라타고 거대 구렁이 정도로 작아진 마라도 마차에 탔다. 마지막으로 유진과 스벤이 올라탔다. 그리고 출발한 마차는 다시 성도로 들어갔다.

마부도 없이, 겨우 한 마리 말이 거대한 짐마차를 끌고 달렸다. 그 마차의 뒤에서 적당한 거리를 두고 왕들이 따라갔다. 퍽 기이한 장면이었다. 하지만 대로 주변을 모두 통제해서 보는 사람이 없었다. 단 한 번도 멈추지 않은 마차는 금방 별채 앞에 도착했다.

— **근처에 왕이 있다. 마차를 따라오는 왕들 말고.**

아드리트에게 성도에 잘 도착했으니 걱정하지 말라고, 카세르를 만났다고, 주술 노트에 적은 후 노트를 덮으며 유진이 말했다.

"마라. 왕들이 널 공격하지 않을 거라니까. 이렇게 마차도 준비해 주고 가까이 오지도 않잖아."

— **그거야 지켜봐야 알 일이지.**

받아 주다가는 끝이 없겠다는 생각이 들었다. 그래서 유진은 정색하며 말했다.

"네가 어르신을 만나는 현장에서 왕들을 배제할 수는 없어. 어르신께서 왕들의 동의 없이 널 도와주겠다고 하실 것 같아?"

— ……

"내 뒤에 붙어서 따라와. 네가 아무 짓 하지 않으면 왕들도 널 건드리지 않아. 내가 약속할게. 네가 그랬지? 내가 약속은 지킨다고."

― ……알았다.

마차에서 내리며 유진은 주변을 둘러보았다.

'여긴 성도궁의 별채잖아. 성도궁 밑에 괴물이 묻혀 있었다더니 이 주변은 멀쩡하네. 이 안에 어르신이 계신가?'

그녀는 뒤를 돌아보았다가 쫄래쫄래 따라오는 마라를 보고 픽 웃었다. 몸통 굵기가 사람 허벅지만 한데도 아까 엄청난 크기를 봐서 그런지 새끼 뱀 같았다.

"스벤 경. 근처에 계신 여러 왕께 전하세요. 별채로 들어오시라고."

"예, 왕비님."

유진이 안으로 들어가서 마주친 도왕에게 고개를 숙여 인사했다. 리차드는 라크의 기운을 감지하고 긴장하고 있었다. 그는 복잡한 표정으로 유진과 마라를 번갈아 보았다.

유진은 술식의 빛 위에 앉아 있는 노부인을 보자마자 눈물이 핑 돌았다.

인기척을 느낀 엘버가 고개를 들었다. 그녀의 시력으로는 사람 형태만 어슴푸레 보였다. 다만, 발달한 감각 덕분에 한 번 접한 사람의 기운을 기억하여 구분할 수 있었다. 근처에 다가온 사람은 왕은 아니었다. 그런데 낯선 기운이 낯설지가 않았다.

"어르신."

엘버가 놀란 눈을 크게 떴다.

"……진?"

"네, 저예요."

유진이 엘버를 끌어안았다.

"얼마나 뵙고 싶었는지 몰라요."

엘버가 미소 지으며 울먹이는 유진의 등을 쓸고 토닥였다. 자신의 생명이 끝나기 전에 진을 한 번만이라도 봤으면 좋겠다고 생각하다가도 가당치 않은 미련이라고 스스로 나무랐다. 생각지도 못했던 이 선물이 그저 고마웠다.

두 사람이 해후의 기쁨을 나누는 사이에 방랑족 노인들이 근처에 자리를 잡고 앉았다. 잠시 후 왕들도 모두 들어왔다.

유진을 가까이에서 본 왕들은 산달이 가까워 보이는 그녀의 모습을 보고 놀란 표정을 지었다.

"아니카 진은 참 대담한 사람이군요."

저 몸으로 그 거대 뱀의 배 속에 들어간 것이 놀라워서 니콜라스가 중얼거렸다.

카세르는 말없이 쓴웃음만 지었다.

유진은 방랑족과 마라의 인연부터 설명했다. 그래야만 노인들의 죽음을 바라지 않아서 다시 주술에 묶이기를 원한다는, 마라의 순수한 동기를 사람들이 이해할 거라고 생각했다.

몇 시간에 걸쳐 방랑족의 노인들한테 들은 기나긴 이야기를 전부 말할 수는 없었다. 처낼 내용은 처내고 핵심만 요약했다. 최대한 객관적 사실만 전달하려고 노력했으나 그녀의 마음은 기울어져 있었다.

고작 몇 시간뿐이었는데도 유진은 인간보다도 더 인간적인 마라에게 매력을 느꼈다. 겉으로는 불퉁거려도 속내는 여린 데가 있었다. 처음에는 인간에 대한 호기심만 가득했던 마라가 인간에게 수없이 상처를 받으며 인간을 불신하게 된 사정을 알고는 안타까웠다. 강한 척하다가도 상대방이 더 강하게 나가면 소심해지는 구석을 보면 도통 미워할 수가 없었다.

그녀의 이야기가 끝난 후 주변은 조용했다. 다들 미묘한 충격을 받았다. 라크는 사냥 대상일 뿐이었다. 라크에게 감정이 있고 서사가 존재할 거라고 생각한 사람은 없었다.

"마라."

엘버는 마라를 불러 놓고 기분이 이상했다. 그녀는 단 한 번도 마하를 이름으로 부른 적이 없었다. 이름을 부른다는 행위는 친밀감을 전제로 한다. 그녀에게 마하는 후회로 점철된 자신의 과오 그 자체였다.

"너와 주술사를 묶어 봉인하는 그 주술은 불가능하다."

— 왜?

"그 주술에는 준비가 필요해. 아무리 나라도 그 준비 과정까지 생략할 수는 없다. 준비하려면 최소한 보름 이상 걸리지."

— ······하지만 넌 그때까지 살 수가 없군.

"그렇지."

낙담한 마라가 머리를 아래로 떨어뜨렸다. 뱀의 형태인데도 사람이 어깨를 축 늘어뜨리는 것 같았다. 유진은 억지를 부리지 않는 그 모습이 더 안쓰러웠다.

"너는 왜 저들의 생사에 집착하느냐?"

— 너희 인간은 가족이나 친구가 죽음을 앞두고 있다면 순응하며 받

아들이냐? 어떻게서든 살릴 방법을 찾으려고 발버둥 치면서 왜 내게는 그런 걸 묻지?

엘버가 놀란 표정을 지었다가 웃음을 터트렸다.

"그래. 내가 실수했다. 질문이 잘못되었구나."

'이 나이를 먹고도 내가 아직 우매하였다.'

그녀는 자신이 좁은 눈으로 세상을 보았다는 것을 깨달았다. 세상일은 답이 정해진 공식이 아니었다.

사람과 라크의 만남이라는 같은 현상이 전혀 다른 두 개의 결과로 갈라졌다. 자신과 마하는 만나서는 안 될 악연이었다.

하지만 마라와 방랑족의 노인들은 잘못된 인연이 아니므로 서로를 해치지 않았다. 오히려 친구가 되어 오랜 세월을 동고동락했다.

지독한 악연은 한쪽의 의지만으로 피할 수 없다. 악연의 시작이 오롯이 나의 잘못만은 아니다. 그렇게 생각하니 엘버는 마음이 한결 가벼워졌다.

"진."

"네?"

"그대 생각은 어떻습니까? 그대가 바라는 대로 하고 싶군요."

유진이 화들짝 놀라서 말했다.

"네? 어떻게 제가 결정을……."

"마라가 그놈과 다르다는 건 알겠어요. 그래도 난 라크를 믿을 수 없어요."

유진이 고개를 끄덕였다. 엘버의 불신을 이해했다.

"하지만 진. 그대 판단은 내가 믿을 수 있지요. 그대로 인해 마라의 주술이 깨졌고 마라를 여기로 데려온 사람도, 마라와 방랑족을 대변하는 사람도 지금은 그대입니다. 그러니 그대에게 충분한 자격이 있다고 생각해요."

유진이 당황하여 주변을 둘러보았다. 침묵을 지키고 있는 왕들은 누구도 이견을 내지 않았다.

"저는……."

유진은 시선을 내렸다. 일부러 마라와 방랑족 노인들을 보지 않았다. 정말 마라를 돕고 싶은지, 그래서 만약 생각지 못한 일이 벌어지더라도 책임질 각오를 하고 있는지, 자신의 마음을 돌아보았다.

유진이 고개를 들었다.

"봉인 주술은 쓸 수 없다고 하셨지요."

"맞아요."

"그래도 전 어르신께서 방법을 찾으실 것 같아요. 꼭 도와주셨으면 좋겠어요."

엘버가 미소 지었다.

"방법은 있어요."

─방법이 있다고?

마라가 다급히 되물었다.

엘버는 왕들을 바라보며 말했다.

"아까 내가 만드는 주술에 관해 말씀드린 내용을 기억하시지요? 최대 석 달만 유효한 그 주술을 오랫동안 유지할 수 있을지도 모릅니다. 언젠가 끝은 있겠지만, 몇십 년 후일지, 몇백 년 후일지, 지금으로서는 예상할 수 없으니까 무기한이나 마찬가지입니다."

왕들은 곧바로 엘버의 말을 이해했다. 새로운 방어벽 주술의 매개로 강력한 생명력이 필요하다. 마라를 그 매개로 이용한다는 뜻인가.

왕들에게 생각할 시간을 주고 엘버는 방랑족의 노인들에게 말했다.

"가장 중요한 것은 여러분의 의견입니다. 새로운 주술에 묶여서 계속 살아가기를 바랍니까? 이전의 주술보다 더 특별하지도, 더 자유롭지도 않을 겁니다. 이 성도와 연결된 주술이라 여러분은 성도에서 벗어날 수 없습니다."

엘버와 노인들이 푸근한 눈빛으로 서로를 바라보았다. 오늘 처음 만났는데도 오래된 지기인 듯 친근감이 들었다. 이 세상에 그들만이 서로를 깊이 이해할 수 있을 것이다.

지금껏 방랑족의 노인들은 내내 한 마디도 하지 않고 조용히 있었다. 그들은 서로 시선을 교환하다가 노부인이 입을 열었다.

"나는 항상 끝을 기다렸습니다. 마라 저놈에게도 누누이 말했지요. 이 세상에 영원한 것은 없다고."

─ 의리 없이 이러지 말자고.

조금 전까지 풀 죽었던 모습은 어디로 갔는지 그새 머리를 꼿꼿이 세운 마라가 끼어들었다.

─ 내가 그동안 지켜 줬으면 이제는 나를 지켜 줘야지. 호시탐탐 내 멱을 따려는 저 왕들이 지금도 날 노려보고 있는데!

가만히 있다가 느닷없이 머리채를 잡힌 왕들이 어이없다는 헛웃음을 흘렸다. 괴물급 라크가 가련한 어린 양 흉내를 내며 왕들을 무뢰배로 몰아가는 작태가 가증스러웠다.

"낮의 그놈과는 영 다른 식으로 사람 속을 긁네?"

라크가 건방지게 나대는 꼴을 못 보지, 중얼거린 라이너가 위협적으로 프라즈를 끌어냈다. 그의 눈빛이 짙게 붉어지면서 몸 주변으로 붉은 기운이 일렁거렸다.

―저것 봐. 저것 보라니까!

마라가 기겁하며 재빠르게 유진의 곁에 바짝 붙었다. 유진은 요란하게 엄살을 부리는 마라를 흘겨보면서 라이너에게 한마디 했다.

"염왕 전하. 겁주지 마세요. 까불거리기는 해도 악의는 없어요."

라이너가 겸연쩍어하며 기세를 풀었다. 검은 뱀이 자신을 흘끔 돌아보자 그의 눈썹이 꿈틀했다. 왠지 자신을 약 올리는 것 같았다. 저놈을 흠씬 두드려 패는 상상을 하며 라이너는 주먹을 꽉 쥐었다.

"이놈아. 번잡스레 굴지 말고 입 다물어라. 사람 말 막지 말고."

노부인이 마라에게 면박을 주고 이어서 말했다.

"죽음이 두렵지는 않습니다. 하지만 사람 마음이라는 게 참 간사하군요. 아이들이 번듯하게 자리 잡고 사는 모습을 보면 편히 눈감을 수 있을 것 같습니다."

다른 노인들도 한마디씩 혼잣말처럼 말했다.

"아드리트가 어떤 모습의 어른이 되고 나이가 들지 궁금하기도 하고."

"앞으로 일족들 사는 모습이 변할 것 같으니 그것도 궁금하지."

"나는…… 마라와 거래한 우리의 선택이 잘못되지 않았다는 걸 확인하고 싶다네."

"아직 가르쳐 줄 것도 많이 남아서……."

노부인이 모두의 생각을 정리하듯 말했다.

"영원히 살고 싶다는 게 아닙니다. 조금만 더 시간이 있었으면 합니다. 그리고 저놈도 이별을 준비할 시간이 필요할 겁니다."

엘버는 고개를 끄덕였다. 그들이 과한 욕심을 부린다고 생각하지 않았다.

자신 역시 지하 감옥에 있을 때는 죽음만 기다렸건만 바깥의 공기를 마시는 순간, 조금 더 느끼고 싶다는 욕심이 들었다.

"하지만 이 자리에 있는 모두의 의견이 일치한다 해도 충분하지 않습니다. 나는 성도에 터 잡고 살아가는 사람의 동의도 필요하다고 생각합니다. 그래야 나중에 잡음이 없습니다. 여러 왕께서는 이 성도에서 머무는 분들이 아니니까요."

아킬이 말했다.

"하지만 시간이 충분하지 않다고 하셨습니다."

"예. 최대한…… 앞으로 이틀. 이 술식에 남은 기운을 이용하여 나와 저분들의 목숨을 그때까지는 보장할 수 있습니다. 그 사이에 몇 명이라도 좋으니 성도민의 의견을 모아 주세요. 그래서 모두 동의한다면 이틀 후에 주술에 관해 다시 이야기하지요. 다른 생각이 있으십니까?"

―이의 있다. 성도민 의견은 그렇다 쳐도 왕들은 왜? 어차피 왕들은 여기서 살지도 않잖아.

"왕들이 그놈을 성도에서 몰아냈으니까. 만일의 경우 왕들만이 성도를 도와줄 수 있다. 그러니 당연히 왕들의 동의가 필요하지."

마라의 붉은 눈이 여섯 명의 왕을 쭉 훑었다. 왕들은 내색하지 않았으나 모두가 비슷한 감정을 느꼈다. 마라를 상대로 살의가 드는 것은 아닌데 자꾸 주먹을 고쳐 쥐게 되었다.

마라가 머리를 숙이더니 제 가슴 쪽 비늘을 물어뜯었다. 몇 개의 비늘 조각이 바닥으로 떨어졌다.

─아니카. 이거 하나씩 왕들에게 줘.

유진이 바닥에 떨어진 손가락 두 마디 크기의 비늘 여섯 개를 집었다.
"이게 뭐야?"

─받으면 알아.

유진이 비늘을 하나씩 여섯 명의 왕에게 주었다. 받으면 알 거라더니, 왕들이 어리둥절한 표정으로 비늘을 이리저리 뒤집어 보았다.
유진이 물었다.
"저 비늘이 뭔데?"

─저걸 입에 물고 있으면 물에서 호흡할 수 있다. 얼마나 귀한 것인지 알아? 저 비늘은 천 년에 하나가 생길까 말까 해. 뜯은 자리는 비늘이 새로 나지도 않는다고. 선물 받았으니까 이틀 뒤에 딴지 걸면 안 돼.

"누가 달랬니? 다짜고짜 네 맘대로 줘 놓고 무슨 소리야."

─피차 알면서 모르는 척하지 말지? 주고받는 선물로 싹트는 신뢰 몰라?

유진은 황당하여 헛웃음이 나왔다. 도대체 사람들과 어울리면서 뭘 보고 배운 걸까.

방랑족 노인들이 혀를 끌끌 차면서 마라를 나무랐다.

"이 막돼먹은 놈아."

"예의도 모르는 놈."

"네가 사람이었으면 진즉 몰매를 맞았을 거다."

노인들의 악담을 들으면서도 마라는 코웃음만 쳤다.

유진은 자신의 손을 잡아끄는 힘을 느끼고 고개를 돌렸다. 눈이 마주친 카세르가 가자고 눈짓하며 쥐고 있는 손을 당겼다. 유진이 고개만 살짝 끄덕이고 조용히 그를 따라 움직였다. 별채를 거의 나올 때쯤 다급히 자신을 찾는 소리가 들렸다.

— **뭐야. 아니카 어디 갔어?**

유진은 돌아보지 않고 카세르와 함께 별채에서 나왔다.

'미안, 마라. 내 남편 속도 달래 줘야 해서. 왕들이 널 죽이지는 않을 거야.'

별채 앞에 마차가 기다리고 있었다. 두 사람이 마차에 올라탄 후 곧 출발했다. 마차가 왕가의 저택에 도착할 때까지 카세르는 말없이 유진의 손만 잡고 있었다.

마차가 저택의 뜰에 멈추어 서고 카세르는 먼저 내린 후 유진이 내리도록 도와주었다. 조심스럽게 자신을 부축하는 그의 손길에서 유진은 평소와 다른 점을 찾지 못했다.

'화난 거 같지는 않은데…… 근데 이 사람은 화가 나도 행동으로 내색하는 사람이 아니니까.'

다급히 마중 나온 고용인들을 지나쳐 두 사람은 저택으로 들어갔다. 침실로 들어간 후 카세르는 유진의 손을 놓았다. 그는 불빛 아래에서 드디어 제대로 보이는 그녀의 모습을 아래위로 살폈다.

"몸은 어때? 아픈 데는?"

"없어요."

"조금이라도 불편한 데가 있으면 말해. 의사를 부를까?"

"아니요. 전혀. 오늘은 아이가 얌전히 놀았어요. 성도로 오는 도중에 잠이 들었는지 아까부터는 조용해요."

나직한 숨을 내쉬는 카세르의 표정이 그제야 부드럽게 풀렸다. 그가 두 손으로 유진의 얼굴을 감싸 쥐고 물끄러미 보다가 그대로 끌어안았다. 유진도 그를 마주 안으며 말했다.

"보고 싶었어요."

"……나도."

유진은 귓가에 들리는 그의 목소리를 들으며 팔에 힘을 주어 그를 더 꼭 안았다. 온몸으로 퍼지는 이 나른하고 기분 좋은 느낌은 아마도 행복이었다.

*　　　*　　　*

본래 무엔 가문은 가족장이 전통이었다. 세상을 뜬 이튿날, 단 하루만 가족끼리 모여 고인을 기리며 모든 장례 절차를 마무리했다.

그런데 타스는 욕심이 생겼다. 부친의 장례식을 남부럽지 않게 치르고 싶었다. 성도의 괴물이 소멸했으니 더는 있는 듯 없는 듯 숨죽일 필요가 없었다.

겸손하라는 부친의 유훈은 잊지 않겠지만, 최소한 남들처럼 사람들과 교류하며 살고 싶었다. 딸 히타샤에게는 양지에 우뚝 선 가문을 물려주자고 결심했다.

타스는 가문과 오랫동안 인연을 이어 온 사람들에게만 부고장을 보냈다. 그리고 사흘에 걸쳐 장례를 치르며 조문객을 받기로 했다.

새벽 일찍 부고장을 보냈으니 첫날은 조문객이 거의 없을 거라고 생각했다. 그런데 뜻밖의 귀빈 방문 소식을 듣고 타스는 얼른 마중 나갔다.

그는 사왕 부부를 보고 잠시 말을 잊었다. 특히 유진한테서 눈을 떼지 못했다.

생전에 아버지께서 아르스의 가주가 돌아가신 고모님을 닮았다고 종종 말씀하셨다. 아주 오래전에 먼발치에서 아르스의 가주를 본 적 있었다. 눈앞의 조카는 젊은 날의 사촌을 무척 닮았다. 그날로 거슬러 올라간 듯한 기분이 들었다.

유진이 타스에게 다가가 고개를 숙였다.

"이제야 인사를 드리는군요. 그분…… 제게는 할아버지가 되시지요. 꼭 뵙고 할머니 이야기를 듣고 싶었는데 제가 늦었네요."

"와 줘서 고맙습니다. 아버지께서 생전에 무척 보고 싶어 하셨습니다."

"말씀 편히 하세요. 숙부님이시잖아요."

"……그래."

타스가 눈물을 글썽이는 유진의 손을 잡았다.

조문을 마치고 그들은 응접실에 앉아 대화를 나누었다.

"어머니가 절 보러 왕국에 오셔서 지금도 그곳에 계세요. 나중에 들으시면 무척 안타까워하실 거예요."

"언제든 괜찮으니 오라고 전해다오. 집에 고모님이 어릴 때부터 쓰시던 물건이 조금 있단다."

"네. 어머니가 무척 좋아하시겠어요."

유진은 응접실 입구에서 기웃거리는 소녀를 발견하고 미소 지으며 아는 척했다.

"히타샤. 이리 와. 우리 오랜만이지?"

히타샤가 조심스레 다가와 제 아버지 옆에 앉았다. 그리고 유진의 배를 신기하다는 듯 보다가 말했다.

"아기는 언제 태어나요?"

"이제 곧. 나중에 조카가 태어나면 왕국으로 놀러 와."

히타샤가 놀란 표정으로 타스의 눈치를 살폈다. 타스가 고개를 끄덕이자 히타샤가 함성을 지를 것처럼 입을 벌리다가 다시 입을 꾹 다물었다. 터질 것처럼 볼이 부푼 소녀의 흥분한 표정이 귀여워서 유진이 웃었다.

"이제 무엔은 은거 가문으로 숨어 있지 않으려 한다."

"그러셔야지요. 친척끼리 서로 왕래도 하고요."

"그런데…… 혹시 아이를 성도에서 낳을 생각이냐?"

"아니에요. 왕국으로 돌아가야지요."

"먼 길일 텐데."

"자세한 이야기는 나중에 말씀드릴게요. 길어질 이야기라서, 제대로 날을 잡아야 할 거예요."

타스가 껄껄 웃었다.

"기대하고 있으마."

조문을 마치고 두 사람을 태운 마차는 별채로 이동했다. 유진은 어제 그런 식으로 두고 온 마라가 신경 쓰였다. 별일은 없겠지만, 아마 자신에게 잔뜩 심술이 났을 것이다.

왕국의 군사들이 거리를 가득 채우고, 이리저리 돌아다니는 모습을 차창 밖으로 본 유진은 카세르에게 물었다.

"거리가 어수선해요. 무슨 일 있어요?"

"씨앗을 찾는 중이야."

"아……."

'오늘 아침에 말했는데 빠르네.'

유진은 라미타 바닷물에 닿아 변한 씨앗을 모두 수거해야 한다고 카세르에게 말했다. 엘버가 준비 중인 방어벽 주술은 라크가 바깥에서 들어오지 못하게 막을 뿐이다. 활동기가 되어 씨앗이 성도 안에서 깨어나면 재난이 될 것이다.

"카세르. 광장 나무가 쓰러졌다고 했잖아요. 별채로 가기 전에 현장에 가 보고 싶어요."

카세르가 마부에게 방향을 바꾸라고 지시했다. 곧 마차는 광장에 도착하여 한쪽에 멈추어 섰다.

유진은 마차에서 내리자마자 보이는 광장 한복판의 쓰러진 거대한 나무를 응시했다. 광장의 상징이었던 나무가 뿌리는 뽑히고 줄기가 꺾인 채 처참한 모습으로 누워 있었다. 당장 거목을 치우는 일이 만만치 않은 데다가 저 나무의 상징성 때문에 손을 못 대고 있다고 들었다.

'내가 읽은 미래에서도 저 나무는 전투에 휘말려 끝내 회생하지 못했지.'

이미 미래는 상당히 어긋났는데도 조금씩 일치하는 지점을 발견하면 신기했다.

유진은 등 뒤에서부터 자신을 끌어안는 그를 돌아보았다.

"저 나무에 무슨 문제라도 있어?"

"그냥…… 기분이 이상해서요. 저 나무의 모습이 성도의 미래를 상징하지 않았으면 좋겠어요."

"난 좋은 변화의 징조라고 해석해. 나쁜 것들을 뿌리째 뽑아낸 거지."

"원래 이렇게 긍정적이었어요?"

"괴물은 소멸했고 성도민을 보호하는 문제도 해결될 것 같고 당신은 이 몸으로도 뱀의 배 속에 들어갈 정도로 씩씩한데, 내가 긍정적이지 못할 이유가 없지."

유진이 그를 흘겨보며 팔꿈치로 그의 가슴을 쿡 찔렀다.

"알았어요. 잘못했다고요. 다시는 안 그럴게요."

마차가 다시 올라가면서 유진이 말했다.

"그런데 솔직히 말해 봐요. 내가 와서 좋지요?"

카세르가 웃으며 그녀의 입술에 짧게 입맞춤했다.

"그건 당연한 거고."

"누가 봐요."

"뭐 어때."

닫히는 마차 문 안쪽으로 두 사람의 목소리가 점점 작아졌다. 간이 계단을 치우던 시종이 실없이 히죽 올라가는 입술 끝을 애써 끌어내렸다.

광장을 떠난 마차가 별채 앞에 도착했다. 카세르는 마차에서 내리면서 별채 안쪽을 바라보았다. 강력한 라크의 기운, 그리고 왕의 기운은 도왕과 염왕, 두 명의 것만 느껴졌다. 카세르가 계속 보고 있으니 유진이 그의 팔을 잡으며 물었다.

"안에서 무슨 일 있어요?"

"아니. 마라의 기운이라는 걸 알면서도 무기를 들어야 한다는 기분이 들어서. 왕국에 저 정도의 라크가 나타나면 당장 경계령 발동이니까."

"몸이 저절로 반응한다는 거군요."

유진은 왕을 두려워하는 마라의 심정을 알 것 같았다. 왕이 라크를 사냥하는 것은 본능에 가까웠다.

별채의 안은 어제와 풍경이 달라졌다. 술식이 있는 자리 주변으로 대형 천막이 설치되어 있었다. 높은 기둥을 박고 암막 커튼으로 지붕과 벽을 만들었다. 천막은 넓은 술식을 모두 덮고도 안에 충분히 자리가 남았다.

천막 입구를 들추고 들어가니 안쪽은 무척 어두웠다. 유진은 어둠이 눈에 익을 때까지 서 있었다. 그런데 그녀의 등장을 알아차린 마라가 소리쳤다.

ㅡ아니카. 이 미친 왕 좀 어떻게 해 봐!

"허어. 괴물 새끼가 말하는 본새 보게."

실실 웃으며 말하는 라이너는 왠지 즐거워 보였다.

마라는 곧바로 유진에게 오려다 유진의 바로 옆에 서 있는 카세르를 보고 주춤했다. 막다른 길에 몰린 자처럼 휙휙 머리를 움직여 라이너와 카세르를 번갈아 보는 태도가 무척 초조해 보였다.

그리고 둘 다 안 되겠다는 결론을 내렸는지 마라가 도망쳐 간 곳은 엘버의 뒤쪽이었다.

ㅡ아니카. 약속이 틀리잖아. 저 왕이 날 죽이려 한다고!

다급한 마라와 상반된 태도로 라이너가 느긋하게 대꾸했다.

"넌 거짓말을 잘하는 거냐, 뭐든 너 좋을 대로 해석하는 거냐?"

유진은 고개를 갸웃했다. 흥미로운 장난감을 발견한 악동 같은 말투가 살짝 걸리기는 해도 라이너가 마라를 위협하는 것 같지는 않았다.

그리고 정말 무슨 일이 일어날 상황이라면 이 평온한 분위기는 어울리지 않았다. 방랑족의 노인들과 도왕은 차와 간식을 차려 놓은 테이블 주변에 둘러앉아 담소 중이었다. 노인들이 유진에게 손을 흔들어 인사했다.

"오셨소이까, 아니카 왕비님."

유진은 이 중 확실한 중립이라고 믿을 만한 리차드에게 물었다.

"도왕 전하. 혹시 제 중재가 필요한 상황인가요?"

리차드가 빙긋 웃었다.

"염왕께서 마라의 힘이 궁금한 모양입니다. 마라는 염왕의 호기심을 몹시 불쾌해하고 있습니다."

카세르가 쳐다보자 라이너가 어깨를 으쓱하며 말했다.

"그냥 성도 바깥으로 나가서 놀자고 했지. 죽이지 않는다고 맹세한다는데도 안 믿네."

―칼에 스스로 목을 들이미는 멍청이가 어디 있냐!

"야. 넌 어지간히 칼로 썰어도 안 죽잖아. 핵은 안 건드릴게."

카세르는 '제 버릇 못 버리는군.' 하고 중얼거리며 한숨을 내쉬었다. 성도 밖에서 진을 치고 있는 동안 라이너한테 비무 하자는 말을 귀에 못이 박이도록 들었다. 카세르가 파악한 라이너는 사냥, 전투, 이런 명분으로 몸을 쓰는 것을 자다가 벌떡 일어날 정도로 좋아했다.

왕은 다른 사람과 힘의 격차가 워낙 크니까 온 힘을 끌어내 대결할 상대는 찾기 어려울 것이다. 그러니 맞서 싸울 만한 상대를 보면 호승심이 솟구치는 것 같았다.

―교활한 궤변을 늘어놓으며 날 함정으로 유인하려 하다니. 역시 왕도 어쩔 수 없는 인간이다.

"당연히 인간이지. 넌 인간이 아니고."

유진은 라이너와 마라를 보면서 '양쪽 사이에 온도 차는 있어도 좀 친해진 것 같네.'라고 마라가 알았다가는 질색할 생각을 했다.

그녀가 나설까, 모른 척할까, 고민하는 동안 카세르는 리차드에게 다가갔다.

"다른 세 분 왕은 어디 갔습니까?"

"성도민의 의견을 모으러 갔습니다."

"아, 이런. 제가 늦었군요."

"사왕. 그 일은 세 분께 맡겨 두세요."

"예?"

"그동안 사왕께서 충분히 애 많이 썼습니다. 오랜만에 아니카 진과 만났으니 함께 보내야 하지 않겠습니까. 아니카 진은 가장 남편이 필요한 시기에 혼자 지냈습니다. 물론 사왕의 잘못은 아닙니다. 그래도 아니카 진이 성도에서 지내는 동안 아내 곁을 지키세요."

카세르는 굳이 사양하지 않았다. 일 더미를 앞에 두고 혼자만 쏙 빠져나가는 기분이 들었지만, 지금은 뻔뻔해지고 싶었다.

그는 리차드에게 묵례하고 유진이 엘버가 인사를 나누는 동안 기다렸다가 말없이 그녀의 손을 잡아끌었다. 유진은 라이너와 말다툼하느라 정신이 팔린 마라를 흘끔 보고 역시 조용히 그가 당기는 대로 별채에서 나왔다.

─아니카! 또 어디 갔어!

자신을 찾는 마라의 목소리가 들렸지만, 유진은 오늘도 뒤돌아보지 않았다. 어제는 조금 마라를 염려했는데 오늘은 전혀 걱정되지 않았다.

미리 약속된, 아르스 저택에서의 저녁 식사만 다녀온 후 두 사람은 온종일 침실에 틀어박혀 쌓인 이야기를 나누었다. 가끔은 참견하고 싶었는지 배 속의 아이가 몸을 들썩거렸다. 카세르는 유진의 배에 선명하게 드러난 작은 발 모양을 보고 기적을 목격한 신자처럼 놀라워했다.

세 가족이 함께 보내는 달콤한 이틀은 순식간에 지나갔다.

해가 진 후 별채에 다시 모두 모였다. 오늘은 이틀 전보다 사람이 늘었다. 성도에서 손꼽는 규모의 상회를 소유한 거상, 현자로 추앙받는 학자, 평생을 공기관에서 일한 행정관 등 다섯 명이 성도민의 대표로 참석했다.

저들의 대표성에 대해 의문을 품을 사람이 많을 것이다. 하지만 겨우 이틀의 시간으로는 성도민 모두의 의견을 들을 시간도, 그들 스스로 대표를 뽑게 할 시간도 없었다.

첫날, 세 명의 왕은 성도에서 가장 영향력 있는 사람을 골랐다. 성도의 정보에 정통한 페레드의 의견에 따랐다. 그렇게 선별한 약 삼십 명의 사람을 불러 모아 놓고 모든 상황을 설명했다.

둘째 날은 그 서른 명이 장시간 회의를 걸쳐 의견을 모으고 다섯 명의 대표를 뽑았다.

왕들이 모은 서른 명 남짓의 사람들은 선택받은 자들이었다. 성도에서 누구보다 빨리 진실을 알았고 성도의 운명을 좌우할 결정권을 쥐었다.

그러나 그 사실을 순수하게 기뻐하는 사람은 아무도 없었다. 진실은 그들을 충격에 빠뜨렸다. 아마 성도 한복판에서 거대 라크가 날뛰지 않았더라면 끝내 믿지 않으려는 사람도 있었을 것이다. 사람마다 받은 충격의 정도는 다르겠지만, 삶을 지탱하던 기둥이 무너진 것 같다는 절망감은 비슷했다.

성도의 기득권자인 그들은 자신의 남은 인생이 예측할 수 없는 혼란의 한복판에 내던져진 현실을 깨달았다. 이 세상에서 가장 완벽했고 축복받았던 성도는 이제 존재하지 않았다.

게다가 그들은 머리를 싸매고 드러누울 시간도 없었다. 왕들은 진실만 알려 주고 결정은 너희들의 몫이라고 선언했다. 생각할 시간은 겨우 하루를 주었다.

전원 합의는 이루어지지 않았다. 석 달의 유예 기간만 받아 들이자는 의견도 제법 있었다. 정체가 불분명한 주술의 힘을 믿을 수 없고 성도가 여섯 왕국의 식민지가 될지도 모른다고 우려했다. 활동기에 라크와 맞서 싸우는 것은 다른 왕국도 마찬가지이니 성도의 독립성을 인정받으려면 홀로 서야 한다고 주장했다.

하지만 다수의 의견은 성도가 라크의 위협에서 안전할 수만 있다면 어떤 대가라도 치르고 싶다는 쪽이었다. 라크와 싸워 본 적이 없으므로 더 두려웠다. 성도로 라크가 침범하면 대부분 성도민은 저항할 생각조차 못할 것이며 한 번의 활동기만 지나도 성도는 초토화될 거라고 예측했다.

주술로 성도를 보호한다는 방법을 받아들이되 가능한 한 그 내용을 상세히 알아 오는 임무를 띠고 다섯 명의 대표가 별채로 왔다.

그들은 약속된 시간보다 훨씬 일찍 도착했다. 별채를 포함한 성도궁 주변은 군사들이 촘촘하게 에워싸고 엄중히 지키고 있었다. 그런데 막상 별채 안으로 들어간 후에는 경비병이 보이지 않았다.

그들은 별채로 들어올 때 입구를 지키던 전사가 '안으로 쭉 들어가십시오.'라고 했던 말을 기억하여 계속 걸었다. 그리고 안쪽의 넓은 뜰을 가득 채운 대형 천막을 발견했다.

어찌할 바를 모르고 서 있으니 천막을 들추며 누군가 나왔다. 중년인의 잿빛 머리카락을 보자마자 대표들은 얼른 고개를 숙였다.

"일찍 오셨구려. 들어오시오."

도왕이 안으로 다시 들어간 후 대표들도 따라 들어갔다. 안이 무척 어두워서 그들은 당황했다.

"초를 켜 둔 테이블 곁에 앉으시오."

어둠 속의 촛불을 이정표 삼아 대표들은 더듬더듬 의자를 찾아 앉았다. 그리고 잠시 후 어둠이 눈에 익으니 보이는 모든 장면이 심상치 않았다.

바닥에 넓게 깔린 문양에서 나오는 빛, 그 위에 미동 없이 앉아 눈을 감고 있는 노부인, 두런두런 낮은 목소리로 계속 떠드는 노인들, 특히 눈이 시뻘건 대형 구렁이를 보고 그들은 움찔했다.

'눈이⋯⋯.'

'라크구나.'

대표들은 식은땀이 나고 소름이 쭈뼛 돋았다.

라이너는 사람들이 들어오거나 말거나, 마라와 하던 대화를 계속했다. 그는 비늘을 손끝으로 만지작거리면서 말했다.

"이것만 있으면 정말 호흡이 돼? 얼마나 오랫동안? 그럼 이 물건의 수명은? 흐음. 대대로 물려줘도 된다는 거네. 비늘 떼면 다시는 비늘이 안 난다고 했지. 그럼 거기가 약점이냐? 아, 알았다고. 예민하기는."

대표들의 눈에는 라이너가 혼자 떠드는 것처럼 보였다. 대표들은 염왕의 악명을 익히 들었던 터라 일부러 염왕 쪽으로는 고개도 돌리지 않았다.

해가 완전히 지고 왕들이 도착했다. 와야 할 사람이 전부 모인 후 엘버가 입을 열었다.

"그대들이 성도민의 대표입니까? 오늘 이 자리에 무슨 이유로 왔는지는 알고 있습니까?"

대표들은 모든 시선이 자신들에게 모이자 움찔했다. 그들은 아까보다 더욱 주눅이 들었다. 주변에 거물들뿐이었다. 사교계 유명인사가 아니고서는 왕을 볼 일이 없었다. 대표 다섯 명 중에서 세 명은 오늘 왕을 처음 보았다.

서로 눈치만 살피자 노학자가 나섰다.

"저희는 왕들께서 알려 주신 내용을 전부 이해하지는 못했습니다. 주술이 너무 생소하여 좀처럼 어떤 원리인지 그려지지 않습니다. 하지만 성도의 안전을 바라는 저희의 뜻은 하나로 모았습니다."

"성도는 괴물의 보금자리였습니다. 신의 힘으로 보호받던 땅이 아니에요. 그 점은 이해했습니까?"

"……예."

"성도를 보호하기 위해서는 라크의 힘을 빌려야 합니다. 그 사실도 이해했습니까?"

"예."

"먼 훗날, 어떤 변수가 발생할지 모릅니다. 그것도 각오하고 있습니까?"

"예."

고개를 끄덕인 엘버가 왕들을 바라보며 말했다.

"여러 왕들께서는 이견이 있다면 말씀해 주세요."

왕들은 침묵했다. 처음에는 새로운 괴물이 상제의 자리를 차지하는 것이 아닐까 염려했다. 그런데 엘버가 그런 일이 일어나지 않도록 막을 거라는 믿음이 더 컸다. 그리고 며칠 마라를 지켜보면서 크게 위협적이지 않다고 생각하게 되었다.

"마라가 주술의 매개가 되려면 마라가 본체로 돌아가야 합니다. 이 천막이 방해됩니다."

"천막을 치우겠습니다."

카세르가 대답하며 천막에서 나가려는데 마라가 끼어들었다.

―번거롭게 무슨. 내가 치운다.

머릿속에서 목소리가 울리자 대표들이 흠칫 놀라 사방을 둘러보았다. 흑뱀이 스르륵 움직여 천막 밑으로 빠져나갔다. 잠시 후 천막의 벽과 지붕이 흔들거리더니 기둥이 쑥 빠지며 위로 올라갔다. 마라가 입에 문 천막을 대충 휙 던졌다.

달빛 덕분에 암막 커튼의 천막 안보다 밖이 더 밝았다. 대표들은 자신을 내려다보는 거대 뱀의 붉은 눈을 보며 히이익, 비명 같은 숨소리를 냈다. 눈을 까뒤집고 기절하지 않는 것만으로도 그들은 충분히 대표의 자격이 있었다.

엘버가 마라를 올려다보며 물었다.

"그 모습이 너의 본체냐?"

―날 과소평가하지 마. 이보다 훨씬 크지.

라이너는 미련이 뚝뚝 떨어지는 눈빛으로 입맛을 다셨다. 마라가 주술에 묶이기 전에 한바탕 놀고 싶다는 소망은 끝내 이루지 못했다. 말만꺼내도 마라가 왕이 자신을 죽이려 한다고 소리를 질러대니, 약한 놈을괴롭히는 기분이 들어서 더 집요하게 건드릴 수가 없었다.

그는 진심으로 안타까웠다. 저런 덩치와 힘으로 겁쟁이라니. 죽은 그괴물 놈의 발악은 훌륭했다. 그래서 사냥할 맛이 있었다.

'어딘가에 저런 놈이 한두 마리는 더 있지 않을까? 세상 유람이나 떠

나 볼까…….'

그러나 그 말에 사색이 되어 벌벌 떠는 자들도 있었다.

'더, 더 크다고?'

대표들은 혀를 깨물었다. 비릿한 피 맛이 나니까 좀 정신이 들었다. 라크의 힘을 빌려야 한다는 의미가 이제 좀 이해가 되었다. 라크가 집에 들어오지 못하게 막기 위해 저런 괴물을 집 안에 들여야 하는 건가. 그들은 자신들이 올바른 결정을 한 것인지 혼란스러웠다.

엘버는 마음이 복잡했다. 자신이 같은 잘못을 또 저지를까 봐 두려웠다. 그 옛날, 다가올 비극을 예측했다면 멸족을 택할지언정 마하와 그런 거래는 하지 않았을 것이다. 과거의 그때 자신은 올바른 선택을 했다고 믿었다.

석 달의 성도 보호. 그것으로 끝내야 하는지도 모른다. 언젠가 마라가 세상을 위협하는 괴물로 변하기 전에 죽여 없애야 하는 건 아닐까.

하지만 지난 이틀, 마라를 지켜보니까 모진 마음을 먹을 수가 없었다. 마라는 마하와 달랐다. 언젠가는 변할 수도 있다. 그런데 지금은 아니었다.

"이 주술은."

엘버의 오랜 침묵으로 사람들은 그녀가 갈등하고 있다고 눈치챘다. 그래서 그녀가 말하기 시작하자 모두 조용히 집중했다.

"성도를 감싸는 보이지 않는 방어벽을 만들어 냅니다. 이 방어벽은 오직 라크만이 통과할 수 없습니다. 이 주술을 계속 유지하기 위해서는 강력한 생명력을 매개로 해야 합니다. 오랜 세월을 산 마라는 무척 강한 생명력이 응집되어 있습니다. 마라가 주술의 매개가 된다면 성도는 최소 수십 년, 혹은 수백 년까지도 안전할 겁니다."

혼이 나가 있던 대표들의 눈동자에 초점이 돌아왔다. 바로 그들이 원하는 내용이었고 알아듣기도 쉬웠다.

"다시 말하면 이 주술은 마라의 희생으로 이루어집니다."

엘버가 고개를 위로 들었다.

"마라. 이 주술은 봉인 주술과 다르다. 봉인 주술은 환상 주술을 쓰기 위한 발판이었지. 그러니 너는 너로서 존재했다. 네가 원하면 언제든 봉인을 깰 수도 있었다. 하지만 이 주술에서 너는 재료에 불과하다."

― 환상 주술은 쓸 수 있어?

엘버가 고개를 저었다.

― 아예 내가 잠들어 버리는 건가?

"그렇지는 않다. 네 의식은 깨어 있을 거다. 원하면 자게 해 줄 수도 있고."

― 잠들 생각 없다. 그럼 동물에 깃드는 주술은? 꼼짝하지 못하는 건 재미 없다.

"연동하도록 설치할 수 있지만, 그 주술은 한계가 있을 텐데?"

― 한계는 알아. 상관없다.

"이 주술이 발동하면 너는 영원히 벗어날 수 없다. 네가 너로서 존재하지 않으므로 영역도 발생하지 않지. 넌 네 생명력을 주술의 재료로 제공하다가 언젠가 소멸할 거다. 거기에 난 추가 안전장치를 더 만들려 한다. 나는 라크를 믿을 수 없고 두 번 실수를 하고 싶지 않다.”

엘버와 마라가 나누는 대화에 완전히 집중한 대표들은 조마조마한 심정으로 괴물 뱀의 눈치를 살폈다. 전전긍긍했던 마음은 사라지고 이제는 라크가 '난 못 해.'라고 걷어찰까 봐 입 안의 침이 말랐다.

— 무슨 안전장치?

“너를 믿을 수 있을 때까지 내가 주술을 지키려 한다. 그리고 만약 네가 위험하다고 판단되면 너의 핵을 파괴해 버리겠다. 그러기 위해서 너는 내가 너의 핵에 접근하도록 허락해야겠지.”

유진은 작게 탄식했다. 엘버는 또다시 주술을 지키는 주술사 역할을 맡겠노라고 말하고 있었다. 그 오랜 세월을 감옥에서 버티며 안식을 얻을 날만을 기다려 왔을 텐데, 고통을 감내하려는 엘버의 결심이 존경스럽고 마음이 아팠다.

“한 말씀 드려도 되겠습니까?”

방랑족 노인 중 한 명이 말했다.

“예. 말씀하세요.”

“나는, 우리는 그렇게까지 목숨줄을 붙잡을 생각이 없습니다. 세상 사람이 보기에 저놈은 죽여 없애야 하는 라크이겠지요. 저놈이 바깥세상에서 많은 해를 끼쳤고, 그래요. 그건 인정합니다. 하지만 우리는 마라에게 큰 은혜를 입었습니다. 이미 진즉 죽어 나빠졌을 이런 늙은이들이 좀 더 살겠다고 마라의 목숨에 기생하지 않을 겁니다.”

말하면서 노인의 목소리는 가늘게 떨렸다.

―왜 다 된 밥에 재를 뿌려? 내가 상관없다니까.

"이놈아. 너도 이젠 옛 인연은 흘려보내고 새 인연을 만들어야지. 언제까지 우리한테 매여 있을 거냐."

―새로운 인연은 만들어서 뭐 해. 또 죽을 텐데. 인간은 너무 빨리 죽어.

"우리는 천년, 만년 산다니? 난 영생에 관심 없다."

―난 죽을 생각 없다. 내가 어딜 가서 꼭꼭 숨어도 저 왕들이 날 죽이려고 세상을 다 뒤지겠지. 그러니 이건 내가 사는 방법이기도 해.

왕들이 묘한 표정으로 마라를 바라보았다. 성도 괴물과 맞먹는 마라는 못 본 척하기에는 너무 위험하다는 생각을 하긴 했다. 어쩌면 봉인이 깨지지 않고 그 은신처에 마라가 계속 있었다면 언젠가 사냥하러 갔을 것이다. 그런데 방금 마라가 한 말로 사냥할 마음이 사라졌다.

―늙은이들은 끼어들지 말고 빠져.

"저, 저, 말버릇하고는."
노인이 마라에게 삿대질했으나 누구도 노인이 화가 났다고는 생각하지 않았다.

―좋다고, 그 안전장치. 좋을 대로 해.

놀란 엘버의 눈이 커졌다. 이렇게 순순히 동의할 줄은 몰랐다.

ㅡ근데 이러면 계산을 다시 해야겠어.

"무슨 계산?"

ㅡ야. 인간들.

멍하게 마라를 보던 대표들이 움찔 놀라 대답했다.
"저, 저희 말씀…… 입니까?"

ㅡ들었지? 내가 너희들 때문에 희생을 한다잖아. 그럼 뭘 내놓는 게
있어야 하지 않냐?

'저 의기양양한 말투라니. 다시 기가 살았네.'
유진이 속으로 중얼거렸다. 방랑족 노인들을 살리기 위해 엘버에게
매달릴 때와 다르게 이제는 큰소리쳐도 된다고 상황 파악을 한 것 같았
다. 강약약강의 태도가 노골적이니까 얄밉지도 않았다.
유진은 창백하게 굳어 버린 대표들을 위해 나섰다.
"마라. 바라는 게 뭐야?"

ㅡ성도에 방랑족 마을을 만들어 줘. 내가 여기로 왔으니 방랑족의
은신처도 여기로 옮겨야지.

사람들의 반응은 크게 둘로 나뉘었다. 대표들은 마라의 요구 조건을 단번에 이해하지 못했는지 어리둥절한 표정이었다. 하지만 다른 사람들은 감탄의 눈빛으로 마라를 올려다보았다. 특히 방랑족의 노인들은 금방이라도 울음을 터뜨릴 것처럼 눈시울이 붉어졌다.

왕들은 '도통 종잡을 수 없는 녀석이군.' 하고 생각했다. 마라는 선악의 기준이 자의적이었지만, 어떤 면에서는 순수했다. 겁이 많은데도 자신의 핵을 걸고 하는 거래를 흔쾌히 승낙한다. 미숙한 아이처럼 억지를 부리는가 싶더니 속 깊은 어른처럼 굴었다.

사람이라도 저런 다양한 일면을 한 명이 모두 갖추기는 어려울 것이다. 사람이 아니라서일까, 워낙 오래 살았기 때문일까, 모든 라크가 이렇지는 않을 텐데 마라 같은 라크가 이 세상에 더 있을까 등등, 왕들이 머릿속에 수많은 의문이 떠올랐다.

라이너가 받은 충격은 특히 남달랐다. 그는 라크 사냥을 살생으로 생각해 본 적이 없었다. 라크는 존재 자체만으로 해악이며 언젠가는 반드시 인간을 해치니까 미리 후환을 제거한다고 생각했다.

그는 지금 가치관의 혼란을 느꼈다. 모든 라크가 반드시 해롭지 않을지도 모른다. 이제 앞으로는 전과 같은 순수한 즐거움으로 라크를 사냥할 수 없을 것 같았다.

'사냥 전에 놈들한테 말이라도 한 마디 걸어 봐야 하나……'

유진은 먹먹한 기분으로 마라를 바라보았다.

'넌 정말 어르신들을 좋아하는구나.'

그녀가 읽은 미래에서 마라가 성도를 공격한 이유. 짐작은 어느 정도 하고 있었는데 이제 확신이 들었다. 그 미래에서 마하는 방랑족의 은신처를 알아낸 것 같다. 마하의 밀명을 받은 심판관들이 들이닥쳐 방랑족들을 학살하고, 어쩌면 주술을 지키던 노인들까지 죽었을지도 모른다.

방랑족 노인들은 마라의 소중한 친구이자 한편으로는 라크의 흉포한 본능을 억누르는 존재이기도 했다. 그들을 잃은 마라에게 다른 인간의 목숨은 알 바 아니었을 것이다. 마하를 신처럼 떠받드는 인간들을 증오했을 수도 있다. 그러니 가짜 진을 앞세워서 라크 조종 주술을 이용해 수많은 사람을 학살했으며 마하를 이길 수 없다는 걸 알면서도 무모하게 돌진했을 것이다.

그 미래를 상상하니까 유진은 왠지 눈시울이 뜨거워졌다.

"방랑족 마을을 성도 어디에 어떻게 만들고 싶은지 생각도 해 봤어?"

유진은 마라의 요구가 즉흥적인지, 혹은 미리 생각해 둔 조건인지 궁금해서 물었다.

— 내가 이 주술에 묶이니까 내 주변에 만들어야지.

"네 주변? 그러면…… 성도궁?"

— 대충 보니까 어차피 거의 다 무너졌네. 그리고 쓰던 놈이 죽었으니 주인도 없지.

유진은 감탄하며 고개를 끄덕였다. 마라의 말대로 현재 성도에서 주인 없는 쓸 만한 땅은 이 성도궁뿐이었다.

'역시 교주 노릇을 그냥 한 게 아니구나. 머리 쓰는 게 남다르네.'

유진도 방랑족의 거주지 문제는 왕들과 논의해서 해결해야 한다고 생각하고 있었다. 은신처를 지키던 마라가 사라졌으니 방랑족들은 졸지에 안전한 집을 잃었다. 마하를 처치하는 데에 이바지한 그들의 공을 모른 척해서는 안 된다.

하지만 당장 그녀는 눈앞에 닥친 일들이 많아서 미루어 두었다. 최소한 앞으로 몇 개월은 그 문제에 매달릴 여유가 없었다. 그런데 마라의 요구가 받아들여지면 완벽한 마무리였다.

─인간들아. 대답하라. 내가 성도의 안전을 보장해 주는 대가로 이 성도궁의 빈 땅을 내놓겠느냐?

'……교주 말투.'

유진은 갑자기 장엄해진 마라의 음성을 들으며 웃음을 참았다. 그리고 주술은 엘버가 펼치는 것이다. 은근슬쩍 자신이 모든 걸 다하는 것처럼 능갈치는 솜씨가 역시 사기꾼 교주다웠다.

왕들이 눈을 가늘게 뜨고 '하, 이 새끼 이거.'라는 표정으로 마라를 응시했다. 잠시 풀렸던 경계심이 다시 생겼다. 역시 이놈은 위험하다.

'일단은 지켜보겠다'라는 냉소적인 눈빛으로 마라를 바라보는 왕들과 다르게 대표들은 쩔쩔맸다.

그들은 마라가 라크라는 사실을 알면서도 경시하지 못했다. 괴물이라고 삿대질하기에는 괴물 뱀은 너무 컸다. 더구나 머릿속으로 소리가 울리는 신비한 방식으로 말을 한다. 두려움이 극에 달하니 절로 경외심이 들었다.

오랜 세월 괴물이 신 노릇을 하며 인간들을 속여 왔다는 말을 처음 들었을 때는 반신반의했다. 이제는 믿을 수 있었다.

뒤늦게 마라의 요구 조건을 이해한 대표들은 곤란한 낯으로 서로를 마주 보았다. 성도궁을 내놓으라니. 자신들이 그걸 결정할 권한이 있는지도 의문이거니와, 아무리 성도궁의 원래 주인이 괴물이었다 해도 성도에서 성도궁이 갖는 상징성은 대단했다. 성도궁의 터가 방랑족의 마을

이 된다면 성도민 다수가 벌 떼처럼 들고일어날 것이다.

"그 문제는 저희가 결정할 수 없습니다. 다시 사람들과 논의하여……"

ㅡ네 집이 눈앞에서 불타고 있는데 끌지 말지를 고민할 틈이 있더냐? 지나간 기회는 다시 잡을 수 없다. 인간들아. 난 너희를 구원하러 온 신이 아니다. 이 성도의 인간들이 모조리 죽어도 난 느긋이 구경할 것이다. 지금 결정하라. 성도를 지키겠느냐? 아니면 활동기에 이 성도가 라크의 소굴이 되는 꼴을 보겠느냐?

대표들이 도움을 청하는 눈빛으로 왕들을 돌아보았다. 그러나 왕들은 눈조차 마주치지 않았다. 왕들은 방랑족의 거주지 문제를 빚처럼 마음에 두고 있었다. 마라의 요구가 과하다고 생각하지도 않았다. 그래서 마라가 하는 짓이 가증스러워도 방관을 택했다.

대표들은 감히 왕들에게 말을 붙이지 못하고 덜 무서운 유진에게 말했다.

"아니카께서는 어떻게 생각하십니까?"

대표들은 조력자를 잘못 택했다. 유진 의견은 방랑족에게 치우친 편이었다.

"괴물한테 지배받았던 진실을 믿기보다 부정하는 성도민들이 더 많겠지요. 그러니 이참에 성도궁을 싹 밀어 버리는 건 좋은 방법이라고 생각해요. 시간이 지날수록 분란만 생길 거예요."

실망한 대표들은 엘버에게 도움을 청했다.

"귀인께서 이 성도를 지켜 주실 수 없습니까?"

"나는 분명히 말했습니다. 둘 중 하나를 택하라고. 선택은 오로지 그대들의 몫입니다."

엘버는 단호하게 선을 그었다. 그녀가 오직 자신의 힘으로 방어벽 주술을 유지하려면 인간을 제물로 써야 한다.

"오래 기다릴 시간이 없습니다. 주술을 발동하기까지는 시간이 걸립니다. 새벽이 오기 전에 끝내려면 곧 시작해야 합니다."

대표들은 이러지도 저러지도 못하는 표정으로 끙끙대다가 체념의 한숨을 내쉬었다.

"성도궁 처분권을 넘겨 드리겠습니다."

─소유권이다. 내가 성도를 지키는 한, 방랑족이 이 땅을 버리고 떠나지 않는 한. 약속하는가?

"……예. 약속하겠습니다."

마라가 엘버를 보며 말했다.

─인간 말은 믿을 수가 있어야지. 성도 인간들이 약속을 지키지 않았을 때 방어벽 주술을 깰 수 있어?

마라의 말투가 또 바뀌자 엘버가 웃으며 말했다.

"그래. 저들이 약속을 깬다면 내가 주술을 깨뜨리겠다."

"한 말씀 드리겠습니다."

과묵한 페레드가 입을 열자 모두 그를 바라보았다.

"여러 왕께서는 방랑족이 성도에서 어떤 존재인지 잘 모르시는 것 같습니다. 나는 성도에서 오래 머물렀기에 성도민들이 방랑족을 얼마나 혐오하는지 압니다. 그 뿌리 깊은 편견은 한순간에 바꿀 수 없습니다."

—방랑족의 새 마을은 반드시 이곳에 만들어야 해.

"반대한다는 뜻이 아니다. 서두르지 말라는 거지. 최소한 몇 년, 길게는 십 년 정도는 바라봐야 한다."
유진은 페레드의 조언이 옳다고 생각했다. 그래서 마라를 설득했다.
"마라. 조급하다가는 오히려 탈이 날 수 있어. 당장 내일보다 먼 미래를 봐야 할 때가 있다는 걸 너도 알지? 방랑족이 성도에서 자리 잡고 살도록 최선을 다해서 도와줄게."
그녀는 방랑족 노인들을 보며 말했다.
"생각보다 오래 걸리지 않을 거야. 아드리트가 잘 해낼 테니까."
노인들이 흐뭇한 미소를 지으며 고개를 끄덕였다.

—좋다. 거래 성립이군. 이제 내가 뭘 하면 되지?

"너의 본래 모습으로 돌아가서 이 술식 주변을 네 몸으로 감싸라. 주술을 시작하면 네 몸으로 이상한 기운이 침입한다는 느낌이 들 거다. 네가 거부하면 주술은 실패한다."

—이해했다.

"여러분은 이제 다들 이곳에서 멀리 물러나 주세요."
모두 별채에서 나온 후 왕들은 성도궁 주변을 지키는 군사들을 수십 걸음 바깥으로 떨어지도록 지시했다.
마라의 몸이 점점 커졌다. 거대한 본체는 성도궁의 벽을 훌쩍 넘어 어두운 밤하늘에 더 짙은 그림자를 만들었다.

핵의 빛을 볼 수 있는 왕이 아니어도 성도궁 주변의 군사들이 거대한 뱀의 형태를 볼 수 있었다. 미리 이야기를 들었는데도 군사들은 얼어붙은 표정으로 마른침만 삼켰다.

술식이 그려진 별채는 덩치가 커진 마라에게 너무 좁았다. 마라가 방해되는 벽과 건물에 꼬리를 휘둘러 자리를 확보했다. 그나마 멀쩡했던 성도궁 일부가 요란한 소리를 내며 무너졌다.

'성도민들이 이게 또 무슨 일인가 불안해서 밤새 잠을 못 자겠네.'

유진은 쓴웃음을 지으며 생각했다. 그리고 내일 아침, 날이 밝아 성도궁에 자리 잡은 거대한 뱀을 보면 한바탕 소란이 벌어질 것이다.

마라가 커다란 몸으로 술식을 덮으며 똬리를 틀었다. 뱀의 몸으로 덮은 아래쪽은 낮이나 밤이나 동굴처럼 어두울 테니까 빛에 약한 방랑족 노인들과 엘버를 햇빛으로부터 보호할 것이다.

마라가 자세를 잡은 후에는, 마라조차 전혀 움직이지 않았고 변화 또한 없었다. 유진은 보이지 않는 아래쪽에서 주술을 시작하는 엘버의 모습을 상상했다. 처음에는 가슴이 뛰었으나 시간이 흐르자 잠이 쏟아졌다. 카세르가 힘겹게 잠을 쫓는 유진을 걱정하며 말했다.

"주술은 새벽까지 이어진다고 했으니 당신은 들어가서 쉬어."

"하지만…… 주술이 성공하는 순간을 보고 싶어요."

"그럼 자고 있으면 깨워 줄게."

카세르는 시종에게 긴 소파를 가져오라고 했다. 유진은 길 한복판에 소파를 놓고 잠을 잔다는 게 민망했지만, 잠이 와서 견딜 수가 없었다. 소파에 기대 누워 잠깐 눈만 감으려 했다가 어느새 잠이 들었다.

"유진. 저것 봐."

그녀는 자신을 가볍게 흔드는 손길을 느끼며 번쩍 눈을 떴다. 술식이 있던 자리에 빛의 기둥이 하늘로 뻗어 올라갔다. 다급히 일어나려는 그

너를 카세르가 부축해 도와주었다. 그녀는 카세르에게 기댄 채 크게 뜬 눈으로 빛을 응시했다.

"아!"

"오오."

사람들이 여기저기서 탄성을 질렀다. 빛의 기둥이 옆으로 휘어지며 셀 수 없이 많은 가닥으로 나뉘었다. 빛의 선이 포물선을 그리며 성도의 하늘 위를 지나갔다. 마치 빛나는 실로 촘촘히 짜인 덮개가 성도를 감싸는 것 같았다. 혹은 동시에 수만 개의 별똥별이 떨어지는 것 같기도 했다.

빛이 완전히 사라진 후 어느새 탄성이 멎고 어두운 성도는 고요한 적막에 휩싸였다. 유진의 눈에 맺히는 눈물이 볼을 타고 흘러내렸다. 설명할 수 없는 감동이 밀려와서 가슴이 벅차올랐다. 오늘 이 장면을 본 사람들은 훗날, 자신의 자식에게, 손주에게 말할 것이다. 기적을 보았노라고.

유진은 이제 왕국으로 돌아갈 준비를 했다. 마라를 타고 성도에 올 때 돌아갈 방법으로 이동 주술을 염두에 두었다.

그녀는 성도에서 왕의 아이가 태어나는 선례를 만들어서는 안 된다고 생각했다. 이동 주술이 없었다면 성도로 오지 않고 어떻게 해서든 마라를 설득해 혼자 보냈을 것이다.

플로라가 라크 군대를 끌고 들이닥쳤을 때는 사막에 만든 술식을 없애지 않아서 후회했는데 반나절 만에 술식을 그대로 두기를 잘했다고 생각이 바뀌었으니 세상일은 참 알 수 없었다.

아르스 저택에 들러 작별 인사를 나누며 유진은 아쉬워하는 아버지 표정에서 단지 딸과 헤어진다는 서운함과는 다른 그리움의 감정을 얼핏 보았다. 그래서 아버지께 의향이 있으시면 왕국으로 함께 가자고 권했다.

패트릭을 갈등하는 표정으로 망설이다가 고개를 저었다.

"지금 성도가 혼란스러우니 난 이곳을 지켜야겠다. 그래야 왕국에서 머무는 네 어머니도 아무 걱정 없이 편히 지낼 수 있지 않겠니."

"네, 아버지."

"가문과 네 오라버니들이 절대 너보다 중요해서는 아니란다."

"그럼요. 알아요."

유진은 활짝 웃으며 말했다. 전혀 서운하지 않았다. 어머니를 향한 아버지의 깊은 애정에 감동했고 언제든 그 자리에서 기다려 주는 배려가 든든했다. 사랑이 담긴 아버지의 지지가 어머니의 당당한 자신감의 원천 같다는 생각도 들었다.

아르스 저택을 나온 후에는 왕들을 만났다. 왕들 역시 돌아갈 준비를 위해 자국의 군대를 챙기느라 전부 흩어진 상태라서 따로따로 찾아갔다.

유진이 돌아간다고 하니까 왕들은 건강한 출산을 바란다며 인사말을 건넸다. 완벽한 예의를 지키며 점잖은 덕담만 건넨 리차드와 다르게 다른 왕들은 한마디씩 보탰다.

"이동 주술로 돌아간다고 들었는데…… 그거 좀 배울 수 있는 겁니까?"

아킬은 주술에 비상한 관심을 보였다.

"주술에 관한 지식은 당연히 다른 왕국들과 공유할 거예요."

유진이 흔쾌히 대답하자 아킬은 흡족하게 고개를 끄덕이며 카세르에게 말했다.

"지난번에 왕국이 보유한 라크에 관한 정보를 서로 나누자는 말이 얼핏 나왔지요. 나중에 자세히 논의해 봅시다."

"예. 좋은 생각입니다."

페레드는 뜻밖의 이야기를 꺼내 유진을 놀라게 했다.

"왕비가 아니카 진에게 일전의 무례를 사과한다고 전해 달라고 했습니다."

'일전의 무례'가 어떤 내용인지는 듣지 못했는지 그는 은근히 궁금한 눈빛으로 말했다. 유진은 모르는 척 말했다.

"저도 그분께 말실수했지요. 피차 마음에 담아 둘 일은 아니라고 말씀 전해 주세요."

니콜라스는 어머니의 치료를 도와주어서 다시 한 번 고맙다고 말했다.

"기회가 되면 두 분을 왕국으로 초대하고 싶습니다. 워낙 두 나라가 멀리 떨어져 있어서 과연 오실 수 있을지는 의문입니다만."

"초대해 주신다면 꼭 가고 싶어요."

유진이 미래를 읽은 내용을 바탕으로 쓴 소설은 카세르가 눈을 밟으며 플레크 왕국을 방문하는 내용으로 시작한다. 무척 인상적인 장면이었고 마치 직접 본 것처럼 눈에 선했다.

그녀의 소설은 읽은 미래와 순수한 상상이 뒤섞였다. 그래서 그 장면이 자신이 읽은 미래인지 상상인지 알 수 없었다. 직접 방문하면 알 것 같았다.

"주술의 힘을 빌리면 오고 가는 긴 시간을 줄일 수 있을 테니까요. 당장은 어려워도 언젠가는 분명히 가능할 거예요."

"아, 주술. 참으로 신비한 힘입니다. 언젠가 두 분이 오실 그날을 기다리겠습니다."

라이너는 끝까지 일관된 사람이었다.

"이봐, 사왕. 소멸한 그놈하고 마라 외에 말하는 라크를 만난 적 있다고 하지 않았나?"

"글쎄."

"내가 똑똑히 들었거든. 왜 인제 와서 모른 척이야."

유진이 끼어들어서 달갑지 않은 화제를 돌렸다.

"염왕 전하. 혹시나 해서 드리는 말씀인데 마라를 건드리면 안 돼요. 마라가 성도를 지키는 주술 자체니까요."

"알고 있소. 내가 그 정도로 대책 없지는 않소."

"아쉽지만 오늘은 시간이 없습니다. 다음에 기회가 되면 뵈어요. 제가 오늘 중으로 돌아가려면 아직 인사드릴 곳이 많이 남아서요."

유진은 라이너와 헤어져 돌아서면서 카세르에게 단단히 주의를 시켰다.

"당신, 절대 그 거북이 환수에 관해 염왕께 말하지 마요."

"어차피 말할 생각은 없었지만, 왜?"

"아드리트를 도와준 고마운 환수라고요. 사냥감이 되도록 두고 볼 수 없어요."

꼭 그 이유 때문만은 아니었다. 그 환수와 언젠가 다시 만날 것이다. 그저 스쳐 지나가는 인연이 아닌, 중요한 존재가 될 거라는 예감이 들었다.

무너지고 땅이 갈라져 엉망이 된 성도궁 안에도 멀쩡한 곳은 있었다. 유진은 눈여겨봐 두었던 적당한 곳에 술식을 그렸다.

사막에 만든 거점형 이동 주술은 도착의 술식을 완성하는 과정이 훨씬 수준 높았다. 그녀는 이미 수준이 높은 단계를 해냈으므로 그보다 훨씬 간단한 출발의 술식을 수월하게 그릴 수 있었다. 첫 번째 완성한 술식 위에는 스벤을 태웠다.

"곧 뒤따라갈 거예요."

"예, 왕비님."

고개를 숙였다가 다시 고개를 든 스벤은 눈앞의 두 분 모습이 흐릿해지자 놀라서 눈을 감았다가 떴다. 그 짧은 순간에 장면이 바뀌었다. 그는 한밤처럼 어두워진 주변을 두리번거렸다. 그리고 저 앞에 문틈으로 새어 들어오는 빛을 보며 탄식했다. 그가 닫힌 문을 열고 나가자 사막의 풍경과 성벽이 보였다.

'방금까지 성도에 있었는데······.'

그는 경험하면서도 믿기지 않는 주술의 힘에 감탄했다.

유진은 자신이 탈 술식을 그려 놓고 떠나기 전 카세르와 끌어안은 채 마지막 대화를 나누었다.

"당신은 언제 출발해요?"

"늦어도 내일 중으로. 그래야 활동기가 시작하기 전에는 왕성에 도착할 수 있으니까."

'당신도 지금 나와 같이 갔으면 좋겠다.'

유진은 그의 마음을 무겁게 할까 봐 속으로만 투정을 부렸다. 차라리 성도에 오지 않는 편이 나았을까. 오랜만에 다시 만났더니 흘러넘치는 감정을 다시 눌러 담을 수가 없었다. 그가 돌아올 때까지 또 혼자 지내야 하는 시간이 암담했다.

하지만 먼 성도까지 와서 전쟁을 치른 군사들을 왕이 직접 통솔하여 왕국까지 데려가지 않으면 그들이 크게 실망할 것이다.

"이 이동 주술은 정말 당신에게 안전한 거지?"

"그럼요. 혹시 몰라서 어르신께도 여쭈었더니 괜찮다고 하셨어요."

카세르는 소리 없이 한숨을 내쉬었다. 함께 보낸 시간이 너무 짧아서 그녀 없이 지내는 동안 쌓인 그리움을 풀기에는 턱없이 부족했다. 이제 모든 일이 마무리되었으니 왕국으로 돌아가는 여정만 견디면 되지만, 그 길이 아득하기만 했다.

"돌아가면 아무것도 하지 말고 쉬어."

유진이 그의 가슴에 기댄 고개를 끄덕였다.

"다 알아서 하라고 해. 당신은 신경 쓰지 마."

"그럴게요."

"내가 도착하기 전에 아이가 태어날까 봐 걱정이야."

"지나친 걱정이에요. 아직 예정일이 꽤 남았다고요."

유진의 부른 배를 본 사람들은 원래 개월 수보다 더 많을 거라고 착각했다. 유진의 배가 많이 나온 것은 가족 내력 같았다. 다나는 아들 둘을 임신했을 때 쌍둥이 아니냐는 말을 들었다면서 유진에게 '그래서 널 가졌을 때는 배가 작아서 딸일까 기대했지.'라고 했다.

"카세르."

"응."

"그만 갈게요."

"응."

대답은 하면서 여전히 그의 팔은 유진을 꽉 안고 있었다. 유진도 그를 밀어내지 않고 가만히 있었다. 두 사람 누구도 먼저 팔을 풀지 않았다.

"캬옹."

유진이 소리가 나를 쪽으로 고개를 돌렸다. 눈이 마주치자 아부가 다시 애처롭게 울었다. 아부의 옆에 꼬마도 나란히 앉아서 두 마리가 꼭 닮은 표정으로 유진을 보았다. 언제까지 기다려야 하냐고, 나도 봐 달라고 말하는 것 같았다.

유진은 웃음을 터뜨리며 카세르의 품에서 빠져나왔다. 그녀는 상체를 숙여 두 마리 환수를 쓰다듬었다.

"아부. 꼬마. 오랜만에 만났는데 금방 또 헤어져서 아쉽다. 왕성에서 기다리고 있을게."

카세르는 유진에게 애교를 부리는 두 마리 방해꾼을 못마땅하게 내려다보았다. 왕가의 저택에 남아 있으라고 했는데 기어이 여기까지 따라왔다.

대형견 크기의 아부는 새끼고양이처럼 유진의 손에 머리를 비비며 골골 목을 울렸다. 그러다 갑자기 움찔하면서 고개를 들었다. 어딘가를 뚫어지게 바라보던 아부가 벌떡 일어나 달려갔다.

　─ 당장 놓지 못해!

　유진은 휘둥그레진 눈으로 주변을 둘러보았다. 아부가 유진의 앞으로 돌아와 바닥에 궁둥이를 붙이고 앉았다. 그런데 입에 꿈틀거리는 작은 동물이 물려 있었다.
　"……마라?"

　─ 이 멍청한 라크에게 당장 날 놓으라고 해!

　"아부. 입에 문 것 내려놔."
　아부가 순순히 바닥에 놓아주었다. 털이 짧고 주둥이가 뾰족한 동물이 버럭 짜증을 냈다.

　─ 이런 불쾌한 경험은 처음이다!

　유진과 카세르는 미묘한 표정으로 두더지를 내려다보았다. 거의 퇴화하여 좁쌀만 한 두더지의 눈에 붉은빛이 감돌았다.
　"마라. 동물에 깃드는 주술이니?"

　─ 그렇다.

"어르신께서 주술을 걸어 주셨구나. 시간이 더 걸릴 줄 알았어."

━대단한 주술사야. 예전보다 동물 몸을 빌리는 것이 훨씬 쉽다.

목소리에서 마라가 만족스러워하는 기분이 느껴져 유진이 미소 지었
다.
"어르신들은 모두 잘 계시지? 방어벽 주술에 문제는 없는 거고?"
거대한 마라의 몸체가 똬리를 틀어 술식을 덮는 벽과 지붕이 되었다.
안과 밖은 조금의 틈새도 없이 단절되어 엘버와 방랑족 노인들은 감금
된 상태였다. 엘버는 안팎을 오갈 수 있는 이동 주술을 설치할 계획이고
무엔 가문에서 보조하기로 했다.
다만, 그 주술의 설치는 며칠이 걸린다고 했다. 그래서 유진은 엘버와
방랑족 노인들을 직접 만나서 작별 인사는 하지 못했다.

━주술은 성공이라고 했다.

"어르신께서 내게 전하는 말씀이라도 있니?"

━그런 거 없어.

"그럼 왜 온 거야?"
두더지가 시선을 피하는 것처럼 고개를 돌리더니 말했다.

━……근처에 아니카 냄새가 나길래.

"배웅하러 온 거구나?"

유진은 대답 없는 두더지를 보면서 웃었다. 그녀의 표정이 점점 진지해지더니 마라에게 물었다.

"마라. 언젠가 네가 그랬지. 각성한 라크의 소망은 원래의 세상으로 돌아가는 거라고. 이제 너는 돌아갈 수 없게 되었는데 후회하지 않겠어?"

한참 마라의 목소리가 들려오지 않았다. 곤란한 질문이라서 마라가 그대로 가 버릴지도 모른다고 생각했는데 두더지가 고개를 들어 유진을 바라봤다.

─어느 날 난, 어디론가 돌아가야 한다고 깨달았다. 그곳이 내가 본래 속해야 하는 세상이고 그게 내가 존재하는 이유라고 생각했지. 그런데 이제는 모르겠어. 내가 어디로 가야 하는지, 그곳이 정말 원래 내가 속해야 하는 세상인지, 어떻게 갈 수 있는지도. 나보다 훨씬 오래 산 그놈도 끝내 알아내지 못했지.

마라의 목소리는 덤덤했다. 홀가분하다는 느낌도 있었다.

─실체도 모르는 소망에 매달리느니 오늘을 살겠다.

유진은 '오늘을 살겠다'라는 문장 앞에 '내가 좋아하는 사람들과'라는 내용이 생략되었다고 느꼈다. 이 다정한 괴물이 이젠 정말로 사랑스러웠다.

"방랑족 어르신들께 꼭 말씀 전해 줘. 은신처에 남아 있는 일족은 걱정하지 마시라고."

—알았다.

"난 아마 한동안은 성도에 오지 못할 거야. 나중에, 아이와 함께 만나러 올게."

—끔찍한 소리를 하는군. 왕도 부족해서 왕의 애까지 데려오겠다고?

마라는 쌀쌀맞게 쏘아붙이고는 휙 몸을 돌렸다. 꾸물꾸물 움직이며 멀어지던 두더지가 멈칫하더니 목소리가 들렸다.

—잘 가.

유진은 이번에도 생략된 말이 들려오는 것 같다고 생각했다. 다음에 보자, 라는 문장이.

유진은 어둠 속에 잠시 서 있었다. 카세르는 성도에, 자신은 왕국에. 방금 자신을 꼭 안아 주었던 그와 순식간에 멀어진 물리적 거리를 생각하니까 쓸쓸했다. 그녀는 배를 어루만지며 중얼거렸다.
'아가. 아버지는 곧 돌아오실 거야. 우리 함께 기운 내자.'
유진이 문틈 사이로 보이는 빛을 향해 걸어갔다. 문을 밀고 나가자마자 그녀는 자신에게 쏟아지는 시선을 의식하고 멈칫했다.
"왕비님!"
"왕비님!"
오늘 돌아갈 거라고, 아침에 주술 노트에 적어 아드리트에게 알렸으니까 누군가 마중 나올 거라고는 생각했다. 한발 앞서서 스벤을 보내기도 했고.

그런데 예상보다 훨씬 많은 사람이 모여 술식의 건물 주변을 에워싸고 있었다. 대장군 레스터 휘하의 전사들과 병사들, 재상 베루스를 비롯한 관료들까지. 대기하고 있는 여러 대의 마차 주변에 수십 명의 궁인도 줄을 맞추어 서 있었다. 왕을 맞이하는 마중단도 이보다는 소박했다.

레스터와 베루스가 유진의 앞에 다가가 고개를 숙였다.

"무탈하게 돌아오신 왕비님을 뵈오니 기쁘기가 한량없습니다."

레스터는 '눈물이 앞을 가립니다.'라고 말하는 듯한 표정으로 말했다. 고작 며칠 사이에 몇 년은 늙은 것처럼 초췌한 안색의 대장군을 보니까 유진은 내심 미안했다.

성도로 가는 동안에는 방랑족 노인들의 이야기를 듣느라 푹 빠져서, 성도에 도착한 후에는 카세르와 달콤한 며칠을 보내느라 왕국에서 마음 졸이고 기다렸을 사람들의 마음을 헤아리지 못했다.

"다들 고생이 많았어요. 내가 마음 놓고 자리를 비울 수 있었던 것은 모두 여러분의 덕입니다. 성도는 안정을 찾았고 모든 일이 순조롭게 해결되었으니 곧 전하께서도 귀환하실 거예요. 더 자세한 이야기는 돌아가서 합시다."

"예, 왕비님."

모두 입을 모아 대답하며 허리를 숙였다. 유진은 사람들과 함께 서 있는 아드리트를 발견하고 미소 지었다. 눈이 마주치자 아드리트가 코가 무릎에 닿을 정도로 허리를 굽혔다.

마차를 타고 왕성으로 가는 길에 왕실 마차를 발견한 사람들이 모여들어 왕비님을 부르며 환호했다. 유진이 며칠 동안 왕성에 없었다는 사실을 모르는 그들은 아까 왕성에서 나왔던 마차에 유진이 타고 있었고 다시 돌아가는 길이라고 생각했다.

유진은 어느새 기분이 한결 나아졌다.

'역시 내 집이 최고야.'

집에 돌아왔다는 안정감이 기분 좋았다. 어머니께 성도의 가족 소식도 얼른 전하고 싶었다.

왕성으로 들어간 마차가 뜰에 멈추었다. 다나가 문이 열리는 마차 앞까지 다가와 마차에서 내리는 유진을 맞이했다. 유진은 다나를 보자마자 활짝 웃다가 다나의 굳은 표정을 보고 눈치를 살폈다.

"다녀왔습니다."

다나가 울컥하는 표정으로 유진을 끌어안았다. 그리고 손바닥으로 유진의 등을 내리쳤다.

"도대체 넌!"

유진이 헤헤 웃으며 다나를 꽉 안았다.

"걱정시켜서 죄송해요."

"출산일이 오늘내일하는 몸으로 겁도 없지. 누굴 닮아서 이러니? 한번 마음먹으면 고집만 생겨서 주변 사람 이야기는 들리지도 않지?"

"엄마 딸이 엄마 닮지 누굴 닮아요."

유진은 이 자리에 아버지가 계셨으면 분명히 자신과 똑같은 말씀을 하셨을 거라고 생각했다. 모르긴 몰라도 어지간한 사람은 시선도 마주치지 못한다는 아르스 가주님의 고집은 강철보다 단단할 것이고 세상에 두려운 것도 없을 것이다.

엄마한테 야단맞는데도 오히려 기분 좋았다. 유진은 다나의 기분을 풀어 주려고 어리광을 부리다가 문득 꿈에서 엘버가 했던 말이 떠올랐다.

「고집은 좀 세겠네요.」

'……응?'

엿본 미래에 등장한 아들이 감당하기 어려운 환수를 잡겠다며 겁 없이 덤비는 거나 몇 년을 매달리는 고집을 부리는 거나 전부 카세르를 닮아서 그런 줄 알았는데.

'……혹시 카세르가 아니라 나?'

누군가가 자신의 귀에 '그래, 너야, 너. 널 닮아서 그런 거라고.'라고 말하는 기분이 들었다.

*　　　*　　　*

유진은 곧 다가올 활동기에 대비하여 방랑족을 왕국으로 데려오려는 계획을 세웠다.

은신처에 있는 방랑족 중 아이들은 아직 몸에 주술을 그리지 않았으므로 활동기가 되면 라크의 눈을 피하지 못할 것이다. 그들을 안전하게 대피시키는 일이 시급했다.

그리고 영역의 보호라는 이점이 없으면 그 은신처는 사람이 살기에 적절한 환경이 아니었다. 어차피 그들은 그곳을 떠나 새 터전을 마련해야 한다.

아드리트는 암실에 있는 이동 주술을 통해 은신처로 갔다. 그가 일족에게 상황을 설명하고 거점형 이동 주술을 이용해 하시 왕국에서 활동기를 보내자고 일족을 설득하기로 했다.

출발의 술식은 아드리트가 그릴 수 있었다. 다만, 그 주술은 한 번에 한 명씩만 이동할 수 있었다. 활동기가 오기 전에 방랑족이 모두 이동하려면 시간이 아슬아슬했다.

방랑족을 왕국으로 데려온 이후도 문제였다. 방랑족을 혐오하는 감정이 성도민만큼은 아니어도 백성 대부분이 꺼림칙하게 생각했다. 방랑족이 눈에 띄면 잡아서 성도로 보내는 것이 그동안의 관행이었으니 하루아침에 사람들의 인식이 바뀌기 어려웠다.

그래서 유진은 방랑족이 조용하고 안전하게 지낼 만한 곳을 알아보았다. 급한 대로 수도 외곽에 있는 저택 몇 채를 구매했다.

귀족의 요양 별장으로 쓰던 곳이라 저택이 마을과 뚝 떨어진 곳에 있으니 조건에 맞았다. 방랑족이 주술을 이용해 도착하여 몇 명이 모이면 전사들이 그들을 준비된 저택으로 데려갔다.

며칠이 빠르게 지나갔다. 방랑족을 데려오는 과정은 순조롭게 진행 중이었다. 과정이 반복되면서 변수가 없으니 이제 유진이 딱히 신경 쓸 일이 없었다.

점심을 먹고 주술 노트를 펼치니까 카세르가 적은 새로운 내용이 있었다. 그는 성도에서 출발하는 날부터 수시로 자신이 어디까지 왔는지 알렸다.

─산맥이 보이는 곳에 도착했어. 점심 먹고 오르기 시작하면 늦어도 이틀 뒤에는 산맥을 넘을 수 있겠지. 당신은 잘 지내고 있어?

유진이 펜을 들어 적었다.

─당신 당부대로 아무것도 하지 않고 빈둥거리며 푹 쉬고 있어요. 산맥만 넘으면 금방 국경을 넘겠네요. 조심히 와요.

그가 국경을 넘어도 왕성까지 오려면 아직 한참이지만, 그래도 이틀 뒤에는 왕국의 영토 안에 함께 있는 거라고 생각하니까 마음이 설레었다.

"왕비님."

시녀가 들어와서 고했다.

"죄인이 왕비님을 뵙고자 청했습니다."

유진에게 만나고 싶다고 말할 수 있는 죄인이라면 플로라뿐이었다. 플로라한테서 잠시도 눈을 떼지 말라는 지시를 거둔 적이 없었다.

유진이 왕성으로 돌아와서 플로라의 근황을 물었을 때 감시병은 그녀가 살아 있는 인형처럼 생활한다고 보고했다. 식사가 들어오면 먹고 밤이 되면 잠은 자는데 그 외의 시간은 그냥 혼자 멍하니 앉아서 아무것도 하지 않는다고 했다.

그래서 지금까지처럼 감시는 늦추지 말되 내버려 두라고 지시했다. 플로라가 딱히 이상 증세를 보이지 않으면 먼저 자극할 생각이 없었다.

드디어 플로라가 오랜 침묵을 깨고 일어났다.

"만날 것이니 자리를 마련해라."

"예, 왕비님."

지난번과 같은 장소에서 두 사람은 다시 만났다. 테이블 하나만 놓인 텅 빈 방에 듣지 못하는 시녀 네 명만 유진과 플로라의 뒤쪽에 서 있는 것도 지난번과 같았다.

플로라의 태도는 달라졌다. 고개를 들고 유진이 들어와서 자신의 맞은편 자리에 앉는 모습을 계속 시선으로 좇았다. 표정이 밝지는 않아도 모든 것을 포기한 사람 같았던 지난 만남보다는 눈빛에 생기가 있었다.

유진과 눈이 마주친 플로라의 눈동자가 흔들리더니 시선을 내렸다. 두 사람 사이에 어색한 침묵이 감돌았다.

플로라의 표정에 예전과 같은 적대감은 보이지 않았다. 대신 낯선 사람과 마주 앉은 듯 난감해했다. 유진을 어떻게 대해야 할지 갈피를 잡지 못하는 것 같았다.

"왕들이 성도의 괴물을 처단했어. 가루로 부서져 흔적도 남지 않았다고 해."

유진이 먼저 입을 열어 플로라가 하시 왕국으로 온 이후, 성도에서 벌어진 일을 이야기했다. 플로라가 저지른 짓과 별개로 그녀 덕분에 왕들이 성도에 들어갔다. 그녀가 괴물 처단에 큰 역할을 한 것은 사실이니까 들을 자격이 있었다.

"성도궁은 무너져서 거의 폐허가 되었고 많은 사제와 기사가 죽었어. ……네 가족은 모두 무사하니까 걱정하지 않아도 돼."

플로라는 별다른 감정을 드러내지 않고 살짝 고개만 끄덕였다.

"그리고 누구도 예상하지 못한 일이 벌어졌어."

유진은 마라의 봉인이 깨지는 바람에 방랑족 어르신들을 모시고 성도에 갔으며 마라가 성도를 지키는 새로운 주술의 매개가 된 것도 말했다.

"성도가 아직 혼란스러우니 각 왕국에서 군사들을 성도에 조금 남겨 두기로 했어. 군사들이 계속 성도에 더 주둔해 있을지, 언제 철수할지, 그 문제는 이번 활동기가 지난 이후에 논의할 거래. 더 궁금한 게 있니?"

플로라가 잠시 생각하더니 말했다.

"피데스 경은 무사해?"

플로라는 그를 죽이려 했던 순간을 똑똑히 기억했다. 단지 방해가 될지 모른다는 이유로 아무런 가책 없이 살인을 생각한 그때의 자신이 무서웠다.

"피데스 경은 무사해."

유진은 얼마 전, 그를 만났던 기억을 떠올렸다. 새로운 방어벽 주술이 성공한 이튿날 아침 일찍, 피데스가 왕가의 저택을 찾아왔다.

"그 괴물이 감춘 추악한 진실을 파헤친 죄로 성도에서 추방당하여 억울하게 죽은 사람이 많대. 피데스 경은 무덤조차 제대로 없을 그들의 흔적을 찾고 시신을 수습하러 떠난다고 했어."

「일전에 드린 일기장은 제 친구의 것이었습니다. 그 친구는 봉사의 임무를 받아 성도를 떠났지만, 이미 이 세상 사람이 아닐 겁니다. 친구의 시신을 찾고, 친구처럼 억울하게 죽은 사람들을 찾아보려 합니다.」

누가 언제 어디서 죽었는지 알고 있을지도 모를 심판관 대부분이 죽었다. 밑바닥부터 단서를 찾아 추적하는 과정은 무척 어려울 것이다. 유진은 피데스의 표정에서 이 일에 평생을 바치겠다는 각오를 읽었다.

「그래서 여러 왕국을 수시로 넘나들어야 합니다. 왕비님께서 여섯 분의 왕께 말씀드려서 허락을 받아 주실 수 있습니까? 부디 부탁드립니다.」

유진은 기꺼이 그러겠다고 대답했다. 그녀는 여섯 명의 왕한테 무기한 통행증을 받아서 피데스가 머물고 있다는 여관으로 보냈다. 피데스는 심부름 보낸 전사 편으로 감사 인사를 보냈다. 그 후의 소식은 모른다. 그런데 아마 지금 그는 성도에 없을 것이다.

"플로라. 너는 이제 어쩌고 싶어? 성도로 돌아갈 거니?"

"⋯⋯내가 간다고 하면 보내 주는 거야?"

유진은 고개를 끄덕였다. 플로라의 처우에 대해 오래 생각했다. 하지만 자신과 왕국은 결과적으로 피해 입지 않았다. 무엇보다 플로라는 모두를 돕기 위해 주술사가 되었다. 주술의 부작용을 사전에 알았는데도 플로라에게 주술사의 역할을 맡긴 자신과 여섯 왕에게도 책임이 있었다.

플로라는 한참 생각하더니 말했다.

"지금은 성도로 돌아갈 생각이 없어. 당분간 이대로 지내고 싶어. 그래도 될까?"

"물론이지. 언제까지든 괜찮아."

유진은 플로라가 조용히 지낼 만한 거처를 마련해 주었다. 그리고 주변 사람에게 더는 플로라를 죄인이라고 칭하지 말라고 지시했다.

＊　　＊　　＊

닷새만 지나면 건기가 끝난다. 유진은 주술 노트를 읽으며 미소 지었다.

—모레 해가 지기 전에는 도착할 것 같아.

유진은 카세르가 산맥을 넘어 국경을 밟은 날이 언제였는지 헤아려 봤다. 수만 명의 군사를 이끌고 이동하면서 아무리 속도를 내도 이틀 후 왕성에 도착할 수가 없다.

가능한 방법은 오직 하나뿐. 아부를 타고 쉴 새 없이 최고 속도로 달리는 것이다.

군사들을 왕국으로 데리고 들어왔으니 일단 군주로서 최소한의 역할은 마쳤다. 나머지 지휘는 전사에게 맡기고 그는 먼저 수도로 오려는 계획 같았다. 아부의 속도를 전사가 따라잡지 못할 테니까 아마 그는 혼자서 수도에 도착할 것이다.

유진은 저쪽 세상에서 경호원한테 둘러싸인 왕족이나 거부들을 떠올리며 피식 웃었다. 가진 게 많은 사람은 자기 자신을 보호하기 위해 늘 주변을 경계한다.

그런데 이 세상에는 신분 제도가 존재하는데도 왕들의 운신은 매우 자유로운 편이었다. 그들이 이 세상 최강의 초능력자이기 때문이다.

'카세르가 성도에 가 있는 동안 다들 그 사람이 활동기에도 돌아오지 못할까 봐, 그것만 걱정했지.'

대장군과 재상을 포함하여 심지어 걱정이 많은 마리안조차 왕께서 이 세상에서 가장 강한 라크를 처치하러 성도로 갔는데도 심각하게 생각하지 않았다.

'모레면 만나는구나.'

콧노래가 절로 나왔다. 이틀마저도 길게 느껴졌다.

'아, 맞다. 알려 달라고 했지.'

사왕 전하께서 언제 귀환하시는지 확실한 날을 알게 되면 부디 귀띔해 주십사, 일전에 대장군이 간절히 청했다.

그래서 유진은 레스터를 불렀다. 그는 이틀 후 저녁이라는 날짜를 듣고 조금 놀라더니 정중히 고개를 숙였다.

"말씀해 주셔서 감사드립니다. 왕비님."

레스터가 물러간 잠시 후, 시녀가 손님의 방문을 알렸다. 유진이 성도에 간 다음 날, 알현을 신청한 자인데 왕비님의 부재를 알릴 수 없어서 보류만 해 두었다. 유진이 돌아온 후에는 방랑족 거취 문제 해결에 집중하느라 오늘에서야 아뢨다. 유진은 오늘, 만나겠다고 답을 주었다.

"왕비님께 인사 올립니다."

꽤 오랜만에 보는데도 마치 엊그제 만난 것처럼 뚜렷하게 기억이 되살아났다. 유진은 옷 입힌 공 같은 체형을 가진 중년인의 인사를 받았다.

은행장 제임스. 이 남자가 알현을 신청했다길래 용무가 궁금했다.

"오랜만일세. 어쩐 일인가?"

"왕비님. 소인에게 계좌 동결을 지시하신 일을 기억하시옵니까?"

"물론, 기억하지. 무슨 문제라도 생겼나? 누가 어음을 가져와도 지급하지 말라고 했을 텐데."

"예, 왕비님. 그 후 계좌에는 누구도 접근하지 못하도록 엄격하게 차단했습니다. 왕비님께서 지시하신 후 얼마간은 어음을 가져오는 자가 있었으나 그런 자가 나타나지 않은 지 오래되었습니다."

"잘했네."

"소인이 뵙기를 청한 이유는 다름이 아니오라……."

유진은 은행장의 말을 귀 기울여 듣다가 곧 그의 의도를 눈치채고 허탈했다. 거액을 묶어 두는 것은 아까우니 자신에게 자유로운 운용을 허락하면 이득이 나도록 힘쓰겠다는 제안이었다. 저쪽 세상에서도 은행에 가면 투자나 계좌 개설 권유를 듣곤 했다.

'저쪽이나 이쪽이나, 은행에서 하는 말은 다 거기서 거기네.'

유진은 계좌에 얼마가 있는지 기억을 더듬었다.

'가짜가 꽤 많이 썼지. 남은 돈이 저쪽 화폐 기준으로 천억이었던가?'

그녀는 '천억'을 마치 '천 원' 정도로 덤덤하게 생각하는 자신에게 새삼 놀랐다. 이 돈의 존재를 알고 환호성을 지르며 목숨줄로 생각했던 게 불과 얼마 전의 일이었다.

갑자기 금전 감각이 무뎌졌다기보다는 이제는 돈 자체가 크게 의미가 없었다. 천억의 가치가 크다고는 해도 그녀가 왕비로서 좌지우지하는 예산에 비하면 별것 아니었다.

게다가 그녀가 먹고 입고 쓰는 것 모두가 왕실 예산의 범위에 포함되었다. 사실, 은행장이 만나러 왔다는 말을 듣기 전까지 계좌 존재를 잊고 있었다.

'방치하기엔 큰돈이긴 한데…… 딱히 쓸 데가, 아!'

그 돈을 쓸 곳이 생각났다.

"그 계좌의 잔액은 사용할 곳을 정해 두었네. 곧 출금할 예정이고 한 꺼번에 거액을 뺄 수도 있으니 준비해 두게."

"……예, 왕비님."

은행장이 실망하는 기색으로 돌아간 후 유진은 보좌관을 불러 지시했다.

"요즘 수도에서 사교도들 근황은 어떤가?"

"지난번의 대대적 단속으로 간부들이 잡히면서 아직 구심점이 없는 듯합니다. 특별히 들은 이야기는 없습니다."

상제의 기사들처럼 특별한 능력을 지닌 사교의 간부들은 교도들에게 믿음을 주었다. 그래서 모진 박해를 받으면서도 교세는 갈수록 확장했다.

하지만 앞으로는 쇠퇴할 것이다. 더는 간부들이 마라의 씨앗으로 능력을 얻지 못하고 신탁도 받지 못할 테니까. 저들의 입장에서는 신이 그들 곁을 떠났다.

'그리고 앞으로는 각 왕국에서 그들을 괴롭히지 않을 거야. 박해가 사라지면 마라의 종교는 더 세력이 기울지도 몰라.'

탄압에 맞선다는 명분까지 잃으면 남은 게 없다. 그렇지만 아예 사라지지는 않을 거다. 다른 형태로 변질하여 명맥을 이어 갈 가능성이 크다. 인간과 종교는 떼려야 뗄 수 없으니까.

"사교에 미혹되어 다쳤거나 재산을 잃었거나, 피해자들이 있는지 조사하게. 일단은 수도 위주로."

"예, 왕비님."

마하가 신이 아니라 세상을 기만한 괴물이었다는 사실이 널리 퍼지기 시작하면 한동안 세상은 무척 혼란스러울 것이다. 그 혼란을 이용하여 마음 약한 사람들을 노리는 사기꾼들이 기승을 부릴 것이다.

그래서 유진은 다른 왕국들과 공조하여 사이비 종교로 인한 피해자를 돕는 전문 기관을 만드는 계획을 떠올렸다. 마라가 교주 노릇을 하는 동안 피해받은 사람들을 돕는 것도 포함이다. 가짜가 받은 결혼 축하금은 이 계획의 종잣돈이 될 것이다.

이틀 후, 유진은 아침부터 수시로 주술 노트를 확인했다. 이틀 전부터는 그가 주술 노트에 적는 횟수가 훨씬 줄었다. 노트에 뭔가 적을 여유 시간도 없이 온종일 달려오고 있는 모양이었다.

그녀는 아침 일찍 대장군과 재상을 포함한 문무 신료들이 수도 외곽까지 왕을 마중하러 갔다는 말을 들었다. 그래서 대장군이 왕께서 언제 오시는지 알려 달라고 부탁했나 보다고 생각했다. 그런데 다른 소식을 듣고 깜짝 놀랐다.

단순히 왕을 마중 나간 게 아니라 죄인처럼 무릎을 꿇고 기다린다고 들었다.

'내가 마라를 타고 성도에 가서 그런가?'

짐작 가는 이유가 그것밖에 없었다. 그들에게 미안하기도 하고 자신이 끼어들기는 어려운 문제라서 마음이 불편했다. 유진은 속상한 마음에 다나에게 하소연했다.

"제가 하겠다는 일을 저 사람들이 막을 수는 없잖아요. 왕국에 해를 끼치려던 것도 아니고 오히려 그때는 제가 나설 수밖에 없었다고요. 덕분에 왕국은 무사하고 다친 사람도 없고. 그걸 카세르, 그 사람도 모를 리가 없어요."

다나는 혼잣말처럼 꿍얼거리는 유진의 말을 잠자코 듣다가 찻잔을 내려놓았다.

"그래. 네 말대로 사왕이 모를 리가 없지. 사왕도 저들에게 죄가 없다는 것을 알고 있을 거야."

"제가 잘못한 게 아니고 저들도 잘못이 없는데 왜 용서를 빌어야 하지요?"

"잘못이 없지는 않지."

"네?"

"사왕이 성도로 갈 때 신하들에게 어떤 명령을 내렸겠니?"

"……그 사람이 없는 동안에 왕국을 지키라고 했겠지요."

"그래. 그리고 그들이 지켜야 하는 대상에는 너도 있단다. 넌 왕비일 뿐만 아니라 왕의 아이를 임신 중이지. 그 아이는 왕국의 미래고 왕국 그 자체야."

"……"

"네가 한 일은 결과적으로 다 좋았지. 왕국을 지켰고 성도도 지켰으니까. 하지만 네가 위험할 수도 있었어. 저 사람들은 왕국을 지키는 임무도, 널 보호하는 임무도 완수하지 못했다. 하찮은 일을 하는 아랫사람의 실수는 얼마든지 넘어갈 수 있지. 하지만 사람들을 이끄는 자리에 있는 사람의 무능력은 죄란다."

유진의 시선이 점점 아래로 내려갔다. 다나의 목소리는 일상의 대화를 나누는 것처럼 잔잔했고 비난의 감정은 느껴지지 않았다. 그런데도 유진은 어쩐지 가슴 안쪽이 따끔거렸다.

"진."

"……네, 엄마."

"네가 어떤 행동을 하기 전에 주변에 미칠 파장을 조금은 더 생각해 주었으면 좋겠구나. 네가 다른 사람을 위해서 한 일이 오히려 불편한 결과를 만들 수 있어. 왕국은 성도와 다르지. 훨씬 격식에 얽매여 있고 간단한 일을 복잡하게 풀어야 할 때가 많아."

"명심할게요. 그럼…… 대장군과 재상은 벌을 받게 될까요?"

"걱정하지 마. 아무 일도 없을 테니."

유진이 놀란 눈으로 고개를 들었다.

"사왕은 저들을 벌하지 않을 거다. 그리고 저들도 아마 알고 있을 거야. 용서를 빌고 용서해 주고, 이런 과정이 필요할 뿐이지."

유진은 잠시 생각하더니 말했다.

"명분인가요?"

다나가 기특하다는 듯 웃었다.

"너도 이제 왕국의 왕비가 다 되었구나."

유진이 멋쩍게 웃었다. 자신이 이 나라의 왕비로서 권력을 속성을 파악했다기보다는 저쪽 세계에서 지낼 때 주워들은 잡지식 덕분이었다. 드라마나 영화를 통해 역사 속의 피비린내 나는 권력 투쟁을 수없이 간접 경험했으니까.

"저들이 누가 보기에도 충분히 반성했다고 여겨질 만큼 자신을 낮추어 용서를 구하지 않고 흐지부지 넘어가면 훗날 정적이 공격의 빌미로 삼을 수 있지. 그렇다고 해서 저들이 그때를 대비하여 약삭빠르게 꾀를 부린다고 생각하지는 말렴. 용서를 구하는 마음도 진심일 거다."

유진은 작은 한숨을 내쉬며 고개를 끄덕였다. 자신이 성도에서 왕국으로 돌아온 날, 대장군의 표정을 떠올리면 그가 진심으로 자신을 걱정했던 마음을 알 수 있었다.

아직 해가 지지 않은 늦은 오후, 시종이 급히 달려와 고했다.

"왕비님. 전하께서……."

유진은 시종의 말을 채 끝나기도 전에 벌떡 일어났다. 마음 같아서는 한달음에 뛰어가고 싶지만, 불과 몇 시간 전에 들었던 어머니의 충고를 기억하며 그녀는 최대한 천천히 걸어가려고 노력했다.

오늘따라 유난히 나가는 길이 멀었다. 드디어 마지막 복도에 이르렀을 때 그녀는 모퉁이 너머에서 불쑥 모습을 드러낸 그를 보고 멈칫했다.

카세르가 유진과 눈이 마주치자 부드럽게 웃었다.

"다녀왔소, 왕비."

유진의 걸음이 점점 빨라졌다. 상대방에게 다가가는 그들 사이는 빠르게 줄어들었지만, 유진은 그것도 멀기만 했다. 결국, 그녀는 몇 걸음 정도를 앞둔 상태에서 그의 품에 뛰어들었다.

"다녀오셨어요. 얼마나 기다렸는지 몰라요."

얼마 전, 성도에서 만났을 때와 기분이 달랐다. 그때는 다시 그와 헤어져야 한다는 사실을 전제해서 그런지 마음이 붕 떠 있었다. 그런데 여기는 집이고 그는 집으로 돌아왔다. 이제 다시는 이렇게 오랫동안 떨어져 있지 않을 것이다.

복도 한가운데에서 서로를 애틋하게 끌어안고 있는 국왕 부부를 보며 따르던 궁인들이 흐뭇하게 웃었다. 곧 건기가 끝나고 활동기가 돌아오는데도 오히려 사람들은 안정감을 느꼈다.

*   *   *

펑.

유진은 창가로 다가가 하늘에 번지는 노란색 신호탄 연기를 바라보았다. 사흘 만에 처음 터지는 신호탄이었다.

이번 활동기는 라크가 나타나는 빈도가 줄었다. 유진은 이 세상에서 활동기를 지낸 경험이 많지 않으니 비교군이 부족하여 긴가민가했다.

그런데 다들 입을 모아 이번 활동기는 신호탄 횟수가 현저히 적다고 말했다.

'아!'

유진은 갑작스럽게 통증을 느끼며 배를 감싸 안고 몸을 구부렸다.

"왕비님!"

놀란 시녀들이 얼른 다가와 부축했다.

시녀들이 잡아 주지 않았다면 아마 그 자리에 주저앉았을 것이다. 숨이 막히는 강렬한 통증이었다. 순식간에 창백해진 유진의 안색을 보고 시녀들이 어쩔 줄 몰라 했다.

유진은 시녀의 손을 꽉 붙들고 잠시 버티고 있었다. 곧 갑작스러운 통증이 신기할 정도로 싹 사라졌다.

"이제 괜찮다."

유진이 제대로 자세를 잡고 몸을 일으키며 시녀의 손을 놓자 시녀들이 뒤로 물러났다.

'태동이라기에는 배 속에서 막 움직이는 느낌은 없는데…….'

아이가 클수록 태동도 커져서 놀라는 정도를 넘어 꽤 아플 때가 종종 있었다. 그래도 이 정도로 고통스럽지는 않았다.

'설마 진통?'

아직 예정일은 며칠 남았다. 그런데 의관을 포함해서 주변 사람들은 예정일에 출산하는 일이 오히려 적다고 말했다. 그래서 이미 산파와 의관들이 대기 중이었으며 며칠 전부터는 왕성의 모든 사람은 잔뜩 긴장한 눈으로 유진을 지켜보고 있었다.

어쩐지 느낌이 이상해서 유진은 소파에 몸을 편하게 기대어 앉았다. 그리고 아이를 달래듯 손으로 부드럽게 배를 어루만졌다.

아이는 별 움직임이 없이 조용했다. 조금 전 그 통증을 잊을 만할 때쯤, 또다시 배 아래를 사정없이 쥐어짜는 듯한 통증이 밀려왔다. 생리통과 비슷하면서도 그보다 강도는 수십, 아니, 수백 배는 되는 것 같았다.

유진은 헉헉 숨을 몰아쉬며 시녀에게 손짓했다. 너무 아파서 목소리도 나오지 않았다. 그래도 시녀는 알아듣고 서둘러 달려 나갔다.

잠시 후 유진은 또다시 멀쩡해졌다. 신기할 정도로 통증이 한 번에 싹 사라졌다. 출산 시작의 신호를 알리는 진통은 일정한 시간 간격으로 통증과 이완을 반복한다는 사실을 들은 기억이 났다.

기분이 이상했다. 곧 아이를 만난다는 기대감과 출산에 대한 공포감이 교차했다.

"침실로 가자. 진통이 시작된 것 같구나."

시녀들 표정에 긴장이 감돌았다. 유진이 침실로 가는 복도를 걷는 동안 그녀를 뒤따르는 시녀들은 마치 험로를 헤쳐나가는 길잡이들처럼 굴었다. 번뜩이는 눈으로 이리저리 눈동자를 굴려 주변을 경계했다.

유진이 침실로 들어간 후 곧바로 서둘러 달려온 의관들과 산파가 도착했다. 잠시 후 딱딱하게 굳은 안색의 다나도 침실로 들어갔다. 잇달아 도착한 마리안은 침실 앞에 서 있는 총관에게 물었다.

"전하께는?"

"사람을 보냈습니다."

"왕자님이 태어나실 때까지 전하께서 이 근처로 오시면 안 된다. 알고 있지?"

"예. 조치해 두었습니다."

카세르는 신호탄을 보는 즉시 아부를 타고 성벽으로 달려갔다. 그가 성벽에 도착하기 전에 전사와 병사가 라크 사냥에 성공하는 경우는 드물었다.

기본적으로 군사들은 라크를 사냥하기 위해 온몸을 던지지 말고 왕이 올 때까지 방어적으로 시간을 끌도록 교육받았다. 유독 강한 라크가 출몰하는 사막 지역에서 활동기마다 처절하게 싸우면 부상자가 속출하고 결국은 남아나는 군사가 없을 것이다.

그런데 오늘은 성벽 가까이 이르렀는데 평소와 분위기가 달랐다. 전투가 일어나는 함성도 들리지 않고 라크의 기운도 느껴지지 않았다.

아부의 속도를 늦추는 카세르의 곁으로 전사가 달려왔다.

"사냥을 마친 것이냐?"

"아닙니다, 전하. 사막에서 라크가 나타났는데 성벽으로 다가오지 않습니다."

"다가오지 않는다고? 한 마리인가?"

"예, 한 마리입니다. 멀찍이 거리만 유지하고 있습니다."

희한한 일이었다. 카세르는 이런 일은 처음 들었다. 그는 전사와 함께 성벽으로 올라갔다. 성벽 위에 쪼르륵 서서 사막 쪽을 보던 사람들이 왕께 고개를 숙였다.

카세르는 그들이 보던 방향으로 고개를 돌렸다. 과연 전사 말대로 저 멀리 지네 형태의 라크가 보였다. 정신을 집중하니까 희미하게 라크의 기운이 느껴질 정도로 먼 거리였다.

카세르가 인상을 찌푸리며 유심히 보다가 중얼거렸다.

"저건 라크가 아니다."

"예?"

"환수군."

"예?"

다들 놀라서 사막으로 시선을 돌렸다.

"이 거리에서 저 정도 크기면 보라색 등급 이상이야. 그만한 라크가 인간을 보고 즉시 공격하러 달려오지 않는다는 것은 본능을 제어하는 이성이 있다는 거다. 그렇다면 환수지."

사람들이 '아아······.' 하면서 고개를 끄덕였다.

"언제부터 저러고 있었지?"

"병사가 발견하고 즉시 신호탄을 올렸습니다. 그 후 저곳에서 꼼짝하지 않습니다."

카세르의 표정이 심각했다. 인간에게 악의를 품은 환수는 라크보다 위험하다. 어지간한 라크보다 훨씬 강한 데다가 공격 방식이 지능적이었다. 게다가 무조건 돌진하는 라크와 다르게 환수는 후퇴할 줄 안다. 불리하면 물러섰다가 기회를 노리고 다시 공격하러 온다.

'제 존재를 저렇게 다 드러내는 건 이상하군.'

공격할 의도가 있다면 훨씬 더 조심스럽게 움직였을 것이다.

어쨌든 저대로 둘 수는 없었다. 이대로 무작정 대치할 수도, 불안 요소를 두고 돌아갈 수도 없으니까.

"아부."

카세르가 부르자 아부가 즉시 성벽을 타고 뛰어올라 주인 옆으로 왔다. 카세르는 아부의 등에 올라타고는 성벽 밖으로 뛰어내렸다. 그는 환수가 보이는 방향으로 사막을 달리기 시작했다.

그러자 환수가 등을 보이고 도망쳤다. 원체 꽤 멀리 떨어져 있었으니 아무리 아부가 빨리 달려도 쫓아갈 수가 없었다. 카세르는 한참을 달려도 조그맣게 보이는 환수와의 거리가 좁혀지지 않자 아부를 멈추게 했다.

그는 황당한 기분으로 도망치는 환수를 응시했다. 이렇게 냅다 줄행랑칠 줄은 몰랐다.

'대체 목적이 뭐지? 이 근처에 왔다는 건 영역도 버렸다는 건데.'

카세르는 찜찜한 기분으로 돌아섰다. 활동기만 아니었어도 몇 날 며칠을 추적하여 끝을 보았을 것이다.

그가 왔던 길을 되돌아 다시 한참을 달렸다. 성벽을 넘었더니 시종이 다급한 표정으로 그를 기다리고 있었다. 시종이 왜 여기까지? 카세르가 굳은 표정으로 바라보자 시종이 고했다.

"전하. 왕비님께서 진통을 시작하셨습니다."

말이 끝나자마자 카세르를 태운 아부가 왕성으로 달려갔다. 하지만 그는 왕성 앞에서 감히 자신의 앞을 막아서는 근위병과 마주해야 했다. 그리고 그는 왕비의 침실에서 가장 멀리 떨어진, 왕성의 탑에 갇혔다.

갇혔다기보다는 왕이 스스로 자신을 가두었다는 표현이 더 정확했다. 왕비가 출산을 마칠 때까지 왕은 근처에 가서는 안 되는 관습이 있었다. 이러한 관습은 하시 왕국뿐만이 아니라 모든 왕국에 존재했다.

왕자의 탄생은 같은 기운을 뿌리에 두는 새로운 프라즈의 등장이었다.

왕국에서 프라즈의 진정한 주인은 오직 왕뿐이다. 왕자 혹은 왕손의 프라즈는 엄밀한 의미로 인정하지 않았다. 제어할 수 없는 힘이 무슨 의미가 있는가.

산봉우리 하나에 두 마리 맹수가 존재할 수 없는 것처럼 왕과 왕자의 프라즈가 충돌한다고 보았다. 그 증거로 왕자는 선대 왕이 죽은 후에 프라즈가 더 강력해지면서 비로소 제어할 수 있었다.

왕자가 막 태어난 순간, 프라즈는 특히 불안정할 것이다. 왕의 프라즈가 왕자를 위험한 존재로 인식하여 공격할지도 모른다.

실제로 그런 비극의 사례가 기록된 역사는 없었다. 그런데 출산하는 왕비 곁에 왕이 다가가지 않는 관습이 괜히 생기지는 않았을 것이다. 왕자의 목숨이 걸린 일이다. 누구도 관습을 깨 보려 하지 않았다.

본래 망루의 역할을 하던 탑은 비좁았다. 끝에서 끝까지 다섯 걸음이면 되었다. 그 안에서 카세르는 쉴 새 없이 빙빙 돌았다. 시종이 왕을 위해 의자를 가져다 두었지만, 그는 잠시도 앉지 못했다. 좁은 곳을 계속 돌고 있으니 어지러워도 그는 도통 가만히 있을 수가 없었다.

그는 탑으로 올라오는 인기척을 느끼고 멈추어 섰다. 이미 몇 번 경험한 시종은 뚫어지게 자신을 노려보는 왕의 시선을 마주하고서도 침착했다.

"어찌 되었느냐?"

"진통 중이십니다."

"왜 이리 더디냐? 무슨 일이 있는 건 아니겠지?"

"심려 마시옵소서. 순조롭게 진행 중이라고 하였습니다."

"누가?"

"산파……."

"아까부터 똑같은 말만 하고 있구나!"

시종은 고개만 숙였다. 시종은 동생이 여럿이었다. 자신의 어머니는 막냇동생을 세 시간 만에 낳았지만, 초산이라면 그 정도 시간으로는 어림도 없었다.

왕비님께서 진통을 시작하신 지 세 시간도 지나지 않았으니 아직 멀었다. 시종은 이미 여러 번 고한 사실을 다시 반복하지 않았다.

왕께서 모르시는 게 아니라 마음이 조급하여 잊었나 보다, 라고 생각했다. 그리고 왕께서도 보통 사람처럼 안절부절못하실 때도 있구나 싶어서 신기했다.

"어서 가서 상황을 살펴보라."

"예, 전하."

시종을 꾸벅 고개를 숙이고 돌아섰다. 그 잠깐 사이에 무슨 일이 생겼을 리 없으나 시종은 묵묵히 탑을 내려가기 시작했다.

이른 오후부터 시작한 진통은 날이 저물고 밤이 깊어질 때까지 계속되었다. 카세르는 속이 새카맣게 탄다는 심정이 뭔지 알 것 같았다. 입 안은 바싹 마르는데 물 한 모금도 목으로 넘어가지 않았다.

수시로 근황을 알리러 탑에 올라오는 시종은 똑같은 말만 반복했다. 제대로 살펴보고 오는 거냐고, 그의 머릿속에서는 이미 수없이 시종의 멱살을 쥐고 짤짤 흔들었다.

마음 같아서는 직접 달려가서 보고 싶었다. 하지만 혹시 아이가 잘못되고 그래서 그녀가 다칠까 봐 탑에서 꼼짝할 수 없으니 더 미칠 지경이었다.

어두운 표정으로 제자리를 서성거리던 카세르가 흠칫 놀라며 멈추어 섰다. 탑으로 올라오는 발소리, 그런데 이전과는 다르게 달려 올라오고 있었다.

제발, 그는 누구인지 모를 대상을 부르며 간절히 빌었다. 유진이 무사하기를, 그녀에게 아무 일도 없기를.

숨을 헐떡이며 나타난 시종의 얼굴에서 웃음기를 발견하고 나서야 카세르는 막힌 숨이 트였다.

"감축드리옵니다, 전하! 왕자님께서 태어나셨습니다."

"왕비는?"

"무탈하십니다."

그제야 카세르는 시종이 가져다 놓은 의자에 처음으로 털썩 앉았다. 갑자기 다리에 힘이 풀렸다. 그는 두 손에 얼굴을 묻고 한숨을 내쉬었다. 칠흑 같은 어둠 속에서 한 줄기 빛이 쏟아져 내려오는 기분이었다.

그 후 한 시간은 더 지나고 이제 오서도 좋다는 답을 듣고 나서야 카세르는 탑을 내려왔다. 침실 앞에 서 있던 마리안이 활짝 웃으며 고개를 숙였다.

"감축드리옵니다. 전하."

근처의 궁인들도 입을 모아 축하 인사를 올렸다.

"감축드리옵니다. 전하."

카세르는 기쁜 내색 없이 굳은 표정으로 고개만 끄덕였다. 직접 유진의 얼굴을 봐야 불안이 가라앉을 것 같았다.

침실로 들어가자 침대맡에 앉아 있던 다나가 일어났다. 카세르가 고개를 숙였다.

"고생 많으셨습니다."

"내가 한 일이 뭐가 있습니까. 고생은 이 아이가 했지요."

다나가 애틋한 눈빛으로 곤히 잠든 딸을 바라보았다. 무사히 아이를 낳고 어머니가 된 딸이 기특하고 고마웠다.

침대로 시선을 돌린 순간부터 카세르는 주변의 아무것도 보이지 않았고, 소리도 들리지 않았다. 그는 마치 무언가에 홀린 것처럼 침대로 다가갔다.

지친 모습으로 잠든 유진의 심장 위에 귀를 댄 자세로 갓난아이가 새근새근 숨소리를 내며 자고 있었다. 보송한 머리카락은 그를 닮은 푸른색이었다. 카세르는 조금 전까지 제 어머니의 배 속에 있었던 자신의 아들을 잠시 보다가 유진을 바라보며 침대 곁에 앉았다.

땀으로 이마에 붙은 그녀의 머리카락에 다가간 손이 멈칫했다. 괜히 만져서 잠을 깨우면 어쩌지. 그런데 그녀를 너무나 만지고 싶었다. 허공에서 한참을 배회하며 망설이던 손은 끝내 닿지 못하고 그냥 내려왔다.

그는 뜨거워지는 눈을 꾹 감았다가 떴다. 고맙고 미안하고 그러면서도 행복하고. 지금 느끼는 감정을 한 마디로 표현할 수가 없었다.

그는 하염없이 그녀의 얼굴만 바라보았다. 몇 시간 후에는 왕자에게 젖을 물려야 한다며 시녀들이 아이를 데려갔다. 새벽이 지나가고 이튿날 유진이 눈을 뜰 때까지 카세르는 밤새도록 그녀 곁에 앉아 있었다.

공표한 적이 없는데도 왕비님께서 진통을 시작하셨다더라, 알음알음 소문이 번졌다. 해 질 무렵에는 수도에 모르는 사람이 없었다.

활동기에는 해가 진 후에 비로소 활동할 수 있으므로 저녁부터 거리에는 사람이 붐비며 소음으로 가득 찼다. 그런데 오늘따라 사람들은 크게 웃지도, 크게 화내지도 않고 행동을 조심했다. 거리를 지나가다가, 시장에서 거래를 마친 후, 집안일을 하던 중에 이따금 왕성 방향으로 고개를 돌렸다.

밤이 깊어져도 대부분 집에 불이 꺼지지 않았다. 국왕의 후계자 탄생을 알리는 축포가 터지는 순간, 함성이 수도를 뒤덮었다.

사람들은 거리로 뛰쳐나오고 장터의 가게들은 닫은 문을 다시 열었다. 사람들은 처음 보는 사람과 끌어안고 기뻐했으며 음식과 술을 가지고 나와 낯선 사람과 나누기를 아까워하지 않았다.

한밤중부터 즉흥적으로 시작된 축제는 날이 지날수록 규모가 커지고 활기를 띠었다. 매일 밤 열리는 축제는 활동기가 지나가도록 끝나지 않았다. 훗날, 왕국 역사상 가장 긴 축제로 기록되었다.

*　　　*　　　*

왕족은 돌림으로 쓰는 이름이 있다. 여러 개 이름을 하나로 묶은 후보군이 여러 개 있으며 그중 한 개의 후보군 안에서 골라야 한다.

그리고 이 후보군 이름 전부를 이후 세 번의 세대가 지나는 동안은 쓸 수 없었다. 즉, '카세르'라는 이름과 그 이름이 속해 있던 후보군 이름은 카세르의 자식, 손주, 증손주에게는 쓸 수 없는 것이다.

두 사람의 의논 끝에 '로히드'와 '라키스', 두 개 이름이 최종 후보로 남았다. 카세르는 자신은 둘 다 마음에 드니까 유진에게 선택하라고 했다.

유진은 로히드라는 이름을 낙점하면서 말했다.

"왠지 로히드가 더 마음에 들어요. 라키스는 다음에 쓰면 되니까요."

"다음?"

유진은 어리둥절해 하는 그를 보면서 말했다.

"둘째는 공주님이었으면 좋겠다면서요."

카세르가 당황하며 말문이 막힌 표정으로 슬쩍 시선을 돌렸다.

"왜요? 아이는 하나면 충분하다고 마음이 바뀌었어요?"

"아니!"

카세르가 다급히 말하더니 그답지 않게 우물쭈물했다.

"그…… 바뀐 건 아닌데…… 당신이 힘드니까……."

유진이 한숨을 폭 내쉬며 말했다.

"맞아요. 엄청 힘들었어요. 이 세상의 모든 어머니는 위대해요. 그렇죠?"

'그러니까 나도 위대하다'라는 뜻을 내포하여 반농담으로 한 말이었는데 카세르가 당연하다는 듯 고개를 끄덕였다. 진리를 받아들이는 사람처럼 구는 그를 보면서 유진은 웃음을 터뜨렸다. 그녀는 등 뒤에 쿠션을 대고 반쯤 누운 자세로 옆에서 자고 있는 아이를 내려다보았다.

"그래도 이렇게 예쁜 우리 아이가 태어났으니까요. 이상해요. 이렇게 보고 있으면 이 아이를 낳느라 얼마나 아팠는지가 기억나지 않아요."

'로히드.'

유진은 속으로 이름을 불러 보았다. 마치 오래전부터 불렀던 것처럼 입에 착 붙었다.

'로히드. 로히드.'

부르면 부를수록 그녀의 가슴 안쪽이 뜨거워졌다.

'내 자식이라서 그런가? 원래 이렇게 예쁜 걸까?'

갓 태어났을 때 붉었던 피부는 며칠 사이에 뽀얗게 바뀌었다. 제 아버지를 닮은 푸른 머리카락과 눈동자, 오목조목한 이목구비, 쌕쌕 자다가도 밥 먹을 때가 되면 당장 밥을 내놓으라는 것처럼 우렁차게 우는 모습이나, 어느 한 군데 예쁘지 않은 구석이 없었다.

'보기만 해도 배가 부르다는 게 이런 거구나.'

거의 온종일 자는 아이를 그냥 보고만 있어도 시간 가는 줄을 모르겠다.

주변 사람들은 순산이었다고 말했다. 하지만 유진은 순산이 이 정도면 대체 난산은 얼마나 고통스러울까, 상상만 해도 눈앞이 아득했다.

아직 출산의 후유증이 몸에 남아 있었다. 온몸의 뼈마디가 다 늘어난 것 같고 제대로 앉는 것도 힘들었다. 그런데 아이 얼굴을 보고 있으면 그런 고통이 다 잊혔다.

카세르도 지금 유진과 비슷한 생각을 하는 중이었다. 다만, 그가 바라보는 대상은 아들이 아니라 아내였다.

출산 후 그녀는 조금 수척해졌다. 크게 내색은 안 하지만, 돌아누울 때도 표정을 찡그려서 몸이 어딘가 불편하구나, 짐작했다.

그런데 참 이상하게도 수척해진 그녀의 얼굴에서 오히려 광채가 났다. 바라만 보아도 황홀한 기분이 들어서 눈을 뗄 수가 없었다.

멀찍이 서서 자리를 지키고 있던 시녀는 조심스레 고개를 들었다. 두 분의 말소리가 끊기고 한참 동안 조용하니까 궁금해서 견딜 수가 없었다. 눈이 커진 시녀가 옆에 선 동료를 살짝 쳐서 저것 보라고 신호를 보냈다.

두 시녀는 고개를 최대한 숙인 채 눈만 위로 치뜨고 두 분 윗전을 보다가 서로 시선을 교환하며 히죽거렸다.

왕비님은 잠든 왕자를 바라보며 미소를 짓고 계시는데 왕께서는 왕자가 아니라 왕비님께 시선이 고정되어 있었다.

새삼 놀라운 광경은 아니었다. 요 며칠 궁인들 사이에 우스갯소리가 나돌았다. 왕께서 드디어 얻은 후계자는 안중에도 없고 왕비님을 보느라 정신이 없으시다고.

펑! 신호탄이 터졌다.

유진은 그가 움직이는 기척이 없어서 고개를 들었다.

"안 가요?"

"응? 아, 가야지."

유진은 방금 고개를 들자마자 그와 눈이 마주친 것이 이상해서 말했다.

"나한테 무슨 할 말 있어요?"

"아니. 왜?"

"……없으면 됐어요. 근데, 당신. 며칠째 여기서 꼼짝도 안 하고 있다고요. 이해는 해요. 우리 아들한테서 눈을 뗄 수가 없죠? 그런데 내가 지금 아무 일도 할 수가 없는데 당신까지 이러면 안 돼요."

시녀들은 고개를 숙인 채 '그게 아닙니다, 왕비님.' 하고 중얼거렸다. 왕께서 온종일 이곳을 떠나지 못하시는 이유는 아마 왕자님이 아닐 거라고 그들은 생각했다. 정작 왕비님은 왕자님께 푹 빠져서 자신을 향하는 뜨거운 시선을 알아차리지 못했다.

시녀들은 안타까운 왕의 외사랑을 목격한 기분이 들어 쓴웃음이 나왔다. 두 분의 금슬이 워낙 좋으니 적절한 비유는 아니겠지만.

"신호탄이 터졌잖아요. 얼른 가요."

유진의 재촉에 카세르는 마지못해 일어났다. 그는 침실 밖에서 대기하고 있는 전사에게 무기를 받아 복도를 걸어가며 투덜거렸다. 이 빌어먹을 활동기가 얼른 끝났으면 좋겠다고.

아부를 타고 성벽에 도착했더니 지난번처럼 오늘도 조용했다. 급히 달려온 전사가 고했다.

"전하. 저번에 나타난 그 환수입니다."

카세르는 성벽 위로 올라갔다. 전사의 말대로 며칠 전 봤던 지네 형태의 환수였다. 그는 이번에도 아부를 타고 성벽 밖으로 뛰어내렸다. 그 방향으로 아부를 몰고 가자마자 오늘도 환수는 뒤도 안 돌아보고 도망쳤다.

'저놈이 지금 뭐 하자는 거지?'

그는 아부를 멈추어 세운 채 저 멀리 사라지는 환수를 노려보았다. 은근히 부아가 났다.

그는 성벽으로 돌아와 전사에게 지시했다.

"또 저놈이 나타나거든 성벽으로 다가오지 않으면 신호탄은 터뜨리지 말고 왕성으로 와서 알려라."

"예, 전하. 하온데……."

전사가 잠시 망설이더니 말했다.

"저 환수가 또 나타난 후 저희끼리 이야기하다가 나온 말입니다. 마치 예전에 거대한 뱀 라크가 나타났을 때가 생각납니다."

카세르가 미간을 찌푸리며 되물었다.

"어떤 점이?"

"왕비님께서 오시면 저 환수가 물러가지 않을까……. 송구합니다. 괜한 잡설로 심기를 어지럽혔습니다."

카세르는 잠시 말없이 생각하다가 사막으로 고개를 돌렸다. 근래 왕국에서 발생한 라크와 관련한 기현상 대부분이 왕비와 관련이 있으니 전사의 말도 일리가 있었다.

하지만 유진은 지금 푹 쉬어야 한다. 제대로 걷지도 못하는 몸 상태로 마차를 타고 여기까지 왔다가는 탈이 날 것이다. 그녀가 완전히 회복된 후 생각해 볼 일이다.

"지시한 대로 해라. 소문이 퍼지지 않게 입단속 단단히 하고."

"예, 전하."

카세르는 아부를 재촉하여 서둘러 왕성으로 달려갔다. 그녀를 못 보는 잠시의 시간도 아까웠다.

*　　*　　*

로히드가 태어난 후 맞이한 첫 건기가 거의 끝났다. 어느덧 생후 오 개월을 앞둔 로히드는 하루가 다르게 무럭무럭 자랐다.

본래 타고난 뼈대가 남달라서 그런지 또래 아이보다 훨씬 큰 편이었다. 그만큼 먹는 양도 엄청났다. 발달 속도도 빨라서 벌써 사람 손을 잡고 한 걸음씩 걷기 시작했다. 로히드보다 먼저 태어나서 1살 생일이 지난 요그가 이제 뒤뚱거리며 걷기 시작했으니 비교가 되었다.

그 모습을 본 마리안이 사왕을 양육했던 옛 기억을 더듬어 그분 역시 성장 속도가 놀라울 정도였다고 말했다. 유진은 그 말을 듣고 '왕가의 핏줄은 특별하구나.'라고 생각하며 고개를 끄덕였다.

유진은 한적한 오후에 다나와 마리안과 둘러앉아 차를 마시며 담소를 나누었다. 셋이 함께 모인 자리는 오랜만이었다.

"왕성에서 엄마가 제일 바쁘신 것 같아요."

이 시간에 다나가 왕성에 있는 적이 거의 없었다. 왕자가 태어난 후 다나의 인기는 하늘을 찔렀다. 다나의 앞으로 쏟아져 들어오던 초대장은 이미 최대치였다. 이제는 어떻게 해서든 다나를 모임에 초대하기 위해 귀족들 사이에 쟁탈전이 벌어졌다.

왕자 로히드는 태어난 날부터 지금까지 여전히 하시 왕국 사교계 최고의 화젯거리였다. 하지만 귀족들이 왕자의 얼굴을 보려면 아직 멀었다.

아이가 태어난 후 두 번의 활동기와 두 번의 건기를 꽉 채울 때까지는 외부인에게 보이지 않는 관습이 있었다. 더구나 귀한 분이니 혹시 모를 위험에 대비하여 왕자가 어느 정도 나이가 들 때까지는 꽁꽁 감싸 보호할 것이다.

다나는 왕자를 가까이에서 매일 보고 정확한 정보를 줄 수 있는, 유일하고 최적의 인물이었다.

"내가 보고 싶어서 날 부르는 게 아니잖니."

다나는 요즘 사람들이 그녀 자신에게 관심을 두지 않는다고 느꼈다. 항상 자신을 궁금해하는 사람들에게 둘러싸였던 터라 생소한 경험이었다.

그런데도 오히려 어떤 모임을 나가든 흥겨웠다. 사랑스러운 손자 이야기를 꺼내면 주변 사람들 눈빛이 초롱초롱해져서 집중하는 모습이 즐거웠다.

"로히드가 벌써 사람 손을 잡고 걷기 시작한다고 하니까 다들 놀라더라."

다나는 사람들이 호들갑스럽게 반응하는 모습을 볼 때마다 짜릿했다.

"로히드가 제 아버지를 빼닮았다고 하면 다들 더 좋아할 거예요."

다나와 마리안이 잠시 눈을 마주쳤다. 다나가 말했다.

"사내아이니까 아버지를 닮은 부분이 많지. 그런데 너도 많이 닮았어."

"저를요?"

유진이 생각지도 못했다는 표정을 짓자 마리안이 웃으며 말했다.

"저도 왕자님을 뵐 때마다 어쩌면 저렇게 부모님 두 분을 조화롭게 닮으셨을까, 놀란답니다."

"아……. 그래요? 난 로히드를 보면 전하께서 어릴 때 저런 모습이었 겠구나, 생각했거든요."

"태어나고 한두 달 무렵에는 확실히 사왕을 더 닮은 듯 보였지. 그런 데 지금은 네 모습도 보인다."

유진이 마리안에게 물었다.

"전하께서는 어릴 때 어떠셨어요? 지금 모습과 다르지 않을 것 같아 요. 성격은 갑자기 변하는 게 아니니까요."

마리안이 과거를 회상하는 아련한 눈빛으로 고개를 끄덕였다.

"예. 참으로 의젓하셨습니다. 손 갈 데가 없던 분이었지요."

유진은 다소 심각해진 표정으로 말했다.

"마리안. 그러면 전하께서는 어릴 때 성격이 저렇게 유별나지 않았지 요?"

"네?"

마리안이 깜짝 놀라더니 얼른 대답했다.

"왕비님. 아이들이란 원래……."

수습하려 했으나 늦었다. 유진은 이미 마리안의 표정에서 답을 얻었 다.

"역시. 날 닮아서 그런 거군요."

유진은 음울하게 중얼거렸다.

배 속에서 아이가 종종 자기주장을 드러내더니 그것이 징조였던 거다.

로히드는 굉장히 까탈스러운 아이였다. 자신을 만질 수 있는 사람은 부모님, 할머니, 그리고 유모까지만이었다. 유모가 아닌 시녀들은 자신 의 몸에 손도 못 대게 했다.

목욕할 때는 어쩔 수 없이 시녀들의 손을 빌릴 수밖에 없는데 그럼 목 욕이 끝날 때까지 악을 쓰며 울었다. 지금은 울지는 않지만, 오만상을 찌푸리며 잔뜩 불쾌해하는 표정을 지었다.

의사 표현은 확실했다. 신생아 시절에도 괜한 칭얼거림은 없었다. 원하는 게 있으면 울고, 욕구가 충족되면 울지 않았다. 자신이 원하지 않을 때 밥을 준다거나 안으려 하면 거부감을 강하게 드러냈다.

그런 뚜렷한 주관은 강한 자존심과 완벽주의 성향으로 이어졌다. 유진이 로히드가 확실히 별나다고 느낀 계기가 있었다.

로히드는 발달이 빠른 아이치고는 말문이 트이지 않았다. 안고 어르면서 말을 걸면 분명히 눈빛으로는 알아듣는 것 같았다. 하지만 고개를 끄덕이거나 흔드는 것 외에 입은 꼭 다물었다. 이제는 의사 표현을 하기 위해 울지 않으니까 도통 로히드의 목소리를 들을 기회가 없었다.

아이의 언어 습득에 문제가 있나 걱정이 되어서 유모를 불러다 물었다.

「왕비님. 심려하지 않으셔도 됩니다. 저와 함께 계실 때 왕자님께서는 쉴 새 없이 옹알이하십니다.」

「그런가? 그런데 왜 내 앞에서는 하지 않지? 내가 왕자와 더 많은 시간을 보내야 하는 걸까?」

「아닙니다. 왕비님. 소인의 좁은 소견으로는…… 왕자님께서는 주변에 누가 있는 것을 거북해하십니다. 가끔은 저도 성가셔하시는 것 같습니다.」

「자네를 성가셔해? 무슨 뜻인가?」

「왕자님께서는 저 외에 다른 사람이 있을 때는 절대 옹알이를 하지 않으십니다. 그리고 저 혼자 왕자님 곁에 있을 때도 한참 옹알이하시다가 갑자기 멈추고 절 빤히 보실 때가 있습니다. 그러면 전 잠시 왕자님을 혼자 두고……」

흥이 난 표정으로 열심히 떠들던 유모의 안색이 창백해졌다.

　　「송구하옵니다. 왕자님 곁을 비운 죄를 용서하시옵소서.」
　　「자네가 얼마나 살뜰히 왕자를 보살피는지 알고 있네. 개의치 않으니 계
　속 말하게.」

유진은 흥미진진하여 유모를 재촉했다. 처음 듣는 이야기가 몹시 흥
미로웠다.

　　「예, 왕비님. 소인이 잠시 나가 있다가 몰래 들어가 보면 왕자님은 매우
　열심히 옹알이하고 계십니다. 제가 곁에 있을 때보다 더 열심히 하십니다.」
　　「왕자가 왜 그러는지 자네는 짐작 가는 데가 있나?」
　　「소인 생각으로는…… 다른 사람이 말하는 것처럼 왕자님의 발음이나
　표현이 또렷하지 않은 것을 수치스러워하시는 것 같았습니다.」
　　「……수치. 그러니까 자네 생각은 왕자가 또렷하게 말하기 위해 연습하
　고 있고 그 모습을 누구에게도 보이기 싫어한다는 건가?」
　　「예, 왕비님. 소인이 왕자님 곁을 떠날 수 없다는 것을 이해하기 때문에
　소인은 그냥 참아 주시는 것 같습니다. 그러니 염려하지 마시옵고 부디 서
　운해하지도 마시옵소서. 왕자님은 왕비님을 뵈러 가실 때 가장 눈빛이 반
　짝반짝 빛나십니다.」

유진이 한숨을 푹 쉬며 중얼거렸다.
"로히드가 또박또박 어머니라고 부를 수 있을 때, 전 그 아이 목소리
를 처음 듣게 될 거예요."
얼마 전에 유진이 유모와 나눈 대화를 전해 들었던 다나와 마리안은

무슨 뜻인지 알아듣고 입술을 꾹 다물며 웃었다.

"마리안. 전하께서는 어릴 때 분명 저러지 않으셨지요?"

마리안이 곤란한 표정으로 마지못해 대답했다.

"예……."

"엄마. 로히드가 저를 닮아서 그럴까요? 저는 어릴 때 저러지 않았을……."

유진은 다나를 보며 하소연하다가 다나가 미묘한 표정을 짓자 말을 멈추었다.

"엄마?"

다나가 갑자기 뭔가 생각난 것처럼 혼자 웃음을 터뜨렸다.

"진. 내 아버지, 그러니까 네 할아버지 말이다. 성격이 별난 분이었단다."

"할아버지요? 어떠셨길래요?"

"이 세상에 자신의 위에는 사람이 없는 분이었다고나 할까. 명문가 외아들로 태어나 부족함 없이 자라셨지. 성도에 소문이 자자할 정도로 외모가 출중하셨고 학문, 승마, 검술, 뭐 하나 누구에게 뒤지지 않으셨다고 해."

"오……."

유진이 감탄하며 고개를 끄덕였다. 자신이 잘난 것을 무척 잘 아는 잘난 남자의 거만한 표정이 머릿속에 그려졌다.

"이유 없이 남을 괴롭히는 분은 아니었지만, 자신에게 엄격한 만큼 남에게도 엄격한 완벽주의자셨다. 주관이 확실했고 결벽증도 있으셨고. 단 하나, 사교성은 부족하셨지. 상대가 아무리 돈이 많고 명성이 높아도 아버지 기준에 떨어지는 자는 경멸하고 상대도 하지 않으셨어. 그래서 주변에 적도 많았다고 하더구나."

유진은 한 번도 만난 적 없는 할아버지 모습이 저절로 떠올랐다.

"아버지는 돌아가실 때까지 그런 분이셨어. 오직 어머니 앞에서만 순한 양이 되셨단다. 하지만 아버지의 타고난 성격이 바뀌지는 않았지. 잔정이 없고 사람에게 냉담하셨단다. 자식인 나에게도 그다지 따뜻한 분은 아니었어. 아마 아버지가 어머니를 만나지 못하셨다면 그분의 유별난 성격이 더 안 좋은 쪽으로 변했을 거야. 그리고 난 아버지의 딸이지. 생각해 보면 내가 어릴 때 아버지를 닮은 면이 많았어. 다행히 나도 나를 품어 줄 사람을 만났구나. 네 아버지 말이다."

유진이 한껏 미소를 지으며 고개를 끄덕였다. 아버지 이야기를 할 때 눈빛이 따뜻해지는 어머니 모습이 좋았다.

"네 두 오라버니는 제 아버지를 닮았는지 무척 순했어. 두 아이를 봐주던 유모가 나한테 할 일이 없다고 했단다."

좋지 않은 예감을 느끼고 유진의 얼굴에서 웃음기가 점점 사라졌다.

"……저는요?"

"넌……. 음…… 네 아버지가 아니라 날 닮았더라."

"엄마."

유진이 울상을 짓고 마리안은 웃지 않는 척 찻잔을 입에 댔다.

"제 성질에 안 맞으면 숨이 까딱까딱 넘어갈 때까지 울다가 경기를 일으키는데, 내가 얼마나 놀랐는지 몰라. 네 위로 둘을 키울 때는 전혀 본 적이 없으니까. 내가 오죽했으면 어릴 때 날 보살핀 유모를 다 불렀겠니. 유모가 보더니 '어쩜, 누가 아가씨 따님 아니랄까 봐. 아가씨 어릴 적과 똑같아요.'라고 하더라."

다나는 어깨를 축 늘어뜨린 유진을 보며 웃다가 다소 가라앉은 음성으로 말했다.

"네가 이런저런 경험을 하며 나이를 먹는 동안 성격이 아주 둥글어진 거지."

옆에 마리안이 있으니 적당한 말로 돌려 말하는 뜻을 유진은 알아들었다.

'내가 이 세상에서 계속 살았으면 어땠을까.'

영혼이 바뀌는 사고에 휘말려 지독한 환경에서 성장기를 보내는 동안 유진은 타고난 성격을 마음껏 드러낼 수 없었다. 자신도 모르는 사이에 수많은 모서리가 깎이고 깎였을 것이다. 무수한 상처를 입으며 자신을 억누르게 되었고 좋게 말하자면 철이 든 거다.

"로히드가 꽉 막힌 고집불통으로 자라면 어쩌지요? 제가 잘 바로잡아 줄 수 있을지 걱정이에요."

"부모가 번듯하게 서 있으면 아이도 번듯하게 자라는 법이다. 너와 사왕이 아이의 본이 되면 돼."

"네. 생각해 보니 그 사람이 아이 아버지니까 걱정할 필요 없을 것 같아요."

다가오는 시녀의 기척을 느끼고 대화가 멈추었다. 유진이 시녀가 고하기 전에 반색하며 말했다.

"왕자가 낮잠에서 깼구나."

"예, 왕비님."

"이리로 오는 중이니?"

"예, 하온데…… 왕자님께서 걸어서 오겠다고 하십니다."

"뭐?"

아이 방에서 이곳까지 어른 걸음으로도 꽤 걸렸다. 이제 겨우 사람을 붙들고 힘겹게 걷는 아이가 도착할 때까지 기다리려면 오후가 다 지나갈 것이다.

아이 눈높이에 맞추느라 구부정한 자세로 붙잡고 따라올 사람들도 고생이다. 무엇보다 무리해서 걷고 난 후, 로히드가 오늘 밤 끙끙 앓을 거다. 이미 전적도 있었다.

유진이 혀를 차며 일어났다.

"내가 가서 데려와야겠다."

겨우 몇 시간 보지 못했을 뿐인데 아이 얼굴을 볼 생각을 하니까 저절로 웃음이 나오고 마음이 급해졌다. 빠르게 사라지는 유진의 뒷모습을 보며 다나가 웃었다.

"뭐가 저리 급할까."

"……저는 전하께서 의젓하신 모습이 기꺼웠던 적이 없었습니다. 그분께는 마음껏 어리광을 부릴 부모님이 안 계셨으니까요. 선대 왕께서는 무뚝뚝한 분이셨지요."

다나는 어느새 눈시울이 붉어진 마리안을 보다가 말없이 찻잔을 들었다.

"왕자님께서 어머니 사랑을 듬뿍 받는 모습이 보기 좋습니다. 제가 아는 왕성은 차갑고 쓸쓸한 곳이었는데 언제부턴가 왕성이 무척 따뜻합니다. ……정말 더는 바랄 게 없습니다."

다나도 마리안과 비슷한 심정이었다. 잃어버린 줄 알았던 딸을 찾고 그 딸이 행복한 가정을 이루어 사는 모습을 보니까 정말 더는 바랄 게 없었다.

활동기가 시작되기 전, 사막을 한 바퀴 돌아보느라 며칠 왕성을 떠나 있었던 카세르는 밤이 늦은 시간에 돌아왔다.

마중하러 나온 시종장에게 아내와 아들의 안부부터 확인했다. 딱히 보고드릴 일이 없다는 대답을 듣고 그는 만족했다.

잔뜩 뒤집어쓴 모래를 씻어 내느라 목욕을 마치고 나왔더니 급히 달려온 관리가 기다리고 있었다. 관리가 가져온 서류를 확인하니까 아무래도 침실이 아니라 집무실로 가야 할 것 같았다. 하지만 그 전에 왕비의 침실에 들렀다.

커튼을 전부 건 상태라 침실이 아주 어둡지는 않았다. 그는 침대에 누워 자는 두 사람을 발견하고 미소 지었다. 큰 그림자와 그 옆에 있는 작은 그림자. 옆으로 반쯤 돌아누워 잠든 자세가 둘이 똑 닮았다.

그는 침대가 흔들리지 않도록 조심히 걸터앉으며 그녀의 허리 아래까지 흘러내린 이불을 가슴 위로 올려 덮어 주었다. 활동기가 바짝 다가와서 그런지 밤 기온이 서늘했다.

"······언제 왔어요?"

유진이 잠에 취한 목소리로 말했다. 그녀는 아이를 낳은 후 부쩍 잠귀가 밝아졌다.

"방금."

유진이 눈을 감은 채 입술 끝을 끌어 올리며 웃었다.

"오늘요. 로히드가 혼자서 다섯 걸음을 걸었어요."

"그 며칠 사이에?"

유진이 웃음을 터뜨리더니 말했다.

"다섯 걸음 걷고 주저앉을 때 로히드 표정을 당신이 봤어야 하는데. 세상에 그보다 분한 일은 없다는 표정이었다니까요."

속삭임으로 대화를 나누던 두 사람은 로히드가 몸을 뒤척이자 동시에 입을 다물었다.

"깼어요?"

"아니."

두 사람은 동시에 안도의 숨을 내쉬었다가 서로 마주 보고 소리 없이 웃었다. 카세르는 유진의 입술과 콧잔등, 눈가에 가벼운 키스를 했다.

"난 할 일이 있어서. 당신은 더 자."

"응……. 아침에 봐요."

그는 침실을 나오기 전에 돌아섰다. 침대 위에 누워 있는 아내와 아들의 그림자를 보며 잠시 서 있었다. 어떤 위대한 예술가도 이보다 더 완벽한 그림은 그리지 못할 것이다. 며칠 내내 사막을 가로지른 피로가 모두 사라지는 것 같았다.

다음 날 아침, 카세르는 달갑지 않은 보고를 받았다.

"그놈이 또 나타나?"

"예, 전하."

무슨 목적인지 계속 성벽 주변을 알짱거리는 지네 환수.

지난 활동기에 처음 나타난 후 카세르가 두 번은 직접 쫓아냈고 그 후 활동기가 끝날 때까지 두 번 더 나타나서 온종일 서성거리다가 사라졌다.

"알았다. 유심히 관찰하고 행동의 변화가 있으면 즉시 알려라."

"예, 전하."

카세르는 유진에게 이야기해 봐야겠다고 생각하며 일어났다.

"가서 볼래요."

망설임 없는 유진의 대답을 듣고 카세르는 그녀를 물끄러미 보았다.

"안 돼요?"

"위험할지도 몰라."

"라크라면서요. 라크는 아니카를 해치지 않아요."

"그렇지. 그렇다고들 하지. 실제로 내 눈으로도 봤고, 당신도 경험했고. 하지만 이 세상에 예외 없는 절대란 없어. 난 당신이 라크에게 호의적이라서 걱정이야. 좀 더 조심하고 신중할 필요가 있어."

유진은 심각해진 그를 보면서 어떤 기억 하나가 떠올랐다. 그녀가 마라를 타고 성도에 도착한 다음 날, 두 사람은 긴 대화를 나누었다.

그날 카세르는 유진에게 당신이 걱정스럽고 더 조심해 주었으면 좋겠으며 위험할지 모르는 일을 하기 전에는 반드시 자신과 상의해 달라고 했다.

유진은 자신을 염려한 그의 진심을 느꼈기에 그의 이야기를 진지한 태도로 귀담아들었다. 다시는 당신이 걱정하는 일 없도록 노력하겠다고 단단히 약속도 했다.

그녀는 자신의 실수를 깨달았다. 성벽 근처에서 서성인다는 환수에 관해 이야기를 들었을 때 흥미로웠고 궁금했다. 위험성은 전혀 생각하지 않았다. 아마 그런 자신의 속마음이 표정이나 말투로 드러났을 것이다.

유진은 얼른 신중한 표정을 지었다.

"당신이 걱정하는 뜻은 알아요. 우리가 그 일에 관해 나눈 이야기도 절대 잊지 않았어요."

카세르가 미심쩍은 표정을 지었다.

"난 당신을 믿은 거예요. 위험하다고 생각했으면 내게 말하기 전에 당신이 시간을 두고 조사해 봤겠지요."

'그건 그렇지만……'라고 말하듯 카세르의 눈빛이 누그러졌다.

유진은 빈틈을 감지하고 재빠르게 그의 품에 안겼다.

"그리고 당신이 내 옆에 있는걸요. 성도의 괴물도 처치하는 당신이 있는데 겁날 게 없잖아요."

카세르는 헛웃음을 흘렸다. 말려드는 걸 알면서도 말려드는 이 기분을 대체 뭐라고 해야 할까. 그의 팔은 이미 저절로 움직여 그녀의 어깨를 감싸 안고 있었다.

"지금 가는 거죠?"

기대가 가득한 그녀의 눈빛 어디에도 경계심은 보이지 않았다. 그는 알면서도 속아 넘어가는 마음으로 고개를 끄덕였다. 솔직한 지금 그의 심정은 라크가 기웃거리거나 말거나 당장 그녀를 안아 들고 침실로 들어가고 싶었다.

성벽 위의 정찰병을 모두 내려오게 한 후 국왕 부부와 스벤, 대장군만 올라갔다.

"어디 있어요?"

"저쪽."

유진은 카세르가 손으로 가리키는 방향을 눈을 가늘게 좁혀 유심히 보다가 겨우 찾았다.

"가까이 온다."

유진은 카세르가 중얼거리는 소리를 듣고 눈을 부릅떴다. 처음에는 신기했으나 환수의 모습을 어렴풋이 알아볼 수 있을 정도로 가까워지자 인상을 찡그렸다.

'지네라니. 싫다, 싫어. 차라리 뱀이 낫지.'

지네 환수는 제법 멀리 떨어진 거리에서 멈추었다. 그리고 그 자리에서 좌우로 왔다 갔다 하며 움직임을 반복했다. 그 모습이 마치 가고 싶은데 가지 못해서 안절부절못하는 것처럼 보였다.

'왜 저러지? ……아.'

유진은 옆의 카세르를 흘끔 보며 생각했다.

'왕이 무서워서 가까이 못 오는구나.'

마라처럼 강한 환수도 왕을 무서워하는데 당연한 반응이었다. 유진은 카세르에게 자리를 피해 달라고 하는 대신 두 손을 입에 모으고 크게 숨을 들이마신 다음 복부에 힘을 주어 소리를 질렀다.

"안녕!"

다른 사람들이 흠칫 놀라 자신을 돌아보는 시선을 느꼈지만, 유진은 개의치 않고 계속 소리쳤다.

"혹시 너도 말할 수 있니? 가까이 와도 괜찮아! 해치지 않겠다고 약속할게!"

있는 힘껏 소리를 질렀더니 숨이 찼다.

카세르는 얼굴이 붉게 달아올라 숨을 몰아쉬는 유진을 보며 웃음을 터뜨렸다. 유진은 그를 흘겨보았다. 솔직히 창피해서 얼굴이 화끈거렸다.

"아! 옵니다!"

레스터가 소리쳤다. 지네 환수는 주변을 탐색하듯 느릿하게 성벽으로 접근했다.

그 모습을 보며 레스터는 '환수와 말이 통하시는군요.'라고 중얼거렸다. 그런데 그의 표정은 비교적 덤덤했다. 이제 그는 어떤 일이 벌어져도 놀라지 않을 자신이 있었다.

환수는 아까보다 가까이 왔으나 마라처럼 성벽에 바짝 붙을 정도로 접근하지는 않았다. 여차하면 도망갈 길을 염두에 둔 것 같았다.

지네 환수는 유진을 한참 동안 물끄러미 보았다. 짐승과 눈의 구조가 달라서 정확히 알 수 없지만, 유진은 분명히 저 환수가 자신을 관찰하고 있다고 느꼈다.

갑자기 환수가 휙 몸을 돌렸다. 그리고 성벽을 뒤로하고 멀어졌다. 한 번도 뒤돌아보지 않고 쭉쭉 앞으로만 나아가는 환수의 모습은 금세 작아졌다. 그리고 곧 모습이 아예 보이지 않게 되었다.

왕성으로 돌아가는 마차 안에서 그 환수의 목적이 뭘까 곰곰이 생각하던 유진이 말했다.

"저 환수가 나타난 게 이번에 다섯 번째라고 했지요?"

카세르가 고개를 끄덕였다.

"왜인지 모르겠지만…… 저 환수가 또 나타나지는 않을 것 같아요."

"내 생각도 그래. 뭐랄까……. 당신을 만나 보려고 기다린 느낌이었어."

"혹시 정말로 그냥 내가 궁금해서 온 게 아닐까요?"

"왜?"

"라미타의 바다요. 마라가 말하기를 자신이 봉인에서 깨어날 정도로 라미타 향이 지독했대요. 그러니 세상의 모든 환수가 그 냄새를 맡았겠지요."

"……그럼 앞으로 종종 저런 식으로 환수가 찾아오겠군."

카세르는 중얼거리다가 굳은 표정으로 유진에게 말했다.

"당신. 혹시 내가 없을 때 환수가 나타났다고 해서 절대 여기 혼자 오면 안 돼."

순간 긴장했던 유진이 맥이 풀린 표정으로 대답했다.

"알았어요."

"약속, 아니 맹세해."

"네, 맹세할게요."

유진은 자신 때문에 왕국으로 성가신 손님들이 찾아오게 생겼으니 미안한 마음이 들었다. 이건 전혀 예상하지 못한 변수였다. 예측할 수 없는 미래가 두려우면서도 한편으로는 사랑하는 가족과 함께하는 내일이 기대되었다.

'로히드가 낮잠에서 깰 시간이 다 됐네.'

로히드가 걷는 모습을 카세르에게 보여 줘야지, 돌아가자마자 할 일을 떠올리며 그녀는 미소 지었다.

*   *   *

"로히드. 엄마는 밤이 오기 전에는 돌아올 거야. 착하게 기다릴 수 있지?"

선명한 푸른 머리카락과 푸른 눈동자의 소년이 씩씩하게 대답했다.

"네, 어머니. 걱정하지 마세요. 다음에는 저도 가서 할아버지와 할머니께 인사드리고 싶어요."

유진이 사랑스러워서 견딜 수 없다는 눈빛으로 아이를 바라보았다. 이제 꽉 채운 세 살이 된 로히드는 또래보다 훨씬 컸다. 체격이 다섯 살 아이와 비교할 만했다.

처음 말문이 트이기까지는 좀처럼 목소리를 들려주지 않아 애를 태우더니 말을 시작하고 나서는 언어 구사력이 하루가 다르게 발전했다.

유진은 솟구치는 애정을 견디지 못하고 로히드를 끌어안으며 아들 얼굴에 마구 입을 맞추었다.

"아유, 예쁜 내 아들, 엄마가 우리 로히드, 정말 정말 사랑해."

"어머니!"

로히드가 마구 버둥거리며 소리를 지르자 유진이 아차 해서 손을 놓았다. 단둘이 있을 때가 아니면 과한 애정 표현을 싫어하는데 깜빡했다.

"이러지 마시라니까요. 전 이제 어린애가 아니에요!"

로히드가 씩씩거리며 흐트러진 제 머리카락이나 옷매무새를 정리했다. 주변에 고개를 숙인 궁인들이 더 깊이 고개를 숙였다. 유진은 그들이 웃음을 참고 있다는 걸 알 수 있었다. 그녀도 웃지 않으려고 안간힘을 쓰며 진심으로 미안하다는 표정을 지었다.

"미안해. 로히드를 혼자 두고 가려니까 서운해서 그랬어. 사과의 뜻으로 이따 밤에 엄마가 책을 두 권 읽어 줄게."

로히드가 부루퉁한 표정과 솔깃한 눈빛으로 말했다.

"……검은 숲의 이야기와 여섯 개의 태양이요."

그 두 권은 동화책 중에서 가장 길었다. 야무지게 요구하는 아들을 보며 유진은 웃었다.

"그래. 그 두 권으로 하자. 다녀올게."

이번에는 로히드와 포옹만 하는 작별 인사를 나눈 후 유진이 좀처럼 떨어지지 않는 발걸음을 돌렸다.

로히드는 유진을 태운 마차가 출발하여 완전히 보이지 않게 된 후에야 돌아섰다. 유모가 시무룩한 왕자님 표정을 읽으며 곁으로 다가갔다.

"왕자님. 왕비님께서는 어두워지기 전에 돌아오실 거예요."

"응. 어머니는 약속을 꼭 지키니까."

"머리를 새로 빗겨 드릴까요?"

"괜찮아."

거절의 대답은 아주 빨랐다. 유모는 빙긋 웃었다. 왕자님이 왕비님께서 안아 주고 입을 맞추는 애정 표현을 얼마나 좋아하는지 안다. 아마 왕자님 혼자서만 숨기고 있는, 왕성 안 모든 사람이 아는 비밀일 것이다.

유진을 태운 마차는 사막과 정반대 방향으로 한참 달렸다. 마차가 투박하지만 견고한 건축물 앞에서 멈추었다. 이 건물 안에 이동 주술의 술식이 그려져 있고 그걸 통해 곧바로 성도에 갈 수 있었다.

여섯 왕이 공통으로 가장 관심을 가진 주술은 이동 주술이었다. 왕들은 전처럼 단절된 관계로 지내지 말고 교류하자고 의견을 모았다. 물론 주술 노트는 요긴했지만, 가끔이라도 직접 만나야 할 필요성을 느꼈다.

다만, 출발지와 도착지에 동시에 설치하는 이동 주술은 문제가 있었다. 그 주술을 사용하려면 반드시 환각의 주술을 함께 걸어야 하는데 왕은 환각의 주술이 듣지 않았다. 왕의 몸속에는 또 다른 의식체인 프라즈가 있기 때문이었다.

그렇다고 거점형 이동 주술을 쓰자니 쓸 때마다 출발의 술식을 그리는 일이 너무 번거로웠다. 그래서 엘버가 새로 개량한 이동 주술을 만들어 주기로 했다. 엘버가 주술을 완성하고 각 왕국과 성도에 술식을 그려 이동 주술을 설치하기까지 거의 2년이 걸렸다.

유진은 성도에 도착한 후 곧장 어르신들께 인사를 하러 갔다. 마라의 몸이 벽과 지붕이 된 안쪽은 고풍스러운 귀족 저택 내부처럼 꾸며져 있었다. 안팎을 연결하는 이동 주술을 설치하자마자 무엔 가문에서 '이런 허름한 곳에 어르신들을 모실 수 없다'라면서 내부를 싹 단장했다.

유진은 어르신들에게 인사를 드리는 중에 참견하는 마라의 목소리가 들리지 않자 의아했다.

"마라는 어디 갔나요?"

"아드리트 끌고 장터 구경 갔다오. 오늘 뭐라더라, 무슨 큰 기예단이 온다던가."

"기예단 구경은 무슨. 아드리트가 구경거리가 될 참이야. 어깨에 생쥐를 얹고 다니는데 사람들이 미친놈 취급 안 하겠어?"

유진이 풋, 웃음을 터뜨리며 말했다.

"잘 지내고 있나 보네요."

노인이 코웃음 치며 말했다.

"너무 잘 지내서 탈이라오."

잠시 어르신들과 담소를 나눈 후, 유진은 이동 주술을 통해 밖으로 나와 걷다가 뒤를 돌아보았다.

거대한 뱀이 똬리를 튼 모습은 한눈에 다 들어오지 않을 정도로 거대했다. 더구나 시커먼 뱀이라서 섬뜩했다. 성도에 저주가 내렸다며 울고 불고했다던 성도민들이 이해가 되었다. 이제는 다들 평온한 일상을 보내고 있었다.

그녀는 마라의 본체로 다가갔다. 거대한 몸통 주변을 빙 둘러 담을 쌓아 바깥에서는 함부로 접근할 수 없었다. 하지만 그녀를 막는 사람은 아무도 없었다.

유진이 마라의 주변을 천천히 걸었다. 이유는 없었다. 그냥 한 번쯤은 마라의 몸을 자세히 보고 싶었다. 마라의 본체는 역시나 커서 한 바퀴 도는 데 은근히 오래 걸렸다.

그녀는 걷다가 멈칫했다. 그리고 고개를 옆으로 돌렸다. 그녀의 시선보다 더 아래쪽에 작은 잡초 이파리가 올라와 있었다.

'씨앗이 날아와서 비늘 틈에 박혔나?'

돌 틈에서도 자라는 식물의 경이로운 생명력을 생각하면 놀랍지 않았다. 그녀는 잡아 뽑으려다가 쭈그려 앉아 더 자세히 들여다보았다. 공연한 호기심이 발동한 관찰이었다.

'이건……'

그녀의 눈이 점점 커졌다. 유진이 손에 힘을 주지 않도록 조심하면서 뿌리 부근이 더 잘 보이도록 잡초를 옆으로 눌렀다.

그녀는 헉, 소리를 내며 손으로 입을 막았다. 잡초의 뿌리는 뱀의 비늘 일부와 연결되어 있었다. 아니, 그 반대다. 비늘의 일부가 식물로 변화했다.

'라미타의 작용 없이…… 저절로 식물이 된다고?'

유진은 북받치는 감정 때문에 가쁘게 호흡했다.

'이 세계가 라크를…… 마라, 너를 받아들여 줬구나.'

언젠가 엘버가 말했다.

「성도의 한복판에 하늘을 찌를 듯 높이 솟은 나무를 봤는데. 내가 본 것은 이루어지지 않을 미래였나 봐요.」

'아니에요. 어르신. 어르신께서 본 미래가 여기 있어요.'

이 작은 이파리가 쑥쑥 자라 하늘을 찌를 듯 솟은 거대한 나무가 되려면 얼마나 오랜 세월이 걸릴지 알 수 없다. 아마 자신의 살아생전에는 보지 못할 것이다.

그녀는 구부린 몸을 펴고 일어나 고개를 위로 들었다. 뜨거워진 눈에서 어느새 가득 찬 눈물이 흘러내렸다. 하지만 그녀의 입술은 웃고 있었다.

'이번 생이 너의 마지막 여행이기를.'

부디 이루어 주시옵소서. 유진은 이 세상의 신께 간절한 마음으로 축원을 드렸다.

〈完〉

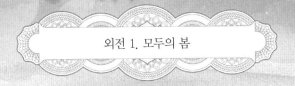

　유진은 백지를 펼친 후 눈을 감았다. 머릿속으로 최대한 기억을 되살리고 나서야 눈을 뜨고 펜을 들었다. 백지에 펜이 닿은 순간부터 그녀는 빠른 속도로 그리기 시작했다. 거침없이 펜이 오가는 동안 백지가 복잡한 문양으로 금세 가득 찼다.

　완전히 집중한 그녀의 입술이 굳게 다물렸다. 꼬마는 유진을 방해하지 않으려고 숨을 죽였다. 습관처럼 씰룩거리던 코끝의 움직임마저 멈추었다. 마치 인형처럼 꼼짝하지 않았다.

　백지를 누비던 펜이 뭔가에 가로막힌 것처럼 딱 멈추었다. 유진의 미간에 점점 주름이 잡혔다. 그녀는 크게 탄식하면서 펜을 내려놓았다. 그리고 옆에 놓인 종이를 뒤집어서 방금 그리려 했던 술식의 원형을 확인했다.

　"아, 맞다. 여기서 이거였지."

그녀는 자괴감 가득한 표정으로 두 손으로 머리를 감싸 쥐었다.

"도대체 몇 번째야. 왜 이렇게 안 외워지는 거야."

대부분 학문이 그러하듯 주술 역시 암기의 비중이 상당했다.

술식을 보고 베껴 그래도 주술 성립의 요건만 제대로 갖추었다면 주술은 거의 성공했다. 하지만 주술사가 실력을 쌓아 더 높은 수준으로 오르기 위해서는 술식을 암기해야 한다.

당연히 주술의 수준이 높으면 술식도 복잡했다. 암기를 시작한 초반에는 오히려 금방 외웠으나 암기량이 늘어나니까 머릿속에서 서로 뒤엉켜 헷갈렸다.

꼬마가 슬며시 다가와 유진의 팔에 머리를 비볐다. 그녀가 푹 숙였던 고개를 들고 다람쥐의 작은 몸통을 손으로 감싸 쓰다듬었다.

"위로해 주는 거니?"

발치에 누워 있던 아부가 폴짝 책상 위로 뛰어올랐다. '나도, 나도.'라고 말하는 것처럼 골골 목을 울리면서 유진의 품으로 머리를 들이밀었다.

"알았어, 아부. 너도 고마워."

두 마리 환수는 언제부터인가 주인은 안중에도 없이 온종일 유진의 근처에서 맴돌았다. 이제 왕성의 그 누구도 환수들이 그녀를 졸졸 따라다니는 모습을 보고 의아해하지 않았다.

유진은 작은 짐승들의 부드러운 털을 쓰다듬으며 생각했다.

'규칙을 발견해야 하는데…….'

「술식에는 규칙이 있어요. 하지만 내가 가르쳐 줄 수는 없습니다. 그대 스스로 깨달아야 해요. 주술사가 백 명이면 깨달음도 백 가지라는 말이 있어요. 깨달음은 자신만의 것이에요. 서로 나눌 수 없는 지식이지요.」

유진은 엘버의 조언을 떠올렸다. 예전에 엘버를 꿈속에서 만났을 때 금기의 고대 술식을 엘버에게 보여 준 적이 있었다. 자신은 고생고생하며 외웠던 술식을 엘버는 눈으로만 훑고 기억했다. 엘버가 말하기를, 자신은 규칙을 깨달았기에 아무리 복잡한 술식이라도 이해할 수 있다고 했다.

이해하지 못하는 유진은 술식을 무작정 암기하는 수밖에 없었다. 그러니 애써 외워도 기억은 빠르게 휘발되었다. 그래도 외우고 또 외웠다.

「이해하지 못하면 외워야지요. 머리가 지끈거리도록 암기하다 보면 규칙을 발견하게 될 거예요. 고대로부터 입증된 효과적인 학습 방법이에요. 다만, 시간이 얼마나 걸릴지는 사람마다 다르니 알 수가 없군요.」

유진은 그 조언을 다시 보고 싶어서 주술 노트를 펼쳤다.

그녀는 엘버와 필담을 나누는 주술 노트를 통해 가르침을 받고 있었다. 그래서 본래 갖고 있던 두 권의 주술 노트까지 포함하여 총 세 권을 갖게 되었다.

노트의 맨 앞장까지 넘겨도 찾으려는 내용이 없었다. 이미 한참 전의 기록이라서 노트 한 권 분량을 넘어갔기 때문에 삭제된 것 같았다.

'벌써 이 년인가.'

유진은 새삼 세월의 흐름을 상기했다. 이 주술 노트를 받은 지 어느새 그만큼 시간이 흘렀다.

원래는 방랑족의 어르신들한테 조언을 구했던 방식대로 했다. 의문이 생기면 아드리트를 중간에 끼고 엘버에게 질문했다. 이 방법은 아무래도 번거로웠다. 그래서 엘버가 유진과 직접 필담할 수 있는 주술 노트를 만들어 왕국으로 보냈다.

'어르신을 직접 뵈어야 해. 필담은 한계가 있어.'

주술은 배울수록 어려웠다. 점점 벽이 더 높아지는 기분이 들었다. 그래도 재미있었다. 그녀는 이 매력적인 학문에 푹 빠졌다.

'이동 주술이 완성되었으니 조만간 성도에 다녀올 수 있겠지.'

엘버가 개조한 이동 주술을 각 왕국에 설치하는 과정이 얼마 전에 끝났다. 주술의 설치는 성도에서 파견 나온 방랑족들이 맡았다. 그들은 자신들이 설치한 주술을 발동하여 성도로 돌아갔다. 주술의 성공을 스스로 입증한 셈이었다.

그리고 여섯 왕이 자국 내에 설치한 이동 주술의 첫 탑승자가 될 것이다. 조만간 왕들은 이동 주술을 타고 성도에 모이기로 했다. 이후 왕들은 정기적으로 성도에서 회합을 가질 계획이다.

유진의 손길에 몸을 맡기고 늘어져 있던 두 마리 환수가 벌떡 일어났다. 책상 위에서 뛰어내려 살짝 열린 발코니 창을 비집고 빠져나갔다. 어찌나 재빠르게 사라지는지 마치 뭔가에 놀라 도망가는 것 같았다.

유진은 피식 웃으며 일어났다. 곧 예상했던 목소리가 밖에서 들려왔다.

"왕비님. 왕자님 듭시옵니다."

"들어오너라."

문이 열리기 전부터 유진은 웃고 있었다. 곧 푸른 머리카락의 어린 소년이 안으로 들어왔다. 그녀는 로히드가 가까이 올 때까지 기다리지 못하고 얼른 마중 나갔다.

유진은 로히드의 키에 맞추어 무릎을 굽혀 앉아 아들을 꼭 안은 후 볼록한 이마를 덮은 보슬보슬한 머리카락을 쓸어넘겼다.

"잘 잤어?"

"네."

유진은 어린아이가 잘 자는 것이 잘 먹는 것만큼 중요하다고 생각했다. 그래서 날이 저물면 일찍 재우고 낮에도 한차례 낮잠을 자게 했다.

원래 왕국에는 아이들을 낮잠 재우는 관습이 없었다. 말문이 트이고 걷기 시작하면 거의 어른과 비슷한 하루를 보냈다. 유진이 시작한 낮잠 재우기 양육법은 귀족들 사이로 퍼져서 근래에는 아이들을 낮잠 재우는 집이 꽤 늘었다.

유진은 로히드의 손을 잡고 소파로 데려갔다. 소파에 나란히 모자가 앉았다. 곧 시녀들이 간식을 가져왔다.

낮잠을 한숨 자고 일어난 로히드가 오면 유진은 아들을 옆에 앉히고 간식을 먹는 모습을 지켜보았다. 매일 반복되는 오후의 이 일정은 언제나 행복했다.

이제 두 살이 된 로히드는 하루가 다르게 무럭무럭 컸다. 그만큼 먹성도 좋았다. 오후에 잔뜩 간식을 먹고 나서 저녁도 어른 식사량만큼 먹어 치웠다.

로히드가 비스킷에 치즈를 잔뜩 올려서 한입 가득히 집어넣었다. 두 볼이 빵빵하게 부푼 모습이 귀여웠다.

"천천히 먹어야지. 체할라."

유진은 얼른 주스 컵을 들어 아이의 입가에 가져다 댔다. 작은 두 손으로 커다란 컵을 꽉 쥐고 벌컥벌컥 마시는 모습을 흐뭇하게 바라보았다.

'어쩜 이렇게 제 아버지를 닮았을까.'

주변에서는 로히드가 유진도 닮았다고 말했다. 하지만 머리카락과 눈동자 때문일까. 유진이 보기에 로히드는 완전히 카세르의 닮은 꼴이었다.

카세르를 축소한 것처럼 똑같이 생겼으면서 아이 특유의 어설픈 발음으로 말하고 자그마한 몸집의 짧은 다리로 종종 걷는 모습이 몸서리치게 사랑스러웠다.

'내가 잘하고 있는지는 모르겠어.'

유진은 장차 왕이 될 왕자를 훈육하는 제왕학은 알지 못했다. 성장기를 저쪽 세상에서 보내는 동안 그녀는 평범한 보통 사람이었다. 주변 사람도 다 평범했다. 부와 권력을 가진 사람들의 자식 교육에 어떤 남다른 점이 있는지 모른다.

그래도 한 가지만큼은 자신 있었다. 사랑을 주는 것.

"어머니."

"응?"

"아버지는 왕이지요?"

유진의 눈이 커졌다.

'로히드가 벌써 자신과 주변의 특별함을 이해하는 건가?'

"그래. 네 아버지는 왕이시란다."

"왕은 환수가 있대요."

"……그렇지."

"어디에 있어요? 저는 보지 못했어요."

"아……."

동글동글한 파란 눈동자 앞에서 유진은 말문이 막혔다. 언젠가 로히드가 궁금해할 거라고 생각했지만, 갑작스러워서 적당한 말이 떠오르지 않았다.

아마 이 왕성에서 아부와 꼬마를 보지 못한 사람은 로히드뿐일 것이다. 두 마리 환수는 유진의 곁에 딱 붙어 있다가도 로히드가 근처에 다가오면 순식간에 어디론가 사라졌다.

유진이 환수들이 왜 로히드를 싫어하는 걸까 고민하다가 카세르에게 털어놓았더니 그는 대수롭지 않다는 듯 말했다.

「나도 선왕의 환수는 거의 본 적이 없어. 라크가 왕을 피하는 것과 비슷해.」

「하지만 예전에 다른 왕들의 환수들과 한자리에 모였을 때는 이 정도
로 싫어하지는 않았어요.」

「로히드는 내 아들이니까. 프라즈가 나와 비슷하면서도 전혀 다르지.
그 특유의 이질감이 불편한 모양이야.」

유진은 환수가 라크라는 사실을 새삼 깨달았다. 아직 로히드가 어려서
프라즈를 각성하지 않았는데도 본능적인 거부감을 느끼는 것 같았다.

"로히드. 환수가 궁금하니?"

"네."

"누가 네게 환수에 관해 말해 줬어?"

"책에서 봤어요."

"책…… 그랬구나. 이리 와."

유진은 로히드를 데리고 발코니로 나갔다. 그녀는 발코니 아래쪽을
둘러보다가 크게 숨을 들이마신 후 힘껏 소리쳤다.

"아부!"

잠시 후 저쪽에서 흑마가 모습을 드러냈다. 평소라면 신이 나서 달려
왔을 아부는 멀찍이 거리를 유지하고 다가오지 않았다. 유진은 로히드
를 안아 들고 아부가 보이는 방향을 가리켰다.

"저기 보이지?"

"……저건 말이잖아요."

유진이 웃으며 말했다.

"환수는 동물의 모습으로 변할 수 있단다. 지금은 말의 모습을 하고
있지만 다른 동물이 될 수도 있어."

실망하던 로히드의 눈빛이 반짝했다.

"하지만 그 모습을 보여 달라고 하면 안 돼."

"왜요?"

"환수는 주인님 말만 듣거든. 네가 아버지한테 떼를 써서 환수를 만지게 해 달라든가, 변하는 모습을 보게 해 달라고 해서도 안 돼. 그건 환수에게 무척 기분 나쁜 일이야."

로히드는 말없이 흑마를 응시했다.

"로히드. 너도 나중에 환수의 주인이 될 거야. 오직 네 말만 듣는 너의 환수를 찾게 되겠지."

유진은 환수 사냥을 위해 사막을 헤매던 미래의 로히드 모습을 떠올리며 미소 지었다.

"언제요?"

"네가 더 크면."

"왕비님."

유진이 뒤를 돌아보았다. 시녀가 고개를 숙이고 서 있었다.

"무슨 일이냐?"

"왕성을 찾아온 자들이 왕비님께 알현을 청하고 있습니다. 신분 내력을 명확히 밝히지 않고 이것을 왕비님께 올렸습니다."

유진은 시녀가 건네는 서신을 읽으며 점점 표정이 변했다.

"귀빈들이다. 예의를 갖추어 안으로 모셔라."

"분부 받잡습니다."

시녀가 물러간 후 곧 유진도 안으로 들어갔다. 로히드는 유진의 품에 안긴 채 흑마가 완전히 보이지 않을 때까지 눈을 떼지 않았다.

'환수……'

심장이 두근거렸다. 이상한 기분이었다. 자신이 느끼는 미묘한 흥분의 정체가 무엇인지 알기에는 소년은 아직 어렸다.

　　　　＊　　　＊　　　＊

　유진 앞에 마주 앉은 두 남녀가 깊이 눌러 쓴 후드를 벗었다. 여자의 머리카락은 유진과 똑같은 흑발이었다.

　"오랜만이야. 플로라."

　유진과 눈이 마주친 플로라가 살짝 고개를 끄덕였다. 유진이 곧 옆의 남자에게도 인사를 건넸다.

　"오랜만이에요. 피데스 경."

　"평안하셨습니까."

　"나는 언제나 잘 지내고 있어요."

　피데스는 누가 봐도 긴 여행을 하는 사람의 차림새를 하고 있었다. 옷차림이 남루하거나 지저분하지는 않았으나 마지막으로 봤던 때보다 어딘지 모르게 나그네의 분위기를 풍겼다.

　유진은 오래전, 성도에서 봤던 피데스의 모습을 떠올렸다. 번쩍거리는 갑주를 입고 멋스러운 망토를 걸쳤던 그는 사람들이 동경하는 기사의 모습 그 자체였다.

　그러나 기사의 영광은 괴물이 소멸하면서 함께 무너졌다. 심판관은 대부분 죽었고 기사 중 상당수가 자결했다. 상제가 신성한 존재가 아닌 괴물이라는 사실을 받아들일 수 없었을 것이다. 자신들의 존재 의의를 통째로 부정하는 셈이니까. 그리고 나머지는 도망치듯 성도를 떠났다.

　지금 피데스는 색이 바랜 가죽조끼를 입고 투박한 형태의 로브를 걸쳤다. 햇빛을 오래 본 피부는 짙게 그을렸다. 과거의 화려한 모습은 어디에도 없었다.

　하지만 유진은 현재 눈앞에 있는 피데스의 눈빛이나 표정이야말로 신념에 따르는 올곧은 기사의 전형이라는 생각이 들었다.

"크게 다친 곳 없이 건강한 듯해서 다행이에요. 경을 마지막으로 봤을 때보다 편안해 보여요."

피데스가 뜻밖의 말을 들었다는 표정을 지었다.

"경이 왔다 갔던 때가 일 년 반……? 이 년은 좀 안 될 거예요."

"예. 그쯤 되었습니다."

"그때 경은 좀 조급해 보였거든요. 시간은 부족한데 할 일은 많은 사람 같았어요."

피데스가 무슨 뜻인지 알겠다는 듯, 미소 지으며 고개를 끄덕였다. 그는 옆을 돌아보며 말했다.

"아니카 플로라 덕분입니다. 아니카 플로라의 도움이 없었다면 막막했을 겁니다."

유진이 플로라에게 시선을 돌렸다. 피데스의 변화는 플로라에 비하면 아무것도 아니었다.

사람의 인상이 바뀌면 이렇게 달라 보일 수가 있구나. 유진은 조금 전 플로라를 보면서 내심 감탄했다. 고작 이 년 만에 완전히 다른 사람이 되었다.

유진이 출산하고 몇 달 후, 플로라가 만나자고 했다. 그 당시 플로라는 유진이 마련해 준 안가에서 조용히 지내고 있었다.

플로라는 위험한 주술을 알고 있으므로 마음먹기에 따라서는 위협적인 존재가 될 수 있었다. 그래서 안가 주변에 지켜보는 자를 심어 두었다. 특히 플로라가 요청하는 물품 중에 주술의 재료가 있는지 주의 깊게 살폈다.

임무를 맡은 자는 종종 유진에게 보고하러 왔다. 그자의 말에 따르면 플로라는 수도사 같은 생활을 했다. 거의 외출하지 않았고 기본적인 생필품 외에는 요구하지 않았다.

그래서 플로라가 갑자기 만나자고 했을 때는 무슨 일인지 궁금했다. 그리고 전혀 생각지도 못한 부탁을 받았다.

「피데스 경이 지금 어디에 있는지 알 수 있을까?」

「피데스 경이 일정이 따라 움직이는 것은 아니라서 나도 몰라.」

「찾을 방법이 없어?」

「알아볼게. 피데스 경에게 전할 말이 있어?」

「만났으면 해. 피데스 경이 하는 일을 돕고 싶어. 실종자를 찾으러 세상을 돌아다닌다고 했지. 아무리 조심해도 활동기에는 언제 어디서 라크와 마주칠지 모르니까 위험할 거야. 내가 곁에 있으면 도움이 되겠지.」

왜 갑자기 그런 마음을 먹었는지 궁금했다. 하지만 더 설명하지 않는 플로라에게 유진은 굳이 캐묻지 않았다.

플로라는 어딘가 아슬아슬해 보였다. 온종일 안가에만 틀어박혀 성도의 가족들에게 연락하는 일조차 하지 않았다. 삶의 의지가 없는 사람 같았다.

그래서 플로라가 뭔가를 하겠다는 의욕이 생겼다면 도와주고 싶었다.

유진은 피데스의 행방을 알아보았다. 이 세계에서 거처가 정해지지 않는 사람을 찾는 일은 사막 모래 속을 뒤져 바늘 찾기였다.

다행히 방법은 있었다. 피데스가 가지고 있는 여섯 왕국의 통행증은 특별했다. 그 통행증을 가진 사람이 규모 있는 도시에 들렀을 때 검문 병사가 알아보고 왕명을 전달할 수 있었다.

왕들이 지닌 주술 노트도 도움이 되었다. 피데스를 찾도록 도와 달라는 요청을 각 왕국에 보낼 필요 없이 카세르가 노트에 적기만 하면 되었으니까.

유진이 플로라의 부탁을 받은 후 대략 석 달 만에 피데스가 하시 왕국의 왕성을 찾아왔다. 그리고 며칠 후 플로라는 피데스와 떠났다.

"성도에 가서 어르신을 뵈었다는 이야기는 들었어."

약 일 년 전이었다. 플로라가 성도에 와서 엘버를 만났다. 오늘 플로라가 찾아오기 전까지는 그것이 유진이 들은 플로라에 관한 마지막 소식이었다.

플로라가 고개를 끄덕였다.

"어르신께 주술을 한 가지 배웠어. 들었니?"

"아니."

유진은 플로라가 엘버를 만난 사실을 아드리트한테 들었다. 엘버에게는 묻지 않았다. 엘버가 플로라와 만나서 무슨 이야기를 나눴든, 알아낼 권리는 없으니까.

"사람을 찾는 일이라는 게 너무 막연하더라. 더구나 죽었는지 살았는지도 정확히 모르고. 그래서 도움을 청하러 갔어. 어르신께서는 소지했던 물건으로 그 주인을 추적할 수 있는 주술을 가르쳐 주셨지. 그 주인이 죽은 사람이라고 해도 말이야."

"와……."

유진이 감탄했다.

"두 사람이 하는 일에 크게 도움이 되겠구나."

"응. 그런데 완벽하지는 않아. 적합한 물건을 구하는 일이 꽤 어려워. 애착이 형성된 물건이면 주인이 어디 있는지 정확히 찾아낼 수 있는데 입던 옷 같은 일상의 물건은 연결된 끈이 희미하거든. 그래서 주인의 위치를 아주 넓은 위치로만 특정해 줘. 그러면 그 근처를 다 뒤져야 해."

설명만 들어도 만만치 않은 일 같았다. 시신이 암매장되어 다 부패했다면 장소가 특정되었다고 해도 과연 찾을 수 있을까.

"그래서 부탁을 드리러 왔습니다."

피데스가 말했다.

"일전에 아니카 진께 드린 제 친우의 일기장을 제가 다시 가져가도 될까요?"

"그럼요. 당연히 드려야지요. 그럼 그 사제님은……."

이 세상 사람이 아니냐고, 생략한 질문을 알아듣고 피데스가 고개를 끄덕였다.

"유감이에요. 고인의 명복을 빌어요."

피데스의 눈빛이 흔들렸다. 그는 말없이 고개만 숙였다.

성도를 떠난 후 가장 먼저 요세프를 찾아 나섰다. 친구가 죽었다는 확실한 증거를 발견했을 때 그는 비탄에 빠져 오열했다. 기적을 바랐던 그의 소원은 이루어지지 않았다.

요세프의 시신은 끝내 찾지 못했다. 그 일에만 매달려 있다가는 안 되겠다고 생각해서 나중을 기약했다. 피데스가 찾아야 할 사람은 아주 많았으니까.

그리고 이제는 친구를 만나러 가자고 마음의 준비를 마쳤다. 그 일기장이라면 틀림없이 주인이 어디에 잠들어 있는지 알려 줄 것이다.

"나는 너한테 줄 게 있어서 왔어."

플로라가 가방 속에서 가죽 표지로 감싼 노트를 꺼내 테이블에 올렸다.

"라크를 조종하는 주술. 그 주술에 관해 주술사로서 내가 경험한 모든 것들은 기록했어. 과거에 그 주술의 주술사들은 주술에 잡아먹혀 비극적으로 죽었지. 그래서 제대로 된 기록이 없다고 들었어. 그 주술은 다시는 세상에 드러나지 않는 편이 옳겠지. 그러니까 더더욱 얼마나 위험한지 알아야 한다고 생각해."

플로라는 손때가 묻은 노트를 복잡한 눈빛으로 바라보더니 말했다.

"이 주술은…… 마약과 같아. 난 지독한 금단 현상에 시달렸어. 주술사가 된 동안 느꼈던 완벽한 해방감은 극상의 쾌락이었거든."

유진이 놀란 표정을 지었다. 그런 부작용은 처음 알았다. 아마 방랑족의 어르신들도, 어쩌면 엘버도 모를 것이다. 플로라의 말대로 기록이 없기 때문이다.

유진은 탄식했다. 플로라가 안가에서 꼼짝하지 않는 동안 자기 자신과 싸웠다는 사실을 이제 알았다.

"정말 대단하다, 플로라."

피데스와 떠나기 전의 플로라는 메마른 인형 같았다. 그때는 그저 무기력한 모습인 줄 알았는데 자신과의 고독한 전쟁을 치르느라 지쳐 있던 거였다.

지금의 플로라는 어딘가 빛이 났다. 그 빛의 원천은 자신과의 싸움에서 승리한 자의 당당함이었다. 인상이 훨씬 부드러워졌는데도 더 강해 보였다.

유진의 감탄하는 눈빛을 받으며 플로라는 멋쩍게 웃었다.

"사실 내가 왕국을 떠난 이유는 한계를 느꼈기 때문이야. 내게만 들리는 유혹의 속삭임에 넘어갈 것만 같았어. 그래서 피데스 경을 돕고 싶다고 핑계를 댔지. 날 제어해 줄 사람이 필요했거든."

플로라가 고개를 돌려 피데스를 바라보았다.

"피데스 경이라면 내가 잘못된 폭주를 했을 때 망설임 없이 날 처단할 거라고 믿었어."

피데스가 떨떠름한 표정으로 헛기침했다.

"……저를 그렇게 인정사정없는 사람으로 생각하셨군요."

"이미 그런 마음 먹은 적도 있잖아요."

플로라가 예전 일을 꺼내자 피데스가 슬쩍 시선을 피했다.

플로라는 다시 유진을 보며 부드러운 미소를 머금고 느릿하게 눈을 감았다가 떴다.

"그런데 세상은 참 넓더라."

피데스와 세상을 떠도는 동안 플로라는 자신이 얼마나 좁은 세계에 갇혀 살았는지 알게 되었다. 이 세상 전부인 줄만 알았던 성도는 그냥 일부 지역일 뿐이었다.

그녀는 광활한 자연 속에서 겸허해지고 아름다운 풍경에서 위로받았다. 자신의 운명과 세상을 향한 원망이 서서히 흩어졌다. 다양한 삶의 형태를 가진 사람들과 만나며 많은 것을 배우고 느꼈다.

"그 주술 없이도 난 이제 자유를 느껴."

유진은 미소 짓는 플로라를 보며 아름답다고 생각했다. 플로라가 훨씬 더 평범한 용모를 지녔어도 같은 감정을 느꼈을 것이다.

유진이 노트를 들어 펼쳤다. 몇 장만 대충 훑어도 얼마나 정성을 들인 기록인지 알 수 있었다.

"이 기록은 앞으로 주술을 배우는 모든 자들이 봐야 하는 필독서가 될 거야. 네 귀한 경험을 나누어 주어서 고마워, 플로라."

두 사람은 용건만 마치고 곧장 일어났다. 유진은 먼 길을 왔으니 며칠 푹 쉬었다 가라고 두 사람을 붙잡았다. 피데스는 결정권을 플로라에게 맡긴다는 듯 모호하게 반응했고 플로라는 망설임 없이 거절했다.

"솔직히 내가 언제까지 피데스 경과 이런 떠돌이 생활을 할지는 모르겠어. 그런데 난 지금 바람을 탄 것 같아. 여기서 멈추면 안 된다는 기분이 들어."

"……그래. 내가 도와줄 수 있는 일이 있으면 언제든 와."

두 사람을 배웅하고 돌아서면서 유진은 벅찬 마음으로 미소 지었다.

아까 두 사람이 찾아왔다는 보고를 받았을 때 반가운 한편으로 무슨 일인지 걱정도 되었다. 다음에 두 사람을 다시 만날 때는 오직 기쁜 마음으로만 인사할 수 있을 것이다.

*　　*　　*

완성된 이동 주술을 처음으로 이용하여 성도에서 왕들이 모이자고 날을 잡았다. 정오까지 모이기로 한 약속 시간에 맞추어 카세르는 출발 준비를 마쳤다.

본래 하시 왕국에서 성도를 가려면 일정을 조율해야 하고 여정 준비도 만만치 않았다. 일 년에 한두 번이라도 그 먼 거리를 오가려면 보통 큰일이 아니었다.

하지만 이제부터는 주술을 통해 순식간에 오가게 되었다. 이동 주술은 아직 주술이 생소한 사람들에게 깊은 인상을 남길 것이다.

아직 섣부른 예측은 할 수 없지만, 머지않아 주술이 사람들의 생활에 깊이 침투할 거라는 사실만큼은 여섯 왕 모두 동의했다.

아버지를 배웅하러 나온 자리에서 로히드는 다른 곳에 정신이 팔렸다.

'환수.'

로히드는 다른 말보다 체격이 월등히 큰 흑마를 유심히 보았다. 저 말은 마구간에 없었다. 그래서 며칠 동안 왕성 주변을 부지런히 돌아다녔는데도 코빼기도 볼 수 없었다.

'붉은 눈. 뿔이 있다.'

발코니에서 어머니와 함께 봤을 때보다 가까워서 생김새가 잘 보였다. 다른 말들과 확실히 어딘가 달랐다.

다른 말들은 얌전히 서 있는데 흑마는 조금씩 머리를 흔들고 하품도

했다. 마치 지루해하는 것 같았다.

흑마의 붉은 눈이 로히드와 마주쳤다. 짐승은 빤히 로히드를 보다가 코웃음 치듯 작은 투레질 소리를 냈다. 로히드의 눈이 가늘어졌다. 왠지 기분이 나빴다.

"로히드."

로히드가 얼른 고개를 들었다. 카세르가 두 팔을 뻗어 아들을 품에 안아 들었다.

"어머니 말씀 잘 듣고."

"네, 아버지."

카세르는 내일 돌아올 예정이었다. 이동 주술을 발동하는 주술사들이 아직 미숙해서 준비하는 데에 시간이 걸렸다.

그는 한 손으로 로히드의 얼굴을 쓰다듬었다. 어린 아들의 보들보들한 피부를 만지면 항상 뭉클한 기분이 들었다.

아이가 태어난 후 한동안은 얼떨떨했다. 아이를 보면 그냥 신기했다. 자신이 아버지가 되었다는 실감도 잘 나지 않았다.

그런데 아이가 눈을 맞추고, 표정을 드러내고, 열심히 기고 걷다가 말문이 트이는 과정을 지켜보면서 그는 부정이 뭔지 알게 되었다. 아내를 사랑하는 마음과는 또 달랐다. 자신을 닮은 푸른 머리카락과 눈동자의 아이가 스스로 움직이고 말하는 그 자체가 대견하고 뿌듯했다.

"착하게 지내겠다고 했으니 다녀오면 상을 줘야지. 뭐가 갖고 싶니?"

보상을 내걸어야 할 정도로 로히드가 말썽꾸러기는 아니었다. 오히려 어린아이답지 않게 점잖은 편이었다.

괜한 핑계를 대서라도 아들에게 뭐 하나를 더 주고 싶은 아버지의 마음이었다.

로히드가 머뭇거리자 카세르는 흥미로운 표정으로 물었다.

"갖고 싶은 게 있구나?"

로히드가 흑마를 보며 갈등했다. 더 가까이에서 보고 싶다. 말 등 위에 타 보고도 싶었다. 하지만 어머니가 그러면 안 된다고 했다. 로히드는 흘끔 눈을 돌려 어머니의 눈치를 살피고는 고개를 흔들었다.

하지만 딴에는 속내를 감추려는 모습이 어른들 눈에는 어설프기만 했다. 로히드의 시선이 움직이는 방향이 노골적이라서 모를 수가 없었다. 그리고 카세르는 로히드가 환수에 관심을 보이기 시작했다는 이야기를 며칠 전 유진한테 들었다.

카세르가 로히드의 귓가에 목소리를 낮추어 속삭였다.

"다녀와서 이야기하자. 어머니 없는 곳에서 둘이서만."

그래 봤자 겨우 한 걸음 떨어진 거리에 서 있는 유진의 귀에 아주 잘 들렸다.

로히드가 흠칫 놀라더니 유진을 돌아보았다. 유진이 모르는 척 내색하지 않으니까 로히드는 아버지를 보며 '네.'라고 속삭이는 목소리로 대답했다. 카세르가 소리 내어 웃으며 아들의 볼에 입을 맞추었다.

유진이 빤히 보이는 모의를 꾸미는 부자를 보며 피식 웃었다. 고개를 숙이고 서 있는 궁인들이 흐뭇한 미소를 지었다.

＊　　＊　　＊

눈앞이 잠깐 어두워지고 금세 주변 풍경이 바뀌었다.

왕국의 이동 술식 주변은 견고하게 지은 건물로 보호했다. 그런데 성도의 술식 주변에는 야트막한 담을 쌓아 경계만 표시했다.

여섯 왕국과 연결된 여섯 개의 술식은 과거 성도궁이 있던 자리에 각 왕국의 방향에 따라 만들었다.

이곳의 술식은 왕국과 달리 관리가 허술했다. 하지만 겉보기에만 그럴 뿐이었다. 가장 강력한 라크가 잠들어 있고 초월자의 능력을 지닌 주술사가 지키고 있다. 그들의 눈을 속여 이 술식을 건드릴 수 있는 자는 없을 것이다.

'많이 바뀌었군.'

카세르는 주변을 둘러보았다. 땅이 뒤집히고 건물의 잔해로 어지러웠던 성도궁의 터는 말끔히 정돈되었다.

이제 이곳은 방랑족의 마을이 되었다. 제자리에 서서 돌아보니 구역별로 나뉜 마을의 형태가 보였다.

'단층집들이 모인 저곳은 거주지일 것이고, 규모 있는 건물들은 공용 목적으로 쓰이는 곳이겠군. 저건 학교인가?'

괴물의 소멸 후 카세르는 오늘 처음 성도에 왔다. 그래서 방랑족 마을을 만드는 과정은 말로만 들었다.

초반에는 순조롭지 않았다고 했다. 성도의 대표로 나선 자들이 마라와 약속했다지만 세상일이란 그렇게 간단하지 않았다. 당연히 반발하는 자들이 나왔고 방랑족을 적대하는 험악한 분위기가 조성되었다.

하지만 의외로 쉽게 해결되었다. 활동기가 시작되면서 라크들이 인간 냄새를 맡고 몰려들었다. 방어벽 때문에 들어오지는 못하지만, 성벽 주변을 맴도는 라크들을 보고 성도민들은 공포에 질렸다. 예전에는 성도 근처에서 라크를 구경도 못 했으니까.

성도민들은 생사의 갈림길 앞에서 굴복했다. 성도궁이 있던 자리에 똬리를 튼 거대한 흑뱀과 방랑족을 받아들일 수밖에 없었다.

카세르는 자신에게 다가오는 청년에게 고개를 돌렸다. 못 보는 사이에 부쩍 성숙한 어른이 된 아드리트가 고개를 숙였다.

"인사 올립니다, 전하. 그간 강녕하셨습니까."

"그래. 네 소식은 종종 왕비한테 들었다. 네가 애를 많이 쓴다지."

"해야 할 일을 하고 있을 뿐입니다. 회의장으로 모시겠습니다."

여섯 왕이 모일 회의장 역시 옛 성도궁 터 안에 있었다. 장소를 빌리자, 왕가의 저택을 돌아가며 쓰자 등등 여러 의견이 나왔으나 어차피 정기적인 모임이라면 아예 새로 짓자고 결론을 내렸다.

그렇다면 어디에 만들 것인가. 이 부분에서는 염왕 라이너가 강하게 주장했다.

「멀리 갈 것 뭐 있소? 이동 주술 근처에 만듭시다. 왔다 갔다 하는 것도 귀찮고.」

다른 왕들은 딱히 반대할 이유가 없었다. 그래서 방랑족의 동의를 얻어 옛 성도궁 터 안에 회의장을 지었다. 방랑족들은 땅 일부를 기꺼이 내주었다.

방랑족 입장에서는 믿음직한 방패를 얻은 셈이었다. 지금은 성도민들과 그럭저럭 잘 지내지만, 훗날의 일은 아무도 모른다. 왕들의 회의장은 방랑족 마을을 지키는 방어벽이 되어 줄 것이다.

다만, 아주 강력하게 결사반대를 외치는 목소리가 있었다.

「싫다. 절대 싫다! 왜 내 앞마당 근처에서 왕들이 어슬렁거리는 꼴을 봐야 하냐고!」

마라가 질색하며 펄쩍 뛰었다. 하지만 유일한 반대 의견은 아무도 귀기울이지 않았다.

　　　　　＊　　　＊　　　＊

　회의장 안에는 도왕 리차드가 앉아 있었다. 카세르가 두 번째로 도착했다.

　리차드가 반가워하며 인사를 건넸다.

　"오랜만입니다. 사왕께서는 그날 이후 성도는 처음이던가요?"

　"예, 도왕. 도왕께서는 지난해에 와 보셨다고 하셨지요?"

　"성도 분위기가 궁금하여 한 번 들렀습니다. 왕자는 잘 크고 있습니까?"

　"예. 하루가 다릅니다. 도왕께서도 왕손의 재롱을 보느라 시간 가는 줄 모르시겠습니다."

　도왕이 껄껄 웃었다.

　"그럼요. 자식이랑 손자는 또 다릅니다. 그저 이쁘기만 하답니다."

　화기애애한 대화를 나누는 사이에 조용히 암왕 페레드가 들어왔다. 페레드는 두 왕과 눈을 마주치며 묵례로 인사했다.

　여섯 왕 중에서 괴물 소멸 이후 오늘 이전까지 성도를 한 번도 찾지 않은 왕은 카세르와 페레드, 두 명이었다.

　카세르는 워낙 거리가 멀어 사정이 여의치 않으니 그렇다 쳐도 페레드는 예전에 거의 성도에서 살다시피 했다.

　게다가 성도에서 화려한 생활을 했던 디쿠스 왕국의 왕비, 아니카 코델리 역시 페레드와 함께 왕국으로 돌아갔다. 이후 두 사람의 모습을 성도에서 볼 수 없었다.

　"사왕. 이 자리를 파한 후 잠시만 시간을 내주겠습니까?"

　페레드가 조심스럽게 부탁했다. 카세르가 흔쾌히 대답했다.

　"예. 그리하겠습니다."

　명왕 니콜라스가 들어왔다. 그의 표정은 다소 상기되어 있었다.

"참으로 놀랍습니다. 눈 한 번 깜빡이는 사이에 성도에 도착하다니요."

니콜라스가 카세르에게 말했다.

"내가 언제고 두 분을 꼭 왕국에 초대하고 싶다고 했지요. 그날이 그리 멀지 않을 것 같습니다."

"왕자가 혼자 집을 지킬 수 있는 나이가 되면 기꺼이 초대에 응하겠습니다."

"아, 이런. 그날이 아직은 멀겠습니다."

리차드가 웃으며 말참견을 했다.

"생각보다 그리 멀지는 않을 겁니다. 내 아이가 아니면 무척 빨리 자라더군요."

기분 좋은 웃음이 터진 후, 니콜라스가 푸념을 늘어놓았다.

"오늘은 어르신을 뵐 수 있을는지…… 마라가 저토록 완강하니 꼭 막힌 벽을 상대하는 기분입니다."

니콜라스는 꽤 자주 성도에 왔다. 엘버를 만나기 위해서였다.

니콜라스는 엘버를 어머니를 구명한 은인으로 믿었다. 유진이 오해를 풀어 주지 않았으니 그는 앞으로도 계속 엘버를 은인으로 생각할 것이다.

그는 은인을 자주 찾아뵙고 인사 올리며 생활의 불편함은 없는지 편의를 살펴 드리고 싶었다. 하지만 정작 엘버를 만날 수가 없었다.

엘버를 만나려면 마라의 거대한 몸으로 만든 집 안으로 들어가야 한다. 그런데 마라가 왕은 절대 들일 수 없다고 거부했다. 헛걸음만 몇 번을 했는지 모른다.

"사왕. 아니카 진이 마라를 설득해 주실 수는 없습니까?"

카세르가 곤란한 표정을 지었다.

"음…… 당분간은 어려울 것 같습니다. 여기에 회의장을 만든 일로 마라가 단단히 심기가 상했다고 합니다."

"이게 다 염왕 때문입니다. 마라가 왕들을 다 염왕 같다고 생각해서 저러는 거예요."

니콜라스가 분통 터진다는 표정으로 라이너를 성토했다.

근래 가장 성도에 뻔질나게 드나드는 자는 라이너였다. 그리고 성도에서 지내는 동안 아예 방랑족 마을에서 숙식하며 마라의 주변을 기웃거렸다. 마라는 라이너의 이름만 들어도 진저리치며 싫어했다.

왕들은 쓴웃음을 지으며 시선을 교환했다. 라이너의 대책 없음은 굳이 더 말할 필요도 없었다.

"다행히 꼴찌는 면했습니다."

편왕 아킬이 들어오며 말했다.

편왕의 왕국 델러노는 성도에서 가장 가까웠다. 그래서 예전이나 요즘이나 그는 성도에 자주 왔다.

다만, 예전과 달라진 점은 있었다. 왕국으로 돌아갈 때와 성도에 올 때 왕비인 아니카 사비나와 동행했다. 그는 원래 성도의 사교 모임에 자주 얼굴을 내미는 편이었고 이제는 그 자리에 부부 동반으로 참석했다.

"한데 염왕은 아직 안 왔습니까? 이미 성도에 며칠 전에 왔다던데요."

편왕이 착석하고 얼마 안 되어 약속한 정오에 아슬아슬하게 걸쳐서 라이너가 등장했다.

"얼마 전에 본 얼굴도 있고 오랜만인 얼굴도 있고. 다들 반갑습니다."

그를 바라보는 왕들의 눈빛이 미묘한데도 라이너는 전혀 개의치 않았다. 지금껏 마음대로 살아왔고 앞으로도 그럴 것이다. 누군가 그의 고삐를 잡아채는 기적이 일어나기 전까지는.

오랜만에 한자리에 모인 왕들의 회의는 금방 끝났다. 첫 모임이니 앞으로의 방향을 잡는 정도로 마무리했다.

여섯 왕은 그동안 주술 노트를 통해 꾸준히 연락을 주고받았다. 몇 년 만에 만났어도 다들 며칠 전에 만난 사이처럼 거리감이 없었다.

"사왕. 동생이 있다며?"

불쑥, 라이너가 한마디 던지자 잠시 주변이 조용해졌다. 카세르가 라이너를 응시했다. 대단히 민감한 화제였다. 이렇게 가볍게 던질 이야기가 아니다.

그런데 악의는 없을 것이다. 그야말로 궁금해서 묻는 것이겠지. 앞뒤 계산도 없다. 그걸 알고 있으니 불쾌하지 않았다.

카세르는 종종 '저놈 머릿속에는 대체 뭐가 들었지?'라고 생각했다. 두 사람의 기질은 극과 극이라서 아마 카세르가 라이너를 이해할 날은 평생 오지 않을 것이다.

때때로 '이런 말을 하는 저의가 뭘까'라고 의심할 필요가 없는 상대란 제법 편하기도 했다. 혀를 찰지언정 뒤끝은 남지 않으니까.

"맞아. 내 동생이고 선왕의 아들이다."

카세르는 담담한 태도로 인정했다. 비밀이 아니니까 거리낄 것이 없었다. 오히려 그는 이 사실이 널리 알려지기를 바랐다.

생모의 명예를 회복하고 동시에 불륜의 상징이었던 동생이 이제는 떳떳하게 살아갔으면 했다. 솔직히 말하자면 생모보다는 동생에게 훨씬 마음이 갔다.

괴물의 농간이 작용했다고 해도 어쨌든 모두 모친이 선택한 일이었다. 하지만 에이든은 아무런 잘못이 없다. 그 아이는 자신의 의지와 상관없이 태어났을 뿐이니까.

에이든이 왕의 핏줄이라는 소문은 아마 지금쯤 성도에 파다하게 퍼졌을 것이다. 카세르는 아르스 가문과 무엔 가문에 도움을 청했다. 양지와 음지에서 막강한 영향력을 지닌 두 가문은 사람들 입에 소문이 끊임없이 오르내리도록 은밀히 작업했다.

카세르가 에이든이 자신의 동생이라고 하루아침에 발표하면 사람들은 사왕이 생모의 치부를 감추려고 저런다고 의심할 것이다. 그러면 이야기하기도 조심스러워할 테고 아는 사람만 아는 일이 될 가능성이 컸다.

그래서 공식적으로 인정하기 전에 미리 뜬소문처럼 퍼뜨려 사람들의 흥미를 끌도록 계획을 세웠다.

풍문에 관심 없는 라이너가 알 정도라니, 소문내기 작전은 제법 성과를 거둔 모양이다.

"정말 아니카가 왕의 아이를 둘 이상 낳을 수 있다는 거냐?"

"그렇다더군."

"두 번째 아이는 프라즈가 없고?"

"없어. 아니면 왕의 숫자가 무한정 늘어났겠지."

"토레드 학술원에 다닌다며?"

카세르는 라이너가 소문을 주워들은 것치고 꽤 많은 걸 알고 있다고 의아해하며 고개를 끄덕였다.

"왕국으로 데려갈 건가?"

"거취는 내가 결정할 일은 아니야. 당사자 의사가 중요하니까."

'에이든과 그 이야기를 해 봐야겠구나.'

에이든에게 넉넉한 경제적 지원을 해 주려고만 했지, 라이너가 말하기 전까지 미처 생각하지 못하고 있었다.

'염왕이 도움이 될 때가 있군.'

카세르는 너그러운 마음으로 호기심 가득한 표정의 라이너를 쳐다보았다.

"오랜만에 성도에 왔으니 돌아가기 전에 동생을 만나러 갈 거지?"

"그럴 생각이다."

"나도 같이 가면 안 되나?"

"뭐?"

카세르가 눈살을 찌푸렸다. 듣자 듣자 하니까 에이든을 구경거리 취급하고 있다. 역시 이놈은 구제 불능이다. 개소리를 한 마디만 더하면 가만두지 않겠다고 벼르며 라이너를 노려보았다.

"크흠. 사왕."

슬그머니 리차드가 끼어들었다.

"그 자리에 나도 같이 가면 안 되겠습니까?"

카세르는 순간 당황했으나 리차드의 마음을 알 것 같았다. 세상의 빛을 보지 못하고 제 어머니와 함께 죽은 두 번째 아이를 도왕은 한시도 잊지 못했을 것이다. 그러니 무사히 태어난 왕의 두 번째 아이가 어떻게 자랐는지 보고 싶은 심정을 이해했다.

"함께 가시지요. 회의장을 나서는 대로 학술원에 가려 했습니다."

"그럴 자리가 아닌데 내가 물색없이 끼어드는 건 아닌지……."

"오늘 동생을 만나는 목적 중에 주변에 보이려는 의도도 있으니 괜찮습니다."

냉기가 휘몰아치는 눈빛으로 자신을 노려보던 카세르가 순식간에 태도를 바꾸자 라이너가 구시렁거렸다.

"허어. 사람 차별을 이렇게 하네."

페레드는 아까부터 카세르와 라이너가 나누는 대화를 심각하게 귀담아듣고 있었다. 그가 초조한 표정으로 카세르를 불렀다.

"사왕. 나도…… 동행해도 됩니까?"

왕들의 시선이 동시에 페레드에게 향했다. 왕들이 파악한 페레드는 호기심 때문에 이런 말을 할 사람이 아니었다.

의문 섞인 시선들 앞에서 페레드는 좀처럼 말을 꺼내지 못했다. 처음 보는 암왕의 모습이 왕들의 호기심을 부추겼다.

"사왕. 아까 따로 할 말이 있다고 했었지요. 그 일이…… 사왕의 동생과 관련이 있어서……."

카세르가 문득 깨달은 표정으로 말했다.

"혹시 디쿠스의 왕비께서 회임을……?"

페레드가 공연한 헛기침을 하며 고개를 끄덕였다. 이미 암왕에게는 후계자인 아들이 있었다. 그러니 왕비가 두 번째 아이를 가졌다는 뜻이었다.

"축하드립니다."

카세르를 시작으로 얼떨떨하던 다른 왕들도 페레드에게 축하 인사를 건넸다.

"사왕. 그 소문이 아니었으면 나와 왕비는 무척 혼란스러웠을 겁니다."

성도에 떠도는 소문 중 열의 아홉은 거짓이다. 그런데도 성도의 내로라하는 유력자들조차 소문을 무시하지 못했다. 가끔은 소문이 품은 진실이 밝혀졌을 때 엄청난 파문을 일으키기 때문이었다.

에이든에 관한 소문이 그런 유형이었다. 세상일을 조금이라도 읽는 재주가 있는 사람이면 그 소문 뒤에 개입한 권력의 힘을 느낄 수 있을 것이다. 미치지 않고서야 감히 왕의 핏줄을 가십 거리로 삼을 수 없다. 즉, 그 소문을 조장하는 사람이 사왕이라는 걸 알 만한 사람은 다 알았다.

"사왕 덕분에 왕비는 편안한 마음으로 태교에 힘쓰고 있습니다."

"별말씀을 다 하십니다."

"사왕. 나도 같이 가도 됩니까?"

아킬이 말했다. 라이너가 '그쪽도 둘째가 생겼소?'라고 캐묻는 눈빛으로 빤히 보자 아킬이 민망한 표정을 지었다.

"아직은 아니지만……."

리차드가 웃음을 터뜨렸다.

"다 같이 갑시다. 이 문제는 왕이라면 무관할 수가 없습니다. 안 그렇습니까, 사왕."

카세르는 동생을 만나려 했던 애초의 의도와 다른 방향이 되었지만, 큰 문제는 아니라고 생각했다. 그래서 여섯 왕이 모두 함께 학술원으로 출발했다.

하지만 그는 자신의 착오를 깨닫지 못했다. 혼자 갔다고 해도 학술원은 귀빈을 맞이하느라 발칵 뒤집혔을 것이다. 조용한 만남이 가능할 리가 없었다.

*　　　*　　　*

최고의 명문가로 손꼽히는 토레드 학술원은 어마어마한 등록금으로 유명했다. 하지만 그 등록금이 문제가 된 적은 없었다.

토레드 학술원은 후원 제도를 통해 우수하되 가난한 학생을 지원했다. 학술원은 뛰어난 학생들을 후원자와 연결해 주는 다리 역할을 했다.

인재를 확보하기 위한 후원도 물론 있겠지만, 조건 없는 후원이 더 많았다. 후원 그 자체가 명예롭기 때문이었다.

후원은 반드시 학술원을 통해서 해야 한다. 그리고 학술원은 자격 있는 후원자가 아니라고 판단하면 후원 제안을 거절했다. 토레드 학술원의 후원자가 되면 부유할 뿐 아니라 명예도 지닌 사람이라는 인식이 만들어졌다.

남을 돕는 선한 의지 이면에 과시욕을 충족시켜 주는 후원 제도는 토레드 학술원에서만 성공적으로 자리 잡았다.

토레드 학술원의 대부분 학생은 후원을 받아 학비 걱정 없이 다닌다. 하지만 일부 예외는 있었다.

에이든이 그 예외에 속했다.

에이든은 점원이 주는 음료를 들고 학생 식당에서 나와 멀찍이 떨어진 벤치까지 걸어갔다. 요즘 어디를 가든 자신을 흘끔거리는 시선 때문에 사람 많은 곳이 불편했다.

그는 벤치에 앉아 따끈한 차를 한 모금 마신 후 시선을 들었다. 언제까지나 변하지 않는 하늘을 보고 있으니 오늘따라 기분이 이상했다.

'벌써 그게 이 년도 더 된 일이구나.'

성도에 나타난 거대한 괴물과 괴물의 소멸 후 밝혀진 충격적인 진실.

지난 이 년은 성도민들에게 악몽 그 자체였다.

그때의 혼란스러운 성도의 분위기를 떠올리면 지금의 안정된 분위기가 오히려 낯설었다. 세상의 종말이 도래한 날의 풍경이 아마 그러할 것이다.

하지만 그 당시에 에이든은 성도의 혼란보다 자신이 맞이한 인생의 전환점으로 넋이 나가 있었다.

괴물이 소멸한 날에 아버지가 죽었다. 성도로 몰려온 라크들로 난리가 난 와중에도 호겐은 도박장에 갔고 난리 통에 무너진 건물 잔해에 깔려 죽었다.

며칠 만에 수습한 호겐의 시신을 받은 날, 에이든의 심장은 차갑기만 했다. 고인의 명복도 빌지 않았다. 그는 그날 새삼 부친에 대한 정이 전혀 없다는 사실을 깨달았다.

그런데 장례식을 마치고 어머니가 해 준 이야기가 그를 뒤흔들었다.

「에이든. 죽은 그 사람이 네 친부가 아니다.」

그건 별로 놀랍지 않았다. 어머니께 여쭙지 못했을 뿐이지 내심 짐작은 했다.

「넌 선대 사왕의 핏줄이야. 사왕이 네 친형이란다.」

믿을 수가 없었다. 아버지의 죽음으로 혹시 어머니가 정신이 이상해진 것인지 의심했다.

「내가 죽을 때까지 감추려 했던 비밀이었다. 사왕도 얼마 전에 알았지. 형편없는 어미인데도, 사왕은 그동안 나를 도와주었어. 네 학비도 다…….」

그제야 에이든은 최근 나타난 후원자의 정체를 알게 되었다.

그동안 에이든을 후원하겠다고 나서는 사람이 없었다. 차라리 그가 고아였다면 후원을 받을 수 있었을 것이다.

그의 어머니는 아니카이지만 불명예스럽게 이혼한 왕비였다. 직접 장사를 하면서 아니카의 명예를 떨어뜨렸다는 이유로 아니카로서 제대로 대우받지 못했다. 부친은 도박에 중독된 무능력자였다.

에이든의 배경은 불운했다. 유력자들은 그의 불운을 가까이하고 싶지 않아 했다.

그런데 어느 날 갑자기 익명의 후원자가 생겼다. 그는 감사하는 마음으로 언젠가 꼭 은혜를 갚으리라고 마음먹었다.

그 후원자가 존재하는 줄도 몰랐던 자신의 형님이었다니.

출생의 비밀을 알고 나서 얼마 후에는 하시 왕국의 사람이 찾아왔다.

「전하께서는 진실을 밝히고 두 분이 형제라는 사실을 공표하고자 하십니다.」

그는 에이든이 몸 둘 바를 모르겠다는 기분이 들 정도로 정중했다.

> 「하지만 에이든 님이 원치 않으시면 전하께서는 이대로 덮겠다고 하셨습니다.」

어머니의 명예가 걸린 일을 에이든은 싫다고 할 수 없었다. 솔직히 말하자면 어머니는 핑계였고 밤잠을 설칠 만큼 설레었다.

친부가 형편없는 사람이기에 어머니가 숨겼다고 생각했다. 그래서 마음 한구석이 항상 헛헛했다. 어디서든 괜히 자신이 없었다. 하지만 이제는 당당해질 수 있었다.

자신의 아버지는 왕이었다. 형님은 왕이다. 신의 힘을 지닌, 위대한 혈통이었다.

왕국의 심부름꾼은 공식적으로 밝히기 전에 소문을 먼저 낼 거라고 했다. 이런 일은 뭘 모르는 자신보다 형님께서 알아서 하실 거라고 믿었다.

그런데 그 소문의 효과는 에이든이 상상한 것 이상이었다.

에이든은 바닥을 내려다보며 멍하게 이런저런 생각에 잠겨 있었다. 그래서 그의 앞으로 누군가 바짝 다가올 때까지 몰랐다.

"저……."

자신을 부르는 듯한 목소리에 에이든이 고개를 들었다. 세 사람이었다. 남자 둘에 여자 하나.

얼굴이 낯설지 않았다. 두 명은 대충 이름도 기억났다. 아는 사이는 아니지만, 그들은 학술원 내에서 유명했다. 이름만 대면 알만한 명문가 자제들이라고 들었다. 오다가다 멀찍이 몇 번 보았는데 항상 주변에 사람이 많았다.

"윌프리……."

청년은 이름을 부르다 말고 한숨을 내쉬었다. 에이든을 어떻게 불러야 할지 알 수 없어서 곤란해했다.

전에는 호겐 윌프리드의 아들이었으니 사람들은 에이든을 '윌프리드'라고 불렀으나 이제는 상황이 미묘해졌다.

에이든은 최근 이런 비슷한 경험을 여러 번 했다. 토레드 학생들은 상류층 사교계 소문에 민감하니까 소문을 아는 건 놀랍지 않았다. 다만, 아직 소문일 뿐인데 진실이라고 믿는 것 같아서 신기했다.

어머니께 출생의 비밀을 전해 들었을 때는 남 이야기 같았다가 주변 사람들의 태도가 달라지니까 오히려 실감이 났다.

에이든이 벤치에서 일어나며 말했다.

"에이든입니다. 디티오."

이제 그는 윌프리드라는 성을 쓰지 않았다. 아니카인 어머니는 집안의 성을 따르지 않고 왕족은 원래 성이 없다. 그래서 에이든은 언제부턴가 자신을 소개할 때 이름만 말했다.

에이든이 자신을 아는 눈치를 보이자 청년의 표정이 밝아졌다. 그는 자신과 동행한 두 명을 소개했다.

청년의 이름은 메튜 디티오. 디티오 가문은 수많은 학자를 배출한 명문가로 워낙 유명했다. 나머지 두 명도 명문가 출신이었다.

"초면이나 다름없는 사이에 갑작스럽긴 합니다만……."

메튜가 봉투를 내밀었다. 에이든이 받으니 그제야 봉투 속 내용물도 설명했다.

"한 달 후에 집에서 연회가 열립니다. 한동안 성도가 어수선해서 오랜만에 여는 자리라 어머니께서 무척 공들여 준비하고 계십니다."

소문이 퍼진 이후 에이든에게 접근하는 사람이 많았다. 에이든은 자신이 둔감한 편이라고 생각했는데도 교내에서 흘끔거리는 시선을 자주 느낄 정도였다.

이런 비슷한 관심은 그가 학술원에 막 입학했을 때도 겪었다. 몇 개월 간 '그 아니카의 아들'이라는 수군거림이 그를 따라다녔다.

요즘 받는 관심은 그때와 달랐다. 사람들은 그에게 말을 걸고 싶어서 안달이 난 것 같았다.

'초대장이라……'

에이든은 묘한 감정이 들었다. 디티오 가문처럼 유명한 명문가에서 주최하는 모임의 초대장은 아무나 받지 못했다. 웃돈을 줘서라도 구하려는 사람이 줄을 설 것이다.

원래 아니카의 자식들은 어머니 덕으로 사교 모임에 참석하여 인맥을 만들었다. 하지만 케이티는 다른 아니카들한테 배척받고 상류층 사람들과도 교류하지 않았다. 평범하게 자란 에이든에게 사교계는 딴 세상 이야기였다.

"꼭 참석해 주었으면 합니다. 에이든."

에이든은 망설였다. 구경만으로도 좋은 경험이 될 것이다. 호기심도 들었다.

그런데 뭘 입고 가야 하는지조차 모르니 가 봤자 망신만 당할 것 같았다.

심부름꾼을 통해 초대장을 받았으면 부담 없이 거절할 수 있겠으나 메튜 디티오는 직접 와서 초대장을 주는 정성을 보였다. 지금 거절하면 예의가 아니었다.

"초대 감사합니다. 제가……."

"에이든!"

소리를 내지르며 부르는 소리를 듣고 모두의 시선이 돌아갔다. 헐떡이며 달려온 사내는 에이든 외에 다른 사람은 보이지도 않는 것 같았다.

잔뜩 굳은 표정의 사내가 다그치듯 재촉했다.

"당장 본관에, 학장실로 가, 당장!"

"무슨 일로……."

"무슨 일이고 뭐고, 얼른 가자니까!"

"아, 예."

"뛰어!"

얼떨결에 에이든은 사내와 함께 달려갔다. 졸지에 덩그러니 세 사람만 남았다. 메튜 옆의 청년이 헛웃음을 터뜨리더니 인상을 쓰며 말했다.

"메튜. 좀 더 상황을 지켜보는 편이 낫지 않겠어? 그 소문이……."

메튜는 어깨를 으쓱했다.

"학장실이라잖아. 급한 일이겠지."

"그걸 말하는 게 아니라."

"가자."

메튜가 앞서 걷기 시작하자 다른 두 사람은 좋지 않은 표정으로 따라갔다.

그들은 원내 중앙 광장에 이르렀을 때 분위기가 이상하다고 느꼈다. 학생들이 삼삼오오 모여 수군거렸다. 아무나 붙잡고 물었더니 메튜를 알아본 학생은 친절하게 대답해 주었다.

"왕이 오셨대요. 그것도 여섯 분의 왕이 전부요. 본관 앞에 여섯 왕국 문양의 마차들이 줄지어 서 있다고 해요."

메튜를 비롯한 세 명은 묘한 표정으로 서로 눈을 마주쳤다.

* * *

"호오."

"흐음."

"과연."

학장실을 점거한 왕들이 에이든과 카세르를 번갈아 보며 연달아 기이한 소리를 냈다. 머리카락과 눈동자 색만 아니면 형제는 꽤 닮았다. 닮지 않은 형제도 있는 편이니 두 사람이 닮은 것은 소문을 사실로 만드는 데에 결정적인 도움이 될 것이다.

쏟아지는 시선 속에서 에이든은 진땀이 났다. 학술원 입학을 위한 최종 면접 시험 때도 이처럼 긴장하지 않았다.

에이든을 바라보는 리차드의 눈빛은 특히 남달랐다. 그는 가십 속에서 출신 배경도 모르는 채로 잘 자란 에이든이 대견했다. 한편으로는 저렇게 자랄 수도 있었던 자신의 아이를 떠올리며 마음이 저릿했다.

"프라즈는 없으나 어느 정도 타고난 힘은 있는 모양입니다. 우리와 한자리에 있는데 별 부담을 느끼지 않는 것 같습니다."

리차드의 말에 왕들이 감탄하며 고개를 끄덕였다.

프라즈를 품은 왕이 뿜어내는 특유의 기세가 있다. 왕을 처음 만난 사람은 포식자 앞의 초식 동물처럼 위축되었다. 심약한 자는 제대로 서 있지도 못했다.

그런데 에이든은 무려 여섯 명의 왕 앞에서도 조금 긴장만 할 뿐이었다.

리차드가 일어나며 말했다.

"우리는 이만 자리를 피해 줍시다. 형제끼리 모처럼 만났으니 더는 방해하지 말아야지요."

다른 왕들도 우르르 일어났다. 카세르에게 짤막한 인사말을 건네며 다들 나가고 나서 널찍한 학장실에는 형제만 남았다.

"에이든."

에이든은 자신도 모르게 흠칫 놀랐다. 자신의 이름이 평소와 다르게 들렸다.

"예."

"토레드에는 처음 와 봤다. 원내 구경을 시켜 주겠니?"

"예."

에이든은 망설이다가 뒤에 덧붙였다.

"······형님."

카세르가 살짝 미소 지었다. 에이든은 긴장이 탁 풀렸다. 이분이 내 형님이구나. 머리로만 인정했던 사실이 이제야 가슴으로 와닿았다.

* * *

분수대가 있는 원내 중앙 광장에는 언제나 학생들이 많았다. 에이든은 이 광장 주변이 이처럼 텅 빈 모습은 처음 본다고 생각했다.

아예 사람이 없는 것은 아니었다. 걸어가는 두 사람 주변을 마치 보이지 않는 벽이 에워싼 것처럼 저 멀리 사람들이 잔뜩 모여 있었다.

"한 학기만 더 다니면 졸업이라면서?"

"예."

"졸업 후에 계획은 있고?"

"며칠 후면 이번 학기가 끝납니다. 마지막 학기 시작 전까지 여유 시간이 생겨서 천천히 생각해 보려 합니다. 그런데······ 전부터 교수님께서 계속 공부하기를 권하셨습니다."

담당 교수가 에이든을 유독 잘 보았다. 에이든에게 자신의 제자로 들어와서 계속 공부를 하라고 꾸준히 권했다.

에이든은 공부가 자신의 적성에 맞다고 생각했다. 혹독하기로 악명이 자자한 토레드의 과정이 힘든 적이 없었다. 하지만 교수가 되기까지는 무척 오랫동안 공부해야 하고 어마어마한 학비가 든다. 어머니를 더 고생시킬 수는 없었다.

이제는 상황이 달라졌다. 학비 걱정을 할 필요가 없다. 에이든은 뻔뻔해지고 싶었다.

"계속 공부한다는 건 교수가 되겠다는 뜻이냐?"

"예. ……그러고 싶습니다."

"교수라…… 그것도 괜찮지. 뭐든 네가 원하는 건 다 해 봐라. 조급해할 필요 없다."

"예."

가슴속에서 뭔가가 울컥 치밀어 에이든이 입술을 꽉 물었다. 망나니 부친, 고생하는 어머니, 어린 동생들. 에이든은 늘 무거운 책임감을 지니고 살았다.

이제 자신에게도 기댈 수 있는 사람이 있었다. 이 세상에서 가장 강력한 갑옷을 걸친 것처럼 든든했다.

"곧 학기가 끝난다고 했지? 시간이 되면 왕국에 오지 않겠니?"

"아…… 새 학기 시작 전까지 한 달밖에 여유가 없습니다."

"한 달이면 충분해. 왕국에서 충분히 쉬다가 학기 시작 전에 여유롭게 돌아올 수 있을 거다."

"예?"

아직 이동 주술에 관해 모르는 에이든은 이해할 수 없었다. 성도에서 하시 왕국까지는 오가는 데에만 한 달도 빠듯할 것이다.

"방법은 나중에 사람을 보내 알려 주마. 네가 꼭 왔으면 한다. 너와 천천히 나눌 말도 있구나."

"말씀대로 학기 시작 전에 돌아올 수 있으면 그러겠습니다."

"그래. 기다리고 있겠다."

두 사람은 다시 본관으로 돌아왔다. 마차에 오르기 전, 카세르는 아쉬운 마음으로 인사를 건넸다.

"조만간 보자꾸나. 여긴 너무 어수선하다."

"예."

에이든이 작게 웃음을 터뜨렸다. 우르르 따라오는 사람들을 형님은 전혀 보이지 않는 듯 행동해서 신경 쓰지 않으시나 했더니 그건 아니었나 보다.

'형제란…… 핏줄이란 이런 걸까.'

왕국에서 보낸 심부름꾼을 통해 형님의 전언은 꾸준히 받았지만, 직접 만나서 대화는 처음 했다. 그런데도 마치 오래전부터 알고 지낸 사이처럼 어색하지 않았다.

카세르의 뒷모습을 보며 에이든의 눈동자가 흔들렸다.

"형님."

카세르가 돌아보았다. 에이든이 허리를 깊이 숙였다가 고개를 들었다.

"감사 인사를 제대로 드리지 못했습니다. 그날, 전사들을 학술원으로 보내 절 보호해 주신 것도, 학비를 지원해 주신 것도 정말 감사합니다."

카세르가 피식 웃더니 에이든에게 다가왔다.

"넌 선왕의 아들이고 내 동생이다. 나는 너를 도와준 게 아니다. 너는 마땅히 네가 누려야 하는 것들을 받은 거야."

카세르가 에이든의 어깨를 가볍게 두드린 후 꼭 잡으며 말했다.

"올바르게 잘 자라 줘서 고맙다. 네가 자랑스럽구나."

에이든은 카세르를 태운 마차가 출발하여 아예 보이지 않은 후에도 한참을 그대로 서 있었다. 그는 눈을 연달아 깜박였다. 뜨거워진 눈이 좀처럼 식지 않았다.

"다녀왔습니다."

"형님!"

"형님!"

두 명의 동생이 경쟁적으로 달려 나와 에이든에게 매달렸다. 에이든
이 웃으며 동생들의 어리광을 받아 주었다.

올해 열두 살이 된 쌍둥이는 이제 어리다고 할 만한 나이는 넘었다.
그래도 에이든의 눈에는 아직도 모든 것을 챙겨 줘야 하는 어린아이들이
었다.

"어머니는 어디 가셨니?"

"아니요."

"손님이 오셨어요."

"아니카 님이에요."

"자주 오시는 아니카 님이요."

"아, 그래."

에이든은 이 년 전부터 어머니를 대하는 아니카들의 태도가 바뀌었다
고 느꼈다. 어머니를 만나러 찾아오는 아니카들의 숫자가 부쩍 늘었다.
자신이 왕의 아들이라는 소문이 나기 전부터니까 그 소문 때문은 아니
었다.

그날.

성도민들은 괴물이 소멸하고 새로 등장한 흑색 괴물이 성도궁을 차
지한 그 시기를 구체적으로 말하기를 꺼렸다. 그냥 '그날'이라고만 했다.
그래도 서로 알아들었다.

어쨌든 그날 이후 성도의 많은 것이 바뀌었다. 그런데 가짜 신의 대리
인이 끼고돈 아니카에 대한 인식은 거의 변화가 없었다. 여전히 사람들
은 아니카를 우러러보았다.

괴물이 주는 달콤한 꿈에 빠져 현실을 외면했던 아니카를 비난하는 목소리가 나오기는 했다.

하지만 괴물이 아니카를 특별대우한 것은 아니카가 가진 신의 힘을 독점하기 위해서라는 소문에 묻혀 금세 사라졌다.

이 소문에는 배후가 있었다. 사람들이 아니카에게 적대감을 품지 않도록 왕국들이 협력하여 손을 썼다. 아니카는 왕실의 맥을 이어 나가기 위한 중요한 존재이니 왕국 입장에서는 그들을 적극적으로 보호해야 했다.

그래서 아니카들은 예전과 다름없이 지내고 있었다. 풍족한 연금도 받고 온갖 사교 모임에 참석하며 화려한 생활을 했다. 하지만 그들의 마음마저 편안하지는 않았다.

아니카를 지켜 주던 강력한 뒷배가 사라졌다. 아니카들은 태어나 처음으로 미래에 대한 불안을 느꼈다. 현실적인 고민에 빠졌던 아니카들이 하나둘 뭉치기 시작했다. 그 구심점에는 케이티가 있었다.

아니카들은 자신들을, 그리고 앞으로 태어날 미래의 아니카의 권리를 대변할 협의체를 만들자고 의견을 나누는 중이었다.

아니카들의 홀로서기를 각 왕국에서는 긍정적으로 생각했다. 예전의 성도궁처럼 어떤 세력이 아니카를 쥐고 흔드는 것보다는 그편이 나았다. 그래서 세상 물정 모르는 아니카들이 현실을 배우도록 다방면으로 지원해 주었다.

조만간 구성될 협의체의 초대 수장은 아니카 케이티가 될 것이다. 아니카들 중에 이견이 없었다. 정신 연령으로 나이를 따지자면 아마 케이티는 아니카 중에서 유일한 어른일 것이다.

'자주 오시는 아니카?'

동생들 말로는 누군지 알 수 없었다. 당장 에이든의 머릿속에 떠오르는 얼굴만 여럿이었다.

얼마 후 케이티와 함께 나오는 사람을 보고 나서야 누군지 알게 되었다.

'아니카 헤더.'

종종 어머니를 찾아오는 아니카 중에서 가장 어렸다.

'그날' 에이든이 허겁지겁 집에 왔더니 둘만 남아 있는 동생들 곁에 아니카 헤더가 함께 있었다. 얼마나 고마웠는지 모른다.

'울었나?'

눈이 마주치자 묵례로 인사하는 헤더의 눈가가 좀 붉은 것 같았다.

헤더를 배웅하고 다시 들어오는 케이티에게 에이든이 말했다.

"드릴 말씀이 있습니다."

"그래. 들어가자."

케이티의 서재로 들어와 모자가 마주 앉았다.

"오늘 학술원으로 형님……이 저를 보러 오셨습니다."

에이든은 오늘 처음 불러 본 '형님'이라는 호칭이 스스럼없이 나와서 신기했다. 카세르와 함께 원내를 거닐며 나눈 대화 내용과 왕국으로 오라는 말을 들었다는 것도 말했다.

잠자코 아들의 말을 듣던 케이티가 잠시 생각에 잠기더니 말했다.

"소문 때문에 불편한 일은 없니?"

"저를 궁금해하는 사람들이 늘긴 했지만, 별다른 불편함은 없습니다."

"오늘 이후 널 궁금해하는 사람이 더 늘어나겠구나."

케이티가 미소 짓자 에이든도 따라 웃었다.

"다녀오렴. 사왕이 방법이 있다고 했다니까 네가 새 학기 시작 전에 돌아올 수 있는 거겠지. 본래 네가 태어나 자랐어야 하는 곳이니 당연히 가 봐야지."

"어머니는……."

케이티가 고개를 저었다.

"난 자격이 없다. 무슨 염치로 거기에 가겠니."

"……하지만 어머니는 어쩔 수 없으셨던 거잖아요."

"그래도 내가 선택한 거니까. 난 최악의 방식으로 하시 왕국과 연을 끊었다. 넌 누가 뭐래도 선왕의 아들이지만, 난 왕비가 아니야."

케이티는 침울한 표정의 아들을 다독였다.

"에이든. 난 괜찮아. 내가 왕국에서 지낸 세월보다 몇 배는 긴 세월을 이 성도에서 살았지. 난 이곳이 익숙하고 여길 떠날 생각도 없어. 내 걱정은 하지 말고 가서 마음 편히 지내다 와."

에이든은 어머니의 얼굴에서 어떤 그늘도 발견하지 못하자 비로소 가벼워진 표정으로 고개를 끄덕였다.

토레드의 학기가 끝난 이튿날, 집으로 낯선 청년이 찾아왔다.

"아드리트입니다. 공유지에서 왔습니다."

'방랑족…….'

에이든은 '공유지'라는 말을 듣고 청년의 정체를 알 수 있었다. 과거 성도궁의 터에 방랑족의 마을이 생겼다. 그들은 자신들의 거주지를 대외적으로 말할 때는 공유지라고 칭했다.

방랑족이 성도에 자리 잡고 산 지는 일 년이 넘었으나 집과 학술원만 왔다 갔다 하며 단조로운 생활을 하는 에이든은 방랑족을 오늘 처음 보았다.

딱히 방랑족이 껄끄럽지는 않지만, 그들에 관한 소문이 워낙 무성했다. 그런데 생김새는 성도민과 다른 점이 없었다. 길에서 봤으면 방랑족인지 모르고 지나갔을 것이다.

"사왕 전하의 명을 받아 에이든 님이 왕국으로 가시는 방법을 설명해

드리고자 합니다.”

에이든은 하시 왕국 사람이 아닌 방랑족이 형님의 지시를 받아서 왔다는 말이 의미심장하게 들렸다.

‘소문대로 정말 방랑족의 뒷배로 왕국들이 있나 보네.’

성도민들이 대놓고 방랑족을 핍박하지는 않아도 둘 사이에는 벽이 있었다. 방랑족의 수가 적으니 다수의 횡포를 부리려는 성도민이 분명 있을 텐데도 지금껏 큰 사건 없이 잘 지내왔다.

성도민들이 선한 사람이라서 아니라 방랑족의 뒤에 있는 힘을 두려워하기 때문이었다. 토레드에서 종종 학생들끼리 그런 이야기를 하곤 했다. 대체 왕국에서 왜 방랑족을 보호할까. 무슨 이득이 있어서?

아드리트가 차분한 목소리로 이동 주술에 관해 설명하는 동안 에이든의 입이 저절로 벌어졌다.

“그러니까…… 그 주술이라는 힘으로 어떤 먼 거리도 순식간에 이동할 수 있다는 겁니까?”

“그렇습니다.”

“성도에서 하시 왕국까지도……?”

“예. 술식은 현재 공유지 안에 있고 왕국의 허락 없이는 누구도 함부로 접근하지 못하도록 관리하고 있습니다. 내일 출발하겠습니다. 아침에 모시러 오겠습니다.”

아드리트가 돌아간 후, 에이든은 뒤늦게 깨닫고 탄식했다. 왕국들이 방랑족을 보호하는 이유를 알았다. 저 주술이라는 힘은 장차 세상에 엄청난 변화를 가져올 것이다. 방랑족은 저 신비로운 힘을 독점한 현자들이었다.

이튿날, 에이든은 자신을 데리러 온 아드리트를 따라 공유지로 갔다. 옛 성도궁의 터에 도착하자 가장 먼저 눈에 들어오는 것은 똬리를 튼 형태의 거대한 뱀이었다. 이 년이 넘도록 꼼짝하지 않아서 저것이 진짜 뱀이냐, 실물처럼 잘 만든 석상이냐, 성도민 사이에 의견이 분분했다.

'석상치고는…… 지나치게 생생해.'

에이든은 거대 뱀의 곁을 지나가면서 생각했다. 이 정도로 가까운 거리에서는 처음 보았다.

"저 술식 위로 올라가시면 됩니다. 나머지는 제가 알아서 하겠습니다."

바닥에 기하학 문양이 그려져 있었다. 빛이 뿜어져 나오는 모습이 신비로웠다.

ㅡ저게 왕의 핏줄이라고?

갑자기 머릿속에서 목소리가 울렸다. 에이든이 놀라 주변을 둘러보았다.

ㅡ왕처럼 불쾌한 기운은 없네. 근데 생긴 건 확실히 닮았어. 인간은 핏줄끼리 서로 닮은 게 신기하단 말이야.

도대체 어디서 들려오는 소리인가. 에이든은 제자리에서 빙글 돌았다. 이 근처에 보이는 다른 사람이라고는 아드리트뿐이었다.

"누가 말을 하는데…… 지금 내 귀에만 들리는 겁니까?"

아드리트가 작은 한숨을 내쉬었다.

"놀라게 해 드려서 송구합니다. 제 귀에도 들립니다. 마라. 귀한 분을 네 구경거리로 삼지 마."

─프라즈가 없는 왕의 핏줄이라니 희한하군. 전사의 능력도 없는 것 같고.

아드리트는 제가 하고 싶은 말만 종알거리는 마라를 무시하고 에이든에게 말했다.
"지금 설명해 드리기에는 긴 이야기라서 시간이 없습니다. 사왕 전하께 여쭈어도 답해 주실 겁니다. 술식 위로 올라가시지요."
"예……."
에이든은 조심스레 술식 위로 올라가서 두리번거렸다.

─야.

"예?"
에이든이 자신도 모르게 대답했다.

─가면 아니카한테 물어봐. 여기 언제 올 거냐고. 아, 근데 왕의 애는 데려오지 말…….

뒷말이 더는 들리지 않았다. 갑자기 눈앞이 어두워졌다. 그는 어둠 속에서 숨죽이고 서 있었다. 뒤늦게 아드리트가 한 말이 생각났다.

「왕국의 술식은 창문도 없이 사방이 막힌 방 안에 있습니다. 문을 열고 밖으로 나가시면 됩니다.」

어둠이 눈에 익으니 문틈 사이로 새어 들어오는 빛이 보였다. 에이든은 천천히 그 빛으로 걸어갔다. 문에 두 손을 대고 힘을 주니까 천천히 열렸다. 갑자기 들어오는 빛에 눈이 부셔서 그는 눈을 감았다가 떴다.

사람들과 마차가 그를 마중하러 나와 있었다. 성도와 전혀 다른 풍경이 눈앞에 펼쳐졌다.

*　　*　　*

『어머니께서 형수님께 전해 드리라고 하셨습니다.』

유진은 에이든이 준 서신을 책상 위에 올려 둔 채 생각에 잠겼다. 내용이 궁금하지만 열어 보기 두렵기도 했다. 비록 연을 끊은 관계라고 해도 남편의 어머니이고 아무래도 어려운 대상이었다.

'형수님……'

그녀는 아까 들은 호칭을 떠올리며 픽 웃었다. 거리낌 없이 그렇게 불러서 놀랐다. 예전에 케이티를 만나러 갔다가 에이든을 잠깐 봤을 때 느꼈던 인상보다 훨씬 융통성 있는 성격 같았다.

유진이 봉투를 열어 서신을 꺼냈다. 긴장된 표정으로 읽기 시작하던 그녀의 눈빛이 점점 흥미진진하게 변했다.

"어머 어머."

혼잣말로 탄성을 지르다가 다 읽고 나서 키득거렸다.

"아니카 헤더?"

아니카 모임에서 봤던 것 같다. 기억이 날 듯 말 듯 했다. 얼마 전에 성년이 되었다고 하니까 몇 년 전에 봤을 때는 더 어렸을 것이다. 어린 아니카와 친분을 나눈 적이 없으니 아마 제대로 대화해 보지는 않았을 것이다.

'이런 재밌…… 아니, 좋은 일은 당연히 도와야지.'

그녀는 실실 웃으며 서신을 다시 봉투에 넣었다. 그리고 이 흥미로운 소식을 그날 저녁 카세르에게 전했다.

"아니카 헤더가 염왕 전하를 짝사랑하고 있대요."

카세르는 '아니카 헤더가 누구?'라는 표정을 지었다. 정말 궁금한 게 아니라 그냥 감흥이 없었다. 자신과 무관한 길거리 풍문을 들은 기분이랄까.

"아니카 헤더가 혼자 속앓이만 하다가 어머님께 털어놓았대요. 주변에 그런 고민을 말할 사람이 없었을 거예요. 어머님께서는 저번 일도 있고 아니카 헤더를 도와주고 싶으신가 봐요. 당신 생각은 어때요?"

카세르는 상기된 표정의 유진은 보며 대답했다.

"당신 좋을 대로 해."

그녀는 흥분한 것 같았다. 얼굴에 기분 좋은 웃음이 한가득하고 눈동자는 반짝거렸다. 하지만 카세르가 원하는 방향은 아니었다.

테이블 위에는 어렵게 구한 달콤한 술과 색색의 말린 과일이 보기 좋게 차려져 있었다. 모처럼 제대로 분위기 잡아 보려 하는데 왜 이런 자리에서 염왕이 화제로 등장해야 하는가.

"아니카 헤더를 왕국으로 초대해야겠어요."

유진은 케이티의 서신을 읽은 후부터 열심히 궁리한 계획을 풀었다.

"이동 주술이 완성되었으니 마침 잘 되었잖아요. 아니카 헤더가 부담 없이 왕국에 올 수 있어요."

카세르는 고개를 끄덕여 동조하면서 술병을 들었다. 그는 투명한 잔에 옅은 노란빛이 감도는 술을 반쯤 채웠다. 그리고 유진의 곁으로 더 바짝 붙어 앉으며 자연스레 그녀 손에 술잔을 쥐여 주었다.

"얼마 전에 건기가 시작되었으니까 시기도 딱 좋아요."

유진이 홀짝 한 모금 마시고 나서 탄성을 질렀다. 그리고 연달아 한 모금 더 넘겼다.

"이거!"

맛보자마자 기억이 확 살아났다. 일 년 전쯤이었다. 본래 술을 즐기지 않는 그녀가 맛보자마자 감탄한 술이 있었다. 좀 더 먹고 싶었는데 아쉽게도 그녀가 받은 한 잔이 그해 생산된 딱 마지막 남은 술이었다.

짧은 시기에 소량만 수확할 수 있는 열매로 빚은 술이라고 했다. 워낙 소량 생산이고 애주가들이 혈안이 되어 구하는 술이라 앞으로 십 년 분 생산량까지 예약이 되어 있었다.

술에 그 정도로 집착할 열정은 없어서 유진은 포기했다. 그래도 조금은 아쉬웠다. 카세르에게 '오늘 이런 일이 있었다' 정도로 말하고 나서는 잊었다.

"어떻게 구했어요? 못 구한다고 했는데요."

카세르가 으스대며 말했다.

"내가 못 구하는 게 어딨어."

유진은 거드름을 피우는 남편을 보며 웃음을 터뜨렸다. 잘난 남편의 잘난 척이 귀엽기만 했다. 지나가듯 한 말을 기억해 두었다가 깜짝 선물을 주고 자신의 반응을 기대했을 그에게 사랑이 샘솟았다.

그녀는 조금 남은 술은 단번에 다 마신 후 술잔을 내려놓고 그의 허벅지 위로 올라앉았다. 그리고 그의 입술에 짧게 여러 번의 입맞춤을 하여 예쁜 짓을 한 남편에게 상을 주었다.

유진의 이런 반응은 예상하지 못했는지 그는 잠시 얼빠진 표정을 지었다. 그 모습이 재미있어서 유진은 또다시 웃음을 터뜨렸다.

카세르의 눈빛이 빠르게 변했다. 경험상 유진은 이후에 벌어질 일을 충분히 예측할 수 있었다. 뜨겁고 능숙하게 몰아붙이는 남자에게 휘말리면 온몸이 녹진하게 풀어진 채 이 밤이 순식간에 지나갈 거라는 점도.

그전에 이미 꺼낸 이야기는 마무리 지어야 했다. 그래서 한 손으로 그의 입을 덮어 달려들기 직전의 그를 제지했다.

"만남 주선의 장소는 우리 왕성으로 할 거예요. 방해꾼도 없고 의도한 대로 분위기를 만들 수도 있고요."

카세르는 유진이 원하는 것을 아직 이해하지 못했다.

"그러니까 당신이 염왕 전하를 초대해요."

곧바로 그의 미간이 주름이 생겼다. '내가 왜?' 혹은 '싫어'라고 말하는 듯한 표정이었다.

"친구잖아요."

'친구 아니야.'

"당신하고 친하니까 초대한다고 하면 올 거예요."

'안 친하다고.'

그의 눈빛에 열기 대신 불만이 들어찼다. 유진이 그의 입에서 손을 뗐다. 그의 표정에서 골이 난 로히드의 표정을 발견하고 웃음을 꾹 참았다.

카세르와 함께 보내는 세월이 쌓일수록 미처 몰랐던 그의 모습을 발견하게 되었다. 태어나면서부터 지배자의 자리에 있던 남자 특유의 아집이 좀 있었다. 뭐든 예측 범위 안에 있어야 직성이 풀리는 남자였다. 그러니 어디로 튈지 모르는 라이너가 불편한 마음을 알 것도 같았다.

하지만 그가 진심으로 라이너를 싫어한다고 생각하지는 않았다. 카세르의 성격상 싫으면 아예 상대도 안 할 것이다.

그리고 라이너가 카세르에게 좋은 영향을 준다고 종종 느꼈다. 카세르가 가끔 왕들끼리 있었던 에피소드를 말해 줄 때가 있었다.

라이너가 저지른 엉뚱한 짓을 말하며 혀를 찬 후에는 그의 완벽주의 성향이 다소 느슨해지는 것 같았다. '내키는 대로 편하게 사는 녀석도 있는데 내가 뭐하러 안달복달하나.'라는 심리랄까.

유진은 그의 목을 끌어안으며 말했다.

"부탁해요. 당신이 날 도와줘요. 카세르."

라이너가 결혼하면 라바 왕국의 경사이지 유진이 득을 볼일은 아니었다. 그래도 자신을 도와 달라고 말했다. 그편이 카세르의 마음을 움직이는 효과가 있을 테니까.

"……알았어."

그는 항복하는 심정으로 대답했다. 애초에 아내를 이길 수 있다는 생각은 해 본 적도 없다.

"왕국으로 공식 초대장을 보내는 거 말고요."

그러려고 했던 카세르는 침묵했다.

"아니카 헤더 이야기는 절대 하지 말고 당신이 가볍게 친구를 초대한다는 느낌으로 주술 노트에 써서 전해요."

'가볍게? 그게 도대체 어떤 느낌인데?'라고 카세르는 생각했다.

"초대 이유는?"

"그건 당신이 알아서 해야죠."

"……."

"당신은 잘할 거예요. 뭐든 완벽히 해내잖아요."

유진이 그의 입술에 입을 맞추었다. 그의 입술 사이로 비집고 들어간 혀가 안쪽의 점막을 훑었다. 그녀의 등을 받친 그의 손가락이 움찔했다.

카세르는 눈빛에 정염이 일었다. 그는 머릿속으로 재빠르게 계산을 마쳤다. 라이너와 관련한 일 때문에 짧은 밤을 낭비할 수는 없다. '어떻게든 되겠지.'라고 생각하며 고개를 기울였다. 그녀를 끌어안고 깊숙이 탐하는 키스를 시작했다.

이튿날, 유진은 이동 주술로 헤더가 왕국에 올 수 있도록 아드리트에게 수고를 부탁했다. 그리고 마라에게 협상을 제안했다.

—마라에게 전해 줘. 이번 건기 내내 염왕께서 성도에 머물지 않도록 내가 손을 쓸 테니까 명왕께서 어르신을 만나 뵐 수 있게 해 달라고.

　라이너는 요즘 건기만 되면 성도로 가서 건기가 끝날 때까지 방랑족 마을에 머물렀다. 마라에게 궁금한 게 많아서, 마라의 존재가 흥미로워서, 라크와 대화할 수 있는 게 신기해서 등등, 그의 동기는 호감에 기반했다. 그러나 마라는 '염왕이 날 말려 죽이려고 괴롭힌다'라고 질색했다.
　라이너를 하시 왕국으로 초대하는 건 마라를 위해서가 아니지만, 마라는 그걸 모르니까 유진은 이 좋은 기회를 이용하자고 마음먹었다.
　'일거양득이 바로 이런 거지.'
　마라에게 고민할 시간이 필요했는지, 몇 시간 후에 아드리트가 답장을 보냈다.

　　—마라가 그러겠다고 합니다. 다만, 조건을 걸었습니다. 명왕 전하 혼자만, 무기는 소지하면 안 되고 머무는 시간도 제한을 두겠다고 합니다.
　　—다 좋아. 마라한테 고맙다고 전해 줘.

　유진은 마라가 변덕을 부리기 전에 얼른 모든 조건을 수용했다. 니콜라스는 엘버를 만날 수 있다는 것만으로도 기뻐할 것이다.

*　　*　　*

　헤더는 라이너와의 첫 만남을 몹시 인상적으로 기억했다.

상황이 절묘하기는 했다. 그녀를 지켜야 할 기사는 혼자 도망가 버렸고 거대한 벌레 라크가 다가오는 광경을 보며 기절하기 직전이었다.

어쩌면 라이너가 아닌 다른 사람이 나타났어도 특별해 보였을지 모른다. 위기의 순간에 나타나 그녀를 구해 준 용사님이었으니까.

시간이 흐를수록 그녀의 상상 속에서 라이너는 점점 더 근사하고 완벽한 남자가 되었다. 그리고 그만큼 그녀의 마음앓이도 심해졌다.

헤더가 성년이 되자마자 온갖 모임의 초대장이 쏟아져 들어왔다. 중매쟁이가 그녀의 부모에게 하루가 멀다고 연락하고 처음 보는 남자가 구혼한다며 찾아온 적도 있었다.

헤더의 부모는 온화한 성품의 좋은 사람들이었지만, 그녀가 고민을 의논할 대상은 아니었다. 그래서 헤더는 점점 케이티를 자주 찾아가게 되었다.

케이티가 참석해도 괜찮다고 추천한 사교 모임에 몇 번 다녀온 후 헤더는 라이너가 더 생각나서 밤잠을 설쳤다. 접근하는 남자 중에 도대체 눈에 차는 사람이 없었다.

성도에서 기사들이 사라진 후 '남자'가 씨가 말랐다며 중년의 귀부인들이 한탄하는 말을 들었다. 헤더는 딱히 기사에게 호감을 느꼈던 적이 없었는데도 무슨 의미인지 알 것 같았다.

그녀에게 치근대는 남자들은 면상만 번지르르하고 체격은 왜소했다. 라크와 맞닥뜨렸던 그 상황에 또 처하게 되면 자신을 지켜 주기는커녕 자신의 등 뒤로 숨을 것만 같았다.

라이너와 제대로 마주 앉아 대화할 기회라도 한 번 있으면 차라리 미련을 버릴 수 있을 것 같은데 사교 모임에는 절대 얼굴을 내밀지 않는 라이너를 만날 방법이 없었다. 염왕이 걷기에는 성도에서 지낸다는 소문을 들었지만, 그를 적극적으로 찾아다닐 당찬 성격도 못되었다.

답답한 마음에 케이티를 찾아가 털어놓다가 눈물을 보이고 말았다. 그냥 하소연이었다. 절대로 뭘 기대한 건 아니었다.

"반가워요. 아니카 헤더. 얼굴을 보니까 기억이 나네요. 우리가 초면은 아니지요?"

유진이 생글생글 웃으며 인사를 건넸다. 잔뜩 얼어붙어 있는 헤더가 귀여웠다.

헤더는 얼떨떨했다. 어쩌다 보니 어느새 하시 왕국에 와서 아니카 진과 마주 앉게 되었다.

"전에 아니카 모임에서 뵈었어요. 아르스 저택에서 열린 연회에도 갔었어요. 연회 날에는 인사드리지 못했지만요."

"그랬군요. 그 연회에는 복잡한 뒷사정이 있었어요. 나중에 기회가 되면 이야기해요. 일단, 내가 멋대로 나서서 아니카 헤더의 기분이 상했다면 사과할게요. 염왕 전하를 뵙고 싶다는 그대를 도와주고 싶었어요."

헤더의 얼굴이 순식간에 붉게 물들었다.

"그대가 원하지 않으면 내 손님으로서 편하게 지내면 돼요. 왕궁은 넓고 두 분이 절대 마주치지 않도록 조치할 수 있으니까요. 어떻게 하고 싶어요? 확실히 말해 줘요."

"그분을…… 뵙고 싶어요."

"잘 생각했어요."

유진은 흡족한 기분으로 활짝 웃었다.

헤더는 라크가 성도에 출몰한 그 날에 케이티의 어린 아들들을 지켜주었다. 그 이유가 케이티한테 받았던 도움에 보답하기 위해서였다는 이야기를 전해 듣고 사람됨이 바르다고 생각했다.

그래서 라이너와 헤더가 잘되도록 응원하고 싶었다. 라이너가 좋은 사람을 만나 행복해지기를 바라고 헤더는 좋은 사람이니까.

그리고 예감이 좋았다. 왠지 모든 일이 잘될 것 같았다.

헤더가 왕성에 방문한 후 이틀 뒤에 라이너가 왔다.

라이너의 도착 시간에 맞추어 귀빈을 맞이하기 위해 카세르는 모든 일정을 미루었다.

"아직 어린 왕자가 환수에게 관심을 보인다니 바람직한 현상이야."

라이너는 다짜고짜 자신의 관심사부터 드러냈다. 카세르는 유진이 괜한 수고만 하는 것은 아닐지, 회의감이 들었다. 염왕의 머릿속에는 라크에 관한 생각으로만 꽉 차 있다. 다른 것이 들어갈 틈은 전혀 없을 것 같았다.

"왕자는?"

"잔다."

라이너의 표정이 대번에 심각해졌다.

"병이 났나?"

"낮잠이야. 왕비는 아이가 어릴 때 충분히 잠을 자야 건강하게 큰다고 생각해."

라이너를 초대하라는 유진의 부탁을 받고 카세르는 고민을 거듭했다. 식사나 함께하자고 부르자니 뜬금없다. 그렇게 격의 없는 사이는 아니었다. 그리고 식사 초대는 라이너를 오랫동안 왕성에 붙들어 둘 이유가 될 수 없었다.

자연스러우며 라이너가 스스로 눌러앉도록 흥미도 느껴야 한다. 지금껏 카세르가 했던 어떤 일보다 어려웠다.

라이너의 관심사는 오직 라크뿐. 라크와 연결할 방법을 찾으려고 생각을 쥐어짜다가 로히드가 떠올랐다.

카세르는 성도에 다녀온 이틀날, 약속한 대로 로히드만 불러서 무슨 선물을 받고 싶냐고 물었다.

「환수를 만져 보고 싶어요. 까만색 말이요, 아버지.」

카세르는 아부를 불러 로히드가 가까이에서 보고 만질 수 있게 해 주었다. 아부는 몹시 못마땅한 기색으로 주인의 명에 마지못해 따랐다.

로히드가 아부를 만졌을 때 아부가 고통을 느낀다면 카세르가 알아차렸을 것이다. 하지만 로히드의 존재가 환수에게 직접 어떤 영향을 주지는 않았다. 사람으로 치면 환수들이 로히드를 꺼리는 태도는 감정의 문제에 가까웠다.

주인에게 복종하는 환수라면 내키지 않아도 꾹 참았겠지만, 아부는 예민한 성격인데다가 평소에도 주인에게 뻗대는 녀석이었다.

아부가 불쾌해하는 기색을 노골적으로 드러내니까 로히드는 놀란 것 같았다. 주변의 모든 사람한테 사랑만 받다가 처음 경험하는 거절을 충격으로 받아들였다.

로히드는 아부의 털을 조심스레 만지던 손을 떼고 뒤로 물러났다.

「다 만졌어요.」

아부를 부르기 직전에는 기대에 가득 차서 눈을 반짝거리던 아들이 시무룩한 표정을 짓는 모습이 그렇게 안타까울 수가 없었다.

로히드를 위해 얌전하고 순한 환수 한 마리를 더 잡아 올까 했으나 해결책은 될 수 없었다. 사왕의 환수가 사왕의 아들을 거북해하는 것이므로 환수 몇 마리를 더 들이든 마찬가지였다.

그렇다고 라크를 잡아다 줄 수도 없는 노릇이다. 카세르는 로히드가 활짝 웃으며 기뻐하는 선물이 뭐가 있는지 골몰했다. 하지만 왕국의 하나뿐인 후계자로서 뭐든 풍족하게 누리고 있는 아들에게 부족한 게 없었다.

그는 주술 노트를 펼쳐 놓고 라이너를 어떻게 불러와야 하나 고민하던 중에 문득 떠올랐다.

'다른 왕의 환수는 어떨까.'

라이너에게 부탁했더니 라이너는 흔쾌히 응했다. 아내가 시킨 대로 라이너를 부르는 목적이 반, 아들의 호기심을 충족시켜 주고 싶은 목적이 반이었다.

"필담을 우리만 읽을 수 있는 것도 아니니까 자세히 묻지는 않았는데 내가 뭘 어떻게 도와줘야 하는 거지?"

"왕자는 환수를 궁금해해. 하지만 가까이에서 보는 일조차 여의치 않지. 내 환수가 왕자를 피하거든."

"아……."

라이너가 안다는 듯 고개를 끄덕였다.

"선왕의 환수도 나만 보면 꽁지가 빠지도록 달아났다. 그래서 난 선왕께 환수를 묶어 달라고 해서 그놈 등에 올라탔지."

"……자네 선왕께서 환수를 묶어 주셨다는 건가?"

"이야기하자면 길고. 내 부탁을 들어주실 수밖에 없었던 사정이 있었다."

과연 라이너가 부왕의 환수를 괴롭힌 것이 그때 한 번뿐이었을까. 카세르는 본 적도 없는, 오래전에 왕국을 떠났을 그 환수를 동정했다. 아마 어디선가 가끔은 라이너를 떠올리며 분통을 터뜨리고 있을지도 모른다.

"다른 왕의 환수라면 왕자에게 반응이 온건할 수 있으니까 부탁하는 거야."

"크라크가 어떻게 나올지는 모르겠지만, 시험해 볼 가치는 있어."

아직 프라즈를 각성하지 않은 왕자에게 과연 다른 왕의 환수가 보이는 반응은? 라이너는 새 지식을 얻게 된다는 기대감으로 흥분했다.

"왕자는 언제 만날 수 있지?"

"서두르지 않아도 시간은 많아. 그리고 지금은 자네가 불러 봤자 환수가 대답할 것 같지 않군."

"으음."

라이너가 배신감을 느끼는 표정으로 인상을 찌푸렸다. 크라크는 아까 마중 나온 유진을 보자마자 오랫동안 헤어졌던 그리운 임이라도 만난 것처럼 요란 법석을 떨었다.

아주 가관이었다. 정작 주인은 나 몰라라 하고 그녀를 따라가 버렸다. 카세르의 말대로 지금은 불러 봤자 들은 척도 하지 않을 것이다.

헤더는 손등에 올라탄 꼬마를 보며 웃었다. 헤더가 환수를 두려워하지 않는다고 판단한 유진은 느긋한 표정으로 찻잔을 들었다.

"귀엽지요?"

"네. 이렇게 동물하고 똑같이 생긴 줄은 몰랐어요."

헤더는 말로만 듣던 왕의 환수를 처음 보았다. 그녀는 라크를 상상 속의 동물처럼 생각하며 살아온 성도민이었다. '그날'에 성도로 몰려온 라크들을 보긴 했으나 가까이에서 제대로 본 것은 벌레형 라크뿐이었다.

"겉모습은 다람쥐이지만 사실 그 동물은 아니에요. 무섭지 않아요?"

"벌레만 아니면 괜찮아요. 제가 동물을 무척 좋아하거든요. 그리고 환수는 라크와 다르잖아요. 환수는 사람을 해치지 않지요?"

"왕에게 종속되어 있으니까요. 동물보다 지능도 높고요."

유진은 꼬마를 보통의 다람쥐처럼 스스럼없이 대하는 헤더를 보면서 생각했다.

'성도민들은 라크한테 목숨을 위협당하는 공포를 몰라. 죽음이 늘 곁에 있는 왕국 백성들과 다르지. 어쩌면 성도민은 왕국 백성보다 환수를 더 편견 없이 받아들일지도 모르겠어.'

그래서 성도민들이 큰 저항 없이 성도궁 터를 차지한 마라를 받아들인 것일까.

왕국의 수도 한복판에 거대한 흑뱀이 자리 잡은 모습을 상상해 보았다. 아마 백성들은 집 안에서 굶어 죽을지언정 절대 밖으로 나오려 하지 않을 것이다.

유진은 자꾸 크라크에게 향하는 헤더의 시선을 알아차렸다. 크라크가 염왕의 환수라서 보이는 관심일 것이다.

"환수가 크라크만큼 커도 불편하지 않아요?"

속마음을 들킨 사람처럼 헤더가 얼굴을 붉혔다.

"괜찮아요. 무척 잘생긴 독수리라서…… 전 새도 좋아해요. 동물도 미모가 있나 봐요."

유진이 웃음을 터뜨렸다. 그녀 역시 비슷한 생각을 여러 번 했다. 환수가 변화한 동물은 완벽한 좌우대칭의 조화가 맞아서 동물인데도 아름다웠다.

"크라크. 아니카 헤더에게 가 봐."

유진이 자신의 곁에 붙어 있는 크라크에게 말했다. 크라크는 헤더를 보면서 머리를 갸웃갸웃 움직였다. 자신을 바라보는 헤더의 시선에서 호감을 느꼈는지, 크라크가 헤더에게 다가갔다.

긴장과 흥분으로 헤더의 볼이 붉게 달아올랐다.

"아, 안녕. 넌 정말 멋지게 생겼구나."

헤더가 들어 올린 손이 허공을 배회했다. 그녀는 조심스럽게 크라크의 머리를 가볍게 톡 건드렸다.

크라크가 헤더를 빤히 보면서 눈을 끔벅이더니 헤더의 무릎 위로 머리를 턱 올렸다. 헤더가 허둥지둥하자 유진이 웃었다.

"크라크가 아니카 헤더를 마음에 들어 하는 모양이에요. 아니카 헤더.

아니카를 싫어하는 라크는 없어요. 그대가 거부하지만 않으면 좋은 친구가 될 거예요."

유진의 발치에 엎드려 있던 아부가 그녀의 무릎 위로 뛰어오르더니 자리를 잡고 앉아서 목을 골골 울렸다.

*   *   *

'오늘 저녁……'

헤더는 하늘을 올려다보았다. 해가 지려면 아직 한참 남았다.

> 「아니카 헤더. 왕성에 귀빈들이 오셨으니 내일 저녁에 한자리에 모실까 해요.」

어제 오후에 헤더는 유진과 차를 마시던 중에 저녁 식사 초대를 받았다. 참석하는 '귀빈들'의 구체적인 이름까지는 듣지 못했지만, 염왕도 반드시 참석할 거라는 걸 눈치로 알아들었다.

헤더가 이곳에 온 지 어느덧 닷새째이고 며칠 전에 염왕도 오셨다는 말을 들었다. 하지만 왕성은 과연 넓었다. 구경을 핑계로 시간이 날 때마다 돌아다녔는데도 염왕과 마주치는 우연 따위는 없었다.

'이따가 이상한 실수라도 하면 어떡하지.'

시간이 다가올수록 마음이 싱숭생숭했다. 얼른 오늘이 빨리 지나가기를 바라다가도 갑자기 어디론가 도망치고 싶었다.

하늘에 떠 있는 구름을 멍하게 보며 걷던 그녀는 불룩 튀어나온 나무 뿌리에 제대로 발이 걸렸다. 헉, 소리를 내면서 그대로 바닥에 엎어졌다. 사지를 쭉 뻗은 채 넘어져 신음을 흘리다가 뒤늦게 자신의 볼썽사나운 꼴을 깨닫고 후다닥 일어나 앉았다.

온몸이 욱신거렸지만, 고통보다 창피함이 더 컸다. 서둘러 주변을 돌아보았다. 아무도 없다는 것을 확인하고 안도했다.

헤더는 대충 옷을 털며 씩씩하게 일어났으나 비명을 삼키며 다시 주저앉았다.

'아프다.'

발을 바닥에 딛는 순간 눈물이 찔끔 나왔다. 그녀는 치맛자락을 끌어올려 오른쪽 발목을 확인했다. 겉보기에는 살짝 붉기만 하고 심각한 것 같지 않았다. 헤더는 다시 조심스레 일어났다가 끔찍한 통증을 느끼며 걷기를 포기했다.

'제대로 삐었나 봐. 어떡해.'

절뚝거리면서 천천히 가려면 갈 수야 있겠지만, 부상이 더 악화할 수 있다. 오늘은 중요한 날이었다.

'기다리면 누가 찾으러 오겠지. 언제 올지는 모르겠지만. 오늘 저녁 식사 참석에는 지장이 없었으면 좋겠는데…….'

제대로 앞을 보지 않은 자신의 멍청한 실수를 자책하고 있자니 곧 우울해졌다. 갑자기 이상한 소리가 나서 그녀는 고개를 들었다. 날개를 크게 펼쳐 퍼덕이는 크라크를 보고 눈이 휘둥그레졌다.

"크라크? 네가 어떻게……."

하늘에서 뚝 떨어진 것만 같았다. 하지만 환수인 크라크는 날지 못한다고 했다.

크라크가 헤더의 곁에 다가와 부리 끝으로 그녀를 가볍게 쪼았다. 헤더가 웃으며 독수리의 머리를 쓰다듬었다.

"크라크. 마침 잘 왔어. 좀 도와주라. 내 말 알아듣지? 여기로 사람을 불러……."

"크라크! 너 자꾸 이럴래!"

버럭 소리를 지르며 나무 뒤에서 나타난 붉은 머리카락의 사내를 헤더가 놀란 눈으로 쳐다보았다. 헤더도, 라이너도 굳은 채 서로를 보기만 했다.

라이너는 크라크를 데리고 로히드에게 가던 길이었다. 이미 이틀에 걸쳐 크라크와 로히드가 두 번 대면했다.

크라크는 로히드에게 별다른 거부감을 드러내지 않았다. 딱히 좋아하지도 않았지만. 아마 아부라면 어깃장을 놓았을 텐데, 크라크의 무던한 성격 덕도 있을 것이다.

오늘은 왕자와 크라크가 좀 더 긴 시간을 어울리게 해 볼까, 고민하며 가는 중에 뭔가가 허전했다. 고개를 돌렸더니 크라크가 엉뚱한 방향으로 가고 있었다. 부르는 데도 들은 척하지 않고 멀어지는 크라크 때문에 라이너는 부아가 났다.

'아니카?'

유진이 여기 있었다면 라이너는 크라크의 돌발 행동을 이해했을 것이다. 하지만 다른 아니카였다. 그는 당황하여 우두커니 서 있었다.

크라크의 머리를 만지는 헤더의 손을 발견하고 라이너의 눈썹이 꿈틀했다. 그가 기분 나빠한다고 생각한 헤더가 얼른 손을 거두고 시선도 내렸다.

"도움이 필요하오?"

라이너는 그녀가 아니라고 대답하면 곧바로 이 자리를 떠날 생각이었다. 아니카는 왕을 두려워하니까 굳이 불편해하는 사람 근처로 가고 싶지 않았다.

"……네. 도와주세요."

잠깐 갈등한 라이너가 헤더에게 다가갔다. 헤더가 숙였던 고개를 들어 그를 올려다보았다. 순간 라이너의 눈동자에 이채가 스쳤다. 그가 헤더의 눈높이에 맞추어 자세를 낮추며 물었다.

"다쳤소?"

"네. 발목을……."

"어느 쪽?"

"오른쪽이요."

"잠시 실례."

라이너가 오른쪽 발목이 보일 만큼 치맛자락을 걷었다. 조금 전에 헤더가 봤을 때보다 퉁퉁 부어 있었다. 라이너가 헤더의 발목을 감싸 쥐며 복사뼈 부근을 손가락으로 눌렀다. 헤더의 얼굴이 붉어졌다.

"부러지진 않았군. 당장 부목을 대지 않아도 되겠소."

라이너는 '사람을 불러오겠다'라고 말하려다가 불쑥 다른 말이 튀어나왔다.

"그날은 정말 다치지 않은 게 맞소?"

그날, 라이너는 당장 괴물을 사냥할 생각으로 몸이 달아 있었다. 자신이 방어벽 앞에서 시간을 낭비한 사이에 다른 왕들이 그놈을 처치할까 봐 마음이 급했다.

그는 성벽을 넘자마자 최대 속도를 내어 달려갔다. 최단 경로를 방해하는 라크는 무조건 베어 버렸다. 사람을 공격하는 라크가 보이면 가능한 한 처리했지만, 굳이 찾으려고 두리번거리지는 않았다.

그런데 비명이 들리길래 지나칠 수는 없었다. 무리에서 떨어져 나온 라크 한 놈을 발견하고 베어 버렸다.

주저앉은 흑발 여인을 본 순간, 그는 멈추어 섰다. 왕은 아니카에게 반응할 수밖에 없다. 라크에 대한 그의 집요한 집착마저도 흔들리게 하는 훨씬 더 근원적인 본능이었다.

아니카는 겉보기에 멀쩡했다. 다쳤냐고 물었더니 아니라는 대답이 돌아왔다. 경직된 표정은 자신을 불편해하는 것 같았다. 그래서 그는 다시 가던 길을 재촉했다. 하지만 못내 찜찜한 기분으로 멈추어 섰다.

왜인지는 모르겠지만 혼자인 것 같았다. 라크가 아니카를 해치지 않는다고 해도 지금은 무척 혼란스러운 상황이었다. 이런 틈을 타서 아니카를 해코지하려는 미친놈이 없을 거라고 보장 못 한다.

그는 다시 방향을 틀었다. 그가 갈등 끝에 결정을 내리기까지는 그리 오래 걸리지 않았다. 그러나 바람처럼 달리는 속도로 이미 꽤 먼 거리를 이동했다. 기억을 더듬어 아까 그 자리를 찾아갔을 때는 아니카의 모습이 보이지 않았다.

그 후 괴물과 엎치락뒤치락하며 사냥을 마칠 때까지는 그 일을 잊었다. 사냥을 마치고 주변 정리를 하러 바삐 돌아다니는 사람들을 보다가 퍼뜩 다시 생각났다.

그 아니카는 무사할까.

괴물 사냥으로 한껏 흥분했던 머리가 식고 나니까 죄책감이 들었다. 그렇게 두고 갈 게 아니라 안전한 데까지 데려다줬어야 했다.

그때 다친 상태였을지도 모른다. 다쳤는데도 왕이 무서워서 거짓말했을 수도 있다.

라이너는 아니카 전원이 무사하다는 정보를 입수한 후 비로소 마음의 짐을 덜었다.

그리고 잊었다. 아니, 잊은 줄 알았다. 하지만 조금 전 자신을 올려다보는 아니카와 눈이 마주치는 순간.

놀라서 눈이 커진 아니카의 표정이 어딘가 낯익다고 생각했다. 그러자 무의식 속에 잠든 기억이 되살아났다.

라이너는 자신이 제멋대로 살고 있다는 자각은 있었다. 그래도 떳떳했다. 활동기에는 라크를 사냥하여 왕국을 지키고 행정은 능력 있는 관리에게 맡겨 놓았다. 그만하면 왕으로서 해야 할 일은 다 했다.

그런데 그날, 그는 자신에게 실망했다. 괴물 사냥에 욕심이 나서 곤경에 처한 사람을 내버려 두었다. 형편없는 짓을 했다고 자신을 책망했다.

"그날은……."

지나간 일이지만 사과하고 싶었다. 시선을 든 라이너는 흠칫 놀랐다.

"저를 기억하시는군요?"

헤더는 감격에 겨워 상기된 표정으로 환하게 웃었다.

"그날을 말씀하시는 거지요? 절 구해 주신 날이요."

그날, 염왕은 무척 분주해 보였다. 성도에 나타난 거대한 괴물을 왕들이 해치웠다고 나중에 사람들한테 전해 들었다. 그래서 염왕이 그토록 달려가던 중이었다고 짐작했다.

그런 엄청난 사건을 앞두고 지나던 길에 도움을 준 사람의 일은 염왕의 머릿속에서 지워졌을 거라고 생각했다. 염왕을 찾아갈 용기를 내지 못한 데에는 그런 이유도 있었다. 그래서 헤더는 염왕이 자신을 기억한다는 게 놀랍고 기뻤다.

"아……."

라이너는 말문이 막혀서 고개만 끄덕였다. 그는 어리둥절했다. 자신을 바라보는 아니카의 눈빛과 표정에 호감이 가득했다.

"제가 그날은 경황이 없어서 감사 인사를 드리지 못했어요."

"……다치지는."

"다치지 않았어요. 전하 덕분에요."

"그거 다행……."

그는 자꾸 말끝을 흐렸다. 머릿속에서 문장이 뒤엉킬 정도로 몹시 당황했다. 경외 혹은 두려움이 담긴 시선은 익숙했다. 속셈을 숨긴, 꾸며 낸 표정을 짓는 자들을 대하는 것도 이골이 났다. 하지만 지금 눈앞의 아니카가 보여 주는 감정은 낯설었다.

더구나 왕을 무서워하는 아니카 아닌가.

"함께 있던 기사가 라크를 보더니 절 두고 도망가 버렸거든요."

라이너가 미간을 일그러뜨렸다.

"그대를 버려두고 혼자 도망을 갔다고?"

똥통에 처박아도 부족할 새끼 같으니. 그딴 게 기사랍시고! 라이너의 기준으로 그런 놈은 이 세상에서 숨 쉬고 살 가치가 없었다. 그런데 어차피 이제는 기사란 놈들이 존재하지 않았다.

분노할 대상을 찾지 못한 그는 홀로 씨근덕거리다가 아차 했다. 그는 얼른 사나워진 표정을 풀고 헛기침했다.

헤더는 넋 놓고 라이너를 보고 있었다. 한 번만 더 보기를 간절히 빌었던 대상이 지금 앞에 있다는 사실이 믿기지 않았다.

헤더의 고백을 들은 케이티는 조심스레 충고했다.

「헤더. 사람의 기억은 온전하지 않단다. 그리고 좋은 감정을 품은 사람은 미화해서 기억하기 마련이야. 난 네가 너무 기대했다가 실망할까 봐 걱정스럽구나.」

케이티의 진심 어린 충고가 무슨 뜻인지 이해했다. 그리고 어쩌면 그 말이 맞을지도 모른다고 생각했다.

'하지만…… 똑같아.'

염왕 라이너는 헤더가 기억한 모습 그대로 근사했다. 차라리 실망했으면 아프도록 뛰는 심장이 진정했을 텐데.

그의 헛기침 소리를 듣고 헤더는 얼른 시선을 내렸다. 그가 자신을 기억했다는 기쁨이 가라앉고 나니까 머릿속이 하얗게 비었다.

두 사람 사이에 어색한 침묵이 자리 잡았다.

라이너는 이 자리를 피하고 싶기도 하고 뭔가 아쉽기도 했다. 항상 호불호가 명확한 그는 이런 상황이 처음이었다.

"도와줄 사람을 데려오겠소."

"네⋯⋯."

라이너는 일어나서 돌아섰다. 한 걸음 걸었다가 멈추었다. 누가 그의 뒷덜미를 잡아끄는 것 같았다. 뒤를 돌아본 후 그는 어려운 문제의 답을 얻은 표정을 지었다.

'저 녀석 때문이었어.'

크라크. 늘 곁에 붙어 있는 환수가 바로 뒤따라오지 않으니까 허전함을 느낀 거다. 그는 자신의 기묘한 기분을 그렇게 해석했다.

크라크는 라이너를 빤히 보기만 했다. 마치 '난 여기 있을게. 다녀와.'라고 손을 흔드는 아이처럼.

'이 녀석은 하시 왕국만 오면 이상해진단 말이야.'

크라크를 못마땅하게 보던 라이너의 표정이 미묘하게 변했다. 크라크는 아니카의 곁에 바짝 붙어 있었다. 그런데 아니카는 환수를 꺼리는 기색이 없었다. 좀 전에는 분명히 만지기도 했다.

"환수가 무섭지 않소?"

헤더가 고개를 들어 옆의 크라크를 돌아보았다. 그녀는 독수리의 붉은 눈동자를 보며 미소 지었다.

"무섭지 않아요. 착하고 영리한걸요."

"금방 사람을 불러올 테니 크라크와 잠시만 기다리시오."

"네."

걸어가던 라이너가 다시 돌아보았다. 아니카가 크라크의 부리를 잡으며 장난치고 있었다. 크라크를 귀여워하는 유진을 이미 봤으니 충격까지는 아니어도 신기한 장면이었다. 다시 돌아서서 걷는 라이너의 입술이 기분 좋게 휘어져 올라갔다.

오래지 않아 시녀들이 왔다. 그들은 헤더의 시중을 담당한 시녀들이었다. 귀빈을 성심을 다해 모시라는 왕비님의 특명을 받은 터라 헤더가 다쳤다는 말을 듣고 사색이 되어 달려왔다.

"아니카 님. 괜찮으십니까?"

"저희가 침소까지 부축해 드리겠습니다."

시녀 둘이 헤더의 양쪽 옆에서 그녀를 붙들어 일으켰다.

"이쪽 발은 땅을 못 디디겠어요."

"저희한테 힘을 모두 실으시면 발이 땅에 닿지 않으셔도 괜찮습니다."

도움을 받아도 이동 속도는 더딜 수밖에 없었다. 그 모습을 지켜보던 라이너는 '침소에 도착하면 해가 지겠군' 하고 생각했다.

"아니카 헤더."

그는 헤더의 부상 사실을 궁인에게 알린 후 그들과 동행했다. 크라크를 데리러 가야 한다고, 아무도 묻지 않는 핑계를 만들었다. 그리고 오는 도중에 시녀에게 슬쩍 물어 아니카의 이름도 알아 두었다.

"괜찮다면 내가 도와줘도 되겠소?"

헤더는 그가 자신의 이름을 불러서 깜짝 놀랐다. 놀란 표정으로 그를 보며 고개만 빠르게 끄덕였다. 라이너가 비키라고 손짓하자 시녀 한 명이 얼른 물러났다.

한 명의 시녀에게만 의지해서 불안하게 서 있는 헤더의 곁에 라이너가 다가갔다. 그는 자세를 낮추어 헤더를 안아 들었다. 몸이 휙 들리고 뒤로 기울어지는 순간, 헤더가 놀라 숨을 크게 들이켰다.

"길을 안내해라."

"예, 전하."

시녀들이 앞장서고 헤더를 안은 라이너가 따라갔다.

'으아아아아. 어떡해, 어떡해.'

헤더는 소리 내지 못한 비명을 삼켰다. 붉어진 얼굴로 고개를 숙였다. 걸음을 옮길 때 반동으로 그의 몸에 밀착될 때마다 심장이 터질 것 같았다.

*　　*　　*

"어떤가?"

의관이 고개를 숙이며 대답했다.

"뼈가 상하지는 않았으나 넘어질 때 발목이 심하게 뒤틀린 것 같습니다. 최소한 며칠은 걷지 않은 편이 좋습니다."

의관이 물러간 후 유진은 헤더를 위로했다.

"그대를 잘 보필하라고 일러두었는데 이런 일이 생기다니. 내가 면목이 없어요."

"아니에요. 제 잘못이에요. 멋대로 혼자서 돌아다니다가 심려를 끼쳤어요."

"그대 잘못은 아니에요. 얼마든지 왕성 내를 자유롭게 다녀도 좋다고 말한 사람은 나였어요. 의관이 말한 대로 발목이 나을 때까지는 푹 쉬어요."

"그럼 오늘 저녁은……."

유진이 선뜻 대답하지 않자 헤더의 어깨가 축 처졌다. 계획된 만찬을 미루려고 했던 유진은 마음을 바꿨다. 다리를 다친 데다가 기대했던 일정마저 취소되면 헤더가 오늘 밤새도록 울적해 할 것 같았다.

"만찬은 예정대로 진행할 거예요. 그대도 참석할 수 있도록 방법을 찾아볼게요."

방을 나와 복도를 걸으며 유진은 고민했다. 헤더에게 방법을 찾겠다고 말할 때 언뜻 떠오른 생각이 있었다.

'부러진 것보다 저런 부상이 더 위험해. 치료에 소홀하면 후유증이 남을 수도 있어. 걷지 않는 게 제일 좋지. 휠체어를 만들까.'

오늘 저녁까지 시간이 별로 없다. 그래도 급한 대로 의자에 바퀴 정도는 달 수 있을 것이다. 골똘히 생각에 잠겨 걸어가던 그녀는 낮은 헛기침 소리를 듣고 멈추어 섰다.

저 앞에 붉은 머리의 남자가 서 있었다.

'뭐지?'

유진은 불안했다. 설마 벌써 가겠다는 건 아니겠지. 아직 아무것도 하지 못했다. 게다가 염왕은 왕성을 떠나면 분명히 성도로 갈 것이다. 그러면 마라가 약속이 다르다며 난리를 칠 텐데 큰일이다.

"염왕 전하. 오늘 만찬을 잊으신 건 아니겠지요?"

유진은 오늘까지는 잡아 두기 위해 선수를 쳤다. 당장은 좋은 핑곗거리가 떠오르지 않았다.

"잊지 않았소."

라이너는 잠시 뜸을 들인 후 말했다.

"아니카 헤더는 좀 어떻소?"

'오?'

유진은 흥미로움을 감추고 몹시 걱정스러운 낯으로 대답했다.

"긴 요양이 필요한 부상입니다. 의관이 한 발자국도 걷지 말라고 했어요."

"그 정도요? 하지만 부러지지는 않았는데……."

"염왕 전하. 아니카 헤더는 연약한 보통 사람이에요. 하룻밤 자면 어지간한 부상은 다 낫는 전하와 같다고 생각하시면 안 돼요."

라이너의 표정이 심각해졌다. 왕이나 전사의 회복력이 보통 사람보다 월등히 뛰어나다는 사실을 당연히 안다. 다만, 회복이 더딘 일반 사람의 입장을 생각해 본 적이 없었다.

유진은 라이너의 반응을 유심히 살폈다. '거, 안됐군.' 하고 무심히 말하며 지나가는 태도가 라이너다웠다. 물론 헤더의 상태를 묻기 위해 굳이 기다리고 있었다는 점부터가 라이너답지 않았다.

"전하. 오늘 저녁 만찬에 아니카 헤더도 참석할 예정이었어요. 아니카 헤더가 자신 때문에 취소되기를 바라지 않아서 그대로 진행하려고 해요. 괜찮으시면…… 도와주시겠어요?"

그리고 곧바로 표정을 진중하게 바꾸며 말했다.

"전하께서도 손님이신데 제가 무례한 청을 드렸네요."

"아니요. 내가 도울 수 있다면야."

유진은 라이너가 말을 끝내기 무섭게 얼른 대답했다.

"감사합니다. 전하. 이따 따로 부탁드릴게요."

유진은 집무실로 돌아와서 헤더의 시중을 맡긴 시녀를 불렀다. 아까는 헤더가 다쳤다는 말만 듣고 급히 가느라 자세한 이야기는 듣지 못했다.

"염왕 전하께서 아니카 님이 다쳤다고 알려 주셨습니다. 아니카 님을 침소까지 안아서 데려다주시기도 하셨습니다."

"……그래. 알았다."

시녀가 물러간 후 유진은 생각에 잠겼다. 일이 너무 잘 풀리니까 얼떨떨했다.

'두 사람이 인위적 개입을 느끼지 않고 자연스럽게. 그게 가장 큰 고민이었지.'

라이너는 라크 이외에는 본인 일조차도 무심했다. 그의 행보만 봐도 알 수 있다. 그는 이 년 동안 걷기 내내 성도에서 지냈다. 아니카를 만나 볼 기회가 얼마든지 있었을 텐데 자신의 호기심을 충족하는 일에만 골몰했다.

그러니 섣부르게 만남의 자리를 만들었다가 잘 안 되면 헤더가 더 큰 상처를 입을 것이다. 그래서 유진은 오늘 만찬을 시작으로 상황을 봐 가면서 신중하게 움직이려 했다.

'아무래도 두 사람은 인연인가 보네. 내가 나서지 않고 살짝만 거들어도 되겠는걸.'

유진은 솜씨 좋기로 유명한 장인을 불러 휠체어의 제작을 주문했다. 그녀는 대충 그림을 그려 장인에게 보여 주었다. 아주 튼튼한 바퀴가 핵심이라고 강조했다. 특징만 듣고도 숙련된 장인은 알아들었다.

"왕비님. 강철로 바퀴를 만들려면 오늘 저녁까지는 어렵습니다. 다른 용도로 쓰려고 만들어 둔 바퀴가 있습니다만 크고 무겁습니다. 기구를 밀어야 하는 일꾼이 금방 지칠 겁니다."

"그 문제는 염려 말게."

유진은 오히려 '더 잘됐잖아.'라고 생각했다.

저녁 만찬에 참석할 사람은 총 다섯 명이었으니 모임의 규모는 작았다. 하지만 주최자인 국왕 부부를 제외한 세 명의 손님은 신분 고하를 논할 수 없는 귀빈들이었다. 준비를 맡은 궁인들 사이에 긴장이 감돌았다.

국왕 부부가 가장 먼저 도착하여 손님들을 기다렸다. 시종이 들어와서 고하고 잠시 후 에이든이 들어왔다.

에이든이 두 사람에게 꾸벅 인사한 후 착석했다. 카세르가 말을 건넸다.

"얼굴 보기 힘들구나."

에이든은 요즘 매일 외출하여 늦은 시각에 돌아왔다. 호위 겸 안내로 붙여 준 전사와 함께 왕국 수도를 구경 다니느라 바빴다.

할 일이 많은 카세르가 매일 동생을 위해 시간을 내기는 어려웠다. 기껏 불러 놓고 내버려 두어서 미안하기도 하고 알아서 즐길 거리를 찾아 다니니까 기특하기도 했다.

에이든은 형님의 눈빛에 담긴 부드러운 감정을 느끼고 히죽 웃었다. 아마 지금의 표정을 케이티가 봤다면 놀랐을 것이다. 일찍 철이 들어서 활기가 없던 에이든의 표정이 이곳에서 지내는 며칠 사이에 변했다.

"무슨 구경이 그리 재미있냐. 화려한 볼거리는 성도에 더 많을 텐데?"

"성도와 분위기가 다릅니다. 장터에서 거래하는 물건도 처음 보는 게 많고요. 그리고 해야 할 일 없이 시간을 보내도 된다는 게 즐겁습니다."

"그래. 즐겁다니 내 마음도 좋다."

카세르는 공부하며 돈도 벌어야 했던 동생의 지난날을 생각하면 안쓰러웠다. 앞으로는 동생이 금전 문제로 고민하는 일은 없도록 할 것이다.

시종이 들어와서 손님 두 분의 도착을 알렸다. 문이 열리고 무심히 그쪽을 바라본 카세르와 에이든이 흠칫했다. 그리고 예의를 아는 사람답게 표정을 관리했다. 유진만 태연한 미소를 지으며 그들을 바라보았다.

헤더는 의자에 앉은 채 안으로 들어왔다. 그녀는 모두의 시선이 자신에게 쏠리자 민망했다. 그녀가 탄 바퀴 달린 의자를 뒤에서 라이너가 밀었다.

촉박한 시간 안에 만들어진 휠체어는 유진이 기억하는 형태와 달랐다. 오직 움직이는 의자라는 점에만 중점을 두어 다른 편의성은 전혀 고려하지 않았다. 무척 크고 투박했다. 게다가 무거워서 바퀴가 달렸는데도 시녀가 끙끙대며 밀어야 했다.

'역시 왕의 힘이란.'

유진은 새삼 놀라웠다. 아까 완성품을 받고 나서 직접 밀어 보았다. '실패작인가?'라고 생각할 만큼 너무 무거웠다.

그런데 저걸 염왕은 가벼운 손수레처럼 밀고 있었다.

시녀들이 헤더를 부축하여 그녀를 위해 준비된 자리로 옮겨 앉도록 도왔다. 헤더가 앉은 후 라이너도 자신의 자리에 가서 앉았다.

그러는 사이에 카세르는 감탄한 눈빛으로 자신의 아내를 곁눈질했다. 솔직히 그는 유진이 꾸미는 일이 성과가 없을 거라고 생각했다.

염왕 역시 언젠가는 결혼할 것이다. 왕의 의무를 저버릴 생각이 아니라면 후계를 얻어야 하니까. 하지만 가까운 시일 내에는 아닐 것 같았다. 라이너는 아직 그 문제에 전혀 관심이 없어 보였다. 역대 왕 중에 늦은 결혼을 한 경우도 종종 있었다.

그런데 며칠 사이에 이런 장면을 끌어내다니. 그는 유진의 능력이 놀라웠다.

"아니카 헤더. 불편한 몸으로 참석해 주어서 고마워요. 발목은 좀 어때요?"

"초대해 주셔서 감사합니다, 왕비님. 괜찮습니다. 아까보다 통증이 줄었어요."

유진은 라이너에게 감사 인사를 건네고 오늘 초대한 세 명의 손님을 서로에게 소개했다. 다들 초면은 아니었다. 라이너와 에이든은 엊그제 왕성 복도에서 마주치기도 했다.

다만 헤더와 에이든은 하시 왕국에서 처음 보는 자리였다. 서로가 왕성에서 머물고 있었다는 사실조차 이제 알았다. 남자 둘의 침소에서 헤더의 침소는 멀리 떨어져 있었다. 일부러 찾아가지 않으면 동선이 겹칠 일이 거의 없었다.

"여기서 뵐 줄은 몰랐습니다. 아니카 헤더."

"나도요. 아니카 케이티는 잘 지내시지요?"

"제가 어머니를 마지막으로 뵌 때와 아니카 헤더가 어머니를 뵌 때가 그리 차이가 없을 것 같습니다만."

"어머, 그러네요."

사교 활동 경험이 적은 헤더는 오늘 이 자리가 어려웠다. 잔뜩 긴장한 와중에 에이든을 만나서 반가웠다. 에이든이 소문대로 왕족이라는 사실을 알게 되어 기분도 좋았다. 케이티를 둘러싼 소문이 거짓이란 뜻이니까.

편하게 말을 건넬 사람이 에이든뿐이라서 식사하는 중간중간 그와 짧은 대화를 주고받았다. 하지만 정말로 대화하고 싶은 사람은 따로 있었다.

'과묵하시네.'

헤더는 묵묵히 식사만 하는 라이너를 흘끔거렸다. 그의 목소리를 듣고 싶고 그가 무슨 이야기를 할지 궁금했는데 아쉬웠다.

'아니카 케이티와 교류가 잦은가 보군. 그래서 아니카 진이 초대한 건가.'

라이너는 헤더와 에이든의 대화 내용에서 정보를 얻었다. 그는 타인의 대화를 귀담아듣는 자신이 평소와 다르다고 자각하지 못했다.

식사를 마치고 자리를 파할 시간이 되었다. 유진이 수심에 찬 표정으로 헤더의 부상에 관해 말했다.

"한동안 걷지 못하게 되었으니 참으로 큰일이에요. 그렇다고 병이 난 것도 아닌데 온종일 침대에 누워 있을 수도 없고."

헤더는 의아했다. 의관이 말한 내용과 달랐다.

"아니카 헤더는 매일 정원에 나가는 산책을 가장 좋아하는데 더는 할 수 없으니 어떡해요."

헤더는 '내가 산책을 그렇게 좋아한다고 말했었나?'라고 생각했다. 의관 충고대로 며칠 방 안에서 꼼짝하지 못하는 정도는 괜찮았다.

"그래서 아니카 헤더를 위해 고안한 저 기구는……."

유진은 거대한 휠체어를 바라보며 한숨을 내쉬었다.

"염왕 전하. 여기까지 밀고 오셨으니 아시겠지요? 시녀들이 저걸 쓰기는 어렵겠지요?"

라이너는 아까 시녀 두 명이 방 밖으로 밀고 나오면서도 얼굴이 시뻘게진 모습을 떠올렸다.

"그들에겐 무거울 거요."

"그런데 전하는 무척 가볍게 다루셔서 놀랐어요."

유진은 문득 깨달았다는 듯, 한편으로 조심스레 말했다.

"전하. 아니카 헤더가 걸을 수 있을 때까지 전하께서 산책을 도와주시면 안 될까요?"

유진의 의도를 알아차린 헤더가 붉어진 얼굴로 찻잔을 들었다.

"어려운 일도 아니고. 그럽시다."

라이너가 흔쾌히 승낙했다. 그는 헤더에게 마음의 빚이 있었다. 빚을 갚을 좋은 기회라고 생각했다.

카세르는 다시 감탄하는 눈빛으로 유진을 바라보았다. 왠지 라바 왕국의 경사가 머지않을 거라는 예감이 들었다.

*   *   *

로히드가 바닥에 널린 조각 중 하나를 집어 들었다. 그리고 반 정도 완성된 그림 옆에 붙였다.

완성된 그림 뒤에 두꺼운 종이를 붙이고 그것을 작은 조각으로 잘라 내어 뒤섞은 후 다시 조각을 맞추어 그림을 완성하는 놀이. 유진이 아들을 위해 직접 만든 장난감이었다.

로히드는 이 장난감을 좋아했다. 완성했을 때 기분이 짜릿했다.

로히드가 머릿속에 떠올린 조각을 찾으려고 두리번거렸다. 크라크가 완성 중인 그림을 유심히 보더니 바닥에 널린 조각 하나를 물어 내밀었다.

"맞아, 이거야. 잘했어."

로히드가 씨익 웃으며 조각을 받아 그림 옆에 놓았다.

조금 떨어진 곳에 의자에 앉은 라이너가 그 모습을 지켜보고 있었다. 어린 왕자와 거대한 독수리 환수가 자연스럽게 어울리는 모습이 흐뭇했다.

첫 만남에서는 서로 멀리 떨어져서 보게만 했다. 이튿날에는 조금 더 가까이서 보게 했다. 그런 식으로 라이너는 그들이 천천히 다가가게 했다.

자칫 불상사가 일어나면 큰일이었다. 하시 왕국의 유일한 후계자가 다치거나 크라크가 잘못되는 비극은 끔찍했다. 그래서 라이너는 서두르지 않았다.

어느덧 그가 이곳에 온 지 보름이 지났다. 크라크는 왕자를 거부하지 않고 잘 어울려 놀았다. 로히드와 만나는 시간을 고대하는 건 아니지만, 자신에게 호감을 드러내는 로히드가 딱히 싫지도 않은 것 같았다.

'각성하면 어떨지는 모르겠군.'

아니카가 자각몽을 꾸는 것처럼 왕자도 일정한 나이가 되어야 프라즈를 각성한다. 그전까지는 부왕을 닮은 머리카락과 눈동자를 지닌 약한 어린아이일 뿐이었다.

로히드와 그림 조각을 맞추던 크라크가 갑자기 머리를 위로 휙 들었다. 그리고 라이너에게 다가와 앞에 딱 버티고 섰다.

'시간이 되었나?'

라이너는 '이제 가야지.'라고 눈빛으로 말하는 크라크를 보며 헛웃음을 흘렸다. 아니카 헤더의 산책을 도울 시간이었다.

"로히드."

이름만 불렀는데도 로히드는 알아들은 표정으로 일어났다.

"오늘은 이만하고 내일 보자."

"네, 전하."

로히드는 미련이 가득한 눈빛으로 크라크를 바라보면서 순순히 대답했다.

긴 시간을 함께 보내지는 않아도 보름 가까이 매일 얼굴을 봐서 정이 들었나. 라이너는 서운한 감정을 드러내는 어린 왕자가 오늘따라 딱해 보였다. 더구나 로히드 혼자만 아쉬워하니까 괜히 미안했다.

크라크는 얼른 안 가냐고 재촉하듯 이제는 날개까지 펼쳐 퍼덕거렸다. 라이너가 환수를 보며 쯧, 혀를 찼다.

그가 로히드를 처음 본 날 느낀 감상은 놀라움이었다. 사왕과 똑 닮았는데 아주 작았다. 이런 조그마한 생물이 자라서 언젠가 왕이 된다고 생각하니까 신기했다.

라이너도 분명 어린 시절이 존재했지만, 왕자를 자신에게 대입하지 않았다. 그는 남들이 볼 때는 아이였을 때부터 자신이 다 컸다고 생각했다.

그에게 어린아이란 라크보다도 이해하지 못할 괴생명체였다. 아이는 항상 울거나 소리 지르거나 뛰어다녔다. 그들을 이해할 만큼 가까이 지낼 기회도 없었다. 왕족은 형제도 친척도 없으니까.

로히드는 그의 편견을 깨뜨렸다. 그가 정한 규칙을 잘 따랐으며 환수와 더 놀고 싶은 기색이 역력하면서도 억지를 부리지 않았다. 아이가 성가시게 굴었다면 라이너의 인내심은 진즉 바닥이 나서 다 집어치우고 하시 왕국을 떠났을 것이다.

무엇보다도 환수를 좋아하는 어린 왕자라니. 얼마나 바람직한가.

"로히드."

"네, 전하."

라이너는 거리감이 느껴지는 호칭이 마음에 들지 않았다.

"백부님이라고 불러라."

"네, 백부님."

어떤 의미의 호칭인지 모르지만, 로히드는 시키는 대로 했다. 라이너는 말 잘 듣는 아이가 기특했다. '싫다'라는 말을 입에 달고 사는 사왕과 아주 딴판이다.

그는 크게 선심 쓴다는 표정으로 말했다.

"내일은 크라크가 변태…… 음, 그러니까 다른 동물로 변하는 모습을 보여 주마."

로히드가 크게 뜬 눈동자를 반짝거리며 대답했다.

"네!"

로히드는 문을 열고 나가는 라이너와 그 곁에 바짝 붙어 함께 가는 크라크를 바라보았다. 아버지의 환수처럼 노골적으로 싫은 내색을 하지 않을 뿐이지 크라크도 자신에게 그다지 관심이 없다는 걸 알고 있었다.

아무리 함께 놀아도 크라크가 자신을 좋아할 일은 없을 것이다. 왜냐하면 크라크의 주인님은 따로 있으니까.

「로히드. 너도 나중에 환수의 주인이 될 거야. 오직 네 말만 듣는 너의 환수를 찾게 되겠지.」

로히드는 어머니 말씀을 떠올렸다.

'내 환수…….'

어서 찾고 싶다. 몇 밤을 더 자야 하는 걸까. 얼른 크고 싶었다.

헤더는 아침부터 거울 앞을 떠나지 못했다. 자고 일어나니까 턱에 붉은 뾰루지가 돋아 있었다.

'나려면 안 보이는 곳에 나던지. 턱 중앙에 이게 뭐람.'

속상하다. 그녀는 거울에 바짝 얼굴을 가져다 댔다. 아침보다 더 커진 것 같았다.

"아니카 님. 염왕 전하께서 오셨습니다."

시녀가 다가와 고하자 헤더가 화들짝 놀랐다.

"헉, 벌써?"

그녀는 거울에 비친 자신의 옷매무새를 서둘러 확인한 후 일어났다. 그리고 침실 한구석에 놓인 이동 의자로 걸어가서 올라앉았다.

그녀의 발목은 이미 거의 나았다. 다친 후, 이틀을 꼼짝하지 않았더니 그 이튿날부터는 조심조심 걸어 다닐 수 있었다. 발목에 힘을 주면 아직 통증이 있어서 힘껏 달리지는 못해도 이제는 걷는 데에 아무 문제가 없었다.

헤더는 혼자 걸을 수 있을 만큼 회복되었을 때 기쁘면서도 실망했다. 염왕이 그녀의 산책을 돕는 기한은 조건부였으니까. 그녀는 '더 늦게 회복했으면 좋았을 텐데.'라고 푸념했다.

그날 오후에 찾아온 라이너에게 이제 괜찮다고 말하지 못했다. 그가 밀어 주는 의자에 앉아 산책을 끝낸 후에도 못 걷는 척 시치미 뗐다.

'오늘까지만' 하고 미루는 동안 시간은 훌쩍 지나갔다. 아직도 헤더는 이동 의자에 앉아서 라이너의 도움을 받아 매일 오후 산책했다. 그를 속인다는 죄책감이 들었지만 매일 그와 만나서 보내는 둘만의 시간을 포기할 수가 없었다.

"이제 됐어요."

"예, 아니카 님."

시녀들이 뒤에서 의자를 밀었다.

'날 거짓말쟁이라고 생각하겠지?'

헤더는 모든 걸 다 알고 있는 시녀들이 속으로 자신을 흉볼 거라고 생각했다. 얼굴이 화끈거렸다.

침실 밖으로 나가자마자 크라크가 헤더의 앞으로 쪼르르 다가왔다.

"크라크."

헤더가 크라크를 쓰다듬으며 반갑게 인사를 건넸다.

"오늘은 좀 어떻소?"

헤더는 고개를 들었다. 라이너와 시선이 마주치니까 심장이 급격히 뛰기 시작했다. 그녀는 감정에 따라 얼굴색이 금방 변했다. 어릴 때는 무척 심해서 거울을 통해 시뻘건 자신의 얼굴을 보고 충격받은 적이 있었다. 나이가 들면서 그나마 나아졌다.

보나 마나 지금 자신의 얼굴은 어릴 때처럼 보기 흉할 정도로 붉을 것이다. 그녀는 민망한 기분이 들어 시선을 내렸다. 턱에 난 뾰루지를 감추려고 더 깊이 고개를 숙였다.

"점점 나아지고 있습니다. 오늘도 와 주셔서 감사해요."

활짝 웃으며 크라크를 반기던 헤더가 자신을 외면하자 라이너는 마음이 불편했다.

그는 타인의 머릿속이 궁금한 적이 없었다. 하지만 헤더가 무슨 생각을 하는지는 알고 싶었다.

그녀의 태도는 알쏭달쏭했다. 항상 표정은 경직되어 있고 눈조차 마주치려 하지 않았다. 그런데 산책을 끝내고 인사를 건넬 때 그녀의 표정에 스치는 감정은 아쉬움이었다.

더 이상한 건 자신이었다. 명확하지 않은 것은 딱 질색이건만 뭔가에 이끌리듯 매일 이 시간에 이곳으로 왔다. 그녀의 부상이 나을 때까지 산책을 돕겠다고 아니카 진과 약속했기 때문만은 아니었다.

'크라크를 만나는 게 좋은 건가?'

그는 애꿎은 크라크를 쏘아본 후 이동 의자의 뒤로 가서 손잡이를 잡았다.

"갑시다."

라이너는 의자를 밀고 복도를 지나가며 흑발의 동그란 정수리를 내려다보았다. 언젠가는 이 산책이 끝나는 날이 올 것이다. 속이 울렁거렸다. 그가 난생처음 느끼는 기이한 기분이었다.

*　　*　　*

"전하. 에이든 님이 알현을 청하셨습니다."

"안으로 들이거라."

카세르는 읽던 보고서를 내려놓고 앞에 서 있는 관리에게 나가보라고 했다. 에이든이 시종과 함께 들어오면서 자신을 지나쳐 나가는 관리를 흘끔 보았다.

카세르는 책상 앞으로 걸어 나오며 동생에게 소파에 앉으라고 손짓했다.

"공무가 바쁘신데 제가 방해되었습니까? 나중에 말씀드려도 되니……."

"아니야. 급한 일은 없다."

카세르는 에이든이 왕국에 온 첫날에 마주 앉아 대화를 나누었다. 그후 이렇게 다시 둘만 마주 앉은 것은 오늘이 두 번째였다.

"드릴 말씀이 있습니다."

카세르는 궁금한 표정으로 에이든을 바라보았다. 사소한 일로 이 시간에 갑자기 찾아왔을 리는 없었다.

"지난번 형님께서 하신 말씀이요. 저는 성도에서 살고 싶습니다."

"……그래."

에이든이 온 날, 카세르는 왕국에 와서 살지 않겠느냐고 물었다. 하던 공부를 성도에서 끝마쳐도 좋고 왕국에서 뭐든 하고 싶은 일이 있으면 지원해 주겠다고 했다.

「제가 더 생각해 보고 말씀드려도 되겠습니까?」
「물론이지. 재촉하지 않을 테니까 충분히 생각해 봐라.」

사실 그날 카세르는 눈치챘다. 에이든은 결정을 내리지 못해서가 아니라 즉시 거절을 답을 하기가 미안해서 대답을 미룬 것이었다. 그래서 오늘 듣는 답변이 놀랍지 않았다.

"형님. 제가 왕국에 와서 살기 싫은 건 아닙니다. 형님 말씀대로 저는 여기서 태어나 자랄 수도 있었겠지요. 그런데 전 성도에서 태어났습니다. 그곳이 제 고향 같습니다. 그리고 제가 희망하는 대로 토레드의 교수가 되면 성도를 떠날 수 없으니까요."

카세르가 미소 지으며 고개를 끄덕였다.

"무슨 뜻인지 알아. 내게 미안해할 필요 없다. 네가 살 곳은 전적으로 네가 정할 일이지. 그리고 언제든 네 생각이 바뀌어도 괜찮다. 몇 년 혹은 몇십 년 후에 와도 돼."

에이든이 뒷머리를 긁적이며 웃었다.

"네. 형님. 그리고…… 이제 돌아갈까 합니다."

이번에는 카세르의 표정이 굳었다. 토레드의 새 학기가 시작하려면 열흘은 더 남았다.

"왜 갑자기? 지내는 데 불편한 점이라도 있니?"

"아닙니다. 절대 아닙니다."

에이든이 성도로 돌아가려는 이유는 몇 가지가 있었다. 자신은 여기서 호사를 누리는 동안 성도에서 지내는 어머니와 동생들이 마음에 걸린다는 점이 이유 중 하나였다. 하지만 형님 앞에서 그 핑계를 대기는 조심스러웠다.

에이든은 품에서 봉투를 꺼냈다.

"제가 여기 오기 전에 학술원에서 받았습니다."

카세르가 봉투를 열어 안에 든 것을 꺼내 펼쳤다.

"초대장?"

"예. 제가 받아만 두고 깜빡했습니다. 초대를 거절하려면 미리 대답을 주어야 하는 것이 마땅한 예의이지요?"

"그렇지."

카세르는 연회 날짜를 확인했다. 토레드 학기 시작일 이틀 전이니까 얼마 남지 않았다. 그래도 아직은 불참을 통보해서 무례한 정도까지는 아니었다.

"참석할 생각이냐?"

"초대장을 받았을 때는 거절하려 했습니다. 그런데 왕성에서 지내는 동안 새로운 경험이 제 식견에 도움이 된다는 생각이 들었습니다."

성도로 돌아가기 위해 급조한 핑계는 아니었다. 에이든은 진심으로 이 연회에 가 보고 싶었다.

"그런데 제가 아무것도 모릅니다. 참석자가 갖추어야 하는 예절이나 옷차림 같은 것도요."

"걱정하지 마라. 네가 여러 군데 다녀 보면 알겠지만 이런 연회도 결국은 모임일 뿐이야."

카세르는 초대장을 보며 생각에 잠겼다. 마침 좋은 기회 같다. 디티오 가문에서 여는 연회 정도면 에이든의 사교계 데뷔 자리로 부족함이 없었다.

"네 작위 수여식을 준비하고 있었다."

"……예?"

"수여식 후에 성도로 돌아가면 이 연회에 참석할 준비 시간이 너무 빠듯하군."

에이든이 어리둥절한 표정으로 되물었다.

"제게 작위를…… 말씀입니까? 하지만 전 성도로 돌아가는데요."

"그건 상관이 없지. 네가 어디서 지내든 네가 왕족이라는 사실이 변하는 건 아니니까. 지금까지 왕가에는 방계가 없었어. 방계 왕족의 대우에 관한 법률도 선례도 없다. 그렇다고 해서 왕족에게 아무런 신분이 없다는 건 이치에 맞지 않아."

그리고 작위는 에이든의 혈통을 인정한다는 왕실의 공식 인증이다. 이런 장치가 없다면 세상 사람들은 에이든이 왕의 핏줄이라는 사실을 믿지 않을 것이다.

"아…… 예."

"이 문제는 내가 좀 더 생각을 해 봐야겠다. 오래 걸리지는 않을 테니 우선은 기다려라."

"예, 형님."

카세르는 바로 작위 관련 사항을 논의했던 관리들을 불렀다. 여러 의견을 수렴하여 수여식을 이틀 후 진행하기로 했다.

원래 수여식 후 성대한 연회를 열어 귀족들에게 에이든을 소개할 예정이었다. 그런데 날짜를 당기면 준비 시간이 부족하므로 연회는 생략, 절차도 간소해진다.

문제는 화려한 수여식 절차가 작위의 권위를 상징한다는 세간의 인식이었다. 다행히 절차를 갈음할 방법이 있었다. 절차보다 증인의 격이 더 중요하다.

마침 왕성에는 염왕이 머물고 있다. 그보다 완벽한 증인은 없었다.

수여식에 참석하여 증인이 되어 달라는 부탁을 듣고 라이너는 별 고민 없이 바로 승낙했다.

"작위라…… 하긴, 프라즈가 없고 왕위를 물려받지 않아도 왕족이니까 저대로 둘 수는 없지."

라이너가 미처 생각지 못했다는 표정으로 중얼거렸다. 귀족이 아닌 여염집이라도 자식이 여럿이면 가산을 어떻게 분배할 것인가에 관해 항상 고민했다. 그런데 여섯 왕국의 왕실에서는 그동안 전혀 생각할 필요 없는 문제였다.

"암왕이 이 수여식에 관심이 많겠군."

라이너는 곧 태어날 암왕의 둘째 아이를 생각하며 말했다.

"이제는 모든 왕국이 고민할 문제야. 자네도 그렇고."

"나?"

"자네만 둘째 아이가 태어나지 않을 거라는 보장이 있나?"

라이너가 당혹스러운 표정으로 눈을 끔벅였다.

'내 아이?'

붉은 머리카락과 눈동자를 지닌, 로히드처럼 작은 아이의 잔상이 갑자기 눈앞에 떠올랐다. 항상 막연하기만 했던 자신의 미래를 구체적인 장면으로 상상한 것은 처음이었다.

그에게 결혼과 후계 생산은 해치워야 하는 왕의 의무일 뿐이었다. 미룰 수 있을 때까지 미루려 했다. 신하들이 아무리 읍소해도 들은 척하지 않았다. 성도 괴물을 처치한 직후에는 결혼을 잠깐 생각한 적이 있었으나 시간이 지나자 곧 흥미를 잃었다. 그에게 중요한 것은 그의 인생 전체를 지배하고 있는 라크에 관한 탐구였다.

"이틀 후야."

"이틀 후? 왜 그렇게 서두르는 거지?"

"수여식이 끝나면 에이든은 성도로 돌아간다."

대화가 끝나고 라이너가 일어섰다.

"염왕."

카세르는 라이너가 자신을 쳐다보자 왠지 말을 꺼내기 멋쩍은 기분이 들었다.

"고맙다. 왕자가 환수를 가까이에서 볼 수 있도록 도와준 것도, 수여식의 증인이 되어 주는 것도."

생각지도 못한 말을 들은 표정으로 라이너도 괜히 눈동자를 굴렸다. 잠시 어색한 공기가 맴돌았다.

"말로만?"

"······바라는 게 있나?"

"내가 왕성을 떠나기 전에 승부를 가리자고. 무승부인 채 결론이 안 났잖아?"

라이너는 주먹을 쥐어 보이며 말했다.

"딴 거 다 빼고 이거로만."

카세르는 한숨을 내쉬었다. 이 나이가 되어 어릴 때 했던 개싸움을 또 해야 하다니.

"알았다."

"정말이지? 왕이 되어서 두말은 안 할 거라고 믿는다."

희희낙락하며 나가는 라이너의 뒷모습을 보면서 카세르는 설레설레 고개를 흔들었다.

라이너는 응접실을 나와 복도를 걸어가며 생각했다.

'며칠 후에 사왕의 동생이 돌아가면····· 아니카 헤도도 함께 가는 건가?'

라이너의 머릿속에 에이든과 헤더가 상당히 친밀한 사이라는 관계도가 그려져 있었다. 지난번에 함께한 만찬 자리에서 봤던 장면 때문이었다. 식사 도중에 일상의 대화를 자연스럽게 주고받는 두 사람은 무척 가까워 보였다.

그는 이후에 그날처럼 밝은 표정의 헤더를 보지 못했다. 보름이 넘도록 함께 산책하는 동안 그녀는 입을 꼭 다물고 있었다. 말수가 적고 낯을 가리는 성격 같았다.

'아, 혹시.'

그의 걸음이 멈추었다.

'단순한 지인이 아닌 건가.'

서로에게 이성의 호감을 느끼는 사이라면.

이걸 이제 생각하다니. 라이너는 진심으로 자신이 머저리 같았다.

그의 기분이 급격히 가라앉았다. 사람들은 염왕의 성정이 불처럼 종잡을 수 없다고 지레짐작했다. 하지만 라이너가 성격은 급해도 기분이 오르락내리락하는 변덕은 없었다.

그는 영문 모를 언짢음을 느꼈다. 화가 나면 터트리고 털어 버리는 그의 성미에 맞지 않았다. 무심코 주변을 둘러보며 헛웃음을 터뜨렸다. 무의식이 그를 이끈 곳은 아니카 헤더의 침소로 가는 복도였다.

그는 복도에 우두커니 서서 오른쪽을 응시했다. 아직 갈 시간이 아니다. 픽 웃고는 고개를 흔들고 왼쪽으로 몸을 틀었다. 몇 걸음 걷자마자 그가 가는 방향의 복도 모퉁이 너머에서 헤더가 나타났다.

라이너를 발견한 헤더가 걸음을 멈추었다. 그녀의 표정에 놀라움과 감격이 동시에 떠올랐다.

'혹시 나를 보러 오신 걸까.'

처음에는 라이너와 매일 만나는 것만으로도 만족했다. 하지만 역시 사람의 욕심은 끝이 없었다. 기쁨 대신 불안이 그녀를 괴롭히기 시작했다.

자신만 산책 시간을 기다릴 뿐이지 그에게는 성가신 의무일 것이다. 어서 빨리 벗어나기만을 바랄지도 모른다.

그녀는 산책 시간이 다가올 때마다 결심했다. 오늘은 꼭 다 나았다고 말하자. 그 이동 의자는 더는 필요 없지만 그래도 함께 산책하겠느냐고 물어보자. 굳은 결심은 항상 그를 볼 때마다 무너졌다.

산책 시간이 아닌데도 염왕이 자신을 찾아왔다. 헤더는 기대감으로 심장이 두근거렸다. 하지만 곧 그녀는 자신의 실수를 깨달았다.

헤더는 지금 누구의 도움 없이 자신의 두 발로 걷고 있었다. 변명의 여지가 없이 거짓말의 현장을 들켰다. 그녀는 수치심에 휩싸여 두 손으로 얼굴을 감싸고 그 자리에 주저앉았다.

'끝났어. 화내실 거야. 날 경멸하시겠지.'

"괜찮소?"

헤더가 흠칫 놀랐다. 라이너의 목소리가 가까이에서 들렸다. 그녀는 바로 자신의 옆에서 싸늘하게 자신을 내려다보는 그의 모습을 상상했다.

"죄송, 죄송해요!"

"뭐가 말이오?"

"제가 거짓말로 전하를 속였어요. 사실 걸을 수 있었어요. 발목은 이미 한참 전에 나았어요."

두 손에 얼굴을 묻고 고개를 푹 숙인 헤더의 곁에 라이너가 쪼그려 앉아 그녀를 바라봤다. 드러난 그녀의 귀가 물들인 것처럼 빨갛게 변한 것을 보면서 라이너의 입술 사이로 바람 소리 같은 웃음이 새어 나왔다.

"왜 그랬소?"

"전하와…… 산책하는 시간이 너무 좋아서…… 죄송해요. 속여서 죄송해요. 귀찮게 해 드려서 죄송해요!"

떨리는 목소리로 필사적인 그녀를 보고 있자니 라이너는 어쩐지 간지러웠다. 라이너는 헛기침 소리로 터져 나오는 웃음을 감추었다. 조금 전까지 바닥에 축 내려앉았던 무거운 기분이 사라지고 청명한 바람 앞에 선 것처럼 유쾌했다.

"그럼 오늘 산책은 함께 걸으면 되겠군."

"죄송, ……네?"

헤더가 천천히 고개를 들었다. 그리고 바로 눈앞에 있는 그의 얼굴을 보자마자 놀라서 몸을 뒤로 젖혔다. 앉은 채로 뒤로 넘어갈 뻔한 그녀의 팔을 라이너가 붙잡았다.

새빨갛게 달아오른 얼굴에 크게 뜬 눈동자는 금방이라도 울음을 터뜨릴 것처럼 흔들렸다. 라이너의 미간에 잠깐 주름이 잡혔다가 펴졌다.

또. 속이 울렁거린다. 이제는 확실히 원인을 알았다.

그는 헤더의 팔을 놓고 일어났다. 그리고 허리를 숙여 그녀에게 손을 내밀었다. 멍하게 그를 올려다보던 헤더가 자신의 손을 그의 손 위에 올렸다. 그가 손에 힘을 주어 이끌어주는 대로 헤더는 천천히 일어났다.

"궁금한 게 있소."

"네."

"며칠 후에 성도로 돌아가오?"

"아니요."

헤더가 고개를 흔들며 대답했다.

"전하는요? 어디 가시나요?"

헤더는 그의 붉은 눈동자가 자신을 말없이 응시하자 점점 호흡이 가빠졌다.

"아무 데도."

"아······."

헤더는 고개를 돌렸다. 심장이 거세게 뛰어서 더는 그를 봤다가는 숨도 못 쉴 것 같았다.

라이너가 그녀의 손을 잡은 채 걷기 시작했다. 휙 몸이 끌려간 헤더가 얼른 발걸음 보조를 맞추었다. 그녀는 자신의 손을 쥔 그의 손을 내려다보고 한 손으로 입을 가렸다. 입술 끝이 제멋대로 움직였다. 행복한 꿈을 꾸는 기분이었다.

*   *   *

작위 수여식은 소수의 인원이 참석한 가운데 장엄한 분위기 속에서 진행되었다.

작위에는 가문의 성을 붙이는데 에이든은 왕족이므로 성이 없었다. 그래서 에이든은 한 번도 보지 못한 자신의 친부를 기리며 선왕의 이름 '헨텔'을 성으로 붙이기를 청했고 사왕이 허락했다.

에이든은 공작의 위와 함께 왕국 소유의 토지 일부를 영지로 받았다. 기름진 토지에서 매년 거두는 세수만으로도 평생 사치를 부려도 부족하지 않을 것이다. 이제 에이든은 왕국에서 가장 고귀한 피를 지닌 최고의 귀족, 헨텔 공작이 되었다.

수여식에 참석한 헤더는 두 손을 꼭 쥐고 벅차오르는 표정으로 의례를 지켜보았다. 절차가 대폭 간소화되었으나 헤더는 알지 못했다. 그녀는 그저 저절로 경건한 마음이 드는 수여식을 보며 감동했다.

그녀는 성도민 대부분이 그러하듯 신분 제도에 관한 미묘한 동경심이 있었다. 공작님이라니. 알고 지내던 사람이 엄청나게 높으신 분이 되니까 왠지 설레었다.

"축하드립니다. 공작님. 아, 호칭이 이게 아닌가요? 각하?"

에이든이 민망해하며 말했다.

"편하게 전처럼 부르셔도 됩니다."

"어머, 그럴 수야 없지요. 공작님이신걸요."

에이든이 오늘 참석한 왕국 귀족들의 인사를 받는 모습을 헤더가 뿌듯하게 바라보았다. 그녀의 모습이 눈에 거슬리는 한 사람이 있었다. 라이너가 헤더 곁에 다가가 말했다.

"헨텔 공과 인연이 남다른 모양이오. 이 자리에서 그대가 가장 기뻐하는 것 같군."

"아니카 케이티가 제게 어머니 같은 분이시거든요. 그분이 얼마나 기뻐하시겠어요. 오늘 함께 보셨으면 참 좋았을 텐데."

"아…… 아니카 케이티."

라이너의 표정이 단번에 풀어졌다. 에이든이 아니라 그의 모친과의 인연이라면야.

"그리고 전 이런 의례가 정말 근사해요. 성도에서는 절대 보지 못하는 고풍스러움이니까요."

"이런 고루, 아니, 이런 게 좋으면 내 왕국으로 보러 오시오. 허구한 날 하니까."

헤더가 놀란 눈으로 라이너를 돌아보면서 배시시 웃었다.

그런 두 사람의 모습을 멀찍이 사왕 부부가 묘한 시선으로 보고 있었다.

"당신의 계획은 대성공이야."

"별로 한 것도 없는걸요."

유진은 헤더를 보다가 웃음이 나왔다. 누가 봐도 알겠다. 헤더는 사랑에 빠진 여자의 표정을 하고 있었다. 반짝거리는 눈동자로 라이너를 바라보는 모습이 사랑스러웠다.

"당신은 괜찮아요? 헨텔 공이 내일 성도로 가고 나면 또 언제 볼지도 모르는데 서운하지 않아요?"

"저 녀석은 내가 돌봐줘야 하는 아이가 아니니까. 이미 날 만나기 전에도 스스로 일어섰지. 그것보다도."

카세르의 한쪽 팔이 유진의 허리를 감아 끌어당겼다. 그녀의 몸이 휙 끌려와 그의 품에 반쯤 안겼다. 유진이 당황하여 주변의 눈치를 살피려 했으나 그의 입술이 그녀의 귓가에 닿는 속도가 더 빨랐다.

"당신을 못 보는 게 더 큰일이라고. 아무리 생각해도 말이야. 사흘씩이나 있을 필요 있나?"

에이든이 디티오 가문의 연회에 참석하기 위한 모든 준비는 유진이 돕기로 했다. 아르스 가문으로 도움을 요청하는 서신을 먼저 보낸 후, 연회 날짜에 맞추어 유진도 성도로 갈 것이다.

연회 당일을 포함하여 전날과 이튿날까지 총 사흘간 성도에 머물기로 했는데 카세르는 사흘이나 아내를 못 보게 되어 무척 심란했다.

"보통 연회가 아니잖아요. 헨텔 공을 성도 사교계에 소개하는 자리라고요. 그리고 간 김에 어르신을 뵐 거고, 성도 분위기도 보고요. 어머니와 오랜만에 나눌 이야기도 있을 거예요."

카세르가 무겁게 한숨을 내쉬었다. 마음 같아서는 같이 가고 싶지만, 로히드를 혼자 둘 수 없다. 그렇다고 아직 각성하지 않은 어린 왕자를 데려갈 수도 없다.

사왕 부부의 다정한 모습을 라이너가 빤히 바라보았다. 그는 공식적인 자리에서 애정 행각을 해도 누구도 눈총을 주지 않는 '부부'라는 관계가 부럽다고 생각했다.

"전하."

헤더는 자신이 불러 놓고도 라이너가 바라보자 시선을 어디에 둬야 할지 알 수 없었다. 방금 봤던 사왕 부부의 다정한 모습을 떠올리며 그녀는 용기를 냈다.

"정말 저를 왕국으로 초대해 주실 건가요?"

그는 지나가는 인사말처럼 의미 없이 한 말일지도 모른다. 하지만 헤더는 이게 기회라면 놓치고 싶지 않았다.

"물론이오."

라이너는 당장이라도 괜찮다고 말을 하려다가 입을 다물었다. 지금 두 사람은 하시 왕국의 손님으로서 머물고 있다. 두 손님이 함께 가버리면 예의가 아니다. 공식으로 초대하지 않은 헤더를 라바 왕국으로 데려가면 손님 맞을 준비가 되어 있지 않을 텐데 그녀에게도 예의가 아니었다.

게다가 바로 그녀를 데리고 왕국에 돌아갔다가는 다들 어떤 반응일지 눈에 선했다. 드디어 왕비님 되실 분이 오셨다며 요란하게 호들갑을 떨 것이다. 그녀는 아직 그런 마음이 없는데 부담스러워서 도망칠지도 모른다.

라이너는 예전에 성도궁에서 유진과 마주쳤을 때 불쑥 청혼했던 기억을 떠올렸다.

'그런 식으로 하면 안 되겠지.'

그 청혼이 정말로 '청혼'이라면 무례하다는 사실을 모를 만큼 몰상식하지는 않았다. 그는 그날 거래를 제안한 것이었다. 왕과 아니카의 결혼은 어차피 거래라고 생각했으니까.

헤더에게는 그런 거래를 말하고 싶지 않았다.

"꼭 초대하겠소."

그는 신중하게 한발 물러섰다. 그녀가 자신에게 호감이 있다는 건 짐작하지만, 그 감정의 깊이가 어느 정도인지는 아직 모르겠다.

염왕 라이너는 성격이 급하다. 하지만 라크 사냥을 위해 모래 속에 몸을 파묻고 며칠은 꼼짝하지 않을 만큼 집요한 점도 있었다. 그는 자신이 원하는 것을 얻기 위해서는 얼마든지 인내할 수 있는 남자였다.

*　　　*　　　*

왕국에서 출발하는 이동 주술의 술식은 어두컴컴한 밀실에 있었다. 종종 부는 돌풍에 실리는 모래로부터 술식을 보호하기 위해서였다.

바닥의 술식에서 빛이 뿜어져 나오고 잠시 후, 주변이 환해졌다. 눈이 부신 유진이 눈살을 찌푸리며 주변을 둘러보았다.

'오……'

마지막으로 봤던 다 무너진 성도궁의 모습은 어디에도 없었다. 완전히 뒤바뀐 풍경이 신기했다.

"왕비님."

유진은 자신을 바라보는 청년을 발견했다. 분명히 아는 얼굴이 낯설었다. 그녀는 놀라워하며 그의 이름을 불렀다.

"아드리트."

아드리트는 감격에 겨운 표정으로 그 자리에 넙죽 엎드렸다.

그동안 두 사람은 주술 노트를 통해 꾸준히 연락했다. 하지만 만남은 거의 이 년만이었다.

하시 왕국에서 거주하던 방랑족이 성도로 모두 이주하기까지는 일 년 가까이 걸렸다. 그중 아드리트가 가장 먼저 왕국을 떠났다. 그는 일족의 대표로서 성도에서 할 일이 많았다.

"일족의 은인께 인사 올립니다."

"오랜만에 보면서 거창하게 그러지 말고 일어나."

유진은 일어나는 아드리트를 아래위로 보았다. 앳된 모습이 다 사라지고 키도 훌쩍 컸다. 한창 성장기에는 잠만 자도 큰다더니 지난 이 년이 아드리트에게 그런 시기였을까. 사막에서 처음 봤을 때 왜소하고 가련하다고 느꼈던 모습은 어디에도 없었다.

표정도 달라졌다. 전에도 물론 어른스러웠지만, 여유로움이 더해졌다. 그가 일족을 이끄는 수장이라는 사실이 새삼 와 닿았다.

"필담을 자주 해도 얼굴 보는 기분은 다르네. 참 오랜만이지? 반가워."

"다시 뵈어서 기쁩니다. 왕비님."

아드리트가 환하게 웃었다. 그 웃음만큼은 소년 같았다.

"왕비님을 모시기 위해 마차와 전사들이 기다리고 있습니다."

유진은 오늘 성도에 올 거라고 미리 연락을 보내 두었다. 작위 수여식이 끝난 직후 성도로 돌아간 에이든에게 부모님과 왕가의 저택으로 보낼 서신을 부탁했다. 그런데 그 서신의 내용은 대략적 계획이었고 정확한 도착 시각은 아드리트를 통해 전했다. 그동안 이런 비슷한 도움을 수없이 받았다.

"언제나 고마워. 자꾸 심부름꾼으로 써서 미안해."

"아닙니다. 부디 제가 왕비님을 앞으로도 계속 도와드릴 수 있도록 허락해 주십시오."

─눈물겹네. 겉보기에는 멀쩡하던 내 광신도가 딱 이랬어.

성별이 모호한 맑은 음성으로 이죽거리는 소리가 두 사람의 머릿속에서 울렸다.

어느 사이에 나타난 작은 동물이 재빠르게 아드리트의 몸을 타고 올라갔다. 유진의 시선이 동물이 움직이는 대로 따라갔다. 흔히 보는 시궁쥐보다는 훨씬 작고 갈색의 보송한 털을 지닌 멧쥐였다.

─넌 말은 바로 해야지. 일족의 은인은 아니카가 아니라 나거든?

아드리트는 심드렁한 표정으로 대꾸하지 않았다. 유진이 아드리트 어깨에 작은 두 앞발을 모으고 뒷발로 선 멧쥐를 보며 웃음을 터뜨렸다. 저 목소리가 그리웠던 모양이다. 마라의 등장으로 그녀의 마음이 푸근해졌다.

"마라. 오랜만이야. 네가 어떻게 지내는지 궁금해서 종종 아드리트한테 물어봤어."

─감시하려던 거겠지.

"아니야. 정말로 네가 잘 지내기를 바랐어. 아드리트가 내가 네 안부 묻더라는 말, 한 번도 안 했어?"

아드리트는 유진이 마라에게 인사를 전해 달라고 하면 꼬박꼬박 마라에게 전했다. 의례적인 인사말이라도 더 특별한 의미가 담긴 것처럼 포장했다. 어떤 의도가 있어서가 아니라 '왕비님께서 너를 이렇게나 챙기고 계신다'라고 강조하려는 자발적 진심이었다.

아드리트의 꾸준한 노력으로 서서히 마라는 감화했다. 스스로 의식하지 못하는 사이에 유진을 방랑족 노인들의 아래 등급 정도로 믿을 만한 인간이라고 생각하게 되었다.

가끔 마라는 아드리트가 주술 노트로 유진과 필담을 나누면 훔쳐보

곤 했다. 실제로 유진이 자신의 안부를 묻는 문장을 여러 번 보았다.

침묵하던 마라가 코웃음 쳤다. 그 태도가 할 말이 없을 때 딴청을 피우는 모습이라는 것을 유진은 알아차렸다. 빙긋 웃은 그녀가 말했다.

"너도 내가 보고 싶었지? 그래서 헨텔 공에게 내가 언제 성도에 오느냐고 물어보라고 한 거잖아."

에이든은 왕국을 떠나기 전에 유진에게 자신이 들은 목소리를 전했다. 그 목소리의 정체에 관해 카세르한테 듣고 나니까 '아니카'가 누구를 칭하는지 알 수 있었다.

다만, 그는 뒤 문장이 전달하기는 무례한 내용이라고 생각해서 임의로 생략했다.

─ 헨텔 공?

"왕의 동생이라서 공작 작위를 받았거든."

─ 인간은 이름 앞에 그런 거 붙이기를 좋아하더라.

"우리는 라크처럼 우위를 겨룰 힘의 차이가 거의 없으니 신분이나 직위로 나타낼 수밖에 없어. 따지고 들면 인간도 라크와 다르지 않아. 강자가 약자를 밟고 서 있지."

멧쥐의 붉은 눈동자가 유진을 물끄러미 보았다.

─ ……넌 아니카치곤 특이하고 인간치고도 특이해.

"너도 라크치고는 특이해."

유진은 마라와 제대로 긴 대화를 나눠 보고 싶었지만, 할 일이 많았다. 그녀에게 주어진 사흘은 그리 넉넉하지 않았다. 그래서 화제를 돌렸다.

"어르신들께 인사드리러 가야겠다. 날 기다리고 있는 사람들도 있고."

—아니카. 오늘 나와 같이 갈 데가 있다.

"어디를?"

—내가 그거 찾았어. 비밀 창고.

처음엔 알아듣지 못한 유진의 표정이 순간 변했다.
"괴물의 보물 창고?"

—그래. 그거.

절벽산에 숨겨져 있던 황금 더미를 발견한 후 왕들은 분명히 재물 이외의 귀물을 숨겨 둔 창고가 더 있을 거라고 생각했다.

성도궁의 비밀 서고와 다 무너진 성소의 잔해를 모두 치우고 샅샅이 뒤졌는데도 기대한 만큼의 기록물이 나오지 않았다. 그래서 또 다른 보물고의 존재를 확신하게 되었다.

그러나 많은 사람을 동원하여 수상한 곳을 전부 수색해도 성과가 없었다. 결국, 그 창고가 성도 바깥 어딘가에 있을 거라고 결론을 내렸다. 수색 범위를 넓히려고 논의 중이지만, 너무 막연했다.

그 창고의 존재를 아는 사람은 그날 전부 죽었는지 단서가 없었다. 혹은 누구도 몰랐을 수도 있다.

유진과 눈이 마주친 아드리트가 놀란 표정으로 짧게 고개를 흔들었다. 그 역시 처음 듣는 이야기였다.
"대체 언제…… 누가 또 알아?"

─찾은 지 몇 개월 되었고 지금까지는 나만 알고 있었다.

"원래 네가 위치를 알고 있었어?"

─아니. 우연이야. 성도 구경을 다니다가 발견했어.

"성도 안에 있다는 거네?"
동물에 깃든 마라가 움직일 수 있는 범위는 보호막 주술의 경계 안쪽, 즉 성도뿐이었다.

─어딘지 알고 싶으면 나와 같이 가. 대신 내가 말해도 좋다고 할 때까지 아무에게도 알리면 안 돼. 특히 왕들.

유진이 당황하여 말문이 막혔다. 마라가 무슨 생각인지 알 수가 없었다. 아드리트가 제 어깨를 내려다보며 인상을 썼다.
"마라. 이상한 억지 부리지 마."

─약속하지 않으면 나도 말 안 해.

"그럼 목격자도 없어야겠네. 그 보물 창고에 너와 나만 가야 한다는 거야?"

―그렇지.

"마라!"
마라는 버럭 언성을 높이는 아드리트를 흘끔 보더니 말했다.

―이 녀석은 같이 가도 괜찮아.

유진은 작은 멧쥐를 바라보며 생각에 잠겼다. 아드리트를 동행해도 된
다고 하니까 불안감이 한결 사그라졌다. 아드리트는 마라가 방랑족 어르
신들 다음으로 아끼는 인간이다. 그 비밀 창고가 위험한 곳은 아닐 것이다.
"마라. 너를 믿지 못해서가 아니야. 왜 그래야 하는지 이 자리에서 전
부 말하지 않아도 돼. 그래도 최소한 내가 너와 같이 가도 된다고 판단
할 만큼의 설명은 해 줘. 내 행동에 영향을 받을 사람이 아주 많아. 그래
서 난 내 생각만으로 움직일 수 없어."
마라는 한참 조용했다. 그리고 툭 던지듯 말했다.

―인간은 못 믿어. 특히 왕은 더 못 믿어. 그 창고는 내가 찾았어. 그
러니까 안의 물건을 어떻게 쓸 건지는 내가 결정할 거야.

"왕들이 그 보물 창고를 욕심낼 거라고 생각하는 거야? 왜?"

―권력자니까.

유진은 묘한 기분이 들었다. 자신은 인간이고 아니카이며 왕비다. 자신

보다 권력을 많이 쥔 사람은 손꼽아야 할 것이다. 그걸 마라가 모를 리 없다. 그럼에도 불구하고 자신을 신뢰한다는 뜻일 것이다.

'영광이라고 해야 하나.'

"……알았어. 네가 허락하지 않으면 이 자리의 우리 셋만 아는 비밀로 할게. 내 이름을 걸고 맹세해."

마라가 안내한 곳은 뜻밖의 장소였다.

"설마 여기일 줄이야."

유진은 기가 막힌 심정으로 중얼거렸다.

성도의 중앙 광장 가까이에 관청이 있다. 출생부터 사망까지 발생하는 성도민 개인에 관한 대부분의 행정 사무를 처리하는 곳이었다.

직사각의 네모반듯한 건물은 규모가 커서 시야를 가리는 데다가 외벽마저 칙칙한 회색이었다. 성도의 흉물이라며 혀를 차는 사람도 있었다.

대신 이 건물은 성도에 현존하는 가장 오래된 대형 건축물 중 하나라는 역사를 지녔다. 게다가 무척 견고하게 지어졌다. 지금껏 건물 자체의 하자 문제가 발생한 적 없고 앞으로 수백 년은 더 써도 멀쩡할 것 같았다. 그래서 새로 짓자는 여론이 생겼다가도 매번 흐지부지되었다.

이 건물은 매일매일 수많은 성도민들이 이용하는 곳이다. 유진은 이곳에 괴물의 보물 창고가 숨겨져 있으리라고는 상상도 못 했다.

업무 시간이 지나고 폐문한 관청 안으로 두 사람과 한 마리의 멧쥐가 들어갔다.

어둑한 홀의 중앙에 서서 유진은 천천히 주변을 둘러보았다.

천장이 높았다. 2층까지 천장을 높이고 계단으로 2층에 올라가면 벽에 붙은 좁은 복도에서 아래를 내려다볼 수 있었다. 복도 끝에 3층으로 올라가는 계단이 보였다.

1층은 널찍한 홀을 중심으로 칸막이형 창구 수십 개가 벽을 따라 빙 둘러 있었다. 창구마다 담당하는 업무를 적은 팻말이 붙었다. 평소에는 사람들이 각자의 목적에 따라 창구 앞에 줄을 설 것이다.

유진은 오늘 이곳을 처음 와 보았다. 아마 다나도 여기를 직접 방문한 적은 없을 것이다. 관청 업무란 사소하지만 하지 않을 수는 없는데 번거롭다. 부유한 자들은 대리인을 쓰는 것이 보편화되어 있었다.

─이쪽이다.

아드리트의 어깨에서 뛰어내린 멧쥐가 재빨리 달려갔다. 두 사람은 그 뒤를 따라갔다.

마라가 멈추어 선 곳은 사자 조각상 앞이었다. 유명한 예술가의 작품이었다. 관람객이 만지지 못하도록 울타리를 세워 두었다.

그 울타리는 견고하지 않았다. 마음만 먹으면 누구나 넘을 수 있었다.

하지만 사람들은 굳이 그런 짓을 하지 않을 것이다. 이 조각상은 크고 무거워서 훔칠 수가 없다. 옛날에 동물 조각상 제작이 유행한 때가 있었다. 성도 곳곳에서 이런 것을 흔하게 볼 수 있으니 희귀하지도 않았다.

마라가 조각상 아래에서 아드리트를 불렀다.

─여기로 들어와서 봐.

아드리트가 울타리를 넘었다. 마라가 가리키는 사자의 배 부분을 보기 위해서는 조각상 밑으로 기어들어 가야 했다. 그는 조각상 밑에 누운 채 등을 들고 어두운 부근을 더듬었다.

─보이지?

눈을 가늘게 뜨고 유심히 보던 아드리트는 사람의 손가락을 끼워 넣을 수 있는 다섯 개의 구멍을 발견했다. 구멍 주변에 문양이 조각되어 있었다.

─쓰여 있는 대로 기관을 작동시키면 돼.

조각된 문양은 주술의 술식에 쓰는 문자였다. 주술을 모르면 읽을 수 없을 것이다.

아드리트가 구멍에 손가락을 넣고 힘을 주었다. 미세한 홈이 패인 둥근 돌판이 천천히 돌아갔다. 그는 해석한 대로 오른쪽, 혹은 왼쪽으로 돌판을 여러 번 움직였다.

우우웅. 뭔가가 작동하는 소리가 났다. 주변이 조용해서 더욱 잘 들릴 뿐, 소음은 크지 않았다. 유진은 홀의 중앙 일부가 서서히 바닥으로 꺼지는 장면을 숨죽이고 바라보았다. 곧 소리가 멈추었다.

─됐다.

마라가 쪼르르 달려갔다. 두 사람은 조심스레 홀 중앙으로 걸어갔다.

"아⋯⋯⋯."

어떤 형태인지 눈으로 보고 나서 유진이 탄성을 질렀다. 홀의 바닥에 깔린 대리석 돌판이 계단의 형태로 가라앉아 있었다. 숨겨진 비밀의 방으로 들어가는 입구였다.

"마라. 넌 어떻게 이 기관을 작동한 거니?"

─기관 작동은 나도 오늘 처음 봤다. 비밀 창고는 다른 경로로 우연히 들어갔지.

유진은 고개를 끄덕였다. 저 몸으로는 작은 틈새도 파고들 수 있을 것이다.

"그럼 기관 장치가 어디 있는지 어떻게 알고?"

─내가 저걸 찾아내느라 얼마나 고생한 줄 알아?

'그랬겠네.'

저 작은 몸으로 이 넓은 안을 뛰어다니며 장치 기관을 찾는 일이 쉽지 않았을 것이다. 유진은 '내가 찾았으니 내 것'이라는 마라의 주장이 아주 억지는 아니라는 생각이 들었다.

유진과 아드리트가 계단을 딛자마자 주술이 발동되었다. 바닥을 은은하게 밝히는 빛이 어두운 지하로 내려갈 수 있도록 도와주었다.

그들은 거대한 돌문 앞에 섰다. 돌문을 열기 위한 장치도 사자 조각상에 그려진 것과 비슷했다. 아드리트가 기관을 작동하자 미닫이처럼 돌문이 옆으로 열렸다.

안으로 한 걸음 들어간 순간, 천장 전체에서 빛이 뿜어져 나왔다. 도서관처럼 일정한 간격으로 빽빽하게 배열된 책장의 끝이 보이지 않았다. 유진은 눈에 보이는 광경에 압도되었다.

"저 책들이 뭔지 봤어?"

─대충은. 주술의 해석본, 연구 자료 등등. 역사 기록물도 있더라.

그리고 저 안으로 가면 방이 또 나오는데 그곳에는 주술 재료들이 잔뜩 쌓여 있어.

'왕들이…… 욕심낼 만해.'

아까는 마라가 너무 의심이 많다고만 생각했다. 보물의 실체를 확인해 보니까 과민할 만했다. 황금 더미와는 차원이 달랐다. 천금으로도 구할 수 없는 귀물이다.

왕들은 이동 주술을 몸소 체험하며 주술의 무한한 가치를 실감했다. 황금의 산을 보면서는 코웃음 칠 수 있겠지만 이 앞에서는 군침을 삼킬 것이다.

양심을 지닌 한 인간의 입장과 자국의 부흥을 바라는 왕으로서 입장 사이에서 어느 쪽을 택할지는 누구도 모른다. 어떤 선택을 하든 비난하기도 어렵다.

그녀의 눈동자가 혼란스럽게 흔들렸다. 자신을 여기로 데려온 마라의 의도를 도무지 알 수 없었다.

"마라. 내가 어쩌기를 바라는 거야? 내가 왕들을 통제하기를 원하는 거라면 난 할 수 없어. 내 능력 밖이야."

─처음엔 비밀리에 방랑족에게 줄까 생각했다.

심사가 복잡한 듯, 마라는 한참 말이 없었다.

─하지만 과분한 보물을 삼키면 탈이 나는 법이지. 방랑족이 지금보다 더 주술의 지식을 독식하면 재앙이 될 거야.

유진은 감탄의 눈빛으로 마라를 내려다보았다. 오랜 세월을 인간과 부대껴 살면서 마라가 파악한 인간의 속성은 과연 무엇일까. 이 라크보다 인간이 지혜롭다고 말할 수 있을까.

"그러면?"

─어쨌든 내가 찾았잖아. 내 수고 삯은 챙겨야겠어. 그러니까 탈 없이 이 보물을 방랑족에게 유리하게 이용할 방법을 생각해 봐.

"……방법을 못 찾으면?"

─그럼 여긴 봉인해야지. 못 본 걸로 치자고.

유진은 즐비하게 늘어선 책장들을 바라보며 '그건 아까워.'라고 중얼거렸다.

왕들은 주술이라는 지식의 습득이 더디어서 애를 태우고 있었다. 주술은 이 시대 사람들에게 너무 생소했다. 각 왕국에서 보낸 천재급 인재들도 아주 간단한 개념조차 이해하지 못하고 쩔쩔맸다.

그리고 주술을 제대로 가르칠 만한 지식인이 방랑족 노인들과 엘버뿐이었다. 더구나 그들이 가르치는 방식은 불친절했다. 주입식 교육이 아닌, 스스로 깨닫도록 방향만 이끄는 거라서 시간이 오래 걸렸다.

그나마 방랑족은 이해가 빠른 편이지만, 일족의 인구수가 적었다. 왕국에서 바라는 만큼 방랑족을 파견 보낼 수 없었다.

그런데 저 책더미 속에 방법이 있을 거라는 예감이 들었다. 그 괴물이 오랜 세월에 걸쳐 수많은 사람을 희생시켜서 얻은 주술의 속성 습득법이 있을 것이다. 그 외에 또 얼마나 많은 귀한 지식이 숨겨져 있을까.

주술을 배우는 사람으로서 유진은 바라보기만 해도 심장이 두근거렸다. 그래서 그녀는 안으로 들어가지 않았다. 책 한 권이라도 펼쳤다가는 그대로 주저앉아 시간 모르고 탐독할 것 같았다.

'이곳의 보물을 세상에 이롭도록 이용할 방법⋯⋯.'

유진은 마라가 요구한 조건보다 더 넓은 범위로 확장하여 고민했다.

"마라. 떠오른 생각이 있긴 해."

— 정말로?

마라가 놀라서 물었다. 혼자 가질 수는 없고 남에게 주기는 아까웠다. 유진이 방법을 찾을 거라고 기대해서라기보다는 골칫거리를 떠넘긴다는 생각으로 여기에 데려왔다.

"그런데 어르신들과 의논이 필요해. 그분들께는 이곳에 관해 말씀드려도 괜찮지? 비밀을 지키지 않으실 분들은 아니니까."

— 그건 뭐⋯⋯ 괜찮아.

"지금 가서 뵙자."

그녀는 돌아서면서 아드리트에게 말했다.

"아드리트. 일족의 은인은 나보다는 마라인 것 같은데?"

아드리트가 머쓱한 표정으로 뒷머리를 긁적였다. 으스대는 마라의 목소리가 곧바로 들려올 줄 알았지만, 멧쥐는 조용히 아드리트의 몸에 올라탔다.

유진이 소리 없이 웃었다. 마라가 왠지 쑥스러워하는 것 같았다.

아까 성도에 도착했을 때 유진은 어르신들을 뵙고 인사를 드렸다. 그런데 당일 늦은 시각에 유진이 다시 오자 무슨 일이 있는지 걱정스러워했다.

유진은 마라가 보물 창고를 발견했으며 방금 그곳에 다녀왔다고 이야기했다.

방랑족 노인이 마라를 나무랐다.

"이놈아. 그런 걸 홀랑 먹었다가는 배 터져 죽는다. 넌 뭔 욕심이 그리 많으냐."

— 보물은 발견하면 임자야. 그것도 몰라?

노인들은 혀를 끌끌 찼으나 눈빛은 따뜻했다. 마라는 방랑족을 위해 그 보물을 욕심냈다. 이미 받은 게 너무 많은 터라 고맙다고 말하기도 염치가 없었다.

그들은 성도로 옮겨 와서 다시 주술에 묶이게 되었을 때 심경이 복잡했다. 자손들의 번영을 눈으로 확인하고 싶은 마음이 반, 홀가분하게 떠나고 싶은 마음이 반이었다.

그런데 시간이 지나며 후회보다는 '살아 있기를 잘했지.'라는 마음이 점점 커졌다.

사막의 동굴 안에서 지낼 때보다 비교할 수 없이 안락해졌다. 수시로 무엔 가문 사람이 찾아와서 그들의 편의를 챙겼다.

외로움도 잊었다. 주술을 배우기 위해 그들을 만나려는 사람들이 줄을 섰다.

게다가 약 일 년 전, 엘버가 그들을 위한 주술을 만들었다. 그 주술의 힘 덕분에 노인들은 잠시 술식을 벗어나 바깥세상을 구경할 수 있었다.

비록 시간 제약이 있고 눈이 어두워 제대로 볼 수도 없지만, 거리의 소음에 파묻혀 걷는 것만으로도 그들은 하루를 사는 기쁨을 느꼈다.

현재 누리는 모든 것은 마라의 희생 덕분이었다.

"진. 그대에게 좋은 생각이 있나 보군요."

엘버가 말했다. 모두의 시선이 유진에게 향했다.

"좋은 생각인지는 모르겠어요. 그래서 어르신들께 의견을 구하고 싶어요."

유진은 제 생각을 정리해서 말했다.

그 창고의 존재를 공개한다. 그리고 창고 안의 지식을 독점하는 교육기관을 성도에 만든다. 원하는 사람은 누구나 입학할 수 있고 교육비는 전액 지원한다. 대신 입학은 자유롭되 일정 기간마다 시험을 치러서 수준이 미치지 못하면 퇴교한다.

"보물을 서로 차지하기 위해 싸우지 않으려면 누구에게나 공평한 기회를 주면 돼요. 지식이라는 보물은 아무리 나눠 가져도 줄지 않으니까요."

―그게 방랑족에게 어떤 이익이 있지?

"교육 기관에 학생을 받으려면 가르칠 사람이 있어야 해. 그러니 교육 기간을 만든 후 최초 몇 년 동안은 교육자를 육성하는 거야."

―그래서?

"주술에 대한 기본 이해 능력은 방랑족이 월등히 뛰어나. 시작부터 출발선이 달라. 입학하는 방랑족 대부분은 무사히 졸업해서 미래의 교수가 되겠지. 그들 밑에서 공부한 제자들은 성도민이건 왕국 출신이건 자신의 스승과 모교를 존경할 수밖에 없어."

유진이 방랑족 노인들을 돌아보며 말했다.

"과거 성도궁의 존재는 성도의 독립을 보장해 주었어요. 이제 성도민들은 스스로 지켜야 해요. 주술을 연구하고 교육하는 기관이 성도에 자리 잡아 최고의 권위를 갖게 된다면 이 도시의 존립을 지지하는 힘이 되겠지요. 그건 방랑족에게도 이득이에요. 이 성도가 이제는 그들의 고향이 될 테니까요."

방랑족 노인들이 서로를 마주 보며 고개를 끄덕였다.

"음……."

"미래를 보자 이거군."

방랑족이 성도에 새로운 거처를 마련했다고 해도 노인들의 걱정은 사라지지 않았다. 처음에는 그저 기뻤다. 이제 일족의 앞날에는 영광만 펼쳐질 것 같았다.

하지만 하루, 이틀 시간이 지나면서 노인들은 녹록지 않은 현실을 깨달았다. 가장 큰 걱정거리는 일족과 성도민 사이의 벽이었다.

성도민들 입장에서 방랑족은 갑자기 굴러들어 와 성도궁의 터를 차지한 외지인들이었다. 방랑족이 그 땅을 소유해도 좋다는 공감대가 형성되지 않았다. 게다가 왕국들의 비호를 받고 있으니 두려워하면서도 고까워했다.

방랑족이 굽히고 들어가서 성도민이라는 하나의 정체성 아래에 녹아들면 해결될지도 모른다. 문제는 그렇게 되면 방랑족의 고유성이 사라진다는 점이었다.

주술이 다시 이 세상에 풀렸다. 노인들은 자손들이 일족의 뿌리를 잊어서는 안 된다고 생각했다. 조상의 원죄를 잊지 않아야 같은 죄를 짓지 않을 것이기 때문이다.

방랑족의 정체성을 유지하면서 성도민과 조화롭게 살아갈 수 있을까. 먼 훗날, 성도가 둘로 나뉘어 반목할까 봐 노인들은 걱정스러웠다. 자신들의 우려를 자손들에게 말했다가는 괜한 잔소리로 들릴 것 같아서 내색은 하지 못했다.

유진의 제안은 마침 딱 간지러운 곳을 긁어 주었다.

"참으로 좋은 생각입니다."

"우리는 만장일치 찬성이에요."

"암요. 반대할 이유가 없지요."

"부족한 의견을 흔쾌히 받아 주셔서 감사합니다."

유진이 겸양으로 감사 인사를 한 후 엘버에게 말했다.

"어르신. 제가 더 생각한 것이 있는데 말씀드리기가 조심스러워요. 제가 드리는 의견이 주제넘어도 너그러이 용서해 주세요."

엘버가 의아한 표정을 지었다가 웃었다.

"내가 그대를 용서 못 할 일이 무엇이 있겠어요. 편히 말해요."

"……어르신의 일족에 관해서예요."

순간, 엘버의 입가가 경직되었다.

방랑족 노인들처럼 엘버에게도 마음속 깊이 품은 걱정거리가 있었다. 엘버는 일족의 부흥을 위해 괴물에게 협력했으나 오랜 세월이 흐른 지금에 와서 보니 그녀가 바란 것은 아무것도 이루어지지 않았다.

그녀의 아들 '무엔'의 이름과 혈통이 끊어지지 않은 것만이 그나마 작은 위안이랄까.

미래를 보는 일족은 끝났다. 이제 자손들이 더는 선조의 뜻을 기리려 하지 않았다. 뿌리를 외면하는 잊힌 일족이 되었다. 무엔의 후손은 가문의 혈족이라는 정체성이 더 확고했고 그 외의 일족은 점쟁이 주술사로 불리며 조롱을 받는 처지로 전락했다.

괴물의 소멸 후, 엘버는 무엔의 새로운 가주 자격으로 찾아온 타스에게 간곡하게 부탁했다.

> 「타스. 그들을 보살펴다오. 나는, 그리고 무엔은 우리 일족에게 빚을 졌단다.」

다행히 무엔 가문은 그들을 지원할 수 있을 만큼 부유했다. 타스는 모든 노력을 다하겠다고 엘버에게 약속했고 실제로 이행했다. 그러나 상황은 그리 낙관적이지 않았다.

미래를 보는 일족은 오랜 세월 괴물의 박해를 받으며 감시 속에 살았다. 그들의 의지는 꺾이고 희망은 잃었으며 무엔을 원망했다. 일족과 무엔 사이에는 건널 수 없는 거친 격류가 흐르고 있었다.

재물은 깊은 상처를 어루만지지 못했다. 일족은 무엔의 도움을 거절했다. 그리고 이제는 양측이 서로 의미가 없으니 관계를 끊자고 했다. 영원한 단절을 선언했다.

냉랭한 거부에도 타스는 포기하지 않았다. 일족에게 특별한 애정이 있어서는 아니었다. 타스가 가장 사랑하고 존경하는 선친의 유일한 소원은 괴물의 손아귀에서 엘버를 해방하는 것이었다. 그래서 타스는 엘버의 요청을 선친의 뜻으로 받아들였다.

하지만 일 년 가까이 애를 썼는데도 일족들과 제대로 대화를 나눌 자리조차 마련하지 못했다. 그래서 엘버에게 그런 사정을 솔직히 말할 수밖에 없었다.

엘버는 크게 상심했다. 자신이 나섰다가는 상황만 더 악화할까 봐 타스에게 알아서 하라고 맡겼다.

그 후에는 묻지도 않았고 타스도 따로 전하는 말이 없었다.

"어르신. 제가 얼마 전에 숙부님께 들었어요."

"……그랬군요. 그럼 대충 알겠네요."

"예. 어르신께 미리 여쭙지 않아서 죄송해요."

엘버가 고개를 흔들었다. 유진은 엘버의 안색을 조심스레 살피며 말했다.

"제가 건의한 그 기관이 설립되면 일족의 그분들에게 입학 특례를 드리는 건 어떨까요."

"무슨 뜻이에요?"

유진은 미래를 보는 일족 역시 방랑족 같은 피해자라고 생각했다. 그래서 괴물의 소멸 후 그들이 더 나은 미래를 얻기를 바랐다.

엘버와 무엔 가문이 그들을 모른 척하지는 않겠지만 계속 마음이 쓰였다. 그래서 반년 전쯤에 타스에게 안부 인사를 전하면서 슬쩍 물어보았다.

타스의 서신을 받고 놀랐다. 서신에 구구절절한 내용은 없었으나 대충 돌아가는 사정이 짐작되었다. 마음 아파할 엘버를 생각하니까 안타까웠다.

그동안 유진은 자신이 도울 방법을 계속 고민했다. 그래서 아까 보물고를 보면서 그쪽으로 생각이 다다랐다.

"그분들이 무엔 가문의 도움을 거절하는 이유가 두렵기 때문일지도 모른다는 생각이 들었어요."

"뭐가 두렵지요?"

"어르신. 어르신과 그분들 사이의 마음의 거리는 각자 입장에서 큰 차이가 있어요. 어르신께는 과거의 일이지만, 그분들에게는 기억도 나지 않는 선조들의 일이에요. 그분들에게 무엔의 도움은 빚일 거예요. 그 빚이 자신들을 얽어맬 거라고 경계하는 거지요. 괴물이 한 짓처럼요."

엘버가 미간을 찌푸렸다. 그리고 한숨을 쉬었다.

"마음의 거리……. 그렇군요. 그대 말이 맞아요."

"그러니 그분들에게 무엔 가문에서 직접 도움을 주기보다는 기회를 드리자는 거지요. 그분들도 주술에 대한 이해 능력이 방랑족 못지않으니까요."

괴물은 미래를 보는 일족이 일족의 비밀 서고로 들어가는 것은 막았지만, 일족 내부에서 주술의 지식을 대물림하는 것은 내버려 두었다. 그렇게 물려받는 주술 수준이 위협적이지 않았고 장차 그들을 엘버한테서 완전히 떨어뜨린 후 사제들처럼 주술사로 이용할 생각도 했을 것이다.

"어르신께서 허락하신다면 제가 어머니께 말씀드려서 그분들과 무엔 가문 사이를 중재할게요. 어머니가 그런 방면으로 탁월한 능력자이시거든요."

엘버는 눈을 감고 생각에 잠겼다. 얼마 후 눈을 뜬 그녀의 표정이 한결 부드러웠다.

"그대의 도움은 고맙게 받지요."

엘버가 가까이 오라는 듯 손짓하자 유진은 엘버의 곁으로 더 바짝 다가가 앉았다. 엘버가 유진의 손을 잡았다.

"마음 써 주어서 고마워요."

"그분들도, 무엔 가문도 제게는 남이 아닌걸요. 제 혈족들이잖아요."

엘버가 흐뭇하게 웃으며 고개를 끄덕였다.

"아, 그런데."

유진이 뒤를 돌아보았다.

"최종 결정권자는 제가 아니라서요. 마라. 내 의견이 어때?"

갑자기 모두의 시선이 자신에게 향하자 마라가 작은 붉은 눈을 끔벅였다.

— 뭐…… 나쁘지 않군.

"고마워, 마라. 네가 그 보물고를 찾은 덕분에 여러 가지 문제를 해결할 수 있을 것 같아. 다 네 공이야."

멧쥐가 가만히 서서 코끝만 움찔거렸다. 유진이 아까 보물고에서 나올 때의 마라 반응을 떠올리며 웃음을 터뜨렸다. 그 오랜 세월을 인간들 위에서 신 노릇도 했으니 자신을 향한 찬사에 익숙할 텐데 뜻밖의 모습이 재미있었다.

*   *   *

아르스 저택은 아침부터 분주했다.

"자네트 부티크의 마차는 아직 오지 않니?"

다나의 물음에 하녀가 대답했다.

"아직입니다. 사람을 보내 알아보겠습니다."

"그래. 차질이 있다면 이쪽에서 대비해야 한다. 확실한 답을 받아 와."

"예, 가주님."

오늘 디티오 가문의 저택에서 연회가 열린다. 근 이 년 만에 열리는 가장 큰 연회였다.

한때 성도는 존립이 위태로울 정도로 혼란스러웠다. 성도궁이 무너지면서 성도민의 정신적 지주인 신도, 상제도 사라졌다. 자살자가 속출하고 종말론을 울부짖었으며 미친 자들이 방화를 저질렀다.

괴물 소멸 후 첫 활동기가 시작되면서 분위기를 반전되었다. 성도를 둘러싼 성벽 주변으로 라크들이 새카맣게 몰려들었다. 공포에 질린 성도민들은 라크들이 성벽을 넘지 못한다는 사실을 목격했다. 그들은 울음을 터트리며 신께 감사 인사를 올렸다.

그 후 정신을 차린 자들이 늘었다. 달라진 현실을 인정하고 살기 위해 고민하기 시작했다.

왕들의 예측보다 훨씬 빠르게 성도의 혼란은 가라앉았다. 부유한 명문가들이 사재를 털어 질서를 세웠으며 성도에 남은 여섯 왕국의 병사들 또한 도움이 되었다.

혼란 초기에 가산을 정리하여 왕국으로 도망간 자들도 제법 있었다. 당연히 그들은 다시 성도로 돌아오지 못했다. 지금까지 성도민들에게 욕을 먹었다.

이제 성도민들은 일상을 되찾았다. 그래서 오늘 열리는 연회는 특별했다. 예전처럼 평화로운 성도가 되었다는 신호 같은 것이었다.

다나는 오늘 연회에 부부 동반으로 참석하려 했다. 그런데 생각지 못했던 동행 둘이 늘었다.

그녀는 하녀에게 추가로 지시했다.

"일 층으로 내려가서 진에게 오라고 해라."

"예, 가주님."

잠시 후 유진이 서재로 들어왔다.

"부르셨어요?"

"헨텔 공을 모실 마차를 지금 보내야겠구나."

"벌써요?"

"연회복 준비에 문제가 있을지도 모르겠어. 혹시 모르니까 여벌을 미리 마련해 둬야겠다."

"네, 엄마."

유진은 아르스 가문에 서신을 보내서 에이든이 디티오 연회에 참석할 예정이니 모든 준비를 도와 달라고 부탁했다. 그런데 다나가 그 서신을 받은 날짜가 연회 육 일 전이었다.

사교 예절 같은 것은 며칠이면 대충 습득이 가능했다. 아르스 가주 부부가 동행할 테니까 완벽할 필요가 없었다. 문제는 에이든의 연회복이었다.

오랜만의 격조 있는 연회라서 성도의 어지간한 유력자들은 거의 참석할 예정이었다. 사람들이 몰려들어 의상실은 비상이 걸렸다. 특히 고급 부티크는 이미 예약이 다 찼다.

다나가 인맥과 재력을 동원하여 제작을 맡겼으나 시간이 빠듯했다. 원래 오늘 아침 일찍 받기로 했는데 아직 도착하지 않았다.

'끝내 옷이 안 오면 에녹의 옷을 수선해야지. 얼추 키가 비슷한 것 같으니까.'

그런데 이 방법은 다나의 입장에서는 최악의 수단이었다. 남의 옷을 고쳐 입고 연회에 참석하다니. 정말 수치스러운 일이다.

유진이 시녀에게 왕가의 마차를 보내라고 지시했다. 시녀가 물러가고 나서 유진이 아쉬워하며 중얼거렸다.

"어머님도 오늘 함께 참석하시면 좋을 텐데……."

케이티는 불참하겠다고 했다.

"어머님은 아직 과거가 부담스러우신 걸까요?"

"내 생각엔 그건 아닐 것 같구나. 내가 아니카 케이티의 입장이어도 거절했을 거야."

"왜요?"

"아들을 빛나게 해 주는 자리가 되기를 바라니까. 모자가 함께 가면 사람들의 시선이 둘로 분산되지. 분명히 안 좋은 말을 숙덕이는 사람들도 있을 거고. 소문이 사실이 아니었다고 밝혀져도 진실에는 관심 없는 사람이 많단다."

유진은 잠시 말이 없다가 고개를 끄덕였다. 그리고 피식 웃었다.

"이상해요. 엄마. 제가 로히드를 생각하니까 엄마 말씀이 마음에 와닿아요."

다나가 웃었다.

"그래. 너도 이제 엄마니까."

다나는 한숨을 폭 내쉬었다.

"로히드가 보고 싶구나. 그새 얼마나 컸을까."

다나는 로히드의 첫 생일까지 하시 왕국에서 지냈다. 성도의 가족들이 모두 무사하다는 사실을 안 후에는 아예 그쪽을 마음 편히 잊었다. 하루가 다르게 쑥쑥 자라는 영특한 손자를 보는 재미에 폭 빠졌다.

보고 싶다며, 그만 성도로 돌아오라는 남편의 절절한 편지를 받지 않았으면 아마 더 있었을 것이다.

"로히드가 아직 날 기억하려나."

"그럼요. 로히드가 얼마나 기억력이 좋은데요."

"내 손자라서 하는 말이 아니라, 로히드 같은 아이가 어디 있니. 똑똑하고 야무지고 의젓하고 속도 깊지."

"엄마. 솔직히 제 아들이라서 하는 말이 아니라요. 로히드는 정말 특별해요."

두 팔불출은 주거니 받거니 로히드에 대한 칭찬과 자랑을 늘어놓았다. 그러는 사이에 에이든을 데리러 간 마차가 저택으로 들어왔다.

"평안하셨습니까, 가주님. 제가 일전에는 많은 폐를 끼쳤습니다."

"당치 않은 말씀입니다. 공께서는 우수한 모범생이었어요."

며칠에 걸쳐 다나가 직접 에이든에게 사교 예절을 가르쳤다.

에이든은 낯선 곳에서 지인을 만난 사람의 표정으로 유진에게 인사했다.

"형수님. 평안하셨습니까."

"예. 공께서도 그간 평안하셨어요?"

에이든이 멋쩍게 웃었다.

"그 호칭을 들으면 안 맞는 남의 옷을 입은 것처럼 어색합니다."

"남의 옷이라니요. 익숙해지셔야지요. 공께서는 전하의 하나뿐인 동생이라는 사실을 잊지 말고 언제 어디서나 당당하셔야 해요."

"예, 형수님. 형님께 누가 되지 않도록 처신하겠습니다."

다나가 재촉했다.

"인사는 이쯤 하면 되었고 이쪽으로 오세요. 준비는 미리 해 두어도 과하지 않아요."

에이든의 치수를 재는 도중에 부티크로 심부름 보낸 하녀가 돌아왔다.

"한 시간 안으로 완성된 연회복을 보내겠다고 합니다."

"다행이구나. 그럼 좀 기다려야겠다."

다나는 최악의 사태를 피하게 되어 안도했다. 의상이 도착할 때까지 세 사람을 모여 앉아서 담소를 나누었다. 단연 최고의 화젯거리는 로히드였다. 별것 아닌 이야기로 대화가 끊이지 않았다.

부티크에서 장담한 시각에 의상이 도착했다. 연회 참석을 위한 본격적인 단장을 시작했다. 준비를 끝낸 다나와 유진이 1층으로 내려오자 소파에 앉아 대화를 나누던 두 사람이 일어났다.

"오."

다나가 감탄하는 소리를 바로 옆에 있던 유진은 들었다. 교양 있는 행동은 아니지만, 유진은 다나의 실수를 이해했다. 그녀 역시 성장 차림의 에이든은 보며 탄성을 지를 뻔했으니까.

"두 분이 무슨 이야기를 그렇게 재미있게 하십니까?"

다나가 남편과 에이든을 번갈아 보며 묻자 패트릭이 대답했다.

"내가 오래전에 오늘 같은 자리에 처음 갔던 날이 떠올라서요. 가는 길은 나와 공이 마차에 동석해도 되겠습니까? 몇 가지 해 줄 이야기가 있습니다. 괜한 잔소리일 수도 있습니다만."

"영광입니다. 조언을 주시면 귀담아듣겠습니다."

아르스 저택에서 두 대의 마차가 출발했다. 한 대에 패트릭과 에이든이 타고 다른 한 대는 모녀가 탔다.

유진이 크게 심호흡했다.

"제가 더 긴장돼요. 괜찮겠지요, 엄마? 오늘은 헨텔 공의 사교 데뷔 자리니까요. 공에게 오늘 연회가 즐거운 기억으로 남았으면 좋겠어요."

"걱정하지 마. 주최자인 디티오 부인에게는 유감스러운 일이지만, 헨텔 공이 오늘 주인공이 될 거다."

"네?"

"그 외모에 왕족이라는 신분. 내가 지금껏 그만한 화제성을 지닌 신인의 등장을 본 적이 없어. 헨텔 공이 오늘 어떤 실수를 저질러도 사람들은 호의적으로 평가할 거야."

"엄마 말씀을 들으니까 안심이 되네요."

유진은 성도 사교계의 정점에서 군림하는 다나의 혜안을 믿었다.

곧 마차는 연회가 열리는 저택에 도착했다. 이미 저택 주변은 몰려드는 마차들로 정신없었다. 하지만 귀빈의 마차는 어떤 제지도 없이 저택의 뜰 안까지 들어갔다. 마차가 등장한 순간부터 사람들은 비상한 관심을 보였다. 차창 밖으로 머리를 쑥 빼고 보는 사람도 있었다.

패트릭이 다나를 에스코트하고 그 뒤를 에이든이 유진을 에스코트하여 저택으로 들어섰다. 순간 시간이 멈춘 것 같았다. 홀을 가득 채운 사람들은 움직임을 멈추었고 말소리마저 사라졌다.

"어서 오세요. 와 주셔서 감사합니다."

디티오 부인이 활짝 웃으며 나타나 귀빈을 맞이했다. 인사를 나누는 사이에 멈추었던 시간은 다시 흐르기 시작했다. 두런거리는 말소리가 퍼져나갔다.

'정말 엄마 말씀대로.'

유진은 안 보는 척 사람들을 살폈다. 저들의 눈빛과 표정은 기대와 호감이 가득했다. 대세가 이렇다면 몇몇 사람이 이상한 소리를 해도 금세 묻힐 것이다.

오늘은 에이든의 성공적인 데뷔 무대가 될 것이다. 유진은 확신했다.

*　　*　　*

카세르는 검토를 마친 서류를 내려놓았다. 그것을 왼쪽으로 밀어 놓고 오른쪽에 쌓인 서류로 손을 뻗었다. 잠시 공중에서 멈추었던 손은 허공만 쥐고 내려왔다.

공무를 처리하던 흐름이 끊기자 눈치 빠르게 시종장이 다가왔다.

"차를 올리겠습니다. 전하."

"그래."

시종장이 물러갔다.

잠시의 휴식 시간. 카세르가 책상 아래 서랍을 열어 주술 노트를 꺼냈다.

　　─이제 곧 연회장으로 출발할 거예요. 괜히 긴장되네요. 연회가 어땠는지 다녀와서 이야기할게요. 기분 좋은 이야깃거리만 잔뜩 생겼으면 좋겠어요.

어제 오전에 마지막으로 유진이 남긴 문장이다. 어제 수시로 밤늦게까지 노트를 확인했는데도 새로운 문장은 떠오르지 않았다. 디티오 가문의 연회가 성황리에 치러진 모양이다. 그녀가 늦은 시각까지 연회를 즐기느라 여유가 없었던 거라고 짐작했다.

그는 한 손으로 턱을 괴고 백지의 노트를 괜히 뒤적거렸다. 드디어 오늘은 아내가 돌아오는 날이다. 삼 년보다 긴 사흘이었다.

유진이 언제 올까. 설마 오늘 안 오는 건 아니겠지. 하루 더 있다가 온다고 할지도 모른다. 오랜만에 뵙는 부모님과 나눌 이야기가 많을 것이다. 늦어도 괜찮으니 오늘 안에만 왔으면 좋겠다. 그의 머릿속에 그런 생각으로 가득 찼다.

"전하. 왕자님 듭시옵니다."

카세르가 의아한 눈빛으로 고개를 들었다. 로히드가 낮잠 들었다는 보고를 받은 지 얼마 되지 않았다.

"들어오너라."

문이 열리고 로히드가 들어왔다. 로히드가 책상에 앉은 카세르를 향해 상체를 숙였다.

"소자, 인사 올립니다."

허리를 편 로히드의 표정이 뚱했다. 카세르가 뒤를 따라 들어온 시종에게 물었다.

"왕자는 잔다고 하지 않았느냐."

"조금 전에 갑자기 깨어 일어나시더니 전하를 뵙겠다고 하셨습니다. 전하."

"로히드."

"예, 아버지."

잠이 덜 깬 표정이라고 하기에는 로히드는 뭔가 잔뜩 화가 난 것 같았다. 아들의 얼굴을 유심히 보던 카세르가 궁인들을 모두 내보냈다. 그는 로히드 앞으로 다가가 시선 높이에 맞게 자세를 낮추어 앉았다.

"로히드. 무슨 일이니?"

"……어머니가 사라졌어요."

카세르는 아버지가 된 후 전에 없던 능력이 생겼다. 밑도 끝도 없는 아이의 말을 알아들을 수 있게 되었다. 그는 한 손으로 아이의 머리를 부드럽게 쓸었다.

"나쁜 꿈을 꾸었구나."

부루퉁한 표정의 아이 미간이 일그러졌다. 꼭 다물린 입술이 씰룩씰룩 움직이더니 파란 눈동자에 눈물이 가득 차올랐다. 처음 보는 아들의 모습에 당황한 카세르가 아이를 품에 끌어안자마자 우와앙 울음이 터졌다.

"로히드. 괜찮아. 꿈은 진짜가 아니야. 어머니는 어디로도 사라지지 않아."

카세르는 아들을 안고 일어났다. 그는 울음이 멈추지 않는 로히드의 등을 토닥토닥 두드리며 집무실 안을 여러 번 돌았다.

점차 잦아드는 울음소리를 들으며 카세르는 작게 웃었다.

'녀석. 사흘이 한계였나 보군.'

유진이 성도로 출발하기 전에 어린 아들을 두고 며칠 떠나 있는 것이 못내 아쉬워 한참 작별 인사를 나누었다. 로히드는 잘 다녀오시라며 태연하게 인사했다. 지금까지 온종일 어머니를 찾지 않았고 투정도 없었다.

그래서 괜찮은 줄 알았다. 그런데 괜찮은 척했던 것이었다.

"어머니가 보고 싶니?"

"네……."

"조금만 더 기다리면 돼. 이따가 오실 거야."

로히드가 카세르의 품에 묻고 있던 고개를 들었다.

"이따 언제요?"

"저녁 먹기 전에."

로히드의 표정이 밝아졌다. 카세르는 아들이 자나 깨나 기다리고 있으니 얼른 오라고 주술 노트에 적을 내용을 떠올렸다. 그녀를 재촉할 정당한 이유가 생겼다. 엄마가 보고 싶다며 아들이 울고 있지 않은가.

"근데요, 아버지."

"응?"

로히드가 우물쭈물하더니 말했다.

"비밀이에요."

"뭐가? 어머니 보고 싶다고 운 거?"

로히드의 양쪽 볼이 붉게 달아올랐다. 카세르가 웃음을 꾹 참으며 물었다.

"누구한테 비밀로 해? 어머니한테?"

"다요. 모두 다."

"그래. 우리 둘만 아는 비밀로 하자."

자존심 강한 아들의 명예는 지켜 줘야겠지. 카세르는 아들 얼굴의 눈물 자국을 닦아 준 후 로히드를 내려놓으려고 몸을 숙였다. 그러자 로히드가 카세르의 목을 끌어안았다.

"내리지 마?"

로히드가 고개를 끄덕였다. 카세르가 픽 웃었다. 별일이다. 어리광을 다 부리고.

'유진이 며칠씩이나 로히드 곁에 없는 건 처음이지, 아마.'

그는 아들은 안은 채 발코니 창을 열고 밖으로 나갔다. 바깥바람을 쐬면 기분 전환이 될 것이다.

로히드가 발코니 아래쪽을 가리키며 말했다.

"아버지. 저기 백부님이에요."

카세르가 그쪽을 내려다보았다. 염왕의 붉은 머리카락은 멀리서 봐도 눈에 띄었다. 그 옆에 나란히 걷고 있는 흑발도 보였다.

"크라크도 있어요."

"로히드. 왜 백부님이라고 부르지?"

"그렇게 부르라고 하셨어요."

"염왕께서?"

"예. 그러면 안 되나요?"

"……아니다. 염왕께서 허락하신 거라면 괜찮아."

아들에게는 그렇게 말하면서 카세르는 속으로 구시렁거렸다.

'왜 제가 백부야?'

백부란 부친의 손위 형제를 부르는 호칭 아닌가. 염왕이 형님이라니. 있을 수 없고 있어서도 안 될 일이다.

못마땅한 눈빛으로 붉은 머리카락의 정수리를 쏘아보던 카세르의 표정이 점점 더 뻐딱해졌다. 나뭇잎에 가려졌다가 언뜻 드러난 모습을 보니까 둘이 다정히 손을 붙잡고 걷고 있었다. 서로 쳐다보며 웃기도 한다.

'내 왕성에서 아주 즐겁게 보내고 계시는군. 염왕.'

자신은 옆자리가 허전해서 전전긍긍하고 있는데 눈꼴이 시었다. 그가 속 좁게 투덜거리는 사이에 품에 안긴 로히드의 몸이 그에게 완전히 기대어 점점 늘어졌다.

카세르는 색색거리는 아들의 숨소리에 귀를 기울이며 미소 지었다. 그는 잠든 아들을 안고 집무실을 나와 로히드의 방으로 갔다. 푹 잠든 로히드는 침대에 내려놓는 동안에 깨지 않았다. 그는 얼마간 아이가 자는 모습을 바라보며 앉아 있었다.

집무실로 돌아오자마자 그는 당장 할 일이 떠올랐다. 펜을 들고 주술 노트를 펼치던 손이 멈칫했다. 못 보던 글이 있다.

　　—곧 **출발할게요. 부모님이 저녁까지 먹고 가라고 붙잡으시는데 아무래도 안 되겠어요. 당신이 너무 보고 싶고 우리 아들도 보고 싶 어요. 로히드는 잘 있지요? 엄마 보고 싶다는 말은 안 해요? 출발할 때 너무 태연하게 손을 흔들어서 솔직히 충격받았어요.**

　　글자에서 그녀의 목소리가 들려오는 것 같았다. 카세르는 문장 위를 손가락으로 느릿하게 어루만졌다. '얼른 와. 나도 당신 보고 싶어.'라고 중얼거리며 그는 부드럽게 미소 지었다.

외전 2. 진

"야."

진은 대답하지 않았다.

"야."

이번에도 무시했다. 그러자 뭔가가 날아와 머리를 툭 때리고 떨어졌다. 돌돌 말린 양말 한 짝이었다. 발가락 모양대로 시커먼 때가 묻은 양말은 보기만 해도 구역질이 났다.

진이 고개를 휙 돌려 노려보았다. 큰오빠는 야비하게 웃으며 혀를 찼다.

"저거 눈깔 치드는 꼴 봐. 야. 나가서 연탄 갈아."

"왜 내가? 그저께도 어제도 내가 했잖아."

"하, 저 싸가지 없는 거. 내가 네 친구냐? 연탄 갈라고."

진은 무시하고 다시 고개를 돌렸다. 또다시 날아온 나머지 양말 한 짝이 그녀의 머리를 때렸다. 진은 제 옆을 굴러다니는 양말을 노려보다가 하나를 집어 들고 있는 힘껏 큰오빠에게 던졌다.

"한 번 말해서 들어먹는 법이 없, 아, 퉤! 아우 씨, 야!"

진이 던진 양말이 제대로 입에 들어갔다. 큰오빠가 위협적으로 주먹을 쥐며 일어나자 얼른 진은 밖으로 도망 나갔다. 일그러진 큰오빠 면상을 떠올리며 기분이 좋았던 것도 잠시, 한기가 훅 밀려왔다. 진은 두 팔로 온몸을 감싸 안았다. 순식간에 아래턱이 덜덜 떨렸다.

단칸방 옆에 붙은 부엌 겸 욕실은 바깥이나 마찬가지였다. 그나마 연탄으로 데우는 방 안은 온기가 돌지만, 여기는 겨울만 되면 물이 꽝꽝 얼었다.

'지긋지긋해.'

해가 지기 전부터 만취해서 쓰러져 자는 아버지, 사기 혐의로 며칠 전에 잡혀간 어머니, 툭하면 주먹을 올리는 깡패 큰오빠, 허구한 날 집에 안 들어오는 둘째 오빠. 저런 쓰레기들이 가족인 것보다 차라리 고아가 낫다.

'두고 봐. 돈만 모으면 아무도 모르는 곳으로 도망가 버릴 거니까.'

진은 집게를 들고 연탄구멍에 끼웠다가 짜증이 치밀어 내동댕이쳤다. 분노가 치밀었다. 다 죽어 버렸으면 좋겠다.

연탄을 노려보던 진이 고개를 들었다. 벽에 붙은 종이에서 시선이 멈추었다. 누렇게 바래고 반쯤 찢어져 너덜거리는 종이에는 연탄 사용 시 주의 사항이 적혀 있었다.

ー**연탄은 건조한 장소에 보관하십시오. 젖은 연탄을 사용하면 독성 가스가 발생하여 위험합니다.**

가만히 그 문장을 노려보던 새카만 눈동자에 악의가 번뜩였다. 진은 물 한 바가지를 퍼서 연탄에 부었다. 그리고 아궁이를 열어 재가 된 연탄을 꺼내고 젖은 연탄을 넣었다.

'다 죽어 버려.'

― 다 죽어 버려!

'헉!'

눈을 번쩍 떴다. 가만히 눈동자만 굴렸다. 새벽의 어스름한 빛이 어둠을 몰아내고 있었다. 진은 익숙한 자신의 침실 내부를 확인하고 안도의 숨을 내쉬었다.

'짜증 나.'

왜 자꾸 그때 꿈을 꾸는지 모르겠다.

'난 진이야. 아르스 가문의 외동딸 진 아니카. 난 다시 태어난 거야.'

하지만 어디선가 목소리가 들려왔다.

'과연 그럴까?'

세상 사람 전부를 속여도 자기 자신만은 속일 수 없다. 거짓을 진실로 믿다가 자기 최면 상태에 빠지는 사람도 간혹 있다지만, 차라리 그랬으면 행복했을 것이다. 온종일 불안에 시달리지 않을 테니까. 불안은 꿈으로 찾아와 잠도 편히 못 잤다.

한때는 자신이 환생했다고 진심으로 믿었던 때가 있었다. 눈을 떠보니 낯선 세상에서 낯선 사람들이 알아듣지 못하는 언어로 말했다. 갑자기 어린아이가 되어 어리둥절했던 것은 잠깐이었다.

새로운 인생은 환상적이었다. 근사한 대저택, 아름다운 가족, 손발처럼 시중을 드는 사람들. 진이 상상 속에서 꿈꾸던 것보다 완벽했다.

새로운 세상에서 눈을 뜨고 대략 3년 후, 진의 만족스러운 새 인생에 금이 가기 시작했다.

그때쯤 진은 낯선 언어를 거의 숙달했다. 그리고 우연히 부모님의 대화를 엿들었다.

「여보. 저 애는 내 딸이 아니에요. 아이가 바뀌었어요.」

「다나. 대체 무슨 소리를 하는 거요?」

「내 딸이 아니에요. 나는 알 수 있어요. 아아, 진. 가여운 우리 딸은 어디로 간 걸까요.」

진은 자신에게 냉담한 어머니가 원래 그런 성품인 줄로만 알았다. 그래서 이유를 알게 되자 크게 충격받았다. 하지만 그때는 '바뀌었다'라는 말 자체를 이해하지 못했다.

내가 진 아니카다. 그게 틀림없는 진실이라고 믿었다.

두 번째 위기가 곧 찾아왔다. 일곱 살의 생일이 지나고, 한 살 두 살 나이는 더 먹어 가는데도 자각몽을 꾸지 않았다. 상제는 일곱 살 생일이 지난 후부터 진을 수시로 불러 자각몽에 관해 물었다. 날이 갈수록 숨이 막혔다.

어느 날, 상제 성하의 부름을 받아 성도궁에 갔을 때 상제께 여쭈었다.

「성하. 아니카에게 라미타가 없을 수도 있나요?」

「그럴 수는 없습니다. 라미타의 영혼의 힘이기 때문이지요.」

그 말을 듣자마자 '바뀌었다'라던 어머니 말씀이 떠올랐다.

'영혼이 바뀌었다는 뜻이었나?'라고 불현듯 깨달은 순간, 얼마 전에 플로라가 했던 말이 생각났다.

「네가 어릴 때 납치된 적이 있다면서? 성도가 완전히 난리가 났었대」

그날부터 진은 뭔가가 잘못되었다고 느끼기 시작했다.

진은 아니카인 자신이 자랑스러웠다. 누구보다 특별하고 우월하니까. 하지만 자각몽을 꾸지 못하자 이제는 저주로 느껴졌다. 아니카가 아니었으면 아무 의심 없이 이 세상에 새로 태어났다고 믿으며 살 수 있었을 것이다.

상제는 라미타가 없는 아니카는 존재하지 않는다고 했다. 그래서 진은 거짓말을 했다. 플로라에게 자각몽에 대한 정보를 얻어서 거짓말로 자각몽을 꾸몄다.

아니카는 라미타를 드러내면 안 된다는 규칙 덕분에 누구도 그녀에게 라미타를 증명하라고 하지 않았다. 이대로 아니카 진으로서 살 수 있을 것 같았다.

그런데 세 번째 위기가 찾아왔다. 기분 전환하러 외출했다가 주술사의 천막을 보았다.

'내가 그날 점을 본 것이 잘한 일이었을까. 아니면 그냥 지나쳤어야 했을까.'

「뒤바뀐 운명을 지니고 있군요. 제자리를 찾지 않으면 재앙이 찾아올 겁니다」

주술사의 점괘는 섬뜩했다. 그리고 진은 분노했다. 천한 주술사 늙은이 따위가 함부로 입을 놀리는 것을 가만둘 수 없었다.

진은 그날의 기억을 떠올리며 미간을 찡그렸다. 그 일 때문에 피데스 경과 언성을 높이고 싸운 건 정말 최악이었다.

「어제 지나가다가 우연히 보았습니다. 그런 잔악한 짓을 하면 그대 자신에게도 이롭지 않습니다.」

「잔악이요? 잔악이라고 했어요? 그 미친 늙은이가 내게 무슨 짓을 했는지 알아요? 날 저주했단 말이에요! 나는 아니카예요! 누구도 내게 그런 짓은 할 수 없어요!」

사람들은 주술사가 치는 점은 전부 사기라고 했다. 피데스 경도 그런 비슷한 말을 했다.

하지만 오히려 그날 진은 각성했다. 이대로 가만히 있어서는 안 된다고.

그녀를 괴롭히는 불안의 실체. 그것은 주변 사람을 속인다는 죄책감이 아니라 언제 다시 뒤바뀔지 모른다는 공포였다.

진은 정보를 수집했다. 첫 번째 대상은 어머니였다. 어머니 같은 분이, 딸이 바뀌었다고 생각했다면 분명히 손 놓고 있지는 않았을 것이다. 하녀를 꾀어 관련 사건을 조사한 서류를 몰래 훔쳐볼 수 있었다.

세 살 때 벌어진 실종 사건, 마라교의 신도였던 유모, 이상한 의식을 행했던 흔적. 서류 내용만으로는 뭐가 뭔지 알 수 없었다. 하지만 마라교가 관련된 사실이 마음에 걸렸다. 이 세상에는 실제로 신이 존재한다. 그러니 사교의 신도 존재할 것이다.

그래서 진은 아니카에게는 조건 없이 우호적인 신의 대리인, 상제를 찾아가 도움을 청했다.

『제가 자각몽을 꾸었다고 거짓말을 했습니다. 성하.』

먼저 용서부터 구했다.

『제가 어릴 때 납치된 적이 있다고 들었습니다. 사교도의 간악한 술수
에 휘말려 그때 제 라미타를 잃은 것이 틀림없습니다. 성하께서 라미타가
없는 아니카는 없다고 하셨잖아요.』

『라미타를 잃었다……. 그대 말을 들으니 짐작 가는 데가 있군요. 그대
가 납치된 장소에서 사교도들이 의식을 행한 흔적을 발견했습니다. 하지만
그대는 무사히 돌아왔고 죽은 사교도가 잘못된 의식의 반작용을 받은 것
으로 끝난 줄로만 알았지요.』

『어떤…… 의식인가요?』

『다른 세계의 문을 여는 의식입니다. 아마 열린 틈으로 그대의 라미타
가 빠져나간 것 같습니다.』

오싹 소름이 돋았다. 다른 세계의 문. 본능적으로 답에 근접했다는 느
낌이 왔다.

『난감하군요. 내가 그 일을 다시 조사해 보겠습니다.』

『저도 하겠습니다. 저도 뭐든 하겠어요. 성하. 저는 반드시 제 라미타를
되찾을 거예요. 그러니까 제가 원하는 걸 얻을 수 있도록 도와주세요.』

상제는 진에게 비밀 서고의 자유 출입증을 주었다. 원래 아니카는 본
인이 원하면 비밀 서고에 언제든 갈 수 있지만, 다른 아니카들이 그러하
듯 그전까지 진도 관심이 없었다.

『서고에 신술에 관한 책이 있습니다. 다른 세계를 여는 것은 신의 힘이지요. 그대가 간절히 바란다면 그곳에서 그대가 바라는 것을 찾을 수 있을지도 모릅니다.』

진은 그날 이후 아침부터 밤까지 서고에서 살다시피 했다. 상제는 성소의 사제를 서고로 보내서 진이 신술을 익히도록 도움도 주었다.

그리고 서고에 있는 신술에 관한 책은 갈 때마다 조금씩 바뀌었다. 어딘가에 다른 서고가 있는 것 같았다. 그래서 다른 서고가 있다면 가 보고 싶다고 상제에게 청했으나 그건 허락받지 못했다.

생각에 잠긴 사이에 날이 밝았다. 이제 침실 안이 환했다. 진은 침대에서 일어났다. 오늘도 성도궁의 서고에 갈 것이다. 반드시 방법을 찾아내리라.

'내가 진 아니카야. 내가 진짜라고.'

라미타를 가진 진 아니카로 이 세계에서 살 것이다.

*　　*　　*

신술을 익힐수록 진은 쫓기는 기분이 들었다.

신술은 신비로운 힘이었다. 신이 존재한다는 증명이었다. 그렇다면 정말로 다른 세계로 통하는 문을 여는 것이 가능하며 영혼이 바뀌는 현상도 터무니없는 망상이 아니었다.

자신이 진짜가 아니라는 가설은 점점 확신을 얻었다. 그건 곧 절망이었다.

진은 영혼이 바뀐 것 같다는 말은 절대 상제에게 할 수 없었다. 상제가 호의를 베푸는 대상은 진짜 아니카다. 자신이 아니었다.

정말 바라는 것을 교묘하게 숨기고 있다 보니까 점점 신술로 얻는 지식이 자신의 원하는 방향에서 벗어난다는 생각이 들었다.

진은 진짜 아니카의 영혼이 넘어간 그 세계와 연결하는 문을 열고 라미타만 빼앗을 생각이었다. 어떻게 해야 그게 가능한지 알고 싶었다.

진은 평소보다 일찍 귀가했다. 어제 참석한 아니카 모임에서 플로라가 자신의 라미타를 드러냈다. 그 후 뒤집힌 속이 좀처럼 가라앉지 않았다.

'음흉한 계집애. 같잖게 오라버니한테 눈독을 들이지 않나. 주제도 모르고.'

플로라만 보면 속이 부글부글 끓었다. 눈에 박힌 가시 같다. 뽑아 버리고 싶다. 왜 하필 같은 해에 태어나서, 왜 하필 강력한 라미타를 타고나서.

'내가 라미타만 되찾고 나면 다음은 너야.'

분명히 사람을 저주해 죽일 수 있는 신술이 존재할 것이다. 그런 주술이라면 반작용이 있겠지만, 뒤집어쓸 희생자는 얼마든지 구할 수 있다.

마차가 막 광장을 지나갔다. 마차 창 너머로 광장의 나무가 보였다.

「나무님. 소원을 들어준다면서요? 내 소원도 들어줘요. 꼭 들어주셔야
해요. 나를 진짜 진 아니카로 만들어 주세요. 제발요. 나무님이 가진 그 힘
을 내게 나눠 주세요. 아주 조금이라도 괜찮아요.」

저 나무 앞에 서서 기도하던 순진한 시절이 있었다. 진은 과거를 떠올리며 조소했다.

'이 세상의 신은 존재만 할 뿐이야. 바라는 게 있으면 수단과 방법을

가리지 말고 직접 움직여야 해.'

귀가하니 기다렸던 물건이 도착해 있었다. 진은 문을 다 잠그고 나무 상자를 열었다.

안에는 책 한 권이 들었다. 가죽 표지에는 뿔이 달린 소의 형상이 그려져 있었다. 사교의 상징이다.

신술을 익히면서 좀처럼 진전이 없으니 진은 다른 방법을 찾아보았다. 납치 사건을 일으킨 유모는 사교도였으니까 다른 세계의 문을 연 힘은 사교의 신술이었을 것이다.

성도에서 사교는 배척받았지만, 사교의 고서는 수집품으로 거래되었다. 비밀 경매장을 어찌어찌 알아내어 간신히 한 권을 구했다.

'제발 뭔가 단서가 있기를.'

진은 두근두근한 마음으로 표지를 열었다.

'이거야!'

진의 눈빛에 희열이 차올랐다. 흥분한 나머지 책을 쥔 두 손이 저절로 덜덜 떨렸다.

마라를 이 세상에 강림시키는 의식에 관한 과정이 수십 페이지에 걸쳐 자세하게 설명되어 있었다. 강림이란 딴 세상에서 이쪽 세상으로 불러오는 것. 즉 다른 세계로 통하는 문을 연다는 것과 이치가 같았다.

그리고 이후 진은 사교의 고서를 몇 권 더 구하고 난 후에 알게 되었다. 첫 행운이 최고의 행운이었다. 다른 책은 수집품의 가치밖에 없었다.

어쨌든 진이 처음 손에 넣은 고서는 결정적인 도움이 되었다. 놀랍게도 사교의 신술도 마하의 신술과 얼개가 같았다. 사교의 고서를 참고하여 자신이 원하는 신술의 지식을 요구하여 얻을 수 있었다. 길이 보이기 시작했다.

　　　　　*　　　*　　　*

　─공허를 담은 매개라…….

　"예, 성하. 다른 세계로 빠져나간 제 라미타를 불러오기 위해서는 끌
어당기는 힘이 필요합니다."

　─**라미타는 본래 그대의 것이니 주인인 그대가 끌어당기는 매개가
되어 줄 텐데요.**

　"……예. 그렇습니다만, 워낙 오랜 시간이 지났습니다. 완벽하게 대비
하고자 합니다."

　─**빈 것은 채우려는 성질이 있지요. 훌륭합니다. 아니카 진. 그대는
신술을 제대로 이해하고 있군요.**

　"부족한 저를 여기까지 이끌어 주신 은혜는 잊지 않겠습니다. 성하."

　─**생각나는 물건이 있긴 합니다. 그것은 속이 빈 라크의 씨앗입니
다. 다만, 하시 왕국의 역사가 담긴 보물입니다.**

　왕국의 보물이므로 거래 대상이 될 수 없다. 상제는 사왕에게 그 보물
이 필요한 이유를 말하고 도움을 요청하는 방법뿐이라고 했다.
　'그건 안 돼.'
　상제가 매개를 구해 주면 상제가 지켜보는 앞에서 신술을 발동해야

할 것이다. 하지만 그래서는 진의 계획이 어긋났다.

진은 라미타를 얻으려던 최초의 계획을 수정했다. 라미타는 자신의 것이 아니므로 되찾을 수 없다. 진의 목적은 라미타를 얻는 것이 아니었다. 진짜 영혼을 불러내서 죽여 버리면 다시 영혼이 뒤바뀌지 않을 것이다. 불안해하며 잠을 설치지 않아도 된다.

라미타가 없으면 어떤가. 진 아니카로서 계속 살 수 있다.

"성하. 제가 라미타가 없는 아니카라는 사실이 너무나 수치스럽습니다. 한 사람이라도 안다면 비밀이 아니게 되겠지요. 제가 방법을 찾아보겠습니다."

진은 며칠째 방에 틀어박혀 고민했다.

'훔쳐야 해.'

아무리 생각해도 그 방법밖에 없었다. 하지만 어떻게?

저 멀리 있는 왕국의 깊은 안쪽에 보관된 나라의 보물을 누가 훔칠 수 있을까.

'그게 반드시 있어야 해.'

상제의 말대로 진의 육체는 본래의 영혼을 끌어당기는 매개가 될 것이다. 그럼 이 육체에 있는 자신의 영혼은 어찌 되겠는가. 튕겨 나갈까? 혹은 소멸할까? 다시 뒤바뀔 수도 있다. 어느 쪽이든 다 끔찍했다.

진은 직접 술사로 나설 생각이 없었다. 그러니 육체보다도 더 강력하게 영혼을 끌어당기는 힘이 필요했다.

'그 씨앗은 보물이니까 창고에 잘 보관해 두겠지. 아무나 들어가서 볼 수도 없을 거야. 누가 들어갈 수 있을까. 관리인…… 사왕…… 왕족……'

진의 눈이 번뜩였다.

'왕족? 왕족이라면 왕비……. 내가 왕비가 되면?'

아니카는 왕과의 결혼을 꺼렸다. 왕의 아이를 낳으면 생명력을 소진하여 죽게 된다고 했다. 실제로 왕이 근처에만 있어도 덜덜 떨고 심하면 기절하는 아니카도 있었다. 그러니 다들 왕의 기운이 아니카를 해친다고 믿었다.

'하지만 난 아무렇지도 않았어.'

연회에 갔다가 명왕과 인사를 나눈 적이 있었다. 진은 불편한 기운을 전혀 느끼지 못했다.

'내게 라미타가 없기 때문인가.'

왕의 기운은 자신에게 영향이 없는 것 같았다.

'사왕과 결혼하자. 그러면 그 보물에 접근할 기회가 있을 거야.'

사왕은 아직 미혼이었다. 더구나 얼마 후 사왕이 성도에 왔다는 소식을 들었다. 모든 일이 순조로웠다. 진은 세상이 자신을 도와준다는 기분이 들었다.

하지만 사왕을 만났을 때 당황했다. 지금껏 그녀는 자신을 숭배하는 사람들한테만 둘러싸여 지냈다. 제 앞에서는 모든 사내가 간이라도 빼줄 것처럼 굴었고 그게 당연한 줄 알았다.

그러나 사왕은 자신에게 호감이 아닌 경계의 눈빛을 보냈다. 사왕을 유혹하려던 본래 계획대로 진행하면 안 된다는 감이 왔다. 그래서 진은 거래를 제안했다.

"삼 년이면 되어요. 삼 년만 형식적인 혼인 관계를 유지하도록 도와주신다면 삼 년 후에 후계자를 낳아 드리겠어요."

삼 년 제안은 즉흥적이었다. 결혼을 무효로 할 수 있는 최대 기한이 삼 년이라는 말을 들은 기억이 났다. 그 보물을 훔치는 데 삼 년이나 필요할까 싶었지만, 그래도 기한을 길게 잡아 두어서 나쁠 건 없으니까.

결혼은 목적을 위한 수단에 불과했다. 진은 절대 아이를 낳을 생각이 없었다.

라미타가 없는 자신은 왕의 후계를 낳지 못할지도 모른다. 만약 푸른 머리카락의 아이가 태어나지 않으면? 평생 뒷말이 따라다닐 것이다. 왕의 아이가 태어나도 생명력이 소진될 테니까 그것도 싫었다.

나중에 사왕과 맺은 약속 때문에 문제가 생긴다 해도 걱정은 없었다. 자신은 아니카다. 상제가 자신을 보호해 줄 것이다.

*　　*　　*

인기척을 느낀 병사가 창을 쥔 손에 힘을 주었다. 하지만 이내 나타난 사람의 정체를 확인하고 고개를 숙였다.

"문을 열게."

"예."

병사는 봉문한 사슬을 풀었다. 왕국의 신성한 보물고는 본래 왕명이 있을 때만 열 수 있지만, 단 한 사람만 예외였다. 문이 열리고 진은 홀로 안에 들어갔다.

그녀는 속도를 줄이지 않고 계속 걸었다. 스쳐 지나가는 방 안에 온갖 귀물이 쌓인 사실을 알아도 관심을 두지 않았다. 아니카 진으로 사는 인생이 보장되면 저깟 재물은 언제든지 얻을 수 있다.

그녀가 목표로 했던 가장 안쪽의 방으로 들어갔다. 시커먼 씨앗을 쥔 손 모양의 조각상 앞에 서서 그녀는 황홀하게 바라보았다.

'드디어.'

오늘이다. 그녀는 조심스럽게 씨앗을 두 손으로 꺼냈다.

어느덧 결혼하여 하시 왕국으로 온 지 삼 년이 거의 다 되었다. 처음 여기 올 때는 설마 삼 년을 다 채울 줄은 몰랐다.

하시 왕국에 온 것은 여러모로 잘한 일이었다. 이곳에서 마라교의 제사장을 만났고 그자의 도움으로 사교도의 고서를 잔뜩 얻었다. 사교도들은 자신들이 믿는 신의 강림에 무척 집착했다. 그러한 의식을 다루는 책이 많았다.

덕분에 진은 세계의 문을 여는 신술만큼은 완벽히 숙달했다는 자신감이 생겼다. 신술은 반드시 성공할 것이다. 그러자 욕심이 났다.

진짜 영혼을 여기로 불러서 묶어 둔 후에 라미타를 빼앗자고 계획이 바뀌었다.

준비는 마쳤다. 문을 여는 재료이자 실패할 경우 반작용을 뒤집어쓸 네 명의 시녀. 그리고 불러온 영혼을 뒤집어씌울 타니야 한 명. 매개가 될 빈 씨앗까지 손에 넣었다.

드디어 오늘, 자신은 누구도 부정하지 못하는 아니카 진이 될 것이다.

＊　　＊　　＊

이상한 냄새가 난다. 약 냄새 같기도 했다.

눈을 뜨자마자 보이는 것은 천장에 기다란 둥근 막대가 달려 있고 그것에서 새하얀 빛이 뿜어져 나오는 광경이었다. 낯설다. 그런데 꼭 어디선가 본 것 같기도 했다.

멍하게 보다가 주변에 고개를 돌린 진이 화들짝 놀랐다. 널찍한 방 안에 열을 맞추어 침대가 있고 사람이 그 위에 누워 있었다. 빈민들인가. 입은 옷의 형태가 독특한데 품위는 없었다. 진은 일어나 앉아서 자신의 몸을 살폈다. 자신이 입은 옷도 허름했다. 손도 자신의 것이 아닌 것 같았다.

"환자분. 정신이 드세요?"

진은 흠칫 놀라 고개를 들었다. 자신에게 말을 건넨 여자의 생김새가 이질적이었다.

"환자분."

간호사는 차트에서 이름을 확인한 후 말했다.

"유진 환자분. 기분이 어떠세요?"

"여긴 어디⋯⋯."

진이 놀라서 손으로 제 목을 감쌌다. 목소리가 낯설었다. 자신의 목소리가 아니다.

그녀의 눈동자가 혼란스럽게 흔들렸다. 그녀는 주변을 두리번거렸다. 눈앞에 보이는 모든 광경이 낯설었다. 여기는 빈민촌이 아니다. 전혀 다른 세상에 뚝 떨어진 것 같은 낯선 풍경이었다.

'꿈이야. 이건 꿈이야.'

유진이 몸을 잔뜩 웅크리며 두 손으로 머리를 감싸 쥐었다.

"환자분. 어디가 불편하세요? 두통이 있으신가요?"

옆에서 떠드는 목소리를 들으며 진은 기억을 더듬었다. 마지막으로 봤던 광경은, 사막⋯⋯. 그래. 사막이었다.

신술은 성공했다. 네 방위에 네 명의 시녀를 세워 축을 고정했고 술식의 문양에서는 빛이 뿜어져 나왔다. 술식의 중앙에 작은 회오리바람이 나타났다. 그것은 점점 덩치를 키우며 순식간에 그들을 모두 삼켜 버렸다.

바깥에서 보는 풍경은 어떤지 모르겠지만, 바람의 안쪽은 고요했다. 사람을 공중으로 날려 버릴 만큼 위력적으로 용솟음치는 바람은 모래조차 날리지 않았다.

진은 허공에서 마치 거대한 입을 벌리는 것처럼 갈라지는 시커먼 틈새를 보았다.

열렸다. 다른 세계의 문이 열렸다.

진은 두 팔을 공중으로 뻗으며 웃음을 터뜨렸다. 그리고 눈앞이 번쩍
했고 그 후의 기억은 없었다.

"어, 깼네?"

"보호자님. 환자분 상태를 안정시켜 주세요."

"야. 이틀 넘게 자빠져 누워 있어서 죽나 했더니 멀쩡하네."

진이 남자 목소리가 들리는 방향으로 고개를 들었다. 청년이라고 하
기에는 나이가 더 많아 보였다. 남자를 보자마자 진은 온몸에 소름이 돋
았다. 마치 뱀 앞의 개구리가 된 것처럼 본능적인 공포를 느꼈다.

진이 멍하게 바라보고 있자 남자가 고개를 갸웃하더니 손가락을 펴서
진의 눈앞에 흔들었다.

"야. 유진. 이거 보여? 얘 왜 이래."

「야.」

목소리가 겹쳐 들렸다. 낯선 남자의 얼굴 위로 훨씬 어린 소년의 얼굴
이 겹쳐졌다.

지겹도록 꿈에 나타나던 얼굴이다.

"안 죽었어?"

속으로 생각한 말이 입 밖으로 튀어나왔다. 남자가 인상을 쓰며 눈을
부라렸다.

"이게 미쳤나. 죽긴 누가 죽어."

까마득히 잊고 지낸 기억이 되살아났다.

유진. 성은 유, 이름은 진. 자신의 원래 이름이었다.

‘아니야.’

돌아왔다. 다시 뒤바뀌었다.

‘그럴 리 없어.’

등 뒤로 한기가 들었다. 눈앞이 아득해지고 발밑이 까마득하게 내려앉았다. 지옥에 떨어지는 절망이 이런 건가.

“아아아아아아악!!!”

진은 발작하며 비명을 질렀다. 두 눈에 가득 고인 눈물이 흘러내렸다. 주변에서 뭐라고 소리치면서 자신의 몸을 붙들었다. 그녀는 마구 고개를 흔들며 몸부림쳤다. 거대한 손이 자신의 몸을 쥐고 으스러뜨리는 것만 같았다. 그녀는 견딜 수 없는 고통을 느꼈다. 차라리 미치고 싶었다.

*　　*　　*

어두운 방.

구석에 켜 둔 붉은 전구에서 나오는 빛이 겨우 어둠만 몰아냈다. 누렇게 뜬 벽지에는 덕지덕지 종이가 붙어 있었다. 이상한 문양이 잔뜩 그려져 있고 악마의 형상을 그린 그림도 붙었다. 천사의 계보, 지옥의 형태를 상세히 적은 글도 있었다.

구석에 앉은 여자가 책을 펼친 채 쉴 새 없이 중얼거렸다. 불면증으로 제대로 잠을 이루지 못하는 눈은 충혈되어 핏발이 섰다.

‘찾아야 해.’

그녀의 머릿속에서 집착이 담긴 목소리가 울렸다.

‘찾을 수 있어. 돌아갈 방법이 있을 거야.’

저쪽 세계에서 신의 힘이 작용하여 영혼이 뒤바뀌었다면 이쪽 세계에도 그것이 가능한 신의 힘이 있을 것이다.

진은 밤낮으로 그 방법을 찾기 위해 매달렸다. 온갖 신화를 탐독하고 악마를 부른다는 의식서부터 저주문 등 조금이라도 초자연적인 힘이 간섭하는 거라면 무작정 파고들었다.

조용히 문이 열렸다가 다시 닫혔다. 잠깐 안쪽의 동태를 살핀 중년 여자가 뒤를 돌아보며 다른 중년 남자에게 고개를 내저었다.

"악마가 들린 게 분명해요."

"허허. 저런."

걱정스러운 척하고 있으나 속으로는 짜증이 났다.

이곳은 같은 믿음은 지닌 자들을 위한 합숙소였다. 바깥사람들은 사이비라고 손가락질했으나 안쪽 사람들은 오히려 그들을 비웃었다. 심판의 날의 오면 자신들은 구원받을 것이며 저 무지몽매한 자들은 비참한 최후를 맞이할 것이다.

"대천사님께 말씀드려서 구마 의식을 해야 하지 않을까요?"

"저 가여운 형제님을 구원하기 위해서는 그래야겠지요."

얼른 저 밥버러지를 치워 버려야겠다고, 두 사람은 속으로만 생각했다.

외전 3. 두 번째 아이

주술의 힘으로 왕국 간 직통 연락청이 신설되었다. 사람이 이동하는 주술보다 규모는 작지만 작동하는 주술은 훨씬 복잡했다. 하나의 술식만 있으면 여러 대상 중에서 내가 원하는 상대에게만 서신을 전달할 수 있었다.

왕끼리 필담을 나눌 수 있는 주술 노트가 있으나 그것은 사적인 용도에 가까웠다. 그래서 왕국끼리 중요한 소식을 주고받을 때는 연락청을 통했다.

보좌관이 연락청에 들어온 서신을 받아 왕비께 올렸다.

엊그제 건기가 시작되었다. 카세르는 성소에 제를 올리러 가서 아직 돌아오지 않았다. 그래서 유진이 왕을 대행하여 모든 정무를 처리 중이었다.

유진은 발신 국가가 라바 왕국이라는 것을 확인하자 서둘러 봉투를 열었다. 내용을 읽으며 그녀의 입꼬리가 점점 올라갔다.

"염왕께서 후계를 얻으셨군."

보좌관이 반색하며 대답했다.

"참으로 경사입니다."

염왕과 라바 왕국의 왕비가 된 아니카 헤더는 하시 왕국의 초대를 받아 손님으로 왔다가 서로에게 호감을 느끼기 시작했다. 하시 왕국에서는 그 인연을 모르는 사람이 없었다.

슬금슬금 퍼지기 시작한 소문이 성도까지 이르렀을 때 유진은 몹시 당황했다. 말이 흘러나가도 하시 왕국 수도의 귀족들이 지나가는 화젯거리로 삼는, 딱 그 정도로 끝날 줄 알았다. 하지만 소문은 예측을 뛰어넘어 들불처럼 번졌다.

사람들은 라이너와 헤더의 열애 소문에 비상한 관심을 보였다. 소문대로 두 사람이 정말 교제하고 있고 그래서 결혼까지 이른다면 왕과 아니카가 연애 결혼한 최초의 사례였다. 사람들은 로맨스의 탄생에 열광했다.

그 와중에 라이너가 헤더를 동반하여 성도에서 열린 연회에 참석했다. 불길에 기름을 부은 격이었다.

두 사람의 결혼 소식은 호외 수준으로 뿌려졌다. 유진은 들썩거리는 그 분위기를 지켜보며 기분이 묘했다. 마치 저쪽 세상에서 유명인의 스캔들에 환호하던 대중을 보는 것 같았다.

유진은 서신을 펼친 채 감상에 잠겼다. 그 두 사람이 결혼한 때가 엊그제 같은데 어느새 그들이 부모가 되었다.

"축전을 보내야지. 선물과 함께 사절을 보낼 준비하게."

"예, 왕비님."

서신을 봉투에 담으며 유진은 '부럽다'라고 생각했다.

보좌관이 나간 후 그녀는 자신의 기분을 해석했다. 뭐가 부럽지?

'설렘⋯⋯. 그래. 그거 같아.'

배 속에서 아이가 점점 자라나는 동안 달라지는 몸의 변화가 낯설면서도 곧 아이를 만난다는 기대감으로 설레었다.

그때는 모든 게 서툴렀다. 아이의 작은 변화에도 놀라서 가슴이 내려 앉았다. 잘 키우고 있는 건지, 걱정도 많았다.

이미 한 번 그 과정을 겪어 봐서 그런가. 두 번째는 좀 더 여유를 가지고 잘할 수 있을 것 같다.

'⋯⋯슬슬 둘째를 갖자고 얘기해 볼까?'

로히드가 태어나고 이 년 정도는 아예 생각이 없었다. 아이 하나를 보살피는 것만으로도 다른 데 눈 돌릴 틈이 나지 않았다. 게다가 한동안 이동 주술을 설치하는 문제와 방랑족을 성도로 이주시키는 준비 등으로도 바빴다.

유진이 처음으로 둘째 생각이 난 것은 암왕께서 둘째 아들을 얻었다는 소식을 들었을 때였다. 그래서 카세르에게 넌지시 말을 꺼냈다.

'그때는 왜 흐지부지되었더라.'

유진은 곰곰이 생각했다.

'아, 맞다. 로히드가 아직 어리니까 나중에 생각하자고 했어.'

카세르가 그랬다. 그의 말이 일리 있다고 생각했다. 그리고 유진도 그때는 둘째 생각이 절실한 건 아니어서 그러고 나서는 다시 그 이야기를 꺼내지 않았다.

로히드의 다섯 살 생일이 얼마 전에 지났다.

'동생과 다섯 살 차이면 적당하겠지. 너무 나이 차가 커도 서먹해.'

그리고 로히드는 보통의 다섯 살과 달랐다. 뭐든 알아서 하니까 손 가는 데가 없었다. 언어 구사력은 성인 수준이라서 이제는 마주 앉아서 대화가 되었다. 다섯 살인데 벌써 다 큰 것 같다.

'돌아오면 이야기해 봐야지. 그 사람도 좋아할 거야.'

*　　*　　*

카세르는 밤이 늦어서야 귀환했다. 그는 자신을 마중 나온 이들을 눈으로 훑었다. 로히드는 당연히 잘 시각이니 없을 테고 유진도 보이지 않았다. 자정이 넘지는 않았으나 그래도 늦은 시각이었다. 자는가 보다, 생각했다.

온몸에 버석거리는 모래를 씻어 낸 후 조용히 문을 열고 침실로 들어가자마자 멈칫했다. 그는 자신의 품 안으로 뛰어드는 아내를 끌어안았다. 얇은 잠옷으로 감싼 피부의 부드러움이 손바닥에 감겼다.

"자는 줄 알았더니."

카세르는 곧바로 그녀의 목덜미 부근에 코를 박았다. 숨을 들이켜자 매혹적인 단내가 콧속으로 파고들었다.

그녀 냄새. 며칠 내내 긴장 상태로 사막을 정찰하느라 팽팽히 당겨졌던 신경이 느슨히 풀어졌다.

"당신한테 할 말이 있어서요."

카세르는 대답 대신 그녀의 턱 아래에 고개를 들이밀어 입을 맞추었다.

"성소는, 어땠어요?"

"늘 똑같아. 조용하고 아무것도 없지."

그가 연달아 그녀의 턱 밑부터 귓가까지 입을 맞추는 바람에 유진의 턱이 위로 들렸다. 그러자 무게 중심이 뒤로 넘어갔고 자연스레 몸도 뒤로 기울어졌다. 하지만 그녀의 등을 받치는 그의 손이 흔들림 없이 지탱해 주었다.

"난 딱 한 번 갔었죠. 다음 건기에 또 갈 줄 알았는데……."

그다음 건기가 되기 전에 임신했다. 그다음에는 출산 후 몸을 추스르느라 사막 여행을 할 수가 없었다. 그 후에는 어린 로히드를 혼자 둘 수 없으니 쭉 성소에는 카세르 혼자 다녀왔다.

"로히드가 각성하면 데려갈 거라고 했죠? 그럼 그때는 셋이 가요?"

"글쎄. 봐서."

카세르가 유진을 안아 들었다. 유진은 다리가 공중에 떠오르자 반사적으로 그의 팔을 붙잡았다.

"왜 봐서? 난 가면 안 돼요?"

"힘들잖아. 굳이 왜 고생을 해."

그는 유진을 안고 침대로 걸어갔다. 유진이 황당한 표정으로 말했다.

"고생이라뇨. 성소에 제를 올리는 신성한 국가 행사라고요."

"그냥 형식일 뿐이야."

유진이 그에게 눈을 흘겼다.

"불경한 후손 같으니."

카세르가 픽 웃으며 유진을 침대에 내려놓고 자신도 침대로 올라갔다. 그는 무릎으로 디딘 자세로 상의를 위로 벗어 던졌다.

"형식이라고 말하면서 꼬박꼬박 다녀오는 당신도 참……"

유진은 '성실한 사람'이라는 뒷말은 입 안으로 삼켰다. 벗은 상반신이 되어 어느새 자신에게 다가오는 그를 보자 몸이 뜨거워졌다.

"음…… 당신하고 의논할 게 있어요."

"급하고 중요해?"

"중요하지만 급하지는……."

"그럼 나 먼저."

카세르가 유진의 다리 사이로 파고들었다. 두 사람의 하복부가 바짝 밀착했다. 옷을 사이에 두고 있는데도 돌덩이처럼 단단한 것이 유진의 음부를 압박했다. 그 적나라한 느낌에 유진이 얼굴을 붉혔다.

"내가 좀 급해."

그의 목소리 끝이 갈라졌다. 마주치는 푸른 눈동자가 평소보다 선명했다. 짐승의 안광처럼 프라즈가 희미하게 흔적을 드러내고 있었다. 그가 극도로 흥분했다는 뜻이었다.

분명히 조금 전까지 소소한 대화를 나누고 있었다. 그 대화 중에 성감을 자극할 내용은 전혀 없었다. 이 남자는 대체 언제 어디서 흥분하는 걸까. 유진은 여전히 그걸 알 수가 없었다.

유진이 슬쩍 눈을 피했다. 탐욕스럽게 자신을 바라보는 그의 시선을 받으면 물론 좋았다. 그런데 그와 밤을 함께 보내는 것이 처음도 아니고 아이까지 낳았으면서 새삼 부끄러운 기분이 들어 괜히 민망했다.

그녀는 짧게 고개를 끄덕였다. 살짝 턱이 흔들리는 작은 움직임이었는데도 그는 고삐가 풀린 것처럼 달려들었다. 유진은 자신의 온몸을 누르는 무게를 느끼며 눈을 감았다. 그대로 덮치는 입술에 숨마저 빨려 들어갔다.

그가 살짝 고개를 틀었다. 그래야 두 사람의 입술이 빈틈없이 맞물릴 수 있으니까. 깊이 파고드는 혀가 그녀 입 안의 여린 살을 훑었다. 작은 혀를 빨아들이자 그녀가 신음을 흘렸다.

며칠 동안 이 맛을 보지 못했더니 정말 미치는 줄 알았다. 며칠 왕성을 떠나 있어야 하는 건기 초반의 일정이 점점 괴롭다. 카세르는 갈수록 심해진다는 생각이 들었다. 아마 세상 사람들은 이런 증상을 중독이라고 부를 것이다.

그는 갈급하게 그녀의 입술을 탐했다. 혀를 얽고 입술을 빨아들이고 깨물었다. 쪽쪽 소리가 나도록 빨아들여 타액을 삼키고 두 손은 쉴 새 없이 그녀의 온몸을 어루만졌다.

입술이 떨어질 때마다 유진이 숨을 몰아쉬었다. 그가 너무 급하게 밀어붙인다고 생각했다. 하지만 그녀는 오히려 두 팔로 그의 목을 끌어안았다.

원초적인 결합의 쾌락만큼, 때로는 그것보다도 그와 나누는 키스가 더 좋았다. 이 사람은 쾌락 때문이 아니라 그냥 자신을 원한다는 기분이 들었다.

입술에서 턱, 볼, 귓가로 옮겨가는 그의 입술이 그녀의 귓불을 물었다. 그녀의 몸을 내리누르던 그가 상체를 들며 속삭였다.

"팔 위로."

유진이 순순히 두 팔을 위로 올렸다. 그녀의 몸이 가볍게 들리면서 원피스 잠옷이 빠르게 머리 위로 벗겨졌다. 커다란 손이 가슴을 움켜쥐었다. 유진이 숨을 크게 들이마시며 턱을 올렸다. 저절로 휘어진 허리가 공중에 떠올랐다.

"하아……."

그의 손바닥에 곤두선 유두가 쓸렸다. 몇 번 부드럽게 가슴을 주무르던 손이 젖가슴의 끝을 쥐었다. 살짝 누르며 손가락 사이에서 문지르자 짜르르한 감각이 아랫배에서 울렸다.

"훗."

뜨겁고 촉촉한 점막이 가슴을 감쌌다. 혀 끝이 유두를 희롱하다가 강하게 빨아들였다. 그녀가 짧게 비음을 흘렸다. 아랫배를 지그시 누르며 미끄러져 내려가는 그의 손이 음부에 닿았다.

유진이 살짝 인상을 쓰며 입술을 깨물었다. 음부를 문지르는 느낌이

질척했다. 이미 아까부터 푹 젖었다. 그걸 새삼 깨닫자마자 왈칵 밑에서 쏟아지는 느낌이 났다.

그의 열기에 덩달아 휩싸인 걸까. 아이를 갖고 싶다고 생각해서 그런가. 그녀는 완전히 달아올랐다. 다리 안쪽이 간지러웠다. 조금만 만져 주면 절정에 오를 것 같았다. 손이나 혀보다, 그녀는 지금 다른 것을 원했다. 뜨겁고 단단한 그것을.

"카세르."

그녀는 허벅지를 벌렸다.

"지금, 해요. 넣어 줘요."

나른하게 눈을 내리뜨고 쾌락을 요구했다.

"당장."

거부할 수 없는 유혹이었다. 그는 지나친 흥분으로 제 욕심만 차리지 않도록, 마지막 안전장치였던 속옷을 내렸다. 곤두선 성기가 퉁겨서 나오며 그의 아랫배를 때렸다. 그는 미끈한 액으로 끄트머리가 젖은 제 것을 쥐고 자리를 잡았다. 허리에 힘을 주어 뿌리 끝까지 단번에 박았다.

"흐응……."

한 번의 삽입. 묵직한 둔통에 이어 곧바로 절정에 이르렀다. 그녀는 눈을 꼭 감고 눈앞에 번지는 새하얀 쾌감이 전율했다. 아랫배가 조여들며 질벽이 요동쳤다. 그의 입에서 나직한 신음이 흘렀다.

그는 치미는 성감을 참으며 잠시 기다렸다. 꽉 무는 내벽의 움직임이 조금 느려졌을 때 뒤로 허리를 물렸다. 끝만 담근 상태에서 다시 강하게 짓쳐 들어갔다.

"아!"

아직 절정의 여운이 가라앉지 않은 유진이 몸을 뒤틀었다. 그는 혀로 살짝 입술을 축였다. 죽 빨아들이는 속살은 뜨겁고 끈적거렸다. 그의 푸른 눈동자가 순간 선명해졌다.

그의 두 손이 유진의 손을 깍지로 얽어 내리눌렀다. 서로의 아랫배가 맞닿도록 밀착하자 허공에 들린 그녀의 다리가 그의 허리 부근을 더듬었다. 그 상태로 그는 내달리기 시작했다.

"아! 흑!"

짧게 짧게 내지르는 유진의 교성이 최음제보다 자극적이었다. 며칠 내내 쌓였던 욕구가 폭발했다. 끝까지 박아 넣을 때마다 축축한 습지가 자신을 감싸는 것 같았다. 더. 더 깊이. 아예 그녀에게 침잠하여 푹 잠기고 싶었다.

그는 쉬지 않고 허릿짓을 하면서 눈에 보이는 그녀의 얼굴 전체에 입을 맞추었다. 달뜬 신음을 흘리는 그녀의 표정, 초점이 흐려진 눈동자, 살짝 찡그린 미간의 주름까지도 그의 심장을 뜨겁게 했다.

"아아!"

유진이 눈을 크게 떴다. 뭉친 것이 팍 터지는 것처럼 쾌락이 밀려왔다. 그녀는 턱을 위로 젖히고 숨을 헐떡였다. 목에서 색색 거친 소리만 나왔다. 안을 꽉 채우고 있던 살기둥이 쑥 빠져나갔다. 유진은 나직한 그의 신음 소리를 들으며 멍하니 생각했다.

'안에 해도 되는데.'

피임을 위한 체외사정은 아니었다. 체내사정은 뒤처리가 번거로웠다. 이튿날에도 정액이 흘러 속옷이 젖곤 했다. 그런저런 것들이 불편하다고 했더니 그 후 카세르는 아주 가끔 실수할 때 외에는 꼭 체외사정을 했다.

이쪽 세상에는 완벽한 피임약이 존재했다. 남자든 여자든 복용하면 임신 확률이 거의 없었다.

유진은 피임약을 먹지 않은 지 몇 년 되었다. 하지만 카세르는 계속 먹는다고 알고 있다. 그러니 그녀의 몸 안에 그가 정액을 쏟아 내도 어차피 임신은 되지 않을 것이다. 알면서도 괜히 아쉬웠다.

그의 몸 위에 반쯤 몸을 얹은 채 유진은 느릿하게 눈을 깜박였다. 자장가처럼 그의 손이 부드럽게 그녀의 등을 쓸었다. 격렬했던 정사의 여운은 거의 가라앉고 침실의 공기도 식었다.

솔솔 잠이 왔다. 이대로 잠기운에 굴복하면 눈을 떴을 때 아침일 것이다. 유진은 눈을 애써 부릅뜨고 잠을 쫓아냈다. 지금이 딱 이야기를 꺼내기 좋았다.

"라바 왕국에 왕자님이 태어났대요."

"들었어."

"언제요? 오자마자 집무실 들렀어요?"

유진은 그가 돌아왔다는 소식을 보고 받은 후 그가 침실에 들어오기까지 시간을 계산해 보았다. 그가 집무실에 들를 만큼 빈 시간이 없었다.

"그쪽이 아니고 개인적으로 들었지."

유진은 주술 노트를 떠올리며 '아…….' 하고 고개를 끄덕였다.

"실시간으로 상황 보고를 받았다니까."

"네?"

"진통 시작부터 출산, 왕자를 처음 본 순간까지. 주술 노트 몇 페이지가 그 이야기로 꽉 찼어."

유진이 웃음을 터뜨렸다.

"염왕께서 어지간히 좋으셨나 보네요. 왕자가 좀 더 크면 만나러 가 볼까요?"

"그래."

떨떠름한 반응을 드러낼 줄 알았던 카세르가 선뜻 대답하자 유진은 놀랐다.

"우리 꼭 가요. 그 두 사람이 결혼하기까지는 내 공도 조금은 있다고요."

그의 마음이 바뀌기 전에 유진은 얼른 계획을 확정했다.

"당신 공이 크지."

카세르는 염왕의 아들을 만나면 '백부님이라고 부르라고 해야지.'라고 생각하고 있었다.

"아까 할 말이 있다고 했잖아요."

"응."

기다려도 말이 없자 카세르가 고개를 돌렸다. 눈이 마주친 유진이 좀 더 뜸을 들이더니 말했다.

"우리…… 둘째 가질까요?"

카세르의 눈빛이 흔들렸다.

"……갑자기 왜."

"갑자기가 아니라요. 전부터 생각은 있었어요. 예전에도 우리 이야기한 적 있잖아요. 디쿠스 왕국에 둘째 왕자가 태어난 후에요."

"……."

"당신이 로히드가 어리니까 나중에 생각하자고 했어요. 기억 안 나요?"

"기억나."

유진은 그와 대화하면서 점점 당황했다. 그가 틀림없이 좋아할 줄 알았다. 그런 반응은 전혀 예상 밖이었다. 그가 이 화제를 그다지 달갑지 않게 생각한다는 것을 느낄 수 있었다.

"혹시 당신은 별로예요?"

카세르가 작은 한숨을 내쉬었다. 어떻게 말을 꺼내야 할지 곤란해하는 기색이었다.

유진이 충격받은 표정으로 중얼거렸다.

"……원하지 않는군요."

그럴 수 있지. 사람마다 생각은 다르니까. 그래서 부부가 자녀 계획을 상의하는 것은 중요하다. 아예 자식을 원하지 않는 사람도 있는데 하나만 낳아서 잘 키우자는 사람도 있을 거다. 유진은 자신을 설득하는 말을 떠올리면서도 점점 이해가 가지 않았다.

'분명히 예전에는…… 로히드 이름을 지을 때는 둘째 아이를 기대하는 것 같았는데?'

유진은 벌떡 일어났다. 잠이 확 깼다.

"왜요? 왜 싫어요?"

카세르도 일어나 앉았다.

"당신이 무슨 생각인지 모르겠어요. 로히드를 낳아서 키워보니까 뭔가 기대와 달랐어요?"

"아니야. 그런 거."

"그냥 싫다고만 하면…… 물론 당신 의견은 존중해요. 당신이 싫으면 어쩔 수 없죠. 아이를 혼자 낳는 것도 아니고. 그래도 내가 납득할 만한……."

유진은 말을 하다 말고 한숨을 내쉬었다. 횡설수설 말이 마구 흘러나와 무슨 말을 하는지도 모르겠다. 카세르는 혼란스러워하는 유진의 손을 잡았다.

"로히드는 정말 사랑스러운 우리 아이야. 로히드를 볼 때마다 당신에게 고마워. 당신이 아니었으면 그 아이를 만날 수 없었겠지. 당신은 어떻지? 로히드만으로는 부족해?"

"……부족해서가 아니에요."

"난 당신이 걱정돼. 다른 이유는 전혀 없어."

"무슨 걱정이요?"

"출산은 위험하니까. 아이를 낳으면 몸이 축난다는 말도 있지."

유진은 헛웃음을 흘렸다.

"대체 무슨 소리예요. 난 아주 건강해요. 그리고 원래 초산보다 두 번째 출산이 더 수월하댔어요."

카세르는 잠시 고민하더니 말했다.

"디쿠스의 왕비가 난산이었다고 해."

"그랬어요?"

"난산 정도가 아니라 죽을 뻔했다고 들었어. 며칠 의식이 없어서 만일의 사태까지 대비했다고 하더군."

"아……."

유진은 처음 듣는 이야기였다. 암왕께서 둘째를 아들로 얻으셨다는 소식만 들었고 축하 사절을 보냈다. 즉, 지금 카세르가 말하는 정보는 디쿠스 왕국의 대외비다. 그가 정보를 얻은 출처는 아마 주술 노트일 것이다.

"근데 디쿠스의 왕비가 난산이었던 게 나와 무슨 상관이에요."

"두 번째 출산이 꼭 수월하지는 않다는 의미지."

"물론 예외는 있지요. 세상에 예외 없는 일이 어디 있어요."

"당신이 예외일 수도 있어."

그의 표정이 완강했다. 유진이 어이없다는 듯 말했다.

"설마 당신, 겁먹은 거예요? 내가 잘못될까 봐?"

"당신 말이 맞아. 겁이 나."

반쯤 그를 놀리려고 한 말이었는데 그가 진지하게 대답해서 유진은 놀라 입을 벌렸다.

"유진. 난 당신이 다칠까 봐 겁이 나. 당신이 없는 세상을 상상만 해도 무서워. 굳이 위험을 자초할 필요는 없잖아. 우리, 로히드만 잘 키우자. 난 지금에 전혀 불만이 없어."

'그럼 로히드는 핑계였구나.'

유진이 둘째를 갖자고 처음 말했을 때 카세르가 말을 돌린 이유는 로히드가 어리기 때문이 아니었다. 그때도 이미 그는 둘째 생각이 없었다.

유진은 그를 물끄러미 보았다. 그리고 깨달았다. 이 사람은 진심이다. 겁, 두려움 같은 단어는 평생 입에 올리지 않을 사람이었다. 그런 사람이 무섭다고 한다. 그의 두려움을 없앨 방법이 전혀 생각나지 않았다.

"알았어요."

유진은 그를 보며 미소 지었다.

"우리, 로히드만 잘 키워요."

카세르가 유진의 팔을 당겨 끌어안았다. 유진은 그의 품에서 '그래. 이걸로 된 거야.'라고 생각했다. 그래도 조금은 서운한 것도 같았다.

*　　*　　*

—이 부분이 잘 이해가 가지 않아요.

유진이 질문을 적었다. 시간이 좀 지난 후 엘버의 답변이 나타났다. 그녀는 그 내용을 반복해서 정독한 후 고개를 끄덕였다.

—그런 식으로 해석할 수도 있는 거였군요. 전혀 새로운 내용도 아닌데 왜 저는 생각하지 못할까요. 배울수록 미궁에 빠져드는 기분이에요.

—그대는 잘하고 있어요. 질문의 수준만 봐도 알 수 있지요. 그대의 질문을 받으면 이제는 내가 생각을 해 봐야 할 정도니까요.

유진이 노트를 읽으며 기분이 뿌듯했다. 엘버의 가르침은 친절한 듯하면서도 단호했다. 마음에 없는 칭찬을 해 주지 않았다.

노트를 통해 엘버와 나누는 대화 내용이 전부 주술에 관한 것은 아니었다. 종종 서로의 근황도 이야기했다. 그러다가 유진은 둘째를 갖는 문제로 카세르와 의견이 갈려서 속상하다고 털어놓았다.

—사실은 그렇게까지 꼭 둘째 아이를 낳고 싶은 건 아니었거든요. 그런데 제 성격이 이상한가 봐요. 안 된다고 하니까 더 생각나고 더 미련이 남아요.

별 의미 없는 하소연이었다. 이런 이야기를 다른 사람에게는 할 수 없으니까.

—도와줄까요?

턱을 괴고 노트를 보고 있던 유진의 눈이 휘둥그레졌다.

—저를 도와주시겠다는 말씀이세요?

유진은 '어르신이 어떻게 저를 도울 수 있어요?'라는 질문은 속으로만 생각했다.

―얼마 전부터 미래를 보는 주술을 준비하고 있었어요. 뭔가 예감이 들었거든요. 어떤 미래를 볼지 내가 정할 수는 없지만, 주술사가 바라면 그 방향의 미래가 보이기도 해요.

유진이 놀라서 노트를 멍하니 바라보기만 했다.

―하지만 내가 어떤 미래를 보든, 그대에게 직접 말하지는 않을 거예요. 그대에게 필요한 미래라면 그대가 읽게 되겠지요.

미래의 조각을 읽는 힘. 유진의 능력이다.
'내가 뭘 읽게 될까?'
가슴이 두근거렸다.

―감사해요, 어르신.

*　　　*　　　*

"내일 새벽에 출발하려 합니다. 왕비님."
유진은 청년의 비스듬한 측면 얼굴을 보며 탄성을 질렀다.
'요그!'
꿈이다. 미래의 조각이었다.
엘버와 노트로 대화를 마친 후 며칠 동안은 날만 어두워져도 혹시나 해서 설레었으나 푹 숙면만 했다. 엘버는 정확히 언제 미래를 보는 주술을 시작할 것인지 추가 정보는 전혀 주지 않았다. 캐묻고 싶은 마음을 꾹 참고 기다렸다. 드디어 오늘, 기다린 보람이 있었다.

'반가워. 요그.'

청년이라고 하기에는 아직은 어린 모습. 유진은 올해 여섯 살이 된 현실의 요그 모습을 떠올렸다. 저 얼굴에 그 어린 모습이 보이니까 신기했다.

'왕비님이라고?'

그럼 지금 요그가 대화하고 있는 사람은 자신이다. 하지만 요그 앞쪽은 뿌옇게 흐린 상태로 아무것도 보이지 않았다.

"왕자님은 몰래 출발하실 생각이지만, 그래도 왕비님은 아서야 할 것 같아서요."

잠시 요그가 말이 없었다. 아마 자신이 말하는 중인 것 같은데 아무 소리도 들리지 않았다.

'흠. 뭐지. 내가 보는 미래에서 나 자신은 볼 수 없는 건가?'

요그가 한숨을 푹 내쉬더니 말했다.

"왕자님은 왜 그런 약속을 하서서……. 약속하지를 말든가, 약속했으면 지키든가, 안 그렇습니까, 왕비님?"

유진이 풋, 웃음을 터뜨렸다. 왕비 앞에서 왕자 흉을 보고 있는 건데도 요그는 전혀 어려워하는 기색이 없었다. 그런 요그의 태도가 유진은 마음에 들었다.

"공주님께서 화가 단단히 나시겠지요. 왕비님. 저는 절대 공모자가 아니고 어쩔 수 없이 끌려가는 거라고 공주님께 꼭 말씀해 주십시오."

유진이 헉, 소리를 냈다.

'공주? 분명히 공주라고 했지?'

미래의 유진이 무슨 말을 했는지 요그가 두 손을 다급히 내저었다.

"아닙니다, 아닙니다. 혼자 빠져나가려는 게 아니라요."

요그가 간절한 표정으로 두 손을 모았다.

"왕비님. 전 공주님이 화내시는 게 정말 무섭습니다. 왕자님은 저한테 떠넘기고 도망가시고……."

잠시 아무 말 없던 요그가 머쓱한 표정을 지었다.

"왕자님이 거짓말하신다는 뜻이라기보다는……."

요그가 간절한 눈빛으로 엄살을 부렸다.

"제가 믿을 분이 왕비님밖에 더 있습니까. 이러지도 저러지도 못하는 제 처지를 헤아려 주시옵소서."

잠시 경청하는 태도로 앉아 있던 요그가 허리를 굽혔다. 뭔가를 받은 것 같았다. 그 자리에서 내용물을 확인하고는 기겁하며 다시 내려놓았다.

"받을 수 없습니다. 왕비님."

요그가 고개를 저으며 울상을 지었다.

"아닙니다. 어머니한테 들키면 저 맞아 죽습니다."

잠시 후, 요그가 솔깃한 표정으로 눈동자를 굴리더니 다시 허리를 숙였다. 유진은 웃음을 터뜨렸다. 들리지 않아도 미래의 자신이 무슨 말을 했는지 알 것 같았다. 주는 선물을 받아 챙겨도 뒤탈이 없도록 처리해 주 겠다는 말이었을 것이다.

시시각각 변하는 요그의 표정에서 넉살 좋고 개구진 성격이 드러났다. 왕비 앞에서 주눅 들지 않고 할 말 다 하는데 버릇없다는 인상은 없었다. 말투나 태도가 반듯했다.

유진은 요그의 어머니 리마를 떠올리며 미소 지었다. 리마가 어린 아 들을 엄하게 훈육한다고 들었다. 요그가 제 어머니를 두려워하는 반응 으로 짐작하건대 미래에도 여전한가 보다.

"그럼 이만 물러가겠습니다. 왕비님."

요그가 막 일어나려는 순간, 시녀가 다가왔다.

"왕비님. 공주님 듭시옵니다."

"어머니."

목소리가 들리자마자 유진은 눈을 떴다. 침대에 누운 채 허공을 응시했다. 그녀는 한 손으로 심장 부근을 움켜쥐고 눈을 감았다. 심장이 조여드는 것 같다. 앳된 목소리였다. 선명하게 울리는 맑은 음성이었다.

'라키스구나. 그렇지?'

로히드의 이름을 지을 때 둘째 아이의 이름으로 낙점했던 그 이름이 방금 꿈에서 목소리만 들은 그 아이의 이름일 것이다.

그녀는 감격에 겨워서 발을 구르다가 벌떡 일어나 앉았다.

'라키스와 만나는 미래를 없는 미래로 만들 수야 없지.'

그녀는 시녀를 불러서 서둘러 옷을 차려입고 왕의 집무실로 갔다. 유진이 그간 왕의 집무실에 찾아간 횟수는 손에 꼽혔다. 그래서 아침부터 갑자기 찾아온 유진을 보고 시종장은 놀란 기색이었다.

안에 들어간 시종장이 금방 나왔다.

"안으로 모시라고 하셨습니다. 듭시옵소서, 왕비님."

유진이 안으로 들어가자 책상 앞에 앉아 있는 카세르가 관리에게 서류를 건네고 있었다. 그가 유진을 돌아보며 말했다.

"어쩐 일이오, 왕비."

"긴히 여쭐 말씀이 있습니다. 전하. 오래 걸리지는 않습니다."

카세르가 손짓해서 모두 내보냈다. 마지막 사람이 나가면서 문이 닫히는 순간, 점잖게 서 있던 유진이 그에게 달려갔다. 책상에서 일어나 걸어 나오던 그를 꽉 끌어안았다.

카세르는 고개를 기울여 상기된 그녀의 표정을 봤다.

"뭔지는 모르겠지만, 나쁜 일은 아니군."

"미래를 봤어요."

"음?"

"어르신이 미래를 보는 주술을 준비 중이라고 하셨어요. 그런데 당신도 알다시피 그 주술을 발동하면 내가 영향을 받잖아요. 그래서 어르신께서 미래의 조각을 읽을 수도 있으니까 놀라지 마라, 라고 알려 주셨거든요. 내가 뭘 봤는지 알아요?"

"맞춰야 하는 건가?"

"아뇨. 당신은 절대 못 맞춰요."

카세르는 크게 웃음을 터뜨리는 유진을 보며 덩달아 웃었다. 이렇게까지 그녀가 흥분한 모습은 처음 보았다. 몹시 신이 난 모습이 보기 좋아서 그의 기분도 좋아졌다.

"우리 아이가 나왔어요. 나를 어머니라고 불렀어요."

알아듣지 못한 카세르가 미간을 찌푸렸다.

"우리 둘째. 로히드 동생이요."

카세르의 표정이 경직되었다. 그가 뭐라고 말하려고 입을 여는데 유진이 끼어들었다.

"내 말 더 들어 봐요. 라키스에요."

"……."

"둘째 낳으면 그 이름으로 하기로 했었죠. 그리고 공주님이에요."

카세르의 눈동자가 흔들렸다.

"우리 둘째는 딸이라고요."

유진이 그의 볼에 쪽 입을 맞추고 말했다.

"잘 생각해 봐요. 귀여운 우리 딸을 볼 수 있느냐, 없느냐는 당신 결정에 달렸으니까."

유진은 그대로 휙 돌아서서 집무실을 나갔다. 카세르는 황당한 기분으로 닫힌 문을 바라보았다.

카세르는 펜을 내려놓고 의자에 등을 기댔다. 시종장이 다가오는 모습을 보고 손짓했더니 눈치 빠르게 말없이 물러섰다.

일이 손에 안 잡힌다.

　「라키스예요.」

　「공주님이에요. 우리 둘째는 딸이라고요.」

귓가에 계속 그 말만 맴돌았다.

혹시 유진이 둘째 아이를 원해서 꾸며 낸 이야기는 아닐까? 의심이 들었다가 그는 고개를 내저었다. 감정이 벅차올라 어쩔 줄 모르던 그녀의 그 표정은 절대 거짓이 아니었다.

아이는 더 낳지 말자고 얼마 전에 그녀와 다 이야기를 끝냈다.

디쿠스의 왕비가 출산으로 목숨이 위험했다는 소식을 들은 후부터 아예 둘째 생각은 하지도 않았다. 정말로 미련이 없었다. 아니, 없는 줄 알았다.

'딸?'

잔잔하던 수면이 요란하게 출렁거렸다. 그녀가 집채만 한 바위를 내던졌다.

로히드는 태어나기 전부터 예측할 수 있었다. 자신을 닮은 푸른 머리카락과 눈동자의 사내아이일 테니까.

하지만 둘째는 모르겠다. 게다가 공주라고? 지금껏 왕의 아이로 공주가 태어난 적이 없다. 카세르의 동생도 남자, 얼마 전에 태어난 암왕의 둘째도 남자다.

그녀가 봤다는 미래의 그 아이는 누구를 닮았을까. 궁금해서 견딜 수가 없었다. 그는 시종을 불러 왕비의 일정을 물었다.

"귀부인들과 담소 중이십니다."

"언제 끝나지?"

"곧 마무리할 시각이오나 전하. 이후에도 왕비님께 알현 일정이 있으십니다."

알현이 끝나면 만찬 약속도 있다고 한다. 밤이 될 때까지 그녀를 볼 틈이 없었다.

카세르는 헛웃음을 흘렸다. 그녀가 의도한 것인지, 우연인지 모르겠지만 그녀와 지금 내기를 하는 중이었다면 자신은 완전히 졌다. 잔뜩 안달이 난 그의 머릿속에는 둘째 아이에 관한 호기심으로 가득 찼다.

오늘은 지독하게 시간이 느리게 흘렀다. 침실 문을 연 그가 멈칫했다. 안이 어두웠다. 그는 설마 하는 심정으로 침대로 다가갔다. 침대에 유진이 누워 있었다.

'벌써 잔다고?'

그렇게 늦은 시각도 아니었다. 그는 허탈한 기분으로 침대에 걸터앉았다. 그녀에게 뻗은 손이 공중에서 멈추었다. 깨우고 싶다. 온종일 이 순간을 얼마나 기다렸는데!

하지만 오늘따라 그녀도 일정이 많았다. 다양한 사람들을 만나느라 피곤했을 것이다.

이러지도 저러지도 못하고 한숨만 내쉬었다. 다시 일어나려던 그는 옷깃을 잡아당기는 힘을 느끼고 고개를 돌렸다. 그녀가 자신의 옷을 붙잡고 싱긋 웃었다. 그 표정 어디에도 잠기운은 없었다.

"아주 지능적이야. 응?"

카세르가 단번에 침대 위로 올라가서 그녀를 끌어안았다. 그와 엎치락뒤치락하며 유진이 웃음을 터뜨렸다. 그리고 그를 밀어내고는 바른 자세로 누웠다.

"정말 자려는 중이었어요. 오늘 꿈에서 우리 딸이 나올지 모른다고요. 꿈에서라도 잔뜩 봐 둬야지요. 그러니까 잘 거예요."

"항복."

카세르가 두 손을 들어 손바닥을 보였다.

"무조건 항복이니까 얘기해 봐. 당신 꿈 말이야."

"잘 생각해 봤어요?"

"그런 말만 던져 놓고 가면 나더러 어떡하라고. 자세히 이야기해 줘."

그는 잠시 머뭇거리더니 말했다.

"우리 둘째 아이."

유진이 몸을 일으켜 그의 목을 끌어안았다. 오늘 아침에 눈을 뜨자마자 느꼈던 자신의 감동을 그가 알아줘서 기쁘고 고마웠다.

그녀는 지난밤 꿈의 내용을 그에게 이야기했다. 유진이 '어머니'라고 부르는 여자아이의 목소리를 들었다는 부분에서 그의 눈동자가 일렁거렸다. 그리고 이야기가 끝난 후 아쉬워했다.

"목소리만 들었군."

"미래를 또 읽게 되어도 왠지 라키스의 모습을 볼 수 있을 것 같지는 않아요."

"왜? 로히드는 봤잖아."

"로히드도 정확히 얼굴은 못 봤어요. 그리고 로히드가 등장하는 꿈을 꾸었을 때 난 임신 중이었다고요. 하지만 라키스는 지금 존재하지 않으니까요."

"……."

유진은 카세르의 가슴에 얼굴을 기댔다.

"라키스가 어머니라고 불렀으니 내가 무사히 그 아이를 낳았고 이후에도 건강히 잘 지내고 있다는 뜻이에요. 카세르. 내가 읽은 미래를 한

낮 꿈으로 지나가게 하지 마요. 라키스를 만나게 해 줘요."

"……당신 이야기에 허점이 있다는 건 알고 있지?"

움찔, 어깨를 떤 유진이 천천히 고개를 들었다.

"언젠가 그랬지. 당신이 읽는 미래는 실현될 수도, 아닐 수도 있는 미래라고. 어제 당신이 본 미래는 여러 가능성 중 하나일 뿐이야."

유진은 간절한 눈으로 그를 올려다보았다. 카세르의 얼굴이 다가와 그녀의 입술에 살짝 입을 맞추었다.

"당신이 힘든 건 싫은데…… 우리 공주님을 만나고 싶어."

유진이 활짝 웃으며 그의 얼굴을 두 손으로 잡고 연달아 입을 맞추었다. 그의 입술에만 키스하고 물러나는 유진의 목덜미를 그의 손이 감쌌다. 곧바로 입술 틈 사이를 비집고 혀가 가득 밀려 들어왔다.

유진은 비스듬히 기울어진 그의 콧대를 보며 눈을 감았다. 그녀의 혀가 부드럽게 휘감겨 빨렸다. 손가락 끝이 짜르르하여 그녀는 비음을 흘렸다. 입술을 떼는 순간까지 그는 그녀의 입술을 빨아들였다.

"그럼 이제 당신 계획은 뭐지?"

"무슨…… 계획이요?"

"우리 둘째가 언제쯤 태어나야 한다던가, 그런 거."

"정해진 시기는 없어요."

카세르가 '흐음.' 하고 중얼거리더니 입술 끝이 휘어졌다.

"우리 공주님을 만나려면 열심히 노력해야겠네."

유진은 반사적으로 고개를 끄덕였다. 그런데 자신을 탐스럽게 바라보는 그의 미소가 의미심장했다. 어쩐지 불안한 위화감이 들었다.

*　　*　　*

유진은 천천히 눈을 떴다. 해가 중천에 뜬 시각의 침실은 참 밝았다. 그녀는 늘어져 있는 자신의 손끝을 응시했다. 꼼짝하기도 싫다.

'물먹은 솜의 느낌이 이런 거겠지.'

둘째 아이를 갖기 위해 두 사람은 매일 밤 열심히 노력 중이었다. 어느덧 석 달째. 요즘 그녀는 차라리 출산이 더 쉽겠다는 생각이 들었다.

그전에도 그와 거의 매일 동침했다. 그래서 임신 준비를 한다고 해서 새삼 달라질 건 없을 줄 알았다. 그가 피임약 복용을 그만두는 정도뿐?

하지만 착각이었다. 유진은 그동안 그가 자신을 배려해서 나름 절제했다는 사실을 알게 되었다. 그는 임신이라는 강력한 명분을 쥐더니 돌변했다. 새벽까지 그녀의 몸 안에 정액을 쏟아부었다.

게다가 그는 유진의 몸을 너무 잘 알았다. 어디를 만지면 자극을 받고 어떻게 애무하면 숨이 넘어가는지 속속들이 꿰고 있다. 눈앞이 새하얘지는 절정에 몇 번 도달하고 나면 완전히 진이 빠졌다.

심지어 까무룩 잠든 자신을 깨우기까지 한다. 예전에는 그런 적이 없었다.

'아이를 갖자고 적극적으로 나선 사람은 분명히 난데.'

왜 날이 갈수록 오히려 자신이 말려든 기분이 드는 걸까. 유진은 눈을 가늘게 뜨고 생각에 잠겼다.

「어머니.」

유진의 표정이 느슨하게 풀어졌다. 딱 한 마디, 들었던 그 목소리만 떠올려도 마음이 설레었다.

유진은 조금 더 침대에서 늦장을 부리다가 일어났다. 요즘 그녀는 게으른 나날을 보내고 있었다. 어지간한 일은 보좌관에게 일임하고 하루

일정도 줄였다. 매일 밤 체력을 소진하고 있으니 낮 동안에 보충했다. 건강한 몸 상태를 유지해야 건강한 아이가 찾아올 테니까.

세수와 옷 갈아입기를 마치고 느지막한 아침을 먹었다. 그녀는 평소보다 적게 먹고 숟가락을 내려놓았다.

'너무 늦잠을 잤나. 입맛이 없네.'

치우라고 지시하고 일어서는 그녀에게 시녀가 다가왔다.

"왕비님. 총관이 뵙기를 청하옵니다."

"들이거라."

사라가 들어와서 조심스러운 태도로 말했다.

"왕비님. 달 손님이 늦어지고 계십니다. 의관을 불러 진찰을 받아 보심이 어떠신지요?"

두 분 윗전의 건강을 꼼꼼하게 확인하는 일은 총관의 가장 중요한 임무였다. 왕의 건강은 따로 챙길 게 없으니 총관이 신경 쓰는 대상은 왕비뿐이었다.

유진이 놀란 표정으로 생각에 잠겼다가 한 손으로 아랫배를 감쌌다.

'혹시?'

월경이 잠시 늦어지는 것일 수도 있다. 그런데 왠지 예감이 묘했다. 만약 임신이라면 그 사실을 알게 되는 순간을 카세르와 함께하고 싶다. 하지만 아니면 어떡하지? 유진은 망설이다가 총관에게 지시했다.

"의관을 부르고 전하를 모셔 오게."

사라가 깨달음과 동시에 놀라는 표정을 짓더니 재빠르게 감정을 감추고 대답했다.

"예, 왕비님."

응접실 안에 긴장이 감돌았다. 국왕 부부가 소파에 나란히 앉아 의관만 응시했다. 아까부터 서로를 바라보지 않고 말도 하지 않았다. 그저 카세르가 유진의 손만 꽉 잡고 있었다.

의관은 약재를 달인 물을 담은 유리병을 뚫어지게 바라보았다. 약물에 소변을 넣으면 나타나는 반응을 보고 임신 여부를 판별할 수 있다. 반응하는 결정체가 나타나기까지는 시간이 좀 걸렸다.

의관의 눈가에 자잘한 경련이 일어났다. 그는 한참 동안 응시하던 유리병을 탁자에 내려놓았다. 두 손을 모으고 국왕 부부를 향해 허리를 숙였다.

"회임하셨습니다."

자신도 모르게 호흡을 멈추었던 유진이 숨을 토해냈다.

"감축드리옵니다."

"감축드리옵니다."

궁인들이 입을 모아 축하 인사를 올렸다. 유진은 자신을 끌어안는 카세르의 품 안에서 미소 지었다. 기다리던 두 번째 아이가 드디어 찾아왔다. 이 아이의 이름은 이미 오래전부터 결정되어 있었다.

'라키스.'

유진은 입 안으로 그 이름을 불렀다.

* * *

사왕의 동생, 에이든의 존재가 세상에 알려진 지 몇 년 되었다. 하지만 몇 년은 사람들의 인식을 완전히 바꾸기 충분한 시간이 아니었다.

에이든이 왕족이라는 사실을 믿는 사람만큼 믿지 않는 사람도 많았다. 그나마 암왕의 둘째 아들이 태어나면서 분위기는 조금 달라졌다. '정말 왕과 아니카 사이에 두 번째 아이가 태어날 수 있는 건가?'라고 놀라며 받아들이는 사람이 늘었다.

그래도 여전히 뜬소문 혹은 진실이 아니라고 생각하는 사람이 있었다. 하시 왕국의 백성 중에는 특히 더 많았다. 그들은 선대 왕비에 대한 인식이 좋지 않았다. 나이 든 사람 대부분은 이혼 과정에서 선대 왕이 받은 모욕을 제 일처럼 생각하며 불쾌해했다.

그런데 왕비의 회임 소식이 알려졌다. 왕실에서 공식 발표하고 사왕은 왕손의 건강한 탄생을 기원하며 사재를 풀어 가난한 백성들에게 베풀었다.

백성들은 모이기만 하면 그 이야기를 나누었다.

"왕비님께서 회임하셨다며?"

"내가 뭐랬어. 그분이 전하의 친동생 맞다니까! 전하께서 생판 남에게 공작 자리를 주시고 영지도 주시고 하시겠냐고."

에이든이 사왕의 동생이 맞다고 믿던 자들은 큰소리쳤다. 의심했던 자들은 입을 다물었다. 그들은 절대 기존의 주장을 고집할 수 없었다. 그러면 현재 왕비 배 속의 아이 아버지가 사왕이 아니라는 뜻으로 비칠 우려가 있으니까.

불경죄로 잡혀갈까 봐 입조심하려는 것만은 아니었다. 현재 왕비의 인기는 신성불가침 영역에 가까웠다. 왕자님을 낳고 계속 왕국에 머물고 계시는 데다가 여러 차례 기적을 일으킨 분이었다. 왕비님을 모욕했다가는 고발당하기도 전에 주변 사람들한테 몰매를 맞을 것이다.

"왕자님의 동생이 곧 태어나시는군."

"또 왕자님이실까?"

"아드님이 아닐 수도 있지."

"근데 선례가 없잖아. 혹시 왕의 핏줄은 전부 다 아들인 건 아닐까?"

"난 왕자님이나 한 번 뵈었으면 소원이 없겠다."

"우리 전하를 똑 닮으셨다며?"

백성들은 모두 제 일처럼 기뻐했다. 로히드가 태어난 후 긴 축제가 벌어진 것처럼 벌써 야시장의 불빛이 점점 화려해지는 조짐이 나타났다.

*　　*　　*

카세르가 펜을 내려놓고 자리에서 일어났다. 서둘러 걸어 나오는 모습이 다급해 보였다. 그는 다가오는 시종장에게 말했다.

"왕비의 침전으로 가겠다."

"예, 전하."

고개를 숙이는 시종장이 보이지 않게 웃었다. 이미 오전에도 두 차례 다녀오셨다. 해가 질 때까지 최소 서너 번은 더 다녀오실 거라고, 시종장은 예측했다.

침실 문 앞을 지키던 시녀가 고했다.

"조금 전, 오수에 드셨습니다. 전하."

카세르는 조용히 침실 문을 열고 들어갔다. 그는 발걸음 소리도 죽이고 침대로 다가갔다. 유진이 옆으로 돌아누운 자세로 자고 있었다.

출산 예정일이 달포 앞으로 다가왔다. 잔뜩 부른 배가 무거워서 유진은 똑바로 눕지 못한 지 좀 되었다.

카세르는 유진을 안쓰러운 시선으로 바라보았다. 잠이 든 상태인데도 색색 내쉬는 숨소리가 힘겨워하는 그녀의 상태를 나타냈다.

그는 의자를 가져다가 침대 곁에 앉았다. 잠을 깨울까 봐 바라보기만 했다. 요즘 그녀는 밤에 푹 못 자는 것 같으니 낮잠이라도 잘 자기를 바랐다.

그는 잠든 유진의 얼굴을 바라보다가 부른 배로 시선을 내렸다. 출산

일이 가까워질수록 그는 점점 안절부절못했다. 방금 유진을 봤다가도 돌아서면 궁금했다.

로히드를 기다리던 그때의 마음과 비슷하면서 달랐다. 유진의 말처럼 확실히 두 번째는 좀 여유가 있었다. 그녀의 부른 배가 너무 크다고 조마조마하지도 않았다.

곧 태어날 아이를 맞이할 마음의 준비도 예전과 달랐다. 로히드가 태어났을 때는 기쁘면서도 얼떨떨했고 아이의 잠든 얼굴을 보면 신기했다.

지금은 아버지로서 자신을 확실히 자각했다. 곧 태어날 어린 딸을 안고 어를 생각만으로도 저절로 웃음이 나왔다.

그는 아쉬운 마음으로 일어났다. 온종일 이러고 있어도 지루하지 않겠지만, 시작했다가는 정말 모든 일을 다 내팽개치고 싶어질 것이다. 그리고 어차피 참지 못하고 금방 다시 여기로 달려올 자신의 모습을 그릴 수 있었다.

*　　*　　*

카세르는 탑에 갇혔다. 왕비의 출산이 끝날 때까지 한 발자국도 나가서는 안 된다.

두 번째 아이는 프라즈가 없으니까 왕이 근처에 있어도 괜찮을 수 있다. 하지만 카세르는 불확실한 가능성만 믿고 유진의 안전을 담보로 하여 모험할 생각이 전혀 없었다. 기다리는 동안 속이 타는 것 정도야 별일도 아니다.

그리고 오늘은 혼자가 아니었다. 그는 불안해하는 눈빛으로 자신을 올려다보는 로히드를 달랬다.

"괜찮아, 로히드."

"하지만 아버지. 어머니가 동생을 곧 낳으신다는 말을 들은 지 한참 되었어요."

탑에 올라온 후 한 시간이 좀 지났을 뿐이었다.

"아직 더 기다려야 해."

"얼마나 더 기다려야 해요?"

"그건 나도 잘 모르겠구나."

로히드는 시름에 잠긴 표정으로 잠시도 가만히 있지 못하고 좁은 탑 안을 빙글빙글 돌았다. 카세르가 그 모습을 바라보며 쓴웃음을 지었다. 아들의 불안을 더 부추길 수 없으니 카세르는 점잖은 척 서 있었다. 물론 그의 속은 바짝바짝 타들어 갔다.

로히드는 몇 달 전에 프라즈를 각성했다. 예측한 시기보다 이른 나이였다. 아직 불안정한 프라즈라도 어쨌든 프라즈니까 부자는 함께 탑에 올라왔다.

로히드는 곧 동생이 태어날 거라는 말을 처음 들었을 때 별 반응이 없었다. 싫다, 좋다는 감정을 느낄 만큼 실감을 못 하는 것 같았다.

유진의 배가 확연히 불러오기 시작할 때부터 관심을 보였다. 그리고 출산을 며칠 앞둔 날, 로히드는 심각한 표정으로 카세르를 찾아와 말했다.

「아버지. 어머니의 배가 너무 커요. 정말 어머니는 괜찮으신 건가요? 저는 자꾸 무서운 상상이 드는데 다들 너무 태연한 것 같아요.」

카세르는 웃음을 터뜨리지 않고 진지하게 상담해 주느라 진땀이 났다.

로히드가 걸음을 멈추더니 문 앞으로 달려갔다. 잠시 후 문이 열렸다. 들어오자마자 바짝 다가온 로히드를 보고 시종이 멈칫했다. 로히드는 시종에게 질문을 퍼부었다.

"내 동생은 태어났느냐? 어머니는 어떠시지?"

"아직이옵니다. 왕자님."

기대가 가득하던 로히드가 어깨가 늘어뜨렸다.

물러간 시종이 얼마 후에 다시 왔다. 로히드는 같은 질문을 했고 시종은 이번에도 아직이라고 답했다.

그런 과정을 몇 번 반복하다가 로히드가 결국 폭발했다.

"아직! 아직! 똑같은 말만 하려면 대체 여긴 왜 오는 거야!"

아들이 앞장서서 난리를 치고 있으니 카세르는 그냥 잠자코 있을 수밖에 없었다.

이번에는 문이 열리고 들어오는 시종 얼굴에 웃음이 가득했다.

"동생이 태어났느냐?"

"예, 왕자님."

"왕비는?"

시종이 카세르에게 고개를 숙이며 대답했다.

"무탈하시옵니다. 감축드리옵니다. 전하."

카세르는 시종의 등 뒤로 빠져나가려는 로히드를 얼른 붙잡았다.

"로히드. 아직은 안 된다."

"예?"

"우리 모두 처음 만나는 자리니까 준비할 시간이 필요하단다. 너도 좀 진정하고. 동생은 아주 약한 아기야. 놀라게 하면 안 되지."

흥분한 로히드의 눈동자에 푸르스름하게 어린 기운이 사라졌다.

"예, 아버지."

부자는 마음을 진정시키며 기다렸다. 얼마 후 두 사람을 데리러 시종이 왔다.

유진은 문이 열리고 나란히 들어오는 똑 닮은 부자를 바라보며 미소지었다.

로히드를 낳을 때보다 진통을 시작하고 나서 아이를 낳을 때까지 걸린 시간이 훨씬 줄었다. 물론 출산의 고통은 여전했지만, 아이를 낳자마자 잠들 정도로 기진맥진하지는 않았다. 그녀는 품 안에 이불보로 감싼 딸을 안고 있었다.

"어머니!"

로히드가 안도한 표정으로 달려왔다. 그리고 곧바로 유진의 바로 곁으로 다가가 그녀가 안고 있는 이불보 안쪽을 기웃거렸다.

유진은 의젓한 아들이 평소와 다르게 그 나이 또래 아이처럼 구는 모습을 보고 웃었다. 아버지와 단둘이 탑 안에 갇혀서 얼마나 답답했을까.

"보렴. 네 동생이야."

로히드가 충격받은 표정으로 갓난아이를 바라보았다. 소년은 자신보다 커다란 어른하고만 지내다가 아기를 처음 보았다. 너무 작아서 사람이라는 것이 믿기지 않았다.

"라키스……."

"그래. 라키스. 네 동생."

로히드는 눈을 떼지 못했다.

"어머니를 닮았어요."

천천히 걸어오는 카세르가 아들의 곁에 섰다. 그는 초췌한 안색으로 웃고 있는 그녀 모습이 안타까웠다.

"보세요. 우리 딸이에요."

유진이 활짝 웃으며 그가 볼 수 있도록 아이를 안고 있던 방향을 살짝 돌렸다. 시선을 내린 카세르의 눈동자가 흔들렸다. 그는 입 안으로 '맙소사'라고 중얼거렸다. 아기의 머리카락이 흑발이었다.

"나를 닮았어요."

카세르는 방금 로히드가 말한 '어머니를 닮았어요.'라는 말의 뜻을 이제 이해했다. 아니카가 아니카를 낳다니. 이런 선례가 있었던가? 마라가 발견한 비밀 서고를 뒤지면 기록이 있을까? 최소한 카세르가 아는 한은 없었다.

"……라키스."

이름을 부르는 순간부터 그의 심장이 뜨거워졌다. 아니카가 태어난 것이 중요한 게 아니다. 두 사람의 아이가 태어났는데 그 아이가 아니카일 뿐이었다.

'우리 딸. 우리 공주님.'

윗전들께서 한참 아무 말이 없이 조용하길래 궁인들이 슬쩍 고개를 들었다. 세 사람이 바짝 붙어서 넋 놓고 아이를 바라보고 있었다. 궁인들이 미소 지으며 다시 고개를 숙였다.

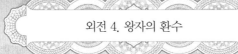

외전 4. 왕자의 환수

도마뱀 라크가 눈동자를 굴렸다. 아무것도 모르겠다. 많은 것을 알 것 같기도 했다.

푸른색의 저 높은 하늘은 닿을 수 없는 곳이며 누런 흙으로 뒤덮인 땅은 살아가야 할 곳이다.

그렇게 각성의 순간은 갑자기 찾아왔다. 세상을 인식하고 자아에 눈을 떴다.

모든 라크가 그러하듯 도마뱀 라크도 각성하자마자 깨달았다.

─살아남아야 한다.

그건 마치 알에서 막 깨어난 새끼 거북이가 배운 적이 없어도 살기 위해 무작정 물가로 달려가는 본능과도 같았다. 다만, 인간의 천성처럼 환수도 각성 순간 얻는 고유한 성격이 다양했다. 그래서 환수가 택하는 생존 전략은 성격만큼 천차만별이었다.

도마뱀 환수는 조심성이 많았다. 각성한 이상 이미 먹이사슬의 포식자에 가까운 편인데도 환수는 자신은 미약하고 세상에는 위협적인 천적이 가득하다고 판단했다.

환수는 자신의 힘을 과시하는 대신 오히려 스스로 덩치를 줄였다. 기척을 죽이고 주변을 살폈다. 안전을 확인한 후 움직이기 시작했다.

작은 도마뱀은 모래 위를 빠르게 달려갔다. 해 뜰 무렵부터 달리기 시작하여 어느새 해가 중천에 떴다. 작열하는 햇빛이 모래를 뜨겁게 달구었다. 이 시각의 사막은 죽은 세계처럼 조용했다. 환수가 아니라 보통의 도마뱀이었다면 모래에 데어 죽었을 것이다.

평범한 도마뱀이 아니지만, 슬슬 지쳤다. 그때 환수는 반짝이는 푸른 하늘을 발견했다. 왜 하늘이 땅에 있을까. 그것의 정체를 확인하러 기력을 쥐어 짜내며 속도를 냈다.

도마뱀 환수는 거대한 호숫가에 도착했다. 처음 보는 풍경이었다. 모든 것이 처음일 수밖에 없었다. 각성하기 전의 기억은 전혀 없으니까. 그런데 저 '땅에 있는 하늘'이 괜찮은 은신처가 될 거라는 생각이 들었다.

환수는 물가의 적당한 곳에 굴을 파고들어 갔다. 그날부터 호수는 환수의 집이 되었다.

도마뱀 환수는 신중했다. 자신을 숨기고 세상을 배웠다. 호수 속에 사는 다양한 생물의 생김새와 습성을 관찰하고 기억했다.

대부분 환수는 영역을 가지려는 본능이 있었다. 영역은 환수의 성장을 위해 중요했다. 영역 내의 라크 씨앗을 포식하여 힘을 얻고 적의 침입을 기민하게 파악할 수 있었다. 즉, 영역 본능은 생존 본능만큼 중요했다.

물론 단점도 있었다. 영역의 선포로 자신을 드러내면 더 강력한 환수의 표적이 될 수 있었다.

영역이 없는 환수도 더러 있기는 했다. 그들은 세상을 떠돌아다니며 다른 환수를 포식하여 성장했다.

하지만 도마뱀 환수는 달랐다. 정착하되 영역을 만들지 않았다. 안전 대신 성장을 포기한, 아주 드문 경우였다.

도마뱀 환수는 느긋했다. 자신의 성장이 느려도 초조해하지 않았다. 조용한 호숫가 생활을 즐겼다. 수시로 호수에 들어가 다양한 생물의 모습으로 변했다. 어떤 날은 물뱀이 되었고 어떤 날은 거북이가 되었다.

환수는 대개 자신의 각성한 모습을 그대로 유지했다. 그런 면에서 도마뱀 환수는 특이했다.

성장은 느려도 꾸준했다. 환수는 나이를 먹는 것만으로도 강해지기 때문이었다.

늘 똑같던 나날에 변화가 생겼다. 어느 날부터 호숫가 주변에 인간이 나타났다. 처음에는 호기심이 생겼다. 인간의 수가 적을 때는 구경하는 재미가 있었다. 하지만 점점 많아지자 위기감이 들었다. 인간들은 아예 호수 근방에 이주하여 터를 잡고 집을 짓기 시작했다.

보통의 인간은 전혀 위협이 되지 않았다. 문제는 자신을 죽일 만큼 강력한 인간이 존재한다는 점이었다. 게다가 인간을 노리고 몰려드는 라크도 늘었다. 주변이 어수선해지니까 도마뱀 환수는 언짢았다.

도마뱀 환수는 나무를 베는 인간들을 노려보며 생각했다.

'다른 데로 가자.'

환수는 오랫동안 머문 호숫가를 버리기로 했다. 다행히 멀지 않은 곳에서 괜찮은 거처를 발견했다. 이번에도 호수였다. 먼저 호수보다 훨씬 작았지만, 영역으로 삼기에 딱 적당한 넓이였다.

나이를 먹어 강해진 도마뱀 환수는 이제는 자신감이 생겼다. 새로 얻은 호수를 첫 영역으로 삼았다. 새로운 집에서 다시 평화로운 일상이 시작되었다.

그러나 그 평화는 오래가지 못했다.

마른하늘에 날벼락이었다. 환수를 사냥하는 강력한 인간이 영역을 침범했다.

인간은 작았다. 아직 완전히 성장하지 않은 인간이었다. 그리고 푸른색의 머리카락과 눈동자를 가졌으며 푸른색의 특별한 기운을 사용했다.

그 기운 앞에서 도마뱀 환수는 맹수에게 먹이 물린 초식 동물처럼 몸이 움츠러들었다. 지닌 힘을 제대로 끌어내 맞서 싸울 수 없었다. 더구나 항상 충돌을 피해 숨어 지내서 그런지 공격이 익숙지 않았다.

몸속으로 파고드는 이질적인 기운이 사슬이 되어 핵을 꽁꽁 묶었다. 거부는 곧 소멸이었다. 도마뱀 환수는 별수 없이 그 기운에 굴복했다.

"아부. 네 이름은 아부다."

작은 인간이 활짝 웃으며 말했다. 도마뱀 환수는 '날 소멸시킬 생각은 아니구나.'라고 안도하는 한편 '이상한 이름이군.' 하고 생각했다.

두 손이 덥석 자신의 얼굴을 잡았다. 아부는 움찔했다.

"넌 이제 내 환수야. 내 첫 번째 환수. 내가 드디어 환수를 잡았어."

아부는 자신의 주인이 된 소년이 웃음을 터뜨리는 모습을 물끄러미 보았다. 인간은 모두 라크를 끔찍하게 두려워했다. 거리낌 없이 자신을 만지니까 기분이 이상했다. 그런데 그다지 불쾌하지는 않았다.

소년이 아부의 등 위로 올라타더니 첫 명령을 내렸다.

"가자. 널 모두에게 보여 줘야 해."

아부는 묘한 충격을 받았다. 자신은 이제 인간의 탈것이 된 건가.

속으로는 투덜거렸으나 주인의 명에 아부는 움직였다. 거역할 수 없었다. 항거할 수 없는 힘이 명령에 따르라고 강제했다.

도마뱀 환수는 왕자의 환수 '아부'가 되어 자신의 첫 영역을 떠났다. 그리고 도착한 곳은 아부가 예전에 머물렀던 거대 호숫가였다.

그 사이에 주변의 풍경은 무척 바뀌었다. 인간의 집이 훨씬 늘었고 높은 성도 생겼다. 인간들의 거주지 주변은 성벽이 에워쌌다.

왕성은 이제 아부의 새로운 집이 되었다.

어린 주인이 다 자란 어른이 되고, 왕자는 왕이 되었다. 아부는 왕의 환수로 불리었다.

아부의 거처는 왕성에서 호숫가로 바뀌었다. 아부는 툭 하면 왕성을 빠져나가서 호수로 갔다. 왕은 아부가 왕성에서 지내게 하려고 이런저런 시도를 했으나 나중에는 내버려 두었다.

햇볕이 내리쬐는 호수 수면 위에 거대한 도마뱀이 둥둥 떠 있었다. 물에 잠긴 몸의 반은 차갑고 빛을 받는 위는 따뜻해서 균형이 맞았다.

아부는 왕의 환수로 지내는 이 생활이 퍽 만족스러웠다. 이 넓은 호수가 자신의 것이었다. 인간들은 아부를 두려워하여 호숫가에 접근하지 않았다.

더구나 안전했다. 왕의 환수이니 어떤 인간도 아부를 건드리지 않을 것이다. 왕에게 종속된 환수는 서로를 포식하는 라크의 질서에서도 배제되었다.

"아부!"

도마뱀의 눈꺼풀이 느릿하게 올라갔다.

모든 게 완벽하지는 않았다. 가끔은 귀찮았다. 주인은 무척 활동적인 인간이었다.

아부가 헤엄을 쳐서 주인이 있는 방향으로 움직였다.

사왕이 유유히 헤엄쳐서 다가오는 거대 도마뱀을 보며 쓴웃음을 지었다. 거대한 꼬리가 포물선을 그리며 수면을 갈랐다.

'나야 환수니까 괜찮지만, 저 모습을 보며 기겁하지 않을 사람이 없겠군.'

사왕이 아부를 억지로 왕성으로 데려가지 않는 이유도 그래서였다. 아부를 두려워하는 궁인이 많았다.

더 친근한 동물로 변태하도록 명령하면 되겠지만, 군이 그러고 싶지 않았다. 거대한 도마뱀이 풍기는 위압감이 사왕의 취향에 꼭 들어맞았다.

기슭에 다다른 아부가 수면 바깥으로 몸을 드러냈다. 요란한 물소리가 났다. 사왕이 뿌듯한 표정으로 바라보았다.

'운이 좋았지.'

저 환수를 잡은 것은 기적이었다. 왕자였을 때 불안정한 프라즈로 사냥할 만한 녀석이 아니었다.

시간이 지나며 어렴풋이 이유를 알게 되었다. 아부는 공격성이 거의 없었다. 움직이는 것도 싫어했다.

사왕이 제 앞으로 다가온 아부의 목덜미를 가볍게 두드렸다.

"아부. 한바탕 달리고 오자."

도마뱀이 작은 한숨을 내쉬었다. 사왕이 픽 웃었다. 대놓고 귀찮아하고 있었다.

'웃기는 녀석.'

아부는 종종 짐승답지 않은 감정을 표현했다. 사왕은 아주 가끔이지만 아부가 사람처럼 느껴질 때도 있었다.

"가자."

사왕은 훌쩍 아부의 몸 위로 올라탔다. 일부러 찾아오지 않으면, 부르지 않으면 아부는 온종일 호수에서 꼼짝하지 않을 것이다. 명령하면 언제나 순순히 따르는데 뭐라고 설명하기 어려운, 미묘한 거리감을 느꼈다. 가끔은 서운했다.

"전하!"

애타게 그를 부르는 목소리가 들렸다. 사왕이 다급히 아부를 재촉했다.

헐떡이며 달려온 관리는 이미 순식간에 멀어지는 왕과 환수의 뒷모습을 보며 망연자실했다. 왕께서 환수를 몰고 사막으로 나가면 해 질 무렵에나 돌아오실 것이다.

관리는 왕께는 말 못 하고 애먼 자신만 쪼아댈 상급자를 떠올리며 눈앞이 아득해졌다.

사왕은 유쾌한 웃음을 터뜨렸다. 모든 것을 다 내던지고 사막을 달리는 이 시간이 가장 즐거웠다.

등 위에서 들려오는 주인의 웃음소리를 들으며 아부는 생각했다. 조금은 귀찮지만 조금은 재미있다고.

매일 수시로 와서 귀찮게 하던 주인이 호숫가를 찾아오는 간격이 뜸해졌다.

주인의 외모도 달라졌다. 처음 만났을 때는 작았던 주인은 어른이 되더니 더 시간이 지나면서 수염이 생기고 주름이 늘었다. 아부는 그것이 인간이 나이가 드는 과정이라는 것을 알게 되었다.

탄생과 죽음은 다른 동물들을 관찰하며 배웠다. 하지만 동물은 인간처럼 급격하게 외모가 달라지지는 않았다.

어두운 호숫가 수면 위에 여느 때처럼 거대한 도마뱀이 둥둥 떠 있었다.

—**아부.**

감겨 있던 눈꺼풀이 휙 위로 올라갔다. 붉은 눈동자의 기다란 홍채가 수축했다. 아부는 주인의 기척을 찾아보았다. 자신을 부르는 목소리를 들은 것 같았는데 어디에도 주인은 없다.

사흘째였다. 이렇게 오랫동안 주인이 오지 않은 적은 없었다. 그리고 이상한 느낌이 들었다. 자신의 핵을 얽어맨 주인의 기운이 어쩐지 약해진 것 같았다.

아부는 호수를 나왔다. 거대한 몸이 점점 줄어 형체가 뭉개지더니 작은 쥐가 되었다. 쥐는 성벽으로 향했다.

왕성에 가지 않은 지 오래되었지만, 예전에 지냈던 곳이고 주인의 기척을 찾아가는 건 쉬웠다. 왕성의 돌벽을 타고 올라가서 창틀에 이르렀다. 하지만 굳게 잠긴 창문 안쪽으로 들어갈 방법이 없었다.

아부는 주인을 불렀다. 잠시 후 창문이 열렸다. 지시를 받아 창문을 연 전사는 뭔가가 창문 아래로 뛰어내리자 뒷걸음질 쳤다.

"전하의 환수다."

누군가 말하자 전사는 경계를 풀었다.

아부는 방 안의 분위기를 살폈다. 주인 이외에 인간이 많았다. 전사들, 전사가 아닌 인간들, 주인과 비슷하지만 다른 기운을 지닌 주인의 아들도 있었다.

아부는 주인에게 달려갔다. 침대 위로 폴짝 뛰어 올라갔다. 항상 내려다보았던 주인은 작은 쥐의 눈으로 보니까 무척 거대했다.

사왕이 천천히 눈을 뜨고 고개를 돌렸다. 그는 쥐가 된 아부를 발견하고 웃음을 터뜨렸다. 기침을 뱉어 내는 것 같은 힘 없는 웃음이었다.

"아부. 고맙다."

떨리는 손이 아부의 몸을 쓰다듬었다. 그마저도 힘겨운지 사왕은 툭손을 떨어뜨렸다. 얼른 시종이 다가와 왕의 어수를 편한 자세로 바로잡아 드렸다.

아부는 밤새도록 침대맡에 앉아 있었다. 주인은 잠깐 잠이 들었다가

가쁜 숨소리를 냈다가 괴로워하는 신음을 흘렸다. 반쯤 뜬 눈으로 말없이 아부를 바라보기도 했다.

새벽이 되었다. 왕이 크게 심호흡을 했다. 초점이 없는 눈으로 허공을 바라보더니 천천히 눈을 감았다.

"전하!"

목석처럼 서 있던 자들이 바닥에 엎드려 울부짖었다.

아부는 자신의 핵을 감싼 주인의 희미한 기운이 완전히 사라진 것을 느꼈다. 해방이다. 자유의 몸이 되었다.

오열하는 인간들을 뒤로하고 아부는 왕성을 빠져나왔다. 수십 년 동안 안락한 보금자리가 되었던 호수는 들르지 않았다. 마치 쫓기는 자처럼 달리고 또 달렸다.

며칠을 밤낮없이 달렸다. 주변을 돌아보니 모래 외에는 아무것도 보이지 않았다. 아부는 왕국이 있는 방향을 바라보며 한참 서 있었다. 그리고 돌아섰다.

새로운 보금자리를 마련해야 한다. 영역을 만들고 천적의 습격에 대비해야 한다. 이제 자신은 왕의 환수가 아니었다. 강한 놈이 약한 놈을 포식하는, 야만적인 라크의 질서 속으로 다시 편입했다.

＊　　＊　　＊

끝이 보이지 않는 라크의 삶에서 왕의 환수로 지냈던 수십 년은 짧았다. 다시 전의 삶으로 돌아온 것뿐이었다.

달라진 것은 아무것도 없다고 생각했다. 하지만 모든 것이 달라졌다. 이름이 생겼다.

아부는 두리번거렸다. 의미 없다는 것을 알면서도 매번 같은 행동을 했다. 실제로 들리는 소리가 아니라는 것도 안다. 그래도 계속 목소리의 주인을 찾았고, 또 실망했다.

그렇다. 인간의 감정이었다. 그리고 이제 아부는 그 감정을 알게 되었다.

눈을 감으면 호숫가에서 자신을 부르는 주인의 모습이, 주인을 태우고 달리던 사막의 풍경이 아른거렸다. 추억이다.

참 이상했다. 왕의 환수로 지낸 세월보다 몇 배는 더 살았다. 그런데 아부의 기억을 지배하는 것은 그 몇십 년의 삶이었다.

아부는 문득 궁금했다. 세상에 존재하는 모든 생물은 태어나서 자라고 늙고 죽는다. 인간도 마찬가지다. 특별한 힘을 지녔던 아부의 주인도 예외가 아니었다.

자신은 무엇일까. 왜 세상의 규칙에서 어긋나 있을까. 끊임없이 자신에게 속삭이는 본능의 목소리 ─ 살아남아야 한다 ─ 는 무슨 의미가 있는 걸까. 살아남으면 그 끝은 무엇일까.

그리고 또 궁금했다. 아부의 주인이 왕자였을 때 당시 왕에게 환수가 있었다. 주인이 왕이 된 후 왕자에게도 환수가 있었다. 서로 존재는 알았으나 멀찍이서 몇 번 보기만 했다.

한때 왕의 환수였다가 주인을 잃은 자신 같은 존재가 있을 것이다. 그들은 어디서 무엇을 하고 있을까.

아부는 영역을 거두었다. 자신의 의문을 해결하기 위해 세상을 떠돌기 시작했다.

환수의 근본은 라크다. 하지만 인간이 그 둘을 구별해 부르는 이유가 있다. 둘은 완전히 달랐다.

라크에게는 본능밖에 없었다. 눈에 띄는 대로 서로를 잡아먹고 잡아먹혔다. 인간 냄새를 맡았을 때만 공격 대상이 인간으로 바뀌었다. 그건 협력이 아니었다. 더 유혹적인 먹이로 시선을 돌리는 것뿐이었다.

아부는 왕의 환수였던 동안 활동기마다 수많은 라크를 사냥했다. 세상을 떠도는 동안에도 계속 마주쳤다. 라크는 절대 아부가 바라는 도움을 주지 못했다.

아부는 자신처럼 지능을 지닌 환수를 찾아다녔다. 하지만 환수 역시 서로가 천적이었다. 영역으로 접근하면 적대감을 드러냈다. 아부보다 훨씬 약한 환수는 가까이 다가가기도 전에 도망쳐 사라졌다.

'해칠 의도가 없다는 내 생각을 전할 수 있으면 좋을 텐데.'

아부는 인간과 환수의 결정적 차이를 발견했다. 환수끼리는 의사소통할 수단이 없었다.

그렇다면 다른 왕의 환수를 만나 봤자 대화할 수 없다. 이 세상 어딘가에 아부와 비슷한 생각을 하는 환수가 있을 수도 있다. 그런데 그 확률은 희박하고 만날 확률은 더 희박했다.

세상을 떠돌다 보니까 아부는 자신이 꽤 강한 편이라는 사실을 알게 되었다. 그렇다면 자신보다 더 강한 환수는 뭔가를 알지도 모른다.

하지만 더 강한 환수를 찾아 나설 용기는 나지 않았다. 접근했다가 잡아먹히면?

'더 강해져야겠다.'

아부는 떠도는 삶을 청산하고 적당한 곳에 정착하여 영역으로 삼았다. 오랫동안 조용한 나날이 이어졌다.

영역에 침입자가 있다. 침입자의 정체의 확인한 아부는 놀랐다.

'인간이잖아.'

오래전, 주인이 죽은 후 왕국을 떠나고 나서 인간은 처음 보았다. 조금 늙은 남자 인간 한 명이었다.

이 근처에는 사람이 살 만한 곳이 없다. 더구나 활동기인데 혼자라니. 아무리 봐도 평범했다. 왕도 전사도 아니다. 어떻게 라크에게 먹히지 않고 여기까지 왔을까.

아부는 인간이 뭘 하는지 지켜보았다. 인간은 자신의 영역 끄트머리에 자리를 잡고 임시 거처를 만들었다.

'라크를 피하려는 건가? 굳이 내 영역까지 와서?'

인간의 행동이 이해가 가지 않았다. 궁금했다.

— 인간. 내 영역에서 대체 뭘 하려는 거냐.

혼잣말이었다. 그런데 인간이 화들짝 놀라며 주저앉더니 주변을 둘러보았다.

"누, 누구십니까?"

이번에는 아부가 더 놀랐다.

— 너, 내 말이 들려?

"예, 예."

언제 터득한 능력인지는 모른다. 생각하는 대로 전달하여 인간과 대화를 나눌 수 있게 되었다. 막혔던 속이 탁 트이는 것 같았다. 아부는 인간에게 수많은 질문을 쏟아 냈다.

"방랑족이라고 합니다. 다들 저희 일족을 그렇게 부릅니다."

인간은 어떤 질문을 해도 순순히 대답했다. 그게 오히려 이상해서 거짓말을 하는 거냐고 의심했더니 인간이 쓸쓸한 표정으로 대답했다.

"사람이 아니니까요. 같은 사람이 가장 두렵습니다. 혼자 떠돌아다닌
지 무척 오래되었습니다. 누군가와 이렇게 대화하는 것이 그리웠던 것
같습니다."

그리고 인간은 놀라운 정보를 주었다.

— 나처럼 말을 하는 환수에 관해 알고 있었다고?

"예. 일족 내에서 전해지는 지식입니다."

— 어디에 있는데?

"그것까지는 모릅니다. 환수가 나이가 들면 말할 수 있게 된다고만 들
었습니다. 혹시…… 왕의 환수였습니까?"

— ……그래. 어떻게 알았지?

"자연스러우니까요. 사람의 곁에서 사람의 말을 무척 오랫동안 들으
며 배워야 가능합니다."

아부는 인간이 영역에 머무르는 동안 온종일 말을 걸었다. 인간은 귀
찮아하는 기색 없이 받아 주었다. 인간이 계속 여기서 지내기를 바랐지
만, 일족의 계율에 따라 떠나야 한다고 했다.

"꼭 다시 오겠습니다."

인간은 약속을 지켰다. 몇 년 후에 다시 왔다. 활동기가 끝나자 인간
은 떠났다. 그리고 몇 년 후에 또 왔고 활동기 끝 무렵에 떠났다. 아부는

인간을 칭할 적절한 단어가 생각났다. 친구.

아부는 친구를 기다렸다. 하지만 오지 않았다. 꽤 오랜 세월이 흐른 후 깨달았다. 처음 봤을 때보다 세 번째 봤을 때 더 늙은 인간이 살아 있을 수 없는 세월이 흘렀다는 것을.

모두 언젠가는 죽는다. 이 세상의 절대 규칙이었다.

'인간은 너무 빨리 죽어.'

아부는 이상한 기분이 들었다. 그건 외로움이었다.

아부는 영역을 거두고 길을 떠났다. 처음에는 목적지가 따로 없었는데 가다 보니까 왕국 근처에 이르렀다. 오래전에 떠난 이후 이 근방에는 온 적이 없었다.

다시 돌아온 그 호수는 무척 많이 변했다. 호수 근처에 넓게 펼쳐진 녹초 지대가 거의 다 사막화되었다. 왕국도 이제는 여기 없었다. 모래바람에 풍화되어 무너진 돌벽과 왕성의 흔적만 남아 있었다.

「아부」

오랜만에 다시 주인의 목소리가 들렸다. 아부는 한참 동안 호수를 바라보며 꼼짝하지 않았다.

이제 아부는 저 넓은 호수 전체를 영역으로 만들 수 있을 만큼 강력한 환수가 되었다.

'여기서 살자.'

새 영역은 조용한 곳이 아니었다. 걸기마다 왕이 사람들을 끌고 찾아왔다. 멀찍이 봤더니 푸른 머리카락이었다. 주인의 후손이라고 짐작했다.

뜻밖의 불청객이 지나치게 자주 찾아왔지만, 아부는 떠나지 않았다. 건기가 시작되면 호수 밑바닥 깊이 들어가 기척을 숨겼다. 그러려면 도마뱀의 몸은 불편했다. 아부는 거북이로 변태하여 그 상태를 유지했다.

활동기에도 가끔 인간이 영역으로 들어왔다. 조용히 지내다가 활동기가 끝나면 떠났다. 예전에 만난 친구 인간과 같은 일족인 것 같았다.

아부는 인간 앞에 모습을 드러내지 않았다. 인간과 얽히고 싶지 않았다.

최근 몇 번의 활동기에는 같은 인간이 찾아왔다. 활동기가 끝나자마자 떠나던 다른 인간과 다르게 건기가 되어도 더 머물렀다. 모르는 척 내버려 두었다.

건기가 되었다. 영락없이 왕과 인간들이 찾아왔다. 그런데 이번에는 특별한 존재가 동행했다.

'아니카다.'

옛날에 왕의 환수였을 때 왕과 결혼한 아니카를 처음 봤다. 무척 좋은 냄새가 났다. 자신을 보자마자 기절할 것처럼 소리를 질러서 다시는 접근하지 않았다. 그리고 몇 년 후에는 어디론가 가 버렸다.

'굉장한 냄새야.'

호수 속 바닥에 내려와 있는데도 아니카의 향이 진동했다. 갑자기 향기가 폭발했다. 이건 참을 수가 없었다. 홀린 듯이 위로 올라갔다. 수면 밖으로 나가는 순간 외치는 소리가 들렸다.

"아부!"

아부는 몹시 놀랐다. 그리고 뒤늦게 상황을 파악했다. 붉은 눈의 흑표범 한 마리가 으르렁대고 있었다. 그 뒤에 왕과 아니카가 서 있다.

'왕의 환수구나.'

저 이상한 이름을 또 붙이다니. 역시 주인의 후손이었다.

─날 소멸시키러 왔나? 소멸이 아닌 죽음이라도 난 아직 바라지 않는다.

"마, 말을 해? 인간의 언어를 할 줄 알아?"

말을 거니까 상대방이 기겁하는 바람에 아부가 더 당황했다. 말을 하는 환수에 관해 모르는 건가? 방랑족 친구의 지식은 아무래도 특별한 것 같았다.

─인간의 언어가 아니다. 내 의지를 전달하는 것이지.

왕과 아니카, 둘 다 위험했다. 소멸과 죽음이라니. 아부는 긴장한 상태로 그들과 짧은 대화를 나누었다. 다행히 그들은 자신을 해칠 의도는 없는 듯했다. 그리고 물에 빠지는 인간 한 명을 구해 달라는 부탁을 받았다.

아부는 익사 직전의 방랑족을 물 밖으로 꺼내 준 후 당부했다.

─가서 죽음과 소멸을 만나면 내 말을 전해라. 나중에 다시 여기 오면 난 아마 그때 여기 없을 거라고.

아부는 미련 없이 호수를 떠났다. 인간과 얽히고 싶지 않았다. 인간이 접근하지 못하는 곳을 고르고 골라 자리를 잡았다. 하지만 거기까지 찾아올 줄은 몰랐다.

─또 너냐? 넌 왜 거기까지 기어들어 와서 내 휴식을 방해하는 거야. 엉?

아부는 짜증이 나면서도 물에 빠진 생쥐 꼴로 기침하는 인간을 보니 안쓰럽기도 했다. 그래서 선심을 베풀었다. 인간을 하시 왕국 근처까지 데려다주고 다시는 인간이 접근하지 못할 오지를 찾아 떠났다.

인간이 접근하지 않는 곳, 그리고 물가.

두 가지 조건을 충족하는 은신처를 찾기는 쉽지 않았다. 물이 있으면 대부분 근처에 인간이 살았다.

사실 환수는 서식지 환경에 구애받지 않았다. 하지만 아부는 각성 후 첫 거처가 호수였기 때문인지 물 근처가 마음이 편했다.

아부는 며칠 동안 사막을 헤매다가 오아시스를 발견했다. 천천히 둘러보았더니 인간의 흔적이 없었다.

'흠. 여기로 할까.'

마음에 차는 규모는 아니었다. 그래도 이 정도 크기면 아무리 가물어도 금방 말라 버리지는 않을 것이다.

새 보금자리에서 영역을 만들고 다시 이전의 조용한 일상이 시작되었다. 이제 누구의 방해도 받지 않고 반복되는 하루를 보내면 되었다. 하지만 생각보다 만족스럽지 않았다.

'너무 좁아서 그런가? 다른 데로 갈까.'

아부는 물 위에 둥둥 뜬 채 생각에 잠겼다. 왠지 허전했다. 싱숭생숭한 것 같기도 했다. 등에 올라탄 인간의 무게가 누르던 감각이 자꾸 생각났다.

'그 인간. 왕국 근처까지 데려다줬으니 잘 갔겠지?'

함께 아니카를 만나자는 그 인간의 제안을 괜히 거절했나 싶었다.

'아니야. 그 아니카는 냄새가 너무 좋아. 가까이 가지 않는 게 나아.'

아부는 절대 호기심 때문에 모험하지 않았다. 자신이 지금껏 살아남은 것은 의심 많은 성격 덕분일 것이다.

'조만간 폭풍이나 한번 왔으면 좋겠다.'

아부는 시야를 가리는 모래 언덕을 보며 투덜거렸다. 며칠 전에 거센 폭풍이 이 근처를 휩쓸고 지나갔다. 폭풍이 지날 때까지 물속에 있다가 나와 보니까 못 보던 언덕이 높이 올라와 있었다.

원래는 오아시스에서 멀리까지 보였는데 저 언덕이 풍경을 완전히 가렸다. 어딜 보든 누런 모래뿐인 사막이기는 해도 지평선이 안 보이니까 갇힌 기분이 들었다.

'저게 뭐야?'

거북이가 눈을 부릅떴다. 모래 언덕 너머에서 거대한 물결이 쏟아져 내려왔다.

'물이잖아. 비도 안 왔는데?'

온종일 물에서 살고 있으니 이 세상 전부가 물로 덮인다 해도 두렵지 않았다. 그저 처음 보는 광경이 희한하다고만 생각했다.

아부는 빠른 속도로 밀려오는 물줄기를 바라보았다. 물이 오아시스 전체를 완전히 덮치고 지나가는 순간, 아부는 부르르 몸을 떨었다.

'이건……'

정신이 아득해질 정도의 지독한 향. 아부는 옛 왕국 터전의 호수에서 만났던 아니카 냄새라는 것을 바로 알아차렸다.

아니카의 라미타는 라크에게 죽음을 준다. 죽음을 바라지 않는 아부에게는 독이나 다름없었다. 하지만 향에 취해 위험을 감지하지도 못했다. 환상의 물이 완전히 사라진 후에야 아부는 정신을 차리고 고개를 마구 흔들었다.

'뭐지?'

자신에게 아무 영향을 미치지 않았다. 그 향기를 품은 물이 전부 라미타였다면 이미 자신은 나무가 되어 버렸을 것이다. 하지만 그건 라미타

이되 라미타가 아니었다. 그야말로 냄새뿐이었다.

제법 오래 살았다고 생각했는데도 그런 건 처음 보았다. 아부는 모래언덕을 노려보며 고민에 빠졌다. 그 향기의 시작이 어디인지 느껴졌다. 저 언덕을 넘어 계속 가면 그 아니카를 만날 수 있을 것이다.

'에잉. 만나서 뭐 하려고.'

거북이의 눈빛이 다시 심드렁하게 변했다. 아부는 조심성이 많은 만큼 엉덩이도 무거웠다.

＊　　＊　　＊

아부가 눈을 번쩍 떴다.

'침입인가?'

평소와 다르게 거북의 눈빛이 날카로웠다. 자신의 영역 근처로 접근하는 환수의 기운을 느꼈다.

라크는 환수의 영역에 절대 발을 들이지 않았다. 떠도는 환수가 다른 환수의 영역을 발견하면 침입하거나 멀리 돌아갔다.

영역의 침입은 공격 신호다. 상대방이 자신보다 약하거나 동등한 힘을 지녔으니 자신에게 승산이 있다고 판단했을 때만 침입했다.

아부가 마지막으로 영역을 침입당했던 때는 무척 오래전이었다. 여태껏 떠도는 환수 중에 아부보다 강한 녀석은 없었다.

아부는 불필요한 싸움을 꺼렸다. 자신의 성장을 위해 다른 환수를 공격한 적이 없었다. 그렇다고 해서 무조건 꼬리를 말고 도망치지도 않았다.

느낌으로는 자신의 상대가 될 놈이 아니다. 영역 안으로 들어오기만 하면 분수를 모르는 녀석을 단단히 혼쭐내겠다고 별렀다.

독기를 품은 아부의 눈매가 시간이 지나며 풀렸다. 영역 근처까지 다가온 환수는 그대로 스쳐 지나갔다. 혹시 꼼수를 쓰는 건가 의심했으나 모래 언덕을 넘어가는 거대한 지네 환수의 뒷모습을 보고 나서야 아부는 긴장을 풀었다.

'이상한 놈이군.'

도발할 의도가 아니라면 굳이 영역 근처까지 접근할 이유가 없었다. 아마 자신이 아닌, 다른 강력한 환수가 이 영역의 주인이었다면 저놈은 잡아먹혔을 것이다.

특이한 돌발상황 정도로만 생각하고 잊었다. 그러나 몇 개월 후, 아부는 비슷한 상황을 또 겪었다. 모래 언덕을 넘어가는 환수의 뒷모습을 언짢게 노려보다가 문득 깨달았다.

'이런 일이 전에도 있었지.'

그리고 세 번째로 비슷한 일이 또 벌어진 후, 아부는 그저 우연한 사건이 아님을 알게 되었다. 기억을 되짚어 보니까 그 환수들이 이동하던 방향이 모두 같았다.

그리고 그 방향에는.

아부는 그쪽을 응시했다.

'그 아니카가 있지. 그렇군. 다들 그날 아니카 냄새를 맡았구나.'

아부는 그 냄새의 주인을 이미 알고 있다. 아마 누군지 몰랐다면 호기심을 이기지 못하고 찾아보러 갔을 것이다. 그러니 그 냄새의 시작점으로 가는 다른 환수들의 행동을 이해했다.

아부는 곧 흥미 잃은 눈빛으로 중얼거렸다.

'가서 뭘 하겠어. 어차피 아니카가 누군지 알고 거긴 왕도 있잖아.'

아부는 슬그머니 솟아오르는 호기심을 꾹 눌렀다.

그러나 이후에 몇 번 더 환수가 지나가는 모습을 볼 때마다 아부는 자꾸 마음이 들썩거렸다. 아무래도 영역을 잘못 잡았다. 하필 이 오아시스는 하시 왕국으로 가는 길목이었다.

아부는 어느 날 결심했다.

'영역을 옮기자.'

어수선해서 안 되겠다. 더불어 마음도 안정이 안 되었다.

'다녀오고 나서 옮겨야지.'

아부는 그동안 영역을 지나쳐간 다른 환수들 행렬에 동참하기로 했다. 왠지 그 아니카 얼굴을 한 번 보고 와야 속이 시원할 것 같았다. 물에서 나온 아부는 잠시 고민했다. 자신인 것을 들키고 싶지 않았다.

'거북이는 전에 봤고 도마뱀은 인간을 태워 줬으니 그 인간이 말했을 테고.'

아부는 이름이 똑같았던 사왕의 환수를 떠올렸다. 그러자 오래전 왕의 환수였던 시절, 도감에서 본 짐승이 생각났다.

라크는 이 세계에 현존하는 생물로 변하며 습성도 본 따므로 왕국끼리는 토착 생물의 자료를 공유했다. 아부가 도감에 관심을 보이자 주인은 새 자료가 생길 때마다 아부에게 보여 주었다.

그 동물은 이쪽 지역과 기후가 전혀 다른, 무척 추운 왕국에서 산다고 했다. 사왕의 환수인 흑색 표범과 닮았으면서 좀 달랐다.

아부가 기억을 되살려 변태했다. 온몸에 털이 돋아나고 두툼하고 긴 꼬리가 생겼다. 눈처럼 새하얀 털에 작은 흑색 반점이 돋은 설표가 모래 언덕 위로 달려갔다.

*   *   *

평.

신호탄이 터지는 소리를 듣자마자 로히드가 재빨리 창가로 달려갔다.

활동기에 터지는 신호탄 소리는 라크가 나타났다는 알람이었다. 로히드가 그 사실을 처음 알았을 때 감상은 '하늘에 번지는 색깔 연기가 신기하다'라는 정도였다. 성 밖으로 나갈 수 없으니 라크의 등장은 먼 나라 이야기 같았다. 그리고 신호탄이 터져도 왕성의 궁인들은 아무 일 없는 것처럼 덤덤했다.

그런데 지난번 활동기에 신호탄이 울리길래 바깥을 내려다보았다가 흑표범을 타고 달리는 아버지의 모습을 처음 보았다.

로히드는 그날 뭐라고 표현할 수 없는 충격과 감동을 동시에 받았다. 아버지가 환수를 타고 라크를 사냥하러 가시는구나. 그 장면을 상상하면 심장이 뛰었다.

소년은 감정을 주체할 수 없었다. 침대 위에서 데굴데굴 구르며 속으로 외쳤다.

환수! 환수! 나도 환수가 갖고 싶다!

그날 이후 로히드는 신호탄 소리만 들리면 모든 일을 제쳐 두고 창가로 달려갔다. 환수를 타고 달리는 아버지의 모습을 볼 때도 있고 못 볼 때도 있었다. 그래도 그나마 그때가 환수를 볼 수 있는 유일한 기회였다.

하늘을 올려다보며 로히드가 미간을 찡그렸다. 소년이 하늘을 가리키며 시종에게 물었다.

"저건 뭐지? 왜 검은색이야?"

하늘에 검은색 연기가 번졌다. 처음 보는 색이었다. 그리고 로히드가 위급함의 단계마다 변화한다고 외워 둔 색 중에 검은색은 없었다.

시종이 답했다.

"소인도 정확히는 모릅니다, 왕자님. 듣기로는 라크가 사막에 나타났으나 성벽으로는 가까이 다가오지 않는 경우의 신호라고 합니다."

"왜 라크가 다가오지 않는 거지?"

"소인도 잘……."

"그럼 어떻게 대처해?"

시종이 곤란한 표정으로 대답하지 못했다.

"어머니께 여쭤봐야겠다."

달려 나가는 로히드의 뒤를 시종이 다급히 따라갔다. 로히드는 가장 먼 저 어머니의 집무실로 갔다. 좀 전에 나가셨다는 시녀 말을 듣고 어머니 방으로 갔다. 응접실로 들어서니 어머니와 아버지, 두 분이 함께 있었다.

'신호탄이 터졌는데 왜 아버지가 여기 계시지?'

로히드는 의아했다. 한편으로는 잘 되었다고 생각했다. 신호탄에 관 해서는 직접 라크 사냥을 하는 아버지가 더 잘 아실 테니까.

"아버지. 검은색 신호탄을 봤습니다. 그런 색은 처음 보았어요. 그 신 호탄은 어떤 의미인가요?"

유진과 카세르가 마주 보았다. 두 사람은 '어쩌지?'라는 눈빛으로 서 로를 보다가 유진이 고개를 끄덕이자 카세르도 고개를 끄덕였다. 딱히 숨길 일은 아니었다. 그리고 로히드가 의문을 품기 시작했으니 숨겨도 소용없을 것이다.

"로히드. 엄마가 설명해 줄게."

유진이 로히드를 옆에 앉히고 검은색 신호탄에 관해 이야기했다.

몇 년 전, 지네 환수가 나타나 유진을 만난 후 돌아가고 나서 꾸준히 환수가 나타났다. 환수는 라크와 달리 성벽으로 접근하지 않고 멀리서 어슬렁거렸다. 그리고 유진을 보고 나면 조용히 돌아갔다.

환수가 나타나는 횟수는 활동기마다 한 번 정도. 자주는 아니어도 꾸 준하므로 환수가 나타날 때의 신호가 필요하다는 의견이 나왔다. 그래 서 검은색 신호탄이 새로 생겼다.

"그럼 어머니는 지금 성벽으로 가시는 건가요?"

"그래. 환수가 딱히 어떤 해를 끼치는 건 아니지만, 사람들이 불안해하니까. 나를 만나야 돌아간다니 보러 가야지."

"저도 같이 갈래요, 어머니."

로히드는 간절한 표정으로 카세르를 돌아보았다.

"아버지. 가고 싶어요. 저도 데려가 주세요."

왕자는 프라즈를 각성하기 전까지는 왕성 밖으로 나가서는 안 된다. 하시 왕국뿐만이 아니라 모든 왕국에서 왕자를 꼭꼭 숨겨 보호했다. 왕자는 왕국의 미래이며 프라즈가 없는 왕자는 보통 사람처럼 약했다. 왕자가 다치면 돌이킬 수가 없다.

유진은 로히드가 환수에 관심이 많은데 자신의 호기심을 풀 방법이 없어서 답답해한다는 사실을 알고 있었다. 아부와 꼬마는 유진과 함께 있다가도 로히드가 오면 줄행랑쳤다.

이번에는 로히드의 편을 들어 주고 싶었다. 그래서 유진도 '허락해 줘요.'라는 눈빛으로 카세르를 바라보았다.

모자의 눈빛 공격을 받으며 카세르가 쓴웃음을 지었다.

카세르도 로히드와 비슷한 시절이 있었다. 프라즈를 각성하는 일곱 살 이전까지 왕성 밖으로 나가는 것은 허락받지 못했다. 뭘 모르던 어릴 때는 괜찮았으나 여섯 살 생일이 넘고 나서부터는 답답하고 숨이 막혔다.

그는 당시 느꼈던 기분이 어렴풋이 생각났다. 허락해 주지 않는 아버지도, 나갈 수 없는 규칙도 다 원망스러웠다. 자신이 왕이 되면 이런 규칙은 고쳐 버리겠다고 다짐했던 것도 같다.

'이거 참.'

카세르는 난감한 기분으로 턱을 쓸었다. 이제 그는 외출을 허락하지 않았던 선왕의 뜻을 이해했다. 어린 왕자를 보호하는 규칙의 필요성을 인정한다.

"로히드."

"네."

카세르는 자신의 결정을 기다리며 잔뜩 긴장한 로히드의 표정을 보면서 한없이 마음이 너그러워졌다. 아들은 제멋대로 구는 아이가 아니었다. 엽왕이 크라크와 왕국을 떠날 때 의젓하게 작별 인사를 나누던 로히드가 참 대견했다.

'내가 곁에 있으면 괜찮겠지.'

"나와 약속하자. 이번뿐이다. 다음에 환수가 나타나도 또 보러 나가고 싶다고 하면 안 돼. 그리고 왕성 밖으로 나가면 절대 내 곁에서 떨어지지 말 것. 네가 그 두 가지를 약속하면 오늘 데려가 주마."

"예, 아버지. 약속드릴게요."

"잘됐네, 로히드."

유진이 축하 말을 건넸다. 로히드가 활짝 웃으며 유진을 와락 끌어안았다. 유진이 휘둥그레진 눈으로 카세르를 쳐다보았다. 부부가 눈을 마주치며 웃었다. 이렇게나 좋을까. 그리고 아들이 기뻐하는 모습을 보는 두 사람의 마음도 흐뭇했다.

세 사람을 태운 마차가 왕성을 나왔다. 로히드는 마차 창의 커튼 틈새로 눈을 내밀고 바깥 구경을 하느라 정신이 없었다.

카세르는 유진에게 작은 목소리로 말했다.

"조금이라도 힘들면 꼭 말해."

이미 아까 한차례 나누었던 이야기라서 유진은 고개만 끄덕였다. 현재 그녀는 둘째 아이를 임신 중이었다. 이제 살짝 배가 나오기 시작했으니 가장 불안정한 임신 초기는 지나갔다.

성벽 가까이 마차가 멈추어 섰을 때 이미 주변은 통제를 마치고 뭇사람들의 접근을 제한했다. 대장군을 비롯한 전사들이 대기해 있었다.

마차 문이 열리고 국왕 부부가 내렸다. 마지막으로 로히드가 내리자 전사들이 술렁거렸다. 로히드의 동행은 갑자기 결정된 일이라서 지휘권자 몇 명만 미리 전달받았다.

'와, 왕자님?'

'왕자님께서 오셨다!'

대장군 같은 고위직은 왕성을 수시로 드나드니까 종종 로히드를 볼 기회가 있었다. 그러나 대부분 사람은 왕자를 보지 못했다. 전사들은 가까이에서 처음 왕자를 보며 감격했다. 조금이라도 더 보기 위해 상관의 눈을 피해 슬그머니 시선을 들었다.

"어떤 녀석이지?"

카세르가 묻자 대장군이 답했다.

"동물형입니다."

곤충형 라크는 그 거대한 크기 때문에 생김새가 혐오감을 불러일으켰다. 생김새가 어떻든 다 라크라고 생각하는 카세르와 다르게 유진은 마음의 준비가 필요해서 정보를 미리 받았다.

"한데 전하. 꽤 먼 곳에서 온 환수 같습니다. 설표입니다."

설표는 플레크 왕국의 일부 지역에서만 발견되는 짐승이었다. 그 지방에 가 본 적 있는 환수여야 설표를 봤을 것이다.

카세르가 고개를 끄덕이며 말했다.

"오늘은 전사들을 더 동행하겠다."

"예, 전하."

원래는 국왕 부부와 대장군, 왕비의 호위인 스벤만 함께 올라갔다. 오늘은 로히드가 있으니 전사의 숫자를 늘렸다. 주변을 경계하는 눈이 늘면 결정적인 순간 도움이 될 수도 있다.

대장군의 지명을 받은 전사는 환호성을 내지르는 표정으로 대답하고 주변에서는 부러움 섞인 눈으로 흘끔거렸다.

동행할 전사 선별이 끝난 후 국왕 부부가 성벽으로 올라갔다. 어린 왕자가 왼손으로 아버지 손을, 오른손으로 어머니 손을 잡았다.

로히드는 자신에게는 좀 높은 돌계단을 열심히 올라갔다. 그 뒷모습을 바라보면서 전사들이 풀어진 표정으로 실실 웃었다.

*   *   *

아부는 쉬지 않고 사막을 달렸다. 저 멀리 성벽이 보이자 속도를 줄였다.

'오긴 왔는데…… 이제 어쩐다?'

아부는 성벽을 향해 어슬렁어슬렁 다가가며 고민했다. 다른 환수들은 여기까지 온 후에 어떻게 했을까.

왕의 환수였던 아부는 활동기에 저 성벽을 넘는 라크의 운명이 어떻게 되는지 잘 알고 있었다. 모든 인간이 합심하여 라크를 사냥하고 왕이 앞장섰다. 그리고 아부 역시 그들과 함께 라크를 공격했다.

'멀리서 상황만 보자. 정 아니다 싶으면 그냥 가지, 뭐.'

아부는 여차하면 얼른 내뺄 수 있는 먼 거리에서 더 다가가지 않았다. 그 주변만 왔다 갔다 하면서 갈등했다.

'날 봤군.'

아부는 성벽 위, 콩알만 하게 보이는 인간들이 어수선하게 움직이는 모습을 포착했다. 그리고 잠시 후 요란한 소리가 나더니 하늘에서 검은색 연기가 번졌다.

'신호를 보낸 건가?'

왕을 부르는 신호일까? 아부는 일단 더 지켜보기로 했다. 이 거리에서는 왕이 여기까지 달려오기 전에 충분히 도망갈 수 있다.

그 자리에 엎드려 있던 설표가 고개를 들었다. 아니카 냄새가 난다.

그리고 얼마 후 성벽 위에 사람들이 모습을 드러냈다. 아주 작아도 그중 아니카가 있다는 건 바로 알 수 있었다.

'역시 저 아니카가 맞아.'

저 냄새는 확실히 기억났다. 막상 확인하고 나니까 뭔가 시시했다. 대체 여기까지 왜 왔는지 회의감이 들었다.

그때 아부가 귀를 쫑긋 움직이며 목을 길게 뺐다. 성벽까지 너무 멀어서 긴가민가했다. 아니카가 자신에게 손을 흔드는 것 같았다.

'설마 날 알아볼 리는 없을 텐데.'

아부는 더 가까이 다가갔다. 이제는 확실히 보였다. 아니카가 두 손을 공중에 올리고 흔들고 있었다. 마치 '해치지 않을게'라고 달래는 것 같았다.

'혹시 다른 환수도 여기 오면 저랬던 건가?'

아까 그 검은색 연기가 생긴 후, 아니카가 나타난 것을 봐서는 환수가 어떤 목적으로 여기에 오는지 파악한 것 같았다. 인간들이 지레짐작하여 적대감을 보일까 봐 염려했는데 상대방이 호의를 드러내자 아부는 긴장이 풀렸다.

아부는 천천히 다가갔다. 저 성벽 위에서는 아니카뿐만이 아니라 왕의 기운도 느껴졌다. '위험해'라고 머릿속에서 경고음이 울렸지만, 멈추지 않았다.

아부는 성벽이 보이는 거리까지 가서 멈추었다. 아부가 한 번의 도약으로 성벽 위로 뛰어오를 수 있고, 왕도 단번에 아부가 있는 곳에 착지할 수 있을 만큼 가까웠다.

아부는 성벽 위에 나란히 서서 자신을 내려다보는 인간들, 특히 눈에 띄는 세 명을 응시했다.

아니카, 사왕. 그리고 사왕이 안고 있는 어린 미래의 왕.

아부는 자신을 집요하게 바라보는 푸른 눈동자와 눈이 마주쳤다.

'왕의 아들이구나.'

아부가 처음 만났을 때의 주인은 저 아이보다 컸다. 하지만 저만큼 작았던 주인의 아이를 본 기억이 났다.

주인은 죽었지만 죽지 않았다. 주인과 닮은 푸른 머리카락과 눈동자를 가진 후손이 계속 태어나는 한 그들은 주인을 기억할 것이다. 주인을 기억하는 존재가 자신 혼자가 아니라는 사실이 섭섭하면서도 기뻤다.

아부는 휙 몸을 돌려 사막으로 달리기 시작했다. 온 힘을 다해 속도를 냈다. 왠지 앞으로는 자신을 부르는 주인의 목소리가 더는 들리지 않을 것 같았다.

*　　*　　*

"어머나. 예뻐라."

유진이 감탄했다. 주변 사람들이 고개를 끄덕였다. 저 짐승이 사실 무시무시한 괴물이라는 사실을 알지만, 생김새가 근사하다는 사실만큼은 인정했다.

설표가 고양잇과 동물 특유의 우아한 걸음걸이로 점점 성벽으로 다가왔다. 누런 모래색과 대비되는 새하얀 털이 눈부셨다. 걸을 때마다 두툼하고 긴 꼬리는 좌우로 흔들렸다.

라크는 흉내 내는 생물의 가장 강력하고 완벽한 모습이 되었다. 그러나 누구도 라크가 아름답다고 생각하지 않았다. 외모가 출중한 사람이

흉악한 인상을 지니면 더는 매력적으로 보이지 않는 것처럼 본능에 휩싸인 라크는 괴물일 뿐이었다.

하지만 환수는 다르다. 함부로 이를 드러내지 않으며 눈빛에 이지가 있었다. 그런 점을 감안해도 저 설표는 특히 인상적이었다.

'범상한 녀석이 아니야.'

카세르는 긴장을 늦추지 않았다. 그는 저 환수의 남다른 점을 알아차렸다. 왕을 눈앞에 두고서도 저만한 여유를 부린다는 것은 여간내기가 아니었다.

게다가 저 눈빛. 어느새 성벽 가까이 다가와 위를 올려다보는 환수의 눈빛은 짐승답지 않았다. 마치 사람 같은, 지성체만이 가진 눈빛이었다.

카세르는 저런 비슷한 눈빛의 환수를 두 번 보았다. 그의 손으로 소멸시킨 성도의 괴물과 현재 성도의 주술에 묶인 마라.

'아니, 세 번인가.'

그의 머릿속에 성소의 호숫가에서 봤던 거북이 환수가 스쳐 지나갔다.

'저 녀석도 말을 할 수 있을까.'

카세르는 이 세상 어딘가에 이런 엄청난 놈들이 숨어 있다고 새삼 깨닫자 등골이 오싹했다.

한참 동안 물끄러미 사람들을 바라보던 환수가 갑자기 휙 몸을 돌려 달리기 시작했다. 전사 중 누군가 '어어.' 하고 당황하는 소리를 냈을 때 이미 환수는 까마득히 멀어졌다.

유진이 아쉬워하며 중얼거렸다.

"왠지 지금껏 봤던 환수들과 다른 느낌이었어요."

유진이 카세르를 돌아보자 그가 고개를 끄덕였다.

"무척 오래 산 녀석 같아."

유진은 로히드의 감상이 궁금했다.

"로히드. 왕의 환수가 아닌 환수는 처음 봤지? 어땠어?"

이제 환수의 모습은 보이지도 않았다. 그런데 로히드는 눈도 깜빡이지 않고 사막을 바라보았다. 소년은 상기된 표정으로 색색 숨소리를 냈다.

"어머니. 결정했어요."

"응?"

"저 환수예요. 저 환수가 제 첫 번째 환수가 될 거예요."

유진이 '그건 불가능할 텐데.'라고 속으로만 생각했다. 프라즈가 불완전한 왕자가 잡을 수 있는 환수의 등급은 한계가 있다.

카세르가 아부를 잡았을 때는 운이 크게 작용했다고 들었다. 아부가 자기 자신의 힘을 맹신해서 함정에 걸렸다고 했다.

유진은 굳이 지금 그 사실을 지적하지 않았다. 어차피 언젠가 스스로 깨닫게 될 것이다. 벌써 아들의 장대한 꿈을 꺾을 필요는 없으니까.

그날 저녁, 유진은 사색이 되어 달려온 시녀의 보고를 받고 화들짝 놀랐다.

"무슨 소리냐. 로히드가 왜."

시녀의 답변을 진득하게 듣고 있을 마음의 여유가 없었다. 그녀는 곧바로 아들의 침실로 갔다. 저녁을 잘 먹었고 좀 전에 잘 시간이 되어 잘 자라는 인사도 했다. 분명히 전혀 이상한 점이 없었다.

로히드의 침대 곁으로 다가가자마자 그녀는 흠칫했다. 침대에 누워 있는 로히드의 몸 주변으로 푸르스름한 기운이 일렁거렸다.

그녀는 이런 비슷한 기운을 알고 있었다.

'프라즈?'

"얼른 가서 전하를 모셔 오너라."

"예, 왕비님."

유진이 침대 곁에 앉아 로히드의 이마에 손을 올렸다. 이마가 너무 뜨거워서 그녀의 심장이 덜컹했다.

곧 카세르가 달려왔다. 그는 로히드를 보고 곧 어떤 증상인지 알아차렸다.

"각성이야."

로히드가 프라즈를 각성했다.

왕자가 프라즈를 각성하는 나이는 대개 일곱 살에서 아홉 살 사이다. 카세르는 일곱 살 생일이 지난 후 며칠 만에 각성했다.

기록에 따르면 역대 사왕들의 각성 시기는 모두 여덟 살 이전이었다. 그중에서도 카세르는 빠른 편이었다.

"너무 빠른 것 아닌가요? 로히드가 여섯 살이 되려면 아직 반년은 남았어요."

유진이 불안한 표정으로 말했다.

"시기가 중요한 건 아니야. 걱정하지 마. 성장통 같은 거니까."

카세르는 진실과 거짓을 섞어 말했다. 어린 나이의 각성이 로히드에게 어떤 영향을 미칠지는 그 역시 알지 못했다. 하지만 지금 그런 말을 해 봤자 유진을 불안하게 할 뿐이다. 각성이 시작된 이상 주변 사람이 할 수 있는 일은 없었다.

경험자인 그의 말을 들으니 한결 마음이 놓여 유진의 굳은 표정이 조금씩 풀어졌다. 그녀는 로히드의 이마를 짚고 손을 잡았다.

"열이 심해요. 원래 이렇게 열이 나요?"

카세르가 로히드의 이마로 손을 뻗었다. 작은 이마에서 뿜어져 나오는 뜨끈한 열기가 그의 손으로 전해졌다. 그는 아이의 열을 직접 느낀 순간 당황했지만 이번에도 내색하지 않았다.

"열이 나는 것은 각성 증상이지. 마리안이 내 곁에서 계속 물수건을 이마에 올려 주었던 기억이 나."

유진은 애잔한 눈빛으로 카세르를 바라보았다. 그가 각성한 일곱 살도 어린 나이다. 고열에 시달려 누워 있는 동안 소년은 외로웠을 것이다. 자신과 왕국을 버리고 떠난 어머니가 보고 싶다는 말조차 꺼낼 수 없었을 테니까.

"로히드의 프라즈가 움직이는 느낌이 이상하지 않아. 내가 알 수 있어. 그러니 당신은 안심하고 로히드가 깨어날 때까지 기다리면 돼."

유진은 고개를 끄덕였다. 아까의 놀란 마음이 이제는 진정되었다. 무슨 일이 일어난다 해도 그가 해결할 거라는 믿음이 있어서 든든했다.

유진과 카세르는 침대맡에 앉아 로히드한테서 눈을 떼지 않았다. 로히드의 몸 주변으로 계속해서 푸른 기운이 나타났다가 사라졌다. 고열이 힘겨운지 로히드의 호흡 소리가 거칠었다. 작게 앓는 소리를 흘리기도 했다.

시녀들이 차가운 물수건을 쉼 없이 가져오고 사용한 수건은 가져갔다. 수시로 유진이 수건으로 로히드의 이마를 덮고 손발을 닦아 주었다.

로히드는 가끔 눈을 떴다. 잠깐 정신이 드는 것인지, 무의식적인 행동인지는 알 수 없었다. 로히드의 눈꺼풀이 반쯤 열리면 유진은 말을 걸었다.

"로히드. 엄마 여기 있어. 괜찮아. 괜찮을 거야."

그러면 로히드는 다시 눈을 감았다. 숨소리가 조금 편해지는 것 같기도 했다.

자정이 넘어가자 카세르가 말했다.

"당신은 그만 들어가서 쉬어. 당신 몸을 생각해야지."

유진은 수심에 찬 표정으로 로히드를 바라보았다. 그녀는 지금 홀몸이 아니었다. 배 속 아이를 생각하면 여기서 밤을 새우겠다고 고집부릴 수가 없었다.

"로히드 곁에는 내가 있을 테니까 들어가."

"혹시 무슨 일 있으면 알려 줘요. 내가 자고 있어도 꼭 깨우겠다고 약속해요."

"알았어. 약속할게."

유진은 마지못해 일어났다. 그녀가 나간 후 이제는 카세르가 유진이 하던 것처럼 물수건으로 아들의 열을 식혔다.

프라즈의 각성은 아니카의 각성과 달랐다.

아니카는 자각몽을 통해 자신의 라미타를 보는 것으로 각성이 끝났다. 자각몽을 꾼 후에는 자연스럽게 라미타를 느끼게 된다. 자각몽에서 보이는 물의 특성을 그대로 지닌 라미타는 다정했다. 아니카의 정신에 어떤 영향도 미치지 않았다.

하지만 프라즈는 독립적이었다. 왕의 몸을 공유하는 또 다른 인격에 가깝다. 몸의 주도권을 빼앗으려 하고 자꾸 폭주하여 몸 주인의 정신력을 흔들었다.

왕은 프라즈에게 휘둘리지 않기 위해 평생 기세 싸움을 한다. 오롯이 자신의 내부를 관조하느라 주변을 안중에 두지 않을 때가 많았다. 그래서 왕들이 괴팍하다는 소문이 났다.

대신 프라즈를 제어할 수 있으면 이 세상에서 왕을 위협할 존재는 없다.

'로히드. 이제 네 몸속의 그 녀석과 평생을 함께 보내야 한다. 지금은 낯설겠지만 익숙해져야 해.'

카세르는 땀에 젖은 아들의 머리카락을 넘기며 속으로 응원했다.

로히드는 잠들었다가 깨어나기를 반복했다. 완전히 잠들지도, 완전히 깨지도 않은 어느 중간쯤에 있었다.

왕의 아들은 프라즈를 각성하지 않은 상태에서도 보통 사람보다 튼튼

했다. 로히드 역시 가벼운 열감기 한 번 앓아 본 적이 없었다. 그런데 갑자기 고열에 시달리며 몸이 의지대로 움직이지 않으니까 답답하고 괴로웠다.

로히드는 자신의 몸속에서 제멋대로 움직이는 뭔가가 있다고 느꼈다. 적은 아니다. 그렇다고 친구라고 하기에는 자신을 괴롭혔다.

화가 난다. 자존심도 상했다. 누구도 자신을 강제할 수 없다. 로히드는 정신을 잃지 않으려고 집중했다. 한편으로는 두려웠다. '나 혼자 해낼 수 있어'라고 생각하다가도 '도저히 혼자서는 힘들다'고 흔들리곤 했다.

"로히드. 엄마 여기 있어."

어머니 목소리다. 로히드는 불안이 사라졌다. 혼자가 아니었다. 자신의 뒤에서 지켜 주는 사람이 있다.

'정말로 어머니일까?'

겨우 뜬 눈 틈 사이로 어머니 얼굴이 흐릿하게 보였다. 로히드는 편안한 마음으로 눈을 감았다.

얼마나 더 시간이 지났는지 모르겠다. 더는 어머니 목소리가 들리지 않았다. 다시 불안해지는데 커다란 손이 이마를 덮었다. 익숙한 손이었다.

'아버지……'

어머니와 아버지가 곁에 있으면 아무것도 두렵지 않았다. 로히드는 제 몸속에서 날뛰는 프라즈에게 호기롭게 덤벼들었다.

*　　　*　　　*

로히드가 번쩍 눈을 떴다. 푸른 눈동자에 푸른 기운이 맴돌다가 빨려 들어가듯 갈무리되었다.

로히드는 고개를 옆으로 돌렸다. 막 물수건을 갈아 주려던 유진과 눈이 마주쳤다.

"로히드."

유진의 목소리가 떨렸다. 아이의 눈동자에 초점이 또렷한데도 혹시나 했다.

로히드가 씨익 웃었다. 유진이 물수건을 떨어뜨리고 두 손으로 아들의 얼굴을 감싸 쥐었다.

"괜찮아?"

"네, 어머니."

씩씩한 대답을 들으며 유진의 눈에 눈물이 글썽거렸다. 이곳저곳 만져 보니까 열이 식고 있었다.

꼬박 하루 동안 의식이 없는 아들 곁을 지키면서 유진은 속이 바짝 탔다. 고열이 오래 지속되면 뇌가 손상될 수 있다는, 저쪽 세상의 의학 지식을 떠올리며 얼마나 불안했는지 모른다.

로히드가 일어나려고 하자 유진이 도와주었다. 그리고 아들을 끌어안았다.

로히드도 어머니의 어깨에 두 팔을 두르고 꽉 안았다. 자신이 힘든 싸움을 할 때 곁을 지켜 준 부모님의 은혜를 느꼈다. 그건 소년의 마음속에 든든한 바윗돌처럼 자리 잡았다. 훗날 어떤 고난에도 흔들리지 않도록 버티는 힘이 되어 줄 것이다.

각성 후 로히드는 변화를 느꼈다. 몸 안의 프라즈를 느꼈고 달라진 주변의 반응도 느꼈다.

프라즈를 각성한 왕자는 이제 보호해야 하는 연약한 아이가 아니었다. 오히려 이 시기의 왕자는 의도치 않게 주변 사람을 해칠 위험이 있었다. 아직 완전하게 프라즈를 제어하지 못하므로 프라즈는 외부의 위협을 느끼면 제멋대로 즉각 반응했다.

궁인들은 절대 왕자의 곁으로 말없이 가까이 가지 말라고 교육받았다. 용무가 있으면 적당한 거리를 두고 왕자를 불러야 한다.

죽을지도 모른다는 경고를 들은 궁인들이 잔뜩 겁을 먹었다. 왕자님만 나타나면 주변으로 몰려들던 예전과 다르게 이제는 멀찍이 거리를 유지했다.

로히드를 대하는 태도가 변하지 않은 사람은 왕성에서 단 두 사람, 국왕 부부뿐이었다.

카세르는 아들보다 훨씬 강력한 프라즈를 제어하고 있다. 자연히 로히드의 프라즈는 아버지의 기운에 억눌려 얌전해졌다.

그리고 로히드는 어머니와 함께 있을 때 프라즈가 흐물흐물해진다는 느낌을 받았다. 아버지 앞에서는 기가 죽는다면 어머니 앞에서는 수줍어하는 것 같았다.

갑자기 궁인들의 태도가 바뀌어 낯설었지만, 로히드는 금방 적응했다. 아버지의 가르침대로 프라즈를 제어하는 훈련에 집중하느라 다른 데 신경 쓸 겨를이 없었다.

그리고 요즘, 프라즈 제어 훈련만큼이나 로히드의 정신을 쏙 빼앗는 존재가 나타났다.

"라키스는?"

시녀가 고개를 숙이며 대답했다.

"주무십니다. 왕자님."

로히드가 낙담했다.

"또 자? 라키스는 왜 온종일 자는 거냐?"

시녀가 웃으며 말했다.

"지금은 많이 주무셔야 건강하게 크십니다."

로히드는 조용히 방으로 들어갔다. 침대 곁에 바짝 붙어 서서 잠든 동생 얼굴을 바라보았다. 동생이 어머니를 닮아서 다행이었다. 자신은 아버지를 많이 닮았으니까 동생은 어머니를 닮아야 공평했다.

'라키스. 내가 나중에 환수를 잡으면 널 제일 먼저 태워 줄게.'

얼른 동생이 컸으면 좋겠다고 생각했다.

혹시 깰지도 모른다고 기대하며 기다렸으나 라키스는 도통 일어날 기미가 없었다. 차라리 더 어릴 때는 짧게 자고 금방 눈을 떴다. 이제는 자는 시간이 늘어서 제대로 시간을 맞추지 않으면 깨어 있는 모습을 볼 기회가 없었다.

결국 로히드는 라키스의 자는 모습만 보다가 돌아섰다. 방으로 돌아와서 시종에게 명했다.

"책을 읽을 거니까 부를 때까지 방해하지 마라."

"예, 왕자님."

시종은 두말없이 물러갔다. 이제 방에 로히드 혼자 남았다. 로히드는 손으로 입을 막고 개구쟁이 소년처럼 웃었다. 각성한 후부터는 혼자 있을 수 있다는 점이 가장 좋았다.

로히드는 방에 아무도 없다는 것을 다시 한번 확인하고 창문을 열었다. 그리고 창문 위로 올라간 후 훌쩍 뛰어내렸다.

소년의 몸 주변을 파란 기운이 에워쌌다. 프라즈는 낙하 속도를 늦추어 주고 착지의 충격도 흡수할 것이다.

요즘 로히드가 아무도 모르게 하는 놀이였다. 추락하는 순간의 부유감과 프라즈가 주인을 보호하기 위해 힘을 끌어내는 느낌이 끝내주게 좋았다.

아래를 흘끔 본 로히드가 경악했다. 바로 밑에 사람의 머리가 보였다.

'안 돼!'

있는 힘껏 방향을 바꿨다. 대신 균형이 흐트러졌다. 밑의 사람이 뭔가 이상한 느낌이 들었는지 고개를 드는 순간, 로히드가 아슬아슬하게 스쳐 바닥에 나동그라졌다. 그리고 관성 때문에 몸이 굴렀다.

"악!"

"아악!"

두 사람의 몸이 뒤엉켜서 데굴데굴 굴렀다. 잠시 후 움직임이 멈추고 조용해졌다.

로히드는 잠시 엎어져 있다가 놀라서 고개를 들었다. 고개를 휙휙 돌려 한쪽에 넘어져 있는 사람을 발견하고 다가갔다.

"괜찮으냐?"

다리를 잡고 끙끙 소리 내던 소년이 고개를 들었다. 로히드는 이제야 넘어진 사람이 어른이 아니라, 자신처럼 작은 아이라는 사실을 알았다. 소년은 잔뜩 찌푸린 얼굴로 로히드를 노려보다가 흠칫 놀라더니 고개를 숙였다.

"괜찮아? 어디 다쳤어?"

소년은 여전히 고개를 숙인 채 비틀거리며 일어났다.

"괜찮습니다."

"다리를 다친 거 아니야?"

"아뇨, 뭐. 별거 아니에요."

"미안해. 내 잘못이야. 의관에게 가자."

소년, 요그가 고개를 들었다. 요그는 로히드를 보자마자 누군지 알았다. 저 머리카락을 보고 모를 수가 없었다. 그리고 매일 어머니한테 귀에 못 박히도록 듣는 '왕자님' 아닌가. 어머니가 아들인 자신보다도 더 끔찍하게 짝사랑하는 그 귀하신 왕자님.

왕성 안에 궁인들을 위한 거주 구역이 있다. 리마 모자는 그곳에서 살았다.

요그가 태어난 후 유진은 리마와 요그를 왕성으로 데려와 손님으로서 지내게 하려 했다. 하지만 리마가 극구 사양했다.

「제가 왕성에서 며칠 정도만 머무를 거라면 왕비님께서 베푸시는 배려를 감사히 받겠습니다. 하오나 왕비님, 저는 왕비님께 넘치는 은혜를 받았습니다. 그 은혜를 갚기 위해 이곳에서 뼈를 묻겠습니다. 아들을 키우며 살게 해 주신 것만으로 충분합니다. 그저 잘 곳만 마련해 주시옵소서.」

유진은 차라리 왕성 밖에 번듯한 집 한 채를 마련해 줄까 했으나 그것도 여의치 않았다. 방랑족인 리마가 어떤 해코지를 당할지 알 수 없다. 왕성 안이라면 그나마 왕비의 눈치를 봐서 리마를 해치지는 않을 것이다.

결국 리마 모자는 궁인들의 거주 구역에서 지내게 되었다.

궁인 중에는 가족 전체가 왕성에 머물며 대를 이어 왕족을 보필하는 이들이 있었다. 신분 내력이 확실하다 보니 중요한 심부름을 도맡거나 왕가의 귀물 등을 관리했다.

귀족은 아니지만, 왕실의 중요한 일꾼이므로 귀한 대접을 받았다. 귀족들도 함부로 대하지 못했다. 그래서 그들은 자신들의 가업에 자부심이 있었다. 왕성 안에 있는 자신들만의 거주지를 특권으로 여겼다.

그런데 갑자기 근본 없는 자들이 굴러들어 왔다. 그들은 리마 모자가 무척 눈에 거슬렸다.

심지어 왕비가 종종 사람을 보내어 리마 모자의 편의를 살피니 대놓고 핍박은 하지 못했다. 하지만 은근히 텃세를 부렸다.

묵묵한 성품의 리마는 입이 무거웠다. 죽음의 경계를 넘어 봤으니 사소한 괴롭힘 정도는 개의치 않았다. 그녀는 해박한 약초 지식을 활용하여 약재관에서 일하면서 아들 양육에 모든 정성을 쏟았다.

이 세상에서 어머니만큼 대단한 사람은 없다고 생각했던 요그는 머리가 크면서 슬슬 불만이 생겼다. 자신을 따돌리는 거주 구역 아이들이 짜증 나고 그런 이야기를 해 봤자 대수롭지 않게 생각하는 어머니가 원망스러웠다.

그리고 어머니는 매일 당부했다.

> 「왕비님의 은혜를 잊어서는 안 돼. 우리가 이렇게 살 수 있는 것도 전부 그분의 덕이란다.」
> 「사람이라면 은혜를 알고 보은해야 한다.」

왕자님 이야기도 빠지지 않았다.

> 「왕자님께서 장성하시면 네가 그분을 성심껏 보필해야 한다.」
> 「왕자님께서 참으로 영명하시다지. 그분께 누가 되지 않도록 열심히 공부해라.」

예전에는 순순히 '예, 어머니.'라고 답했던 요그는 어느 날부터 속이 꼬이기 시작했다. 아들은 안중에 없고 왕비님과 왕자님만 입에 달고 사는 어머니가 미웠다.

그리고 왕비님과 특별한 인연이 있는 듯 이야기하는 어머니 말씀도 언젠가부터 믿기지 않았다.

요그는 오늘도 자신을 괴롭히는 아이들 무리한테 놀림을 받아서 무척 기분이 좋지 않았다. 게다가 갑자기 하늘에서 떨어지는 사람한테 발이 걸려 넘어졌다. 최악의 하루라고 생각하는데 괜찮냐고 묻는 목소리가 앳되었다.

"걸을 수 있겠어? 내가 부축해 줄까?"

요그는 로히드를 멀뚱히 쳐다보았다. 미안하다는 말을 들어서 내심 놀랐다.

물론 잘못은 상대방이 했다. 자신은 그냥 걸어간 것뿐이니까. 하지만 왕자님 아닌가.

요그를 괴롭히는 아이들 무리의 대장은 거주 구역에서 목소리깨나 내는 집 자식이었다. 아버지가 왕성을 보수하는 기술관이고 몇 대째 이어받았다고 했다. 눈꼴이 실 정도로 거들먹거리는 그 녀석도 시종장의 조카한테는 꼼짝 못 했다.

그런데 왕자님이면 정말 까마득했다. 나이는 대충 자신 또래라고 들었지만, 무척 거만할 거라고 생각했다.

"괜찮다니까요. 가 보겠습니다."

요그는 이 자리를 피하고 싶었다. 왕자님은 너무 부담스럽다.

몇 걸음 걸으며 요그는 인상을 찡그렸다. 발목이 시큰거렸다. 절뚝이는 요그를 보고 로히드가 다가가 팔을 잡았다.

"거봐. 다쳤으면서. 의관에게 가자니까."

로히드는 각성 후 유진한테 단단히 주의를 들었다.

「로히드. 넌 보통 사람보다 훨씬 강한 몸을 가졌어. 다른 사람을 다치게 할 수 있지. 네 고의가 아니어도 다친 사람을 절대 모른 척해서는 안 돼. 꼭 사과하고 의관에게 데려가라. 만약 크게 다쳤다면 나나 아버지께 말씀 드려야 한다.」

로히드는 자신의 놀이 때문에 발생한 부상자를 절대 이대로 두고 갈 수 없었다. 싫다는 요그를 힘으로 끌고 의관에게 데려갔다.

로히드가 의관을 만난 사실이 곧 유진의 귀에 들어왔다. 모든 왕자의 일상을 왕비에게 고하지는 않지만, 의관을 찾아간 건 일상에서 벗어난 사건이었다.

"왕자가 또래 아이를 의관에게 데려갔다고? 누구를?"

"외성 거주 구역의 아이입니다. 아이의 모친은 약재관에서 일하는 리마라고 합니다."

'리마……. 그럼 요그?'

"그 아이가 많이 다치지는 않았느냐?"

"예, 왕비님. 발목을 삐었는데 며칠이면 나을 거라고 합니다."

"그래도 혹시 모르니 내일도 의관에게 데려가 보여라."

"예, 왕비님."

시종이 물러간 후 유진은 생각에 잠겼다. 외성 거주 구역은 유진이 고려했던 거처가 전혀 아니었으나 리마가 고집을 부렸다. 그곳의 다수가 대를 이어 사는 이들이었다. 배타적인 그들이 리마를 쉽게 받아들이지 않을 것이다.

리마가 신경이 쓰여 찾아가 만나고 종종 시녀를 보내 근황을 묻고 아이를 보자고 부르기도 했다. 그러자 어느 날 리마가 말했다.

「왕비님. 이렇듯 마음을 써 주시어 감사하오나 소인은 이제 그곳에서 평생 살 것입니다. 특별 대우를 받지 않고 소인의 힘으로 다른 사람들과 어울려 살고 싶습니다. 건방진 말씀을 올리는 무례를 용서하시옵소서.」

유진은 기꺼이 리마의 청을 받아들였다. 그녀의 강인한 성품에 새삼 감탄했다. 그렇다고 아예 모른 척하고 싶지는 않았다. 남의 눈을 피해 가끔 사람을 보냈다.

라키스가 태어나기 전에 꿈에서 요그를 본 후, 꽤 자랐을 그 아이가 궁금했다. 그런데 요그를 부르면 그 자리에 로히드도 부르게 될 것 같았다. 다만 두 아이의 인연을 억지로 만들고 싶지 않아서 참았다.

'로히드. 요그. 너희가 만났구나.'

두 아이가 유진이 읽은 미래대로 친구가 될지는 아직 모르는 일이다. 유진은 잠자코 지켜보자고 마음먹었다.

*　　*　　*

라키스의 한 살 생일을 며칠 앞둔 날이었다.

"옳지, 잘한다."

유진이 라키스의 두 손을 잡고 걸음마를 도왔다.

"조금 더. 라키스. 엄마 손 잡고 조금 더."

뒤뚱뒤뚱 얼마간 더 걷던 라키스가 엉덩이를 뒤로 빼며 뻗대더니 그 자리에 주저앉았다. 그리고 작은 한숨을 폭 내쉰다. 유진이 웃음을 터뜨리며 라키스를 안아 들었다.

"힘들어? 하기 싫구나?"

라키스의 발달은 보통 아이와 비슷했다. 이때쯤 이미 달리기 시작했던 로히드와 딴판이었다.

유진은 로히드를 키우면서 아이들이 다 그런 줄 착각에 빠졌다. 그래서 라키스가 너무 늦된 줄 알고 고민했다. 의관에게 조심스럽게 묻고 나서야 자신이 괜한 걱정을 한 것을 알게 되었다.

그리고 라키스는 어리광이 심했다. 스스로 안아 달라고 두 팔을 벌리는 모습은 로히드를 키우는 동안은 거의 본 적이 없었다.

유진이 아이의 통통한 볼에 쪽쪽 입을 맞추었다. 그러자 라키스가 까르르 웃었다. 라키스는 웃음도 많았다.

"어마, 어마."

"응?"

제대로 완벽한 발음을 하기 전까지 아예 입을 꽉 다물었던 로히드와 이런 점도 달랐다. 뭉개지는 발음으로 열심히 옹알이하는 모습이 사랑스러웠다.

라키스가 안긴 채 몸을 들썩이면서 문이 있는 방향으로 손을 뻗었다.

"아바, 아바."

"아버지 보러 가자고? 안 되는데. 지금 아버지는 일하고 계셔."

이렇게 말하면 로히드는 '네.'라고 대답했을 것이다. 하지만 라키스는 '으으응' 하는 괴상한 소리를 내며 고집을 부렸다. 계속 문을 가리키며 팔을 흔들었다.

"그래. 가자."

하루에 한 번, 오후에는 라키스의 고집에 져 주었다. 언젠가부터 이 시간에 라키스를 데리고 왕의 집무실로 가는 것이 일과가 되었다. 왕께서 이때쯤 되면 안절부절못하고 계속 문만 쳐다보신다고, 시종장이 살짝 귀띔해 주었다.

라키스를 안고 오는 유진의 모습을 멀찍이 발견했을 때부터 시종장이 함박웃음을 지었다.

"전하께서는 안에 들어 계시는가?"

"예, 왕비님. 안으로 듭시옵소서."

시종장이 안에 들어가 고하는 절차를 생략하고 문을 열었다. 유진이 라키스와 안으로 들어가자 이미 카세르가 책상에서 일어나 그들에게 다가오고 있었다.

"아바!"

라키스가 활짝 웃으며 카세르를 향해 두 팔을 뻗었다. 카세르가 녹아내리는 표정으로 라키스를 받아 안았다. 오랜만에 이루어지는 부녀 상봉 같은 장면이었다. 유진은 픽 웃었다. 오늘 아침에 보고 점심 먹기 전에도 봤다.

"라키스. 잘 놀았어? 뭐 했어?"

카세르가 다정한 목소리로 말을 걸자 라키스가 뭐라고 대답했다. 의미를 알 수 없는 옹알이였다. 그런데 그는 진지하게 고개를 끄덕이며 말했다.

"그랬구나. 재밌었겠네."

정말 알아듣는 건지, 그냥 맞장구치는 건지. 유진은 카세르에게 저런 모습이 있다는 것이 신기했다. 로히드한테는 저런 적이 없었다.

부녀의 해후를 방해하지 않으려고 그녀는 발코니 창을 열고 나갔다. 오늘따라 하늘이 구름 한 점 없이 맑아서 저절로 발걸음이 향했다.

발코니 난간 가까이 서서 하늘을 보다가 아래로 시선을 내렸다. 그리고 멀찍이 서성거리는 사람을 발견했다.

'누구지? 어린아이 같은데.'

유진은 아이가 올려다보는 방향을 따라 시선을 올렸다.

'저건…… 로히드 방 아닌가?'

그때 로히드 방의 창문이 열렸다. 창문 밖으로 휙 뛰어내리는 아이의 몸 주변을 푸른 기운이 감쌌다. 아직 형태가 제대로 갖추어지지는 않았으나 뱀의 형상이 얼핏 보였다.

착지한 로히드가 아래에서 기다리던 아이와 몇 마디 나누더니 함께 달려갔다. 유진은 입을 벌리고 그 장면을 보고 있었다.

"왜 그래?"

라키스를 안은 채 카세르가 다가왔다.

"로히드가······."

유진은 말문이 막혔다. 지금 자신이 본 장면을 어떻게 설명해야 할지 모르겠다.

"아."

유진이 휙 고개를 돌렸다. 방금 들은 추임새가 이상했다.

부모의 대화를 들은 라키스가 옹알이로 참견했다. 그러자 카세르가 아이와 눈을 맞추며 대답하고 고개를 끄덕였다. 그의 태연한 모습을 보고 유진은 확신했다.

"알고 있었군요."

"알 수밖에 없지. 프라즈가 요동치는데."

"언제부터요?"

"언제부터 뛰어내렸냐고? 몇 개월은 되었을걸."

"몇 개월씩이나······. 매일요?"

"이틀이나 사흘에 한 번 정도?"

"왜 당신은 이렇게 태연해요?"

"저건 프라즈를 제어하는 데 아주 효과적이야. 프라즈는 주인을 보호하는 것을 최우선으로 해. 위기라고 판단하면 모든 힘을 끌어낼 수밖에 없지. 난 프라즈 각성 후 삼 년 후에야 저걸 처음 했어. 높은 곳에서 뛰어내릴 배짱도 있어야 하거든."

유진은 카세르의 어조에서 아들을 대견해하는 기색을 느꼈다.

"그럼 위험하지는 않다는 거군요. 왜 말해 주지 않았어요?"

유진은 슬그머니 시선을 피하는 그를 보면서 뭔가가 더 있다고 판단했다.

"말해 줘요. 무슨 일이에요?"

카세르가 멋쩍은 표정으로 말했다.

"한 달 전부턴가. 로히드가 외출을 해."

"외출? ……설마 왕성 밖으로 몰래 나간다고요?"

"걱정하지 마. 전사들을 붙여 두었으니까."

유진이 헛웃음을 흘렸다.

"세상에. 로히드가."

유진은 늘 반듯하던 아들의 일탈이 믿기지 않았다.

"혹시 부자만의 비밀 약속, 그런 거예요?"

유진은 서운했다. 벌써 로히드가 비밀을 만들어서 서운하고, 또 그 비밀을 아버지하고만 공유하는 거면 더 서운했다. 로히드에게 자신은 이해심이 없는 어머니였던 걸까?

카세르가 고개를 저었다.

"로히드는 내가 안다는 걸 모를 거야. 뒤에 붙인 전사들 보고를 들으니 눈치채지 못한 것 같아."

프라즈를 각성해도 아이는 아이였다. 로히드는 아직 경험이 부족했다. 누군가 자신의 뒤를 밟을 거라는 의심 자체를 못 했다.

그리고 왕성의 궁인들과 다르게 바깥사람들의 움직임에는 규칙이 없다. 여기서는 걷고 저쪽에서는 뛴다. 거슬리는 움직임을 신경 쓰기 시작하면 끝이 없다. 그 작은 머릿속이 과부화되어 아예 주변을 무시할 것이다. 그러다 보면 보는 시야가 좁아지고 예기치 못한 일에 휘말릴 우려가 있다. 그래서 카세르는 만일을 대비하여 전사를 붙였다.

"그럼 왜 나한테는 말 안 했어요?"

"당신이 걱정할까 봐."

유진이 그의 대답이 불만족스럽다는 표정을 지었다. 카세르가 얼른 덧붙여 말했다.

"당신은 여전히 로히드를 각성 전의 약한 아이로 생각하는 것 같았어. 내가 보기엔 그래."

"……그랬어요?"

로히드는 아직 어린아이였다. 각성했다고 해서 그 아이가 갑자기 어른이 된 건 아니다. 오히려 유진은 더 불안했다. 아직 불안정한 로히드의 프라즈가 언제 폭주할지 모르니까 겁이 났다. 그래서 왕자 시중을 드는 궁인들을 불러 로히드의 일과를 전보다 더 꼼꼼하게 챙겼다.

"생각해 보니까…… 확실히 요즘 내가 과민하게 군 것 같아요."

유진은 로히드의 외출을 처음에 그가 말해 주어서 알았다면 자신이 어떻게 반응했을지 생각해 보았다. 매일 안절부절못했을 것이다. 로히드가 '어머니가 나를 감시한다'라고 느낄 만한 무슨 짓을 했을지도 모른다.

"근데 당신은 왜 모르는 척하고 있어요? 전사들을 딸려 보내는 건 당신도 뭔가 걱정스럽다는 거잖아요."

"로히드가 우리 몰래 왕성을 나가는 건 우리가 알면 나가지 못하게 막을 거라고 생각해서는 아닐 거야. 비밀을 만들고 싶은 거겠지. 그럴 나이니까."

유진이 놀라는 표정으로 고개를 끄덕였다. 그렇지. 자신만의 세계를 슬슬 만들기 시작할 나이였다. 더구나 로히드는 또래 나이보다 성숙했고 프라즈라는 강력한 힘도 얻었다. 심지어 어릴 때부터 항상 자신을 지켜보는 사람들한테 둘러싸였으니 자유로워지고 싶을 것이다.

"어떻게 그런 생각을 했어요? 난 사실 당신이 음…… 고지식한 아버지가 될 줄 알았거든요. 마리안 이야기를 들으면 워낙 완벽한 사람이라 말이죠."

카세르가 멋쩍게 웃었다.

“마리안이 좋은 말만 해서 그렇지. 나도 어릴 때는 마리안 속깨나 썩였어.”

“정말요?”

그는 시선을 허공으로 올리며 대답했다.

“로히드는 꼬박꼬박 집에 잘 들어오잖아. 난 나가서 며칠씩 안 들어왔거든.”

유진이 눈을 크게 떴다가 웃음을 터뜨렸다. 질풍노도의 시기를 요란하게 보냈다고 고백하는 남편이 이토록 사랑스럽다니. 유진이 카세르의 팔에 팔짱을 끼면서 까치발을 하고 그의 볼에 입을 맞추었다.

“어바!”

갑자기 라키스가 빽 소리를 질렀다. 잔뜩 볼을 부풀리고 미간에 주름을 만들었다. 딴에는 험악한 표정을 지을 셈이었을 것이다. 그리고 두 팔을 아래위로 바삐 움직이면서 고개를 돌려 유진이 보는 방향으로 자신의 볼을 드러냈다.

“나 참. 이 질투쟁이.”

유진이 라키스의 볼에 연달아 두 번 입을 맞추었다.

“어바바!”

라키스가 또다시 팔을 휘두르며 몸을 들썩였다.

“당신도 뽀뽀하래요.”

카세르가 웃으며 라키스의 볼에 입을 맞춘 후 딸을 고쳐 안으며 볼과 이마에도 입을 맞추었다. 그리고 딸을 품에 꽉 안고 볼을 맞대어 비볐다. 라키스는 금방 기분이 좋아져서 까르륵 웃었다.

유진은 딸이 너무 예뻐서 어쩔 줄을 몰라 하는 그를 보며 생각했다.

‘안 낳았으면 어쩔 뻔했어.’

“근데 로히드는 누가 봐도 알아볼 텐데요. 머리카락과 눈동자는 어떻게 숨긴대요?"

"같이 어울려 나가는 아이, 그 아이가 요그라더군. 당신도 짐작했겠지만."

유진이 고개를 끄덕였다.

"그 녀석이 로히드가 변장할 입을 것들을 준비해 온다고 해."

유진이 기가 막혀 웃었다.

'요 개구쟁이들. 아주 잘 만났네, 잘 만났어.'

미래의 꿈에서 본대로 확실히 요그는 보통 녀석이 아니었다.

*　　*　　*

라키스의 세 번째 생일을 앞두고 다나가 왕성에 왔다. 왕국과 성도 사이를 오가는 이동 주술의 설치 후 다나는 종종 왕국을 방문했다.

딸도 딸이지만 딸의 아이들, 특히 라키스가 자꾸 눈앞에 아른거렸다. 아니카로 태어난 라키스를 보면 다나는 오래전 자신이 어린 딸을 안으며 느꼈던 소회가 떠올라 울컥했다. 그리고 부족함 없이 사랑을 받으며 자라는 라키스를 바라보며 위안을 받았다.

다나가 도착한 시각에 마침 라키스는 낮잠을 자고 있었다. 다나는 로히드하고만 인사를 나누고 잠든 라키스의 얼굴만 조용히 들여다보았다.

손자, 손녀와의 인사 후 다나가 응접실 소파에 앉으며 말했다.

"그새 저렇게 컸니. 아이들은 참 눈만 돌리면 자란다니까."

"전 매일 봐서 잘 모르겠어요."

"그렇겠지. 그런데 어느 날 너도 깨닫고 놀랄 거야. 저 아이가 어느새 저렇게 자랐구나, 하고."

유진이 알 듯 말 듯 한 기분이 들어 미소 지었다. 요즘 로히드를 보며 그런 생각을 한 적이 있었다.

"네 아버지도 나와 함께 오고 싶어 했지. 급한 일 처리가 남아서 며칠 후 출발하게 되어 얼마나 서운해했는지 몰라."

"서운하실 게 뭐 있어요. 며칠 후에 오실 건데요."

"얘는. 그 며칠 동안 로히드와 라키스를 못 보잖니."

유진이 웃음을 터뜨렸다.

"나도 그렇지만 네 아버지도 라키스를 보면 네 어릴 때가 생각나는 모양이더라. 그 사람이 마음고생 많이 했지. 내 말을 믿지 않을 수도 없고 눈앞에 보이는 딸을 미워할 수도 없고. 네가 태어났을 때 정말 좋아했거든."

유진은 고개를 끄덕였다. 두 아이의 어머니가 되어 보니까 아이가 바뀌었다고 생각했던 부모님의 참담한 심정을 알 것 같았다.

"라키스의 생일은 지난번처럼 보낼 거니?"

지난 생일은 가족끼리만 모여 축하했다.

"그러려고 했는데 일이 커졌어요. 왕들이 오신다네요."

"어느 왕?"

"다섯 분이 다요. 귀빈들이 오신다니 소홀히 대접할 수가 있나요. 준비하느라 일이 많아요."

"어떻게 된 거야? 초대했니?"

"초대장을 보내기는 했지만, 원래는 초대가 아니었어요."

태어난 후 두 번의 활동기와 두 번의 건기. 그 기간에는 아이가 외부인을 만나지 않는 것이 관습이다. 라키스는 곧 세 번째 생일이 되니까 금기 기간은 완벽히 지났다.

하지만 그렇다고 해서 라키스의 생일 파티를 성대하게 열 생각은 없었다. 연회를 열어 귀족들을 초대하고 사람들 앞에 라키스를 보이는 일은 한참 나중이 될 것이다.

그런데 카세르가 곧 라키스가 생일이라고 주술 노트에 쓴 것이 화근이었다. 그는 별생각 아니었을 것이다. 그냥 기회만 되면 딸 이야기를 하고 싶은 팔불출 아버지였을 뿐이다.

그런데 대뜸 염왕이 관심을 보였다.

—생일이라니 축하해 줘야지. 그날 가겠다.

—따로 생일 연회는 열지 않아. 카세르.

—내가 축하받으려고 가는 자리가 아닌데 상관없어. 나도 신세 진 게 있으니 겸사겸사.

—무슨 신세? 카세르.

—하시 왕국에서 내 결혼에 중매를 섰다는 걸 모르는 사람 있나?

그리고 마치 기다렸다는 듯이 다른 왕들이 줄줄이 글을 올렸다.

—나도 가서 축하하겠습니다. 리차드.

—빠지고 싶지 않은 자리로군요. 나도 갑니다. 아킬.

—하시 왕국에서 다시 한 번 모이는 겁니까? 이동 주술 덕분에 여기에서도 부담 없이 갈 수 있으니 좋습니다. 니콜라스.

—나도 가겠습니다. 페레드.

염왕 혼자도 아니고 다른 왕들까지 모두 온다고 하니까 타당한 이유 없이 거절할 수가 없었다. 게다가 딸의 생일을 축하해 준다는 좋은 의도 아닌가.

유진은 다섯 왕이 온다는 소식을 전하며 표정이 어두웠던 카세르를 떠올렸다.

"그이는 언짢아해요. 왕들의 방문 목적이 의심스럽대요."

유진은 말하면서 헛웃음을 흘렸다.

"딸이면 아주 죽고 못 사는 사람이라서 그런지 때때로 과민하다니까요."

"어머. 아니야. 사왕 생각은 일리가 있어."

"네?"

"라키스는 아니카야. 게다가 왕족이지. 왕들이 미래의 아들 신붓감으로 당연히 라키스를 탐내지 않겠니?"

유진의 표정이 미묘하게 변했다. 그녀는 성인이 될 때까지 다른 세계에서 자라서 그런지 이 세상에 대한 이해가 아직 부족했다.

자신이 아니카를 낳은 사실이 얼마나 엄청난 사건인지 실감하지 못했다. 라키스의 탄생 소식이 퍼진 후 하시 왕국뿐만 아니라 다른 왕국과 성도까지 술렁거린 분위기를 상상할 수 없었다.

그녀가 라키스를 낳은 후 두 아이를 돌보는 데에 집중하느라 사교 활동을 줄인 탓도 있었다. 왕성으로 귀부인들을 불러서 만나는 자리는 점잖았다. 격식이 덜한 연회를 나가야 호들갑과 허풍이 잔뜩 섞인 풍문을 들을 테니까. 그녀는 요즘 가십에 멀어져 있었다.

"……제가 오히려 둔했네요."

유진이 한숨을 내쉬며 손으로 가슴을 눌렀다.

"근데요. 엄마. 여기가 이상해요. 아, 세상에. 라키스는 아직 아기예요. 그 아이가 결혼이라니요. 눈물이 날 것 같아요."

다나는 정말 울 것처럼 울상을 짓는 유진을 보며 웃었다.

유진은 돌연 자신에게 다가오는 시녀 잔느에게 고개를 돌렸다.

"왕비님."

"무슨 일이냐."

"약재관의 리마가 왕비님을 뵙기를 청합니다."

왕비께서 모친과 담소를 나누는 자리이니 누가 찾아왔다면 적당히 돌려보내야 마땅했다. 그런데 잔느는 왕비의 측근 시녀로서 리마가 누군지 알고, 왕비께서 리마에게 남다른 관심이 있다는 사실도 알았다. 그래서 리마가 다급한 표정으로 찾아왔을 때 왕비님께 고해야 한다고 판단했다.

유진의 표정이 변했다. 리마는 어지간한 일이 아니면 이렇게 찾아올 사람이 아니었다.

"데려오거라."

다나가 라키스를 보러 간다며 눈치껏 자리를 피했다.

잠시 후 리마가 들어와서 꾸벅 고개를 숙였다. 유진은 리마의 표정이 심상치 않다고 생각해서 본론으로 들어갔다.

"무슨 일이 있는가? 시급을 다투는 일이면 어서 말하게."

리마가 터지는 울음을 꾹 참아 넘기는 표정으로 말했다.

"소인 아들의 행방을 모르겠습니다. 왕비님."

"요그가? 왜?"

"소인이 그 아이를 크게 나무랐는데 직후에 집을 나가서 들어오지 않았습니다."

"그게 언제인가?"

"어제 오후에……."

"어젯밤에 안 들어왔다는 건가? 그걸 왜 이제 말하는가. 내가 즉시 사람을 풀어 찾아보라 할 테니까 자네는 너무 걱정하지 말게. 영민한 아이이니 별일은 없을 거야."

유진은 리마를 다독인 후 시녀를 통해 호위인 스벤을 불러서 사람을 동원하여 아이를 찾으라고 지시했다. 왕성 안을 샅샅이 뒤지는 것은 물론이고 바깥에도 나가서 찾아보라고 했다.

리마에게 왕성 밖에 아이가 갈 만한 곳을 묻자 리마는 눈물을 흘리며 고개를 저었다.

"모르겠습니다. 아들이 갈 만한 곳을 떠올리지 못하다니 저는 형편없는 어미입니다."

왕성 안 수색은 자신도 하겠다며 리마가 나간 후 유진은 로히드를 불렀다.

로히드를 기다리는 동안 유진은 기억을 더듬었다.

'이 년인가?'

유진이 로히드가 요그와 어울려 왕성을 빠져나가서 놀고 온다는 사실을 처음 안 날이 어느새 그쯤 되었다. 두 아이의 첫 만남은 이 년보다 더 되었다.

그동안 유진은 계속 모른 척했다. 요즘도 로히드는 몰래 요그와 외출했다가 돌아왔다. 뒤따르는 전사들도 빈틈없이 임무를 수행 중이었다. 이 년 가까이 전혀 눈치채지 못하다니, 아무리 아이들이라고는 해도 역시 전사들은 유능했다.

로히드가 외출한 날에는 그날 밤 카세르한테 아이들의 이야기를 들었다. 카세르는 전사들한테 보고 받은 내용을 유진에게 전해 주었다.

전사들은 멀찍이 거리를 유지하여 아이들을 따라다니되 위험한 상황에만 나서라고 지시받았다. 그래서 전사들의 보고 내용은 상세하지 않았다. 아이들이 대충 어디를 가는지는 알지만, 정확히 누굴 만나고 무슨 대화를 나누는지는 모른다.

유진은 그 정도라도 좋았다. 어떤 흥미진진한 이야기보다 재미있었다.

"왕비님. 왕자님이 당도하셨습니다."

"그래. 들이거라."

로히드가 들어왔다.

"부르셨어요, 어머니."

"네게 물어볼 것이 있어서 불렀단다. 이리와 앉아."

"네."

소파에 모자가 마주 앉았다. 유진은 말을 꺼내기 전에 잠시 망설였다. 그녀는 로히드가 요그를 데려와서 소개해 주기를 계속 기다렸다. 이런 식으로 아는 척하고 싶지 않았다.

"로히드. 어제 요그와 언제 헤어졌니?"

놀란 로히드의 눈빛이 흔들렸다. 유진이 고개를 끄덕였다.

"알고 있었어."

"언제…… 아셨어요?"

유진이 말없이 미소만 지었다. 그러자 로히드의 눈동자가 더 세게 흔들렸다.

"왕성 밖으로 나가는 것도 아셨어요?"

"물론이야. 왜 모르는 척했는지 궁금하겠지. 네 아버지가 그러자고 하셨다. 네가 말하고 싶지 않아 한다면 굳이 알려고 하지 말자고. 로히드. 네 아버지는 모르시는 게 아니라 그냥 말없이 지켜봐 주고 계신 거란다."

로히드의 눈에 복잡한 감정이 스쳤다. 부모님도 모르는 비밀을 갖고 있다고 의기양양했던 치기가 저 아래로 쪼그라들었다. 도저히 넘을 수 없는 벽에 둘러싸인 기분이었다. 하지만 절망을 느끼는 게 아니라 시선을 높이 들어 우러러보게 되었다.

"널 불러서 갑자기 이런 이야기를 하는 이유는, 요그가 지금 행방불명이라고 해. 어젯밤에 집에 안 들어왔다고 하는구나."

"예?"

"어제 마지막으로 요그를 언제 봤니?"

"어제는…… 만나지 않았어요."

"그제는?"

"……."

유진은 침묵하는 로히드의 표정을 보며 대충 눈치챘다. 요 녀석들이 싸웠구나.

"그럼 요그가 왕성 밖으로 나가서 들어오지 않은 거라면 어디에 있을 거라고 짐작 가는 데가 있니?"

곰곰이 생각하던 로히드가 문득 생각났는지 고개를 끄덕였다.

"거기 있을 것 같아요."

로히드가 말한 곳은 맥스라는 노인이 운영하는 잡화점이었다. 유진이 시녀를 불러 그곳에 요그가 있는지 찾아보라고 지시한 후 로히드에게 그 잡화점에 관한 이야기를 더 들었다.

맥스는 젊을 때 큰 사고로 눈이 다친 후 현재는 빛과 어둠을 구별할 정도만 볼 수 있는 상태라고 했다. 그런데도 나무를 깎아 그릇과 도구를 만들어 파는 장인이었다. 그 솜씨는 눈이 멀쩡한 사람도 따르지 못할 정도였다.

로히드는 요그와 왕성 밖 나들이를 매일 하지는 못했다. 비밀이니까 완벽한 알리바이를 만들어야 했다. 그리고 해야 할 공부가 있으면 시간이 나지 않았다.

"요그는 저와 함께 나가지 않을 때는 혼자 맥스의 잡화점에 가는 것 같았어요."

"거기서 뭘 하는데?"

"저도 잘 모르겠어요. 저와 나갈 때는 거기에 몇 번 가지 않았거든요.

언젠가 요그와 잡화점에 갔더니 맥스가 무척 반기길래 요그가 자주 여기 오는구나, 생각했지요. 맥스가 준 간식을 먹고 있는데 누가 상점에 들어와서 우리가 누구냐고 물었어요. 그랬더니 맥스가 요그를 가리키며 '내 손자'라고 했어요."

로히드는 그날 왕성으로 돌아오며 요그와 나누었던 대화 내용을 말했다.

「왜 너를 손자라고 해? 정말 맥스가 네 할아버지야?」
「아니에요. 진짜 손자가 있는데 자주 만나지 못한댔어요.」
「그럼 네가 손자라고 착각하는 거야?」
「착각은 아니고……. 절 정말 손자처럼 대해 주거든요. 그래서 저한테도 진짜 할아버지가 계시면 저런 분이지 않을까, 그런 생각이 들어서요.」

로히드의 말을 들으며 유진은 마음이 아팠다.
'그 아이가 외롭구나.'
홀어머니 밑에서 자라며 다복한 가족이 부러웠던 모양이다. 요그가 사는 거주 구역에는 북적북적한 대가족들이 대부분이니까.
'내가 좀 챙길 걸 그랬나.'
리마의 부탁을 받은 후 거리를 두었는데 그러지 말 걸, 유진은 자책했다.
"로히드. 요그와 무슨 일이 있었니?"
"……."
"다시는 안 볼 거야? 사소한 일로 친구를 잃으면 평생 후회할 텐데."
로히드가 '친구…….'라고 중얼거리더니 고뇌 어린 표정으로 한숨을 내쉬었다. 유진은 내심 '어쭈?'라고 생각했으나 내색하지 않았다. 지금

저 나이에는 어른 눈에는 별것 아닌 고민으로 세상이 무너질 것 같을 것이다.

"제가 뭘 잘못했는지 모르겠어요, 어머니"

로히드가 사흘 전 벌어진 사건을 털어놓았다. 사흘 전에 로히드는 요그와 왕성 밖에 나갔다.

두 아이가 이용하는 출입구는 거주 지역에 사는 자들이 드나드는, 일종의 후문이었다. 그쪽 경비병은 거주 지역에 사는 사람들을 전부 알았다. 그래서 그런지 특히 아이들이 드나들 때는 깐깐하게 검문하지 않았다.

물론 그렇다고 해서 이 년이 넘도록 로히드가 경비병한테 한 번도 잡히지 않은 것은 있을 수 없는 일이다. 왕성의 경비는 그렇게 허술하지 않았다. 적당히 통과되도록 손을 써 둔 것인데 그걸 두 아이는 꿈에도 모른 채 성공을 자축하며 시시덕거렸을 것이다.

사흘 전 그날도 여느 때처럼 바깥 구경을 하고 돌아와 헤어졌다. 로히드는 문득 할 말이 생각나서 뒤돌아 요그를 찾으러 갔다. 그리고 어떤 아이들이 요그를 에워싸고 괴롭히는 장면을 목격했다.

그 부분에서 유진이 눈살을 찌푸렸다.

'요그가 괴롭힘을 당하고 있었나?

"그래서?"

"그걸 보고 모른 척할 수는 없잖아요."

"그렇지."

로히드는 등장만으로 상황을 평정했다. 거주 지역에 사는 아이들은 로히드를 보자마자 당연히 누군지 알아차렸다. 로히드는 사색이 된 아이들을 단단히 혼쭐내고 쫓아 버렸다.

"그런데 요그가 화를 냈어요."

그때 느꼈던 당혹감과 서운함이 떠올라 로히드의 표정이 굳었다.

'음…….'

유진은 쓴웃음을 지었다.

'애들 싸움이라고 가볍게 볼 일이 아니네.'

요그가 왜 그랬는지 알 것 같았다. 요그를 괴롭히는 아이들이 있다는 걸 보니까 요그가 자신이 왕자님과 친밀한 사이라고 주변에 자랑하지 않은 것 같다. 로히드가 비밀로 한 것처럼 요그의 주변 사람 누구도 몰랐을 것이다. 그야말로 두 사람은 비밀 친구였다.

요그는 자신이 괴롭힘당하는 장면을 로히드에게 들켜 창피했을 것이다. 요그를 괴롭히던 아이들은 요그보다 힘의 우위에 있었을 텐데 그 아이들이 로히드에게 절절매는 광경을 보며 충격도 받았을 것이다. 새삼 자신과 왕자 사이의 신분 격차를 느꼈고 자신이 더 초라해졌을 것이다.

'로히드는 로히드 대로 도와줬는데 도리어 화를 내니까 서운했겠지.'

유진은 로히드를 보며 속으로 혀를 찼다.

'내 아들이지만 이 녀석은 단순해. 요그가 훨씬 섬세한 아이야.'

그렇게 로히드와 감정이 틀어지고 요그도 속상했을 것이다. 그 와중에 어머니한테 꾸지람을 들었으니 폭발한 모양이다.

시녀가 다가와 고개를 숙였다.

"왕비님. 찾으라고 명하신 그 아이를 찾았다고 합니다."

유진과 로히드의 표정이 동시에 밝아졌다.

"오, 그래? 다친 데는 없고?"

"예. 아이는 무사하고 왕성으로 데려오는 중이라고 합니다."

"리마에게 아이를 찾았다고 알려 주고 그 아이는 이리로 먼저 데려오라고 해라."

"예, 왕비님."

*   *   *

유진의 앞에 마주 앉은 요그의 얼굴에는 핏기가 없었다.

요그는 잡화점으로 전사들이 와서 자신을 찾을 때 완전히 겁에 질렸다. 자신을 찾기 위해 전사들까지 동원될 거라고는 상상조차 못 했다.

'난 이제 죽었다.'

요그는 자신이 왕자님과 어울려 놀던 행적이 왕비님께 들켜서 끌려갔다고 생각했다. 분명히 왕자님을 꾀어 왕성 밖으로 나간 죄를 물어 크게 혼날 것이 분명했다.

"요그. 오랜만이구나."

유진은 얼어붙은 요그를 살살 달랬다. 꿈에서 봤던 생김새의 특징이 그대로 드러나면서도 훨씬 어린 모습이 귀여워서 웃음이 나왔다.

"내가 기억이 안 나지? 워낙 어릴 때 봤으니까."

요그가 호기심 가득한 눈빛으로 슬그머니 고개를 들었다. 그리고 살짝 입을 벌리고 감탄했다. 소문으로만 들었던 왕비님은 정말 사람 같지 않게 아름다웠다.

"어머니께 이야기 들은 적 없니? 네 어머니와 나는 특별한 사이란다."

"……들었습니다."

요그는 어리둥절했다. 정말 어머니 말씀이 사실이었단 말인가.

"네가 어디 간다고 말도 없이 나가서 어젯밤에 안 들어왔다며. 네 어머니가 얼마나 걱정하셨는지 알아?"

요그가 불퉁한 표정으로 대답했다.

"어머니는 제 걱정 안 하세요."

유진이 친근하게 굴자 요그는 점점 태도가 편안해졌다. 요그가 조금 더 나이가 들었다면 절대 긴장을 놓지 않았겠지만, 아직은 어렸다. 왕비님과 자신 사이의 엄청난 신분의 격차보다 '어머니와 잘 아는 어른'이라는 사실이 더 와 닿았다.

유진은 요그와 대화를 주고받으며 요그의 감정을 어렴풋이 알아차렸다.

'요그가 제 어머니한테 불만이 있구나.'

배타적인 거주 지역의 사람들과 외지인인 리마 모자가 어울려 지내는 일이 쉽지 않을 거라고는 짐작했다. 리마는 잘 견디고 있을지 모르겠지만, 아직 어린 요그에게는 고통일 것이다. 괴롭히는 아이들도 있다고 했으니까.

'그렇다고 리마가 아들 응석을 받아 줄 성격은 아니지.'

가족이라고는 엄한 어머니뿐이고, 이웃들도 살갑지 않고. 마음 붙일 데 하나 없었을 요그가 가여웠다.

"요그. 내가 이야기를 하나 해 줄게. 좀 길단다. 들어 보겠니?"

리마의 훈육 방식에 간섭할 생각은 없었다. 하지만 요그가 제 어머니의 사랑을 오해하도록 두고 싶지 않았다.

유진은 앞으로 십 년만 지나도 전설이 될 그 이야기를, 한때 괴물이 성도를 지배하고 세상 사람들을 속였던 이야기를 시작했다.

그리고 그 괴물의 마수에서 벗어나 배 속의 아이를 살리기 위해 필사적으로 싸웠던 리마의 이야기를 했다.

"요그. 네 어머니는 널 위해서 세상 사람 전부를 적으로 돌린다고 해도 두려워하지 않는단다. 정말 강하고 위대한 사람이지. 세상 대부분 어머니가 자식을 위해 희생한다고는 하지만, 모든 사람이 네 어머니처럼 할 수는 없어."

어느 순간부터 요그는 울고 있었다. 눈물샘이 고장 난 것처럼 쉴 새 없이 흘러내리는 눈물이 볼을 타고 턱 밑으로 뚝뚝 떨어졌다.

"요그. 네 어머니는 널 사랑해. 그걸 의심하지 마. 내가 무슨 말을 하는지 이해하지?"

"……네."

꽉 잠긴 목소리로 대답한 요그가 결국 소리 내어 울음을 터뜨렸다. 유진은 아이의 울음이 잦아들 때까지 말없이 바라보며 아이가 감정을 추스를 때까지 기다렸다.

닫힌 문을 등 뒤에 두고 요그는 크게 숨을 내쉬었다. 이렇게 원 없이 울어 본 것이 처음이었다. 그래서 그런가, 좀 창피하면서도 속이 후련했다.

오늘 아침에 잡화점 다락방에서 눈을 뜰 때는 체한 것처럼 명치가 아팠다. 그러나 지금은 아무렇지도 않았다. 이젠 자신이 뭐에 화가 났고 슬펐는지도 기억나지 않았다.

「요그. 넌 정말 엄청난 사랑을 받으며 태어난 아이야. 앞으로도 절대 잊지 마.」

요그는 왕비님 말씀을 떠올리며 손등으로 코 밑을 문질렀다. 근질근질하다. 누가 자신의 온몸에 간지럼을 태우는 것 같았다.

「성도에 네 숙부님이랑 먼 친척분들이 계셔. 성도에서 무척 중요한 일을 하고 있지. 네가 더 나이가 들면 성도에 가서 뵙게 해 줄게.」

자신에게 친척들이 있다는 사실도 놀랍고 기뻤다. 이 세상에 어머니와 자신, 단둘이 아니었다. 그분들을 뵈면 아버지나 조부모님에 대해서도 들을 수 있을까? 어머니는 도통 그런 이야기를 해 주지 않았다.

아직 요그는 어머니를 완전히 이해하지는 못했다. 그래도 이제는 어머니가 밉지 않았다. 어머니가 밤새 무척 걱정하셨다고 하니까 죄송한 마음도 들었다.

복도를 따라 걷던 요그가 멈칫했다. 로히드가 요그에게 천천히 다가왔다.

서로를 멀뚱히 보는 두 소년 사이에 어색한 기운이 맴돌았다.

"어머니가 알고 계셨어."

로히드가 먼저 말문을 열었다.

"우리가 나가는 거. 아버지도 이미 알고 계셨고."

요그는 짐작했으면서도 로히드한테 들으니까 기분이 이상했다. 왕자님과 어울려 노는 걸 들키면 혼날 줄 알았다. 그런데 왕비님은 그런 눈치는 전혀 주지 않았고 오히려 자신에게 부탁했다.

「로히드가 너와 싸웠다고 침울해 있더라. 서로 잘 이야기해서 풀어 봐. 그래야 친구지.」

'친구……?'

왕자님과 친구가 될 수 있는 건가. 그래도 괜찮은 건가?

"그럼 이제 앞으로는 못 나가요?"

요그는 골치 아픈 고민은 하지 않기로 했다. 그냥 지금까지 지내던 대로 하면 되겠지. 딱히 인제 와서 아주 편한 친구처럼 태도를 바꿀 생각은 없었다. 그렇다고 부하처럼 굽실거리고 싶지도 않았다.

"그렇지는 않을걸. 이제는 미리 말씀드리고 나가야겠지."

"뭐가 달라져요?"

"글쎄……?"

"그럼 이제 왕자님이 용돈 좀 받아서 와요. 맨날 내 돈만 쓰고."

"돈 줬는데 네가 됐다고 했잖아."

"금화를 제가 어디서 어떻게 바꿔요? 그걸 들고 다녔다가는 잡혀간다고요."

두 소년이 나란히 복도를 걷기 시작했다.

"그리고 왕자님은 어른들께 말씀드려도 상관없지만 저는 왕자님과 밖에 나간다는 거, 어머니께 계속 비밀로 할 거예요."

"왜?"

"우리 어머니가 얼마나 무서운지 알아요? 왕자님은 모르겠죠. 왕비님이 저렇게 다정하고 착하신 분이니까."

"나도 어머니가 무서워."

"왕비님이 무서워요? 어떤 점이요?"

로히드는 잠시 고민했다. 정확히 '무섭다'라는 표현이 딱 맞지는 않았다. 그런데 로히드는 부모님을 보면 종종 아득하다는 느낌을 받을 때가 있었다. 자신이 달리고 또 달려도 저만치 앞서 걷는 부모님과의 격차를 도무지 좁힐 수 없다는 느낌. 그걸 뭐라고 해야 할지는 모르겠다.

"……설명은 못 해. 아무튼 그런 게 있어."

두런두런 떠드는 소년들의 목소리가 복도에 울렸다.

*   *   *

조촐한 가족 모임으로 계획했던 라키스의 세 번째 생일 축하 자리는 규모가 커졌다.

추가된 손님은 다섯 명에 불과했지만, 그 다섯 명의 존재감은 수도의 귀족 전부를 초대한 것보다 대단했다.

구색을 갖춘 연회를 준비하느라 궁인들이 분주히 움직였고 신선한 고급 식자재 확보를 위해 담당관이 수시로 장터에 나갔다.

늘 왕성 쪽에 촉각을 곤두세우고 있는 귀족들은 왕성의 분위기를 금세 파악했다. 어느새 공주님의 생일 연회에 다섯 왕께서 참석한다는 소문이 쫙 퍼졌다.

"비공개 연회가 확실한가요?"

"모레가 공주님 생신인데 지금껏 별말씀 없으시니까 그렇겠지요."

"그래도 아직 이틀이 남았잖아요. 혹시 또 몰라요."

"아, 제발. 난 한 시간 전에만 연락을 받아도 참석할 수 있어요."

"한 시간이요? 난 다 끝날 무렵에 불러 줘도 달려갈 거예요."

귀족들은 자신들의 애타는 소망이 이루어질 수 없다는 것을 당연히 알고 있었다. 사람들 앞에 공주님을 처음 소개하는 연회라면 왕가의 큰 행사다. 이미 연회가 열리기 석 달 전부터 대대적으로 홍보하고 까다롭게 선별한 초대장을 배분했을 것이다.

참석할 수 없는 연회에 너무 가고 싶어서 귀족들은 몸살이 났다. 헛된 희망을 버리지 못한 자들은 의상실로 몰려갔다.

드디어 그날이 밝았다. 이미 얼마 전부터 왕성에서 머물던 왕비의 부모와 왕의 동생인 헨텔 공작. 원래 생일 파티에 참석하는 손님은 딱 여기까지였다.

그런데 다섯의 왕과 또 한 명의 특별한 손님이 늘었다.

라키스의 생일 며칠 전, 로히드가 유진에게 요청했다.

"어머니. 저도 손님을 초대해도 되나요?"

"그럼. 얼마든지."

유진은 초대장을 만들어서 로히드에게 주었다.

요그는 로히드한테 초대장을 받았을 때 생각했다.

'이 왕자님이 제정신인가?'

왕성 안에 거주하다 보니 여기저기서 주워듣는 소식이 많았다. 이번 공주님 생신 파티에는 다섯 왕이 모두 오신다고 들었다. 자신이 막 태어났을 무렵에 하시 왕국에 모든 왕께서 다 모인 적이 있다고, 그때를 기억하는 어른들의 말을 엿들으며 그저 신기하다고만 생각했다.

'왕들의 머리카락과 눈동자는 모두 다르다던데. 어떤 모습일까?'

개인적인 호기심은 있었으나 그뿐이었다. 자신이 그분들이 모두 계시는 엄청난 자리에 동석할 거라고는 상상조차 하지 않았다.

요그는 초대장을 어머니한테 보여 주며 말했다.

"어머니. 이런 말도 안 되는 걸 받았어요. 제가 여길 어떻게 가요? 안 가려면 그냥 안 간다고 하면 되나요?"

당연히 어머니가 자신의 말에 수긍할 줄 알았다. 그런데 등짝을 맞을 뻔했다.

"이 녀석이. 왕자님께서 초대하셨으면 당연히 가야지. 초대를 거절하는 것도 예의가 아니다."

"제가요? 뭘 입고요?"

요그는 그런 자리에 특별한 옷을 입는다는 것 정도는 알고 있었다. 미처 그 부분을 생각지 못했는지 리마가 당황했다.

"……그건 엄마가 알아서 준비할게."

하지만 문제는 쉽게 해결되었다. 왕비가 보낸 재단사가 방문했다. 치수를 재고 돌아간 재단사가 뚝딱 연회복을 만들어서 이틀 후 가져다주었다. 당일에는 단장을 도와줄 사람도 찾아왔다. 그리고 시간에 맞추어 시종이 데리러 왔다.

흑색의 연회복을 멋스럽게 차려입은 요그가 시종과 함께 걸어가는 동안 거주 지역 아이들이 쪼르르 나와 구경했다.

이제 이곳의 아이들이 요그를 바라보는 시선은 완전히 바뀌었다. 괴롭힘은 당연히 사라졌고 이따금 쭈뼛거리며 말을 걸려고 했다.

선망 어린 시선을 받으며 뿌듯했던 감정은 잠시, 요그는 왕성 복도를 걸어가면서 점점 숨이 막혔다.

'역시 오는 게 아니었어.'

뒤늦은 후회를 하며 요그는 무의식 상태로 걸었다. 옆을 흘끔 본 시종이 웃음을 참았다. 요그의 팔과 다리가 같은 방향으로 움직이고 있었다.

* * *

다나와 유진, 라키스가 연회복을 차려입고 한자리에 모였다.

"어쩜."

다나가 애정이 넘치는 눈빛으로 라키스를 보며 웃었다.

"라키스. 참 예쁘다. 누가 봐도 오늘 우리 라키스가 주인공이야."

라키스가 배시시 웃었다. 소녀가 보기에도 오늘 자신은 제법 괜찮았다. 차림새도 마음에 쏙 들었다. 풍성하게 부풀어서 퍼지는 치맛단도, 반짝이는 보석과 수놓은 꽃이 어우러지는 푸른색 드레스도 예뻤다.

"할머니도 예뻐요."

"어머나. 고맙구나."

유진은 새침한 숙녀처럼 얌전하게 서 있는 라키스를 보며 웃었다. 평소에 라키스는 치마를 입지 않았다. 곧잘 걷기 시작할 무렵부터 제 오라버니처럼 입겠다고 고집을 부렸다.

그리고 바지가 치마보다 훨씬 편하다고 느꼈는지 그 차림을 고집했다. 유진은 라키스가 아직 아이니까 성별에 따른 차림새를 따질 필요가 없다고 생각해서 원하는 대로 놔두었다.

아무래도 딸은 말괄량이 기질이 다분했다. 심지어 고집도 셌다. 그래도 때와 장소는 가릴 줄 알아서 다행이었다. 오늘 같은 날에도 드레스를 입지 않겠다고 고집부렸으면 곤란했을 것이다.

유진이 손짓하자 시녀가 얼른 다가와 고개를 숙였다.

"시간에 맞추어 귀빈들을 연회장으로 모셔라."

"예, 왕비님."

"그리고 우리는 다 준비되었으니 기다리는 분들을 안으로 모시고."

"예, 왕비님."

시녀가 물러가고 잠시 후, 숙녀들을 에스코트하기 위해 대기하고 있던 세 남자가 들어왔다. 패트릭은 다나에게, 카세르는 유진에게, 로히드는 라키스에게 다가갔다. 패트릭과 카세르는 아내 손을 잡기 전에 라키스에게 한마디 먼저 하는 것을 잊지 않았다.

"라키스. 정말 아름답구나."

패트릭이 손녀의 변신을 놀라워하며 말했다.

"우리 딸. 아주 예쁘구나. 생일 축하한다."

카세르가 몸을 굽혀 라키스의 볼에 살짝 얼굴을 맞대며 말했다. 그는 딱히 오늘따라 라키스가 더 예쁘다고 생각하지는 않았다. 라키스가 사내아이처럼 입고 뛰어다녀도 카세르는 언제나 딸이 예쁘고 사랑스러웠다.

로히드가 라키스에게 손을 내밀며 말했다.

"예뻐, 라키스."

내내 숙녀 흉내를 내고 있던 라키스가 로히드를 보며 씨익 웃었다. 평소의 여동생다운 표정을 보고 로히드가 큭큭 웃었다.

그들은 연회장으로 이동했다. 국왕 부부가 가장 앞에서, 그 뒤에 아르스 가주 부부가, 마지막으로 왕자와 공주가 따라갔다.

어른들은 아이들을 배려하여 느릿하게 걸었다. 그런데도 두 아이는 조금씩 뒤처졌다. 라키스는 모처럼 입은 드레스가 익숙지 않아 그런지 평소보다 걸음이 느렸다.

"오라버니. 미안해. 내가 느려."

"괜찮아. 라키스. 우리는 천천히 가도 돼. 오늘은 네 생일이잖아. 원래 주인공은 늦게 가는 거야."

라키스가 로히드를 보면서 헤헤 웃었다.

라키스는 저 앞에 걸어가는 어른들의 뒷모습을 바라보았다. 그리고 천천히 주변으로 시선을 돌렸다.

이상했다. 오늘은 어머니도 아버지도 다른 사람 같았다. 늘 오가던 복도인데 낯설었다. 라키스는 기묘한 감격에 빠졌다.

*　　*　　*

라키스가 등장하자 왕들이 소녀의 주변으로 몰려들었다.

"공주님. 이렇게 인사를 나누게 되어 참으로 영광입니다. 나는 도왕입니다."

리차드의 정중한 인사를 시작으로 왕들이 앞다투어 라키스에게 자신을 소개했다. 라키스는 휘둥그레진 눈으로 뚫어지게 왕들을 쳐다보았다. 어린아이의 눈에는 가지각색의 머리카락과 눈동자를 지닌 왕들의 외모가 무척 특별해 보였다.

왕들도 라키스한테서 눈을 떼지 못했다. 라키스처럼 어린 아니카를 다들 처음 보았다.

라이너는 의젓하게 서 있는 로히드에게 아는 척했다.

"오랜만이구나. 많이 컸다. 나를 기억하느냐?"

"예, 전하. 연회가 끝난 후에 크라크와 인사해도 될까요?"

"되고말고. 그런데 전하라니. 내가 백부라고 부르라고 했을 텐데."

"예, 백부님."

라이너가 만족스러운 표정으로 고개를 끄덕였다. 그 모습을 카세르가 눈을 가늘게 뜨고 바라보았다. 그는 속으로 '조만간 라바 왕국에 가서 염왕의 아들을 봐야겠군.' 하고 생각했다. 백부의 호칭을 일방적으로 빼앗길 생각은 없었다.

"그때 로히드 나이가 지금 내 아들과 비슷한가?"

"그때?"

"내가 하시 왕국에 다녀간 때."

카세르는 라이너의 아들, 루벤이 얼마 전에 네 번째 생일이 지났다고 들었던 기억이 났다. 그리고 라이너가 하시 왕국에서 아니카 헤더를 만났던 시기의 로히드 나이를 따져 보니 얼추 비슷할 것 같았다.

"큰 차이는 없을 거다."

"그렇군."

라이너는 로히드를 보면서 그 너머로 제 아들을 떠올리고 있었다.

라바 왕국의 백성들은 라크에 미쳐서 모든 일을 내팽개치는 왕 때문에 근심이 많았다. 차라리 방탕한 왕이 낫겠다며, 이러다가 자손이 끊겨 왕실이 사라지겠다고 불안해했다.

그런데 느닷없이 염왕의 열애설이 터지더니만 그해가 지나기도 전에 결혼했다. 이후 바로 왕비의 회임과 왕자의 탄생 소식이 들렸다. 백성들은 축제를 벌이며 기뻐했다.

결혼 후에는 염왕의 방랑벽도 사라졌다. 건기가 되면 어디론가 휙 사라져서 행방을 알 수 없던 염왕이 이제는 건기가 되어도 왕성에서 지냈다. 백성들은 기적이라고 했다. 당연히 기적을 일으킨 왕비와 왕자의 인기는 하늘을 찔렀다.

모두가 만족해하는 라바 왕국에서 단 한 사람, 염왕 라이너만이 요즘 수심에 빠졌다. 도대체 어디로 튈지 예상이 안 되는 말썽꾸러기 아들 때문이었다.

프라즈를 타고나는 왕자는 어느 아이보다 발달 속도가 훨씬 빨랐다. 라이너의 아들은 이제 네 살이지만, 서너 살 더 많은 아이만큼 활동적이었다.

루벤은 호기심이 많은 데다가 엉뚱했다. 한시도 가만히 있지 않고 눈만 떼면 사고를 쳤다. 자신도 아버지처럼 높은 곳에서 뛰어내릴 수 있다며 나무 위에서 뛰어내린 루벤을 아슬아슬하게 받았을 때 라이너는 심장이 멈추는 줄 알았다. 아들이 눈앞에서 죽을 뻔했다!

아직 프라즈를 각성하지 않은 아들의 하는 짓이 워낙 범상치 않으니 라이너는 앞날이 더욱 걱정되었다. 프라즈를 각성한 후에는 힘을 시험해 본답시고 무슨 짓을 할지 모른다.

라이너가 자기 자신에게 관대한 편이기는 해도 루벤을 보며 '저 녀석이 누구를 닮아 저러지.'라고는 차마 생각하지 못했다. 그를 닮은 아들. 누구도 부정할 수 없는 사실이었다.

그래도 그는 내심 '나는 저 정도로 대책 없지는 않았다.'라고 생각했다. 물론 그의 혼자 생각일 뿐이었다. 라이너의 어린 시절을 기억하는 나이 든 궁인들은 루벤을 보며 한탄했다. 어쩌면 저렇게 염왕 전하를 빼닮았냐고.

그리고 또 다른 말도 수군거렸다. 아무리 제멋대로인 염왕 전하라도 자식한테는 이기지 못하는 부모가 된다고.

'로히드가 루벤 나이 때는 의젓했었지.'

과거의 기억이라서 미화되었다고 쳐도 로히드는 확실히 루벤과 달랐다.

'그 사고뭉치가 로히드의 반만 닮아도 좋을 텐데. 보고 배웠으면 좋겠……'

무심결에 좋은 생각이 떠오른 그의 눈빛이 변했다.

'보고 배워? 그래. 괜찮은 방법이야.'

부모의 잔소리는 그저 잔소리로만 들릴 터. 또래 아이와 어울리면 감화되지 않을까.

"사왕. 왕비가 자네와 아니카 진을 초대하고 싶어 하던데, 언제가 괜찮지?"

"글쎄. 왕비와 이야기해 봐야겠군."

"로히드도 데려와."

"로히드는 왜?"

"아이들끼리 인사시키면 좋지. 여행이란 원래 오가는 여정이 문제이지만, 이동 주술이 있으니 수고롭지도 않잖아."

"그거 괜찮은 생각입니다."

어느새 근처로 다가온 도왕 리차드가 슬쩍 끼어들었다.

"염왕 말씀대로 이제는 왕국 사이를 오가는 데에 아무 부담이 없습니다. 어린 왕자가 다른 왕국에 가도 어차피 왕궁 안에서 지낼 테니까 안전역시 걱정 없습니다. 아예 정기적으로 왕자들끼리 만나서 교류하는 건 어떻습니까?"

여섯 왕국 왕들의 관계가 이번처럼 가까웠던 적이 없었다. 공동의 적을 처단하기 위해 함께 싸웠다는 동지 의식도 있었다.

그러나 이러한 유대감은 한 세대만 지나도 옅어질 것이다. 하지만 자손끼리 어릴 때부터 만나서 꾸준히 교류한다면 어른이 되어도 자연스레 계속 연락을 주고받을 것이다.

도왕이 다른 왕들도 불러서 의견을 물었다. 다들 긍정적으로 반응했다.

"찬성입니다."

"왕국끼리 정보 교환은 더욱 긴밀해져야 한다고 생각합니다. 공식적으로는 한계가 있지요. 아주 좋은 방법입니다."

괴물은 처치했으나 여섯 왕 누구도 그것이 끝이라고 생각하지 않았다. 엘버를 통해 이 세상에서 라크가 절대 사라지지 않을 거라는 비관적인 현실에 관해 들었다. 앞으로도 인간들은 평생을 라크와 싸워서 살아남아야 한다.

언제 또 성도의 괴물 같은 놈이 나타날지 모른다. 오직 왕만이 괴물을 소멸시킬 수 있다. 아예 얼굴도 모르던 사이보다는 서로를 알면 빠르게 협력하여 괴물을 처치할 수 있을 것이다.

말이 나온 김에 왕들은 내용을 구체적으로 좁혀갔다.

"매번 건기마다 만나게 합시다."

"장소는 여섯 왕국의 왕성을 돌아가면서 순번을 정하지요."

"첫 모임은 라바 왕국으로 할까요?"

"뭐. 그럽시다."

"내 아들은 나이가 많아서 오히려 다른 왕자들이 불편할 테니까 손자를 보내겠습니다. 명왕께서는 어찌하시겠습니까?"

리차드가 니콜라스를 보며 물었다. 라이너가 결혼하고 대략 일 년 후, 왕 중에서 유일한 미혼이었던 니콜라스도 결혼했다. 니콜라스의 아들은 이제 두 살이었다.

"아직 금지 기간이 지나지 않았으니 아쉽지만 이번에는 불참하겠습니다. 하지만 다음에는 반드시 가겠습니다."

"다음 건기라고 해도 왕자가 각성 전이지 않습니까."

"내가 직접 데려가면 괜찮습니다."

니콜라스는 각성 이전의 왕자는 왕성 밖으로 내보내지 않는 관습을 깨겠다고 말하고 있었다. 그만큼 왕자들의 모임을 중요하게 생각한다는 뜻이었다.

"그럼 나도 그러면 되겠소."

라이너가 냉큼 말을 받았다. 처음은 라바 왕국에서 모인다고 해도 다음에는 장소가 바뀐다. 그리고 그때는 그의 아들 역시 아직 각성 전일 것이다.

어른들의 대화가 길어지자 로히드가 슬그머니 물러났다. 소년은 고개를 돌려 사람을 찾았다. 그리고 요그를 발견하고 시선이 멈추었다. 어른들 앞에서 점잖은 척하던 소년의 표정이 확 밝아졌다.

시종의 안내를 받아 연회장으로 조용히 입장한 요그는 구석에 붙었다.

'제발 나를 없는 사람 취급해 주세요.'

요그는 자신이 눈에 띄지 않기를 빌었다. 그 외에는 아무것도 바라지 않았다. 눈에 보이는 장면만으로도 평생 남에게 말할 이야깃거리가 생겼다.

'우와. 우와. 정말 머리카락 색이 다 다르잖아.'

여섯 왕의 모습을 눈동자만 조심스레 굴리며 보았다. 노골적으로 구경했다가는 노여움을 살지 모른다. 왕들이 차례대로 어린 공주님께 정중하게 인사하는 모습은 왠지 감동적이었다.

'아, 왕자님은 저기 있네.'

시간이 지나며 요그는 긴장이 풀렸다. 갖가지 요리가 차려진 테이블로 슬금슬금 다가갈 여유가 생겼다. 주변 — 곳곳에 서 있는 궁인들 — 눈치를 살폈더니 아무도 자신을 보고 있지 않았다.

'이게 뭐지? 맛있게 생겼다.'

접시에 핑거푸드를 신나게 담아서 돌아선 요그가 흠칫 놀랐다. 흑발의 소녀가 자신을 빤히 보고 있었다.

'고, 공주님?'

분명히 조금 전까지 왕비님 곁에 찰싹 붙어 계셨는데 어느새 여기까지. 요그는 진땀이 삐질삐질 났다.

라키스는 낯선 사람들이 불편해서 어머니 옆을 떠나지 않았다. 하지만 본래 소녀는 호기심이 많은 편이었다. 고개를 이리저리 돌려 연회장을 구경하다가 어른이 아닌 사람을 발견했다. 라키스는 곧바로 소년에게 다가갔다.

"누구야?"

"예? 아…… 저는."

요그는 자신을 소개하기 위해 그럴듯하게 붙일 말이 아무것도 떠오르지 않았다. 귀족은커녕 본래 이 왕국 출신도 아니다.

"요그."

요그가 제 이름을 듣고 얼결에 고개를 돌렸다. 로히드가 다가왔다. 로히드는 라키스를 보며 요그를 소개했다.

"내 친구야. 요그라고 부르면 돼."

"오라버니 친구?"

요그는 공주님이 자신을 호기심 가득한 눈으로 바라보자 속으로 '아아악' 소리를 질렀다. 친구라니. 그런 말을 직접 들으니 낯이 뜨거웠다.

"라키스. 요그는 내가 데려가도 될까?"

"응."

라키스는 고개를 끄덕이다가 눈빛을 반짝이며 말했다.

"푸딩!"

"대신 푸딩 달라고? 아까 푸딩 먹었잖아. 푸딩은 하루 한 번이라고 어머니와 약속했으면서."

"오라버니는 요그를 데려가. 나는 푸딩."

로히드가 픽 웃었다.

"거래야? 알았어."

로히드는 요리 테이블 위에서 푸딩이 담긴 유리그릇을 집었다. 그리고 주변을 돌아보았다. 로히드와 눈이 마주친 시녀가 얼른 다가왔다. 시녀에게 그릇을 건네며 말했다.

"라키스에게 줘. 이것만 주고 더는 안 돼."

"예, 왕자님."

"요그, 이쪽으로 와."

"예."

요그는 로히드를 따라가면서 뒤를 돌아보았다. 시녀가 숟가락으로 떠주는 푸딩을 받아먹는 공주님은 무척 행복해 보였다. 귀엽고 사랑스러운 모습에 절로 흐뭇한 웃음이 나왔다. 그 장면에 정신이 팔려서 요그는 자신이 어디로 가는지 살피지 못했다.

왕들의 이야기가 길어지자 유진과 아르스 가주 부부와 에이든도 관심을 가지고 다가갔다. 로히드는 바로 그 자리에 요그를 데려갔다. 자신이 초대한 손님을 다른 손님들께 소개하기 위해서였다.

"제 친구 요그입니다."

동시에 자신에게 쏠리는 어른들의 시선 앞에서 요그는 얼어붙었다. 더구나 보통 어른들인가. 원래라면 평생 그림자도 보지 못할 분들이었다.

유진이 어른들을 위한 언어로 요그를 다시 소개했다.

"공유지 수장의 유일한 조카입니다. 가장 가까운 친족이지요."

"오."

"수장의 조카."

왕들이 고개를 끄덕였다. 왕들은 현재보다도 더 먼 미래를 내다보았다. 여섯 왕국과 성도를 통틀어 부와 명예를 자랑하는 어떤 귀족도 장차 방랑족의 수장 아드리트의 명성에 미치지 못할 것이다.

"요그. 명왕 전하께 인사드리렴. 너와 네 어머니를 도와주셨단다."

요그가 뻣뻣하게 굳은 표정으로 고개를 숙였다.

"명왕 전하께 인사 올립니다."

순간 의아해했던 니콜라스는 오래전, 임신 중이었던 방랑족 여인을 떠올리며 미소 지었다.

"이렇게 잘 자란 모습을 보니 내 마음도 좋구나."

인사를 마치고 난 후 요그는 얼떨떨했다. 왕자님이 저분들께 자신을 소개할 때는 창피해서 숨고 싶었다. 왕자님이 자신을 망신 주려고 이러나, 원망도 했다.

'공유지 수장?'

성도에 계신다는 자신의 숙부님이 대단한 분인 모양이었다. 주눅 든 어깨가 조금은 펴졌다. 자신이 오늘 이 연회에 참석해도 '감히 네까짓 게.'라는 취급을 받지 않는다는 사실에 묘한 자신감이 생겼다.

"명왕 전하."

니콜라스는 자신을 부르는 소리를 듣고 로히드에게 시선을 돌렸다.

"전하. 여쭐 말씀이 있습니다. 플레크 왕국에는 설표라는 짐승이 산다고 들었습니다."

"그래. 쉽게 볼 수 있는 짐승은 아니지."

"혹시 설표로 변한 환수를 보시거나 그런 환수가 있다는 이야기를 들은 적이 있으십니까?"

"흠⋯⋯. 본 적도 들은 적도 없구나. 그건 왜 묻지?"

"갑자기 무례한 말씀을 올려 송구하오나 전하께 청이 있습니다. 그런 환수가 나타나면 제가 잡아도 되겠습니까?"

'저 애가?'

유진은 로히드의 말을 듣고 놀랐다. 그녀는 오래전 로히드가 했던 말을 까맣게 잊고 있었다. '저 환수를 잡겠어요.'라고 했던 어린아이의 결심을 대수롭지 않게 넘겼다. 이후로 로히드가 딱히 관련된 이야기를 한 적도 없었다.

그런데 계속 마음에 품고 있었다니. 유진은 문득 끈질기게 환수를 쫓던 로히드의 미래가 떠올랐다.

'설마 정말로 그 설표를 잡으려고?'

하지만 그녀가 봤던 배경은 눈 내린 설산이 아니라 사막이었다.

"설표 환수라……. 네가 그런 환수를 잡고 싶은 이유가 있느냐?"

니콜라스가 흥미로워하며 물었다.

"제가 오래전에 설표 환수를 본 적이 있습니다. 그리고 그 환수를 꼭 제 환수로 삼겠다고 결심했습니다. 그런데 환수는 거주하는 지역의 생물 생김새를 본뜬다고 들었습니다."

"그렇기는 하다만."

생김새만으로 환수를 찾는다는 것은 불가능하다. 오히려 찾으면 기적일 것이다.

환수의 영역을 찾아다니는 수색꾼들이 있다. 그들은 세상을 떠돌며 환수의 영역을 찾아내고 그 영역이 자리 잡은 왕국에 신고하여 포상금을 받았다.

왕국에서는 그들의 정보를 후하게 샀다. 환수가 어디 있는지 파악하는 것은 근방 백성의 안전을 위해서 중요한 정보이기 때문이다.

하지만 그런 방식으로는 이 세상에 존재하는 모든 환수의 영역을 파악하지 못했다. 인간의 눈에 띄기를 저어하는 환수들은 기척을 숨기려 했다. 강한 환수일수록 더 잘 숨었다. 그리고 흔치는 않지만, 영역을 옮기기도 했다.

"내가 설표 환수에 관한 정보를 얻으면 전해 주겠다."

"감사합니다. 전하."

"네가 잡아도 괜찮지만, 그러려면 플레크까지 와야 할 텐데?"

로히드가 허락을 구하는 눈빛으로 카세르를 바라보았다.

'이 녀석이.'

카세르는 머리를 쓰는 아들을 보며 헛웃음이 나왔다. 따로 로히드가 찾아와 환수 사냥을 위해 플레크 왕국에 간다고 했으면 쉽게 답을 주지 않았을 것이다.

왕자의 성년식이나 마찬가지인 환수 사냥은 왕국 내에서 하는 것이 원칙이었다. 일국의 왕자가 타국의 경계를 넘는 일은 단순하지 않다.

하지만 이런 자리에서, 명왕이 흔쾌히 된다고 하는데 자신이 안 된다고 하면 명왕이 무안할 것이다.

"명왕. 언젠가 아들이 폐를 끼치겠습니다."

"별말씀을요."

로히드가 환호성을 참는 표정으로 주먹을 쥐었다.

'환수 사냥하러 그 먼 플레크까지?'

요그는 왕자님이 고생을 자처한다고 생각했다. 어차피 자신과는 무관한 일이었다.

*   *   *

"다녀오겠습니다. 어머니."

유진은 씩씩하게 인사하는 아들을 보며 대견함과 걱정스러움이 섞인 표정을 지었다.

"아버지 말씀 잘 듣고. 절대 네 멋대로 움직여서는 안 된다. 사막은 그 자체만으로도 위험한 곳이야."

잔소리라는 것을 알면서도 유진은 이미 몇 번 했던 말을 또 할 수밖에 없었다.

"예, 어머니. 아무 걱정하지 마세요."

로히드는 열두 살 생일을 앞둔 이번 건기에 드디어 아버지와 처음으로 성소에 가게 되었다. 사실은 꽤 오래전부터 따라가고 싶었다. 활동기가 끝날 무렵마다 아버지를 찾아가서 '가고 싶다'라고 강하게 의견을 내세워서 드디어 이번에는 허락을 받았다.

"좋겠다, 오라버니. 나도 가고 싶다."

"넌 안 돼. 소풍 가는 게 아니라고."

"나도 오라버니 나이가 되면 따라갈 거야."

"글쎄. 아버지가 허락하실까?"

오누이가 인사를 나누며 가볍게 투덕거리는 동안에 국왕 부부도 인사를 나누었다.

유진이 목소리를 낮추어 카세르에게 말했다.

"로히드 표정 보니까 흥분했어요. 분명히 내 말도 제대로 안 들었을 거예요. 무슨 사고가 나지 않을까 걱정돼요."

"그래서 이번엔 전사들을 잔뜩 데려가잖아. 잘 데리고 다녀올게."

"결국 나는 같이 못 가네요."

"당신이 가면 라키스도 따라가려고 할 테니까."

"그러게요. 우리 딸은 모험을 너무 좋아해요."

두 아이를 바라보는 부부의 눈빛에는 애정이 가득했다.

떠나는 부자의 뒷모습이 완전히 보이지 않게 된 후에야 모녀는 돌아섰다. 라키스가 툴툴거렸다.

"어머니. 저도 오라버니처럼 힘이 세고 싶어요."

"힘이 세면 뭘 하고 싶어?"

"라크 사냥이요!"

"음……."

유진은 검을 들고 라크를 사냥하는 라키스의 모습을 상상해 보았다. 위화감이 없어서 당혹스러웠다. 라키스는 몸을 쓰는 것을 좋아했다. 얼마 전부터는 검술을 배우겠다고 고집을 부려서 가르침을 받고 있다.

하지만 이 세계는 무인이 될 수 있는 자질이 뚜렷하게 존재했다. 타고난 재능 없이는 전사가 될 수 없고 일반인은 아무리 노력해도 전사의 재능을 따라잡을 수 없다.

"라키스. 넌 오라버니와 다른 특별한 능력이 있어."

"라크를 사냥하는 능력은 아니잖아요."

"사냥보다는 친구가 되는 능력이 더 좋지 않을까?"

"……사냥하고 싶은데……."

유진은 쓴웃음을 지었다. 그녀의 딸은 호전적이었다.

*　　*　　*

설표의 모습으로 하시 왕국의 성벽 근처까지 갔던 아부는 멀리 떠나지 않았다. 분명히 하시 왕국으로 출발할 때는 절대 인간들이 접근도 못할 오지에 새 영역을 만들겠다고 마음먹었건만 왕국을 뒤로하고 달리던 도중에 멀리 보이는 호수를 보고 멈추어 섰다. 옛 하시 왕국의 터이자 한때 아부의 영역이었던 바로 그 호수였다.

아부는 홀린 듯이 그 호수로 다가갔다. 그리고 호수 앞에 서서 한참을 망설였다.

이 호수는 아부가 바라던 영역의 조건에 맞지 않았다. 게다가 건기만 되면 왕과 인간들이 찾아올 것이다.

'그래도 여기만큼 마음에 드는 장소를 찾기가 어렵단 말이야.'

아부는 자기 자신을 설득하는 것처럼 중얼거렸다.

'잠시만 지내자. 잠시만.'

영역으로는 삼지 말고 잠시만.

그 '잠시만'은 일 년이 되고, 어느덧 칠 년이 되었다.

거대한 거북이가 호수 위에 둥둥 떠 있었다. 거북이가 느릿하게 눈을 뜨며 생각했다.

'벌써 건기구나. 슬슬 왕이 올 때군.'

사왕이 올 때쯤 아부는 호수 밑바닥으로 내려가서 기척을 숨겼다. 가능한 한 충돌을 피하려던 습성 덕분인지 아부는 꼼짝하지 않으면 라크의 기운을 거의 완전히 숨길 수 있었다.

아부는 일찌감치 수면 아래 깊이 헤엄쳐 내려갔다. 그리고 바닥에 판판한 배를 붙이고 눈을 감았다. 마치 거대한 바윗돌 같았다. 며칠을 그러고 있으니까 왕이 왔다. 기척이 느껴졌다.

'응? 둘이잖아.'

아부가 눈을 떴다. 왕의 기운이 둘. 하나는 크고 하나는 작았다.

'왕자인가?'

아부는 성벽 위에서 사왕이 안고 있었던 작은 왕이 생각났다.

'같이 왔나 보네.'

아부는 눈동자를 이리저리 굴리며 고민했다. 그날, 자신을 뚫어지게 쳐다보던 아이의 파란 눈동자는 그 후에도 종종 생각났다. 궁금했다. 인간은 나이가 들면 모습이 확 바뀌니까.

하지만 쉽사리 움직이지 못했다. 경험상 인간은 자식이 곁에 있을 때 외부의 위험에 무척 예민했다. 사왕을 자극하고 싶지 않았다.

그때, 마치 아부를 부추기듯 작은 왕의 기운이 혼자 따로 떨어져 움직였다. 아부는 자신의 몸이 부력에 의해 떠오르도록 몸의 힘을 뺐다. 헤엄쳐 올라갔다가는 사왕한테 들킬지도 모른다.

완전히 떠오른 후 아부는 작은 왕의 기운을 따라갔다. 다행히 왕과 점점 멀어지고 있었다.

'저쪽에 있는 것 같은데 안 보이잖아.'

기슭의 잡풀이 너무 키가 높았다. 아부는 물 밖으로 나가서 설표로 변태했다. 현재 모습보다 훨씬 작은 짐승이 되면 기운을 거의 소모하지 않았다. 그래서 아부는 지난번 하시 왕국에 나타났을 때보다 작은 설표가 되었다. 설표가 조심스레 수풀을 헤치고 나아갔다.

로히드는 호수 주변을 따라 걸었다. 약간의 거리를 두고 전사들이 따랐다. 성소에서 제를 올리는 의식은 금방 끝났다. 출발 전에 아버지께 들은 말이 떠올랐다.

「로히드. 성소에 다녀오는 이유는 왕국의 역사를 되새기고 선조께서 나라를 다스렸던 올바른 마음가짐을 배우기 위해서이지. 네가 흥미 위주의 기대를 하고 있다면 그 기대에 미치지 못할 거다.」

솔직히 훨씬 더 장엄한 풍경을 기대했다. 막상 와 보니까 볼거리가 정말 없었다. 그래도 실망하지 않았다. 로히드는 아버지와 이곳을 왔다는 자체가 좋았다. 험한 사막 여정을 잘 견디고 나면 자신이 이제는 어린아이가 아니라고 증명한 기분이 들 것 같았다.

'……사막 여행을 백 번 해 봤자 환수 사냥만은 못하겠지만.'

로히드는 자조적으로 중얼거렸다.

왕자는 환수를 잡아야 비로소 왕자로서 제대로 권한을 갖게 된다. 그 전까지는 부모님의 허락 없이 아무것도 할 수 없다.

로히드는 지금도 마음만 먹으면 적당히 약한 환수를 사냥할 자신이 있었다. 하지만 그러기는 싫다. 꼭 잡고 싶은 환수가 있다.

'어떻게 해야 그 녀석을 찾지?'

명왕께서는 예전의 약속대로 플레크 왕국에서 입수한 환수 영역 정보를 보내 주었다. 하지만 그중에 설표는 없었다. 그러다가 작년에 설표 환수를 발견했다는 연락을 받았다.

그날 로히드는 기쁨과 절망을 동시에 맛보았다. 설표 환수는 사람을 해쳐서 명왕이 소멸시켰다. 로히드는 유감이라는 뜻을 담은 명왕의 친필 서신을 받았다. 처음 며칠은 식사도 거를 정도로 충격을 받았으나 곰곰이 생각해 보니까 자신이 찾던 환수가 아닌 것 같았다.

'그래. 절대 아니야. 내가 봤던 설표는 어딘가에 아직 살아 있어. 그 환수는 절대 사람을 해치지 않을 거야.'

로히드는 아직 잊을 수 없었다. 어릴 때의 기억이지만, 지금도 선명했다. 그 설표 환수의 붉은 눈동자와 눈이 마주쳤을 때 뭐라고 설명할 수 없는 전율을 느꼈다.

'어디서 찾지.'

한숨을 내쉰 로히드가 시선을 돌렸다.

'그래. 저런 눈빛……'

로히드가 걸음을 멈추었다. 수풀 사이로 빼꼼히 고개를 내민 짐승과 눈이 마주쳤다. 놀랐는지 붉은 눈동자가 커진 순간, 로히드가 그쪽으로 몸을 날렸다. 왕자의 돌발행동에 놀란 전사가 헉, 소리를 내며 달렸다.

'으아아. 뭐야!'

아부는 다짜고짜 자신한테 달려드는 왕자 때문에 질겁했다. 그대로 달음박질쳐서 눈에 보이는 호수로 뛰어들었다.

"왕자님!"

로히드는 호수에 무릎까지 잠긴 상태로 전사들이 팔을 잡아끄는 바람에 멈추었다.

"무슨 일이냐."

순식간에 카세르가 달려왔다. 그는 갑작스러운 로히드의 프라즈 움직임과 심상치 않은 라크의 기운도 느꼈다. 그리고 물속에 들어간 채 호수만 바라보며 멍하게 서 있는 아들을 발견했다.

"로히드."

로히드가 고개를 돌렸다. 아들 표정이 어딘가 넋이 나가 있어서 카세르는 미간을 찌푸렸다.

"아버지. 그 환수가 여기 있어요. 어릴 때 봤던 설표 환수요."

"뭐?"

"잘못 보지 않았어요. 틀림없어요. 그 환수예요!"

"알았으니까 일단 나와라. 어서."

"……예."

카세르는 호수 밖으로 나온 로히드가 진정할 때까지 기다렸다가 자세한 이야기를 들었다. 카세르 역시 라크의 기운을 느꼈으므로 로히드가 짐승을 잘못 본 것은 아니었다. 전사들은 뭔가가 호수로 뛰어드는 소리만 들었고 모습은 보지 못했다고 했다.

"아버지. 저는 분명히 봤습니다."

"그래. 알았다. 네 말을 믿지 못하겠다는 게 아니야."

카세르가 호수로 시선을 돌리며 말했다.

"그 환수라면 그래서 넌 어쩔 생각이지?"

로히드는 말문이 막혔다.

"환수가 호수로 뛰어들었다면서. 네가 물속에서 숨 쉬는 재주가 있지 않고서야 저 넓은 호수 어디에 있는 줄 알고 찾을 거냐?"

로히드가 점점 숙이던 고개를 번쩍 들며 말했다.

"보물고에 물속에서 호흡할 수 있도록 도와주는 귀물이 있다고 들었습니다."

예전에 마라가 모든 왕에게 뇌물로 준 비늘은 보물고에 보관 중이었다. 아직 카세르는 그 비늘을 사용한 적 없지만, 아드리트가 확실하다고 증언했다.

'이 녀석이 그걸 어떻게 알았지?'

왕자가 환수 사냥을 할 때 왕국이 보유한 귀물을 써도 된다. 다만, 워낙 방대한 보물 내력을 파악하기가 어려워 보통은 쓸 만한 무기를 추천받거나 왕자가 필요한 것이 생각나면 물어봐서 찾아냈다.

로히드가 그 비늘의 존재를 안다는 것은 목록을 전부 살펴봤다는 뜻이었다. 다른 공부 등 할 일이 적지 않으니 틈틈이 시간을 냈다면 무척 오래 걸렸을 것이다.

카세르는 자신이 짐작한 것보다 훨씬 더 로히드가 환수 사냥에 진심이라고 알아차렸다. 그래서 그는 진지하게 대화를 이어나갔다.

"그 보물은 왕성에 있다. 그것을 가지고 다시 여기 왔을 때 환수가 여전히 남아 있을 것 같니?"

"전사가 보물을 가지러 가면……."

"그동안은 누군가 여기서 지키고 서 있자고? 누가?"

"……."

"환수가 도망치려고 마음먹으면 전사가 그걸 막을 수 있을까? 아니면 내가 여기서 지키고 있어야 할까?"

"……."

"로히드. 다른 걸 다 떠나서 그 보물만 있으면 환수를 잡을 수는 있고? 현재 너의 능력이 충분하다고 자신하느냐?"

한참을 침묵하던 로히드가 고개를 저었다. 그리고 힘겹게 대답했다.

"……아니요."

"다음 건기 때 보물을 가지고 와 보자. 만약 그때도 환수가 여기 있다면 다시 생각해 보자."

"예, 아버지."

"그만 돌아가자."

"예."

카세르는 어깨가 축 처진 아들을 보니 마음이 안 좋았다. 하지만 왕자의 환수 사냥은 누구도 도와줄 수 없다. 스스로 해내야 한다. 능력도 능력이지만 운도 따라야 한다. 그는 로히드의 등을 가볍게 두드린 후 돌아섰다.

로히드는 아버지 뒤를 따라가려다 멈추어 서서 호수를 바라보았다. 눈시울이 후끈했다. 안타까워서 속이 바짝 타들어 갔다.

여기서 놓치면 언제 또? 다시 오늘 같은 행운이 올 거라고 장담할 수 없다.

무작정 저 설표 환수를 잡겠다고 했던 어릴 때와 다르게 이제 로히드는 아는 게 많아졌다. 저 환수는 절대 만만한 녀석이 아니다. 아니, 사실은 알고 있다. 자신의 능력 범위를 넘을 것이다. 하지만 그렇다고 포기할 생각은 없다.

'기다려. 넌 꼭 내가 잡을 테니까.'

로히드는 꾹 주먹을 쥐고 돌아섰다. 눈동자에 새파란 기운이 일렁거렸다.

왕들의 기운이 완전히 사라진 후에도 아부는 호수 속에서 며칠을 더 있었다. 안전하다고 확신이 든 후에야 수면 위로 올라갔다.

'거참. 어린 왕이 사납네.'

아부는 로히드가 자신을 해칠 작정이었다고 생각했다. 저들의 성스러운 장소에 라크가 침범해서 화가 난 모양이었다. 예전에 사왕과 처음 마주쳤을 때도 불쾌해했다. 그게 아니라면 어린 왕이 눈을 부라리며 자신을 쫓을 이유가 없었다.

'……비슷했나? 아니야. 좀 더 작았어.'

아부는 오래전, 자신을 잡으러 왔던 주인의 첫인상과 아까 본 어린 왕을 비교해 보았다. 아직은 주인이 더 컸다. 하지만 경험으로 알고 있다. 그 차이는 순식간에 좁혀질 것이다.

조용한 호수는 언제나처럼 평화로웠다. 그러나 더는 안락한 보금자리가 아니었다.

아부의 주인은 집요한 구석이 있었다. 주인의 후손이 누굴 닮겠는가. 다음 건기에 오면 분명히 자신이 여기에 있는지 찾아보려 할 것이다.

'물속으로는 어차피 못 들어오겠지만……. 아니야. 또 모르지. 호수를 뒤질 뭔 방법을 가져올지도.'

그때는 이번처럼 그냥 가지 않을 것이다.

떠나야겠다.

'어디로 가지.'

이리저리 떠도는 게 이제는 귀찮았다.

*　　*　　*

유진은 카세르가 귀환한 날 밤에 성소에서 일어난 사건을 듣고 놀랐다.

"설표 환수요? 확실해요? 당신은 못 봤다면서요."

"못 봤지만, 로히드가 착각했을 것 같지는 않아."

생각에 잠긴 유진이 말했다.

"혹시 그 환수…… 그 거북 환수 아닐까요? 플레크 왕국에서 온 환수라면 뜬금없이 왜 사막의 호숫가에서 살겠어요."

카세르가 미묘한 표정으로 대답하지 않았다. 유진은 그의 태도를 보고 확신했다.

"당신도 그렇게 생각하는군요?"

"성벽 근처로 왔던 그 설표. 그만한 환수가 둘이라는 것보다는 그 둘이 같은 녀석이라는 쪽이 더 설득력이 있지."

"왜요. 둘일 수도 있죠."

"그런 놈이 둘?"

카세르가 골치 아프다는 표정으로 고개를 내저었다.

"차라리 하나가 나아. 그리고 그 설표 환수는 뭐랄까. 사람을 두려워하지 않는 기색이었어. 자기 힘을 믿어서 그렇다기엔 좀 달랐어."

유진이 기억을 더듬으며 고개를 끄덕였다.

"하긴요. 짐승으로 치면 길들인 짐승 같은 느낌이었죠."

중얼거리던 그녀가 작은 웃음을 터뜨렸다.

"생각해 보니까 앙큼한 녀석이네요. 우리를 알면서도 모른 척한 거잖아요."

그리고 그녀는 한탄했다.

"아. 그럼 어떻게 해요. 로히드가 잡을 수 있을 리가 없어요."

"못 잡지. 죽일 작정으로 사냥하면 모를까, 나도 환수로 잡기는 힘들걸."

"그럼 로히드는 잡지 못하는 그 환수를 계속 쫓아다닐까요?"

유진은 자신이 봤던 미래를 떠올리며 말했다. 그녀의 꿈 내용을 전해 들어서 알고 있는 카세르는 '음…….' 하고 무겁게 중얼거렸다.

"카세르. 우리가 아는 환수에 관한 정보를 로히드에게 알려 주는 게 어때요?"

"가능한 일이 아니니까 포기하라고?"

"당신 생각은요? 로히드가 시도하지도 않고 포기할 것 같아요?"

두 사람은 마주 보다가 웃었다. 그럴 리가.

"결정은 로히드가 내리는 거예요."

"맞아. 우리는 그냥 지켜보면 되는 거야."

"근데 만약 로히드가 성년까지도 환수를 잡지 못하면 어쩌죠? 아직 그런 선례는 없지요?"

"없지."

왕자가 첫 환수를 얻는 나이는 열네 살에서 열여섯 살 사이. 딱히 법으로 정해진 것은 아니지만, 왕자가 열네 살은 되어야 환수 사냥을 시작해도 된다고 왕이 허락해 주었다. 여섯 왕국의 원칙이 모두 같았다.

"로히드가 첫 선례가 되어도……. 뭐, 어때. 큰일이 나는 것도 아닌데. 다만, 그 녀석이 자존심 때문에 괴롭겠지."

카세르는 유진이 자신을 물끄러미 바라보자 '왜?' 하고 물었다. 유진이 활짝 웃으며 그의 품으로 뛰어들었다. 두 팔로 그의 목을 꽉 끌어안았다.

자신의 아이들 아버지가 이 사람이라서 좋다. 유진은 가끔 그가 '이상적인 연인'일 때보다 '이상적인 아버지'로서 모습을 보여 줄 때 더 매력을 느꼈다.

다음 날, 유진은 로히드를 불러서 거북 환수와 얽힌 인연을 이야기해 주었다. 그 환수가 무척 나이가 많고 강하며 인간과 의사소통도 가능하다고 알려 주었다.

다만, 그 환수가 옛날에 왕의 환수였고 '아부'라는 이름을 가졌었다는 것만은 말하지 않았다. 과거는 과거일 뿐이니까. 그 과거에 로히드가 얽매이지 않기를 바랐다.

"로히드. 그 환수는 아마 이 세상에 존재하는 환수 중에서 손가락에 꼽힐 정도로 강할지도 몰라."

유진은 자신이 주는 정보가 아이를 낙담시킬까 봐 염려했다. '너는 못 해'라고 한계선을 그으려는 의도가 아니다. 정확한 정보를 아이에게 주고 싶을 뿐이었다.

하지만 쓸데없는 걱정이었다. 로히드의 눈빛은 오히려 강렬한 호승심으로 활활 타올랐다.

"도움이 되었니?"

"예, 어머니. 감사합니다."

"다음 건기에 성소에 갈 때 호흡 비늘을 가져가기로 했다면서?"

"예."

로히드는 잠시 고민하더니 말했다.

"그런데 가져가서 소용이 있을지 모르겠어요. 어머니 말씀을 들으니까 그 환수는 예전에 어머니께 들켰을 때 떠난 것처럼 이번에도 떠났을 것 같아요."

"그래도 모르는 일이지. 확인은 해 봐. 혹시 있어도 덤비지는 말고."

"예. 다음 건기에는 제가 잡을 능력이 안 돼요."

마치 '그때는 못 하지만 언젠가는 할 수 있다'라는 말로 들려서 유진은 미소 지었다.

"로히드. 나와 약속하자. 네가 꼭 그 환수를 얻게 되기를 엄마도 기도할게. 하지만 그걸 위해 네 모든 것을 걸지는 말렴. 다치지 마. 네가 다치면 슬퍼할 가족들이 있다는 사실을 잊지 마."

로히드의 눈이 커졌다가 힘차게 고개를 끄덕였다.

"네, 어머니. 약속드릴게요."

유진은 끝내 로히드가 그 환수를 잡지 못한다면 절망하지 않고 포기하는 법을 배우기를 바랐다.

*   *   *

갑자기 눈앞이 환해지면서 주변 풍경이 바뀌었다. 로히드가 놀란 눈으로 주변을 돌아보았다.

'여기가 성도?'

이동 주술은 여러 번 타 보았지만, 성도는 처음 왔다.

이동 주술을 최초로 설치했을 때는 여섯 왕국과 성도 사이만 연결되어 있었다. 그 후 몇 년에 걸쳐 왕국끼리 오가는 이동 주술의 설치를 완료했다. 건기에 왕자들이 모일 때는 직통 주술을 이용했다.

그 후에는 각 왕국과 성도를 연결하는 이동 주술이 추가로 더 설치되었다. 그 주술은 광장에 만들어졌다.

사용 요금이 무척 비싸서 어지간한 사람은 엄두를 낼 수 없지만, 어쨌든 이제 주술의 사용자 범위가 넓어졌다. 이동 주술이 언젠가 대중화될 수 있도록 주술사들은 연구를 계속할 것이다.

공유지 안에 있는 최초의 이동 주술은 이제는 거의 사용하지 않았다. 원래는 왕들이 이 주술을 통해 성도에서 정기적으로 모였으나 왕자들의 모임이 시작되면서 그때그때 모임 장소가 된 왕국으로 왕들도 모이기 시작했다.

그래도 상징적 의미가 있는 최초의 주술은 그대로 두었다. 가끔 왕 혹은 왕의 허락을 받은 사람만 이용했다.

요그는 비교적 표정에 여유가 있었다. 이미 몇 번 성도에 와 보았다.

로히드가 걷기에 다른 왕국에 가서 지내는 일정 기간에는 요그도 성도 공유지에서 머물렀다. 오갈 때마다 공유지 안의 이동 주술을 이용하는 특권을 누렸다.

세 사람을 마중 나온 아드리트가 유진에게 고개를 숙였다.

"왕비님께 인사 올립니다."

바닥에 엎드려 절하던 아드리트는 이제 상체만 숙여 인사했다. 유진이 몇 번 만류해도 고쳐지지 않다가 어느 날 그녀가 작정하고 강하게 이야기한 후부터 인사법을 바꾸었다.

아드리트는 로히드에게도 고개를 숙였다.

"왕자님께 처음 인사드립니다. 아드리트입니다."

"만나서 반갑소. 그대 이야기는 익히 많이 들었소."

아드리트는 요그에게 시선을 돌렸다.

"저도 왔어요, 숙부님."

넉살 좋게 웃으며 손을 흔드는 요그를 보고 아드리트는 미소 지었다.

그들은 장소를 옮겼다. 하지만 공유지 내에서 이동했을 뿐이었다.

왕국과 연결된 이동 주술이 아닌, 또 다른 이동 주술의 술식 위에 유진과 로히드만 올라섰다.

"언제나 고마워, 아드리트."

"별말씀을요, 왕비님."

인사가 끝나자마자 술식 위의 두 사람이 사라졌다. 요그가 텅 빈 자리를 보다가 시선을 천천히 위로 올렸다. 소년의 시선 끝에는 똬리를 튼 거대한 뱀 형상이 있었다. 이 술식은 저 뱀의 몸통으로 만든 방으로 연결된다.

요그는 그 안에 딱 한 번 들어가 보았다. 성도에 처음 온 날, 외숙과 함께 어르신들께 인사를 드리러 갔다. 그때는 뭣도 모르고 따라갔지만,

절대 유쾌한 기억은 아니었다. 두 번 다시 경험하고 싶지 않았다.

내부는 어두컴컴했고 바깥보다 서늘했다. 서늘했다는 느낌은 그 당시 기분 때문이었을지도 모른다. 주변의 벽이 뱀의 몸통이라는 사실에 기분이 오싹했으니까. 거대 뱀이 물뱀이라는 말을 들어서 그런지 물비린내가 나는 것 같기도 했다.

게다가 머릿속에서 울리던 그 목소리.

요그는 기억을 떠올리며 인상을 찌푸렸다.

"요그. 너도 같이 가고 싶었니?"

요그가 거대 뱀을 한참 보고 있자 아드리트가 물었다. 요그는 화들짝 놀라며 손사래 쳤다.

"아뇨, 절대 아니에요."

아드리트가 피식 웃었다. 마라와 마주칠 때마다 요그는 불편한 마음을 애써 숨기려 했다. 노력은 기특하다만 아이의 표정이란 어른 눈에 아주 잘 보였다. 마라 역시 눈치챘는지 요그만 보면 더 짓궂게 약을 올렸다. 그토록 오래 살았다면서 아직도 철이 들려면 멀었다.

"말투가 곱지는 않지만, 마라가 악의는 없어."

요그는 동의할 수 없다는 듯 슬쩍 시선을 돌렸다.

"누님은 건강하시지?"

아드리트가 화제를 돌리자 요그가 얼른 대답했다.

"어머니야 여전하시죠. 나날이 기운이 넘치세요."

대낮의 바깥보다는 어두컴컴해서 잠깐은 아무것도 보이지 않았지만, 로히드는 곧 어둠이 눈에 익었다. 가장 먼저 눈에 띈 것은 바닥에서 뿜어져 나오는 술식의 빛, 그리고 그 위에 앉아 있는 사람들이었다.

─내가 너무 오래 살았어. 왕으로 부족해서 왕의 애까지 내 방에 들이다니.

목소리는 귀로 들리는 게 아니라 머릿속에서 울리는 독특한 방식이었다.
"여기가 왜 네 방이야?"
곧이어 타박하는 노인의 목소리가 들렸다.

─우리 방이 내 방이고 내 방이 우리 방이지, 뭘 따져.

로히드는 오기 전에 대충 설명을 들었다. 요그가 자신의 경험담을 말하며 기분이 나쁠 거라고 강조해서 나름 마음의 준비도 했다.
'이게 환수가 말하는 방식이구나.'
성별이 모호한 음성이 또다시 머릿속에서 맑게 울렸다.
'기분 나쁘지는 않은데?'
로히드는 오히려 심장이 두근거렸다.
'환수와 이런 식으로 이야기할 수 있다고?'
자신의 환수와 대화하는 장면을 상상해 보았다. 정말 환상적이었다.
"그동안 건강하셨어요?"
유진이 어르신들께 인사한 후 로히드를 그들에게 소개했다. 다들 자신의 손자를 만난 듯 흐뭇한 표정으로 로히드를 바라보았다.
"오늘 어르신들을 뵙고자 한 사람은 제 아들이에요. 로히드. 네가 말씀드려."
유진은 대화의 주도권을 로히드에게 넘기고 물러났다.
"예, 어머니."

로히드는 열심히 준비한 내용을 머릿속으로 다시 정리한 후에 입을 열었다.

"어르신들께서는 최고의 주술사라고 들었습니다. 새로운 주술을 만드실 수도 있다지요. 어르신들의 능력을 빌리고자 어려운 청을 드리러 왔습니다."

로히드는 내년이면 자신이 열네 살이 되고, 그러면 환수 사냥을 시작할 수 있는데 예전부터 꼭 잡고 싶은 환수가 있었다는 자신의 고민을 털어놓았다.

"부끄럽지만, 제 능력으로는 그 환수를 한 번에 잡지 못할 것 같습니다. 여러 번 시도하려면 그 환수가 어디에 있든, 찾아가야 합니다. 그런데 추적에 얼마나 시간이 걸릴지 알 수 없고 과연 찾을 수 있을지도 모르겠습니다. 환수를 찾도록 도움을 주실 수 있을까요?"

엘버가 물었다.

"왕자의 환수 사냥은 혼자서 해야 한다고 들었어요. 도움을 받아도 괜찮은가요?"

"원래 사냥할 환수를 고를 때는 이미 수집해 놓은 영역의 정보를 참고합니다. 위치를 알아내는 도움은 상관없습니다."

"흐음⋯⋯. 환수 추적⋯⋯."

엘버는 생각에 잠겼다. 그녀가 침묵하는 동안 모두 조용히 기다렸다.

"환수의 신체 부분 같은, 특정할 만한 뭔가가 있나요?"

"없습니다."

"주술로 사람을 찾는 건 비교적 쉬워요. 사람은 어떻게 해서든 특정할 수 있어요. 그 사람의 성별, 나이, 이름 등의 단서가 있고 사용했던 물건이나 친족의 피를 이용하면 되니까요. 하지만 환수는 그런 방법을 쓸 수 없지요. 특정할 수 없는 추적이란 사막 속의 바늘 찾기와 같아요."

'이름이라면 특정할 수 있지 않을까?'

유진은 거북 환수의 이름 '아부'를 떠올렸으나 일단은 나서지 않았다. 정 방법이 없으면 그때 밝힐 생각이었다.

로히드가 말했다.

"제가 어떻게든 그 환수의 신체 부분을 얻어야 한다는 말씀이군요."

"음……. 그런데 그보다 더 쉬운 방법을 마라가 알 것 같군요. 그렇지, 마라?"

로히드가 허공으로 시선을 올려 두리번거렸다. 이곳의 벽과 지붕 전부가 마라다. 어디를 봐야 할지 혼란스러웠다.

─내가 그걸 어떻게 알아.

퉁명스러운 대꾸가 돌아왔다.

"정말 모르니?"

엘버가 부드러운 목소리로 다시 묻자 조용했다.

"마라는 스스로 주술사가 될 수 없을 뿐, 지식만큼은 최고의 주술사예요. 허를 찌르는 묘수를 발견해서 내 공부에 많은 도움도 주고 있어요. 그리고 마라는 환수이니 환수를 찾는 주술이라면 나보다 낫겠지요."

엘버는 자신이 왜 마라를 언급했는지 사람들에게 설명했다. 동시에 잘한다는 칭찬으로 마라를 구슬렸다. 마라가 금세 으쓱하며 말했다.

─……뭐, 방법이 있긴 한데.

"도와주면 꼭 보답할게."

로히드가 즉각 반응했다.

─무슨 보답?

"내가 할 수 있는 일이면 뭐든. 지금 내 능력이 부족하다면 나중을 기약해도 좋아. 약속은 반드시 지킨다."

로히드는 진심을 담아 말했다. 잠시 말이 없던 마라가 코웃음 소리를 냈다.

─어린 왕아. 그런 약속은 함부로 하는 거 아니다. 아무튼 꼭 신체 일부가 필요하지는 않아. 그 환수의 기운, 즉, 영역만 발견하면 특정할 수 있어. 그런데 어쨌든 그 환수를 한 번은 네가 찾아내야 해.

로히드가 굳은 결심을 드러내듯 힘차게 고개를 끄덕였다.

─근데 어떤 환수인데 그래? 뭔 잘못이라도 했냐?

"아주 특별한 환수야. 너처럼 말을 할 수 있어."

─뭐? 정말로? 그런 놈을 잡겠다고?

"응. 반드시."
마라가 크게 웃음을 터뜨렸다.

─정말 잡게 되면 꼭 보여다오. 도대체 어떤 멍, 어리숙한 놈이 그

능력으로 잡혀서 왕자의 환수가 되는지 봐야겠다. 재밌는 일이니까 인심 썼다. 추적 주술은 아주 확실하게 만들어 줄게.

마라는 말을 끝내고 또 낄낄대며 웃었다. 노인들이 '저놈, 언제 철드냐.' 하면서 혀를 찼다.

*　　*　　*

"요그."

요그는 뒤를 돌아봤다가 얼른 공손하게 자세를 바로잡았다.

"예, 시종장님."

"왕자님께 가는 길이지?"

"예."

"왕자님께 올리는 서신이다. 네가 전해 드리겠니?"

"예, 시종장님."

요그가 두 손으로 시종장이 주는 서신을 받았다. 꾸벅 인사를 마치고 멀어지는 시종장의 뒷모습을 바라보았다. 요그는 고개를 갸우뚱하며 돌아섰다. 요즘 뭐든 자신을 통해서 왕자님께 가는 것이 늘어났다.

정확히 언제부터였는지는 기억나지 않는다. 요그는 로히드와 큰 테이블에 마주 앉아서 함께 수업을 들었다.

어릴 때는 그게 얼마나 대단한 일인지 몰랐다. 그냥 노는 것과 비슷한 거라고 생각했다. 우수한 성적을 내는 왕자님보다 너무 뒤처지면 부끄러우니까 열심히 했다.

자연스레 요그는 왕성 안을 제집처럼 돌아다녔다. 한 살, 두 살, 나이가 들면서 자신의 위치가 애매하다고 생각하기 시작했다. 궁인은 아니고 관리도 아니다. 그렇다고 '왕자님의 친구'가 어떤 직위는 아니었다.

가끔은 붕 뜬 기분이 들었으나 금세 잡생각을 털어 버렸다. '눈앞에 닥친 일만 고민하자.'가 생활신조였다. 요그를 아는 주변 사람들은 요그의 성격이 큰 장점이라고 말하곤 했다.

'왜 다들 왕자님을 어려워하지?'

요즘 요그가 의아하게 생각하는 점이었다. 자신이 보기에는 왕자님은 키가 큰 것 외에는 예전과 지금이 다르지 않았다.

왕자의 서재에 도착한 요그는 평소처럼 문을 두드리며 말했다.

"왕자님. 저 들어가요."

대답을 듣지 않고 곧바로 문을 열었다. 안으로 들어가자마자 반투명한 시퍼런 뱀의 형상이 그의 눈앞에서 스르르륵 움직였다. 요그가 '히익!' 하고 비명을 내지르자 형상은 공기 중에 흩어져 사라졌다.

창틀의 넓은 턱에 앉아 눈을 감고 있던 로히드가 요그를 쳐다보았다. 요그가 다가가며 투덜거렸다.

"서재에서는 좀 하지 말라니까요. 이러다가 제 심장이 배 속에서 굴러다니겠어요."

로히드는 대꾸 없이 요그가 건네는 서신을 받아 펼쳤다. 내용을 읽다가 흥분한 표정으로 벌떡 일어났다.

"찾았어!"

단번에 알아들은 요그의 눈이 휘둥그레졌다.

"정말요? 그럼 이제는 환수를 잡으러 가시는 거예요?"

"그래. 가야지."

로히드가 책상으로 빠르게 걸어갔다. 넓은 책상에는 지도가 펼쳐져 있었다. 방금 받은 서신 내용을 보면서 지도의 한 부분을 손가락으로 톡톡 두드렸다.

'여기구나.'

아버지와 함께 성소에 처음 갔다가 설표 환수의 흔적을 발견한 후 그다음 건기에 보물을 갖고 성소에 갔더니 역시 예상한 대로 환수는 이미 호수 어디에도 없었다.

그 후 로히드는 환수를 찾기 위해 골몰했다. 어머니께 들은 정보를 바탕으로 가설을 세웠다.

그 환수는 오래전부터 사막에서 살았고 사막을 벗어나지 않을 것이다. 원래 모습은 설표가 아니고 선호하는 영역은 물가 근처다.

로히드는 수색꾼에게 의뢰했다. 사막, 물가, 아주 넓은 영역. 그 세 가지 조건에 해당하는 환수의 영역을 찾아오면 후한 보상을 약속했다.

'드디어 찾았다.'

가서 확인해 봐야겠지만, 왠지 예감이 좋았다. 틀림없이 이곳이 맞을 것 같다.

'우와. 환수 사냥!'

요그도 덩달아 흥분했다. 왕자님 성격상 열네 살 생일만 넘으면 곧바로 환수를 잡으러 갈 줄 알았다. 그런데 열다섯 살 생일이 이미 지났는데도 왕자님은 시도조차 하지 않으니 슬슬 걱정되었다. 열여섯 살까지 얼마 남지 않았다고 생각하니까 제 마음이 더 급했다.

"왕자님. 전하께 고하는 대로 바로 출발하실 거죠? 준비는 제가 알아서 할게요."

"응. 시종은 한 명이면 돼."

"시종이요? 저랑 가요."

요그의 말에 놀란 로히드가 고개를 들었다.

"같이 가려고?"

"저는 안 돼요?"

"안 된다는 게 아니라……. 사막 여행을 꽤 오래 해야 해. 내가 가려는 곳이 멀어. 괜찮겠어?"

"그럼요. 문제없어요."

왕자는 환수를 오직 혼자 힘으로 잡아야 하므로 따라가는 시종은 잠자리나 식사, 이런 것만 적당히 챙기면 되었다.

왕자의 환수 사냥. 어디 가서 이런 구경을 하겠는가. 그 진귀한 장면을 보기 위해서라면 한 번의 사막 여행 정도는 얼마든지 감수할 수 있었다.

*　　*　　*

"다 왔습니다. 저기 보이는군요."

길잡이의 말을 듣고 로히드가 주머니 속에서 원통 망원경을 꺼내 한쪽 눈에 가져다 댔다. 길잡이가 가리킨 방향에 오아시스와 그 주변의 녹지대가 보였다.

로히드가 넘긴 망원경을 요그가 받아서 목적지를 확인하더니 중얼거렸다.

"꽤 먼데요, 왕자님."

길잡이가 말했다.

"날이 좋아서 이대로 쭉 가시면 오후에는 도착하실 겁니다. 구름이나 바람 부는 모양새를 보아하니 변수는 없습니다."

사막에서 수십 년 동안 길잡이 노릇을 한 숙련된 자의 판단이므로 틀림없을 것이다. 로히드가 고개를 끄덕이며 말했다.

"수고하였다. 자네는 이만 돌아가도 좋아."

길잡이가 표정에 화색을 띠었다. 영역 수색꾼이 아니고서는 대부분 사람은 환수의 영역 근처에 가기를 꺼렸다. 환수가 해친 인간 피해자는 소수이지만, 그 소수의 비극은 부풀어진 소문이 되어 널리 퍼져 있었다.

"고생 많으셨어요. 아저씨."

함께 사막을 이동하는 동안 제법 친해졌다. 요그가 편하게 인사말을 건네며 수고비를 담은 주머니를 내밀었다. 길잡이는 주머니를 받아 열어 보지도 않고 챙겼다. 의뢰인이 왕자님이니 수고비를 떼일 리 없다는 믿음이 있었다.

"왕자님. 제가 숱하게 사막을 건넜지만, 이번처럼 내내 날씨가 좋았던 적이 없었습니다. 예감이 좋습니다. 왕자님께서 하고자 하시는 일이 다 잘될 겁니다."

기분 좋은 덕담을 듣고 로히드가 미소 지었다.

"고맙네. 조심히 돌아가게."

길잡이가 꾸벅 고개를 숙이고 돌아섰다. 낙타를 끌고 가는 길잡이는 금세 두 소년한테서 멀어졌다. 이제 셋이었던 일행은 둘이 되었다.

하지만 이 사막에 정말 소년 둘만 남겨지지는 않았다. 아무리 왕자가 보통 사람보다 남다른 능력이 있다고 해도 아직 미성년자인데다가 경험도 부족했다. 그래서 만일을 대비한 호위들이 일정 거리를 두고 따라오고 있었다.

"왕자님. 시간이 거의 되었으니 신호 보낼게요."

"응."

로히드는 망원경을 눈에서 떼지 않으며 대답했다.

요그가 짐을 뒤져 신호탄을 꺼냈다. 길잡이와 함께 가는 중간중간 일정한 시간 간격을 두고 신호탄을 터뜨렸다. 약 반나절 거리에서 뒤따라오는 전사들에게 '이상 없음'이라고 알리기 위해서였다.

전사들은 약속한 시각에 신호탄을 보지 못하면 즉시 달려올 것이다.

신호탄을 터트린 후 두 사람은 바로 출발했다. 그들은 적당한 속도를 유지하며 이동했다. 길잡이가 예측한 도착 시간은 얼추 들어맞았다. 다만, 마지막으로 넘어야 하는 모래 언덕에 꽤 높았다. 언덕 초입을 막 올라가기 시작할 때부터 갑자기 바람이 불었다.

날씨가 아무리 좋아도 작은 돌풍은 수시로 불었다. 두 사람은 서둘러 후드를 쓰고 천으로 얼굴을 감쌌다. 미세한 모래가 눈이나 호흡기에 들어가면 고역이었다. 두 사람이 얼굴을 거의 감싸자마자 돌풍이 갑자기 강해졌다.

두 사람은 아예 고개를 숙이고 걸어갔다. 바람의 방향이 그들을 밀어내듯 정면에서 불어닥치니 모래 언덕을 올라가기가 훨씬 힘들었다.

끙끙대며 오르던 요그는 갑자기 바람이 덜 불길래 시선을 슬쩍 들었다. 자신의 앞에서 로히드가 바람을 막아 주고 있었다. 요그가 픽 웃으며 다시 고개를 숙였다. 뙤약볕 아래에서 온종일 걷는 이 여행이 그리 고생스럽지만은 않았다.

모래 언덕 거의 정상에 이르자 돌풍은 등장했을 때처럼 갑자기 사라졌다. 높은 곳에서 내려다보는 오아시스는 한눈에 들어왔다.

"와. 오아시스가 생각보다 크……."

요그는 옆에서 팔을 잡아끄는 바람에 엉겁결에 로히드와 함께 그 자리에 엎드렸다.

"조심해야 해. 녀석이 눈치챌지도 몰라."

"예? 저기서 우리를요?"

"영역이 넓거든."

"얼마나 넓은데요?"

"저기 아래에 바위 보이지?"

"예."

"오아시스 중심 반경에서 사방 그 정도까지."

요그가 로히드가 말하는 넓이를 대충 눈대중으로 가늠하다가 점점 표정이 변하더니 소리쳤다.

"예?!"

요그는 왕자의 환수 사냥에 관한 이야기를 들었을 때부터 개인적인 호기심으로 환수에 관해 공부했다.

환수의 영역은 강함에 비례한다. 영역 넓이에 따라 환수의 강함을 측정하는 기준이 있었다. 요그는 저만한 넓이의 대략 반 정도 영역 넓이를 예시로 들었던 설명문의 가장 아래에 적혀 있던 경고가 떠올랐다.

— 전사도 사냥 불가능. 절대 영역 근처로 접근하지 말 것.

"저만한 영역이라는 거, 전하께서는, 아니 왕비님은 아세요?"

로히드가 대꾸 없이 일어났다.

"여기는 위치가 별로야, 저쪽 언덕으로 가자."

"왕자님!"

요그는 성큼성큼 걸어가는 로히드를 서둘러 따라가며 소리쳤다. 아무 소리도 안 들리는 사람처럼 로히드는 묵묵히 걸었다. 그리고 두 사람은 오아시스가 다른 방향에서 보이는 언덕 위로 올라가 다시 엎드렸다.

계속 로히드를 부르며 '이건 아니에요. 잘못하면 크게 사고 난다고요', '미쳤어요? 첫 환수 사냥이 이런 건 아니잖아요.' 하고 쉴 새 없이 구시렁거리던 요그가 조금 전부터 조용했다. 한숨을 푹 내쉬더니 한층 낮아진 목소리로 말했다.

"왕자님. 정말 저기로 가실 겁니까? 영역이 굉장히 넓은 환수라고요. 잘못 건드렸다가는 큰일 나십니다."

로히드가 움찔했다. 한결 정중해진 말투나 목소리 톤이 요그가 무척 심각할 때 보이는 모습이었다.

"넌 여기까지 와서 또 그 소리냐?"

로히드는 짐짓 아무렇지 않게 말했다.

"왕자님. 첫 환수는 그냥 적당한 놈으로 잡고 저놈은 나중에 도전합시다. 분명히 왕성을 떠날 때만 해도 왕비님께 그러겠다고 하지 않으셨습니까. 그러니까 전사가 동행하지 않고, 저만 왕자님을 따라가는 것도 허락하신 겁니다."

'그건 아닐 텐데……'

로히드는 출발하기 전에 요그와 함께 어머니께 인사드리러 갔다. 그 자리에서 어머니가 '절대 위험한 짓은 하지 마라.'라고 말씀하셨고 '그러겠습니다.'라고 대답했다.

하지만 그게 적당한 환수를 잡겠다는 약속은 아니었다.

'내가 저 환수를 오랫동안 잡으려 했던 걸 어머니도 아신다고.'

요그와 둘이 가겠다는데도 허락하신 것은 뜻밖이었다. 그런데 어차피 멀찍이 전사들이 따라오니까 그런가 보다 했다.

저 환수를 잡으려는 자신의 오랜 결심을 이 자리에서 설명하자니 너무 길어질 이야기였다. 당장 저 영역의 주인이 자신이 찾던 그 환수인지 확인하고 싶어서 마음이 급했다. 그래서 아버지 핑계를 댔다.

"부왕께서는 대단한 놈을 첫 환수로 사냥하셨다."

"그야 사왕 전하께서는 워낙……"

당치도 않는 비교를 하느냐고 말하는 어조가 거슬러서 로히드가 요그를 쏘아보았다.

"내가 손쉬운 놈으로 환수 사냥에 성공하면 부왕의 아들이라고 어디가서 말하기가 부끄러울 거야. 어머니도 실망하시겠지."

"실망하실 리가 없는데요."

요그가 어이없다는 듯 말했다. 로히드도 잠시 할 말이 없었다. 요그 말대로 어머니가 그러실 리는 없으니까.

"시끄러워. 입 다물고 따라와."

억지 부리는 아이처럼 툭 내뱉고 로히드는 벌떡 일어났다. 몸을 숙이더니 그대로 달리기 시작했다. 언덕 아래로 내려가는 로히드를 보며 요그가 혀를 찼다. 저 왕자님은 다 좋은데 저게 문제다. 가끔 똥고집이 발동하면 누구도 못 말렸다.

＊　　＊　　＊

로히드는 출발 전에 몇 가지 물건을 챙겨왔다. 그중 하나가 주술 거울이었다.

설표 환수의 첫 번째 발견은 주술로 할 수 없다. 그래서 최고의 실력을 지닌 수색꾼을 수소문하여 거액을 주고 의뢰했다. 그런데 수색꾼이 알려 준 영역이 원하던 바로 그곳이라는 보장이 없다. 주술 거울은 시행 착오를 줄여 주는 귀물이었다.

엘버는 로히드에게 주술 거울을 주며 말했다.

「이 거울로 햇빛을 반사하여 영역 안쪽을 비추어 보세요. 거울에 그대가 바라는 염원을 담았어요. 그대가 원하는 환수의 영역이라면 반사된 햇빛이 붉은빛을 띨 거예요.」

거울에 담긴 주술은 일종의 추적 주술이었다. 염원으로 대상을 추적한다는 것은 '특정할 수 없는 대상'을 추적하는 것과 같았다. 즉, 거의 불가능의 영역이다.

유진이 로히드 몰래 환수의 이름 '아부'를 엘버에게 알려 주었다. 이름만으로는 환수를 추적할 정도의 강한 주술은 걸 수 없지만, 그 환수가 찾는 대상이 맞는지 정도는 알 수 있었다.

주술에 대해 잘 모르는 로히드는 엘버의 능력으로 주술을 만들어 냈다고만 생각했다.

로히드가 주술 거울로 햇빛을 담아 영역 쪽으로 비추었다. 붉은빛이 보이자 소년이 활짝 웃었다.

'역시. 예감이 좋았다니까.'

주술 거울을 잘 챙겨 넣고 이제 가장 중요한 추적 주술 물품을 꺼냈다. 그건 한 손에 쥘 정도로 작은 금속 원판이었다.

이제부터가 중요하다. 로히드는 조심스럽게 영역 가까이 접근했다. 영역을 넘는 순간 환수는 침입을 알아차릴 것이다.

로히드는 크게 심호흡한 후 땅을 박차고 뛰어올랐다. 손에 쥔 원판에 자신의 프라즈를 주입한다는 느낌으로 집중하면서 동시에 영역으로 들어섰다.

갑자기 찬물을 확 뒤집어쓴 느낌이 들어 흠칫 놀랐다. 그리고 잠시 후 환수의 기운이 아주 뚜렷하게 느껴졌다. 로히드가 만족스럽게 웃었다.

'됐구나.'

환수의 영역에 담긴 기운을 자신의 프라즈로 감지하는 주술이었다. 만약 오늘 사냥에 실패하여 환수가 도망쳐 버리더라도 환수가 다른 곳에서 영역을 만들면 그 기운이 있는 방향을 느낄 수 있게 된다.

로히드가 긴장한 이유는 주술이 발동하기 전에 침입자를 알아차린 환수가 영역을 거두고 도망치면 주술이 실패하기 때문이었다.

하지만 환수는 반응이 없었다. 오아시스의 수면은 아주 잔잔했다.

'영역 침입을 모를 리가 없을 텐데.'

강력한 환수라서 겁이 없는 모양이다.

아부는 물속 깊은 곳에서 물고기들의 유영을 구경하고 있었다. 로히드의 짐작대로 침입자의 존재를 금방 알아차렸다.

'왕……? 아니야.'

왕이라고 하기에는 기운이 약했다.

'그럼 어린 왕인가? 근데 어린 왕치고는 강해.'

아부는 수년 전 왕국의 옛터에서 어린 왕과 마주쳤을 때 기억을 떠올렸다.

성장해서 그런가. 하지만 고작 몇 년이었다. 몇 년은 인간의 기준으로도 그리 긴 세월은 아니었다. 어린 왕 같기도 하고 아닌 것 같기도 하고. 정체는 그렇다 치고 여기까지 왜 온 걸까.

'내가 그 호수에서 지낸 것이 못마땅해서 여기까지 쫓아온 건가?'

그 정도로 원한을 살 만한 일은 아니라고 생각했다. 어쩌면 그냥 지나치는 길일지도 모른다. 인간이니까 물가를 발견하면 당연히 들를 것이다.

'응?'

아부가 뭔가를 느끼고 머리를 들었다. 저 멀리에서 물속으로 뭔가가 가라앉고 있었다. 그것의 크기는 아주 작았지만, 풍기는 기운은 강력했다. 아부는 빠르게 접근하여 그것, 보라색 씨앗을 덥석 삼켰다.

'음. 맛있군.'

그리고 또 한 개의 씨앗이 수면 아래로 가라앉았다. 아부는 그마저도 먹어 치웠다. 그렇게 한 다섯 개쯤 먹고 나니까 궁금했다. 아부는 왕의 기운이 멀찍이 있다는 것을 확인한 후 위로 헤엄쳐 올라갔다.

로히드가 환수의 영역 안으로 달려갈 때 요그는 기겁했다. 왕자님이 성질 급하게 무작정 덤비는 줄 알았다. 하지만 로히드가 얼마 가지 않고 멈추어 서서 오아시스를 바라보기만 하자 곁으로 다가갔다.
"여긴 영역 안이지요?"
"응."
"조용하네요."
요그가 잔잔한 수면을 보며 말했다.

로히드가 허리의 작은 가방에서 유리병을 꺼냈다. 유리병 안에는 보라색의 씨앗이 들어 있었다. 그중 하나를 꺼내 던졌다. 물가에 접근하려면 수십 걸음을 더 걸어가야 했지만, 힘을 담아 던진 씨앗은 아주 멀리 날아가 수면 한가운데에 떨어졌다.
'미끼인가?'
요그는 로히드가 던지는 씨앗의 개수가 세 개째에 이르자 한탄했다.
'도대체 저게 얼마냐.'

보라색 씨앗은 최고 등급이며 무척 구하기 어려웠다. 가격도 가격이지만 씨앗 저장고에서 빼내려면 왕의 허락을 받아야 했다.

다섯 번째 씨앗이 날아갔을 때 요그는 의문이 들었다.
'저게 미끼면 너무 빤히 보이는 수법 아닌가? 붕어도 저거에는 안 걸……'
"요그! 뒤로 물러서."

로히드가 소리치자 요그가 놀라서 얼른 뒷걸음질 쳤다. 곧 수면이 출렁거리더니 요란한 물소리가 함께 거대한 무언가가 위로 모습을 드러냈다. 잠시 후 거북의 모습을 확인한 요그가 입을 떡 벌렸다. 멀리서 보는

데도 어마어마한 크기였다.

"네가 이 영역의 주인이냐!"

로히드가 거북 환수에게 소리쳤다.

"오늘 나는 너를 잡으러 왔다! 나는 하시 왕국에서 온 왕자 로히드다! 너를 잡아 내 첫 번째 환수로 삼을 것이다!"

환수의 붉은 눈동자가 물끄러미 로히드를 응시했다. 겉모습이 거북이라서 그런지 커다란 눈동자를 느릿하게 끔벅이는 모습은 둔해 보였다. 잠시 후 거북 환수는 스르르 물속으로 다시 들어갔다. 마치 '뭐라고 떠들든 내 알 바 아니다'라고 말하는 것 같았다.

풉, 웃음이 터지는 소리를 듣고 로히드가 뒤를 돌아보았다. 웃음을 참는 요그의 얼굴색이 시뻘겋게 변했다. 로히드가 머쓱한 표정을 짓자 요그가 웃음을 터뜨렸다.

"뭐 하신 거예요?"

"그냥…… 선전 포고?"

로히드가 씨앗을 던진 이유는 요그가 추측한 이유와 비슷하면서 달랐다. 고작 씨앗으로 환수를 잡을 거라는 기대는 하지 않았다. 씨앗은 환수를 부르는 초인종 역할 같은 거였다.

저 환수가 인간과 대화가 가능할 정도의 지성체이니 무작정 공격하기보다는 먼저 인사를 나누자고 생각했다.

그런데 막상 해 놓고 보니까 요그가 폭소를 터뜨릴 만큼 유치했다. 동네 꼬마들이 전쟁놀이할 때도 이보다는 그럴듯할 것 같았다.

그리고 사실 내심 조금은 기대했다. 환수가 자신의 도발에 반응해 주기를 바랐다.

그러나 수면은 곧 잠잠해졌다.

'물 밖으로 끌어내야 그나마 승산이 있는데…….'

아무리 호흡을 돕는 귀물이 있다 해도 물속 싸움은 어렵다.

로히드는 어머니께 들은 정보를 바탕으로 저 환수의 성격을 추측해 보았다. 인간을 싫어하지는 않지만, 접근은 꺼린다. 쉽게 흥분하지 않으며 공격보다는 방어를 중시한다.

'어렵겠어.'

환수가 맞서 싸우지 않고 요리조리 도망 다니면 방법이 없다. 상대가 강한 데다가 도망만 치면 무슨 수로 잡겠나.

"요그. 적당한 데 짐 풀어. 너무 물가 가까이만 가지 않으면 괜찮아."

"그래도 돼요?"

"저 환수에 대해 좀 알아. 상관없는 너를 건드리진 않을 거야."

요그는 순순히 고개를 끄덕였다. 왕자님의 말은 요그에게 어떤 기준이었다. 왕자님이 맞다고 하면 맞고 아니면 아니었다. 스스로 의식하지 못하는 사이에 형성된 굳건한 신뢰였다.

"환수가 물에서 안 나올 모양이에요. 어쩌실 거예요?"

"뭐든 해 봐야지."

보통 왕자가 환수 사냥을 나서기 전에 여러 군데 영역 정보를 후보지로 삼을 때 가장 먼저 제외하는 것이 물가였다. 환수의 등급까지 고려하면 지금 로히드는 성공 확률이 거의 없는 도전을 시작했다.

* * *

물속으로 가라앉으며 아부는 기분이 이상했다.

'날 잡으러 왔다고?'

왕자의 환수라니. 그쪽은 상상도 안 했다. 왕국의 옛터에 자꾸 나타나는 자신이 거슬렸다거나, 그냥 놔두기에는 아무래도 위험 대상으로 찍혔다거나, 그런 의미로 자신을 노리는 줄 알았다.

　자신이 아무것도 모르는 환수라면 왕이 잡으러 왔든, 왕자가 잡으러 왔든 적이라고 판단했을 것이다. 하지만 이미 경험했으니까 차이점을 안다. 왕자가 잡겠다는 의미는 해치겠다는 뜻이 아니었다.

　'날 잡아?'

　불쾌하지는 않으나 어이가 없었다.

　'무슨 수로 날 잡을 건데?'

　헛웃음이 나왔다. 자신이 왕도 아닌 왕자에게 잡힐 리가 없었다. 살아온 세월이 얼마인데.

　사실 옛날에도 허둥지둥하다가 실수하지 않았으면 주인한테 잡히지 않았다. 주인의 아들이 나이가 들어서 잡은 환수를 보니까 자신보다 턱도 없이 약했다. 그 당시에도 그만한 격차가 났다. 하물며 지금 자신은 그때보다 비교할 수 없이 강해졌다.

　아부는 조금 전 자신에게 소리치던 어린 왕의 모습을 떠올렸다.

　'많이 컸네.'

　오래전, 자신을 잡으러 왔던 주인이 딱 저만했다. 거북의 눈에 아련한 빛이 스쳐 지나갔다. 주인을 등에 태우고 사막을 달리던 풍경을 생각하다가 고개를 흔들었다.

　'아니지. 난 지금이 좋다고. 속박당하는 느낌은 영 별로야.'

　이 근방은 아부의 영역이다. 그 영역 안에서 움직이는 왕의 기운은 눈앞에서 보는 것처럼 느껴졌다. 아까부터 어린 왕의 기운이 오아시스 주변을 빙빙 돌았다.

　'내가 여기서 안 나가면 어쩔 거야.'

　아부는 여유로웠다. 인간은 물속에서 숨을 쉴 수 없다.

　호수 주변을 도는 어린 왕의 기운이 자꾸 바뀌었다. 강해졌다가 약해졌다가 거의 느낄 수도 없이 희미해지기도 했다. 아부는 바깥에서 자신을 불러내려고 뭔가 계속 시도한다는 걸 알아차렸다. 조금 궁금했으나 모르는 척했다.

'애쓰는구먼.'

괜한 헛수고 하느라 고생하지 말고 포기하고 가기를 바랐다. 나름대로 아부는 어린 왕을 배려했다. 자신이 모습을 드러내면 어린 왕이 미련을 버리지 못하고 여기 계속 붙들려 있을 테니까.

풍덩, 물에 빠지는 소리가 들리더니 왕의 기운이 가까워졌다. 그래도 아부는 반응하지 않았다. 물에 뛰어들어도 어차피 자신이 있는 밑바닥까지 오기 전에 숨이 막혀 도로 올라갈 것이다.

'어라?'

저만치 어린 왕의 모습이 보였을 때 아부는 진심으로 당황했다. 반투명한 푸르고 기다란 밧줄 같은 기운을 온몸에 두르고 헤엄쳐 오는 모습에서 위협적인 사냥꾼의 기세를 느꼈다.

'요즘 왕은 물속에서 숨도 쉬나?'

아부는 의구심을 품은 채 따라잡히지 않기 위해 도망쳤다. 물의 저항을 줄이려고 몸의 크기도 줄였다.

쫓고 쫓기는 추격전이 시작되었다. 로히드는 오랫동안 연습한 대로 자신의 프라즈를 긴 밧줄 모양으로 바꾸어 아부에게 던졌다. 프라즈가 움직이는 데에 물은 전혀 방해되지 않았다. 오히려 공기보다 물살을 타기가 쉬웠다.

'한 번만 잡혀라, 한 번만.'

한 번으로 잡을 거라는 기대라기보다는 뭐든 접점을 만들고 싶었다. 하지만 로히드의 기대대로 상황은 풀리지 않았다.

거북이로 변태한 환수는 거북이와 다르지 않다. 인간이 거북이를 수

영으로 이길 수가 없다.

물속을 빙빙 도는 추격전을 계속하다가 결국 체력 소진으로 로히드가 먼저 지쳐 나가떨어졌다. 물 밖으로 나가자마자 로히드는 바닥에 쓰러져 헉헉 숨을 몰아쉬었다. 어느 정도 체력을 회복한 후 다시 물속으로 뛰어들었다.

그렇게 닷새가 지나갔다.

어두운 밤.

요그는 모닥불에 구운 육포를 뜯으며 뒤를 돌아보았다. 누워 있는 로히드의 뒷모습이 퍽 안 되어 보였다.

"왕자님. 벌써 닷새째입니다. 저놈은 그냥 포기하시죠."

요그는 로히드가 할 만큼 했다고 생각했다. 아침에 일어나서 해가 저물 때까지, 잠깐의 식사 등 약간의 시간을 빼고 그저 물속에서 살았다. 대단한 체력이고 근성이었다. 이쯤 되면 물속의 저 환수도 내심 살짝 질렸을 거다.

"물속에서 꼼짝도 안 하는 녀석을 무슨 수로 잡으시게요. 사왕 전하께서 오셔도 불가능할 겁니다."

"……요그."

"예, 왕자님."

"이제 겨우 닷새야. 포기하기엔 일러."

요그는 한숨을 내쉬었다. 저 고집을 누가 말리나. 마음 같아서야 어디원 없이 실컷 해 보라고 하고 싶지만, 현실 문제가 있다.

"이제 식량도 다 떨어져 간다고요."

"코앞에 오아시스가 있는데 먹을 걸 못 구할까."

로히드 말대로 사실 식량이야 큰 문제는 아니었다. 곧 건기가 끝난다. 왕국으로 돌아갈 때 이동 시간을 계산하면 날짜가 아슬아슬했다.

그리고 요그는 떠나기 전에 따로 왕비님의 부름을 받았다. 로히드는 모르는 일이다.

「요그. 로히드가 환수 사냥에 정신을 빼앗겨 다른 일은 아예 잊을까 봐 걱정되는구나. 그 애가 뭔가에 집중하면 주변을 안 보잖니. 그러니까 집으로 돌아올 시기는 네가 판단하렴. 네게 맡길게. 잘 부탁한다.」

요그는 왕비님의 혜안에 감탄했다. 마치 이런 상황을 보신 것처럼 말씀하셨다.

왕비님께서 맡긴다고 하셨으니 자신의 판단으로 여기서 제동을 걸어야겠다. 왕자님은 너무 몰입한 상태다. 머리를 식힐 필요가 있다.

요그는 아까 로히드가 환수 사냥에 정신없는 틈을 타서 먼 거리에서 대기 중인 전사들에게 신호를 보냈다.

"근데요, 왕자님."

"어."

"며칠 더 여기 계시면 아마 전사들이 올 텐데요."

"뭐? 야!"

이틀 후, 전사들이 왔다.

왕자의 환수 사냥에는 몇 가지 규칙이 있다. 그중 하나는 전사가 합류하는 상황이 오면 즉시 사냥을 끝내고 귀환해야 한다는 규칙이다. 비상사태가 아니어도, 로히드의 동의 없이 요그가 불렀다고 해도 규칙은 따라야 한다.

오아시스를 떠나는 로히드의 표정에는 아쉬움과 억울함이 가득했다. 요그가 곁에서 위로했다.

"다음 건기에 또 오면 되잖아요. 엄청난 녀석이라면서요. 처음 시도로 잡으면 말씀대로 엄청난 녀석이 아니겠죠."

로히드가 말없이 고개만 끄덕였다.

아부는 로히드가 떠나는 것을 느꼈다.

'드디어 포기했구나.'

이제는 다시 예전의 평온한 일상으로 돌아갈 수 있을 것이다.

아부는 수면 위로 올라갔다. 저 높은 모래 언덕 위로 넘어가는 사람들이 보였다. 그중 푸른 머리카락의 소년이 갑자기 걸음을 멈추고 돌아보았다. 꽤 먼 거리였지만, 아부는 눈이 마주쳤다고 생각했다.

'잘 가. 나 말고 다른 환수 잡아. 보아하니 어지간한 환수는 너끈히 잡겠더라.'

성가시게 굴던 어린 왕이 가면 속이 시원할 줄 알았는데……. 아부는 자신이 느끼는 기분을 설명할 수 없었다. 모래 언덕 위에서 인간들이 완전히 사라진 후 한참 동안 그쪽을 바라보았다.

싱숭생숭한 마음이 가라앉기까지는 꽤 오래 걸렸다. 활동기 끝 무렵이 되어서야 아부는 예전의 일상을 되찾았다.

그때까지만 해도 아부는 상상조차 못 했다. 건기가 시작되고 얼마 후, 어린 왕이 다시 나타났다.

"이번에는 꼭 널 잡고 말겠어!"

'포기한 게 아니었냐?'

지난번에는 로히드가 왕성에서 출발한 때가 건기 중간쯤이었다. 이번에는 아버지와 성소에 갔다가 그 길로 로히드는 왕성으로 귀환하지 않고 환수 사냥을 떠났다. 그만큼 투자할 수 있는 시간이 대폭 늘었다.

아부는 건기 내내 로히드와 물속에서 술래잡기했다. 이번에도 당연히 잡히지 않았다.

아부는 모래 언덕을 넘어가는 로히드의 뒷모습을 보여 생각했다.

'이번엔 정말 포기했겠지.'

그러나 다음 건기에도 로히드는 어김없이 나타났다. 연달아 세 번의 건기를 어린 왕에게 시달렸더니 정신적인 피로감이 엄습했다.

"다음 건기에 보자. 꼭 너를 잡을 거야."

아부는 로히드의 뒷모습을 보며 결심했다.

'딴 데로 가자.'

*　　*　　*

왕성의 탑과 탑 사이를 잇는 다리 위에서 내려다보는 풍경은 참으로 절경이었다.

'좋구나.'

막 해가 지기 직전의 늦은 오후. 햇볕은 적당히 뜨겁고 바람은 몸을 식혀 주었다.

요그는 풍경을 바라보며 여유를 만끽했다. 아직 한가로움을 즐길 나이가 아니건만 왕자님을 따라 사막에서 살다시피 했더니 이런 평온한 일상이 얼마나 소중한지 새삼 알게 되었다.

건기가 시작된 지 석 달째다. 지난 세 번의 건기에서는 이때쯤이면 사막에 있었다. 처음에 쫓아갔더니 그 후로 계속 같이 가게 되었다. 자연스럽게 로히드의 환수 사냥 동행자가 되었고 갑자기 빠지기가 애매했다.

이번 건기가 시작될 때도 체념하는 마음으로 짐을 꾸렸다. 지난번처럼 성소에 먼저 들렀다가 그 길로 환수를 사냥하러 갈 줄 알았다.

하지만 로히드가 성소에 같이 갈 필요 없다고 말했다.

「우리가 그동안 갔던 영역에 이제 그 환수가 없어. 영역을 버리고 떠난

것 같아. 성소에는 나만 다녀올게.」

요그는 로히드가 주술의 힘을 빌려서 환수의 영역을 감지할 수 있다고 들었다. 그 주술은 환수가 영역 없이 떠도는 중에는 소용이 없다고 했다.

성소에서 돌아온 로히드에게 '위치를 알아냈어요?' 하고 물었더니 로히드는 시무룩한 표정으로 고개를 저었다.

그 앞에서는 내색하지 않았지만, 요그는 속으로 환호성을 질렀다. 도대체 얼마만의 자유로운 건기인가.

활동기에도 해가 지면 자유롭게 다닌다지만, 건기에만 느낄 수 있는 분위기가 있다. 건기의 거리는 활기가 넘치고 긴장이 풀어진 사람들 표정도 밝았다. 요그는 오랜만에 온종일 장터를 돌아다녔다.

환수 사냥 때문에 왕자들 모임에 두 번 불참했던 로히드는 이번 모임 참석을 위해 라바 왕국으로 갔다. 그 사이에 요그 역시 오랜만에 성도에 다녀왔다. 그때까지만 해도 그저 즐거웠다.

두 달쯤 지나니까 축 처진 로히드가 신경 쓰이기 시작했다. 다른 사람에게 슬쩍 물었더니 아무도 왕자님이 기운 없다고 생각하지 않았다. 하지만 요그가 보기에는 달랐다.

환수 사냥에 몰두할 때 눈빛이 살아 있는 모습을 봐서 그런가. 그 모습과 비교하면 확실히 왕성에서 보는 로히드는 생기가 없었다.

'환수 녀석, 이제 적당히 자리 잡을 일이지. 언제까지 집 없이 떠돌 거냐.'

요그는 속으로 환수를 탓했다. 건기에 사막에서 고생하지 않아서 좋기는 정말 좋은데 한편으로는 마음이 불편했다.

왕성 복도를 걷고 있으니 시종이 반색하며 다가왔다.

"요그. 왕자님이 아까부터 너 찾으시더라."

"그래요?"

요그가 서재 문을 열고 들어가자마자 로히드가 그를 보며 소리쳤다.

"느껴져! 영역을 만들었나 봐!"

"오. 축하드려요, 왕자님."

"짐을 싸야지. 오늘 출발하기는 늦었지? 새벽에 일찍 떠나야겠어. 우선 어머니를 뵙고, 아니 아버지를 먼저 뵈어야 하나?"

흥분하여 마구 떠드는 로히드를 보며 요그가 피식 웃었다. 저렇게 좋아하는데 누가 말리겠나.

언젠가 사막에서, 요그는 대체 왜 꼭 그 환수를 잡아야 하는 거냐고 물은 적이 있었다. 그러자 로히드가 선뜻 대답하지 못했다. 그런 의문을 아예 떠올린 적이 없는 것 같았다.

「모르겠어. 그냥…… 그래야만 할 것 같아. 저 환수를 잡지 못할 거라는 생각은 해 보지 않았어.」

이유도 모르고 좋다는데 이건 다른 방법이 없다. 병이다, 병. 저 환수를 잡아야만 치료되는 병.

"근데요, 왕자님."

"응."

"공주님과의 약속은 어쩌실 거예요?"

로히드는 그대로 굳었다. 그리고 한참 만에 '아…….' 하고 중얼거렸다.

"라키스와 이야기해 볼게."

"제 얘기도 잘 해 주세요. 공주님이 저한테 직접 만든 초대장을 주셨다고요. 꼭 참석하겠다고 약속드렸으니 제 입으로는 못 간다고 말 못 해요."

라키스에게 간 로히드는 어두운 표정으로 서재에 돌아왔다.

"공주님이 뭐라고 하세요?"

"……얘기 못 했어."

"가서 뭐 하셨어요?"

이번 라키스 생일은 그동안 사귄 또래 귀족가 영애들을 초대하여 왕성 안에서 성대하게 열기로 했다. 그리고 로히드가 그 연회에서 라키스를 에스코트해 주기로 약속했다.

문제는 그 생일 연회가 한 달이 채 남지 않았다. 환수 사냥을 떠나면 당연히 라키스 생일까지 돌아오지 못할 것이다.

"그럼 어떡해. 라키스가 초대장을 만들고 있었어. 도저히 그 말을 꺼낼 분위기가 아니었다고."

"그럼 저는요!"

"음…… 요그. 이렇게 하자."

"어떻게요?"

"그냥 나 혼자 내일 새벽에 몰래 출발할게. 넌 여기 남아."

요그가 부글거리는 표정으로 말했다.

"기껏 생각해 낸 방법이 그거예요?"

요그는 로히드를 설득하여 같이 가기로 했다. 속으로는 '미쳤지, 내가. 왜 고생길을 만들어서 가냐, 멍청아.' 하고 한숨을 쉬었지만, 어쩌겠는가. 왕자님을 혼자 보내면 꿈자리가 뒤숭숭할 것 같았다.

로히드와 새벽에 만나서 몰래 떠나자고 말을 맞춰 놓고 요그는 왕비님을 뵈러 갔다.

"왕자님은 몰래 출발하실 생각이지만, 그래도 왕비님은 아셔야 할 것 같아서요."

"나한테 말한 걸 로히드가 알면 네게 화내지 않겠니?"

"왕자님이 전하께는 말씀드릴 거라고 했어요. 근데 전하께서 아시면 어차피 왕비님도 아실 거잖아요."

유진이 웃음을 터뜨렸다.

"그렇지. 로히드는 왜 그걸 모를까?"

"몰라서는 아니고요. 요즘 왕자님이 딴 데 완전히 정신이 빼앗겨서 그럽니다. 환수를 잡고 나면 다시 예전 모습으로 돌아올 거예요."

아들 역성을 들어주는 요그를 보며 유진은 또다시 웃었다. 그리고 요그가 무슨 뜻으로 하는 말인지 동감했다.

다음 건기가 될 때까지 기다리는 활동기 동안 로히드는 좀처럼 왕성에서 지내는 생활에 집중하지 못했다. 유진은 '저 애가 지금 마음은 딴 데 가 있구나.'라고 종종 생각했다. 내내 머릿속으로 환수 사냥을 위한 작전을 짜는 것 같았다.

"근데 로히드는 왜 내게 말하지 않으려는지 모르겠구나. 내가 딱히 환수 사냥을 말린 적은 없는데."

"공주님과의 약속 때문에요."

요그가 간단한 설명을 덧붙이자 유진은 기억해냈다.

"아, 맞다. 라키스 생일에 로히드가 그런 약속을 했지."

"건기가 이제 한 달 반밖에 안 남았고, 공주님과의 약속도 있으니 왕비님께서 이번 건기에는 가지 말라고 말씀하실지도 모르니까요."

"내가 가지 말라고 하면 로히드가 안 갈까?"

요그가 망설임 없이 대답했다.

"그럼요."

요그가 워낙 확신에 찬 표정을 지어서 오히려 유진은 당황했다. 곧이어 요그가 '왕자님은 왜 못 지킬 약속을 하느냐.'라고 흉보는 말을 들으며 웃다 보니까 이런 대화를 전에도 나눈 기분이 들었다.

"공주님께서 화가 단단히 나시겠지요. 왕비님. 저는 절대 공모자가 아니고 어쩔 수 없이 끌려가는 거라고 공주님께 꼭 말씀해 주십시오."

'아, 그렇구나.'

유진은 어느 순간 기억났다. 이 장면을 오래전에 꿈에서 보았다.

유진이 준비해 두었던 주머니를 건넸다. 원래는 이번 건기 초입에 환수 사냥을 떠난다고 요그가 인사하러 오면 주려고 했었다. 극구 사양하는 요그에게 재차 권했다.

"먼 길을 가는 경비라고 생각해. 거기에 네 용돈이 아주 조금 더 들어간 거지. 네 어머니께는 내가 따로 말을 전해 놓을 테니 마음 놓고 가져가서 쓰렴."

요그가 솔깃한 표정으로 주머니를 챙겼다. 그만 가겠다고 일어나서 인사하는데 시녀가 다가와 고했다.

"왕비님. 공주님 듭시옵니다."

잠시 후 라키스가 들어왔다.

"어머니."

라키스는 엉거주춤 서 있는 요그를 유심히 보았다.

"그만 물러가겠습니다."

요그는 유진과 라키스에게 차례로 꾸벅 인사한 후 서둘러 나갔다.

라키스는 유진의 맞은편에 앉아 눈을 가늘게 좁혔다.

"어머니. 아무래도 이상해요."

"뭐가?"

"아까 오라버니가 찾아와서 엉뚱한 말만 잔뜩 하고 갔어요. 평소에 오라버니가 그런 적이 없거든요. 그리고 요그는 왜 이 시간에 어머니를 뵈러 왔을까요?"

유진은 눈치가 비상한 딸을 보며 부드럽게 웃었다. 아무리 세월이 지나도 미래의 조각을 본 장면은 바래지 않았다. 오랫동안 잊고 있었으나 기억을 되짚으니 생생히 떠올랐다.

그때는 목소리만 들었다. 어머니라는 호칭에 가슴이 설레었다. 딸의 모습을 상상하며 심장이 두근거렸다.

그 딸이 어느덧 열 살이 되어 눈앞에 있다. 자신을 닮은 아니카 딸의 검은색 눈동자에는 총명한 빛이 반짝였다.

라키스를 보면 이 예쁜 나이의 딸을 마음껏 안아 주지 못한 어머니가 생각난다. 조금은 응석받이지만, 옳고 그름을 알고 야무진 딸을 보면 마음이 흡족했다.

라키스는 왕성에서 인기를 한 몸에 받았다. 궁인들이 어딜 가서 라키스 이야기를 할 때마다 '우리 공주님.'이라고 부른다는 말을 들었다.

유진이 말없이 바라보기만 하자 라키스가 의아해했다. 유진은 라키스에게 손짓하고 자신의 옆자리를 두드렸다. 라키스가 헤헤 웃으며 재빠르게 일어나 유진의 옆에 앉았다. 유진이 라키스의 머리를 쓸어넘기며 말했다.

"초대장은 다 보냈니?"

"네. 아, 그런데 어머니. 오라버니가 이상한 게 또 있어요."

"뭐가 그렇게 이상해?"

"아침에 루벤한테 편지를 받았어요. 왜 초대장 안 보내 주냐고요. 그런데 지난번에 오라버니가 라바 왕국에 갈 때 루벤에게 줄 초대장을 부탁했거든요."

"그랬구나."

유진은 태연하게 고개를 끄덕였으나 내심 무척 흥미로웠다. 다 처음 듣는 이야기였다.

라키스가 루벤과 종종 편지를 주고받는 건 알고 있었다. 루벤뿐만이 아니라 비슷한 또래인 명왕의 아들, 페르딘과도 편지 친구가 되었다.

작년에 하시 왕국에서 왕자들이 모였다. 여섯 왕국에서 차례차례 모이니까 순서가 되돌아올 때까지 약 삼 년이 걸렸다.

작년 이전의 모임에서는 아이들이 어려서 그런지 서로 어색한 인사만 나누고 끝났다. 그런데 작년 모임은 달랐다.

라키스 주변에 루벤과 페르딘이 같이 있는 모습을 몇 번 보았다. 유진은 재미있었고 카세르는 몹시 예민해졌다. 더불어 로히드가 불쾌해한다는 게 웃겼다.

라키스가 왕자들과 편지 친구를 한다니까 카세르는 날벼락을 맞은 표정을 지었다.

> *「설마 안 된다고 하려는 건 아니죠? 그냥 편지 친구잖아요. 편지 내용도*
> *당연히 엿보려고 하지 않을 거죠?」*

유진이 '설마 당신이 그런 짓을.'이라는 표정으로 말하니까 카세르는 괴로움을 참는 표정으로 대답했다.

> *「……라키스가 하고 싶으면 하는 거지. 당신 말대로 그냥 편지 친구일*
> *뿐이니까.」*

편지 내용을 묻지 않아도 라키스가 스스로 와서 다 이야기했다. 덕분에 편지가 올 때마다 전전긍긍하던 카세르는 마음의 평온함을 되찾았다.

그런데 루벤에게 초대장을 보낸 이야기를 유진은 오늘 처음 들었다.

'이제는 부모에게 말하지 않는 게 생겼구나.'

어쩐지 서운했다. 어느새 그런 나이가 되었다.

"네가 부탁한 초대장을 로히드가 전해 주지 않은 것 같다는 말이지?"

"네."

"로히드가 라바 왕국에 다녀온 후에 초대장은 전해 줬는지 확인했어?"

"아니요."

"그럼 오늘 아침에 루벤의 편지를 받고 나서 어떻게 된 일인지 로히드에게 물어봤니?"

"아니요."

"왜?"

라키스가 머뭇거리다가 대답했다.

"아무래도 루벤이 오라버니한테 큰 잘못을 한 것 같아요."

"그래?"

로히드와 루벤이 싸운 걸까. 하지만 왕자들 모임을 지켜보는 눈이 한둘이 아니다. 둘 사이에 잠깐의 언쟁만 벌어졌어도 유진의 귀에 들어왔을 텐데 전혀 들은 것이 없었다.

그리고 둘의 나이 차이가 네 살이었다. 어른이 된 후에는 의미 없는 차이지만, 어릴 때는 한 살 차이도 크다. 로히드가 루벤을 싸움 상대로 여기지 않을 것이다.

"왜 그런 생각을 했니?"

"루벤 이야기를 하면 오라버니 표정이 좀…… 안 좋아요. 초대장을 루벤에게 전해 달라고 하니까 오라버니가 캐묻더라고요. 네가 먼저 준다고 했니, 루벤이 달라고 한 거니. 그런 걸 물어봤어요."

딸의 이야기를 들으며 대강 상황을 파악한 유진은 헛웃음이 나왔다.

'이 녀석 봐라. 동생이 남자 친구 사귀는 걸 방해하네.'

분명히 초대장도 일부러 주지 않았을 것이다.

"이유가 무엇이든 네 부탁을 받고 가져간 초대장을 전해 주지 않은 로히드가 잘못했지. 로히드가 네게 사과해야겠구나. 지금 부를까?"

"괜찮아요, 어머니."

"오라버니한테 화 안 났어?"

"오라버니가 괜히 그러지는 않았을 거예요."

로히드를 완전히 신뢰한다는 표정을 짓는 딸에게 '네 오빠가 심술을 부린 거야.'라고는 말할 수 없었다. 유진은 장차 라키스의 옆자리를 누가 차지할지는 모르겠지만, 참 험난하겠다고 생각했다.

"그럼 루벤에게 다시 초대장을 보낼 거니?"

"네."

"네 오라버니가 루벤이 오는 걸 싫어하는 눈치인데도?"

"그건 오라버니와 루벤 문제고요. 전 루벤에게 초대장을 보내겠다고 약속했으니까 약속을 지켜야지요."

유진은 만족한 표정으로 고개를 끄덕였다. 두 명의 방해꾼이 버티고 서 있어도 라키스가 주관 없이 휘둘릴 일은 없겠다.

"루벤만 초대해? 페르딘은?"

"보낼 거예요. 생각해 보니까 루벤만 초대하면 페르딘이 서운해할 것 같아요."

"왜 처음부터 두 명에게 모두 초대장을 보내지 않았어?"

"루벤이 자기만 초대해 달라고 했어요."

'어머?'

유진이 놀란 눈을 크게 떴다. 그리고 터져 나오는 웃음을 참으려고 입술을 꾹 물었다.

"그런데 페르딘에게만 비밀로 하기는 미안해요. 루벤도, 페르딘도 모두 친구잖아요."

"그래. 잘 생각했어."

이번 생일 파티는 재미있겠다. 유진은 루벤과 페르딘이 연회장에서 마주쳤을 때의 표정이 궁금했다. 그리고 둘이 다녀갔다는 사실을 나중에 알게 될 로히드의 표정도.

*　　*　　*

아부는 새 영역을 찾느라 꽤 돌아다녔다. 무엇보다 이전 영역에서 가능한 한 멀리 떨어진 곳을 택했다. 그러나 지난번 오아시스보다는 못했다. 더 작고 물이 탁했다. 하지만 다른 데를 찾기가 귀찮아서 자리를 잡았다.

'오랜만의 평화로구나.'

아부는 물 위에 둥둥 뜬 채 먼 곳을 응시했다. 지난번 영역보다 좋은 점은 있었다. 이곳은 주변에 언덕이 없이 탁 트여서 지평선이 멀리 보였다.

'성가시긴 했는데…… 심심하지는 않았지.'

걷기 때면 어린 왕과 추격전을 벌이느라 긴장을 놓지 못했다. 하지만 목숨이 경각에 달린 위기가 아닌, 놀이 같은 긴장감이라서 조금 재미도 있었다.

'응?'

아부는 저 멀리서 움직이는 것을 발견했다. 처음에는 짐승인 줄 알았다. 그런데 점처럼 작은 움직임이 갈수록 커졌다. 이쪽으로 다가오고 있었다.

'에이, 설마.'

이 영역을 새로 만든 지 보름이 좀 넘었던가. 어린 왕이 여기를 어떻게 알고 찾아오겠는가.

환수의 영역을 찾는 수색꾼의 존재는 알고 있다. 하지만 지난 보름간 이 근처로 지나간 인간은 없었다.

움직이는 것의 정체가 짐승이 아니라 사람인 것을 알아차렸을 때도 지나가는 자려니 했다. 사람의 형태가 제법 뚜렷해지도록 가까워지자 마치 '내가 왔다'라고 말하려는 듯 인간이 후드를 벗었다.

푸른색 머리카락이 선명했다. 아부의 눈동자가 흔들렸다.

'말도 안 돼. 어떻게 알고 왔지?'

어린 왕이 포기하지 않은 것은 알고 있었다. 그래서 아부는 영역을 옮겼다. 또 쫓아온다고 해도 최소한 몇 년은 걸릴 것이라고 생각했다. 그 과정을 몇 번만 더 반복하면 포기할 수밖에 없다. 인간의 세월은 무한하지 않으니까.

하지만 이렇게 금방 따라잡힐 줄이야.

아부는 물 위에 뜬 채 어린 왕이 자신의 영역으로 들어와 기슭에서 멈추어 설 때까지 바라보았다.

로히드가 씨익 웃으며 말했다.

"너를 잡으러 왔다. 이번에도 어디 해 보자고. 순순히 잡혀 주면 더 좋고."

아부는 물속으로 들어가며 저 어린 왕을 자신이 얕본 것을 인정했다. 주인의 후손이 주인을 닮아서 독한 게 아니었다. 주인보다 더 독했다.

이번에도 아부는 잡혀 줄 마음이 전혀 없었다. 당연히 로히드는 실패했다.

"다른 데로 가도 소용없어. 난 네가 어디에 있더라도 찾을 수 있거든."

아부는 멀어지는 로히드의 뒷모습을 보며 고민했다.

'저 말이 사실인가? 아니야. 그럴 리가 없어. 이번엔 어쩌다 찾은 거야.'

아부는 반신반의하며 영역을 옮겼다. 이번에는 멀리 가지는 않았다. 그러나 다음 건기가 되자 로히드는 정확히 아부가 있는 곳을 찾아왔다.

'정말인가 보네! 도대체 어떻게?'

왠지 오기가 생겼다.

'아주 멀리멀리 가 보자. 그래도 네가 날 찾을 수 있을까?'

아부는 새로운 영역을 찾아 다시 길을 떠났다.

＊　　＊　　＊

"딱 올해까지만 하고 그만둡시다. 이러다가 성년이 될 때까지 한 마리의 환수도 갖지 못한 최초의 왕자님으로 이름 남기겠습니다."

요그가 가라앉은 목소리로 말했다.

도대체 이 짓이 몇 년째인가. 일 년 중 반이 훌쩍 넘는 기간을 발이 푹푹 빠지는 사막을 걷고 또 걷는다. 심지어 이젠 왕성에서 지낼 때도 입 안에서 모래 맛이 날 정도였다.

더구나 이번 영역은 지금까지 중에 가장 멀었다. 왕성을 떠난 지 어느덧 한 달이었다. 그런데도 아직 목적지에 도착하지 못했다.

로히드는 주술의 힘으로 환수의 영역이 있는 방향과 거리감을 느낄 수 있었다. 하지만 지도를 보는 것처럼 정확하지는 않았다. '이쪽으로 가면 된다' 혹은 '점점 가까워지고 있다' 정도였다.

이동 시간이 얼마나 될지 모른다. 즉, 출발할 때는 한 달이나 꼬박 가야 할 거라고는 전혀 알 수 없었다.

'내가 이렇게 멀 줄 알았으면…….'

요그는 속으로 중얼거리면서도 '안 왔을 거다.'라고 말하지 못했다. 알았어도 같이 왔을 테니까. 인제 와서 어떻게 발을 빼겠나. 지금까지 한 수고가 억울해서라도 그놈의 환수를 잡는 장면을 꼭 보고야 말겠다.

"포기하자는 게 아니잖아요. 일단 아무 놈이나 하나 잡자니까요."

저 환수 잡기를 그만두기를 바라지는 않았다. 로히드가 들인 노력과 정성을 알기 때문이다. 그러니 덩달아 이 고생을 평생 하게 되더라도 괜찮다. 하지만 첫 환수가 꼭 저놈일 필요는 없지 않은가.

요그는 출발하기 얼마 전에 장터에 나갔다가 사람들이 떠드는 소리를 들었다.

「왕자님이 아직도 환수를 못 잡으셨다며? 열여섯 살은 넘지 않으셨나?」

「벌써 넘으셨지. 열일곱 살 생일이 지나셨다고.」

「그래? 근데 아직도 환수를 못 잡으셨단 말이야?」

「사왕 전하께서는 잡고도 남으셨을 나이이신데. 어째 영……」

'아들이 아버지만 못하다'라는 의미를 담은 혀 차는 소리에 요그는 속이 뒤집혔다. 그 자리에서 들이받지 않은 것만으로도 평생의 인내심을 다 쓴 것 같았다.

아무것도 모르면서! 왕자님이 마음만 먹으면 사왕 전하의 환수보다 강한 녀석을 이미 잡고도 남았을 거다!

저런 뒷말을 듣는 게 너무 억울했다.

"싫어."

자신의 속도 모르고 뚱한 대답이 돌아오자 요그는 분통이 터졌다.

"아오, 이 고집쟁이."

요그는 걸음을 멈추고 소리를 질렀다.

"속이 터져서 내가 제 명에 못 죽지. 올해도 실패하시면 내년에는 혼자 오세요!"

한바탕 쏟았더니 한결 속이 풀렸다. 야단맞는 아이처럼 이리저리 시선만 돌리는 로히드를 보고 있으니까 맥이 빠지는 기분도 들었다.

요그는 지평선조차 보이지 않는 사막을 묵묵히 걷는 로히드를 가만히 쳐다봤다. 누구도 왕자님과 이렇게 허물없이 지내지는 못할 거다. 꼬박꼬박 왕자님이라고 부르지만, 요그는 로히드가 '왕자님'으로서 자신을 대한다고 느낀 적이 없었다.

몇 년 전에는 이 관계가 참 애매하다고 생각했는데 이제는 자신이 뭘 원하는지 어렴풋이 알겠다. 이대로가 좋았다. '친구'의 곁에서 고민을 나누고 기쁨을 함께하고 싶다.

흥분이 가라앉은 요그는 저 멀리 시선을 던졌다.

"더구나 왜 하필 여기인지."

기괴한 형태의 바위산이 보였다. 눈으로 보이는 것보다는 훨씬 멀 것이다. 말로만 듣던 이곳에 실제로 오게 될 줄은 몰랐다.

"바위산만 보이는데 정말 저 아래에 호수가 있어?"

"예, 어머니께 들었으니 틀림없어요."

요그가 성도에 다녀오기 시작할 무렵부터 리마는 아들에게 조금씩 옛이야기를 해 주었다.

요그는 담담한 목소리로 전해 주는 어머니의 이야기에 흠뻑 빠졌다. 방랑족의 역사를 들으며 마음이 아팠고 그들이 살았다던 바위산을 상상했다. 성도에서 본 그 거대한 흑뱀이 한때 바위산 호수 속에서 살았다는 사실은 전설 속 이야기 같았다.

"그 환수의 이번 영역이 저기라는 거죠?"

"응. 저쪽이야."

"그럼 저 바위산의 호수겠네요. 이 근처 물가는 거기뿐이니까요."

그들은 최종 목적지인 바위산을 향해 걸었다. 거의 반나절을 꼬박 걸어서 드디어 도착했다.

"여기 어디에 입구가 있다고 했는데……."

요그는 어머니한테 들은 바위산 이야기가 무척 인상적이었다. 그래서 집요할 정도로 자세히 묻고 풍경을 상상했다. 세상 사람들이 모르는 비밀 거처라는 점이 무척 매력적이라고 생각했다. 덕분에 처음 왔는데도 와 본 것 같았다.

"아! 여긴가 봐요."

방랑족이 떠난 후 오랫동안 사람이 드나들지 않은 출입구는 완전히 모래에 묻힌 상태였다. 둘이 달려들어 한참을 모래를 파냈더니 드디어 입구가 드러났다.

한 사람이 겨우 들어갈 만큼 너비의 입구로 둘이 차례로 들어갔다. 안은 완전한 암흑이었고 습도가 높았다. 로히드가 프라즈를 불러 주변이 밝아진 틈에 요그가 횃불을 붙였다.

작은 동굴의 끝은 호수와 연결되어 있었다.

"여기가 맞아요?"

"맞아. 저 아래에 있어. 느껴져."

요그는 찜찜한 표정으로 말했다.

"너무 어두워요. 물에 들어가면 전혀 안 보일 거예요."

이 안에서는 낮과 밤이 의미가 없었다. 찰랑거리는 수면 아래가 시커멨다.

"환수의 기운만 쫓아가면 되니까 상관없어."

로히드는 옷을 갈아입고는 곧바로 물로 뛰어들었다. 혼자 남은 요그가 횃불로 여기저기 비추어 보며 중얼거렸다.

"분위기 스산하네. 여태 온 데 중에 최악이야."

　　　　*　　　　*　　　　*

　도마뱀으로 변태한 아부는 흑색의 바위산을 올려다보았다.

　이 바위산의 존재는 알고 있었다. 오래전에 멀리서 형태만 본 적 있었다. 하지만 가까이 가지 않았다. 뭐라 설명할 수 없는 불길한 예감이 들었기 때문이다.

　아부는 자신의 감을 믿었다. 당시의 불길함이 무척 강렬했기 때문에 아부는 이 근처로는 접근도 하지 않았다.

　그런데 막상 와 보니까 별 느낌이 없었다.

　'물 냄새가 나는군.'

　아부는 바위산을 탐색하여 호수로 들어가는 입구를 찾아냈다.

　'굉장해. 이런 곳이 있었다니!'

　단단한 바위로 둘러싸인, 동굴 호수였다. 그토록 아부가 찾아 헤매던 조건에 딱 맞았다. 눈에 띄지 않으며 무엇보다 인간의 접근이 어려워 보였다.

　지금껏 가 봤던 어떤 호수보다도 넓고 깊었다. 아부가 가장 거대한 모습으로 변해도 마음껏 헤엄칠 수 있었다. 다만, 앞이 안 보일 정도로 어둡고 물속 생물의 종이 한정적이었다. 물속 풍경을 구경하는 재미는 포기해야 할 것 같았다.

　한동안 열심히 주변을 탐색했다. 호수와 연결된 몇 군데 동굴을 발견했다. 물에 완전히 잠긴 동굴이 있고 물 밖으로 이어지는 동굴도 있었다. 그중 바깥 한 군데는 무척 넓었다.

　한때 방랑족 노인들의 거처였던 동굴 안에서 아부가 머리를 갸우뚱했다.

　'희한하네. 인간의 흔적이 있는 것 같아. 이런 데서 인간이 사나?'

주변을 꼼꼼히 살펴 인간이 없다는 것을 확인했다.

'어린 왕이 여기는 절대 못 찾을 거야.'

이상하게도 그 사실이 마냥 기쁘지만은 않았다. 아부는 흔들리는 제 마음을 다잡듯 중얼거렸다.

'절대 못 찾아.'

'조용하군.'

사방을 둘러싼 바위벽은 완벽히 모든 것을 차단했다. 이 호수 안에서는 낮인지, 밤인지, 폭풍이 부는지, 하늘이 맑은지, 전혀 알 수 없었다.

아부는 여기서 오래 지내지 않았는데도 곧 떠나게 될 거라고 예감했다. 이 동굴 호수는 자신과 맞지 않았다. 재미가 없다. 이렇게 아무것도 볼 수도 아무 소리도 들을 수 없는 곳에서 지낼 바에야 땅속에 파고 들어가서 잠을 자겠다.

'이번 건기까지만 지내…….'

아부가 눈을 번쩍 떴다.

'……진짜 왔네.'

어린 왕의 기운이다.

'어떻게?'

이곳을 어떻게 알고 왔을까. 그런데 그보다 더 궁금한 것이 있었다. 왜 이렇게까지 자신을 잡으려고 매달리는 걸까.

이런 의문이 처음은 아니었다. 나름대로 이런저런 이유를 추측해 보았다. 세 번째 정도 봤을 때는 실패를 인정하지 못하는 오기인 줄 알았다. 하지만 보면 볼수록 그건 아닌 것 같았다.

어린 왕이 자신을 쫓아다닐 때 악에 받친 표정이 아니었다. 오히려 즐거워 보였다.

건기가 끝나가서 다음 기회를 노려야 하는 순간이 오면 아쉬워할 뿐 실패에 분노하지 않았다. 그래서 자신도 언젠가부터 추격전을 놀이처럼 생각했다.

생각에 잠겨 있던 아부가 흠칫했다. 왕의 기운이 가까이 다가오고 있었다. 이 거리감으로 봐서는 어린 왕이 호수 안으로 들어온 모양이었다.

왠지 긴장되었다. 아부는 숨을 죽이고 기다렸다. 어두운 물속 저 멀리에서 푸른색으로 빛나는 어린 왕을 발견했을 때 아부는 탄식했다.

자신이 저 어린 왕을 기다리고 있었다는 것을 깨달았다.

*   *   *

요그는 이틀 정도 처음 발견한 바위산 입구 근처에서 지냈다. 그런데 로히드가 다른 곳으로 나가는 통로를 발견했다. 나가 보았더니 다 쓰러져가는 버려진 마을이 있었다. 그 말을 들은 요그는 잔뜩 흥분하여 함께 그곳으로 갔다. 바로 방랑족이 살았던 흔적이었다.

로히드가 물속에서 환수를 쫓는 동안 요그는 마을을 탐험했다. 오랫동안 손 보지 않았어도 통나무로 만든 집들은 거의 멀쩡했다. 그중 적당한 집을 숙소로 삼았다.

순식간에 한 달이 지났다. 요그는 사막에서 보낸 건기 중에서 가장 만족스러운 나날을 보내고 있었다. 벽과 지붕이 존재하는 집이 있고 없고의 차이가 컸다.

'왕자님이 이번에도 실패하면 다음에 또 여기 왔으면 좋겠다.'

노숙하지 않아서 그런가. 여행을 온 기분이 들었다. 하는 일도 거의 없었다. 며칠에 한 번씩 호수를 건너 바위산 바깥으로 나가 전사들에게 알리는 신호탄만 터뜨리면 되었다.

요그도 물에서 숨을 쉬는 귀물을 갖고 있었다. 성도에 숙부님을 뵈러 갔을 때 왕자님의 환수 사냥 이야기를 했다가 귀물을 받았다.

「계속 물가로만 다닌다니까 너도 언젠가 쓸 일이 있을지 몰라. 빌려줄 테니까 가지고 다녀라.」

장작으로 쓸 나무들을 주워 모으다가 요그는 시선을 하늘로 들었다. 곧 날이 어두워지겠다.

'오늘은 언제 나오시려나.'

저 호수 안에서는 시간을 알 수 없어서 그런지 로히드가 나오는 시간은 대중이 없었다. 자야겠다고 생각할 때 나오는 것 같았다.

그 시각 로히드는 물속에서 팔짱을 끼고 생각 중이었다.

'환수의 반응이 좀 달라졌어.'

어두우니 보이지는 않지만, 기운을 느끼니까 알 수 있다. 전에는 가능한 한 멀리 도망치려 했던 환수가 이제는 어느 정도의 간격만 유지했다.

저 녀석의 새로운 작전일까. 무슨 생각을 하고 있는지 궁금했다.

'바닥까지 내려가 볼까? 아래에서 위쪽에 있는 녀석을 몰이해 보자.'

로히드는 아래로 헤엄쳐 내려갔다. 보통 사람이면 귀물이 있어도 수압을 견디지 못할 테지만 로히드의 몸 주변을 프라즈가 감싸며 보호해 주었다.

호수 밑바닥에 손이 닿았다. 로히드는 바닥에 발이 닿도록 방향을 바꾸었다. 위를 올려다보니 환수가 있는 방향이 느껴졌다. 그 자리에서 살짝 무릎을 굽혀 박차고 오를 준비를 했다.

발을 떼는 순간, 몸이 휘청했다. 한쪽 발이 바닥의 진흙 속에 파묻혀 있던 썩은 나뭇가지에 엉겼다. 당황한 로히드는 실수로 입에 물고 있던 귀물을 뱉었다.

'아!'

손을 허우적거렸으나 잡히는 게 없었다.

'바닥에 떨어졌나?'

로히드는 서 있는 주변을 중심으로 바닥을 뒤졌다. 하지만 손에 잡히는 것들이 너무 많았다. 귀물을 찾느라 정신이 팔려서 가슴이 답답하기 시작했을 때는 아차 싶었다.

서둘러 위로 헤엄쳐 올라갔다. 하지만 너무 깊었다. 위는 까마득했다. 숨이 턱 밑까지 올라오고 눈앞이 핑 돌았다. 사방이 어두워 안 보이는지 눈앞이 아득해지는지 분간이 가지 않았다.

로히드는 신체 능력의 한계를 느껴 본 적 없는 터라 순간 패닉 상태에 빠졌다. 눈앞에 어머니와 아버지 얼굴이 스쳐 지나가면서 의식이 멀어졌다.

'왜 저러지?'

아부는 로히드가 이상하다는 걸 알아차렸다. 열심히 헤엄쳐 올라오는가 싶더니 갑자기 허우적대고 움직임이 점점 느려졌다. 전형적으로 인간이 물에 빠져 죽어갈 때 하는 행동이었다. 게다가 몸 주변의 푸른 기운이 점점 흐릿해졌다.

'물에서 숨 쉬는 거 아니었어? 날 속이려는 연극인가?'

하지만 지금껏 어린 왕은 이런 식으로 머리를 굴린 적이 없었다.

아부는 로히드에게 다가갔다. 점점 가까이 가도 물속에 둥둥 떠 있는 인간은 움직임이 없었다.

'이런.'

더 지체했다가는 위험할 것 같다. 아부는 입을 크게 벌려 로히드를 입 사이에 끼워 물었다. 최대 속도를 내어 헤엄쳐서 전에 봐 두었던 널찍한 동굴로 올라갔다.

아부는 축 늘어진 로히드를 내려놓고 주둥이로 툭툭 몸을 건드렸다. 로히드의 몸이 경련하더니 요란한 기침과 함께 물을 토해 냈다.

꿈인지 현실인지 정신이 가물가물한 와중에도 로히드는 거북이의 붉은 눈동자를 보자마자 몸이 반응했다. 이 순간만큼은 생존 본능보다도 강력했다. 몸을 날려 두 팔로 거북의 머리를 끌어안았다.

"잡았, 잡았다……."

로히드는 온 힘을 다했다고 생각했지만, 아부는 '내가 몸만 흔들어도 떨어지겠다.'라고 생각했다. 그런데 오히려 간신히 자신을 붙든 로히드를 떨어뜨릴 수가 없었다.

로히드의 프라즈가 긴 줄이 되어 아부의 몸을 묶기 시작했다. 아부는 잠시 망설였으나 이내 체념의 한숨을 내쉬었다.

'에휴, 그래. 주인 해라. 고작해야 몇십 년인데, 뭐.'

로히드의 프라즈가 환수의 핵을 완전히 구속했다. 그러고는 거북의 머리를 끌어안은 채 로히드는 정신을 잃었다. 죽을 뻔한 상태에서 프라즈를 최대한 끌어내느라 완전히 체력이 소진되었다.

'잡았다!'

로히드가 눈을 번쩍 떴다. 사방이 어두웠다.

'꿈이었구나.'

들뜬 기분이 축 처졌다. 그 꿈이 이루어지는 날이 어서 왔으면 좋겠다. 자신의 능력만으로는 그 환수를 잡지 못한다는 걸 알고 있지만…….

멍하게 허공을 응시하던 로히드는 뭔가 이상하다고 느꼈다. 자신의 프라즈가 다른 무언가와 연결되었다. 환수의 영역을 찾기 위해 주술로 연결한 감각보다 훨씬 또렷했다.

로히드는 벌떡 일어나 앉았다. 고개를 돌렸더니 거대한 붉은 눈동자와 눈이 마주쳤다.

"아……."

로히드가 무릎걸음으로 거북에게 다가갔다. 손이 닿을 정도로 가까이 갔는데도 환수는 로히드를 가만히 바라보기만 했다.

"꿈이 아니었어."

환희에 찬 로히드의 목소리가 떨렸다.

"넌 이제 내 환수야. 그렇지? 내 환수!"

로히드는 거북의 머리를 안고 웃음을 터뜨렸다.

"아레스. 네 이름은 아레스야."

로히드가 오랫동안 고민하여 지은 이름이었다. 이 이름으로 환수를 부르는 날이 오기를 얼마나 바랐는지 모른다.

'아레스?'

아부, 아니, 아레스는 참 이상하다고 생각했다. 아레스라고 불린 순간부터 오래전부터 그 이름을 갖고 산 기분이 들었다. 아부라고 불렸던 옛 주인의 웃는 얼굴 위로 로히드의 얼굴이 겹쳐졌다.

"아!"

로히드는 잃어버린 귀물이 문득 생각났다.

"아레스. 내가 물속에서 떨어뜨린 물건이 있는데 혹시 찾아 줄 수 있어?"

로히드가 그 물건의 형태와 용도를 설명했다.

'그래서 숨을 쉴 수 있었군.'

이제야 대충 상황을 이해했다. 물고기처럼 물속을 헤엄치던 로히드가 왜 익사할 뻔했는지도.

아레스는 호수 밑바닥으로 내려갔다. 과연 찾을 수 있을지는 확신하지 못했다.

하지만 심상치 않은 기운이 담긴 물건을 금방 발견했다. 로히드가 입에 물고 있을 때는 왕의 기운이 가려져 몰랐는데 따로 물건만 떨어뜨려 놓으니 기이한 흔적이 느껴졌다.

'어째 별로 좋은 느낌이 아니야. 이게 뭐지?'

조심스레 입에 물었다. 불쾌한 물건이지만, 자신에게 해로운 영향은 없었다. 그것을 가지고 로히드에게 돌아갔다.

＊　　＊　　＊

요그는 해가 진 후부터 안절부절못했다.

'늦으시네.'

로히드가 이 시각보다 훨씬 더 늦게 돌아온 날도 많았지만, 오늘은 괜히 불안했다.

'오늘 온종일 식사도 변변치 않게 드셨는데.'

호수로 들어가는 입구 근처에서 계속 왔다 갔다 했다.

"요그."

반색하며 돌아본 요그는 로히드의 뒤에 서 있는 거대한 그림자를 보고 숨넘어가는 소리를 내며 뒷걸음질 쳤다. 거대 괴물의 정체가 거북이라는 사실을 알아차리고 나서야 요그의 얼굴에 혈색이 돌아왔다. 그리고 넋 나간 표정으로 중얼거렸다.

"잡으신 거예요?"

로히드는 대답 대신 활짝 웃었다.

"와…… 정말로 잡으셨군요."

요그는 진심으로 감탄했다. 끝내 해낸 로히드가 존경스러웠다. 돌아가면 동네방네 소문을 내야겠다. 벌써 입이 근질거렸다.

"배고프다."

"아, 예! 오늘은 고기를 잔뜩 넣은 수프를 만들어 놨어요. 아까 토끼를 잡았거든요."

요그가 반쯤 식은 수프를 다시 데우려고 달려갔다.

로히드가 수프를 세 그릇째 먹어 치우는 동안 요그는 로히드의 뒤쪽에 앉아서 꼼짝하지 않는 환수를 흘끔거렸다.

'진짜 크다. 근데 되게 얌전하네.'

로히드의 식사가 거의 끝날 때쯤 요그가 말했다.

"이제 왕국으로 돌아가실 거죠?"

"그래야지. 아침에 떠나자."

"저 환수는 저대로 가요? 너무 크지 않아요?"

로히드가 아레스를 돌아보았다. 아레스가 어떤 모습이어도 괜찮지만, 그래도 꼭 보고 싶은 모습이 있었다.

"아레스. 우리가 처음 본 날을 기억해? 왕국의 성벽까지 왔었지? 그때 날 봤잖아."

아레스는 놀랐다. 설마 그날을 로히드가 기억하는 줄은 몰랐다. 그때 주인은 아주 어렸다.

거대한 거북이의 몸이 줄어들면서 형태가 뭉개졌다. 둥글고 딱딱한 등딱지가 가라앉더니 몸이 길게 늘어났다. 미끈한 거북이의 피부에서 하얀 털이 돋아나고 길고 두툼한 꼬리가 흔들렸다. 요그는 진귀한 구경을 하느라 반쯤 혼이 나갔다.

아레스는 흑색 반점이 돋은 새하얀 털의 설표가 되었다. 오래전 로히드가 보고 한눈에 반했던 바로 그 모습이었다.

"역시 너도 기억할 줄 알았어."

로히드가 기뻐하며 설표를 끌어안았다. 거대한 설표는 앉아 있는데도 로히드의 키를 넘었다.

'근사하다.'

요그는 마른침을 꿀꺽 삼켰다.

대부분 사람처럼 요그도 라크가 무서웠다. 환수 역시 라크와 다르지
않다고 생각했다. 사왕 전하의 환수 아부의 성격이 고약하다는 말을 궁
인들한테 하도 들어서 그런지 작은 고양이 모습으로 왕비님의 무릎 위
에 앉아 골골거리고 있어도 절대 귀엽지 않았다.

그런데 왕자님의 환수는 뭔가 달랐다. 왕자님이 포기 못 하고 몇 년을
쫓아다닌 이유를 알 것 같았다.

"정말 밖에서 주무실 거예요?"

"집이 좁아서 아레스는 못 들어가니까."

"네. 그럼 전 들어가서 잘게요."

요그가 통나무집으로 들어가고 로히드는 설표의 몸에 기대 누웠다.
눈을 감고 있어도 비죽비죽 웃음이 새어 나왔다.

로히드는 눈을 떴다. 새카만 밤하늘에 별이 가득했다. 흥분이 가라앉
지 않아서 오늘 잠을 잘 수 있을지 모르겠다.

"아레스. 난 네가 플레크 왕국에서 온 줄 알았어. 설표는 그 지역 동물
이니까."

로히드는 어릴 때부터 자신이 아레스를 찾으려고 노력했던 일화를 떠
들었다. 주인의 이야기를 들으며 아레스는 '오늘 주인 삼지 않았으면 평
생 쫓아다녔겠군.' 하고 생각했다.

그리고 아레스는 고민 중이었다. 자신이 인간처럼 말할 수 있다는 것
을 주인에게 알려 줄까, 말까. 거부감을 느낄지도 모른다.

'근데 하시 왕국으로 가면 왕과 아니카가 나를 알아볼 것 같단 말이지.'

다른 사람에게 들어서 아는 것보다 그냥 자신이 말하는 편이 낫겠다.

ㅡ주인아.

로히드가 화들짝 놀라 돌아앉았다.

ㅡ난 인간과 대화할 수 있다. 어느 날 이런 능력이 생겼지.

로히드는 활짝 웃으며 말했다.
"알고 있었어."

ㅡ……알았다고? 어떻게?

"어머니가 말씀해 주셨거든. 오래전에 성소, 우리가 두 번째로 만났던 그 호수. 거기서 어머니 아버지와 만난 적 있다면서."

ㅡ나에 대해 뭐라고 했는데?

로히드가 자신이 아는 것들을 말했다. 아레스가 잠자코 들어 보니까 왕의 환수였던 과거 이야기는 모르는 것 같았다. 아니면 알면서도 모르는 척하는 건가? 만약 왕과 아니카가 주인에게 말하지 않았다면 고마웠다.

ㅡ내 능력을 알았다면서 왜 아무 말 하지 않았지?

"네가 내색하고 싶지 않을 수도 있으니까. 네가 말할 수 있다고 너한테 들어서 안 게 아니잖아."

환수의 붉은 눈동자가 물끄러미 로히드를 보았다. 그리고 커다란 혀로 로히드의 얼굴을 핥았다. 로히드가 질색하면서도 웃음을 터뜨렸다.

― 내가 있는 곳은 어떻게 알고 찾아왔어?

"아……. 그건 주술의 힘을 빌렸어."

― 주술?

로히드는 주술에 관해 설명하다가 마라 이야기까지 하게 되었다.

― 말을 하는 환수가 있어? 나처럼?

"응. 궁금해?"

― 궁금해.

"그럼 성도에 같이 가자. 성도의 주술 때문에 라크는 못 들어가지만, 내 환수가 되었으니 갈 수 있어."

둘의 이야기는 밤새도록 이어졌다. 거의 해가 뜰 무렵이 되어서 로히드는 잠들었다. 아레스는 깊이 잠든 로히드를 내려다보았다.

'이번 주인은 여러모로 특이하군.'

옛 주인은 '나는 주인이고 너는 종속된 환수'라는 우월의식이 또렷했다.

그게 나쁘다는 의미가 아니라 옛 주인은 다른 인간도 내려다보았다. 인간 사이에서 서열이 최고이니까 당연한 거라고 생각했다.

그런데 로히드와 대화를 나누다 보니 서로의 우위 관계를 의식하는 느낌이 없었다. 옛 주인보다 다른 인간이 점점 더 생각났다. 처음으로 '친구'라고 정의했던 그 떠돌이 인간이.

아레스는 턱을 바닥에 대고 누웠다.

'나처럼 말을 하는 환수.'

한때 그러한 존재를 찾아 세상을 헤매고 다닌 적이 있었다. 주인의 말이 사실이라면 성도에 있다는 그 환수는 자신보다 훨씬 나이가 많았다. 그러면 아는 것도 많을 것이다.

물어볼 것이 많다. 그 환수는 어디까지 대답해 줄 수 있을까.

기대된다. 마음이 설레었다. 이런 기분이 얼마 만인지 모르겠다.

로히드의 환수로 사는 동안 제법 재미있을 것 같았다.

〈끝〉